GRIHL《グリール》
文学の使い方をめぐる日仏の対話

文芸事象の歴史研究会［編］
野呂康　中畑寛之　嶋中博章　杉浦順子　辻川慶子　森本淳生

吉田書店

GRIHL《グリール》　文学の使い方をめぐる日仏の対話

目　次

第Ⅱ部　文学と証言

第Ⅲ部　「書物の歴史」から「書物による歴史」へ

凡例

一、本文中の（　）はすべて原著者による補足である。
一、本文中の〔　〕はすべて訳者による補足説明である。
一、引用文などでの中略は、「……」で表記している。
一、フランス語の人名などのカタカナ表記は、原則として左の基準に従っている。
・人名については、二語がつながれている場合には「-」でつなぐ。
　例：ジャン-ジャック、リオン-カン．
・名前と名字の間は「・」で区切る。
　例：ジュール・マザラン
・人名などの分かち書きにも「・」を用いる。
　例：ル・ロワ・ラデュリ
・語末の -r, -l(e) の前は長音記号「ー」を入れる。ただし、our, oul(e) は「ウ」を優先し長音記号を入れない。
　例：リバール、ジュール、ジュルナル（journal）
・語末の閉音節の前には、「ッ」あるいは長音記号「ー」を入れる。
　例：バロック、マザリナード、ヴァローニュ
・半母音はできる限り、母音単位の音節で区切る。
　例：ポール・ロワイアル（←ポール・ロワイヤル）
・一般に人口に膾炙している人名については慣用に従う。
・ti はできる限り、「チ」で統一する。
　例：クリスチアン（←クリスティアン）
・au, eau には長音記号をつけて対応する。
　例：ボードレール
一、頻出するＧＲＩＨＬ文献については、本文内で略記して用いている（巻末のＧＲＩＨＬ関連文献一覧を参照）。

序章　文学の効用

——文芸事象の歴史研究序説

野呂　康

はじめに——文学の使い方

文学とは何か。何も目新しい問いではない。良く知られたサルトルの書名をあげるまでもなく、ずばり『文学とは何か』と題された書は世に溢れている。だが相も変わらず類書が書店の棚を賑わせているのだから、読者は未だ満足のいく解答を得ていない。期待に胸を膨らませ、英文学者テリー・イーグルトンの教科書を繙いても、結局のところ簡潔な答えは見つからない。複数の読みの技法が列挙され、それぞれの読み方で定義も異なるなどと肩すかしをくう。読み方の数だけ、文学の定義がある。[1]それなら定義に踏み込まないよう、問い自体を変えてみよう。文学は何の役に立つのか。そして、誰の役に立つのか。

もう一つ、厄介な問いを発しておこう。歴史とは何か。この問いもやはりおなじみのものだ。E・H・カーの『歴史とは何か』、マルク・ブロックの『歴史のための弁明』等々。ついでにこちらも視点を変えよう。歴史の用途

（1）　文学に関する一般論は、対象とする国（言語）の文学と研究動向に左右されがちであるが、以下の書は広く「世界文学」の視座から文学一般の特性に言及しながら（翻訳問題を抽象し）、時に字句にこだわりつつ（どうしても各国語の特性がでる）、社会文化の文脈にまで踏み込んで（言語を一つの文化現象として読みこなす）、文学の効用を考察している。小野正嗣『ヒューマニティーズ　文学』、岩波書店、二〇一二年参照。

とは何か。そもそも歴史を読むという経験は何の役に立つのか。

本書はこの文学と歴史の効用をめぐる愚直な問いで構成されている。本書に収録されたすべての論考は、虚構としての文学あるいは「文学」として認知されている文字表現と、過去を語る際に用いる歴史記述の表現、この両者の関係についての回答の試みである。現代を生きるわれわれは文学といえばまずもって小説や詩を想い浮かべる。文学とは、虚構を前提としたつくりごと、物語であると考えられている。他方で歴史とは、実際にあったことを伝える学問であるといわれる。もちろん歴史家が年代を間違うこともあるし、出来事の順序を混同する可能性もある。だが、意図的な誤ちや嘘は許されないだろうが、それでも歴史は書かれる。すなわち歴史を構成する出来事を伝えるには文字が使用される。歴史とは文字の記録だ。それならば、やはり文字で記録され伝達される文学とどこが異なるのか。

実際、歴史記述と文学は似た者同士だ。記述内容の信憑性が低くとも読み継がれている歴史書は多いし（ヘロドトスの『歴史』まで遡らなくても、ミシュレの『魔女』やトゥインビーの書など）、明らかに虚構の物語なのに、歴史家が好んで参照を促す文学も存在する（ホメロスの『オデュッセイア』、アレクサンドル・デュマの『三銃士』、バルザックの社会小説など）。文学と歴史は「記述」という一点でつながれた双生児なのだ。そもそも歴史上のある時期まで両者は互いに手を携えて共に歩んできた。文学は物語と文体を歴史家に差し出し、歴史は文学者に題材を提供する。

だが、両者の境界が曖昧であれば、落ち着かないのは読者だろう。記述が実際に生じた出来事（歴史）なのか、まったくの虚構（文学）なのか、判断がつかなければどうであろう。そうはいっても両者は共に「記述されたもの」であり、真偽の判断は読者に委ねられている。それならば問題は歴史か文学かの判断ではなく、読者が何をどう信じるかが重要なのだ。要は対象が何であれ、どのように信じれば、文字情報から信ずるに値することを導き出せるのか。

本書に収録された論考の著者たちは、この「どのように」を探求する。従来の記述や方法論に疑問を抱きつつ、何をどのように信じるか／信じないかという、一連の判断の結果を提示する。つまり、これまで信じられてきた、あるいは未だ信じられている記述のどこかに躓き疑問を解決する中で、より信憑性の高い回答を提示しようとする。その記述を、今度は読者に提示し、信じてもらわねばならない。ここには三重の信が介在する。従来の記述を信じ／あるいは疑い（過去の史料とその解釈に対する信）、自分はどのように信ずるかを決定し（研究方法の批判的考察）、読者にどう信じてもらうか（説得と働きかけ）。従来の研究方法や問題意識と自らのそれを比較し、自らの方法の位置と構造を明らかにし、読者の信を求めて発信する。以下の諸考は決して判り易くない。それは真実を真実として提示するというこれまでの権威の発する常套句を排しつつ、それぞれの仕方で三つの信を実践しようとしているからだ。それらの手続きは多分に煩瑣でまどろっこしい。だが従来の権威の発する言説と学問体系に疑いを抱き、その構築原理と自らのそれを示しながら、同時に読者に考察を促すからこそ、新たな方法意識の提案となりうるのだ。

以下に提示するのは、ここ十数年、文学の使用と歴史記述に関する方法を検討してきたフランスの研究集団「ＧＲＩＨＬ」と、彼らの研究に刺激され、時とテーマごとに構成メンバーをかえて活動してきた我が国の「文芸事象の歴史研究会」が、時に直接意見を交換し時に翻訳を介して対話をした共同研究の成果である。その中心となるのは二〇一三年に来日したＧＲＩＨＬのメンバーの諸論考への応答の試みである。二〇一六年には結成二〇周年を迎えるＧＲＩＨＬであるが、彼らの問題意識は未だ瑞々しく新しい。本書は単なる翻訳論集でも、最新の研究紹介でもない。本書は、彼らの研究を紹介し批判的にとらえながら、各人の研究を深化させていった我が国の若手研究者の軌跡でもある。

ＧＲＩＨＬとは

ではＧＲＩＨＬとは何か?　ＧＲＩＨＬ【gril ou gril】「文芸事象の歴史に関する学際研究グループ」（Groupe de Recherches Interdisciplinaires sur l'Histoire du Littéraire）の略で、「グリル」あるいは「グリール」と発音される。歴史

家クリスチアン・ジュオーと文学史家アラン・ヴィアラを発起人として、主に社会科学高等研究院（EHESS）とパリ第三大学の教員、研究者、大学院生により構成される研究集団である。一九九六年の結成以来個々のメンバーが旺盛な研究意欲を示すばかりでなく、毎週のゼミナール開催、シンポジウムの組織、論集の発行など、活発な活動を展開している。学期始め（二期制）に参加者全員が集い、ゼミナールのテーマの設定、発表者の選定、会場と時間帯の相談など、あらゆることを話し合いにより決定している。参加者としてはそのほとんどが歴史研究者と文学史家であり、研究分野、専門、方法に統一性はない。しかし、年間のテーマは予め決められているから、発表者は自らの専門と問題意識、テーマを絡めて研究成果を問う。年間のテーマはいわば方法概念であり、その有効性が多様な研究フィールドの中で試されることになる。これまでのテーマとしては、「公にすること《ピュブリカシオン》＝出版について」「過去を見ること（voir le passé）」「局地性（localité）、局地化（localisation）」「エクリチュールとアクシオン」などがあげられる。その最初の成果は、ジュオーとヴィアラによる共編『出版について』に結実している（GRIHL：2002）。また二〇一六年五月には、「エクリチュールとアクシオン」に関する研究成果も出版されている（GRIHL：2016）[2]。

二〇一三年にＧＲＩＨＬの中心を担う若手メンバー、ダイナ・リバールとニコラ・シャピラが来日し研究の一端を披露した。この研究集団の中でも、以上の二名に、残念ながら直前に来日を取りやめたジュディト・リオン＝カンを加えた三人の研究は、その独創性と射程の広さ、方法論の斬新さの点で突出している。「文芸事象の歴史研究会」が着目したのも、まずもってこの三名の仕事である。

ところでグループの発起人であるクリスチアン・ジュオーには論集を含む二冊の邦訳があり、また三度の来日を果たしていることから、すでに我が国の研究者には多少なりとも馴染みのある存在であろう。ジュオーの学識は深く、その思考と発想は独創的である。扱う対象の多彩さや変幻自在な方法論も、ジュオーの魅力の一つである。本書では、ジュオーという研究者・教育者の二つの面に触れていただきたい。第一に、ジュオーとヴィアラの問題意識から出発し、ＧＲＩＨＬの中で育った後進のメンバーが、ジュオーの研究をどのように捉え、領有しているのかを観察されたい。リバール、シャピラ、リオン－カンの問題意識は当然のことながら自前のものとはいえ、ジュオーの思考との類似性も確実に見て取れる。同時に、彼らの研究のうちに、ジュオーの研究者としての実績と射程も読み取れよう。第二に、ジュオーと後進の研究者の文字どおりの共同作業を見られたい。実際三人はジュオーと共同で執筆し共著も出版している。ちなみに本書でのシャピラ／リバール、ジュオー／リオン－カンの組み合わせの他、リバール／リオン－カン、リバール／シャピラ／ジュオーでも執筆しているが、今のところ例外なく担当個所を明示していない。現代の学が、思考や論文の執筆を個人の営みに結びつけることをおもえば（もちろん、ドゥルーズ／ガタリなどの突出した例外もある）、そんなところにも彼らの方法論をめぐる思考の営みをみることができようか。

文芸事象の歴史

それぞれの論考については、以下で詳細に論ずることで私からの応答とするとして、まずはＧＲＩＨＬ全体が共有している問題意識を、そのマニフェストに沿って確認しておきたい。

ＧＲＩＨＬは文学をめぐる歴史的な問題に取り組むことから出発している。文学を歴史の分析対象と見なすというその姿勢は、本来の歴史の専門家からすれば風流で物好きな選択かもしれないが（文学史を歴史とみなしている歴史家がどれほどいるだろう）、問い自体はさほど目新しいものでもない。ところで歴史家は近年、歴史に固有の研究方法と執筆実践に注意を向けるようになっていた。すなわち、一九世紀に確立された実証研究の方法と正面から向

（2）GRIHL, *De la publication Entre Renaissance et Lumières*, études réunies par Ch. Jouhaud et A. Viala, Fayard, 2002. 引用時には GRIHL : 2002と記す。*Écriture et Action XVIIe-XIXe siècle, une enquête collective*, Éditions EHESS, 2016, col. ‹ En temps et lieux ›. 以下では GRIHL : 2016と記す。

き合い、歴史の記述法を自覚するようになり、中立で無色透明を標榜する歴史記述に疑いの眼を向けていた。他方、長らく文学史に固有であると信じられていた事柄が疑問に付され、文学研究者は本来の対象である文学に対して、社会史や政治史、思想史、歴史人類学に由来する問いを発するようになっていた。以上のような歴史家と文学研究者を取り巻く状況の接点に、ＧＲＩＨＬの標榜する学際研究が生まれ落ちる必然性があった。

ＧＲＩＨＬは以下の三つを目的とする。第一に、文学を社会的現実あるいは政治社会的現実として捉えること。すなわち文学に携わる人々の歴史、文芸制度、エクリチュール実践、出版、文学が差し向けられる相手、受容などの歴史を対象とすること。第二に、文学をその価値判断、規律あるいは学問領域の歴史として捉えること。文学における知的美的生産物を「文芸化」の過程の歴史と捉えること。第三に、文学の外部である諸現実に関した、文芸の視点の歴史を捉えること。文学が安定性を揺るがすよう促すことで、諸々の現実はまったく別のものとして姿を現す。例えば、権力に関わる文芸史、哲学に関する文芸史などが念頭におかれている。

本書に収録したＧＲＩＨＬのメンバー紹介

以上が、いわば研究集団としてのマニフェストである。実際には、対象を選択し限定して、三つの目的を実践に移す個人がいるわけで、研究者により当然比重の置き方が異なる。まずは本書で取りあげた四人の研究者の経歴と研究領域を簡単に紹介しておく。

クリスチアン・ジュオー

まずはＧＲＩＨＬの創設者の一人であるクリスチアン・ジュオーについて。一九五一年生まれのジュオーは、二〇一五年現在、国立科学研究所（CNRS）研究指導官および社会科学高等研究院（EHESS）指導教官（教授に相当）

を兼任している。社会科学高等研究院とは、一九七五年に高等研究実習院の第六部門から独立した機関で、創設者はリュシアン・フェブル（一八七八－一九五六）、その後継者がフェルナン・ブローデル（一九〇二－八五）と、優れた歴史家を輩出したことで有名な研究機関である。ジュオーは専門の歴史家で、主にフランス一七世紀、アンシアン・レジームを対象としている。ドニ・リシェを師とし、ロラン・バルトやミシェル・ド・セルトー、ルイ・マランなど、複数の思想家の薫陶を受けている。実のところＧＲＩＨＬのマニフェストは、ほぼジュオーの問題意識そのものである。文学史が前提とする「大」作家、偉大な作家の系譜なるものを、一つの社会が下す価値判断の反映と捉え既存の評価を前提とせず、文学あるいは文学作品を構築された社会的現実として分析する。その着眼と手法は繊細かつ独創的である。現在は、パリ第三大学のソフィ・ウダールと共同でＧＲＩＨＬのゼミナールを主催し、若手の育成にも力を注いでいる。

主著に、フロンド期の政治文書を扱った『マザリナード――言葉のフロンド』（水声社）、文学と歴史記述の関係を問う『文学の力　ある逆説の歴史』、『リシュリウの手』、『偉大なる世紀を救う？　過去の現前と伝承』、近著として『リシュリウと権力のエクリチュール　裏切られたものたちの日をめぐって』[3]がある。この最新の著作は、一六三〇年一一月にリシュリウの失脚を謀ったミシェル・ド・マリアックが逆に逮捕されるという逆転劇で知られる「裏切られたものたちの事件」を扱ったものである。リシュリウの政治体制を不動のものにしたこの出来事の射程を、直接間接に関わる逸話やテクストの検証を通して抽出する。またこの意欲的な歴史書とほぼ同時期に、初の小説作品『ダルチゴーの狂気』を上梓した[4]。この韜晦なストーリーの小説は、歴史家ジュオーによる歴史記述の営みとアプ

(3) Ch. Jouhaud, *Richelieu et l'écriture du pouvoir : Autour de la journée des Dupes*, Gallimard, 2015. この著作以外はすべて拙論「より高度な方法意識の覚醒に向けて――クリスチアン・ジュオーの認識と方法」（『歴史とエクリチュール――過去の記述』、水声社、二〇一一年所収）で紹介している。

(4) Ch. Jouhaud, *La Folie Dartigaud*, Éditions de l'Olivier, 2015.

ローチを織り交ぜながら、歴史の執筆を目論むダルチゴーの狂気を描き出している。その他にはダイナ・リバールとニコラ・シャピラとの共著『歴史、文学、証言』[5]や、『ミシェル・ド・セルトーを読む』といった編著もある。

ジュオーはすでに三度の来日を果たしている。二〇〇九年には「マザリナード：一六四八－五三　フランス一七世紀の政治／文学表現」（成城大学）、「歴史学と文学の対話：クリスチアン・ジュオーと共に」（神戸大学）という二つのシンポジウムに参加し講演を行っている。それらの記録と紹介は、二〇一一年に我が国で独自に編集された『歴史とエクリチュール――過去の記述』（水声社）として刊行されている。二〇一一年には京都大学の招聘で二度目の来日を果たし、シンポジウムに参加した他、東京に移動し武蔵大学で講演を行う。さらに二〇一三年には神戸大学と一橋大学でシンポジウムに参加し、岡山大学で講演を行った。本書に収録したジュオーの論考のうち前述の武蔵大学での講演以外は、すべてこの三度目の来日時に披露したものである。

ジュディト・リオン－カン

フランスの高等師範学校（ユルム）出身で、現在は社会科学高等研究院准教授である。一九九八年から二〇〇二年まで、パリ第十大学（ナンテール）にて授業補佐、二〇〇三年から〇六年までマレシャル・ルクレール中学校およびレオナール・ド・ヴァンシ（レオナルド・ダ・ヴィンチ）高校教諭を経て、二〇〇六年より現職。二〇〇九年以来、社会科学高等研究院にて歴史研究センター長補佐を勤めている。現在はＧＲＩＨＬのゼミナールに協力する以外に、個人のゼミナールとして「文学の社会効用　一九世紀から二〇世紀」を開講している。

リオン－カンはパリ第一大学（パンテオン）にて、アラン・コルバンの指導で博士論文を執筆した。同論文は書肆タランディエから、『読むことと生　バルザック時代の小説の効用』として二〇〇六年に出版されている。[6]その他にダイナ・リバールとの共著『歴史家と文学』[7]があり、ウジェーヌ・シュの『パリの秘密』、アレクサンドル・デュマの『ジョゼフ・バルサモ　王妃の首飾り』、バルベ・ドールヴィイの選集などを編集している。

二〇一一年、京都大学で開催されたシンポジウムに参加するために来日し、上智大学でも発表をした。また神戸大学で発刊されている雑誌『ＥＢＯＫ』に、中畑による翻訳（「文学史と読書の歴史」（本書に再録））と解説が掲載されている。二〇一三年にＧＲＩＨＬのメンバーとして再来日を果たす予定であったが、一身上の都合から直前に取りやめとなった。本書には、果たされなかった二つの発表の論考も収録されている。

ダイナ・リバール

高等師範学校（ユルム）出身、ジャック・フェデール高校教員を経て、二〇〇四年より社会科学高等研究院准教授、二〇一四年には研究指導官（教授に相当）となっている。パリ第三大学（新ソルボンヌ）にて、アラン・ヴィアラ教授の指導で博士論文を執筆した。同論文は二〇〇三年にヴラン－社会科学高等研究院共同出版から『生きること、語ること、思考すること　哲学者たちの歴史――一六五〇年から一七六六年まで』として出版されている[8]。アラン・ヴィアラとの共著『悲劇　選集』、前掲の共著『歴史、文学、証言』、ニコラ・シャピラとの共編『すべては戦略に[9]』、ジュディト・リオン－カンとの共著『歴史家と文学』、『フォントネル全集第七巻』（編集責任、近刊）などがある。

（5）Christian Jouhaud, Dinah Ribard et Nicolas Schapira, *Histoire Littérature Témoignage. Écrire les malheurs du temps*, Paris, Éditions Gallimard, 2009, col. ‹ Folio Histoire ›（Jouhaud, Ribard, Schapira : 2009）.

（6）*La Lecture et la vie. Les usages du roman au temps de Balzac*, Paris, Tallandier, 2006（Lyon-Caen : 2006）.

（7）Judith Lyon-Caen et Dinah Ribard, *L'Historien et la littérature*, Paris, La Découverte, 2010, col. ‹ Repères ›.

（8）Dinah Ribard, *Raconter Vivre Penser. Histoire de philosophes 1650-1766*, Paris, Éditions Vrin-EHESS, 2003（Ribard : 2003）.

（9）D. Ribard et Nicolas Schapira, *On ne peut pas tout réduire à des stratégies*, Presses Universitaires de France, 2013.

ニコラ・シャピラ

高等師範学校（フォントネ／サン＝クルー）出身で、現在はパリ西ナンテール・ラ・デファンス大学教授。一九九九年から二〇〇〇年までパリ第一大学で教授補佐、その後二〇〇二年までコレージュ・ド・フランスの教授補佐（フランス啓蒙期の歴史講座）、クロード・シャップ中学教員、二〇〇四年よりパリ東マルヌ＝ラ＝ヴァレ大学准教授、二〇一六年より現職。

パリ第一大学にて、ダニエル・ロッシュ教授の指導で博士論文を執筆した。同論文は二〇〇三年に書肆シャン・ヴァロンより、『一七世紀における文芸の専門家　ヴァランタン・コンラール――ある社会史』[10]として出版されている。マチルド・ボンバールと共同で編集にあたったアントワーヌ・フュルチエール『新アレゴリー』[11]、共著として『一七世紀のイギリス、スペイン、フランス社会』[12]、前掲『歴史、文学、証言』などがある。

以上は、本書に収録したメンバーのみの紹介となるが、他にもルイ・マランに師事し、パスカル『パンセ』の編集作業の歴史に一石を投じたアラン・カンチオン（パリ第三大学准教授[13]）、ゲーズ・ド・バルザックの書簡論争に関した著書のあるマチルド・ボンバール（リヨン第三大学准教授[14]）、ロランス・ジャヴァリニ（ブルゴーニュ大学准教授[15]）、一七世紀の魔女裁判や悪魔憑きの研究をするソフィ・ウダール（パリ第三大学教授）などが中心メンバーとして名を連ねている。

本書の構成

本書の目的は、単にフランスの研究動向を紹介することではない。本書に収録された数々の論考、特にＧＲＩＨＬのメンバーの論考を日本語に移し替え、目新しい事例と着眼点に注意を促したいわけでもない。本書を貫く基本的な原理があるとすれば、それは翻訳者あるいは発表者が、肯定するにせよ拒絶するにせよ、どのようにＧＲＩＨＬのメンバーの仕事を受け止め格闘したかをありのままの形で示すことにある。

したがって各論考にはそれに関わった論者の解釈と応答が記されている。論考は大きく二種に分類される。まず、ＧＲＩＨＬのメンバーによってすでに紙媒体で発表された論考を翻訳、紹介した第Ｉ部である。論旨に同意するかどうかは別として、各論考は読者の役に立つ必要がある。それゆえほとんどの翻訳者は解説の中で、それぞれの論考の読解（どう読んだか）、射程と効用（どのように用いることができるのか）について論じている。もう一つの分類は口頭発表である。こちらにはＧＲＩＨＬのメンバーの来日時の発表と講演、そして彼らの発表に対してなされた、我が国の研究者からの応答が含まれる。フランス語で行われた発表と講演には我が国の研究者が立ち会い、その場でコメントをつけ議論をしている。会場から発せられた質疑応答まですべてを網羅することはできなかったが、そ

（10） N. Schapira, *Un professionnel des lettres au XVIIe siècle. Valentin Conrart : une histoire sociale*, Seyssel, Champ Vallon, 2003（Schapira : 2003）. 以下の拙論で応答を試みた。「フランス近世出版統制と文芸の成立――文芸を創る国王秘書官」（「ジャンセニスムと出版允許（２）」）、『関西大学西洋史論叢』、第九号、二〇〇六年、一七～三四頁。

（11） N. Schapira et Mathilde Bombart, *La Nouvelle allégorique, ou histoire des derniers troubles arrivés dans le royaume d'Éloquence* d'Antoine Furetière, Toulouse, Société de Littératures classiques, 2004.

（12） N. Schapira, Jean-Pierre Dedieu et Stéphane Jettot, *Les sociétés anglaise, espagnole et française au XVIIe siècle. Recueil pour les concours de Capes et d'agrégation*, Paris, Hachette Supérieur, 2006.

（13） Alain Cantillon, *Le pari-de-Pascal : Étude littéraire d'une série d'énonciations*, Paris, Vrin/Éditions de l'EHESS, 2014, col. ‹ Contextes ›. 以下に紹介を書いた。http://pretexte-jean-jacques-rousseau.org/?page=pg03c_160402232322. なおカンチオンは二〇一七年春に初来日を予定している。

（14） Mathilde Bombart, *Guez de Balzac et la querelle des Lettres*（*1624-1630*）: *écriture, polémique et critique*, Paris, Honoré Champion, 2007.

（15） Laurence Giavarini, *La Distance pastorale*, Paris, Vrin/EHESS, 2010, ‹ Contextes ›.

れぞれの発表に対するリアクシオンを合わせて記録することで、本書の基軸とする対話を読者の眼に見えるようにしたいと考えた。要するに、書かれた論考／応答としての解説という第一のカテゴリーに、発表あるいは講演／応答としての通訳とコメントという第二のカテゴリーが折り重なっている。

本書全体の構成は以下のとおりである。

第Ⅰ部　文学の使用法　ＧＲＩＨＬ論文選
第Ⅱ部　文学と証言
第Ⅲ部　「書物の歴史」から「書物による歴史」へ
第Ⅳ部　文学・証言・生表象

第Ⅰ部

リオン－カンによる二本の論考を除き、すべて『ＧＲＩＨＬ（文芸事象の歴史研究グループ）』（私家版小冊子として配布。以下では『ＧＲＩＨＬ』（二〇一三）と略して引用する）に収録されている。ただし、本書に収録するにあたり全文を見直し、かなりの修正を施している。リオン－カンの「文学史と読書の歴史」は神戸大学刊行の雑誌『ＥＢＯＫ』に訳出されたものであり、「『時の故郷《くに》へ』ジュール・バルベ・ドールヴィイ」は本書のために新たに訳出された。第Ⅰ部は一九世紀の小説を歴史記述に用いるための方法論、一七世紀から一八世紀における哲学者に関する伝記記述が哲学の領域決定で演じた役割、パラテクストとしての「出版允許状」の機能、一七世紀の政治家による歴史記述を通してみた記述と行為のあり方など、それぞれの著者による自薦の論考だけに、分析対象と領域は一様ではない。ただし、すべての論考が記述表現と記述による「行為」を分析対象としている。行為《アクシオン》とは、記述を用いた直接的な働きかけ（意図的人為的な操作）であり、また、記述の読解時に発生する受容のあり方（作用）、いわば解釈における間接的な働きかけも包含する射程の広い概念である[16]。すでにジュオーの仕事を通じて我が国にも紹介されている「行為 - 作用」概念であるが、ジュオーの弟子筋にあたる若手研究者が各人の関心に応じて、具体例をあげながら記述とその受容について論じているため、操作概念にまで昇華されていることが確認できるだろう。今後我が国の研究者の間でも一層の注目が期待される概念であり、本書に収録した論考の対象が多様であるだけに、広く応用の可能性が示唆されているといえよう。

上述のように、『『時の故郷へ』ジュール・バルベ・ドールヴィイ」は本書が初出であり、リオン - カンが編集したバルベ選集に収録された論考である。一般書であるために、研究者を念頭においた方法概念には触れられていない。だが、ノルマンディを訪れずして「郷土作家」となったバルベの記述《エクリチュール》による操作の分析は、いわば見えないもの、そして「過去を可視化する」というGRIHLが設定したテーマの応用例といえるだろう。

私家版論集『GRIHL』（二〇一三）に収録されていて本書には再録しなかった論考が一つだけある。リバールとシャピラが共同執筆した「書物の歴史、書物による歴史」がそれで、フランスで発刊された雑誌特集号の序文として発表された論考である。序文という性質上、当該雑誌に収録されたすべての論考の紹介と概説が含まれていた。本書ではそれらの論考を訳出したわけではないので、序文のみの収録は不適切と思われた。内容に関しては中畑による本書第Ⅲ部の「序」で触れられているし、神戸大学での二人による発表で十分に彼らの主張は把握できると考え、本書では割愛することにした。

（16）「行為 - 作用」の概念に関しては、以下に収録された拙論を参照されたい。「より高度な方法意識の覚醒に向けて」（クリスチアン・ジュオー『歴史とエクリチュール』、特に、二一九〜二二一頁）。

マザリナード研究で知られるジュオーであるが、本書にはまったく主題の異なる二つの来日講演を収録している。第一の論考は二〇一一年、二度目の来日時に東京の武蔵大学で行われた講演である。一七世紀の説教師ボシュエのテクストを分析しつつ、いわゆる「文学史」で評価対象とされている作家のレトリック（修辞技巧）ではなく、ボシュエの政治的射程とイデオロギー性に着目して、その証言としての価値を明らかにしている。

この講演については企画から受け入れまでを担当した武蔵大学の望月ゆか教授が、当日も詳細なコメントを読み上げ、活発な議論の場を開いた。ジュオーの分析がボシュエの「証言」から政治性を暴きだそうとするのに対して、望月は「文学」の側に留まり、文学史において「大作家」という不動の地位を獲得しているボシュエのレトリックに着目した従来の文学研究者の解説を引用しながら、慎重に両者の接点を探ろうとする。新しい解釈に飛びつくのでも従来の伝統的な読みにしがみつくのでもない望月の批判的考察は、本書の原理とする対話の理想を見事に体現している。

第二の論考は、二〇一三年岡山大学での講演記録である。一六世紀末から一八世紀にかけてヨーロッパを中心として展開された芸術様式あるいは時代区分としての「バロック」。この概念をめぐる文学・歴史学の論争に分け入り、人文系学問の概念操作とイデオロギーの関係についての分析例を提出している。大学での研究といえば中立かつ公正無私と思われがちであるが、その実極めて危ういイデオロギー性が胚胎されていることもある。そうした偏向を「証言」として抽出する手腕は見事で十分説得的であった。しかし我が国では総じてバロックという概念に馴染みが薄く、また美学あるいは美術史のカテゴリーでのみ流通する概念であることを考えると、この論考の有効性を見いだすためには、その操作性を捉え直し、応用可能な方法論へと昇華するもう一手間が必要かもしれない。

第Ⅲ部

第Ⅲ部は「『書物の歴史』から『書物による歴史』へ」というテーマで、二〇一三年九月二三日に神戸大学にて開催されたシンポジウムの記録である。物質としての書物に眼を奪われがちな従来の「書物の歴史」から、書物が形成する社会的現実としての歴史へと視点の移動を促すことを目指した野心的なシンポジウムである。ところで繰り返しになるが『GRIHL』（二〇一三）にはリバールとシャピラの「書物の歴史、書物による歴史」という論考が収められていた。この論考を訳出した神戸大学の中畑がそこで展開された概念に着目し、実際に著者たちを呼んで対話を実現すると同時に、自身でも解釈と応用を提示した。したがってシンポジウム自体が、応答を試みる場であったといえる。

上述のとおり、シンポジウムにはジュディト・リオン－カンも出席を予定していたが、一身上の都合から急遽来日を取りやめた。本書に収録されているのはリオン－カンが準備していた論考で、当日はジュオーが代読し、杉浦が通訳にあたった。

また、ジュオーとヴィアラの下に留学し、GRIHLの活動と問題意識について知悉している嶋中は、中畑からの呼びかけに応え、旧師・旧友を前に自前の歴史記述の方法論を披露した。シンポジウムでの発表後、嶋中は数々の「メモワール」（覚書）を分析した自著『太陽王時代のメモワール作者たち――政治・文学・歴史記述』（吉田書店、二〇一四年）を上梓し、その一章に本シンポジウムでの発表を再録した。したがってすでに印字されている論考となるが、シンポジウムを忠実に再現するためにあえて再度の収録をした。

当日のシンポジウムでは永盛克也（京都大学）、鎌田隆行（信州大学）が司会を、杉浦順子（広島修道大学）が通訳をつとめた。

第Ⅳ部

第Ⅲ部に収録したシンポジウムの開催後、九月二八日に東京の一橋大学において森本淳生准教授（当時）の主導で開催されたシンポジウムは、「文学・証言・生表象――文学研究と歴史記述研究の対話」と題し、一八世紀の文筆家レチフ・ド・ラ・ブルトンヌを題材に、文学テクストから作家の表象と時代の証言を導き出すことを目的としていた。会場からの質疑応答も活発に行われ、文学の価値と作家の政治性というテーマにも踏み込んだ考察がなされた。我が国では、フランスの一七世紀研究者ル・ロワ・ラデュリによるレチフ論を下敷きに、アンシアン・レジーム期の家族論を展開した歴史家二宮宏之によるレチフ論が知られているが、レチフのテクストを家父長制と政治構造の次元で捉え直したリバール／シャピラによる発表は、エクリチュール、アクシオン、テクストの受容とイデオロギー性など、ＧＲＩＨＬが提示してきた概念を土台に、新たな読みの可能性を切り開くものであった。また、当該シンポジウムにおいては立教大学の桑瀬章二郎教授がコメンテーターをつとめた。桑瀬による応答の試みについては、ここで詳述するまでもなかろう。啓蒙の世紀の研究者として、リバール／シャピラのレチフ解釈からは距離をとり、二人の発表を適切に研究史に位置づけながら、見事に反論を展開している。

当日はリバール／シャピラの組み合わせの他に、ジュオー／リオン－カンがレチフとネミロフスキ、すなわち一八世紀の「農民」作家と二〇世紀のユダヤ人作家を並行して扱うことで、文学における「証言」の意味を問う旨の発表をした。ここでも発表はジュオーが行ったが、原稿の作成は共同作業による。当日は久保昭博（関西学院大学）と辻川慶子（白百合女子大学）が通訳をつとめた。

虚構文学の歴史理論の構築をめざして――どのように本書を読み、どのように本書を用いるか

文学を歴史として扱う試みなら、これまでにも数多存在している。しかしＧＲＩＨＬのアプローチは、テクスト

の記述をそのままの形では絶対に信用しないという厳格な方法論的態度に貫かれている。武蔵大学におけるジュオーの講演を例にとろう。一七世紀後半のフランス宗教界の大立て者ボシュエのテクストでは、同時代を襲った飢餓が克明に描き出される。そこでは思わず眼を背けてしまうような、リアリティ溢れる壮絶な光景が展開されるわけだが、これが実際の飢餓を描写しているのだと、誰が断言できるだろうか。いわんやテクストを証拠として、実際に飢餓があったこと、その実在を証明することはできない。ただし、これまでにも幾度となく歴史家が言及してきたのだから、実際に飢饉があったことまで否定する必要はないだろう。時に飢餓の規模が問題となるにせよ、その実在は事実として受け入れられてきたのだ。だが、記述と実在を混同してはならない。「語りは罠」（マラン）であろう。

荒唐無稽な冒険譚であろうが、バルザックの描くリアリズム文学であろうが事情は変わらない。中立・誠実を標榜する歴史記述も、記述である以上、特別視する理由はない。それでは記述を歴史の証言とする、あるいは文学を社会的現実ととらえ、その社会と歴史の史料とするにはどうすればよいのか。ＧＲＩＨＬの仕事には、そのような問いを意識しつつ用いた事例や、解決のための方法論の試みが詰め込まれている。

本書の基本原理は対話にある。対話には発信者がいて受信者がいる。進行に応じて両者の役割も時に入れ替わる。直接の対話には時間的制約があるが、印刷物と読者の関係にはそれがない。シンポジウムや講演会における発表者とコメンテーターは幸運にもその場で対話をすることができたし、翻訳者はテクストの意味を探りつつ対話の成果を提示できた。次は読者に出版物を用いて対話をしていただきたい。

しかしその前に、最初の読者である私自身が本書全体の見通しを示しつつ読解と応答を試みたいと思う。以下で提示するのは決して模範的な読みでも、単なる解説でもない。同じ一つの文章を皆が同じように読み、同じように理解する、できるはずだという幻想はこの際捨て去ろう。私にしかできない特別な読み方があるというのではない。だが私が読みたいものに動かされる私が、同じものを読んでいても大勢の人が同意する意味内容とは別のものを読み込んでしまうことはありえるのだ。だから誤読や牽強付会の誹りを恐れず、私の関心に引きつけ、本書に収録されたすべての論考から得られる可能性を引き出してみたい。それが私なりの応答の試みである。

＊

本書は記述の虚構性を共通了解としている。一方で、記述には伝達機能がある。われわれは何かを伝えたいと考えてものを書く。何も伝える意図がなかろうと、明らかに読まれることが想定されていないとしても、なぜ記述するのかという疑問は決して払拭できないし、記述からは何かが伝わってしまう。また、その「何か」が真実であるのか、読者を想定した虚構なのか、この記述をめぐる問いにも答えはおそらくはない。何かが伝わるのに、それが何か、その性質を知るすべがないのである。読者は執筆の意図なるものを推測するしかないし、辛うじてジャンルや状況証拠から判断する他ない。私信だから真実を語っているはずと思い込み、小説だからどうせつくりごとだと高をくくる。記述における判断の決定不可能性は、ジャンルやもっともらしい状況証拠から回避するのが常である。それでも出版物では、時に記述の信憑性が問題となり、場合によっては訴訟にまで発展する。そのとき、実のところ、記述の決定不可能性という大原則は忘れられ、著作物と著者が直接結びつけられてしまっているのだ。しかし記述の虚構性を厳密に受け入れるなら、著者の意図やジャンルを根拠とした信憑性は排除されねばならないはずである。

ところで、この判断の決定不可能性を受け入れることで、真実の伝達を標榜するジャンルはより深刻な事態に直面する。歴史がそれだ。フィクション／ノン・フィクション、虚構／真実の二項対立で思考するなら、歴史は間違いなく後者に属する。歴史を語る言葉や歴史記述も、真実を伝えるメディアと見なされている。また反対に史実を標榜しても、存在しなかったことあるいは想像を展開すれば、即座にフィクションと断じられる。われわれの判断力はある程度健全で歴史記述からは蓋然性を排除し、操作性に反応して警戒を怠らない。通常なら根拠や典拠を求めることも踏まえている。とはいえ、信の根拠となる典拠は、どこまで信用できるのか。これは果てのない、不信感を煽るだけの無意味な問いだろうか。それでもわれわれはより妥当な、より説得力のある議論を求める。

それでは、歴史を読み取るために、あるいはより一般的にいえば、記述を信ずるために、必要とされる作業とは何か。認識の限界を踏まえるだけでは、無限の懐疑から抜け出ることはできない。以下では読みの作法を練り上げるために、ＧＲＩＨＬの提示する事例を利用したい。

＊＊

表象の形成

まずジュディト・リオン－カンによる「フランス一九世紀前半の読書経験と社会経験――歴史家による文学の使用法を再考する」と題された論考（第Ⅰ部1）は、上記の問題意識をそのまま持ち込んだ論考である。「歴史家は文学作品を史料として横領する」。この挑発的な一文は副題にある「歴史家による文学の使用法」を言い換えたものだが、その実、歴史家による学問上の実践《プラチック》のみに照準を定めたものではない。なぜなら、専門家を含むわれわれの誰もが過去――ここでは一九世紀前半のフランス社会――をどう表象するか、より具体的には、どのように社会を想い描き、どのように書き記すのかを問題としているからである。もちろん、われわれが過去の生活や習慣を想い描く場合、当然のことながら史資料があるしさまざまな道具を用いる。教科書や参考書あるいは辞書や百科事典は信頼すべき典拠であり、現代ではインターネットが有益な道具となるわけだが、まさにそこで見いだされる情報を提供するのは、過去の表象と記述を職業とする歴史家である。その歴史家が広く虚構として認知されている「文学作品を史料」として用いているのだとすればどうであろう。リオン－カンによれば、現代に至るまで専門の歴史家さえ、小説あるいは作家の描写を信用して一九世紀社会を表象する。つまり真実を提供するはずの歴史家も、バルザックやスタンダールの作品なしでは、その当時を想い描くことができないというのだ。実は、文学を用いて社会を想い描くこうした慣習は、一九世紀前半に産出された文学の効用に由来するというのがリオン－カンの主張である。それではいつどのようにして、文学を用いた社会の表象という認識の枠組みが誕生したのか。このような問いの立て方により、あるテクストが真実を記述しているかどうかという記述の決定不可能性の問いが回避され、真偽を問題とせず、文学の効用をより根源的なレベルで考察することができるようになる。

一九世紀前半において、文学は社会の「モデル」か、悪や病気の徴候かという議論が存在した。前者には「古典主義的」、後者には「ロマン主義的」回答が導き出されたという。すなわち、古典主義的な考え方では文学とは見習うべき、あるいは見習ってはならない「手本」とされるのに対して、一九世紀には「文学とは社会の表現である」というスタール夫人の言葉から、社会の「症候」と捉える見方が主流となった。「小説文学それ自体は現実の症候か表現として、絶えず『現実の事象』を提供する」。歴史家は、このような「ロマン主義的概念の系譜」に身を置いている。「文学の使用法」は「確かに、一九世紀に配置された概念図の一環をなしている」のである。それゆえ、歴史家は文学を「情報源」として受け入れている。このような状況を前にした場合、文学を虚構として切り捨て「情報源」として使用しないか、あるいは文学の記述をそのまま受け取らず、別の使用法を考え出すかという、二つの選択肢を想定できるかもしれない。だがわれわれの認識に文学が常にすでに入り込んでいるのであれば、文学を使用しないという選択肢はありえまい。それならば、つまり文学の別の使用法を生み出そうとするとき、おそらく不可避的に記述が真か偽かという決定不可能性の議論に逆戻りしてしまう。そこでリオン＝カンは問い自体を「歴史の対象に転換」するよう提案する。「すなわち、一九世紀前半期に文学とは世紀のしるしであるとする表象が生まれ、その後長らく維持されるのだとすれば、この時期に、如何なる条件でそのような表象が配置された」のかを問題とするよう提案する。要するに、思考の枠組みの形成とその歴史性へと眼を向け直そうというのだ。

だがこの根源的な問いが、本論において深化されることはない。具体的には、この線に沿って文学解釈の「古典主義的概念」と「ロマン主義的概念」の配置を史料で跡づけてゆく作業が考えられるが、本論自体は「読者としての個人に、文学はどのような作用をもたらすのか」という「系統の異なる指摘」へと移行することになる。

論考後半部では、文学テクストが「公衆」に与えた影響が扱われる。公衆＝読者は文学が自分たちの社会を映し、真実らしさを提供していると確信するからこそ、小説の中に自らを見いだし重ね合わせる。「小説家のリアリズムの企図に参与し、同時代社会の不透明な仕組みを読み解くために」、公衆は小説を用いる。「自分たちが読んだ小説を利用して、自分の人生の記述を切り貼りし、社会的な帰属を作成する」。つまり、歴史家が文学にモデルと症候を見つつ歴史記述の史料としたように、公衆は同じ文学に「社会構造の解明と告発」を予感し、自らのキャリアを「作成」する。しかしそれだけではない。さらに興味深いことに、翻って（シュとバルザックによる）当時の小説は「読者による領有という図式の一覧表全体を提供」しているとされる。すなわち、小説に描かれた登場人物に同一化した読者の姿が、小説の中に描き込まれているというのだ。これはまさに、小説を用いた表象の生成に関する考察であり、その過程を検証する史料として、リオン－カンはファンレターを導入する。ファンレターは「小説の使用法の証言」であり、「作家に手紙を書く読者は、全体を描き出すという作家の野心が大局的には成功していることを認めながらも、とりわけ、個人の道筋を同時代史の中に描き込む小説の力を領有する」。ここに教育の普及に関連して、「小説という手段を用いて社会事象を説明することに対する恐れ」が加わる。こうした一社会固有の特殊事情を考慮して初めて、小説文学が「社会経験の作成」において果たした役割を論じることができるのである。「七月王制下の人々は、当時の小説作品の意味と使用法に関して不安な疑問を発し、それにより、その後長く持続することになる文学表象の配置に貢献した」。そしてこのような「文学表象」を、現代の歴史家を含む「われわれ」も引き継いでいるのである。

リオン－カンの小論が教えるのは、小説の虚構性や真偽の判定から、文学が「社会世界の表象と個人の社会経験の形成に寄与したやり方」を考察するという、問いの立て方の転換である。文学という一九世紀社会の形成に必要不可欠な生産物を歴史研究として追いながら、翻って小説やその他の生産物が、われわれが生きる現代をどのように規定しているのか、あるいは如何なる文学の作用を通じて表象が形成されるのか、現代の問いへの手がかりともなろう。遠く現代に通底する問題として過去を認識しその淵源を求め、その解決策を探ろうとする姿勢に学ぶところは多い。

リオン－カンの関心はもちろん一九世紀フランス社会と近代小説の勃興期という時間的にも空間的にも限定された対象にあり、時代性に由来する特殊事情、特有の条件を考慮しないでは研究は成り立たない。だが小説に限らず、その社会と特異な関係を切結んだメディアや対象なら、それらを表象の形成という観点から問い直すこともできよう。「フランス一九世紀前半の読書経験と社会経験」と題された論考は確かに特定の事例を扱う歴史研究なのだが、表象をめぐる研究実践として読み換えることも十分に可能である。

リオン－カンの次なる論考「文学史と読書の歴史」（第Ⅰ部2）もやはり、一九世紀フランス社会、一八三〇年代の小説を対象としている。「七月王政期の読者」による風俗小説の領有と、同時代の言説体系における小説の地位を扱う。先の論考が歴史家による文学の使用法を俎上にのせているのに対し、本論は文学史に対する提言をなす。それなら、文学者による文学の使用法に関する考察と読み替えて差し支えなかろう。

一九世紀の小説家は読者からの手紙を雑誌に掲載させ、「小説の受容を美学と道徳の議論の外へ出し、社会問題に関する公の論争の核心」に持ち込む。こうして文学はそれ自体が社会問題となる。社会の小説化とフィクションの社会化が合わせて観察されるのだ。「歴史家（が）文学作品を史料として横領する」のに対し、小説家はまさに作品を史料として提供する。小説に社会の「症候」を見る「ロマン主義的」概念が蔓延するのと並行して、社会はそのように生産されていく（すなわち、症候となる）。ここで社会と小説をつなぐのは、やはり読者からのファンレターである。ただしリオン－カンによれば、文学史家は以前からファンレターを史料として用いていた。文学史家は「あるときは作家の伝記を充実させるために、あるときは、『受容美学』に着想を得た展望において、読者公衆のすべてもしくはその一部の期待の地平における作者の作業を例証するために」、この史料を利用していた。しかし、作家の伝記記述をするうえで、読者の感想が何を保証するというのか。一部の反応が読者一般の感想に拡大されることで、「受容」の証左となりえるだろうか。リオン-カンは従来の文学史家の利用法には踏み込むことなく、ファンレターの効用に眼を向ける。ファンレターは作家の人気の指標や、読者の（あるいは公衆の）精神状況、心性を説明するものではなく、「社会におけるアイデンティティを形成し、社会的行程を語る際にも」役に立ったはずである。要するにファンレターとは、小説の効用と、その存在規定を明らかにするための史料となる。これは文学史家への提言に違いない。ファンレターを用いて小説の美学（ファンレターは一読者の審美観の表明にすぎない）と同時代の受容を導きだしたり（ファンレターは一読者による私的な感想の域をでない）、記述内容の真偽を探るのではなく（一読者の読みが正しいかどうかを誰が判断できるというのか）、小説の社会的位置を見出すよう促すのである。

小説をその審美的な価値判断と心理的解釈から解き放つためにも、同時代の言説空間において、その存在規定と位置を求めねばならない。手紙を史料として用いることの適切さの判断も含めて、文学史家と文学研究者に自省を促す問いである。小説が社会の鏡かどうかや、それが適切に社会を描くかどうかなどは、その物語内容からは判断ができない。むしろ物語内容とは無関係に、小説が「同時代社会の適切な言説」であることを自称したという事実をこそ問わねばならない。同時代社会における言説配置と特定の文芸ジャンルの位置という問題設定を掬いとるなら、一九世紀小説に固有の問題では些かもない。ここではリオン-カンの発想と文学史家への提言を、あえてアナクロニックに読み替えるなら、私個人の関心として、論争文書の生産と交換から、一七世紀の言説配置を考えてみたくなる。論争相手のどちらが正しいという判断や、論争内容に絡めとられず、言説配置と文書による働きかけの観点から、古典主義文学を捉え直したらどうであろうか。

さて、リオン-カンは第三の論考（第I部3）で、異色の世紀末作家バルベ・ドールヴィイの執筆法に光をあてる。「郷土小説」の創始者といわれるバルベは、「想い出と友人トレビュシアンがカンから彼に送った膨大な量の精密な情報に基づいて」、幼少時代を過ごしたコタンタン半島の風景を表象する。実地調査ではなく、友人から送られてきた知識と、記憶と想像力を駆使して「時の故郷」を描き出す。「小説家という鍋に収集資料を入れ、さらに想い出と想像力を加え『沸騰』させ」る、幼少期を過ごした数々の土地に「幻想的かつ歴史的深みを与え」るために。数年後、バルベは実際に帰郷する。

歴史家リオン－カンはバルベの記述に惹かれている。記憶と想像力によって歪められたコタンタン半島に。「時の故郷」とは、歴史不在の国である。「幻想的なまでに仄暗い故郷、亡霊が出没し不可解なことが絶えない故郷、身をよじらせるほどの情念が存在する故郷、そして歴史＝物語がその痕跡によってもろもろの肉体と存在とを苦しめるような故郷」であり、そこには正確な歴史、実証的な歴史学が描くことのない土地が広がっている。一九世紀前半に現在までの歴史家を支配する小説の使用法が形成されたとすれば、バルベの描く小説は、ありのままの社会を描くと自負する小説を完全にすり抜ける。変容したのは小説というジャンルだろうか、それともバルベという作家が特異なのか。バルベの描いた土地は「幻想的かつ歴史的な深み」を備えている。歴史の欠けた土地の記述に、リオン－カンは歴史を視ているのだ。

哲学の誕生

リオン－カンが近代小説勃興期の文学の効用に関心を示すのに対し、ダイナ・リバールは哲学史の形成に一役買った文学の効用を取り上げる（第Ⅰ部4）。哲学史上、近代哲学の祖といわれるデカルトの理論やその形成過程については、哲学史家も文学史家もおびただしい量の研究を積み重ねてきたが、なぜデカルトが哲学者になったのか、なぜデカルトが「哲学的」著作を生産するようになったのか、そもそもなぜデカルトが文学ではなく哲学史で扱われるようになったのか、といった点にはさほど注意が払われてこなかった。それらの理由の一端を、デカルトやフェヌロンの伝記記述者の思索と行為に求め、いわば現代でいうところの、専門科目としての「哲学」の成立と結びつけて論じたところにリバールの独創性がある。

デカルトはイエズス会士の下で学校哲学（スコラ学）を身につけた後、決して教壇に立つことはなく、「学校の外」での経験を経て思索に専念する。経験こそが哲学の実践であり、デカルトの理論はそうした実践の結果と痕跡なのである。デカルトの最初の伝記記述者であるアドリアン・バイエはそのように理解し、デカルトの理論に注釈を加えながら、自らもその生を模倣しようとする。一六三〇年代以降一八世紀全体を通じて、哲学者についての伝記記述が増加した背景には、そのように「哲学的な生き方」を記述し実践しようとした伝記記述者の営みがあった。そしてそのような伝記記述の増加は、同時に学校外哲学の誕生と軌を一にしている。哲学の「外部」であるところの生こそが、哲学を、特に専門的な職業としての哲学を生み出したのだ。

現代の読者にとって哲学とは何かは自明ではないとしても、哲学を学ぶ場や哲学として扱う対象については、ほぼコンセンサスが得られている。しかし近代哲学が成立するこの時期には、「公衆としての読者が読む著作が、（哲学書であるかどうか）資格に関しての同意がない状況の中で、伝記記述が介入」する。哲学、哲学者、哲学書の資格が曖昧なこの時期、伝記記述者が作家の著作を選別し、極めて限定された公衆が出版物に哲学の資格を付与していた。これは哲学の書で、あれはそうではないという具合に。こうした選別は「学校外」で行われたのである。

「フェヌロンは、執筆活動を通じて司牧の実践をしていたことで哲学者とされた聖職者の事例である。」すなわち、フェヌロンの場合は、論敵がフェヌロンの司牧活動を解釈した結果、哲学者として扱われるようになる。また、彼の伝記記述者であるラムゼイもそれに貢献する。「伝記記述者による記述は、激しい対立に晒されていた現在時の証言をもたらしてくれる」。ここでいう「証言」とは、ラムゼイやバイエのような作家が描きだすフェヌロンやデカルトの像や理論ではない。そうした像が正しく描かれているか、理論が正当かどうかという問いには蓋然的な答えしかない。「現在時を思考し描いた」彼らの伝記記述こそが、哲学と哲学者を創りだすのだ。これが執筆行為《エクリチュール》による時代の証言である。今日の哲学史はこうして成立する。『語ること、生きること、思考すること』というリバールの著書の題名は、伝記記述者の介入と、語り、経験、思考の結果としての「哲学者」と哲学史の誕生を要約している。「証言」という語を通して、リオン－カンの仕事と接近させるなら、記述内容の真偽の判断よりも、現代の哲学史（歴史学）が前提とする、あるいはそれなしでは哲学（歴史）を想像できない著作（小説）の、当該社会における言説配置の構成に焦点を合わせ、そうした著作に「哲学」の資格を与えるのに貢献した伝記記述者の行為に着目しようというのである。「古典主義時代の哲学が文学において産み出される、その生成の場に立ち返りつつ、そこでの思考実践に一つの過去を与えてやる」のだとリバールは言う。リオン－カンが小説を用いた読者のキャリア形成に着目したのに対し、リバールは伝記記述者の行為に語りの重点を置く。伝記記述者による表象と行為こそが、哲学史と呼ばれる現代の常識を規定している。ここに二人の研究者の認識上の類似が見てとれよう。

文学の働き

リオン－カンが歴史家による小説の使用法から現代の歴史記述の淵源を辿り、リバールが伝記記述に現代哲学史の生成を見るとして、ニコラ・シャピラも、その出発点において問題意識を共有している。シャピラの博士論文であり最初の著書となった『一七世紀における文芸の専門家ヴァランタン・コンラール　ある社会史』は、国王秘書官という官職についていた「文芸の専門家《プロフエッショナル》」ヴァランタン・コンラールの経歴を追いつつ、当時勃興しつつあった「文芸」ジャンルの成立に迫った著作である。王権による事前検閲制度を背景に、コンラールは大法官府で出版許可を意味する「出版允許状」の執筆を生業としていた。当時は王権からこの特権（出版允許状と特権は privilège という同じ語である）が付与されなければ出版ができなかったため、著者や書籍商から許可申請を受けて允許状を執筆する国王秘書官の権力は絶大であった。さらに「文芸の専門家」として允許状を発行するコンラールが手がける書物が「文芸」を専門とする書籍商から出版されたために、翻って同じ書籍商から出版される書物こそが「文芸」と認知されるようになってゆく。要するに、国王秘書官としてのコンラールの仕事と署名行為は、「文芸」というジャンルの成立と認知に直接関わったと考えられるのである。文学史の記述を大作家の列挙から救い、文芸の仕事に携わる人物の所作と行為から歴史を捉え直すシャピラの研究は、従来の専門領域における常識と記述をこそ疑い、学の構築原理を問い直すという意味で、やはりリオン－カンやリバールと問題意識を共有している。

シャピラの最初の論考（第Ⅰ部5）は「出版允許状」という「パラテクスト」に焦点を絞った、ミニマルな研究である。だが、時代と対象が極めて限定されているとはいえ、その射程は広く、遠く現代の文芸批評理論まで包摂している。出版允許状とは、「作家が自らの仕事と社会的なアイデンティティについて高らかに宣言をする場」であり、「作家の宣言が王権によって保証を与えられる場」でもある。王権は允許状で出版を許可し、作家であることにお墨付きを与える。その制度の中で「大作家」の名声が確立され、文学史が作家を聖別する。こうして現代批評理論の概念を問い直す作業が、文学史が常識とする大「作家の誕生」の存立根拠への問いに連結される。ちなみに、書籍全般に付される「出版允許状」と、神学書の出版時に専門の神学者が発行する「承認」は双子の関係にある。やや抽象して言うなら、前者の発行主体が王権であり、後者は教権による品質保証といえる。私は神学書の出版允許状と専門家の発行する「承認」の関係に着目し、ジャンセニスム運動を記述するうえでの「承認」の史料としての有効性を論じたことがあるが[17]、シャピラが引用する劇作家ラシーヌによるジャンセニストの「承認」に関する言及を併せて考えれば、ジャンセニストによる主義・主張（ジャンセニスム）の公示および自己顕示、出版戦略、表象を、「承認」と允許状から導き出せるのではないかと再読を迫られているように感じた。

またシャピラの論考では、允許状を発行する側の利害にも触れられている。音楽家リュリの例でいえば、まずは允許状はリュリに対して王権が与える特権であり「君主の恩寵」である。君主が褒め称えるのだから、「作曲家の

（17）　拙論「公認か『承認』か――フランス近世出版統制とジャンセニストの出版戦略」成城大学フランス語フランス文化研究会編『AZUR』第九号、二〇〇八年、五五～七四頁。

芸術家としての身分を確立するのに役立つ」のは当然である。ところで、事前検閲を前提とした允許状の発行システムの利点として、王権による出版物の規制については、これまでも指摘されてきた。だが加えて、「リュリの偉大さと権力を確立しながら名声を強化するという、文書の効力」それ自体も出版を通じて『公にされている』ことを見逃してはならない（ちなみに、公にすると出版するは、共にpublierという同じ語である）[18]。王権は出版全般に関して自らを裁定者に位置づけ、それを喧伝することが可能となる。ここでいう出版全般に宗教書が含まれることに注意されたい。これは宗教書の出版、ひいては宗教事象の裁定にまで王権が決定権を持つことを意味する。出版とはまさにローマとフランスのパワーゲームが展開される場となる。恩恵、利用といえば、利益を引き出す側ばかりに注意が向くが、受信側発信側の双方向の利害に基づくからこそ、息の長い制度として機能しえたといえる。一見何気ない指摘ではあるが、現在存在する「文系」という制度的産物と、文学の価値と仕組みを考察するうえで、この双方向性は常に意識すべき事柄であろう。

シャピラの次の論考（第I部6）は国務秘書官ロメニ・ド・ブリエンヌの経歴と『メモワール（覚書）』を分析したものである。ブリエンヌはアンシアン・レジームにおいて四名からなる国務秘書官（secrétaire d'État）の一人である。元来「国務卿」と訳されてきた役職である。ところで、前述のコンラールは「国王秘書官」であった。これは売官制を利用して入手する官職であり、「国務卿」の身分、職務とは直接的には何ら関係がない。しかしフランス語では、ともに主人の「秘密」に与り、文筆を生業とする「秘書」を指している。本稿の翻訳ではこの点を考慮して「国務秘書官」という訳語があてられている。

さて、ここでもシャピラは作家の執筆《エクリチュール》行為に注目する。作家自身の手になる出版允許状にせよ出版允許状を執筆するコンラールにせよ、書く行為（執筆）と書かれたもの（テクスト）の両方が、歴史の中で担う役割と機能に着目する。ちなみにフランス語では、écritureという一語で書く行為と書かれたものの両方を指すことができる。エクリチュールが行為《アクシオン》として働きかけ、読者に作用《アクシオン》するというのが、ＧＲＩＨＬが「出版＝公にすること」の次に掲げた操作概念であり、「エクリチュールとアクシオン」は連動する。(19)「文芸事象の歴史」はしたがって、執筆行為としては論争、歴史記述、伝記記述、哲学の形成など、書かれたものを扱うなら書物、手紙、論争文書、文学テクストなど、テクストの受容を扱うなら読者の反応、読書行為、表象など、およそ文筆に関わること全般を対象とする。

「地位を守るため、文学的名声に賭けた」国務秘書官ブリエンヌは、作家としてラテン語で執筆するばかりか、職業上の義務として、王の名の下に作成される文書において「王に相応しい形式で話させ」たり、速記の能力を身につけていた。シャピラは文芸や文筆に関わる事象を歴史記述の中心課題に据えているのである。

出版允許状というミニマルな対象から現代文芸批評の概念に踏み込んだように、ここでは国務秘書官の経歴と行為に焦点をあてつつ、「行政の近代化」と「事務局の業務における家臣団モデルの効用」という伝統的な制度史の問い直しも目論む。さらにブリエンヌの経歴と行為はアンシアン・レジームにおける主人と家臣の忠誠《フィデリテ》を介した関係の再考を促しもする。(20)

証言とは何か

ジュオーの操作概念や方法論に関しては、日本独自編集の『歴史とエクリチュール』において私見を述べているし、対象は異なるとはいえ、上述の三人の問題意識は多くをジュオーに負う。ＧＲＩＨＬという場を共有し、分担箇所を明示しない共同執筆の実践をしていれば当然ではある。ジュオーは対象に最も適合する読みの可能性を常に

(18)　前掲拙論（『歴史とエクリチュール』、二六九〜二七二頁）を参照のこと。
(19)　前掲拙論（『歴史とエクリチュール』、二一九〜二二五頁）を参照のこと。
(20)　忠誠の概念については、本書の編者の一人である嶋中による研究を参照されたい。嶋中博章『太陽王時代のメモワール作者たち――政治・文学・歴史記述』、吉田書店、二〇一四年、第二章。

模索する。そしてここ数年は、「証言」に関心を抱いているようである。証言といえば特に『SHOAHショア』の衝撃以来、口頭や映像による証言が想起されるが、武蔵大学での講演（第Ⅱ部1）では書かれた証言すなわち文学テクストに具体例をとりながら、文書を証言として扱う方法について考察をしている。しかしそもそも歴史家は、過去の文書と向き合い、時代の証言を汲み取ってきたではないかと言われるかもしれない。ところがジュオーが用いるのは文学テクストである。通常なら、文学史上の大作家の傑作であれば、まずは修辞技巧（レトリック）の巧みさが称揚され、歴史史料としての資格は予め疑われてしまう。それではボシュエのテクストは何の証言なのか。

ここで再びリオン－カンの論考を想い浮かべてほしい。小説であれ歴史書であれ記述であるからにはそこに真偽を求めることはできないし、その判断を下すことは結局のところ不毛な議論となる。ジャンルで読みの真偽を判断しがちなわれわれは、文学ならば修辞技巧や文体にならぬ注目するが、ありのままの現実を映しているとは考えない。これはジュオーにとって好都合な二つの誤解である。歴史の証言は文書内容に絡めとられてはならないし、文学上の技法はそれ自体証言なのである。「文書とその執筆行為」とは、「歴史に差し込まれた実践」であり、文学とはその証言である。ここに「過去のテクストに対する史料としてのアプローチと、文学としてのアプローチを対立させた二者択一から抜け出る方法」がある。

もう一つ、「証言」をめぐるこの論考では「行為」概念の実践例が興味深い。「文書を過去の保管者のようなものと考え、過去の現実が登録・再現されている」とみるのではなく、まさに「文書という場においてこそ、過去の現実が構築される」のだ。文書は過去の遺物であると同時に、読者に働きかける作用子である。したがって文書の意味は、文書が語る過去の現実らしきものと同一視することはできない。文書はあくまで、読者を前に過去の現実を構築してみせる、その証言だというのである。

結局のところ、王を前にして初めて説教をした若きボシュエは、神学の専門用語をずらし、修辞技巧の枠組みの中で用いる。従来の研究では、ボシュエは修辞を駆使することで暗に王の不品行を当てこすり、「政治社会秩序を批判」したのだとされてきた。だが、その当てこすり、批判を明かす証拠は文書上にはない。そんなことが書かれているのなら当てこすりではありえないし、書かれていないのだからそれは読者（研究者）の頭の中にしかない。要するに、他にも無数に考えられる、一つの可能性にすぎない。以上をふまえて、ジュオーは書かれているものにより蓋然性が高く、具体的な証言を求める。ボシュエは「神の全能を担う『絶対者』」の形象を、「極めてキリスト教的な王の絶対権力へと」変換する。したがって表面上は幾ら「悲惨と慈善」に関するテクストとして読めようが、「フランスにおける篤信家版王の絶対権力理論」を展開していることになる。これが第一の「証言」である。ボシュエの用いた修辞技巧は語りの「脱文脈化」を促し、災禍の前に国王の偉大さを対置させる。このようなエクリチュールの選択自体が、「修辞行為に関する証言」をもたらしているという。これが第二の証言である。また、「宮廷での説教」が、特定の発話状況において、「権力の自己言及に同意する」からには、それはすでに「政治行為であるという事実」の証言となる。ボシュエのテクストが文学史において読み継がれたことで、道徳的な射程の中で普遍化され、「政治行為を覆い隠すことができた」という末尾の指摘は、テクストを聖典扱いし、政治行為ではなく修辞技巧に眼を奪われる文学研究者への痛烈な皮肉である。これを「文学の持つ力の証言」とするなら、これこそ、今ここで他ならぬこのテクストを読む読者への作用をも考慮しているに違いない。証言を単純化するどころか、複数の証言を導きだすあたり、透徹した見方と柔軟で熟練した読みの技法に思わず嘆声の漏れるところである。

ジュオーの講演に対し、望月はフランス本国における文学研究の潮流を見据えつつ論評を加えた（第Ⅱ部2）。まず紹介されたのは、ボシュエの近代版テクストの編者にして、フランス文学の牙城パリ第四大学（ソルボンヌ）で教鞭をとる文学研究者コンスタンス・カニャ゠ドブフの研究である。上述のように、ボシュエのテクストに皮肉や当てこすりを読み、レトリックを賛美するカニャ゠ドブフの説は、ジュオーの解釈とは真っ向から対立する。望月は解釈の違いを整理・比較して、両者の妥協点を探る。また、ボシュエの説教の一つである「金持ちとラザロの説教」の前半を取りあげ、否応なく「ボシュエの参与のエクリチュール」における「王への隠れた道徳的批判・訓告」を読んでしまう自身の解釈を明らかにしたうえで率直に疑問をぶつけている。そして最後にカニャードブフの説を離れ、研究史の視点から『ルーヴルの四旬節説教』をめぐる二つの伝統的解釈を紹介し、そのどちらにも組せず、自身の研究対象であるアントワーヌ・アルノーの『頻繁なる聖体拝領について』の影響を見てとり、悔悛論を経由することで、ジュオーとカニャードブフによる二つの異なる解釈の総合の可能性を探ろうとした。

ジュオーによる「『バロック』概念をめぐって」と題された論考（第Ⅱ部3）は岡山大学での講演原稿であり、先の論考から約二年の歳月が経過しているが、ここでも主要な関心は証言にある。ただし、ここでは文学テクストの分析から証言が導きだされるのではない。バロックという概念に焦点をあて、研究者による多様なバロック解釈とその扱い方に証言としての価値を見いだそうというのである。そこではバロックという美術史上の概念をめぐる複数の対立が描かれる。とはいえいわばバロック論争から、真の唯一正しいバロック像が抽出されるというのではない。幾人かの思想家や研究者によれば、バロックとは時に歴史相対主義を体現し、古典主義に対抗する知的武器となり、時に「過去の対象を『廃墟』として、断片として捉えるような批判的な態度」を指す。また、時に「フランスの知識人の抵抗精神を」支える理論を提供するし、「歴史的な知と主体的経験が出会う」場ともなる。最後に、美術史家ピエール・シャルパントラが提起した、「神学と司牧神学の表現と実現のためにこそ、バロック空間は構想された」という解釈を紹介し、その本質的な使命が「言語を絶するものと、図像では表現できないもの」を表現する手段であったと指摘する。シャルパントラの解釈を受けて、バロックとは「過去の人間が展開した戦い」、「図像では表現できないものを見せ、伝え、持論を提示し、そうして知覚経験の中に、過去が現前する様態を認めさせようとする戦い」における道具、理論装置であると締めくくる。

これまでのエクリチュールへの執着を拭い去ったかのように、美術史上の一概念の機能にこだわり、複数の対立概念を列挙しながら、極めて抽象的な結論に到着する。この論考は、GRIHLが設定した「可視化」、過去を現前させること、見えないものを可視的にすることというテーマへのジュオーの回答であろう。「現前効果」(effet de présence)というのは思想家ルイ・マランがしばしば用いた表現であり、ピュブリカシオン、エクリチュール、アクシオン、証言などに続き、ジュオーはこの概念と格闘している。『偉大なる世紀を救う?――過去の現前と伝承』という前著の一章を基にしたこの論考は、ジュオーによる新たな挑戦と実験の産物である。

本章の第Ⅲ部と第Ⅳ部は二つのシンポジウムの記録である。それぞれのシンポジウムの開催趣旨は主催者が本書のために執筆したそれぞれの「序」に譲るとして、ここではそれらのシンポジウムとその目論見に対する私見を述べたい。私は幸いにも二つのシンポジウムに居合わせたし、ジュオー、リバール、シャピラの招聘に携わったことから、機会ある毎に彼らと直接対話することができた。

書物の効用

シンポジウムの序幕を切ったリバール／シャピラの論考「書物による歴史――方法論の提案」(第Ⅲ部1)の基底には、本書では割愛した共同執筆の論考「書物の歴史、書物による歴史」がある。またそれらが書かれた背景として、一九五〇年代にリュシアン・フェヴルとアンリ－ジャン・マルタンが上梓した『書物の出現』以降、四半世紀以上に渡り歴史学の一角を占めることになった書物史の隆盛がある。マルタンはその後『一七世紀パリにおける書物、権力、社会』を世に問い、八〇年代には書物史の集大成ともいえる浩瀚な論集『フランス出版史』の編集を手がける。歴史学ではその後もベルナール・バルビシュが制度史の観点から書物史にアプローチし、ロジェ・シャルチエは書物から読者へと視点を転じた。文学ではジェラール・ジュネットが記号論の観点から書物に着目し、レトリックや物語分析だけでなく写本や序文、書物の形態まで、あらゆる視点から研究を押し進めた。ところが問題が提起され、多くの研究者が参与し開拓が進むと、いつしか頭打ちとなり停滞状態に陥る。歴史学では専門分化が進み、読書・解釈といった思想史との対話は近年問題とされなくなってしまった。文学研究や批評理論ではジュネットによる分類と整理で止まり、書物をめぐる新たな展開は表面上見られなくなった。

本書に収録した「書物の中の世界、世界の中の書物」(第I部5)で、シャピラはジュネットの批評用語から出発して、その概念区分に修正を迫った。それは出版允許状という一六世紀に出現し一八世紀にはその使命を終える生産物の制度史的意味と歴史を知悉しているからこそ提出することのできた修正案であった。シャピラは正統な歴史家として制度史に通暁し、また読書と読者というシャルチエの問題意識にも無関心でなかった。それゆえに物質としての允許状の分析に際し、「出版允許を読む者」なる一項目をたてるのである。その関心は文学の批評理論にも及んでいた。そのシャピラが「書物の中の世界、世界の中の書物」という論考でよりどころとするのは「エクリチュールとアクシオン」という操作概念である。要するに、細分化し隘路にはまり込んだ書物史を、この操作概念から問い直してみようというのである。

以上のような背景を踏まえれば、シャピラ/リバールが書物史から「書物による歴史へ」と舵を切るという提言の射程を理解できよう。「エクリチュールの問いに取組むことを拒否し、書物史は事後の領域と呼び得るようなもの、つまり流通、発行、領有だけに対象を限り、それで満足しています」。多分に挑発的なこのような発言を通じて二人は、従来の書物史の欠落を指摘し、代案を用意する。書物の存在ではなく、「書物によって人が何をなし得たか」、またなし得なかったかを問うよう提案する。書物の物質的側面を扱うのではなく、またはその構成要素を無限に細分化して網羅しようとするのでもなく、「エクリチュールの一部」としてその行為と作用に着目するよう促す。

ところで文学研究においては、特にロラン・バルトの登場以来、統一された物体としての書物という概念はどうにも受けが悪い。一九世紀以降に確立された文学研究、とりわけ作品の編纂に関わる文献学では、作家が同一作品に何度となく書き込みを加えた場合、作家の生前最後の版か、最後に手を入れた版を作家の意図の反映と到達点と捉え、決定稿として出版の基準としてきた。こうして例えば、一五九二年に死んだモンテーニュの『エセー』は、一五八〇年の初版本でも一五八八年に刊行した増補版でもなく、晩年の書き込みを加えたいわゆる「ボルドー本」が二〇世紀前半に編集され、近年まではそれが決定版とされていた。他の作家にしても大方この原則が遵守され、全集などの編纂の基礎とされていた。ところが、編集方針が変われば、「決定稿」の概念にも変化が生ずる。一五八〇年代のモンテーニュの思想を知るには第二版が重要視されてもおかしくないし、パスカルにおけるモンテーニュの受容という観点からは、パスカルが参照したことが知られる一六五二年版が尊重される。作家の意図を離れ（そもそも死者の意図などどうしたらわかるのか）、ひとたび編集方針を疑えば、初稿も未定稿も最終稿も、そして草稿でさえもすべてある視点からの価値を持ち、同じように扱うことができる。それなら、一冊の完成した「書物」よりも、縦横の糸を織り合わせるようなイメージで形成される「テクスト」のほうが利便性が高く適切だという考えがでてきても不思議はない。バルトに倣い、シャルチエが「作者は本を書かない。彼らはテクストを書き、それを他の者たちが印刷されたオブジェに変える」と書く時、まさに物質としての、完成形としての書物への崇拝に冷や水を浴びせているのである。

だが、とリバール／シャピラは問い直す。作家が書くものは、読まれることを目的として流通に乗るからこそ、その正当性が認められるのだから、やはり読まれるものとしての「書物」からアプローチするのが妥当ではないか。本という物体は読者を操作する。本論では、市販されている形態や流通ではなく、「読まれる」という行為、あるいは読ませるという作家の狙う作用の分析に力点が置かれる。誰も読まないものを作者は書かない。およそ書かれたとすれば、少なくともそれは誰かに読ませるためのものだというのである（誰、というのは特定できなくとも）。細かな反論は予想されるが、大局的にみればこのような断言はおそらく正しい。それはパスカルの『パンセ』のような未完の（未刊の）、それも作者以外の他者が刊行した手記に関しても当てはまる。したがって二人は、われわれが想定するような書物として、販売も書としての装幀もされなかったような「書簡の束」まで、本のモデルを提供する限りは「書物」として扱う。エクリチュールはテクストと作家の関係性を超え、それらを受容する慣習的な場の外へと広がる。「書物」を執筆し公にする行為と受容者側の被る作用こそが、無視し難い書物の賭け金なのである。

シンポジウムという「声の場」では、さまざまな対話が交わされる。GRIHLの三人を前にして、文芸事象の歴史研究会からは歴史研究者として嶋中が、文学研究者としては中畑がフランス語で発表を行った（それぞれ第Ⅲ部2と4）。本書に収めたのは発表者自身による翻訳・改訂版である。嶋中はシャルル・ド・グリマルディの『メモワール』に著者の社会的昇進あるいは野心を読み取る。従来の歴史記述では、メモワールとは私記であり偏向を含むゆえに実証的な研究の史料としてはまったく注目されてこなかった。ただ、逸話を拾い出したり、著者の主観に基づく真実を暴露した二次史料と見なされてきた。しかし嶋中はテクストに描かれる逸話や心理をそのまま受け入れるのではなく、記述を史料として用いる方法を追求する。嶋中は記述を鵜呑みにせずに歴史記述を試みるという姿勢をGRIHLと共有しているのである。

リオン－カンの原稿はジュオーが代読した（第Ⅲ部3）。ここで扱われるのは一九世紀前半に一世を風靡した作家ウジェーヌ・シュの受け取ったファンレターであるが、理論上の考察として、文学を用いた歴史研究に先鞭を付けた歴史家ルイ・シュヴァリエの方法論に関する考察を含む。リオン－カンによれば、「文学的史料」を使用したルイ・シュヴァリエは、「じつに鋭いやり方で、それもまったく特異な形で、一九世紀フランス社会に関する歴史的知の構築における文学の占める位置についての問題を提起した」。歴史家に限らず、この時期のフランス社会の再構成を試みた者は誰であれ、必然的に文学と遭遇する。文学を介さずして、この時期を想い描くことは不可能なのだ。そもそもこの時期の文学は、同時代の社会を解明すべく社会をまさしく「小説化」することを目指していた。

『社会』は、ジャーナリストや文士といった文筆業者の生産物」となっていた。シュの小説はその典型とされる。小説は社会を記述する（と僭称する）ばかりでなく、社会事象や社会のイメージを生産する主要な構成要素となる。ここまで来ると、シュヴァリエが実に素直にこの小説の力に感応していることがわかるだろう。文学を通して生きられた社会を再構成しようとするシュヴァリエの研究対象とは、実はまさにその文学が産みだした社会なのである。裏をかえせば、総体としての書物の歴史家シュヴァリエへの働きかけがどれほどのものであったか、想像すべきである。

当然のことながら、この文学的真実あるいは社会的想像物の真偽を問うても議論は堂々巡りとなる。この時期の文学は「集団的表象を記録すると同時に、形成することにも一役買（う）」。「文学の、つまり文学の当事者（文書の生産者、編集・出版人、そして読者）の働きかけによって、ある種の表象が産み出されるという事象」にこそ注目すべきである。（社会の、ではなく表象の）記録媒体としての文学の効用、働きかけ＝行為としての力能、そして作用した結果としての表象、これらすべてに文学が関係している。ここでリオン－カンは、ストレートにＧＲＩＨＬの問題意識を表明している。一九世紀小説の研究者や一九世紀社会を表象する歴史家は、この呼びかけに対してどのように応答するだろうか。また、一九世紀前半において小説というジャンルの社会形成力が問題となるとすれば、異なる時代において類似のエクリチュールとアクシオンを引き受けるのも、やはり別のジャンルに相違ない。それなら、時代にとって特権的なジャンルから表象と社会形成力という作用を引き出せるのだろうか。研究領域と時代の特性を考慮してもなお、こうした問いを開いてくれるリオン－カンの提起は刺激的である。

中畑は一九世紀末のジャーナリズムに関心を持つ（第Ⅲ部４）。ジュール・ユレなるジャーナリストが順次行ったインタヴュー記事は、「流派」対立を次第に可視化してゆく。インタヴューの受け手であると同時に記事の読者である詩人たちが、その実、インタヴュー記事により徐々に形成されて行くイメージに操作されていたとしても不思議はない。やがて記事はまとめられ、一冊の書物となる。それならば、その書物こそが文学史上名高い高踏派と象徴派の対立の要因であり、結果としての衝突を刻み込み、さらにまた分裂を決定的にした行為‐作用ではなかったか。中畑は明らかにアクシオンという操作概念を念頭に置きつつ、批評（メタ文学）に描写と働きかけの力能を見る。しかしその操作性を、単純に単体としての書物による行為と捉えるのではなく、書物を構成する個々の記事が漸次的につくりあげたイメージと関わらせることで、対立の重層的な形成過程が可視化されてもいるのだ。

複数の読みは併存できるか

さてもう一つのシンポジウムは一橋大学で行われた。開催趣旨については第Ⅳ部の序を読んでいただくとして、ここでは一点だけ触れておきたい。森本はジュオーらの共著『歴史、文学、証言』のレチフ論に触れつつ、「『わが父の生涯』」を作家の自己確立の一環をなすものというよりも、おそらくは権力に対して発信された家父長制的統治論として読む視線」に反応している。森本はこの説の「新鮮さ」を認めながらも、後出の桑瀬同様留保をつけざるをえない。「自伝」ジャンル（つまり記述者が主体として記述しつつ、自己を記述の主体にはめ込む文学様式）に関心を持つ森本主催の研究グループが、ジュオーらの行為と作用を基底に据えた解釈に反応したというのは意味深である。フィクションの効用と効果を見定めようとしている点で二つのグループは問題意識を共有している一方、認識あるいは史料に接するアプローチの仕方で両者は袂を分つ。

このシンポジウムにおいてもフランス勢の根本的な関心は「証言」のあり方にあった。一八世紀の「農民」出身の作家レチフ・ド・ラ・ブルトンヌは、一体何を「証言」するのか（第Ⅳ部1）。レチフに関しては、リバール／シャピラが跡づけているように、一九七〇年代に歴史家ル・ロワ・ラデュリと文学史家ベンレカッサの間で激しい論争が交わされた。こうした論争の読み直しは興味深い。時を経て両陣営の方法論と認識上の立ち位置が明確に表れるからである。リバール／シャピラもまずはベンレカッサの発した批判につき合い、次いでそれを擁護するのではなしに、ル・ロワ・ラデュリに対して投げつけられた解釈の読み替えを行い、最後に自説を展開している。二人によればレチフの『わが父の生涯』の「独創性」は、「家父長的な権力モデルを農村共同体にまで広げていること」にある。農村を描くのではなく、重要なのは「虚構化の作業」である。「虚構化の作業を経て、エクリチュールによる入念な作業によって、父の支配する家父長的権力行使の領域として小教区を仕立て上げること」で、「農村政治のあり方ではなく、農村それ自体を政治的な場として思索することが可能になる」。そこで描かれるのは「パリの象徴的対等物」である農村共同体である。そしてレチフの作品は、「政治的言説の真の場として農村を確立することを目的とした、エクリチュールによる行為《アクシオン》を実現するもの」とされる。リバール／シャピラは実際に描き込まれた農村の質や機能、心理的解釈（「幸福」）には踏み込まない。そもそも、レチフの記述が当時の農村の状態を忠実に映し出しているかどうかなど決してわからないのだ。二人は執筆の身振り《エクリチュール》と作品による政治的働きかけに着目する。確かにレチフの作品に「家父長的」語彙とモデルが頻出するだけに、二人の解釈は一定の説得力をもつ。だが非常に愚直に問うなら、「政治的言説の真の場として農村を確立することを目的とする」というように、一種レチフの意図を論拠とするような解釈により、かつての文学研究の罠に再び落ち込んではいないか。仮にその点を問わないとしても、農村を「政治的言説の場」に置き換えた〈レチフの目論見〉は何か、そしてそれを裏づける史料は存在するのか等、一連の疑問が湧いてくる。当日の会場で、私は彼らにこうした点を問いただした。もちろんそんな史料など存在しない。それならば、魅力的ではあるが裏づけを欠いた二人の解釈は思いつきか、専門家間の解釈の遊戯に堕しはしないか。そのような疑問は解決されぬまま、次の桑瀬によるコメントに移った。

リバール／シャピラの発表に対し、立教大学の桑瀬章二郎教授がコメントをした（第Ⅳ部2）。一八世紀の知的環境に通暁した桑瀬のコメントを、私は二つの意味で極めて重要なものと受け止めた。第一に、桑瀬は旧師ベンレカッサの主張である「一八世紀社会の変容と文化社会、さらにはその産出物としてのテクストとの関係」について事例をあげながら紹介し、説得的にその有効性を示した。桑瀬によれば、一八世紀当時の「文化社会（文化・教養の世界）」の「外部」から、その社会に参入してきたレチフの軌跡を描く虚構＝物語を、その意味で「貴重な『記録』」として読むべきであるという。「社会の変容とエクリチュールの主体への自己の変容との関係」、すなわち「始原的共同体」を抜け出て（「自己の」）エクリチュールの主体として自己を立ちあげ、「『文学』と呼ばれていた『身分なき身分』」に到達するという軌跡」を辿ることを強いられた「自己の変容」と、彼ら作家の生きた「社会の変容」の関係としてこそ、レチフの物語は読まれねばならない。同時代文学の複数の事例をあげたこのような解釈には説得力がある。こうした変容をめぐる物語がベンレカッサが取り上げた作品群がそのように読めるのか、門外漢ゆえに私には判断がつかない。いずれにせよ自己を書く、自己を執筆の主体に仕立て上げる営みが一八世紀文学の特徴の一つをなすのであれば、一八世紀文学を専門とはせず、発表でも「自己」と執筆の関係を一顧だにしなかったリバール／シャピラは、作家が体現する「自己」と自伝というジャンルの特性について、改めて考察すべきではないだろうか。これは二人の発表になかった視点からの問題提起である。

第二に桑瀬はリバール／シャピラの発表を咀嚼したうえで、その主要な論点を取り上げつつ、別の結論へと導いた。リバール／シャピラの強調した『父』の政治性」という視点に対し、それがどの「政治性」を意味するのか、一八世紀文学に表れる「父」をめぐる多様な形象の中で、レチフの「父」が占める位置についての疑問を発したのは適切な反応である。また、レチフが目指した「下からの」改革を一旦は受け入れながら、農村における「下からの」改革しか構想できなかった理由を明らかにするよう迫った点、やはり正鵠をえていた。桑瀬はそこに「連帯と社交性、共闘と相互扶助、連帯と組織化、党派的対立と同化、排除と自己権威づけによって特徴づけられるであろうフランス啓蒙の文化社会の『現実』」の「反映」を見る。「特異な啓蒙の文化社会における〔レチフ〕の立ち位置」を読み取り、先述の「社会変容とエクリチュールの主体への自己の変容」という事態を重ねる。つまり農村社会の記述から改革という行為へと論を転換するのではなく、同じ出発点から自己の記述へという方向に歩を進める。その意味で、二つの発表の着地点はかけ離れたものとなった。

レチフをめぐるリバール／シャピラの読みは鋭く、GRIHLの問題意識の多くを共有している私ではあるが、前述のように「農村」を「パリの象徴的対象物」として「政治的な場」にしようとしたという解釈にはある種の強引さを感じていたこともあり、「虚構化の作業」の最終的な到達点が「自己の変容」の記述とされたほうが抵抗感は少ない。こうした違和感から痛感したのは、ある操作概念の応用の可能性と適切な事例、それも複数の事例を提示する必要性である。研究者が提示する一つの結論とは、その研究者が抱く文学観、すなわち文学に対する見方とその効用をめぐる思索の深浅に帰着するような気がする。私自身、対象に合致した方法概念を練り上げられず、未だ透徹した文学観を持つというのにはほど遠い。両者の対話からは、一八世紀に関する知識でも作家の執筆活動の意味でもなく、文学と歴史の微妙でしかありえない関係性を感じた。

シンポジウムの掉尾を飾ったのは、一八世紀の農村社会における家「父」長制を描いた小説から一転、二〇世紀の（娘の一人が保存していた）「母」の遺稿である『フランス組曲』を題材としたジュオー／リオン－カンによる発表であった（第Ⅳ部3）。原稿を読み上げたのは、もちろんジュオーである。この短いコメントは、公刊時にすでに文学と見なされていたテクストから、歴史家が引き出すことのできる「証言」についての提言である。ネミロフスキは第二次大戦中、ユダヤ人として多くの同胞と同じ運命に晒された。一九四二年にフランスの警察によって逮捕される数日前まで書き続けられていたこの小説は、「農村」を舞台としているという以外、表面上はレチフの著作と何ら共通点はない。それでも「証言」という観点からは、両作品はともに「特異かつ固有の歴史的経験について証言を行う著作」であるとされる。また、それが「文学として書かれたものであるという―歴史的―事実」を考慮すれば、「目撃したこと」についての真の証言となるのだともいわれている。「レチフは、自らの出身地であり、その後離れることになった農村を、未来を考えるための政治的場として構築しました。ネミロフスキは、さまざまな資格でよそ者として足を踏み入れた農村を、歴史的場として構築します」。そこにこそ、「歴史のただ中にある一つの場所や幾人もの個人を可視化する」という「類型的なものを描くというエクリチュール」の証言としての力が観察できる。つまり、ジュオー／リオン－カンは、この「類型的なものを描く」小説の技法、つまり文学のテクニックに、歴史を構築する「証言」の力を見る。「〔ネミロフスキは〕小説というエクリチュールを放棄せずに、文学を守り、文学が文学である限りにおいて証言し、伝達する力を手放そうとしない」のであり、その「非常に驚くべき事例の一つ」であるという。

二人の見解に魅力がないわけではない。だが、「ベンヤミンの黒鞄」を想起させずにおかない作家をめぐるエピソードに「証言」をみること、それも「経験」に裏打ちされる「文学」への固執と力の証言をみることは、果たして仮に作家が戦中にユダヤ人としての運命を辿ったという「経験」をめぐるエピソードがなくとも導き出せるものなのだろうか。実際に「目撃したこと」のそのままの証言（細部にこだわる書き込み）ではなく、「可視化する」、すなわち眼に見えないものを見えるようにすることが証言であるというのなら、緻密に小説を構築する小説家の記述一般が証言となりかねないし、ネミロフスキを特別視する理由がない。短いものであるし、ＧＲＩＨＬの問題意識を長々と見てきてもなお、どうも射程のつかみ難い論考である。

最後に質疑応答に入り、予めリバール／シャピラの原稿を受け取り、当日の翻訳原稿にも眼を通していた私は、一つの応答を用意しており、それをリバール／シャピラ／ジュオーに向けて発した。以下が概要である。日本には彼らが俎上にのせた歴史家ル・ロワ・ラデュリのレチフ論を紹介・評価した、やはり歴史家の二宮宏之によるアンシアン・レジーム下の「家」を論じた論考が二本ある[21]。その中で二宮は、「家の内部の問題は、家の上位に位置する集団、ついには国家との関連の問題へと発展する」ことを確認し、戦前の法学者戒能通孝がレチフの『わが父の生涯』をしばしば引用しつつ、「家父長的大家族こそが、フランス絶対王政の基礎であったことを論じ、家族の構造と政治権力との関連に注目していた」ことを指摘している。[22] 実際戒能は一九四四年の論文「神権説と家族制」において、『わが父の生涯』におけるエドモンの村娘への恋の逸話を例に、「家父長権の絶対的性格を示す一例」であるとしているし、また、家父長制を支える結婚制度が「家」のためのものであって、「家族・同族の連帯的感情は、敢えて貴族だけに限っていなかった」と、家父長制モデルの（ある種普遍的な）浸透も確認している。[23] 確かに法学者として、戒能はレチフの記述を一つの証言として鵜呑みにしているし、記述の効果（信じさせる力）なるものには一顧だに与えていない。しかし、絶対主義の基礎となるアンシアン・レジームの家族構成と政治権力の関係については、レチフを読みながらすでに気づいていたのは確かである。これももしかしたらレチフの記述のなせる行為と作用かもしれないが。それならば、レチフの記述に農村共同体にまで広げられた「家父長的な権力モデル」を見、農村それ自体を「パリの象徴的対象物」として「政治的な場」と捉えるリバール／シャピラの論のどこに独創性があるのか。だが、ル・ロワ・ラデュリと二宮の論考だけならともかく、戦前の、それも日本語で書かれた法学者の論文を用いて批判するとしたら、それは悪意があるか不当であろう。私としてはリバール／シャピラを読み、話し合うことで二つの想いを抱いた。まず、戒能は主要な典拠としてフランツ－フュンク・ブレンタノなる人物とダニ

(21)　二宮宏之「ある農村家族の肖像――アンシアン・レジーム下の『家』をめぐって」『社会史研究』第三号、一九八三年一一月（『歴史学再考　生活世界から権力秩序へ』、日本エディタースクール出版部、一九九四年、六一～一五六頁に再録）。他に「歴史のなかの家」『家の歴史社会学』（新評論、一九八三年）がある（『全体を見る眼と歴史家たち』、木鐸社、一九八六年、および同、平凡社〈平凡社ライブラリー〉、一九九五年、二三四～二八六頁に再録）。

(22)　前掲論文「歴史のなかの家」、二七三頁。

(23)　戒能通孝「神権説と家族制」、『法律時報』、昭和一九年（一九四四）（『近世の成立と神権説』、明善書房、一九四七年、第五章に再録された。現在は『戒能通孝著作集1　天皇制・ファシズム』、日本評論社、一九七七年に収録されている）。

エル・モルネに参照を促している[24]。それならば、レチフに政治的な文脈を読み込むことをやめ、農村を表象するのに利用したのは戦後のフランスの歴史家なのである。先行研究が忘却されたか抹消されたために、リバール／シャピラ／ジュオーは政治的レチフを再発見したのではなかろうか。そしてもう一つ、現代の文学研究は、レチフの読解を通じて過去の政治体制を分析するというようなテクスト体験から遠く離れてしまったという感慨である。もはやわれわれは書かれていることから、実在を導き出すどころか、その存在確認さえできない。それでもテクストに「証言」を求め、過去と現在をつなぐ経験の場を他ならぬ文学テクストに見いだそうとする。なぜ文学なのか。なぜ、あえて虚構の烙印を押された生産物を選ぶのか。その体験的作用で圧倒的な効果を及ぼす美術に対して、文学の提供する文字経験の力と魅力を求めるのは、現代の一つの徴表ではないだろうか。

さて、すべての論考を検討した後で、虚構文学の歴史理論の構築をめざして、以下のような問題意識と方法をめぐる提案をすることで本稿を締めくくりたい。

1　記述とはすべて生産物であり虚構である

すべての記述は生産物であり、その意味ですべては虚構である。記述内容の真偽は、原理上判定不可能である。したがって記述内容が歴史ではなく、記述が構築されるそのやり方と機能にこそ歴史性が刻み込まれる。レチフの描く農村は当時の農村ではないし、ネミロフスキの描写が正確かどうかを確認する手段はない。他のテクストと突き合わせても事例を幾ら増やしても、記述の決定不可能性に揺るぎはない。作家はどのように社会世界を構築し表象するのか、読者はそれをどのように信じ受け入れ、如何なる社会世界を想い描くのか。これらを分析対象として初めて、虚構である文学＝記述から歴史性を抽出できるのである。記述とは描写ではなく、過去を保存する媒体でもない。記述は構築であり働きかけなのである。

2　文学とはそれ自体歴史であり歴史記述である

記述＝虚構の前提に立つなら、虚構を前提に読まれる文学も真実を標榜する歴史書も、すべては記述であり虚構性を免れない。そこで文学とは歴史であり、歴史を形成する歴史記述である。また歴史記述とはそれ自体文学であり、文学として読まれるとき、歴史記述は歴史を形成する。

3　文学を用いずに歴史記述はできない

歴史記述に文学を用いるという慣習（文学を用いないでは、ある時代の歴史を想像しえない状況）は、それ自体は一九世紀前半の社会的構築物としても、現代にいたるまで拘束力を持つ慣習である。そのことから二つの方向性が考えられる（すでに、文学＝記述を用いないという選択肢は存在しえない）。第一に文学の効用、使い道（どのように用いるのか）を検討する必要がある。第二に文学による社会世界の形成（どのように用いられているのか）を探らねばならない。それは文学、あるいは「文学」とみなされる作品が、当該社会世界の中でどのような位置を占めるのかについて、他の言説と突き合わせて思考することを意味する。

4　文学という言説と表象の形成

文学＝記述は総体としての言説の一部をなし、言説が認識と表象を形成する。すなわち、表象の形成に迫ろうとするなら、必然的に文学とそれを媒介するメディアの働きに注目する必要がある。ある社会世界に固有とはいわな

（24）Frantz Funck-Brentano. おそらく以下の書と思われる。*Rétif de la Bretonne : portraits et documents inédits*（Monaco, 1928）, Paris, Albin Michel.（conférence de 1928）: Daniel Mornet, *Les origines intellectuelles de la révolution française*, 1715-1787, Paris, Armand Colin, 1933.

いまでも、少なくとも支配的なメディアを無視しては、文学の形成する社会世界の総体としての表象にも、個人の認識にも辿り着くことができない。文学研究は書物などの媒体、媒介機能をはたす宣伝媒体、テクストの支持媒体とみなされるジャンルもあわせて問題としなければならない。言表は言表行為と切り離しては分析できない。ボシュエの王への説教は、神学というジャンルを前提にしつつも、政治権力の中枢に取り込まれて絶対王政のイデオロギーとして機能するし、編集され出版されることで、「文学」という別のジャンルで異なる機能を果たすことになる。こうして形成される文学の価値と伝統に無関心でいることはできない。

5　文学の価値

文学における審美的な価値判断と心理的解釈は、ある社会世界の産物に他ならない。ただし、そうした価値判断を無視するどころか、それを可能とする構築原理を見据えつつ、「価値」を付与せねばならない。文学史、歴史、哲学史等の「史」を構築する規範と脱規範、内部と外部、ジャンルが成立する際の人為性に眼をむけ、そうした構築を許した文学＝記述実践に過去を与えてやる必要がある。

6　現代の批評理論は読むための道具ではなく、常にすでに解読格子に組み込まれている概念の総体である

現代の批評理論が提供する概念を素朴にあてはめてテクストを読めば、時代錯誤の弊は免れない。批評理論を構成する概念は現代の表象の構成要素であり、われわれの解読格子の一つに他ならない。したがって、概念そのものの是非と機能を検討しつつ、テクストに向き合わねばならない。そのように再構築された過去は、われわれの解読格子と概念の有効性を、逆に照らし出してくれるだろう。

＊＊＊

本書はさまざまな記録と記憶からなる対話でできている。私は私なりの方法で応答を可視化してきた。ＧＲＩＨＬの問題意識、方法、操作概念について一通り見た後での読後感といえば、決してすべての疑問から解放された爽快感を伴うものではない。「文芸事象の歴史研究会」は手探りで進みつつ、常にある種の居心地の悪さを感じてきた。それが偽らざる感想である。読者はどうであろうか。本書そのものが境界領域での現実であり、この現実こそが現代日本の一証言ともいえよう。この居心地の悪さに対して、それぞれの読者が固有の回答を出すことを願ってやまない。

第Ⅰ部　文学の使用法　ＧＲＩＨＬ論文選

1 フランス一九世紀前半の読書経験と社会経験
――歴史家による文学の使用法を再考する

ジュディト・リオン－カン

Judith LYON-CAEN, « Expérience de lecture et expérience sociale dans la France du premier XIXe siècle. Un retour sur les usages historiens de la littérature », dans *Imaginaires et sensibilités au XIXe siècle. Études pour Alain Corbin*, Paris, Éditions Créaphis, 2005, pp.197-208.
歴史家アラン・コルバンに捧げられた論集『一九世紀における想像の産物と感性』に収録された論考であるが、ジュディト・リオン－カンから送られてきた原稿から訳出した。

一九世紀前半の政治史、経済史、社会史に関していえば、歴史家は一八六〇年代の社会的文化的近代化を表明するか、あるいは、その後長く持続する一八七〇年の共和国の誕生が華々しいゆえに、前半期はすぐにも消滅する時代と考えられている。今日の教養ある大衆は、この時期について、もはや大した知識を持ってはいない。一九世紀前半という時期は、しばしば学校の教育課程からは忘れられ、退屈で単調とのレッテルを貼られて、過渡期と見なされている。政治体制は定まらず、夢破れても崇高であった二つの革命〔一八三〇年と四八年の革命〕に辛うじて照らし出されるだけの時代というわけだ。しかし同時期の社会はといえば、それでも今日のわれわれには未だ馴染み深い。それは「人間喜劇」〔バルザックの作品群の総称〕に登場する地方やサン－ジェルマン〔パリの街区〕界隈であり、『フランソワ・ル・シャンピ〔棄子のフランソワ〕』〔ジョルジュ・サンドによる一八五〇年の小説〕の田園、『パリの秘密』〔ウジェーヌ・シュによる一八四三年の小説〕の場末である。まるでこの時代の文学が、歴史家が描くよりも遥かに濃密で生気ある世界を創りだし、われわれの想像を満たしてくれるかのように。

歴史家は文学作品を史料として横領する。以前から、文学との密接な関係はそのような形で表れていた。自説の証明として、あるいは具体的な例証として、しばしば文学作品が持ち出されていたのである。アラン・コルバン〔一九六三–〕は、特に一九世紀のリアリズム文学による幻惑の技術の力を強調しつつ、この手の文学の使用法からは常に距離をおいていた。この歴史家の仕事は、もの言わぬものへの配慮、自身では歴史の痕跡を残さなかったか、あるいは他人の筆で描かれ語られたようなつつましい人々への関心、『私生活史』で探求された個人の「秘め事」への着目などを特徴としているが[1]、一九世紀の雄弁な文学は至るところで姿を現し、その都度疑いの眼差しを向けられている。書簡や日記といった「自己の記述」であっても、文学は偏在している。当時、書簡や日記は頻繁に出版された。それほど一九世紀には、親密さの表現にならば何にでも、男女の別を問わず、好奇の眼を向けていたのである。自己の記述は証言と見なされ、医学の言説、宗教や道徳の規定、民族学の記述、司法関係の古文書等、他の情報源と突き合わされて、身体の歴史、匂いの歴史、風景の知覚や性生活の歴史など、感性の歴史を記述する際の「特権的な情報源」を構成する。反対に虚構の文学は、より慎重な態度を引き起こす。というのも、「現実に関する情報と真実の幻想を混同してはならない」し、「文学はまずもって、文学それ自体について語るのだということを決して忘れてはならない」からである[2]。それにしても、アラン・コルバンはリュシアン・フェヴル〔一八七八–一九五六。歴史家。マルク・ブロックと共に、『社会経済史年報』（通称『アナール』）を創始〕に忠実で、虚構の文学は「歴史のある時期、ある環境のまっただ中で、現在進行中の社会事象の表象に関した情報を提供してくれる」[3]。また文学は、「善悪両方の実践モデル」を提出するから、「感性の形成」を促してもくれる。さらに、「テクストがテクスト自体の読解の条件を生産するから」には、文学は「読解方法」についても教示しているという。アラン・コルバンの仕事全体の中で、一つの中心的な問いがくぼみに形成される。それはテクストに表れたモデルや行い、強迫観念の伝播についての問いである。個人がテクストをどのように受け取ったのか（あるいは無視したのか）、どう解釈し歪曲したのかがわからないのである。例えば、ロマン主義の情念の描写が増加してゆく現象は、どう理解したらよいのか。高揚した恋愛の感性が伝播する兆しだろうか、それとも反対に、後に文学が追い払おうとする「愛情の空虚」のしるしだろうか(4)。この問いはまさに、文学だけに関係するわけではない。規定あるいは規範の面からみれば、潜在的にどんな言説にも当てはめて考えることができる。例えば、医学の論述、宗教あるいは道徳の忠告、あるいは都市の地勢などの言説にも関係する。

以下は、一九世紀前半の歴史における、文学の使用法についての省察に貢献することを目指した研究である。二つの、系統の異なる指摘をしたいと思う。第一に、文学の使用法を描き出し、分類したい。歴史記述における問いとして悩ましいものでありながら、未だかつて十全には定式化されていないゆえ、整理しておきたいからである。第二に、一九世紀前半期、社会世界の表象が生産される際の、「リアリズム」小説文学が占めた特別な地位に関して、分析上の手がかりを提供するつもりである。

〔1〕フィリップ・アリエスとジョルジュ・デュビの編纂による『私生活史』第四巻第四部は、コルバンが担当した。Philippe Ariès et Georges Duby éd., *Histoire de la vie privée*, t.4, la 4e part.

（1）Alain Corbin, « "Le vertige des foisonnements". Esquisse panoramique d'une histoire sans nom », *Revue d'histoire moderne et contemporaine*, janvier-mars 1992, p. 123.

（2）*Ibidem*, pp. 124-125.

（3）特に、文学に関してリュシアン・フェヴルが提唱した、「史的側面の」歴史プログラムを参照のこと。« Littérature et vie sociale. De Lanson à Mornet : un renoncement? », *Annales d'histoire sociale*, 1941, repris dans *Combats pour l'histoire*, Paris, Armand Colin, 1953, pp. 263-268.

（4）Alain Corbin, *art. cité*, p. 123.

モデルか症候か。文学と、歴史家による文学の使用法

人間の活動領域としての文学は、（例えば、作家や出版者といった）職業的なアイデンティティを提供し、生産者と公衆を結ぶ関係の総体を表している。その制度化の歴史は、文学の性質に関する問いから切り離すことができない。すなわち、文学とは何か、その効用は何か、文学の義務とは何か、といった問いである。これらの問いに対して、一九世紀は二種類の回答を手にしていた。まず、「古典的な」という語を、歴史上アリストテレスの遺産が顕著な時期と結びつけるなら、「古典的な」回答が考えられる。もう一つは「ロマン主義の」回答である。

一七世紀から一八世紀にかけて形成され、バトゥ師（一七一三―八〇）の『単一原理に還元された諸美術』（一七四七年）のように定期的に再刊されて、一九世紀に広く流布したアリストテレスの教本のような書物では、詩が自然の「賢く見識に満ちた模倣」であると定義されている。文学の「対象と特徴」は、ありのままではなく不完全なことも多いが、「それらが持ちうる完成そのもの」とされている。[5]というのも、大切なのは「幾つもの情念を混ぜ合わせながら人の気に入る」ことであり、それも全種類の情念というわけではなく、「生き生きとした状態で捉えられる」情念である。例えば、「犯罪の引き起こす恐怖」、「羞恥」、「不安」、「後悔」、「不幸な者への同情」、「心の中で美徳に駆り立ててくれる、偉大な手本への賛嘆の念」などである。[6]したがって文学は教化するだけではなく、人の心を教育しなければならない。それも、悪い情念を呼び覚まさないようにしながら、良い情念を駆り立てる描写を提供する必要がある。しかし、道徳モデルの列挙として文学を捉える「古典的な」概念は、即座に作品の受容をめぐる未知の壁にぶち当たる。とりわけ、罪深く不幸な情念の描写を読者が読んだとき（あるいは劇場に来る観客が見たとき）、模倣の欲求や恐怖、不安が引き起こされたかどうか、どうしたらわかるというのか。そもそも、読むべきは悪徳に対する恐怖と美徳への愛を呼び起こすことを目的とした作品であると、数多の小説が序文で強調

してはいないだろうか。『マノン・レスコー』〔アベ・プレヴォにより一七三一年に刊行された小説〕を思い浮かべてほしい。著者は「情念の力の恐ろしい一例[7]」を提示しつつ、この作品を「快適な実習の形をとった道徳論」として提供している。その版本は一七三三年にパリで押収されてしまうが周知のように、一八世紀の小説家の多くは、このようにして攻撃や検閲に備えた[8]。同様に、文学とはモデルの一覧表であるという概念を基盤として、宗教的であるか否かを問わず、教訓的な文学というものが、数世紀に渡り存在することができた。不道徳な描写を専門とした職業作家の文学に対抗し、教育機関での普及を目的としていたのである[9]。

　文学テクストを実践のモデルあるいは「悪い手本」と見なすことで、歴史家は、古くからあるが一九世紀に再燃した議論の渦中に入り込む。非常に鋭い形で、文学テクストとその現実的な領有という、概念間の関係の問題と結びついた議論である。しかし一九世紀は文学に関して、モデルというよりも競合するものという考えをとりわけ促進した。スタール夫人〔一七六六－一八一七〕による「文学とは社会の表現である」というよく知られた言葉を参照

(5) Charles Batteux, *Les Beaux-Arts réduits à un même principe* [1747], texte présenté et annoté par Jean-Rémy Mantion, Aux amateurs de livres, 1989, p. 91. 一九世紀における古典的モデルの安定した形態に関しては以下の書を参照されたい。Martine Jey, *La littérature au Lycée. Invention d'une discipline* (*1880-1925*), Centre d'Études Linguistiques des Textes et des Discours, Université de Metz, 1998.

(6) Charles Batteux, *op. cit.*, p. 168.

(7) Antoine-François Prévost, « Avis de l'auteur des Mémoires d'un homme de qualité », *Histoire du chevalier des Grieux et de Manon Lescaut*, édition de Frédéric Deloffre et Raymond Picard, Éditions Garnier frères, 1965, respectivement p. 6 et p. 4（アベ・プレヴォ『マノン・レスコー』、滝田文彦訳、集英社（『集英社ギャラリー　世界の文学6　フランスI』）、一九九〇年、一六九～一七〇頁）

(8) Voir George May, *Le Dilemme du roman au xviiie siècle. Étude sur les rapports du roman et de la critique* (*1715-1776*), New Haven, Yale University Press/Paris, Presses Universitaires de France, 1963.

(9) アカデミ・フランセーズによるモンチオン賞はこうして、「習俗に裨益するところ大である作品」に与えられた。Cf. Sylvain Rappaport, *Image et incarnation de la vertu : les prix Montyon* (*1820-1848*), thèse sous la direction d'Alain Corbin, Université de Paris I, 1999.

しながら、便宜上この文学概念をロマン主義の概念と呼ぶことができるだろう。[10] 一八七八年、アレクサンドル・デュマ・フィス〔一八二四－九五。『椿姫』で知られる小説家、劇作家〕は軽快な筆致で、まさに『マノン・レスコー』の評釈において、この転換を次のように言い表している。「情念と悪徳を産み出し広めるのは悪徳と情念の描写である。そのように信じて疑わないか、信じる振りをしている者は実際無数にいる。しかしまったく正反対に、悪徳と情念が存在するからこそ、それらを描こうとする作家がいるのだ。一つの事柄を観察するのと、それを褒め称えるのは次元の異なる事柄である。病人を診て肺結核の診断をする医師が、そうだからといって肺結核を称えているわけではない。（……）〔『マノン・レスコー』は〕、刊行当時、文学で表現された、その世紀の道徳的社会的腐敗の自然で論理的な症候の一つであったのだ[11]」。

一九世紀にあって、文学の機能を説明する場面では、医学の比喩が遍在する。バルザックはしばしば、自分は社会の「生理学者」であると書いている[12]。自然諸科学から推理小説まで、解釈に関わる広大な文化が展開されている[13]し、小説文学それ自体は現実の症候か表現として、絶えず「現実の事象」を提供する。表面を検討し、厚みを測量し、記号の織物として解釈せねばならないというわけだ。文学史は一九世紀を通じて批評分野の王座につくが、その当初からアベル－フランソワ・ヴィルマン〔一七九〇－一八七〇。フランスの政治家、作家〕を嚆矢として、その時代の歴史の厚みの中に作品をはめ込む努力をしている[14]。文学の「推論的」使用法を実行する歴史家は、文学的症候の関与領域を作家の出自としての社会環境に限定するときにさえ、一九世紀の曙に促進された、このロマン主義概念の系譜に身を置いているわけである。

第一の系列に連なる指摘をすることで、アラン・コルバンに倣い、一九世紀の表象や感性を扱う歴史家が実践する、文学の使用法を貶めるつもりはさらさらない。ただ、こうした文学の使用法が確かに、一九世紀に配置された概念図の一環をなしている点は強調しておきたいし、現実の読者層によるテクストの領有は、この概念図の中で、多くの場合不安に満ちた、主要な問題を構成しているのである。一九世紀初頭の人々は、自分たちが生きる世紀と文学の深刻な関係にとり憑かれていた。この強迫観念がこれほど明瞭に表明されたのは、社会史を専門とした歴史家が愛してやまない作品群が、まさにこの時代に書かれ出版されたからに他ならない（まずもってバルザックの小説があげられよう。数量歴史学の華やかなりし時代には、「時代の代表」としての資格から、バルザックの小説群は派手な論争を巻き起こした(15)）。一八三〇年代から四〇年代にかけての二〇年間は、同時代社会のリアリズム文学による表象の試みが、幾つも確認された。それと平行して、新聞連載小説のようなまったく新たな媒体のおかげで、より広範囲に広がった読者層に触れながら、小説は文学生産の中心ジャンルとなっていた。これは症候だろうか、それともモデルだろうか。この時代の文学批評は、こぞって推論的範例〔歴史家カルロ・ギンズブルグの表現〕を用いて小説を称えた。小説とは、極めて現代的な文学形式であり、民主主義社会のジャンルそのものだというのである(16)。あるいは、小説

(10) *De la littérature considérée dans ses rapports avec les institutions sociales* [1800], Garnier-Flammarion, 1991.

(11) Alexandre Dumas fils, préface à *Histoire de Manon Lescaut et du Chevalier des Grieux*, Londres, Louys Glady, 1878, pp. xxi-xxii.

(12) 例えば、オノレ・ド・バルザック「人間喜劇」の広告を見よ。Honoré de Balzac, *La Comédie humaine*, Bibliothèque de la Pléiade, Paris, Gallimard, 1976-1982, 12 tomes, tome I, p. 1109.

(13) Carlo Ginzburg, « Traces. Racines d'un paradigme indiciaire », dans *Mythes, emblèmes, traces : morphologie et histoire*, traduit de l'italien par Monique Aymard, Christian Paoloni, Elsa Bonan et Martine Sancini-Vignet, Paris, Flammarion, 1989, pp. 138-180（カルロ・ギンズブルグ『神話・寓意・徴候』（竹山博英訳）所収「徴候――推論的範例の根源」、せりか書房、一九八八年、一七七～二二六頁）。

(14) Luc Fraisse, *Les Fondements de l'histoire littéraire, de Saint-René Taillandier à Lanson*, Paris, Librairie Honoré Champion, 2002.

(15) 特に以下の論考を参照のこと。Louis Chevalier, « La *Comédie humaine* : document d'histoire? », *Revue historique*, juillet 1964, pp. 27-48. さらに問題の整理としては以下のものがある。Jean-Claude Caron, « Clio et les usages de Balzac : à propos de Louis Chevalier et de quelques autres（années 1950-années 1990）», dans *Balzac dans l'histoire*, études présentées et réunies par Nicole Mozet et Paule Petitier, Paris, SEDES, 2001, pp. 183-198.

(16) 例えば、以下の論考を見よ。Gustave Planche, « Histoire et philosophie de l'art. VI. Moralité de la poésie », *Revue des Deux Mondes*, 1er février 1835.

をこき下ろす批評もあった。七月王政の制度的道徳的無能さを翻訳する小説は、美学的にも道徳的にも弱点を抱えているというのだ[17]。文学の古典的概念が呼び出されたのは、一方では、如何なる文学制作であれ、道徳的要請を免れないことを小説家に想いださせるためであり、他方では、バルザックやシュの小説が荒廃をもたらすと見なされていたために、文学の古典的概念が幾人かの「誠実な」小説家に対して、防御を促すような教訓的作品の着想を与える意味もあった。例えば、『パリの秘密』は対抗馬として、『新たな秘密』という題の新聞連載小説を産み出した。一八四三年にカトリック系の週刊誌『世界』（*L'Univers*）に掲載されたこの小説では、穏やかな無名の人々が登場し、善と慈愛の秘密（「秘儀」とも訳される）が喚起される。「貧者は」、小教会、修道院、施療院での「施しをしてくれるのが、そうした人々であることを承知している」。小教会、修道院、施療院こそが、「人々の悲惨と無知、この時代の狂気と無秩序に対する、強大でおぞましい（horrible）慈善の企て」を形成しているとされる[18]。

自分たちの時代について、文学はどのような描写をしているのか。誰が文学を読むのか。読者としての個人に、文学はどのような作用をもたらすのか。これらの問いは、文学という魅力的な「情報源」に対峙した一九世紀の歴史家に取り憑いている問いであり、七月王政下での公けの論議の中心に位置している。したがっておそらくは、一九世紀文学を資料として位置づける理論的な問いは放棄して、問い自体を歴史の対象に転換した方がよかろう。すなわち、一九世紀前半期に文学とは世紀のしるしであるとする表象が生まれ、その後長らく維持されるのだとすれば、この時期に、如何なる条件でそのような表象が配置されたのであろうか。

小説の真実と社会的現実

七月王政を生きた人々にせよ、彼らと同時代の歴史家にせよ、テクストの受容あるいは読書経験は、本質的でありながら依然不透明な点である。読者はどのように文学テクストを領有するのか、とりわけ小説はどうか。この問題は、七月王政下の人々につきまとっていた。一八四〇年代、『悪魔の覚書』（フレデリック・スリエ（一八〇〇―四七）による、一八三七年から三八年にかけて刊行された小説）や『パリの秘密』のような新聞連載小説の大成功を受けて、小説に関する公けの論議は、前代未聞の規模で繰り広げられた。（例えば、一九世紀初頭のドイツでの、ゲーテの『若きウェルテルの悩み』のような）[19]特定の作品や、（王政復古期のロマン主義運動のような）文学潮流の出現と結びついた、限定的なスキャンダルはもはや問題とならない。そうではなく、一つのジャンルとその使用法に関する、集合的な問いこそが重要なのである。この問いは、文芸誌や新聞上の「文学批評」欄を大幅にはみ出し、終いには、一八四三年から四七年の間に、国民議会で議論の対象となる。

　文学テクストの伝播をめぐる新たな条件が、公衆に与えた影響とは何か。小説家が提示した社会のリアリズムの表象を、読者層はどのように受け入れるのか。新聞連載小説のおかげで、読書へのアクセスは容易になったようである。主要な日刊紙の定期購読は大概の人には依然見果てぬ夢であったとしても、読書クラブ（cabinet de lecture）で新聞を何時間か借りて読むことができるようになった。小さな読書クラブの大半は、新聞の貸出しを主にしていたから、単行本の形で小説を借り出すにはずいぶんとお金がかかったし、そう簡単でもなかった。[20]真面目で道徳的と定評のある日刊紙が覆いとなって、小説が読者の下に届くだけに、それだけ（連載から単行本への）変更という名の蛮行が恐れられていた。単行本として刊行された小説は、犯罪すれすれの危険性を表していた。『ガゼット・

（17）こちらは、アルフレッド・ネトマンが長々と展開した立場である。『ガゼット・ド・フランス』の文学批評担当のネトマンは、一八四〇年代に、小説を攻撃する十字軍を組織していた。ネトマンの論考は以下の書にまとめられている。Alfred François Nettement, *Études critiques sur le feuilleton-roman*, Paris, Perrodil, 1845-1846, 2 tomes.

（18）ダングラという署名入り、『世界』の連載小説。Feuilleton de l'*Univers*, 14, 15 et 16 février 1843, signé Dangla.

（19）ドイツにおけるゲーテの受容に関しては、とりわけ以下の文献を参照されたい。Marie-Claire Hoock-Demarle, *La Rage d'écrire : femmes écrivains en Allemagne de 1790 à 1815*, Aix-en-Provence, Alinéa, 1990.

ド・フランス』の批評家の言葉を借りれば、「版型、版画、題名、紙にいたるまでが警告していた、『気をつけたまえ、これは毒だ』と」。日刊紙に掲載されていれば、小説は尊敬に値するものとなる。「夫が妻に薦め、娘が母親の眼の届くところで、それを読んで育つのだ」[21]。加えて、新聞による作家の選択基準も、大衆の人気を勝ち得ているかどうか、新聞連載小説を執筆するリズムに作家が乗れるかどうか、もはやこの二点のみに関わるようである。こうした諸々が、悪趣味な文学の出版を助長するとも言えよう。小説家は、犯罪や売春といった同時代社会の影の領域を表象したいと考えているばかりか、「社会の傷」を告発しようともするため、大衆の〈悪い〉趣味を心強く感じるだろう。フレデリック・スリエは『悪魔の覚書』のある章において皮肉な調子を漂わせながら、このような考えを再現している。「巧みな調子で正直な物言いのできる人の言葉に注意深く耳を傾けてごらんなさいと、民衆に求めるがよい、三文文士の下劣な記述、何でも書きなぐる輩のヒステリックな狂気、そして犯罪まがいの安新聞が垂れ流す卒倒ものの記事を読んで、民衆は判断力を失ってしまうだろう。そこのお若いの、そんなことになったらどうするね。筆と紙をとって、冒頭に『悪魔の覚書』と記し、この世紀に向かってこう叫ぶでしょうな。『あなたは享楽のために残酷なことをお望みだ。よろしい、猊下、これがあなた様のお話の一端です』と」[22]。

以上が、一八四〇年代の定期刊行物にはびこっていた憤慨の言葉の数々である。論議の中心は、小説家の提示したリアリズムの表象の「真実」とその受容にある。小説を中傷する人は、支持者よりも多数派とはいわないまでも一層かまびすしくがなり立てていた。彼らにしてみれば、小説文学は同時代の社会に関して何ら真実を語らないし（暗闇の部分ばかりひけらかし、社会を歪曲しており）、まさに道徳的に脆い状態を表現している。それどころか、文学は現在時に関する、何ら根拠のない憎しみを吹き込むことで、読者を姦通、盗み、犯罪、あるいは反抗へと導く危険性がある。今日の歴史家は、小説におけるリアリズムの真理について、つまりはその資料的な価値に関して判断することができない。その代わりに、読書をめぐる複数の「古文書」のおかげで、七月王政下の読者による読書経験の輪郭を再構成しようとすることはできる。書物ではその物質的な特徴や内容が古文書を構成するとして、書物以外でも、定期刊行物の批評記事は証言であると同時に規定機能を持つし、さらには、とりわけバルザックやシュといった小説家に宛てた読者のファンレターも、そうした古文書として扱える(23)。ファンレターを読めば、実際に一部の公衆が小説家のリアリズムの企図に参与し、同時代社会の不透明な仕組みを読み解くために、小説を用いていたことが理解できるだろう。

小説と社会経験

バルザックとシュに宛てたファンレターからは、激しい社会的苦悩が発散している。もっとも、書簡文にありがちな、よく何かを懇願してわざと哀れみをそそる戦略については考慮せねばなるまい。作家とは、大金持ちとは言わないまでも、少なくとも権力には恵まれている者と考えられており、実際しきりに援助の要請を受ける。しかしシュとバルザックの読者は、自分たちが読んだ小説を利用して、自分の人生の記述を切り貼りし、社会的な帰属を

(20) フランソワ・パラン-ラルドゥールはパリの小さな読書クラブでの新聞の重要性を強調している。読書クラブの経営者にとって、幾つかの日刊紙を定期購読することは、結構金のかかる投資ではあったが、それでも実入りは良かった。François Parent-Lardeur. *Lire à Paris au temps de Balzac. Les cabinets de lecture, 1815-1830*, Éditions de l'EHESS, 1991, nouvelle édition augmentée, 1999.

(21) « Du roman et du roman-feuilleton », 12 novembre 1841.

(22) フレデリック・スリエ『悪魔の覚書』。Frédéric Soulié, *Les Mémoires du Diable* (1837-1838), édition présentée et annotée par Alex Lascar, Robert Laffont, 2003, p. 15.『ラ・プレス』誌の連載小説ではこの一節は印刷されなかった。七月王政下の新聞連載小説に関する論議については、以下の選文集を参照のこと。Lise Quéffelec, *La querelle du roman-feuilleton. Littérature, presse et politique : un débat précurseur (1836-1848)*, Grenoble, ELLUG, 1999.

(23) 作家に宛てたファンレターの紹介と総合的な分析に関しては、拙論を参照されたい。*Lectures et usages du roman en France, de 1830 à l'avènement du Second Empire*, thèse sous la direction d'Alain Corbin, Université de Paris I, 2002.

作成する。住所はぼやかし、組織は曖昧なままにして、社会世界に自らを位置づける。彼らの社会的アイデンティティは意味深である。よくあるのがブルジョワとプチブル出身の読者、独り身の女性、元の社会階級からの脱落者（déclassés）、欲求不満状態の野心家である。したがって典型的に、その社会経験は、小説の「新しい」読者層に該当し、それゆえ同時代の小説家たちが好んで取り上げた問題に重なる。つまり、不安定と孤独に苛まれた、都会暮らしの労働者あるいはブルジョワの貧困という、新たな現象の存在に重なるのである。彼らの苦悩の淵源には社会構造がある。人々の眼には、この社会構造がまったく新しいものに映り、うまく制御できない。彼らは大概、（社会的成功や、商業の飛躍、産業の発展のおかげで与えられる）社会的階層移動の約束と、（経歴の行き詰まり、信用貸しの利用制限といった）構造上の不活発との間に囚われている。シュとバルザックの小説は、まさにこの社会構造の解明と告発を予想させるため、読者は今後の道筋を作成する（formuler）ことができるのである（成功することなどできはしない、というバルザックの中心テーマ、あるいは社会不正を問題化した、シュの『パリの秘密』やその他、彼が後に書いた小説を想起されたい）。

本稿では、七月王制下における階級からの脱落（déclassement）と社会的階層移動という最重要課題から出発して、以上のような読者による道筋の作成の例をあげてみたい。周知のようにバルザックは、経歴の行き詰まりというテーマを広く世に知らしめるのに貢献した。あるいは、教育を受けた若者の欲求不満というテーマもしかりである。若者には財がないために、社会的再生産の障害で膨れ上がった社会では這い上がることができない。バルザックは若者から、無数の手紙を受け取る。彼らは大学での学業を継続できず、あるいはロマン主義の偉大な人物の成功に眼がくらんだため、是が非でも文芸の世界で頭角を現したいと思い焦がれる。ロマン主義の偉大な人物は、バルザックが頻繁に描くような「貧困に責め立てられて天分をおし殺された悩める芸術家たち[24]」と完全に同一視される。「今日ではその名を轟かせ、確固たる社会的地位を得た作家であろうとも、デビュー当時にあって、僕ほど克服し難い困難にぶつかった者が存在したでしょうか。食べるものもなく時に死にすら至る、この身の毛のよだつ修業時代を、皆が皆耐え忍んだというのでしょうか」。あるバルザックの読者は、ラファエル・ド・ヴァランタン〔バルザック『あら皮』の登場人物〕やリュシアン・ド・リュバンプレ〔同『幻滅』や『娼婦の栄光と悲惨』の登場人物〕、あるいはバルザックが描いたような、「毎年、地方からパリへと」「栄光と権力と金銭」に魅せられて「やって来る」「一〇〇〇から一二〇〇人ほどの若者」に自らを比して自問する(25)。カルチエ・ラタンでの苦悩について認めた手紙もある。医学生の手紙で、宿代と大学の登録料を捻出するために、バイトを余儀なくされたことを嘆いている。教育機関で働く人の手紙もある。パリでは教育機関が急増したために、雀の涙ほどの給金で、まともな教育を受けた若者を募集するのだと言う。ジュリアン・レピネというバルザックの読者は、貧乏な舎監で、黒服に身を包んだ貧乏生活について長々と論じたかと思うと、終いには、小説から判断したバルザック自身の社会経験を基に、自らの不幸を形容する。農家に生まれ、如何なる社会資本も持たないこの若者は、若きバルザックの貧困、あるいは小説に表れたバルザックの分身の貧困が一時的なものであるのに対し、現在の自分の位置（*position*）は永続する身分（*condition*）であると感じている。「あなた様は御自身の想像力が働き、展開され、創造し、産み出すことのできた状況にいらっしゃいます。あなた様の不幸、あなた様の貧困にはどことなく偉大で、冒険的で、英雄を思わせるところがありました」。対して自分の不幸は、「あまりにみみっちく情けない、貧乏な細民のそれで、ぱっとしない不幸です」と書く。それでも、バルザックに手紙を認めることで、そんな状況から抜け出そうとしている(26)。こう

（24）Honoré de Balzac, *La Vieille fille*, Éditions du Seuil, col. ‹ L'Intégrale ›, tome III, 1994, p. 292（オノレ・ド・バルザック『老嬢』、小林正訳、東京創元社、一九七四年、『バルザック全集　第8巻』、二七二頁。引用（« artistes malades de leur génie et étouffés par la misère »）は、原文と若干表現が異なる（« artistes malades de leur génie étouffé par les étreintes de la misère »）。

（25）Lettre d'Adrien Paul à Balzac, le 7 mai 1840. Voir Honoré de Balzac, *Correspondance*, édition établie par Roger Pierrot, Paris, Garnier, 1962-1969, 5 tomes, tome 4, pp. 108-110. この手紙は学士院図書館ロヴァンジュル文庫に保管されている。La Bibliothèque de l'Institut dans le fonds Lovenjoul（以下 Lov. の略号で記す）, A 315, fol. 247-248.

してこの若者は、バルザックの小説を読み、類似点と相違点を見据えつつ、まさに自分の位置と社会経験の性質を作成することができるのである。

以下で取り上げる手紙には、社会への幻滅を表す、二つ目の形が登場する。貧困に喘ぐ被雇用者という形象である。しばしば借金に押しつぶされ、家族に必需品さえ与えてやれない被雇用者は、自身を無辜の犠牲者として描きだす。理由はこうである。彼らは公務員職にこそ、全希望を託す。名誉ある地位、安定した生活、経歴の展望などから羨望の的である公務員職は、実際には安月給で、身内の贔屓が横行している。[27] それゆえ被雇用者は進んで、ウジェーヌ・シュ描くところの「不当な」悲惨に自己を同一視する。彼らの口からは、「逆境」や彼らを打ちのめす「容赦ない運命」などの言葉が出て来る。こうして小説の言葉を用いて、自分たちの位置と渇望の間の不適合なありかたを作成するのである。

小説なら経済の脆弱性に触れ、産業と商業の先行き不安定な道程に言及することができる。小さな町で染色業に従事する実業家のガルニエなる人物は、「数多くの工場主の競合と種々の大企業の株券のせいで」破産し、財産を立て直せないという。それで職人に戻らねばならない。息子はといえば、家族の借金を帳消しにしてもらおうと軍隊入りをせざるをえず、自分の受けた教育と望みに相応しい人生を送ることができないと悟り、ウジェーヌ・シュに手紙を書いてよこした。[28] また別の企業家の息子であるシャルル・ロマニは、羊毛部門をダメにしてしまう過剰生産と生産集中の危機に言及している。[29] この他にも、倒産や危うい契約を結んだ後では、再度貸付金を見つけるのが難しいとこぼす企業家もいる。ちまたに現金が少なく、商売とは信頼と顔馴染みの関係に大きく依存している世界だから、というのがその理由である。こうして皆が一様に、「運命の浮き沈み」、彼らを打ちのめす「不幸」、唐突で予期せぬ「恥ずべき」貧困について書き綴るわけである。[30]

ここで、小説は何の役に立っているのか。不当な不幸を描くシュに手紙を書きながら、これらの人々は、自分たちも参与しているはずの経済的社会的動きには口をつぐみ、個人として辿る道筋を正当化し取り戻そうとする。したがって彼らの社会経験は、欲求不満を抱く野心家の経験とは異なる言葉で記述される。野心家は小説を用いて、自分たちの失敗を集団的運命に結びつける。被雇用者がそうであったように、小企業家は小説の力を借りて、個人としての不幸の観念を作成する。これこそが小説の力である。小説は集団についての考察と個人の運命の記述を関連づけるし、小説のおかげで、誰もが自分の位置や道筋をはっきりさせることができる。『パリの秘密』の読者に労働者は珍しいが、読み書き能力も時間的余裕も有するエリート労働者が自分について綴ることはそもそも稀で、自分たちよりもさらに悲惨な労働者や、あるいは労働者世界の集団的な運命について書く。『パリの秘密』や他のテクストのおかげで、恒久的貧困〔一九世紀の社会学で無産階級の極度の貧困状態を指す〕が対象として構成されるようになる。これは博愛主義者、あるいは社会改革者にしてみれば不安な問いを醸す対象であり、「富裕な人々」にとっては、慈愛の実践対象となる。シュは、民衆の貧困に金持ちの関心を向けさせようとした。かくしてシュとバルザックの小説は、読者による領有という図式の一覧表全体を提供しているように思われる。読者は領有により、自

(26) Lettre de Julien Lépinay à Balzac, le 23 novembre 1836, Lov., A 314, fol. 363-373.

(27) 雇われ身分の不安に関しては以下の書を参照のこと。David H. Pinkney, *Decisive Years in France, 1840-1847*, Princeton, Princeton University Press, 1986, pp. 77-78.

(28) Lettre de L. Garnier à Eugène Sue, le 16 septembre 1843. 以下の書を参照のこと。*Les Mystères de Paris. Eugène Sue et ses lecteurs*, texte établi et présenté par Jean-Pierre Galvan, Paris, Éditions de L'Harmattan, 1998, 2 tomes, tome 2, p. 17. パリ市立歴史図書館のウジェーヌ・シュ文庫に保管された手紙である。Lettre conservée dans le fonds Eugène Sue de la Bibliothèque historique de la Ville de Paris, CP 3935, fol. 407-408.

(29) Lettre de Charles Romagny à Eugène Sue, le 1er septembre 1843. 以下の参照のこと。*Eugène Sue et ses lecteurs*..., *op. cit*, tome 1, pp. 412-413 et Charles Romagny, *Vingt-cinq ans de luttes*, s. l. [Paris], Imprimerie de Cuisénier, 1843.

(30) Lettre de Louis Genty à Eugène Sue, le 7 octobre 1843, dans *Eugène Sue et ses lecteurs*..., *op. cit.*, tome 1, p. 149 : Lettre de Gustave Morin à Eugène Sue, le 14 décembre 1847, conservée dans le fonds Eugène Sue de la Bibliothèque municipale d'Orléans, Ms. 2379, Dossier M, fol. 52-53.

分の所属に名称を与え、道筋を語り、社会的道徳的な位置を定める。それに合わせて、自らの経験に（「知られざる天才」とか貧乏な労働者といった）集団的な運命か個人の不運、そのどちらかの形式を与えるわけである。

読書経験と階級の脱落

したがって、バルザックとシュが受け取ったファンレターは、リアリズムの企図の中でも「解読」の次元に最も近接した、小説の使用法の証言である。バルザックとシュは（エミール・スヴェストル〔一八〇六－五四。弁護士、ジャーナリスト、作家〕、フレデリック・スリエ、ポール・ド・コック〔一七九三－一八七一。作家、劇作家〕といった）同時代の多くの小説家同様、社会の下部や裏側、秘密を暴き、小説を書くことで、その複雑な全体像を知らしめようとしていた。作家に手紙を書く読者は、全体を描き出すという作家の野心が大局的には成功していることを認めながらも、とりわけ、個人の道筋を同時代史の中に描き込む小説の力を領有するのである。広範囲に流布したリアリズム小説を告発していた人なら、誰もがこうした小説文学の使用法を十分に踏まえていたのではないだろうか。そこまで決めつけることはできまい。なぜなら、告発者の文章では、読後の感想が観察対象となることは滅多にないからである。小説の中傷者がテクストの有毒な領有の「証拠」を捏造するには、一八四〇年にラファルジュ夫人が訴えられたような訴訟が必要であった。とはいえ、この「証拠」なるものもまた、殺人犯と見なされた夫人の枕頭にスリエの『悪魔の覚書』の何巻かがおいてあったというものにすぎないのだが[31]。

それにしても、この世に関して小説が作り出した知識は、あからさまに不安を煽る。読書が産みだす社会的効果に対する強迫観念は、一八四三年から四七年の間に、国民議会で行われたシャピュイ－モンラヴィル男爵〔一八〇〇－六八。新聞連載小説への特別税の創設と小説の掲載された雑誌の販売禁止の提唱で知られる〕による、小説への攻撃の主旋律をなす。ソーヌ－エ－ロワール県の代議士であった男爵によれば（男爵は連載小説を掲載しない新聞には郵便税〔あるいは印紙税〕の免除を提案し、掲載を思いとどまらせようと考えていた）、小説を読むと、読者は自分の社会的位置に嫌気がさし、社会的階層移動をしたいという不幸な欲望を抱くようになるという。「連載小説のせいで、読者は父親の身分を軽蔑し、自分の出自を恥じるようになる。そんなわけで、連載小説は平等という至極単純で広く一般に浸透した概念を歪めてしまう[32]」。シャピュイ－モンラヴィルは読書の引き起こす社会的効果を名づけて、当時にはあまり馴染みのない「社会階級の脱落」（déclassement）と呼ぶ。「このような小説を読むのが癖になると、市民は自分の位置に嫌悪感を覚え、将来に関してありもしない希望を抱くようになり、社会階級の脱落を引き起こし、誰もが個人の尊厳を持つべきところを乱してしまう[33]」。小説は読者に社会世界の全体を示し、幾つも幾つも社会的移動の物語を語るために、伝統的な社会の均衡を破壊し、個人の自堕落でむなしい野心をむき出しにしてしまう。一八四八年の革命後に、その文化的起源の定義を試みた人なら、皆異口同音に同じ議論を口にする。実際、一八五〇年代初頭に、主に地方の学術協会と道徳政治科学アカデミの枠組みでなされた研究の多くでは、一八四八年の「混乱」の責任を何とかして七月王政の文学に押し付けようとしていた[34]。小説は社会集団とその仕組みについての有害な知を導入し、社会の規則を歪めてしまったと書いた作家もいる。文学は「平民に対しては金持ちへの憎

（31）　以下の論考を参照のこと。Jann Matlock, « Lire dangereusement. *Les Mémoires du Diable* et ceux de Mme Lafarge », *Romantisme*, nº 76, 1992, pp. 3-21. 一八四七年、ウール県（Eure）イリエ－レヴェックの主任司祭であるブクロン師は、ある若者の打ち明け話をもとに、ウジェーヌ・シュの小説、中でも『ラ・サラマンドル』の有害性を証明しようとする。その若者アントワーヌ・フェランは、その一〇年前に愛人と一緒に心中しようとしていたのだった。*Ferrand et Mariette. Influence de la lecture des romans et vices de nos lois*, Paris, P. J. Camus, 1847. 数十年してからのことになるが、ルイ・メグロンは以下の書の中で、七月王政下の文学に反対した分厚い書類集を編集するだろう。Louis Maigron, *Le Romantisme et les mœurs. Essai d'étude historique et sociale, d'après des documents inédits*, Paris, Honoré Champion, 1910.

（32）　Discours à la Chambre du 14 mars 1845, dans *Le Moniteur Universel*, 15 mars 1845.

（33）　Discours à la Chambre du 6 avril 1847, dans *Le Moniteur Universel*, 7 avril 1847.

しみを、金持ちには貧乏人への警戒心を」植えつけ、「互いの階級を対立させた」[35]。こうして文学は、一八三〇年以降に社会が社会それ自体に関して作り上げた表象の責任者ということになる。階級間の憎しみが生まれたのは、文学が階級を産み出したせいなのだ……。

小説という手段を用いて社会事象を説明することに対する恐れが、教育の普及が原因で生じた不安と軌を一にしている点は強調しておく必要がある。「古典的な学問教育を受ければ、幸福な才能の持ち主は発展し、その効果で最初の身分から離れることになるが、これに対して同じ教育の効果で、一体どれほどの凡庸な者が、教育後に再び陥らねばならない身分とは相容れない趣味と習慣を身につけてしまうことか」。ギゾはこう、一八三三年の初等教育に関する法案の理由書で警告している[36]。社会構造の不活発を理由として欲求不満を抱く、免状を手にした若者層に言及するのは、この時代にはよくあることであり、社会の安定を守ろうとしていたギゾのような保守改革派にも、そして、教育は受けたが財に恵まれない若者の先行きが見えないといって立ち上がった、バルザックやその他大勢の作家にもその姿が描き出されていた[37]。小説は想像力により読者の社会経験を広げるし、同時代社会の仕組みを記述し分析する。それゆえに、大革命の遺産である平等の約束と保守の強烈な欲求の間で引き裂かれた世界では、小説こそが、社会攪乱を恐れる強迫観念の中心に位置するのだ。

以上のように、シュとバルザックの読者が実践した、個人による小説の領有と、公共空間で小説が引き起こした強迫観念の間にあって、一八三〇年代から四〇年代の二〇年間に、小説文学は社会経験の作成において、主要な役割を演じることができたと思われるのである。

理論的な論議を放棄し文学を調査対象とするならば、一九世紀を研究する歴史家は、リアリズムで書かれた虚構を、情報源とはいわないまでも少なくとも問いを発する場として、おそらくは再び取り戻すことができる。七月王政下の人々は、当時の小説作品の意味と使用法に関して不安な疑問を発し、それにより、その後長く持続することになる文学表象の配置に貢献した。文学は読者にとって（有害な）行動モデルであると同時に、社会状況の症候あるいは表現とされる。われわれはこのような文学表象を受け継いでいる。必ずしも、そうした表象の生産条件を踏まえなくとも、バルザックを読みながら、一九世紀を「感じ」たいと思うほどである。表象の生産条件と、特に一八三〇年代から四〇年代の、文字どおり危機的な時代について学ぶとは、個人や集団による文学の使用法を調べつつ、歴史の調査対象として、敢えて文学をテクストの総体と見なすことに他ならない。文学を、用心深く操作すべき歴史の「外部」と捉えてはならないのである。

本論を閉じるにあたり、一九世紀前半の社会史における、こうしたアプローチの利点を示唆しておきたい。個別事象の社会史では、集団よりも自己の構築といった個の様態への関心が強い。この視点から、少なくとも読む能力があり、書物についての会話のできる公衆の一部についていえば、文学の使用法に着目するなら、自己と社会世界の表象が生産される過程の、まさに中心へと導かれる。そんなのはごく限られた層だ、と言われるかもしれない。大多数が農村社会に生き、出版者やパリの定期刊行物といった文学生産からは隔たっているのだから、と。しかしながら、この沈黙した大衆は、一九世紀後半の数十年間に、地域差はあるが次第次第に変化に立ち会っていた。すなわち、小間物行商人の運んでいたかつての小冊子は、次第に挿絵入り小説（その多くが七月王制下のベストセラー小

(34) 以下の拙論を参照のこと。« Remettre le monde en ordre : les académies et la questions de l'influence de la littérature sur les mœurs dans les années 1850 », *1848, une révolution du discours*, sous la direction d'Hélène Millot et Corinne Saminadayar, Saint-Étienne, Éditions des Cahiers intempestifs, 2001, pp. 27-45.

(35) 一八五一年、ソステヌ・カンブレによるマルヌ県農業商業科学芸術協会に提出された懸賞論文。Sosthène Cambray, « Quelle a été, depuis vingt ans, l'influence de la littérature sur l'esprit public et les mœurs », mémoire soumis à la Société d'agriculture, commerce, sciences et arts de la Marne pour le concours de 1851, Archives départementales de la Marne, 1 J 104, mémoire n° 15.

(36) 次の書に引用されている。Pierre Rosanvallon, *Le Moment Guizot*, Paris, Gallimard, 1985, p. 247.

(37) 欲求不満を抱えた若者を扱う長期の分析に関しては、以下の論考を参照のこと。Roger Chartier « Espace social et imaginaire social : les intellectuels frustrés au XVIIe siècle », *Annales. Économies, sociétés, civilisations*, 37e année, n° 2, mars-avril 1982, pp. 389-400.

説から抜粋された挿画入り小説である）、そして新しい大衆紙の週刊付録である連載小説に入れ替わったのである[38]。

シュとバルザックのファンレターに表れた主題の一つにもどろう。欲求不満に苛まれた野心、あるいは社会的階層移動の不可能性に関連したテーマである。小説家に宛てられた手紙からは、小説文学が社会世界の表象と個人の社会経験の形成に寄与したやり方がうかがえる（演劇に関しても、同種の調査を行えれば有効だろう）。本稿で素描したのは、一九世紀中葉における、社会的階層移動についての表象の生産様態に関係した問いである。社会的階層移動の約束に向き合う個人は、自らの状況と社会的布置についての利用可能な情報だけでなく、社会に関する、増殖しつつ矛盾を孕んだ言説を結びつけながら、一体どのような仕方で移動の望みを作成するのだろうか。社会は閉塞していると考える者もあれば、際限のない野心を原因とした、ありとあらゆる無秩序に晒されているという者もいる。いずれにせよ、その全体は捉え難いものと見なされている。一八四八年前後に成年に達した人々の社会経験を振り返りつつ、世紀後半に書かれた数多くの覚書が、調査の足がかりとなりえよう。しかしながら、社会的階層移動について個人が抱いた表象が、如何なる「やり取り」で形成されたのかを理解しようとするなら、一八三〇年代と四〇年代、場合によっては一八四八年以降も含む年代に、「野心的な」若者が書いた既刊未刊のテクストをたどるのもやはり興味深い。文学は何の役に立つのか。一九世紀半ばの数十年間、一方で文芸に携わる職業は、それも相当な期間、社会的成功への入り口を提供しているように思われていた。大概は幻想にすぎないとしても。他方で、読書経験とは、まさに社会経験について思考し、それを作成する場であったのである。

【解説】

一九世紀前半といえば、近代小説の誕生期として記憶されている。バルザック、スタンダール、アレクサンドル・デュマといった、現代においても愛読される小説家を輩出した時代であり、未だにその綿密な描写や小説作法は読者を魅了してやまない。この時代はまた、メディアとしての新聞が産声を上げた時期としても知られている。現在われわれが読む長編小説の多くが、新聞連載の形で発表され、後に冊子にまとめられたものである。

近代小説の黎明期であるだけに、それぞれの小説や作家に関する研究も少なからず存在するし、作家とそれを取り巻く人間関係や制度に関する情報なら、専門の研究者でなくとも、かなりの知識を得ることができる。ところで、当時の流行作家やベストセラーとなった作品と、現代の文学史での評価との間にはズレがある。ゆえに、二つの事柄を分けて考えよう。第一に、当時は流行していたが、現代ではほとんど忘れられてしまった作家や作品が無数に存在する。第二に、今でも名が知られ、現代の文学史に頻繁に登場する作家がいて、その作品でも、当時は流行していたが、現代ではまったく読まれなくなった作品が存在する。本論考では後者、すなわちウジェーヌ・シュの『パリの秘密』や、フレデリック・スリエの『悪魔の覚書』のように文学史に登場はしても、現在はあまり読まれないか、入手が困難になった作品が登場する。しかも分析対象は、それらの作品や作者ではなく、その読者と読書行為である（『パリの秘密』は入手困難だが、歴史学の知見も踏まえつつ、シュとその著書を紹介した以下のモノグラフィがある。小倉孝誠『「パリの秘密」の社会史――ウージェ《マ》ーヌ・シュ《マ》ーと新聞小説の時代』、新曜社、二〇〇四年）。

本論考は、一九世紀社会史を専門とする歴史家による研究論文であり、「感性の歴史」の泰斗アラン・コルバンへのオマージュとして編纂された専門書に収録された論考であるため、研究者の間では既知の社会学的事実や現象が暗黙の了解事項として触れられない事柄がある。例えば、新聞連載小説の流行について、本論にはほとんど言及がない。対象となる時代はまた、広告入り新聞が史上初めて登場した時期でもある。雑誌や新聞の定期購読はその値段の高さから、一般に普及していたとは言い難い。それゆえ、貸本屋や読書クラブのような、一定の金額さえ払えば、その場で雑誌や書物を読むことのできる場が存在した。また、誕生したばかりの言語芸術である近代小説は、社会の害悪の根源として、その危険性を危ぶまれていたという事実も、本論では簡単に言及されているにすぎない（上記、『「パリの秘密」の社会史』では詳述されている）。

本稿はしかし、当時の流行現象を分析するのに、販売部数や収入の多寡、流通などの統計を提示する社会学的方法や数量史の手法を用いない。あるいは、流行作家の社会的地位や問題意識を、小説作品の「外部」に求めた作家論でもない。著者

---

(38)　以下の論考を参照のこと。Anne-Marie Thiesse, « Le roman populaire », dans *Histoire de l'édition française*, tome III, *Le temps des éditeurs*, Paris, Fayard, 1990 (1ère édition, Promodis, 1985), pp. 514-515 et Jean-Yves Mollier, « La culture de 1848 », dans *La Révolution de 1848 en France et en Europe*, avec Sylvie Aprile, Raymond Huard et Pierre Lévêque, Paris, Éditions sociales, 1998, pp. 127-178.

の関心は人々の抱いた「表象」に向けられる。その視点もさることながら、「表象」の形成を導きだす手続きもユニークである。

ところで、歴史家が文学作品を史料として用いるのは難しい。歴史家は文学を前に躊躇する。その主な原因は、文学が前提とする「虚構性」である。虚構としての文学をどの程度まで信頼してよいのか。文学が何らかの形で社会を反映するとしても、いわゆる「史実」、歴史的真実あるいは事実を、文学から抽出することは可能か。こう自問する歴史家は、基本的には文学や論争書、作家の私的な見解を前提とし、その意味でバイアスのかかった手紙、日記、覚書（回想録）等のテクストは退けつつ、その他の「史料」に依拠して歴史を記述する。あるいは反対に、日記等の「自己の記述」を「史料」として、「感性の歴史」を記述する場合もある。しかし「史料」を限定し、対象とする時代を想い浮かべつつ、歴史を記述する歴史家は、本当に文学を排除しているといえるのか。バルザックの物語をそのままでは「史実」として受け入れない歴史家は、だからといってバルザックの記述を無視して、作家の生きた時代を表象することができるだろうか。一九世紀前半の歴史家たちも、すでに当時の小説文学の記述を「社会状況の症候あるいは表現」として受け入れていたし、現代の読者にしても、バルザックやシュら小説家の記述を通して、その時代を「表象」する。それならば、当時の小説文学の史料的価値や描写の真正性の度合いを問うよりも、なぜどのように、人々が小説文学を受け入れたのか、また、小説を用いて何をしようとしたのかという問いの転換を促すべきではないか。つまり、「理論的な論議を放棄し」、文学に「社会状況の症候あるいは表現」をみてしまう、当時の（そしてわれわれの受け継いだ）「表象」の形成過程を分析対象としようというのである。

著者は小説のテクストや、当時の小説に関連して交わされたかまびすしい論議ではなく、読者が小説家に宛てた「ファンレター」を分析対象とする。ちなみに、ここで言う「ファンレター」は、必ずしも小説家の「ファン」、熱狂的愛好家によるテクストに限定されるわけではない。テクストの書き手は、小説家の崇拝者ばかりではない。とはいえ読者は、一般に読後感を披露する。小説に描かれた社会を受け入れ、その中に自分を位置づける。小説を利用して自らの境涯を語り、不遇をかこち野心を正当化する。ここに厳密な意味での「表象」が表れる。「表象」を、何かの表現、あるいは単なる表出と理解してはならない。二〇世紀を代表する思想家の一人ルイ・マランが、通称『ポール・ロワイアルの論理学』の記述を梃子として立ち上げた表象理論を参照されたい。寝室に居ながらにして、説教をしている自分の姿を「想い描く」人物の例のように（『論理学』第一部第四章）、一九世紀の読者は、想像の産物である小説で描かれた社会の中で自己の姿を「想い描き」、一喜一憂する。小説とは、社会において自己の位置を定めるための道具だったのだ。

ロジェ・シャルチエが「領有」（「我有化」）という語で表したように、一見したところ誰の眼にも同じに映る書籍という物質的な事物を、誰もが同じように読むわけではない。読者による受容の仕方にこそ注目せねばなるまい。本稿では、「被雇用者」や「野心家」、「企業家」などの区分から、小説の読み方の相違を導きだし、さらにはそのような読解の差異から、表象とその仕方が分析される。この手続きからすれば、文学における記述内容の真偽、あるいは読者が正確に小説を理解し、小説を通して真の社会を把握しているかどうか、といった問いは無意味である。読者は小説を用いてどのように社会を想い描き、自分のものとし、その社会に自己をどう位置づけるか。問題は読者による文学の領有であり、領有を経た表象であって、その意味で小説の曲解、誤読、歪曲は重要な証言となる。読者は小説を読み「社会的階層移動」を夢見つつ、「社会世界の表象と個人の社会経験」を思考し作成する。歴史家にとっての文学の利用法を、（当時の人々の）文学の使用法を通して探るという、独創的な着眼、極めて巧妙な手続きと卓抜な方法論で、現代の歴史学における文学の使用法への提言をなしているわけで、小論ながらその射程の広さは瞠目に値しよう。

（訳と解説　野呂　康）

2 文学史と読書の歴史

ジュディト・リオン－カン

Judith LYON-CAEN, « Histoire littéraire et Histoire de la lecture », *Revue d'Histoire littéraire de France*, n° 3, 2003, pp. 613-623.
すでに一度、二〇一一年に学術雑誌（『ＥＢＯＫ』第二四号、神戸大学仏語仏文学研究会）で公にしたものではあるが、この機会に訳と解説に少し手を入れて再録する。

本論の願うところは限定されたものでしかない。つまり、重要なのはただ、歴史家が文学に注ぐまなざしに拠って、一九世紀文学史の対象と方法とを拡充するために活動し、歴史学と文学研究にとっての共通領域を素描することにある。これらの提言は、七月王政期における小説の読書に捧げられた研究の経験から生まれている[1]。

一八三〇年代は、周知のとおり、小説ジャンルの急成長によって特徴づけられる。宗教道徳の著作、教育書そして古典の遺産があいかわらず最も多い発行部数を誇っているとしても、小説は、かなり乏しいその平均部数にもかかわらず、「新刊書」の増加によって、また同時に貸本屋《キャビネ・ド・レクチュール》が保証するその普及とによって、印刷出版産業のなかで中心的な場所を獲得する[2]。諸ジャンルのヒエラルキーの頂点には詩が君臨し続けているが、読み書き教育の進

（1） ここで私はあえて自分の博士論文を参照させようと思う。*Lectures et usages du roman en France, de 1830 à l'avènement du Second Empire*, sous la direction d'Alain Corbin, Université de Paris I, 2002, 3 vol.〔リオン－カンの博士論文はその後、パリ第一大学時代の指導教官アラン・コルバンの序文を附して、タランディエ社から刊行されている（Lyon-Caen : 2006）〕

展によって読者公衆（public）は拡大し、出版人ウェルデの言葉を使うなら、〔彼らは〕「小説への情熱」に襲われているようにみえる。(3) 小説は書籍商を、雑誌を、そして一八三六年以降、すなわち「新聞連載小説《フィユトン》」の登場以降は日刊紙をも配下に収めるだろう。一八四〇年代を通じて、新聞連載小説の成功と、分冊売りやシャルパンティエ判型のようなそれほどコストのかからない刊行方式の発明とが、いくつかの小説、とりわけシュやデュマの小説に「ベスト・セラー」という地位《ステイタス》を獲得させる。(4) これらの成功は文化の大衆消費体制の雛形を創り出し、それが世紀後半において発展していくのである。

小説ジャンル出版のこの勃興は、同時代風俗にひとつの鏡を提供するのだと主張する小説の増加とその文学的正当性の認知とを伴う。(5) 小説の「レアリスム」伸張は文学史によって遍く知られている。(6) しかしながら、それはまた、「歴史学の」歴史が注意を払うだけの価値を有している。というのも、これはその時代の読者たちの表象であると同時に、多くの読者の文化的実践の形を呈しているからである。つまり、七月王政期の読者たちは、あれら「同時代風俗」小説をどのようにして領有するのか〔1〕？　そのような小説に彼らはいかなる地位を付与し、そこにいかなる種類の真実を見出すのか？　たいていの場合、混乱し、不透明で、雑然とした時代と理解認識されている当時の社会的複雑さを把握し、それを定式化して表明するに際し、小説が果たす役割とはなにか？　これらの問いは、文化

(2) 以下の論考を参照のこと。Frédéric Barbier, « Une production multipliée », *Histoire de l'édition française, III. Le temps des éditeurs. Du Romantisme à la Belle Époque*, Paris, Fayard, 1990（1re édition 1985）, 特に p. 117. ; Martyn Lyons, « Les best-sellers », *idem*, p. 417. 小説の平均発行部数は一八三〇年代ではおよそ一〇〇〇から一五〇〇部程度であったようだが、四〇年代には二〇〇〇から五〇〇〇部に達する。マルタン・リオンによると、バルザックの最も成功した小説、つまり一八五〇年以前に八度重版された『あら皮』の累積発行部数は二万部を超えない。

(3) Edmond Werdet, *De la librairie française*, Paris, Dentu, 1860, pp. 118-119. 一八三六年に『両世界評論』誌に公表された前年の印刷出版生産見積り量は、しかしながら、諸分野のあいだに存する懸隔を明らかにしている。すなわち、一〇〇〇タイトル以上にもなる「論

理科学」（神学、哲学、法律学、政治学）、教育書（七〇〇タイトル以上）、そして二一〇タイトルしかない小説、つまり詩（二七三タイトル）、演劇（二九九タイトル）あるいは「歴史科学」よりも少ない小説とのあいだの懸隔を明らかにする。A. C. T. [André Cochut], « Mouvement de la presse française en 1835 », *Revue des Deux Mondes*, avril 1836, pp. 67-115. 長期的スパンでみるなら、文学生産の領域（小説、詩そして演劇）においてだけ、各年毎のジャンル別平均タイトル数は次のことを示すように思われる。つまり、小説の支配的地位が明白になるのは一八四〇年以降でしかない、と。Christophe Charle, « Le champ de la production littéraire », dans *Histoire de l'édition française*, *op. cit.*, p. 139. ウェルデによる、年代的にズレを孕む認識把握は確かに再構成されたものかもしれないが、それはまた、要求に受容を合致させるまえに、小説を読むことの要求増大によって、書籍販売業者がどれほど驚かされえたのかを想起させる。

（4） Martin Lyons, *op. cit.*, pp. 423-425. 『モンテ＝クリスト伯』あるいは『三銃士』に関していえば、デュマは三万もしくは四万部に近い累積部数に届くかもしれない。シュのほうは、『パリの秘密』と『さまよえるユダヤ人』によってそれぞれ六万と八万部に達したと思われる。これらの推算は、新聞連載での出版も含むあらゆる形態での発行を考慮したものに拠っている。増大するこれら総発行部数は、あらゆる種類の版の累積によって説明される。つまり、日刊紙における連載小説、七フラン五〇で売られる八折り版、ついで三〇もしくは五〇サンチームの分冊刊行、挿絵入り豪華本、そして一八三八年にシャルパンティエ社が開発した版に倣った三フラン五〇の十二折りもしくは十八折り版である。ある小説の成功は、それゆえ、同じ対象＝モノに対する著しい要求以上に、分化した読者公衆を狙った、多彩な値段とフォーマットを持つ版の増加に対応しているのだ。

（5） とりわけ次の記事を見よ。Gustave Planche, « Histoire et philosophie de l'art. VI. Moralité de la poésie », *Revue des Deux Mondes*, 1er février 1835.

（6） マリ－エヴ・テランティは現今のものに対するその関心＝利益を新聞の発展と結びつけている。どんな作家も、新聞を通して、生活の糧と名声を求めるのである。Marie-Ève Thérenty, *Mosaïques. Être écrivain entre presse et roman, 1829-1836*, thèse de l'Université Paris 7-Denis Diderot, 2000, 2 vol.

〔1〕 領有する（s'approprier）あるいは領有（appropriation）は、民衆文化の戦術を示すためにロジェ・シャルチエが用いた鍵語のひとつ。「個人や共同体が、手にしたテクスト、さらにはあらゆる規範や約束ごと、ディスクールを理解する仕方」を指す。それはしかし、読書する際の慣習的な行動や日常的行為などの、「プラチック」に課されている不可視の枠組みを変形するようにしてテクストを主体的かつ創造的にわが物とすることなのだ。この概念に拠って、シャルチエは「社会全体に広まるような思想や物質、テクストから、人びとがそれぞれ何かしら独自なものをつくりだす」ことを問題にしようとする。領有、プラチック、そしてこの両者を包摂する「表象」といった概念については、『読書の文化史――テクスト・書物・読解』（福井憲彦訳、新曜社、一九九二年）の中で、ロジェ・シャルチエ本人が論文やインタヴューの形で明快に説明してくれている。

史あるいは表象の歴史に属するものだが[7]、文学史に対して二つの連続する問題を提起している。第一に七月王政期における小説の読書実践によって、第二に当時の言説体系＝言説経済における小説の地位に関する考察によって、である。

読書実践と文学史

まず初めに、七月王政期の小説に関わる適切な事例に基づき、読書実践に注意を払うことの、文学史にとっての利益＝関心を強調しておこう。読書実践の歴史は、ご存知のとおり、テクストを、「読書による実現化[8]」の手前で意味（の充塡）を待っている虚ろな形式とみなすことでその問題提起と方法とを構成し、「読者が（……）自ら領有するテクストに意味を与えるプロセス[9]」について専ら議論してきた。歴史記述に係わるこの動向は活況を呈し、とりわけロジェ・シャルチエの継流において、テクストから距離をおくことの発見的価値すべてを提示してみせた。テクストを迂回することで、歴史家は、個別かつ具体的な読者、つまり受け継いだ読み方、もしくは考案した読み方を手にテクスト内で密猟する者に[10][2]専心し、また、著作（の意味）を限定してしまうが、それらの理解を可能にする「制約システム」にも傾注できるようになる。受容というものは、実際、諸々の——明瞭な、もしくは暗黙の——指標によって方向づけられる。正しい読み方について作者（あるいは作者たち）が示す指標によってと同様、テクストの書籍化に関与する者たち（出版者そして／あるいは印刷業者たち）が据えた物質的装置の総体（判型、頁組み、組版、挿絵……）によっても方向づけられうるのである[3]。

テクストの物質性に注意を払うことは、作品製造のさまざまな様態を理解しようとする者にとって、有用貴重なものだ。一八四二年六月から四三年一〇月まで『デバ』紙上で連載された『パリの秘密』の場合、生産および受容プロセスにおける出版形式の役割を例証することができる。

その事態はよく知られているけれども、ここであらためて想起しておくべきであろう。『パリの秘密』がそうであったような連続創作において、ウジェーヌ・シュは、一八四二年六月から一二月にかけて発表した自分の小説第一部に対する批判的受容のある部分に、己れの意図（propos）を適合させたのである。パリの下層階級を写生し

（7）　これらのアプローチの定義に関しては、次の論文を参照。Roger Chartier, « Le monde comme représentation », *Annales ESC*, novembre-décembre 1989, pp. 1505-1520（ロジェ・シャルチエ「表象としての世界」、ジャック・ルゴフ他『歴史・文化・表象――アナール派と歴史人類学』、二宮宏之編訳、岩波書店、一九九二年、一七一～二〇七頁）および Alain Corbin, « "Le vertige des foisonnements". Esquisse panoramique d'une histoire sans nom », *Revue d'histoire moderne et contemporaine*, janvier-mars 1992, pp. 103-126.

（8）　Michel de Certeau, « Lire : un braconnage », dans *L'Invention du quotidien. 1. Arts de faire*, Paris, Gallimard, col. ‹ Folio ›, 1990（1re édition 1980）, pp. 239-258, ici p. 247（ミシェル・ド・セルトー「読むこと／ある密漁」、『日常的実践のポイエティーク』、山田登世子訳、国文社、ポリロゴス叢書、一九八七年、三二五～三四六頁、ここでの引用は三三三頁）。

（9）　Roger Chartier, « Histoire et littérature », dans *Au bord de la falaise. L'histoire en certitudes et inquiétudes*, Paris, Albin Michel, 1998, p. 269.

（10）　我々は註（8）ですでに引用したミシェル・ド・セルトーの、我々の研究の始祖となるテクストを参照している。

〔2〕　密猟する（braconner）とは、註（8）で参照された論文中でミシェル・ド・セルトーが提起している概念。社会制度が押しつける書くことと読むことの分割と序列化に抗し、いやむしろ秘かな操作によって、それらをかわし、読むという行為の自律性と創発性を、あるいは大衆消費という狩猟行動が招来させる彷徨の楽しみを産み出す読者の実践のこと。作者が意図しないなにかを作りだし、「テクストの断片を組み合わせ、意味作用の果てしない複数性を可能にする断片特有の力によって編成される空間のなかに、気づかれざるものを創造する」読者のそのような活動を、セルトーは「ブリコラージュ」などの一形態ともみなしている。「自分が書いたのではない領野で密猟をはたらく遊牧民」という表現は、読者の原初的イメージとして、読書・読者論に関するポール・リクールの現象学的・解釈学的展望とともに、シャルチエの理論に大きな影響を与えた。

〔3〕　ここでジェラール・ジュネットの『スイユ』*Seuils* を想起する読者もいるにちがいない。もはや註記するまでもないほどに、パラテクスト理論は広く受容されているということなのか、筆者による参照はない。出版の形態、さらには « publication » というフランス語が含む意味連関の問題系をも考察の対象とする本論は、ジュネット理論の更なる展開を導き得る射程を有しているように思われる。対象とする時代は異なるが、「出版＝公にすること」をテーマにした興味深い論集として、GRIHL : 2002 をあげておこう。

たことの成功、純な娼婦フルール・ド・マリあるいは心優しい犯罪者シュリヌールのような多面的性格を持つ登場人物たち[4]の人気を目の当たりにして、文芸誌の批評家たちと多くの政治紙の批評家たちはスキャンダルだと糾弾し、小説の反道徳性、とりわけその猥褻さだけでなく、そのエクリチュールの弱さをも責め立てる。新聞雑誌の他の陣営、とりわけフリエ主義的な新聞雑誌は逆に、パリの民衆生活の生彩に富む描写のうちに、労働者階級の悲惨の痛ましくも有益な舞台化を見出した。このような展望において、以後、『パリの秘密』は単純に博愛慈善的な意図――知られざる悲惨を暴き、最も豊かな者たちに善行を勧めること――に従属するようになった。すなわち、社会的不公平の告発という、より徹底的で効果的な企図のうちに組み込まれるであろう。一八四三年初頭にウジェーヌ・シュが再度ペンを執ったとき、彼はその二重の方向へと自らの小説を進めることにしたのだ。

出版の場と形式――『デバ』紙での新聞連載――が、エクリチュールと受容とにどのように幸いするのかがここで観察されうる。しかも、単に小説家が発表の時機 *temps* に見込みをつけ、己れの意図を読者公衆に適合させる（また、そうすることで、間接的に、批評家の批判攻撃に応える）ことができるからだけではない。博愛主義的もしくは人道主義的な方向＝意味へと読みを導くことを目的とした指標が、テクストそれ自体のうちに、さまざまなレベルで（語りを中断する余談において、あるいは登場人物たちを仲介するロドルフのような者によって述べられる意見において）数多く存在している。とはいえ、小説家はまた、慈善家の読者たち――たいていは司法官と医者――からの手紙をまさに『デバ』紙の記事欄に掲載させ、テクスト発表の場を絶妙に利用してもいるのだ。『パリの秘密』によって掻き立てられた諸々の反応はこうして、本当の出来事という規程を獲得し、しかも小説の受容を美学と道徳の議論の外へ出し、社会問題に関する公の論争の核心に書き込むのである。かくして、一八四三年春、『パリの秘密』各々のエピソードは、『デバ』紙において、ウジェーヌ・シュと真面目な購読者たちとのあいだで、フィクションを介して、目下深刻な問題、つまり刑事裁判の費用、刑務所問題、貧しい人々の医療あるいは信仰の山改革[5]と同じく深刻かつ今日的な諸問題について為される意見交換を舞台化することができるようになる。連載小説とニュースを分け隔てる黒い線はそれゆえ消え去る傾向にある。新聞連載小説を軽蔑する人々が当時、フィクションによる新聞の汚染腐敗への怖れを、フィクションが情報の真実さや真面目さを剥奪するかもしれないとの不安を口にしているが、『パリの秘密』の発表はむしろ小説の脱フィクション化（*défictionnalisation*）に深く関わっているように思われる。シュの新聞連載小説は、その頃の大きな社会問題――監獄の役割とその方式、貧しい人々による信用取引の利用、裁判での平等――の率直な小説化（*mise en roman*）として読者公衆の一部に受け取られ、そのように読まれるべきものとして与えられる。意義深いことに、当時はシュの新聞連載小説を「記事」と名指す読者もいるのだ。

一八三〇年代末と四〇年代初めは新聞雑誌における豊饒な実験期間であった。ジラルダンの『プレス』紙とデュタックの『世紀』紙はこの時期に、広告によって資金調達された、したがってさほどお金のかからない日刊紙モ

〔4〕純な娼婦フルール・ド・マリは『パリの秘密』のヒロイン。俗語で「乙女」（Vierge）を意味すると説明し、物語冒頭から小説家は彼女の存在を読者に強く印象づけている。「耳に心地よく朗々と響く優しい声」をしており、歌も上手いので「歌姫」（Goualeuse）とも呼ばれる。のちに主人公ロドルフの娘であることが判明する。心優しい犯罪者シュリヌールは、兵役中、一悶着の末に下士官を殺め、兵士二人を負傷させてしまい一五年の徒刑に処せられた男だが、今はセーヌ河で荷揚げをして暮らしを立てている。生き別れた娘を探すロドルフと出会い、慈善行為を行うその篤い意志に心動かされ、彼に付き従うことになる。シュリヌールは綽名で、「短刀使い」の意。

〔5〕信仰の山（monts-de-piété）とは公営の質屋のこと。イタリア語 monte di pietà（crédit de pitié）からの誤訳による。アヴィニョンにフランス最初の質屋が開かれたその一年後、一六三七年にはパリにも登場している。国内五八都市に質屋設置の許可を与えたルイ一三世の死後、高利貸しの圧力で一旦廃止されるも、ルイ一四世が利率一〇%を原則に質屋制度を復活させた。第一帝政期には借入金利七%、次いで四%になる。一八〇五年七月、預り金の受取り、担保付き貸付を禁止する勅令が出されるも、同日にナポレオンがサインした別の勅令のおかげでパリでは補佐的な役割を果たす仲介業者が増えたという。七月王政期におけるパリの公益質屋については、『パリの秘密』第8部第14章「貧者の銀行」で註記される Alphonse Esquiros, « Le Mont-de-piété », *Revue de Paris*, 11 juin 1843, pp. 93-110 に詳しい。質屋を利用する貧しい人々にとっては、利子以上に、手数料の高さがかなりの負担であり、また貸方に入る大きな利益も問題になっていた。そのため、仲介業者に代えて行政が管理する支所を置くなど、貧しい人々のための制度改革がドラロッシュ氏によってまさに着手されていたのである。第9部第14章「ビセートル精神病院」でも公営質屋が話題になっているが、シュが参照する Ange Blaise [Blaize?] の著作 *La Statistique et l'Organisation du Mont-de-Piété* については調べがつかなかった。

デル、より広い読者公衆に向けられ、ある政党の論壇もしくは世論のなんらかの勢力圏の論壇というよりはむしろ、公の論争の声の複数性に開かれた日刊紙モデルを推進しようと試みている。これら新しい新聞が、すぐに他の新聞も追随するけれど、小説を学芸欄のうちに加えるわけだが、ひとつの世界にジャーナリスムとフィクションとが共生することの効果について当時は判断を下しえなかった。その世界では、多くのジャーナリストがフィクションを書くことを実践し（つまり、別の言い方をするなら、そこでは多くの小説家がまたジャーナリストでもあり）、新聞は数多の「時事小説」で自らを豊かにしていく——時代の道徳的かつ社会的類型の、生理学的かつパノラマ的な流儀による描出＝画幅《タブロー》、今現在という狭い年代のうちにしっかり根をおろしたニュース＝短編（nouvelles）でもって豊かにするのである。[11] 自作の初めの数章の受容に後押しされ、ウジェーヌ・シュは『デバ』紙の連載小説をひとり占めし、メロドラム美学の影響を受け、日刊紙発行の制約によってリズムを付けられた小説の特質・小説のあり方に磨きをかけながら、[12] 公の論争に向けて、ひとつの言論《パロール》をフィクションの境界で構成していった。同じ頃に文学の堕落が叫ばれていたことは、小説のエクリチュールという新しい——効果的な——形式にも、そして理解することの難しい、新機軸のタイプのこの言葉《パロール》に直面した当惑にもやはり〔我々を〕立ち返らせるであろう。

『パリの秘密』の事例はしたがって、文学の「産業化」を非難する当時の文芸批評によって指示された道筋には頼らず、〔また〕第二帝政期にそもそも政治的にプログラムされた、新聞の連載小説を娯楽へと単純縮小することによって方向づけられるままになるのでもなく、新聞連載小説の黎明期に対してより注意深く取組むよう歴史家と文学者たちを促すはずである。新聞での連載を媒介としてひとりの作家が公の論争に与える、一時的だが非常に強烈な影響力は、小説家とジャーナリストを兼ねる作家というその身分《ステイタス》同様、一八四〇年代初頭のフィクションが有するエクリチュールの存在規定《ステイタス》をも拘束するのである。批評家が新聞連載小説に示す激しい拒絶は、小説の生産と普及の新しい形態によってひき起された、道徳的かつ政治的な強迫観念を証している。[13] この現象は一九世紀における文芸批評の歴史を編纂する仕事に文化史家および文学専門家を向かわせるにちがいないと思われる。偉大な批評家たちの個別研究を除けば[14]、実のところ、批評機能の専門職化を論じる総体的な考察が、つまりは『両世界評論』誌のような批評言語の場およびサント＝ブーヴやジュール・ジャナンが得たような栄光とともに自立的かつ専門化した批評言語が出現したことについての総体的な考察が欠けている。文学に向けるまなざしのすべて、なにが文学に属し／属さないのかに関わる定義のすべてがそこで賭けられている――社会的かつ知的諸条件においてであり、これを解明する必要があるだろう。とりわけ、それら新たな批評を行う者たち（auteurs critiques）、しばしばジャーナリスムへと堕ちた作家が、文学を新聞雑誌に抗するものとして定義することに、そして文学を必然的にエリート主義的な歴史＝物語のうちに書き込むことに、いかにして貢献するのかをおそらくは示す必要があろう。批評家だけがその推進者でありうるし、それに判定を下すのだ。

　初期の新聞連載小説を拵えていたすべての人々によって仮定され、もしくはプログラムされていた読書〔という営為〕に対してと同様、その新たな文学製品の論争的受容の賭け金に対しても注意を払うことは、文学史の古典的であると同時に根本的な問いの中心へと通じているのである。

（11）この点に関しては、Alain Vaillant et Marie-Ève Thérenty, *1836, l'an I de l'ère médiatique*, Paris, Nouveau monde éditions, 2001, pp. 236-239 et 272-274 および Marie-Ève Thérenty の博士論文 *Mosaïques*... 前掲書を見よ。

（12）このことにより現在の読者は、この小説のうちに一九世紀の「大衆小説」のパラダイムを見出すに至っている。長い博愛主義的な脱線、今日の読者にはその妥当性が見落とされている脱線によってがっかりさせられるとはいえ。

（13）新聞連載小説の発明についての反応を集めたものとしては、次を参照。Lise Dumasy, *La Querelle du roman-feuilleton. Littérature, presse et politique : un débat précurseur*（*1836-1848*）, Grenoble, ELLUG, 1999.

（14）例えば、次の著作を見よ。Claude Pichois, *Philarète Chasles et la vie littéraire au temps du Romantisme*, Paris, Éditions José Corti, 1967, 2 vol. ; Joseph-Marc Bailbé, *Jules Janin, une sensibilité littéraire et artistique*, Paris, Minard, 1974 ; Michel Balzamo, *Sainte-Beuve. Anthologie critique*, Éditions universitaires, 1990 ; Wolf Lepenies, *Sainte-Beuve au seuil de la modernité*, traduit de l'allemand par Jeanne Etoré et Bernard Lortholary, Paris, Éditions Gallimard, 2002.

作品のうちに書き込まれ仮定された読書を超え、作品の公の受容を超えて、読書の歴史家は個別かつ具体的な読書を把握しようと努める。その痕跡は薄くわずかだが、読者が作家に宛てた手紙の傍らに見出すことができる。つまり、そういった読者による読書はとても独特なものであるからだ。彼らはペンを執るほど読書に情熱を傾け、しかも想い描いた作者を前に、仰々しく己れを誇示し、彼ら自身の読書を物語り、そこに新たな価値を見出すのを決して止めない。これらのファンレターは、ある著作の読者と読書の多様性すべてを具体化しえないのと同じく、歴史家が夢見る率直自然な読書にも到達させてはくれない。しかし、読者からの手紙は著作の領有の可能な仕方を明らかにするのである。

文学史の専門家たちは普通その種の手紙の存在を知っており、あるときは作家の伝記を充実させるために、あるときは、「受容美学」に着想を得た展望において、読者公衆のすべてもしくはその一部の期待の地平での作者の作業を例証するために、それらを活用している。女たちがバルザックに宛てた手紙の幾つかは、したがって、バルザックと彼の女性読者公衆とのあいだの「コミュニケーション」の諸様態を理解するのに役立つのだ[15]。これら読者投書欄への「歴史家の」まなざしは、それ以上に、小説は諸個人が自分自身について語ることを可能にするということ、そして読書が実践と表象について明かすことを強調し、それにこだわる。バルザックとシュへのファンレターを研究することで、我々はかくして、ただ単に当時の読者の精神状況を説明するためだけでなく、社会におけるアイデンティティを形成し、社会的行程を語る際にも、彼らの小説がどれほど役立ちえたのかを確認した。シュやバルザックの小説はそのように、七月王政下で、社会生活に関する真実の言葉として、一貫して＝計画的に備給されていたように思われる[16]。

小説をこのように活用することは、テクストのほうへと眼を向け直し、一八三〇年と四〇年の言説空間において「同時代社会に関する」それらの小説が有していた存在規定を掴むことを試みるよう読書の歴史家を誘うであろう。

言説構造＝言説経済の歴史に向けて

バルザックやシュに宛てて手紙を書く読者は誰もが、それゆえに、彼らの小説の社会的真実さを断言する。小説の言葉を借りることで、読者は自分自身の社会関係の世界（monde social）、自らの歩み、己れの野心、そしてしばしば自身の挫折を読み解き、それを表明しようとする。小説のこのような利用は、幻想を抱かせるテクストおよび作者との強烈な個別的関係に参入した読者がわずかでも存在するということなのかもしれない(17)。しかしながら、その領有の仕方と、同時代のものごとを表象しようとする小説家たちの大っぴらな意志が公共空間において捲き起こすスキャンダルとを関連づけ、比較する必要がある。実のところ、まさしく彼らの著作の「写実主義的な」狙いおよび技巧以外に、何と言ってバルザックを、スヴェストルを、シュを咎めるのか？　あまりに早く成された財や不当な零落について語ること、社会的地位の階梯すべてを表象すること、不公平や不正を描くこと、これは小説が為すべきことなのか？　小説はすべてをあらわにしなければならず、そこには下層民たちの犯罪も含まれるのか？　社会環境の裏側を踏査研究するのだと断言しうるか？　七月王政期の多くの小説家たちに共有された二重の野心——同時代社会をその総体において表象すること、そしてその下部裏面を隠さずに見せること——は、完全に顰蹙《ひんしゅく》を買うのであ

(15) Christiane Mounoud-Anglès, *Balzac et ses lectrices. L'affaire du courrier des lectrices de Balzac. Auteur/lecteur : l'invention réciproque*, Paris, Indigo et Coté-Femmes éditions, 1994.

(16) 小説のこのような利用の一例については、次の拙論を見よ。Judith Lyon-Caen, « Une lettre d'Aimée Desplantes à Eugène Sue. Lecture, écriture, identité sociale », *Genèses. Sciences sociales et histoire*, n°18, 1995, pp. 132-151.

(17) 作者というこれらの幻想に関しては次を参照。José-Luis Diaz, « L'écrivain de leurs rêves : Balzac fantasmé par ses lectrices », *Textuel*, n° 27, « Écrire à l'écrivain », 1994, pp. 61-75.

る。バルザックに、ウジェーヌ・シュに、そしてパラン＝デュシャトレが行ったパリの売春に関するアンケートに言及しながら、『両世界評論』誌の批評家ポーラン・リメラックは(18)、以下のとおり、社会的な傷を公にすることに懸念を表すと同時に、小説が社会調査の諸対象にまで侵入してくることを遺憾に思っている。

心に疚《やま》しさのない男と言われるパラン＝デュシャトレ氏は、義務感から、パリの売春という汚らわしい区域で日々を過ごした。けれども、その研究を読者の手元に届けるにあたって、氏は悪しき思いつきに従い、誠実ではあるが破廉恥な一冊の本を出版した。同様の著作は、ナポリの秘密博物館のように、公衆に対しては閉ざされねばならない。壊すことのできないそれらの場所を消毒するためには、社会を構成する人々（corps social）の医者と社会の医者とがこの身体的かつ道徳的腐敗をあらゆる段階において研究する必要がある。しかし、仕事の結果は上層部での公式報告書の対象であるべきだ。もし宛先を間違えるなら、公式報告書が読書クラブの貸本に変わってしまうなら、ある点では傷を癒そうとしながら、別の点ではそれを拡げ大きくすることになろう。原稿は有用かつ賞讃すべき作品だったが、公にされた著作は一連の猥褻な絵画であり、それゆえ正直な男なら己れのうちに放蕩のいわばあらましを書く者を見出すであろう。パラン＝デュシャトレ氏は、したがって、その著作が調書の味気なさを装うとはいえ、危険な本を世に出したのである。悪徳がカタログの形で陳列されているというのに、パラン＝デュシャトレの本を小説として書き改めるなら、生き生きした好奇心を刺激するあれら数々の悪徳への興味関心を広めようとするなら、そのときには〔いったい〕どうなることだろう？(19)

この種の判断はただ単に、「社会・労働問題を扱う」小説に当時帰されていた危険性の研究を想起させるだけではない（というのも、小説によって過剰に刺激された想像力の制御不能に対して存する古くからの怖れが、ここで非常に政治的な次元を獲得しているからである。つまり、社会のあり様を理解させると主張するそれらのフィクションを新聞がより公汎かつ大量にまき散らすとき、なによりも大きな騒乱無秩序が心配されるのだ）。小説に対する糾弾の変化変調の分析はまた、言説空間のうちでそれらの小説が置かれる場所についての考察へと道を開くかもしれない。

　革命後の社会は、周知のとおり、混沌とし混乱した不透明な社会としてしばしば分析されてきた。社会世界は判読不能だという総括が、「世紀病」のあらゆる小説による表明を経て、風俗一覧の、統計学の、そして社会調査の台帳と同じくらい多様な台帳のうちに、幾つもみられる。小説生産がその最も強力な発展普及を経験し、同時代社会の写実主義的表象という企図が完全に明確になっているときに、文学というラベルが貼られていようがいまいが、社会生活の不透明さと複雑さを強調し、社会生活を踏査し、記述説明し、解読し、読みうるものにしようと欲するテクストの急増するその総体のうちに、小説はどのようにして自らを書き込むのか？　要するに、同時代のものごとを表象し、その不透明さを減らすのだとそのどれもが主張する「社会的なもののエクリチュール」が増大する世界において、同時代社会についてのフィクションを書き、出版するとはいかなることなのか？

　己れの小説について小説家たちが述べる意見――序文において、もしくは小説それ自体において示される意見――にこだわり、それと取組むなら、出版元の宣伝用ちらし（これは広大な文学領域であり、そのすばらしい見本がロヴ

（18）　Alexandre Parent-Duchâtelet, *La Prostitution à Paris au XIXe siècle*, introduction et notes d'Alain Corbin, Paris, Éditions du Seuil, 1981.〔アレクサンドル・パラン－デュシャトレ『十九世紀パリの売春』、アラン・コルバン編、小杉隆芳訳、法政大学出版局、りぶらりあ選書、一九九二年、二三八＋x頁。これは一二〇〇頁を超える原本を編集し直したコンパクト版だが、社会調査としての側面を重視したアラン・コルバンの手際に彼の要を得た「解題」が加わり、なかなか有用な一冊となっている。『パリの秘密』第1部第8章「散策」の脚注で言及されているのは、もちろん、一八三六年にJ.-B. Baillière社から刊行された原本 *De la prostitution dans la ville de Paris, considérée sous le rapport de l'hygiène publique, de la morale et de l'administration ; ouvrage appuyé de documens statistiques*（2 vol.）のほうである。Cf. Eugène Sue, *Les Mystères de Paris*, édition établie par Francis Lacassin, Paris, Éditions Robert Laffont, col. ‹bouquins›, 1989, p. 88〕

（19）　Paulin Limayrac, « Simples essais d'histoire littéraire. IV. Le roman philanthropique et moraliste, *Les Mystères de Paris* de M. Eugène Sue », *Revue des Deux mondes*, janvier 1844, pp. 75-97, p. 84.

アンジュル・コレクションに保存されている)[6]に関心を持つなら、我々は至る所で真面目な意図の宣言に出会う。至る所で、同時代社会を知り、記述説明し、判読し、読解することが問題となっている。語調はときに皮肉なものと思われるかもしれないが、ここで皮肉は知への意志を完全に覆うことには必ずしもならない。それらの企図によって、バルザックの小説は、スヴェストル[7]やスリエ[8]、あるいはポール・ド・コック[9]の小説とさえ同じように、軽いものであれ真面目なものであれ、テクストの二つの異なったタイプに近接するのだ。一方には、『パリあるいは一〇一人の書』(ラドヴォカ書店[10]、一八三一年)のようなパリ描写、『彼ら自身によって描かれたフランス人』(キュルメール書店[11]、一八三九-四一年)のような同時代風俗の描出、もしくはちょっとした社会生理学(学生、お針子、勤め人など)といった「パノラマ的な」文学がある。他方で、たいていの場合、人文・社会科学アカデミの発意によって進められた、危険な労働者階級に関する社会調査がある。[20] このように分類されたテクストはすべて、ただ単に幾つもの野心、あるいは少なくともひとつの類似した語彙〔＝野望〕を共有するだけではない。そこには非常によく似た記述説明的

〔6〕Fonds Lovenjoul：シャルル・ド・スポールベルク・ド・ロヴァンジュル子爵(一八三六-一九〇七)が一九世紀フランスの作家、特にバルザック、サンド、ゴーチエを中心に蒐集した貴重な草稿・書簡類は現在、フランス学士院図書館に所蔵されている。同文庫の概要については、鎌田隆行「ロヴァンジュル文庫」、『文学作品が生まれるとき——生成のフランス文学』、田口紀子・吉川一義編、京都大学学術出版会、二〇一〇年、一四二～一四四頁を参照のこと。

〔7〕Émile Souvestre (1806-54)：さまざまな主題を採りあげ、多くの作品を残したジャーナリストだが、なかでもブルターニュ地方の文化・歴史・環境を描いたドキュメンタリーやフィクション、あるいはふくろう党蜂起に関する著作が名高い(*Les Derniers Bretons*, Charpentier, 1836 ; *Le Foyer breton*, W. Coquebert, 1845 など)。これらの出版により、七月王政下で、ブルターニュ地方の文学的・政治的イメージを広く公に定着させた。弁護士でもあり、作家として小説もずいぶん書いたが、今ではほとんど読まれない。

〔8〕Frédéric Soulié (1800-47)：自ら翻訳した『ロミオとジュリエット』がオデオン座で上演され、名を売った。翌一八二九年、五幕の韻文劇 *Christine à Fontainebleau* (Lemoine) を発表上演するが、ロマン派劇にもかかわらず古典派にも容認されてしまう出来であった。劇作家としては、アドルフ・ボサンジュと共作した五幕の散文劇 *Clotilde* (J.-N. Barba) が一八三二年にコメディ・フランセーズに掛けられ、成功を収める。同年に上梓した小説 *Les Deux Cadavres* (C. Renduel) も当時はよく読まれた。

〔9〕Paul de Kock（1793-1871）：パリの庶民を描き、フランスだけでなく国外でも人気を博した大衆小説家。バルザック、モーパサン、アナトール・フランスあるいはドストエフスキーらが自らの作品内で彼の小説に言及しているほどである。*André le Savoyard*（J.-N. Barba, 1826, 5 vol.）や *Le Barbier de Paris*（A. Dupont, 1827, 4 vol.）などは特に人気があったようだ。劇作家としては正劇《ドラム》やヴォードヴィルを二〇〇作ほど残し、シャンソンも多く書いた。イヴェット・ギルヴェールが歌い、一九二〇年代末にヒットした « Madame Arthur » はとりわけ有名なもののひとつであろう。

〔10〕Pierre-François Ladvocat（1791-1854）：ロマン派の時代における最も重要な出版人のひとりで、『パリ、あるいは一〇一人の書』*Paris, ou le livre des Cent-et-un*（1832-34）の刊行によって、その名を出版史に残した。パリに捧げられたこの一五巻本には、ジュール・ジャナン、シャルル・ノディエ、ベランジェほか、シャトーブリアン、ラマルチーヌ、ユゴ、シュ、デボルド－ヴァルモール、ペトリュス・ボレルらも寄稿している。シャトーブリアン全集（一八二六－三一年、全三一巻）、ヴィクトル・ユゴ『オードとバラード』（一八二六年）を始め、ヴィニ、ラマルチーヌらの本を出しただけでなく、シェイクスピア、シラー、バイロン等の見事な翻訳出版も手がけている。バルザックは『幻滅』の中でラドヴォカの名を幾度かあげている（例えば、本の広告ビラを考案し、それによってパリを彩った男。目の利く出版人として）が、書店経営者としての彼の姿はむしろ、向かいに店を構える「第四種の出版屋」ドーリア（Dauriat）の相貌のもとで描き出されているように思われる。詩集の出版で二万フランの損をし、主人公リュシアンの詩集『雛菊』出版を読みもせずに断るドーリアは、「文学で投機をやっている」と言い放つ根っからの商売人でもあった。

〔11〕Henri-Léon Curmer（1801-70）：彩色細密画や美しい文字で飾られた古写本等を多色刷石版画によって複製出版するほか、トニー・ジョアノやメソニエらが挿絵を担当したベルナルダン・ド・サン－ピエール『ポールとヴィルジニー』（*Paul et Virginie et la Chaumière indienne*, 1838）、「一九世紀の道徳百科」を意図した『フランス人自身が描くフランス人』*Les Français peints par eux-mêmes*（1840-42, 9 vol.）などの上質な挿絵本の刊行で名高い。ドービニ、ドーミエ、ガヴァルニといった当代一流の挿絵画家たちが彼とともに仕事をした。また、自らも筆を執り、初等教育の成果を確認しつつ、悪書の影響を憂え、それゆえすべての学校に良書を無料配布することを提案し、さらには公共図書館の設立を訴え、そのあり方や影響などを論じた *De l'établissement des bibliothèques communales en France*（Guillaumin et Cie, 1846）という著作を上梓してもいる。

〔20〕Eugène Buret, *De la misère des classes laborieuses en Angleterre et en France*, Bruxelles, Paulin, 1840, 2 vol. ; Honoré-Antoine Frégier, *Des classes dangereuses de la population des grandes villes et des moyens de les rendre meilleures*, J.-B. Baillière, 1840, 2 vol. フレジエのこの著作も、『パリの秘密』第10部第3章「神の御業」の脚注で言及されている。Cf. Eugène Sue, *Les Mystères de Paris*, *op. cit.*, p. 1236 ; Louis-René Villermé, *Tableau de l'état physique et moral des ouvriers des manufactures de coton, de laine et de soie*, Paris, Renouard, 1840, 2 vol.

かつ「判読的な」解決案が存在し、これが社会世界をテクスト化する共通の方法を素描しているのである。

そういうわけで、一八三〇年以後の情景を描く「パノラマ的な」文学、共同で執筆され挿絵を入れた文学は、あらゆるジャンルあらゆる記録簿を結び合わせ、社会関係の世界を「典型」化し、同時代社会の底部もしくは裏面を隠さずに見せることになるのだ。バルザックの小説連作――『私生活場景』（一八三〇年）、『地方生活場景・パリ生活場景』（三四年）、『一九世紀風俗研究』（三四年）、そして『人間喜劇』（四二年）――や、フレデリック・スリエの『悪魔の覚書』（三七年）あるいはウジェーヌ・シュの『パリの秘密』（四二年）のような「社会の秘密」を踏査研究する新聞連載小説は、典型および裏面を提示する同じエクリチュールに頼っている。七月王政期の社会調査は、それらの調子、実行者、意図によって、それらが狙う読者によってかなり異なってはいるけれど、これもまた、社会的なものの網羅的な描写説明の意志から、そして同時代社会の神秘的で慈悲深くしかも罪深いとみなされている地帯を知らしめるという配慮から生じているのである。[21] 社会世界の混沌＝混信に直面する結果、小説的フィクション、記述説明的文学、そして行政官たちの「真面目な」エクリチュールとのあいだの境界は多孔質で相互浸透可能なように見えてくる。「風俗の歴史家」バルザック、あるいは「現実生活の小説」の創始者＝建築家エミール・スヴェストルは、自分たちの意図の真面目さを声高に叫ぶ。パノラマ的な文学はあらゆる言説の同等性を絶えず想起させるのである。当時のパノラマ的な大シリーズ最後のものである『パリの悪魔』は、この書物の対象となるパリが有する多様性それ自体ゆえに、ひとつの書き方を他の書き方よりも価値づけることをきっぱりと拒否している。「あの巨大な内部に存するさまざまな場所と同じくらい、そこで演じられる無数の喜劇を考察するさまざまな方法がある」と、『パリの悪魔』巻頭の言には読める。「われわれ各人が、それゆえ、あるがままにそれを見て欲しい。平土間からのそれ、桟敷席からのそれ、円形劇場からのまた別なそれを。多様な判断のあいだに真実が見出されるべきであろう[22]」。ついには、ビュレ[12]のように、文字による「芸術」＝文学という「技術」の記述説明的な力を夢想し始める社会観察者たちも登場してくる。

われわれは貧困に住うことの局面と状態とを研究した。今や為すべきは、まさしくそれに適しい劇場で大都市の恒常的な貧困状態を舞台化し、これをその実際の在処で看取する稀な訪問者たちの眼に見えるままに、それを活動状態で示すことであろう。記述説明によって極度の貧困の生き生きとした真実さに匹敵しようなどとは些かも思い上がってない。厳しい法に耐えている人々、彼らの動産、彼らの衣服、彼らの周りの人々を誠実に描き出すには、われわれとは別のペンが必要だろう。語る才能を天によって与えられた作家たちは、その能力を使うことはしばしば身に過ぎることなのだが、われらが社会の下層域へと画趣に富む旅を試みるにちが

（21）社会調査に対する初期の取組みについては次を見よ。Gérard Leclerc, *L'Observation de l'homme. Une histoire des enquêtes sociales*, Paris, Éditions du Seuil, 1979 ; Bernard Lécuyer, « Médecins et observateurs sociaux : les Annales d'hygiène publique et de médecine légale（1820-1850）», dans *Pour une histoire de la statistique*, Paris, Economica/INSEE, 2e édition, 1987, pp. 445-475 ; Michelle Perrot, « Premières mesures des faits sociaux : les débuts de la statistique criminelle en France », *idem*, pp. 125-137 ; ソフィ＝アンヌ・ルテリエールの博士論文がこのようなアンケート発生の制度的コンテクストについて教えてくれる。Sophie-Anne Leterrier, *L'Institution des Sciences Morales, 1795-1850*, Paris, L'Harmattan, 1995.

（22）*Le Diable à Paris*, Paris, Hetzel, 1845, p.27.

（23）Eugène Buret, *op. cit.*, t. I, p. 366.

（24）ピエール・ロザンヴァロンが提起するように、「社会物理学という、より科学的な企図が定式化される直前において、理解可能性という諸原則が自らを探し求めるのは、文学とエセを介してなのだ」。Pierre Rosanvallon, *Le Peuple introuvable. Histoire de la représentation démocratique en France*, Paris, Gallimard, 1998, p. 288.

〔12〕Eugène Buret（1810-42）：シモンド・ド・シスモンディの思想を信奉する経済・社会学者でジャーナリスト。一八四〇年に刊行された彼の *La misère des classes laborieuses en Angleterre et en France*（Paulin, 2 vol.）が現在でも言及されることがあるとすれば、この著作からの引用によってマルクスが『経済学・哲学草稿』第一草稿の労賃を扱った章を締め括ったからであろう。とはいえ、貧困の問題を社会的な次元で捉え直し、社会経済学の立場からなんらかの処方箋を示そうとするビュレが貧困をめぐる当時の論争に大きな寄与を果たしたことは確かだと思われる。本論が指し示す新たな領野において、今後、ビュレを始め、原注（20）に記されるフレジエやヴィレルメといった著作も読み直されていくかもしれない。

いないし、彼らはそこから最も悍ましく怖しい画幅を持ち帰るかもしれない。そして、自らの才能を行使して、彼らは文明化された国々に注目すべき貢献をするであろう。彼らの知らぬ間に国々の中に形づくられる〈未開野蛮〉という広大な陣営への注意を喚起することによって(23)。

社会科学の企図が別の場所において考案されでっち上げられている時代に、小説は社会の諸表象の母型《マトリックス》を構成するだろうか？(24) このように定式化されると、問いはおそらくあまりに広く大雑把に裁断されてしまう。しかしながら、この問いは、当時のさまざまな言説空間における文学の存在規定を共に調査検討するよう歴史家と文学者とを促し、また新しい対象を文学史に提起することができるのである。

――ひとつには、風俗の情景《タブロー》のうちで、あるいは挿絵入り大シリーズもしくは生理学の「パノラマ的な」文学のうちで公にされた同時代生活場景という、注解的だがうまく定義されていないテクスト対象がある。これらはまた、諷刺的であれ文学的であれ、雑誌の中で犇《ひし》めき合い、日刊紙の雑報欄を侵略してもいる。

――もうひとつは、社会調査の「文学」全体がある。文学の社会学は文学史に多くのものをもたらした。これからはおそらく、一九世紀社会科学の文化および文学の歴史に着手すべき時なのである。

【解説】

GRIHLの主要メンバーのひとりであるジュディト・リオン－カンが問題意識や方法論をクリスチアン・ジュオーと共有しているのは当然である。しかしながら、マザリナードを専門とし一七世紀を主に扱うジュオーとは異なり、リオン－カンは一九世紀、特に七月王政期を中心に、小説が社会的にどのような利用のされ方をしたのかに強い関心を示しており、その研究をこれからもさらに深めようとしている（過去のセミネールでも、そのような関心に従って、シャンフルリ、デュマ、バルベ・ドールヴィイらのテクストに政治的利用という観点から考察を加えていた。しかも最近新たに、歴史と文学との関係性あるいは文学に関する「社会－歴史的な」知の諸形態の歴史を問うために採りあげたテクストは、ボルヴィッチ『ドイツ占領下における死刑囚たちによって書かれたもの（一九三九－四五）』（Michel Borwicz, *Les Écrits des condamnés à mort sous l'occupation allemande (1939-1945) : Étude sociologique*, Presses Universitaires de France, 1954）、あるいは現代作家アニ・エルノー『歳月』（Annie Ernaux, *Les Années*, Gallimard, 2008）であり、彼女の研究領域は今や二〇世紀を超え、現代にまで拡大され始めている）。ジュオーの方法論に魅了されつつも、その実践にはずいぶん苦労していた一九世紀研究者であるわれわれは、それゆえ、彼女の仕事に大いに興味を惹かれ、触発されたのであった。

　本論考は、歴史学と文学とを独自に架橋しようとするリオン－カンの理論的マニフェストであると同時に、自身の浩瀚な博士論文のみごとな要約にもなっている。ここで提示される方法論の実践的かつ詳細な展開、具体的なケーススタディーについては、彼女の *La Lecture et la Vie. Les usages du roman au temps de Balzac* (Tallandier, 2006)、および数々の優れた論文をお読みいただければと思う（本書に収録されたのはその一部に過ぎない）。また、理論的側面に興味を惹かれた方は、一七世紀哲学史家ダイナ・リバールとの共著（*L'historien et la littérature*, Éditions La Découverte, col. « repères », 2010）をぜひ手にとってみて欲しい。時代を横断し、旧知の同僚と対話を重ね、さらに練りあげ洗練させた方法論と歴史認識とがそこに見出されるにちがいない。

　さて、ジュディト・リオン－カンは、さまざまな社会表象や社会的アイデンティティの産出において小説が果たす役割を問うてきた。例えば、『パリの秘密』を読む労働者たちは、ただ単にそこに自分たちの似姿を見出すのではない。政治的な代理表象を奪われていた彼らは、シュの小説を使って己れのアイデンティティを、日々の生活を、自分たちの人生を表明しようとする。すなわち、まさしく労働者階級それ自体の文字による表象、文学的「代理表象」とするために、彼らは『パリの秘密』を領有するのである。言説構造と読書実践の歴史を解き明かすことで、小説がなぜ同時代社会の適切な言説として読者に受容されたのかが理解できるようになるだろう。リオン－カンは、したがって、社会に関するひとつの資料として小説を用いることはない。メンタリティや集合意識の指標にもしない。小説というフィクションが社会に対して及ぼした効果、そして逆に、社会が小説を介して機能させる政治的効果こそが、歴史家としての彼女が探求しようと努める問題であるからだ。

　また、本論は、シャルチエに代表される書物史の主題に添い、それを用いながら（しかし、従来の研究がテクストを「迂回」していることを予め指摘したうえで）、書物史家が、読書の歴史家が、まなざしをテクストに向け直すひとつの階梯を提示してくれてもいる。作品発表の形式、判型、挿絵といった物質性とテクストの双方を見つめるそのまなざしは、本書第

Ⅲ部で扱われる「書物による歴史」が希求するものであるはずだ。リオン－カンもまた、その意味で、まちがいなくエクリチュールの問いに怯まず取り組む歴史家のひとりであり、フランス七月王政期において（さらには現代においても）小説がなにを為し／成したか、つまりバルザックやシュの作品が新聞として本として作り出す社会的現実を捉えようとしていると確言できる。

　ところで、本論に促されてわれわれは文学と歴史学の新たな関係を模索し、そして新たな「文学史」を織りあげる試みに着手しようと考えているのだが、その誘いにすでにあらかじめ応えている一冊が日本語でも書かれていることに驚かざるをえない。小倉孝誠の手に成る『『パリの秘密』の社会史――ウージ《マ》ェーヌ・シ《マ》ューと新聞小説の時代』（新曜社、二〇〇四年）である。ここに記して敬意を表するとともに、興味をもって本論を読んでくださった方々には同書も併読されることを強くお奨めしたい。

（訳と解説　中畑寛之）

3 「時の故郷《くに》へ」ジュール・バルベ・ドールヴィイ

ジュディト・リオン－カン

Judith LYON-CAEN, « Le pays du temps »〔1〕, dans Jules Barbey d'Aurevilly, *Romans*, Paris, Gallimard, 2013, pp. 1117-1126.
リオン－カンが編集したバルベ選集『ロマン』に収録された論考である。

一八四九年から五〇年にかけての冬、何度も「金欠状態」に陥り、才能がパリでは蔑ろにされていることにいらだちつつも「望むがままに振る舞えるような役割」を常に求めるバルベは、『呪縛された女』の冒頭にあるレッセ荒野の描写に取りかかるが、およそ一五年もの間、彼はノルマンディの地を再び踏むことはなかった。このレッセ荒野の描写は、レミ・ド・グルモンの表現を借りれば「郷土小説」なるものを創作したことで知られる作家の特徴を最も浮き彫りにしているとされもするが、実のところ、想い出と友人トレビュシアンがカンから彼に送った膨大な量の精密な情報に基づいている。ノルマンディに帰省しなかったバルベは一八五六年、カンでの一風変わった旅行記『第三備忘録』をトレビュシアンに宛てて書いている。また一八六四年には、幼少時代を過ごしたコタンタン半島を想い出し、ブグロン夫人宛てにもう一つの旅行記『第五備忘録』を書いた。一見したところ、それは「帰

〔1〕時（Temps）は原書文中では大文字表記されていることから、象徴的な意味として使われていると推測される。そのため「時」と訳した。また故郷（pays）は、本来「国」、「（フランスの）地方」を意味するが、ここではバルベの故郷を主に指すため、「故郷」と訳している。

郷」について書かれたかのようであるが、実際には創作者（＝作家）はそれが創作であることを認めている、すなわち、作中の人物を歩かせた通りや彼らにまつわるさまざまな出来事が展開する風景は、彼曰く「手を加えた」作りものというのである。一八七一年から七二年にかけての冬、ヴァローニュで完成させた『老いたる情婦』から『魔性の女たち』に至るまで、コタンタン半島を美化したバルベ・ドールヴィイは力強い想像力を駆使し、それを「時の故郷《くに》」に仕立て上げたのである。すなわち幻想的なまでに仄暗い故郷、亡霊が出没し不可解なことが絶えない故郷、身をよじらせるほどの情念が存在する故郷、そして歴史＝物語がその痕跡によってもろもろの肉体と存在とを苦しめるような故郷である。

これらの『備忘録』が明らかにしてくれること、それは、バルベ的な「時の故郷《くに》」だ、すなわちその郷土に腰を据えた作家が生活した地でも、一九世紀に盛んになった知識人たちのコミュニティが知的に描いたノルマンディでもなく、方言や子供の頃に聞いた伝説と並んで、バルベが精細に調べた実体験、記憶、地元の知恵、そういった類いのものをまるごと摂取した（バルベはそれを「沸騰させる」と言う）故郷の創作についてである。ここでは同時に、内面の日記、メモ帳、文学作品、書簡集、ましてや小説作品の下書きでもない一八五六年と六四年の『備忘録』の読解を試みることにもなるだろう。個人的かつ旅行に関して書かれたこれら短い紙片の集合体は、節度を保っているため、幻をみせるような小説作品の世界観とは相反している。『備忘録』の中では、コタンタン半島とは、牧人たちや頭巾をかぶったふくろう党員たち、悪霊にとりつかれた女たちがうろつくところではない。昼日中に人が行き交う地で色彩豊か、都市間を結ぶ道や、訪れるべきところもある。『備忘録』には、そういった景色の外観を読み取ることができ、それはまるで小説作品とは正反対の描写と言えよう。しかし思い違いをしてはいけない。バルベがバルヌヴィルやサン・ソヴール・ル・ヴィコントに帰するというならば、それはそういった外観にたがねで深いしわを刻み込んだためであり、彼の手にかかれば、歴史や地元の伝説は破廉恥で悲劇的な実話を生み出す母型になったからである、要するに、手を加えた作りものとしての故郷であれば、極端で過激な自分を認めることができるからに他ならない。

一八五六年のカン、あるいは六四年のコタンタン半島で書かれたこれらの『備忘録』では、同時期に書かれた小説（『呪縛された女』、『騎士デ・トゥーシュ』、『妻帯司祭』）のエクリチュールとは別のエクリチュールの手法の道がやはり開かれている。それは以前と比べると確かに輝きに欠けるものの緻密で謎に包まれたエクリチュールと言えよう。子供時代を過ごした場所に戻ったバルベの中でさまざまな記憶がよみがえる。「歴史」に取り憑かれた亡霊や登場人物を小説の中に登場させた彼は、人々が振り向きもしないあちこちの場所に注目し、過ぎ去りし日々や自分自身の過去から甦るものを瞑想し始めたのだ。もうひとつ、バルベの世界で別の扉を開いてみよう。メランコリーだ、歴史や学識豊かな人の知識を通じてではなく、遠ざかった想い出をたどることで過去へ通じるメランコリーの扉、それこそがバルベ・ドールヴィイの最期の物語『歴史の一ページ』のおおよそ厳かと言ってもよい冒頭と同様に、『魔性の女たち』の情熱的な数々の物語を闇で覆い尽くす、すでに失われて何もない地に通じるメランコリーなのだ。

知識と想い出で構成されたノルマンディ――一八三六‐五六年

一八三六年の秋、パリに住んで三年が過ぎた二八歳のバルベは、サン・ソヴール・ル・ヴィコントに喜んで戻ったわけではなかった。「現地での印象、最悪」と友人モーリス・ド・グラン宛てに書きとめ、「生まれ故郷とは習慣そのものだ。しかし私の習慣はここにはない。一度だってあったためしがない」とその理由を説明した。確かにバルベがパリを愛し、サロンやグラン・ブルヴァールのカフェ、そして望むままの自由を愛していたことに異論の余地はないだろう。数日間カンで過ごす中で、彼は未だ冷めやらぬルイーズ・カントリュ・デ・コスティルに対する望みなき恋の想い出に悩まされている。

私はここで読書に熱中している。というのも私の周りにあるあちこちの場所がどんなところなのか、考えるにまかせるには、暴力的なほど過去が私に語りかけるからだ。自分が何か考えるのを避けたいがために、自分以外の人が考えていることに没頭しようとしているが、あいかわらず何かまだ考えてしまうんだ！

また一一月初旬、サン・ソヴールの父方の家の庭で、突然突き破って現れたある想い出にも注目したい。

家の外にあるものの中で、特に石ひとつと西洋ナシの木は子供の頃から変わらなかった、それで過ぎ去りし日々を思い出した。私はそれらの思い出に心が動かされないことに驚いてしまった、私ではない誰かならばきっと感動するような思い出なのに。人生をこんな風にさかのぼる中で、ルイーズを愛した時期にたどり着いたときだけは心が動かされたのだ。

ルイーズ＝「運命に裏切られた恋」は現前していて、彼の頭から離れない。バルベはそこから立ち直ろうとしたり、「打ちのめされ閉ざされた」自分を根本から作りかえようと躍起になった。

情熱が求めることに理性を介入させること、誇りを持って裏切られた欲望による苦しみを甘んじて受け入れること、それは銃撃一発ぶっ放すよりも結構なことだし、アヘンという聖杯を吸いまくるよりも結構なことじゃないか。（一八三七年一月三日）

バルベは、一八二七年パリにあるコレージュ・スタニスラスに入学して以来、幼少期を過ごしたコタンタン半島にはほとんど戻っていないのだから一八三六年のコタンタン半島を知らない。すなわち一〇年近く経過している。バルベが『老いたる情婦』を執筆することで、リノとエルマンギャルドという二人の主人公がバルベをキャルトレ海岸に連れ戻したことになる。言い換えれば、優雅に振る舞いつつも何をするのも過剰、そしてパリ独特のありえないほどの情熱を持った彼らとともにバルベは里帰りしたと言えるのではないだろうか。彼が「ノルマンディ作品群」に着手しようとした一八四九年もまたパリ在住であった。とりわけバルベらしい風景描写である『呪縛された女』の冒頭の荒野は、深い霧に包まれた泥炭質の土地、彷徨う羊飼いたちや亡霊が住んでいるところだが、彼は実際にその荒野を一度もみたことがなかったのである。にもかかわらず彼はその荒野を描写したかったのだ、想像力を働かせ、さらに参考資料で裏づけようとして。

（……）これから君が私に返事を書くとき、私の質問に対する意見もよろしく頼むよ。君はブランシュランドに行ったことがあるかい。恐ろしいレッセ荒野を横断したことはどうかな。子供の頃に話には何度も聞いているのに、あちこち知っている地元の中で、唯一知らないところなんだ。もちろん、そこがどんなところか想像できるけれども、不安が残らないようにするため、詳細な地形を知りたい。というのも子供時代に聞いた物語やある空想の印象があれば、意識がはっきりしていても一種の夢遊病に達するということに何の疑いもないのだけれど、夢遊病状態でも明晰であるという経験による裏づけが欲しいんだ。もし君がこの荒野について書かれたものを知っているならば、私にそれを送ってくれ。私の書く数々の物語のうちのひとつで、その荒野は重要な役割を果たすので、私は実際の荒野と寸分違わないように忠実にとやっきになっているんだ。女どもは忠実という言葉は信用しないらしいがね。(1)

バルベの幻覚を催すような物語の愛好家たちにとって、彼が「忠実」であろうとやっきになることは、矛盾して

（1） Lettre à Trebutien. 1er mai 1850. 選集『ロマン』所収の『呪縛された女』の解説三七三頁以下参照のこと。

いるように思われるかもしれない、それは荒野、廃墟になった修道院、そして魔女のかまどといった暗黒小説お決まりの道具立てがあり、そこにたいまつのように燃えさかる情熱を持った人物が登場するからだ。とはいえ「コタンタン半島という堀の中でシェイクスピアのようなこと」をなしとげたいとトレビュシアンに書いたバルベは、同時代人たちとともに、絵画的な生彩に富んだ情熱とウォルター・スコットから直接影響を受けた地方色への情熱を共有していることを忘れてはならない。すなわちそれはスコットが『キャノンゲイトの物語』の中で描いたシェトランド諸島と同様に、コタンタン半島は「歴史」に刻み込まれた数々のロマンスがうごめく環境だということを彼は認識しているからだ。そこから次の点に注目してみよう。一八四九年の末、バルベは友人のトレビュシアンに「君はノルマンディ人で、しかも賢明なノルマンディ人、またノルマンディの考古学者協会会員でもある。だから私にとって大いに助かる存在だ」と言って質問攻めにし始めた。手始めにふくろう党員たちの歴史について参考資料収集を希望し、「ノルマンディ作品群」の執筆構想をざっと描いてみせた。

ふくろう党員の子孫、正確に言えばふくろう党員の甥である[2]私は過ぎ去りし日々へ情熱を抱き続けた父に父方の家で育てられたので、その当時や地元についてはたいていのことは知っている、それでも可能な限り知りたい、特にノルマンディ作品群をどうしても書きたいから、君が提供してくれるあらゆる情報のためにこうやって君に手紙を書いているんだ。私が読んだことがないかもしれない本を教えて欲しい、いや本よりずっといいのは、物語や言い伝え、親から子へ脈々と語り継がれたこと、取るに足らない話、さらに生のままの愚かしい正確さがないかもしれないが、想像力による人間らしい偉大な誠実さと習俗や歴史に対する現実の感情がある諸々だ。どうかお願いだ。君でも、君の友人たちからでもいい、こうした主題に関して手に入ることならなんでもいいから、どうか私に送って欲しい。どんなことでもありがたい。当時の人々に関するうわさ、偏見や迷信、そして伝説（これが特に必要だ、トレビュシアン）だ。書きたいんだ、考古学者の君の骨の髄までも沸騰させる（今まで一度も沸き立ったことがないようだから）ような本を、私は君の中に住まう想像力豊かな人柄についていつでも請け合うよ、どのくらい当てにできるか自分でわかっているから、不滅の美しき魂よ。

聡明な君ならば、親愛なるトレビュシアン、私が取りかかっている小説になにが必要か、鋭い洞察力で瞬時にわかると思う。その小説では歴史上の人物は最重要ではないが（最重要なのは架空の人物だ）、遠景の中を、あらゆるものが立派に見えて、まるで「神秘」の光のような遠景の霧の中をより理想化された風貌で彼らが通り過ぎるのがみえるようにしたい。もう一言。私が特に念を押した時代の情報だけに限定しないでくれ。私たちの地元、習俗、独特の言葉や風習や荒唐無稽な話などの特徴づけるもの、なんでも本当にありがたい。今や、君のしもべとなった私は、君の言うことならなんでも聞こう！

一八五〇年の春、バルベは毎週のようにトレビュシアンに質問リストを送っているが、その質問は、『呪縛された女』、また時には『騎士デ・トゥーシュ』執筆のためで、ふくろう党の歴史、小教区や修道院の歴史に関する詳細、そして地形や語源の細部に関する質問だった。手紙の内容はそういった質問で覆い尽くされている。

レッセ修道院はレッセ荒野からどれくらい離れているだろうか。レッセの町があると思うんだが。修道院は町の中心にあるのか、それともはずれにあるのか。ブランシュランド修道院の周りには町や村、ブランシュランドという名の、ある程度の家が建つ集落があるんだろうか。もしそうでなければブランシュランドはどの小教区に属しているのか。（……）ブランシュランドという地名の語源はなんだろう。「ランド〔荒野〕」という名

（2）バルベはここで母方の大叔父であるド・モントリュッセル騎士のことについて言及しているが、彼がふくろう党と誓いを立てたかどうかははっきりしていない。選集『ロマン』所収の『騎士デ・トゥーシュ』の解説五二九頁以下を参照のこと。

詞の前にある「ブランシュ〔白い〕」という形容詞がついているのは気品があって、詩的で感じがよく、よくできた名前である。ところで地名の由来はなんだろう。白い荒野だったのだろうか。記憶を総動員するよりもこの点に関しては、想像力を働かせるほうがその由来について知ることができるだろうか。

デ・トゥーシュ騎士に関する不足の情報は、カンの行政官かつ知識人であるウジューヌ・ボルペールに依頼している。トレビュシアンには「ノルマンディ舞踊、ローロー船や炭焼き人夫そして漁師や乞食たちの歌、要するに地元に伝わる昔のこと（auld synes）」(3)の提供を依頼した。

すでに手元にあるが、もっと必要だ。なにもノルマンディでぼーっと育ったわけではない。私がそういったことを方言で話せば、コタンタン半島の習慣をびっくりするほどすばらしく紹介できる。私の筆にかかれば、どんな化学反応が起こるかご覧あれ(4)！

ここで問題とすべきは、小説家という鍋に収集資料を入れ、さらに想い出と想像力を加え「沸騰」させたことだ。バルベが社会から外れた世界を形成するにあたって利用したあらゆる知識とは、当時、フランスの他の地方でと同様にノルマンディでも盛んであった、地方の学識者たちがこぞって探求した知識なのだが、それは王政復古期以来、政府が奨励することで結果的に昔からある知識をより豊かにしただけだったといえる。例えばバルベが手紙の中で、王政復古期に設立されたノルマンディ考古学者協会の主要メンバーであるアルシス・ド・コモンとシャルル・ド・ジェルヴィルを思い出すのは、彼らが共に地理学、植物学、経済学、考古学そして歴史学に熱中した人たちで、一〇団体ほどある地方の学術協会の数え切れないほどの名士たちのように、記念建造物、歌、風景そして言葉と伝統といったノルマンディの文化遺産を収集し、保存そして描写することに没頭していたからだ。ところでバルベ自身が弁護士、行政官、教授、本屋、司書たちといった学識ある名士の影響を受けたのは、トレビュシアンとの友人関係を通じて、二人の従兄弟アルフレッド・ド・メリルとエドレスタン・ド・メリルや自身の家族を通じて、そして法学の研究を通じてであった。みな、過去に夢中で、スコットやロマン主義的な歴史家オーギュスタン・チエリあるいはフランソワ・ギゾの作品を精読し、気に入った細部や絵画的な生彩に富むものからセンスをくみ取ろうとしていた。

このようなコンテクストには、当然の権利として自分の考えを訴えたり、地方趣味に走ったり、あるいは「愛しい故郷」へのアイデンティティというものはないものの、ロマン主義的な知識や、シャルル・ノディエやヴィクトル・ユゴのような芸術家や「歴史」に夢中になった旅行作家たち、民俗学者であり、また同時に歴史家、考古学者、農学者であった名士たちの活動があり、今日の読書家はそれらを読み飛ばしてしまっていると言わざるをえない。バルベは知識を集めて、「夢から生まれた娘」(『呪縛された女』の第二の序文)＝「想像力」の及ぶ光の下にそれを差し込んでいった。彼は脱線して、知識をずらし、そして変貌させる。脱線するのは、旅行者と同じく考古学者たちの好奇心がなによりも、中世の驚異や牧歌的な風景であふれている上ノルマンディという土地に向けられているからだ。しかし一九世紀初頭の旅行者たちにとってコタンタン半島は、ほとんど魅力がなかったという。コタンタン半島にある教会はルーアンの大聖堂やジュミエージュ・エ・サン-ワンドリール修道院のような壮麗さはなく、風景は沼地だらけで健康に悪そうにみえ、人々の考えは古くさかったからだ。ではここで、バルベの描いた景色に関係する、彼が青年だった頃のコタンタン半島、すなわち彼が「沸騰」させたという故郷の描写を二つ、例としてみ

(3) Lettre du juin 1850. なお Auld lang syne とはスコットランド語で文字どおり「大昔」(old long since) という意味である。この表現はスコットランドの数々の伝統的なバラードにみられ、スコットランドの民間に広く流布した事柄の継承のため、公にしたり保存したりすることに関心が高かった特に一八世紀末、ロバート・バーンズが書いた有名な詩にみられる。

(4) Lettre du 7 juin 1850.

てみよう。

一八二七年、エティエンヌ・ド・ジュイが編集責任者を務めた田舎への旅シリーズ『エルミット、フランス地方の旅』の中でヴァローニュが紹介されているが、それはバルベが子供の頃の想い出をもとにして、その後、描いたヴァローニュとはまったく反対のかたちで描写されている。とはいうものの、（アンシアン・レジームのもとで）特権階級の人たちが名声を得ようとなりふりかまわない一方で、反革命的な活動で苦しむヴァローニュの名誉回復をエルミットは一手に引き受けている。

> あぁ、旧貴族がヴァローニュに役立たずと退屈というしるしを消えないようにつけてしまったようだ。そのしるしが消えないのは、重要性があり富をもたらすことに産業がまだ挑戦していないからだ。地方ならではのモノを販売する店はほんの少し発展している。見捨てられた宿屋の中に何軒か店があるが、そういった店は本来そこにある店ではない。まるで有益な低木のようだが、その種は、偶然にもゴシック様式の建物に落ちたものの、なにも生み出さない廃墟に根を伸ばすにはそうとう苦労する。
>
> 　滞在した「スルタン館」のアパルトマンはどんな風かというと、とにかく気取った構えで、豪華だが趣味が悪い、この悪趣味が町をまるごと支配していると言ってもいい。宿泊したそれぞれの部屋ごとに一家族ずつ住めるようにするのはたやすいぐらいだった。壁の無数の刳《く》り形、懸華装飾、アストラガルの装飾にほこりが溜まって塊のようになっている。そして天井には滑稽きわまりないほど凡庸なフレスコ画があり、タピスリーは箸にも棒にもかからない、なにもかかっていない壁のほうがよっぽどいい。「スルタン館」の台所は人類初の町にはふさわしい台所と言ってさしつかえない、つまり「焼き肉専用」だ。

　ヴァローニュに滞在したのはわずかで、その目的はわれわれの眼でヴァローニュの町の現状を見極めるためだった。気がついたこと、それは人が住んでいない館の庭で草がどんどん成長しているということだった。昔は主人が所有する四〇もの馬車が舗道の草を踏み進んだというのに。コタンタン半島のヴェルサイユ宮殿の栄光について証明できる人たちやそこで長生きしている人たちは仲間うちでこの失墜を嘆き、いくつかのならわしをもう一度復活させようと必死にがんばってはいる。(5)

『罪の中の幸福』でバルベが、昔を懐かしがり決闘に熱中する人たちを住まわせたのは、実はこんな町だったのである。パリから来る旅行者たちは近代性に熱中しているのだから、彼らにしてみたらこの町は行く前から退屈ということがわかっていただろうし、過去にきっちりはまって石のように固まったままの町という見解になるかもしれない。それにしてもそんな町で、夜、オートクレールとサヴィニーに激しい決闘をさせるなんて、普通は考えつかない。

それから一〇年たった一八三六年、ヴィクトール・ユゴはコタンタン半島の町という町、道という道を駆け巡っていた。中世ゴシック様式に熱中していた詩人は教会を探し、そして人の手による破壊に憤慨している、というのも他所でと同様に、ここ、コタンタン半島でも、地元の建築家たちが改築したり、尖塔のアーチ部分に色を塗ったからだ。だが、カランタンあるいはサン－ロにある「クタンス地方の見事な尖塔」は色が塗られていなかったので、ユゴを喜ばせた。「不平不満なし。透かし模様を刻み込んだ尖塔はブロンド色で魅力的だ、そのうちの一つの尖塔が丘を背にした姿は偶然が成したすばらしい光景だ」。

彼はまた海沿いを通過しながら海を愉しんだ。そしていくつかの村を訪れて、ここ、グランヴィルで、なにか不吉なことと出会った。

(5)　Étienne de Jouy, *L'Hermite en province*, Paris, Pillet, 1827, t. VIII.

昼食を食べている間に大きな騒ぎがあり、大勢の人が突然、道一杯にあふれかえっていた、その細長い道は教会へと通じる道で、その道にはパリで見る粗悪な灰色の布をはじめとする安物を売る店がひしめき合っていた。私はみた、人々が罵声を浴びせながら向けた人差し指の先に、黒い綾織りのボロ布のマントのようなもので、足の先から頭のてっぺんまですっぽり覆い隠した出で立ちの二体の幽霊が、目の前を大股で太陽に向かって徒歩で通り過ぎるのを。憲兵がこの幽霊たちを連行していた。母と娘だった。聞くところによると、母親にしてみれば自分の夫を、娘にしてみれば自分の父親を殺したと言う。男が酒に酔っ払っているところをほうきで一撃、犯行に及んだそうだ。収監されるところだったようだ。けらけら笑う女たちで埋め尽くされた道、さんさんと降り注ぐ太陽、憲兵、汚れた黒い服を着た二つの亡霊が大股で歩く姿、これらすべてが不吉にうつったことは君に断言できよう。（一八三六年七月二〇日）。

時代遅れで不便なこのコタンタン半島では、人も道も何もかもすべてがこの土地を苦しめる。

カランタンという町に入ったとき、胸が締め付けられる思いがした。額とあごがない白痴の背が高い少女が、手のひらによだれを垂らしながら家の戸口に座っていて、われわれが通り過ぎるのを悲しそうにみていたのだ。彼女には感情がないそうだが、私には彼女の中で何かしら苦しみのようなものがあるはずだと思われた。凍りついたあわれな魂だ！

しかしさきほど、ポルトバイユでその出来事よりももっとずっと悲しいことがあった。

馬車が故障したため、私は徒歩で先を急いだ。横断するにはとんでもなくひどい道だった、ノルマンディはこんなに肥沃なところなのに、これは恥だ、舗装用の岩の塊や車輪を傷つけるような轍がいくつもあるばかりでなく、別のところでは両足がすっぽりつかるほどの荒野や膝下まで砂で覆われるところもあった。六時ぐらいになると、私はもっと急いだ。砂泥から戻ってきた馬方が七時には満ち潮で道が通れなくなると私に警告してくれていたからだ。海の近くまで到着、そこからの眺めはすばらしかった。私は丘の上にいた。目の前には広大な草原、昔は上げ潮でならされ、度重なる土の大波で覆い尽くされた草原があった。海が自分に似せて作ったのだ。草原には弱々しい芝がまばらにある、痩せた羊が食べた残りだ。遙か彼方には、テンポの速いさざ波が押し寄せる海があった、大波が地面を飲み込んだ。右側には見渡す限り、丘とヒースの木だ。左側には、唐突に海で遮られた高さに、ポルトバイユの鐘楼が灰色の霧の中、霞んでみえる。無情にも沈む太陽にどんよりとした雲がかかっているおかげで、まるでスポンジのまわりについた水滴のようにあちこちから光が降り注いでいた。道はまだ通ることができた。足元にひろがる渓谷には馬に乗った人がひとり、足の置き場に困るほど、満杯の袋をのせ、道が満潮でふさがれてしまう前に村へ到着しようと急いでいる。私もそうする。村に私が入った、まさにそのとき、私のかかとは波にさらわれて濡れていた。

到着したとき、壁のほうで、農民の女たちが大騒ぎしていた。ぼろぼろの服をきた片目でくる病にかかったかわいそうな少女が、そこでひいひい泣いていた。女たちは彼女に何か説教しているらしかった。こういうことらしい。

その気の毒な少女は生まれつきてんかん、一〇年前から半身不随で、半年前に片方の眼を失明した。そのうえ、貧しかった。一〇年前から、彼女は寝たきりにさせられていた。両親が畑に出た隙に、あばら屋から外に出た彼女は、これを機に今日、溺死しようとしたのだ。女たちはそれを食い止めたのだった。私はこれほどつらい絶望を一度もみたことがない。（……）私は彼女に歳を尋ねた。「一四歳です、だんな」と女たちのひとりが答えた。少女は自分の小さい肢体をみながら、荒々しい口調で「一六歳です」と言った。神様がそばについているので、どうか希望を持つようにと言って、彼女にいくらか渡した。そもそも溺死するのを阻止したのは、今回が初めてではないそうだ。満潮時に海に向かうと彼女にときどき出会うそうだ。(6)（一八三六年七月一日）

ここで重要なのは、数年後にバルベが『呪縛された女』で用いた荒野、噂、そして貧しい農民といった世界と同じだと言うことだ。しかしユゴの眼差しは、あちこちの場所の魅力よりはむしろ、むごい貧しさに敏感である。バルベならば道にある轍のあるところで立ち止まり、伝説を聞いて、霧に包まれた廃墟に住む亡霊たちを出現させる。さらにぼろをまとった農民の女たちは麻痺か障害があり、彼の手にかかると、魔女か悪魔に取り憑かれた人ということになる。要するに、バルベは神を悪魔に引き渡し、女たちの障害、顔の紅潮、麻痺、恐怖、暴力を歴史＝物語に引き渡す。『老いたる情婦』においてのノルマンディは「想い出という濃縮した血にたっぷり浸した筆で描かれた」(7)が、この作品から『呪縛された女』（一八五二年）まで、バルベは何よりも想像の上で、幼少時代の地へ向けて移動する、地元の学問的な素材を用いて再三推敲し、それによって幼少の地に幻想的かつ歴史的深みを与えているのである。そんな地に彼が再び帰り着くのは数年後の一八五六年に他ならない。

【解説】

バルベ・ドールヴィイ（一八〇八－八九）がその長い生涯で手がけた小説作品は一七あり、そのうち一一作品で故郷ノルマンディが描かれている。物語の舞台の重要性を彼が意識しはじめた作品は『老いたる情婦』（一八五一年）と言われており、第一部ではパリ、そして第二部ではノルマンディがその舞台であった。この作品では、バルベが二五歳の時から一〇年以上定住するパリと、ほとんど帰省していない故郷の描写に明らかな温度差がうかがえる。例えば、夏の夜のグラン・ブルヴァールの描写や主人公リノが散歩の途中で初めてヴェリニと出会うパッシーの様子は、簡素に数行でまとめられているのに対し、リノとエルマンギャルドが結婚して数週間過ごした海沿いの町キャルトレは、町全体の構成から雰囲気、伝統や住人たちの姿、そしてその海岸やそこで捕れる魚まで数ページにわたって詳細に描写されている。キャルトレの描写は主としてバルベの幼少期の記憶と想像力で描かれているのだが、のちにこの町で漁師たちの住む界隈を訪れた彼はその記録に「『老いたる情婦』で描写したとおり」とわざわざ書き添えているのだ（Barbey d'Aurevilly, *Cinquième Memorandum*, dans *Œuvres romanesques complètes*, Paris, Gallimard, t.II, p.1115.）。この記述は、作中での描写と実際の風景との一致に対する彼の安堵する様が読み取れて興味深い。

『老いたる情婦』以降、バルベはコタンタン半島を舞台に次々と作品を発表した。カンに住む親友トレビュシアンに宛てた一八四九年一二月の手紙で、「ノルマンディ作品群」の構想について彼は初めて言及し、のちに『呪縛された女』（一八五二年）、『騎士デ・トゥーシュ』（一八六三年）そして『妻帯司祭』（一八六五年）といった三つの長編小説を生み出すことになった。「ノルマンディ作品群」の構想から約半年後に、レッセ荒野やブランシュランドについて親友を質問攻めにしたことは本稿で言及されたとおりである。引用された一八五〇年五月一日と二七日の手紙のほかに、二〇日の手紙でもこのふたつの場所が取り上げられている。バルベは親友にレッセ荒野とブランシュランドの資料集めにとにかく専念するように願い、天文学者で地理学者であるセザール＝フランソワ・カッシーニによる地図のラ・アイユデュピュイからクータンスまでの部分を書き写し、そこにレッセやブランシュランドとその周辺をも書き加えて送ってくれるよう頼んでいる。本稿では、バルベは収集資料を小説家という鍋に入れて想い出と想像力によって「沸騰させた」と言うに留められているので、ここでこれら上記の質問を通して得た地形に関する知識が『呪縛された女』では具体的にどのように描かれたのか明らかにしたい。

冒頭で語られるレッセ荒野が「ラ・アイユデュピュイとクータンスの間」に位置していることは正しい。しかし実際よりも広く描かれており、その景色の描写はサン・ソヴァール・ル・ヴィコントから北へ数キロ離れたところにあるロヴィル・ラ・プラスの荒野から着想を得ている。さらに今も実在するブランシュランド修道院は、この作品ではレッセの町の中に位置づけられているが、実はそこから八キロほど離れたラ・アイユデュピュイの近くにあり、バルベはレッセとラ・アイユデュピュイを混同しているのではないかと推測される。そしてヒロインのジャンヌが初めてラ・クロワ＝ジュガンをみた教会があるブランシュランドという町はバルベの創作で、モンスルヴァンはレッセ荒野から南に一二キロほどのところに実在する町だが、モンスルヴァン伯爵の年老いた夫人が住む城は架空の城だ。このようにバルベは、地理的な資料に厳密に従わず、実在する町や建物を移動させたり結合させたり、そこに新たに書き加えたりしながら、ノルマンディをリヨン－カンの言う

（6）Victor Hugo. *Œuvres complètes*, publiées par Paul Meurice : *En voyage-II. France et Belgique. Alpes et Pyrénées. Voyages et excursions*, Paris, P. Ollendorf, 1910, vol. 1.

（7）Lettre à Trebutien, 18 janvier 1849.

「時の故郷(くに)」に仕立てている。従って彼にとって資料は真実性と正確さを保証するためではなく、むしろ記憶と想像力の支柱として機能しているのである。さらに付け加えておくならば、「実際の荒野と寸分違わないように忠実にとやっきになっている」と彼自身が述べたとおり、記憶と想像力の働きが過度に恣意的なものにならないために、収集資料が客観的に抑制する役割をも担っていたのではないだろうか。

（訳と解説　小溝佳代子）

4 経験という仕事
——近世における哲学者の伝記、哲学的生のスタイル、人間の生

ダイナ・リバール

Dinah RIBARD, « Le travail de l'expérience : biographie de philosophes, styles de vie philosophique et vie humaine à l'époque moderne », dans « *Une vie humaine...* » *Récits biographiques et anthropologie philosophique*, textes réunis et présentés par Charles Ramond, Pessac, Presses Universitaires de Bordeaux, 2008, pp. 9-24 (chapitre 1).[1]

哲学を一つの領域として捉え、それが技術的にも理論的にも専門化され自律した知の領域であると考えるなら、人間の生に対する哲学的関心というものは、そのようないわばスコラ哲学（中世以降、教会、修道院付属の学校で教えられた哲学）からは明らかに、そして断固としてかけ離れている。しかしこの点、（とりわけフランスにおける）一七、一八の二つの世紀は注目に値する。この二世紀についていえば、実際哲学史は、独自な哲学的考察と執筆活動を実践した数名の作家の、ほとんど独壇場と化している。それは哲学者という肩書きを持たず、哲学の教授でもなく、当時著名であった哲学者たちとは明白に距離を置きつつ思索した作家、要するに哲学した（philosopher）作家である。このような、歴史的に見てもかなり特異な事柄は、一見したところ、あまり注目に値しなかったようである。デカルト、スピノザ、ルソーは理論を創造したし、それゆえ哲学史の関心はその理論へと向いている。ところ

（1）本稿を再読してくれたフィリップ・ビュットゲンとニコラ・シャピラに感謝する。

が、同時代に彼らの著作に注釈を加えた作家は、理論がまさに練り上げられる中心、あるいは周縁に身を置きながら、理論を別の側面に開く事柄に絶えず立ち返らざるをえない。すなわち、自伝的な文章表現に著者の主体性を確認したり、人としての経験に着目したり、（例えば、省察の形式などの中に）[2]思索を著者の経験として把握しようとするのである。これこそ、学校の外で哲学を実践したことの結果と形跡である。それを一言で表すなら、経験、となろう。

しかしながら、ルソーの『告白』（あるいはデカルトの『方法序説』）、スピノザの『国家論』、デカルトの『省察』、スピノザの『知性改善論』などの著作の注釈が、当初の目的に到達したかどうかは定かではない。伝統に依拠してスコラ哲学との違いを云々するなら、それらの理論に関する学校での扱いを受け入れざるをえないし、それもデカルト、スピノザ、ルソーに対する、同時代人やその哲学的知見の影響の研究でしか捉えられないものでもない。まったく正反対の示唆さえできるように思われる。すなわち、スコラ哲学が伝統の語で示すように、学者による専門化は一つの伝統の中において、その伝統との関わりで、思索の営みを見いだしつつ専門化するよう教える。それゆえ、専門化の結果なるものは、哲学の「外部」に関する考察と、特定のテクストが「外部」から受ける影響のあり方において、特に強く感じられるのだ[3]。

それにしても、スコラ哲学から離れ、学校の教えとは異なるとすれば、それは一体どのような扱いでありうるのか。哲学者たちの力強い営みや生き生きとした現実を、どうすれば把握できるだろうか[4]。哲学者たちは、執筆行為、回覧文、出版物、あるいは写本か印刷本に姿を変えた文書などに、同時代人のいう「哲学」との差異を明示していた。当時の一現象を辿れば、一つの道筋が見えてこよう。実際のところ、一六三〇年代以降一八世紀全体を通じて、哲学者についての伝記記述が増加する。哲学的な生き方は当時アクチュアルな問題であり、詳細な分析の記述には事欠かず、そのどれもが哲学的な生の問題を展開し、方向性をずらし変形し、終いには強化することを目論んでいた。学校外哲学の誕生と伝記記述の増加現象が偶然の一致にすぎないとはいえまい。よく知られた理論が人間の生へと開かれている限り、こうした現象と諸理論の間には関連があるはずである。なぜなら、よく知られた理論が他のテクストと同様に経験に関わるなら、理論形成に資した哲学的な経験の問題系と、理論を引き離しえないからである。

（2）　あらゆる側面を網羅した分析の例としては、デカルトの『省察』に関するドニ・カンブシュネール〔一九五三－〕の分析がある。（省察という）ジャンル、文章表現と、経験の問題があわせて考察されている。Denis Kambouchner, *Les Méditations métaphysiques de Descartes. I-Introduction générale. Première Méditation*, Paris, PUF., 2005. 同様に、ピエール－フランソワ・モローは、スピノザの哲学の周縁ばかりではなく、まさにその中心に「前－哲学的な（pré-philosophiques）」要素が存在することに言及している。Pierre-François Moreau, *Spinoza. L'expérience et l'éternité*, Paris, PUF., p. 199.

（3）　同時代のフランス哲学における「外部」への関心に通ずる議論を、たった一つの註で網羅するのは不可能だ。この議論の出発点として、例えばピエール－フランソワ・モローとピエール・マシュレの仕事を関連づけることがあげられよう。二人は共に、（哲学、作品などの）諸条件の問題を真剣に捉えている。しかしマルクス主義の解釈の相違から、ピエール－フランソワ・モローは、それらの条件が観念史における所与であるため、経験的に把握可能であると考えているし、ピエール・マシュレはある条件を条件たらしめる超越性の形式を定義しようとする。Pierre Macherey, *Pour une théorie de la production littéraire*, Paris, Maspero, 1966〔『文学生産の理論』、内藤陽哉訳、合同出版、一九六九年〕。これらの書で提示された視点から、哲学とその「外部」という比較をすれば、「外部」なるものがすでに確立された哲学の問いであることがわかるだろう。フーコーと彼の開いた「外の思考」に先んじて、この問いはメルロ－ポンティにより定式化されていた。コレージュ・ド・フランスにおけるメルロ－ポンティの就任講演では、哲学者一般に係わる「他者の権利と外部」の提示が、常に認識されながらも哲学では見過ごされてきた問題として、哲学の称賛を隅から隅まで構成しているのである。*Éloge de la philosophie et autres essais*, Paris, Gallimard, 1953 et 1960, p. 38.〔「哲学をとなえて」、『眼と精神』、滝浦静雄、木田元訳、みすず書房、一九六六年、二二二～二二三頁〕。ところで、歴史に生きる哲学者と「外部」との関係を哲学的に捉え直すなら、「人間」と「哲学者」を区別したままで、両者が一体であることを示せるかもしれない（「哲学者とは目ざめそして話す人間のことである」（p. 63〔p. 73の誤り〕）〔邦訳二五〇頁〕）。この称賛が依然、伝統としての哲学の称賛であるからには、その「始祖」の一人であるソクラテスへと参照が促される（p. 39〔p. 42の誤り〕）〔邦訳二二六頁〕。メルロ－ポンティと外部の哲学（hors-philosophie）に関しては、とりわけ以下を参照のこと。*Les Études philosophiques*, n° 2 : « Merleau-Ponty, la philosophie et les sciences humaines », 2001.「外部」の別の見方、別の哲学的系譜としては、近年の次の研究を参照されたい。Sandra Laugier (dir.), *Éthique, littérature, vie humaine*, Paris, PUF., 2006.

（4）　哲学的か否かを問わず、読者にテクストを提供する諸様態を考察対象とした、出版〔公にすること〕行為の分析に関しては、GRIHL : 2002を参照されたい。

本稿のアプローチには、明白に考古学的な側面がある。本稿の目的は、真の意味で過ぎ去った過去、すなわちある問題の根源に遡り観察したのではない過去が、哲学の「外部」としての経験において結晶化した姿を明らかにすることである。経験は、哲学に対峙し、浸透し、哲学を生産するものなのだ。したがって、哲学における合理性の道筋を、哲学本来の営みとは別のところで、別の仕方で求めねばならない。それにしても、生き生きとした現実というなら、この別のところ別の仕方は、現実を存在させるものの側にしかありえまい。要するに、辿るべきは発言ではなく仕事である。その意味で本稿は、考古学よりも歴史について語るというほうが相応しいだろう(5)。

哲学的生のスタイル、哲学的生の記述

科学革命から啓蒙までのフランスの哲学生産において、学校で教える哲学、あるいは（歴史的な意味での）スコラ哲学が危機に瀕したこと、あるいは、哲学者の用いる専門用語や自己完結した推論形式とその他の活動との間に隔りが出来てしまったというのは、よくいわれるところである。このことを踏まえるなら、哲学者としての生を営むとは、当時、新たに現実性を帯びた問題であったとしても当然であろう。また、この哲学者として生きるという支配的となったものの考え方が、さまざまな面において、哲学者の表象と、当時流通した哲学の表象の中に見いだせるとしても、やはり至極当然である。この時代において哲学者を対象とした語りの文、例えば辞書の項目や本来的に称賛を目的とした「～氏の生涯」などを読めば、実際この新たな考え方で説明できる形象や主題が大量に見いだされるように思う（さらにはこの考え方が、むしろ順繰りに、次第に広がってゆくような印象も持つだろう）。とりわけソクラテスを初めとした古代の哲学者を喚起する場合がそれで、哲学的な生へと参照を促す形式が繰り返し用いられている。あるいは、ジャン＝クロード・ボネが『パンテオンの誕生』(6)で分析した試練の物語も同様のケースである。ボネの書は、まさに一八世紀における偉人の表象の変遷を扱い、ちょうど殉教の世俗版といった趣きを呈する。

とはいえ、以上のような進め方をすれば、伝記記述の数量それ自体には力点を置かないことになる。さらに伝記記述は、哲学に関して書かれた幅広く形式もさまざまな文学のほんの一部分にすぎないのだし、そうした文学についていえば、一七世紀前半から発展の一途をたどりつつあった。ところで、哲学に関した文学が増加したというのは意味深である。その当時の哲学とは何か、当時は誰が哲学者で、それ以前には誰が哲学者であったのか、今現在哲学をしているのは誰で、以前には誰が哲学をしていたのか。これら諸点に関して、意見の対立、不和、懐疑と無理解が存在したことを教えてくれるからである。現実には、増加現象そのものが、懐疑や不和を生み出すのに一役買っていた。なぜなら、これらの記述では、哲学者の生涯が描かれつつ、実際には記述と話題の人物を超えて、真の哲学とそうでないものを区別する基準が、絶えず提案されているからである。したがって、それらの記述を理解するには、言説であれ発話であれ、公衆としての読者が読む著作が、（哲学書であるかどうか）資格に関しての同意がない状況の中で、伝記記述が介入している点を考慮せねばならない(7)。

（5）本稿は拙著（Ribard : 2003）での見解に戻るものである。また本稿は、ピエール・マシュレとの間ではじめた議論の継続である（リール第三大学でピエール・マシュレが主催する研究会で上記リバールの書の合評会が開催されたらしい。本稿はそれに対するリバールの反応である）。次のインターネット・サイトの「広義の哲学」の項目を参照されたい。http://stl.recherche.univ-lille3.fr/sitespersonnels/macherey/accueilmacherey.html 二〇〇四年一月二八日掲載のテクストである。

（6）Jean-Claude Bonnet, *Naissance du Panthéon. Essai sur le culte des grands hommes*, Paris, Fayard, 1998.

（7）アンシオンが、アカデミ・フランセーズの初代書記であるヴァランタン・コンラールの伝記記述をした際、この有名な文芸者（コンラール）が何も書かなかったからといって、その時代のソクラテスに仕立て上げた。あるいは一八世紀前半の碑文アカデミーの書記であったグロ・ド・ボーズが、『童話集』の作家シャルル・ペローが哲学者として生きたと、その称賛文の中で言及している。確かにコルベールの寵を失った後のペローに関してはうなずけるとしても、本稿では、以上のような事例はさほど重要とは思われない。これらの記述の用法は明瞭ではあるが、見かけ常識を欠いている。とはいえこの用法により、当時何が哲学に対してなされたのか問うことはできる。上記の二例とも説明こそないが、実際「哲学」とは、文芸界における権力の位置を意味している。当時の文芸界は、政治権力の傍らでその礎を築いたために脆弱であった。文芸者としてのコンラールに関しては、註（21）で後述する。

とはいえ、今日でも哲学とは何かが知られているというのではないし、この点、何らかのコンセンサスがあるわけでもない。大凡のところでは、哲学がどこに存在しているかは明瞭である。それは学校、大学、研究教育機関に存在する。すなわち、哲学とは何かを明言しないまでも、少なくとも哲学とそうでないものの識別基準を論じる資格をもった場所があり、そこを占める当事者〔作用子〕が誰あるいは何であるか認識されているわけだ。近代においては反対に、哲学は学校への批判で満たされたばかりか、もはや学校の中で居場所がなくなるか、あるいはむしろ学校だけに存在したのではなく、外部の哲学がその後再び学校へと回帰せねばならなかったというのは、従来の歴史記述が存分に示してきたことである。それも、学校だけに回帰したわけではない。本稿では、近代においてスコラ哲学は一旦は放棄されたのに、依然その重要性が引き継がれ、終いに再評価された、という古典的な図式に戻ろうというのではない(8)。これらの事象を曖昧に、「文脈にかかわる」要素であるとしてしまうのではなく、いわば哲学の現実性（effectivité）、あるいはその重みを分析の中に取り込むことが重要である。当時哲学を生産していたのは、如何なる意味でも教育機関に関わりを持たない作家たちであった。その当時、そしてかなり長い期間を通じて、学校も含め、そのような哲学が手本を示していたというのは、ともかくも少々驚くべきことである(9)。一驚に値するというのを言い換えるなら、例えば、コンディアック、あるいはより一般に啓蒙のフランス哲学は、マルブランシュの名のもとに形而上学を理解し、乗り越え変形すべき対象として解消しようとしたわけだし、その後の哲学の展開と哲学史で語られる物語の一部分が丸々、フランスの国外も含めて、そうして決定されたからである(10)。

（8）この場では、ジャン－リュック・マリオン、ジャン－フランソワ・クルチヌの仕事に言及すれば十分であろう。Jean-Luc Marion, *Sur la théologie blanche de Descartes. Analogie, création des vérités éternelles et fondement*, Paris, PUF., 1981 ; Jean-François Courtine, *Suarez et le système de la métaphysique*, Paris, PUF., 1990. もう一つ、最近の出版物の中から、オリヴィエ・ブルノワが編集し、最初に配本された『哲学研究』の「一七世紀におけるドンス・スコトゥス」特集の二分冊をあげておく。Oivier Boulnois, (dir.), *Études philosophiques*, n°s 1 et 2 : « Duns Scot au XVIIe siècle », 2002. 歴史と哲学の新しいプログラムの端緒として、「一七世紀におけるスコ

ラ哲学の哲学的歴史のために」（pp. 1-2）があげられている。その他では、科学革命においてイエズス会の数学者の果たした役割に関して、以下の書を参照のこと。Peter Dear, *Discipline and Experience. The Mathematical Ways in the Scientific Revolution*, Chicago/London, The University of Chicago Press, 1995. 同様に、この時代において、誰がどのように哲学教育を受け続けていたのかという問題に関しては、教育史の専門家の仕事、とりわけ以下の書を参照されたい。Roger Chartier, Marie-Madeleine Compère, Dominique Julia, *L'Éducation en France du XVIe au XVIIIe siècle*, Paris, SEDES-CDU, 1976 ; Marie-Madeleine Compère, *Du Collège au lycée (1500-1850). Généalogie de l'enseignement secondaire français*, Paris, Gallimard/Julliard, 1985 ; Laurence Brockliss, *French Higher Education in the Seventeenth and Eighteenth Centuries. A Cultural history*, Oxford, Clarendon Press, 1987 ; Dominique Julia, Jacques Revel (dir.), *Les Universités européennes du XVIe au XVIIIe siècle*, Paris, EHESS, 1989 ; François Van Damme, *Le Temple de la sagesse. Savoirs, écriture et sociabilité urbaine (Lyon, XVIIe-XVIIIe siècle)*, Paris, EHESS, 2005. 最後に、公衆が次第に限られていったとはいえ、文芸学部において継続して教えられていた哲学と、こちらは増加の一途をたどった公衆に向けられた、（特にイエズス会士などの）修道会が経営する学校（collèges）で教えられていた哲学の相違に関しては、まだまだ研究の余地があるだろう。その鋭い対立の図式なら、（後にジャンセニストとなった）ゴドフロワ・エルマンがクレルモン学院のイエズス会士との諍いの際に、パリ大学を擁護して書いた幾つかの小冊子を読めば見つかろう。特に以下のものを参照のこと。Godefroi Hermant, *Verités académiques, ou Réfutation des préjugés populaires dont se servent les Jésuites contre l'Université de Paris*, s.n., Paris, 1643, pp. 57-73, sur la philosophie.

（9）おそらくはこの点において、オリヴィエ・ブルノワの主張とは対立する。ブルノワの主張では、「パウル－リヒャルト・ブルムの見事な区分を借りれば、スコラ哲学者の思想（*Schulphilosophie*）と書斎の哲学者の思想（*Philosophenphilosophie*）を対置する理由は必ずしもない。というのも、哲学的な生のさまざまなスタイルが言表を産み出すとしても、その言表の性質にまで確実に変更を加えるとはいいきれないからである」（« Pour une histoire philosophique de la scolastique au XVIIe siècle », *art. cit.*, pp. 1-2 : Paul Richard Blum, *Philosophenphilosophie und Schulphilosophie. Typen des Phlosophierens in der Neuzeit*, Stuttgart, Fr. Steiner, 1998）。マルブランシュの哲学がオラトリオ会が営む学校での授業に組み込まれていたことに関しては次の論考を参照されたい（マルブランシュは、確かに教育機関でもあるオラトリオ会の修道士であったが教師ではなかった。とはいえカトリヌ・ラレールが名づけた一八世紀の「世俗哲学」（« philosophie mondaine »）にとって、マルブランシュは特に重要な哲学者であった）。Catherine Larrère, « L'enseignement de la philosophie dans les établissements oratoriens de Riom et d'Effiat dans la deuxième moitié du XVIIIe siècle », dans *Le Collège de Riom et l'enseignement oratorien en France au XVIIIe siècle*, textes réunis par Jean Ehrard, Paris/Oxford, CNRS Editions/Voltaire Foundation, 1993, pp. 171-188. 一七世紀以来、時に名を伏せられて教えられたとはいえ、教育機関においてデカルトが登場することはよく知られている（これに関する文献は、後註（11）を参照のこと）。

しかしながら、今しがた言及したような記述から、描写の従来の歴史記述によっては必ずしも導かれない問いが発せられる。それは、次のように形式化されよう。すなわち、ひとたび学校の外に出ると、哲学はどこに位置するのか。当時生きていた人間の現在時において、哲学の真の、正当な位置はどこなのであろうか。スコラ哲学から残存した哲学の場所はどこだろうか。同時代の状況について語る際、哲学の過去を語るときのように、表面上は同じ言語を使用し、そこで用いられる形象も全体的に共有されているように見える。これは大概、古代の哲学者や、特に哲学的生の形象それ自体にまといついた由緒正しい伝統を再利用した記述であり(11)、その背後で、この二つの哲学という問題にまつわる対立と目論見が存在する。それをこそ明らかにする方法を持たねばならない。伝記記述者は、当時哲学に関心を持つと公言していた人たちの活動と著作を熱心に仕分け、整理・分類しようとしていたわけで、その作業に注目すれば、近世哲学の置かれた状況の、高度に問題を帯びた性質を理解することができるだろう。彼らによる作業は、激しい対立を引き起こした。哲学者に関する伝記記述が出版されると毎度のごとく論争が起こったのであり、その数たるや驚嘆に値する。対立の激しさがうかがえよう。本稿では、当時の哲学によりなされた仕事に、何らかの形で到達せねばならない。

哲学書

哲学は、その当時まで属していた社会的かつ職業的な場から外に出た。こうして幾つかの根本的な問題が生じたわけだが、本稿のアプローチにより、そうした問題の一つを割り出せよう。ずばり、哲学書という問題である。すなわち、誰が真の哲学者で、正真正銘の哲学者とは一体何者であるかという、哲学の資格をめぐる問いである。公衆に向け哲学を自称する生産物、まずもって書物に関して、実際に発せられる問いであろう。どれが真の哲学書か、哲学書とは何であるか、または何が哲学書ではないのか。その基準を示し公けにすることは、それゆえに哲学者についての伝記記述をする者にとって喫緊の課題であった。それには幾つかの理由が考えられる。第一に、哲学者としての肩書き、すなわち哲学教師の肩書きがない以上は、作家は書物の出版を通じて、自分は哲学者であると宣言するからである。とはいえ、こうした作家による操作が確実に、いつでも成功を得られるわけではなかった。支持を獲得できたという意味で、とりわけはっきりしているのがデカルトの事例だが、作家の操作には権威ある文章と情報が伴わねばならなかった。つまり、一つあるいは複数の関係網からの働きかけが必要とされたのである。このえり抜きの限定された最初の公衆は、出版されたばかりか、まもなく現れる書物を哲学的な出来事として受け入れる。そして、さらに広い規模で哲学書として受容されるよう便宜を図ってくれるのも、この同じ公衆である[12]。本稿ではこれ以上の分析は差し控えるが、手短ながら以上のような指摘をしたのは、単純に、この時代哲学者は作家となるのであり、作家で構成される世界で、作家として活動しているという事実を強調したかったからである。

書物の問題が重要であるという第二の理由は、第一の理由とも関連している。近世における哲学書の作家が出版

（10）ニコラ・マルブランシュ、より広くは〔デカルト、スピノザ、ライプニッツという〕「偉大な古典理論」を前にしたコンディヤックに関しては、次の書を参照されたい。André Charrak, *Empirisme et métaphysique. L'Essai sur l'origine des connaissances humaines de Condillac*, Paris, Vrin, 2003（p. 8 pour la citation). 作家としてのコンディアックについては、ジャック・デリダによる、本稿で提示した視点からして興味深い題名のついたエセを参照のこと。Condillac, *Essai sur l'origine des connaissances humaines*, précédé de *L'Archéologie du frivole* par Jacques Derrida, Paris, Galilée, 1973.

（11）ガッサンディの伝記記述者であるブジュレル神父にあって、再利用は見事に機能している。Joseph Bougerel *Vie de Pierre Gassendi, Prévôt de l'Église de Digne, et Professeur de Mathématiques au Collège Royal*, Paris, Jacques Vincent, 1737, pp. 114-116. アイリアノス〔クラウディウス・アエリアヌス（ギリシア風ではクラウディオス・アイリアノス、一七五頃－二三五頃）〕に由来するプラトンの逸話を、地方でガッサンディが経験した生涯の記述に直接挿入したほどである〔アイリアノス『ギリシア奇談集』、松平千秋・中務哲郎訳、岩波文庫、一九八九年、一六〇－一六一頁〕。拙著を参照のこと。Ribard : 2003, pp. 136-137.〔ただし、リバールの著書の該当箇所（pp. 136-137）では、アイリアノスを下敷きにしたアレクサンドル・サヴェリアンの書で、ガッサンディにまつわる逸話が紹介されている。Alexandre Savérien, *Histoire des philosophes modernes*..., Paris, Brunet, 1760-1769, 7 vol.〕

の対象としたのは、哲学者、「学生」、大学の学士といった哲学を本業とする公衆ではない。彼らが出版する書物は、言語、出版元、版型、想定読者への戦略、題名、さらにはジャンルの点において、書物史家が「新奇」あるいは「文芸」のカテゴリーに分類する書物と、次第次第に見分けがつかなくなる(13)。事実、当時にあって哲学は、文芸化の動きから影響を受けている。とはいえ、哲学のほうがそれら以上に文芸的であったというのではない。自然諸科学の発展を促し、その特徴を示した著作群を、この点から特に分析してみればよい。ここで文芸化というのは、増加の一途をたどる、何ら制度的な保証のない印刷物全体にまぎれて、哲学書と他の書の間に明確な区分ができないという事態を指す(14)。この時代、知が規律＝訓練〔原語の discipline は学科、専門科目とも訳される〕として構築されることには、多くの関心が払われてきた。しかし脱規律化（dé-disciplinarisation）、あるいはすでに構築されていた規律の衰退とでも呼べる、やはり重要な現象をも同時に考慮せねばなるまい。

同時代人にしてみれば学問そのものであった哲学は、その時代にあって制度に保証されなくなる。それどころではない。哲学こそが制度を保証するようになるのである。実際のところ人間の生の観点からすれば、このこととも無関係ではない。というのも、哲学作家にしてみれば、それこそが諸身分からなる体系の、根底からの変容に直接参与することであった。つまり制度、社団、共同体の体系に変容が生じていたのである。この時代を通じて、そうした体系の一貫性が絶えず、そして不可逆的に蝕まれていた。この変容は政治による社会秩序の再定義の試みであると同時に、人間に対して開かれた生の可能性の再編成であり、また、人間がそうした生の可能性を生きるために成し遂げた行為の総体としての現実でもあった。したがって、哲学作家にしてみれば制度を通り超え、制度の外部

（12）著者としてのデカルトに関しては、以下の研究を参照のこと。Henri-Jean Martin, « Les formes de publication au milieu du XVIIe siècle », *Ordre et contestation au temps des classiques*, Paris-Seattle-Tübingen, Biblio 17, 1992, t.II, pp. 209-224 ; Jean-Pierre Cavaillé, *Descartes. La Fable du monde*, Paris, Vrin/EHESS, 1991 et « "Le plus éloquent philosophe des derniers temps". Les stratégie d'auteur de René Descartes », *Annales HSS*, mars-avril 1994, pp. 349-367 ; Stéphane Van Damme, *Descartes. Essai d'histoire culturelle d'une *grandeur philosophique*, Paris, Presses de Sciences Po, 2002. より広い視点から、ステファン・ヴァンダムの提唱による近世における哲学の文化史としては、以下の書を参照のこと。Stéphane Van Damme, *Paris, capitale philosophique de la Fronde à la Révolution*, Paris, Odile Jacob, 2005) ; François Azouvi, *Descartes et la France. Histoire d'une passion nationale*, Paris, Fayard, 2002. デカルトの書が実際に哲学的な出来事であったというのは明白であろう。デカルトの例ほどに明白でもないし、それほど知られてもいない、例えばルイ・ド・レクラシュ（Louis de Lesclache）という著者のような事例を取り上げることもできるかもしれない。この人物は如何なる教育組織にも属さず、幾冊ものアリストテレス哲学の書をフランス語で提供していたし、その書は一七世紀を通じて出来事として受けとめられていた。Dinah Ribard, « Réflexions sur l'écriture comme lieu de savoir dans les livres de philosophie en France au XVIIe siècle », *Revue de Synthèse*, t.128, 6ème série, n° 3-4, 2007, pp. 395-417.

（13）ロメオ・アルブールによると、トゥーサン・デュブレこそはまさしく、一七世紀前半における、「文芸作品の出版者」である。デュブレの出版物を研究した以下の書を参照されたい。Roméo Arbour, *Un éditeur d'œuvres littéraires au XVIIe siècle : Toussaint Du Bray (1604-1636)*, Genève, Droz, 1992. デュブレは『アストレ』〔オノレ・デュルフェ〕、マレルブ、バルザックだけでなく、カンパネッラ〔トンマーゾ・カンパネッラ（一五六八－一六三九）〕の『事物の感覚について』と『哲学』（*La Philosophia*）を出版している。Roger Chartier et Henri-Jean Martin (dir.), *Histoire de l'édition française*, rééd., Paris, Promodis/Fayard, 1989, t. I, pp. 480-481〔訳者が参照した初版では三八九頁。ちなみにカンパネッラの二書をあげているのは著者が参照するアンリ－ジャン・マルタンだが、B.N.F. のカタログによると、デュブレから一六三七年から三八年の間に出版されているのは、『哲学』（*Philosophia*）ではなく*Philosophiae rationalis partes quinque, didelicet* である。また『事物の感覚について』は *De Sensu rerum et magia libros quatuor* を指すと思われるが、該当書は一六三六年に書肆ルイ・ブランジェ（Louis Boulanger）、一六三七年に書肆ベシェ（D. Bechet）からの版本があるのみで、デュブレの版は見当たらなかった〕。小説という語はデカルト論者にはおなじみの語である。デカルトと小説については、前註にあげた著作と論考を参照されたい。言語の問題にもやはり言及がある。一八世紀における小説と哲学に関しては、その書誌目録はとりわけ豊富である。ヤニク・セテは近著において、書物史の対象と問題を厳密に用いている。Yannick Seité, *Du livre au lire. La Nouvelle Héloïse, roman des Lumières*, Paris, Honoré Champion, 2002.「文学－とそして－哲学」を扱う批評の場の生産条件に関して再考した拙論も参照のこと。« Philosophie ou écrivain? Problèmes de délimitation entre histoire littéraire et histoire de la philosophie en France, 1650-1850 », *Annales Histoire, Sciences sociales*, n° 2, 2000, pp. 355-388 ; « Histoire littéraire et histoire : le parallèle Corneille-Descartes (1768-1948) », *Dix-septième siècle*, n° 225, avril 2004, pp. 577-583 ; « La Fontaine ou le savoir exhibé », *Le Fablier*, 17, 2006, pp. 13-20.

（14）近世における文書の政治利用に関心を抱く歴史家、クリスチアン・ジュオーの仕事を参照されたい。Jouhaud : 2000 ; « Pouvoir, souveraineté, domination », *Critique*, n° 660 : « Leçon de Foucault », mai 2002, pp. 368-380.

にある権力の仕事への参与、さらには、人間としての行為を通して、人間関係からなる仕事に参与することも意味した。実際、仕事〔作業〕という語が相応しい。なぜなら、本物・偽物を問わず近世の哲学者による、そうした仕事への貢献が大きかったからこそ、そのとき哲学は、君主（あるいは権力者）への助言の代名詞となったわけである。これこそが人間関係の所産である。この時代にあって人間関係のうちに、思考の熟成を促すとされる環境だけをみるのは、とりわけ差し控えねばならない。

脱制度化の仕事が哲学と神学の両方に関係したことも、必ずしも無関係ではない。その当時、教会はもはや神に関する学問を生産も保証もしなかった、というのではもちろんない。そうではなく、キリスト教教義に関して哲学者が展開した論述の力で、規律の体系全体が聖書論議に保証されない世俗世界へと、哲学とともに引き込まれてしまったのだ。別の言い方をするなら、以前にも、その他の仕事（哲学以外の書物）や、読者の社会的な権威の中で、すでに発話の作品化が始まっていたが、まさにこの時期、哲学と同様に神学においても、発話が作品となることで、価値と客観的な意味を纏い始めたのである。それゆえ哲学作家の仕事は、脱制度化に呼応して、教導権（magistère）の展開に関与したのだ。教導権は、権力（教権）の強化を含む、［通常なら神学博士の役割と考えられる］教義の限定機能のほうへと歩を進めていた。[15][1]この現象の理解に役立つ例を一つあげたい。アドリアン・バイエによる、デカルトの伝記記述への自己投与の例である。デカルトは、神学博士ではない世俗人の哲学を、キリスト教哲学として作品化した。バイエが作家として残した多くの著作は、当時の教権政治とその神学に反抗したジャンセニストの闘争に組み込まれているのである。[16]

伝記記述と哲学史

デカルトと、ジャンセニストでかつデカルトの伝記記述者であったバイエの事例を通して、われわれは教導権の変容を創り出す、哲学の仕事に向き合うことになる。教導権が変容すれば、人間の生と、教会の外側から人間の生を導く、人間の政治もまた変わる(17)。フェヌロンは、執筆活動を通じて司牧の実践をしていたことで哲学者とされた聖職者の事例である。彼は作家として司牧活動を展開していたのに対し、論敵が彼の司牧活動を解釈した結果、哲学者とされたのである。これにはフリーメーソンに属した、フェヌロンの伝記記述者も一枚噛んでいる(18)。

司牧作家フェヌロンは、「神学博士」とか、時に「書斎の神学者」と呼んだ論争相手を前に、特に『諸聖人の格率』論争の折りには何度となく、自身に固有の能力に対して、教義固有の特徴を与えた。フェヌロンによれば、この教義的な能力のおかげで、正統ではあるが雑多でてんでバラバラな神秘的発話から、時代の霊性に応じた統一感のある言説を創り出すことができるという。この時代ますます多くの人が、増加の一途をたどる書物に接触し、霊

---

(15)　Yves Congar, « Bref historique des formes du "magistère" et de ses relations avec les docteurs », *Revue des sciences philosophiques et théologiques*, n° 60, 1976, pp. 99-112 ; Philippe Büttgen, Ruedi Imbach, Ulrich Johannes Schneider, Herman J. Selderhuis (éd.), *Vera doctrina. L'idée de doctrine de saint Augustin à Descartes. Zur Begriffsgeschichte der doctrina von Augustinus bis Descartes*, Mainz, Harrassowitz (Wolfenbüttler Forschungen), à paraître. 近世における宗派化を考慮しつつ、教義の洗練と「一七世紀神学論争」が「専門家ではない公衆」に開かれたこととの関係を論じた、以下の論考を参照のこと。Jacques Le Brun, « Orthodoxie et hétérodoxie. L'émergence de la notion dans le discours théologique à l'époque moderne », dans Susanna Elm, Eric Rebillard, Antonella Romano (éd.), *Orthodoxie, christianisme, histoire*, École française de Rome, 2000, pp. 333-342 (citation, p. 337).

〔1〕　上記「別の言い方をするなら～すでに作品化が始まっていた」の箇所の原文に誤りがあったが、著者に確認して訂正したうえで訳出した。末尾の「[通常なら……]」も、私信による著者の補足である。

(16)　バイエによる『デカルトの生涯』については、拙著を参照のこと。Ribard : 2003, pp. 182-212.

(17)　註（7）で言及した、哲学史の仕事の系列には以下の書がある。Vincent Carraud, *Pascal et la philosophie*, Paris, PUF, 1992. 本稿とは大分異なるが伝統的にジャンセニストに分類される著者〔パスカル〕の哲学への影響に関する分析が見られる。

(18)　フェヌロンについては、拙著及び以下の論考を参照のこと。Ribard : 2003, pp 212-232, Dinah Ribard, « Réduire une équivoque. Textes et conduites dans la polémique entre Bossuet et Fénelon », *Cahiers du Centre de Recherches Historiques*, n° 33, « Stratégies de l'équivoque », 2004, pp. 141-154.

的な空腹を満たそうとすれば可能なのに、危険極まりない著作に晒されている。そんな時代に、読解可能な言説を創ろうというのである。「大概の神学者がやりなれていない」ことを、自分ならできるのだ。すなわち、後に枢機卿となるノアイユに対して一六九六年に認めたところによると、「ある、一貫した体系の広がり」の中に「全」を見いだし、「内的な思し召しに則った教義体」を創るのである。ボシュエに宛てた手紙では、この「教義体」は、「神の思し召しを知らない気難し屋を制し、見神を主張したり無思慮である神秘主義者を懲らしめるために、強固な原理と決定的な権威に支えられる」という。[19] フェヌロンは著作において、司牧と祭司機能をめぐる持論を絶えず実践することになる。

以下が、フェヌロンによる司牧活動への批判的な解釈である。体系的な教義体を執筆を通じて創り出し、教導権の介入を果たそうとするこの意志を、モーの司教〔ボシュエ〕は、特に『キエチスム〔静寂主義。特に一七世紀に流行した神秘主義の一つ〕に関する報告』の中で、「行き過ぎた形而上学」、「無益な推論術」、さらには「偽の哲学」と形容する。[20] ここでの「哲学」とは、哲学者よりも神学者のほうが上位であることを前提とした、まったく異なる立場から用いられた語であり、ボシュエによれば、〔比較対象として〕論敵を蔑んで「スコラ哲学者」と呼ぶ人物の哲学を指す。[21] この手の形式が他所でも、そして他の論者によっても何度も繰り返されたため、フォヌロンが哲学者であるというわさができ上がってしまった。ただし、フェヌロンの作家としての実践も、この評判を裏切るものではなかったし、その他の操作も加わり、評判は強化され、現代にまでもたらされたのである。[22] 中でも、ラングレ゠デュ・フレノワ〔ニコラ・ラングレ゠デュ・フレノワ（一六七四―一七五五）〕が一七三一年に行った出版による操作と、騎士ラムゼイ〔アンドルー゠マイケル・ラムゼイ（一六八六―一七四三）〕の行為を取り上げよう。ラングレ゠デュ・フレノワは『ベネディクト会士ラミ神父とブランヴィリエ公著、カンブレの大司教フェヌロン氏による、ブノワ・ド・スピノザの誤謬の論駁』[23] を出版したために、哲学作家たちの間でなされた論争にフェヌロンを巻き込んだのである。

フリーメーソンに属した伝記記述者ラムゼイは、一七二三年にカンブレ大司教〔フェヌロン〕の『生涯』を執筆したが、それ以前にも幾つかのフェヌロンの作品を出版していた。この伝記記述者と出版者という二重の資格で、ラムゼイはフェヌロンを哲学者に仕立て上げるのに貢献したのである。フェヌロンを哲学作家の範疇にいれることになった仕組みには、実際のところ出版編集の側面が考えられる。すなわち、一七一八年に『神の存在証明』の「第二部」に対して『哲学作品集』という題名が冠され（『哲学作品集。第二部　純粋に思索からなる証明と無限自体の観念から導きだされた神の存在証明』[24]）、次いで同年、この証明の二つの「部」に、やはり同じ名前が付けられた（『哲学作品集。第一部　自然の所作から導きだされた神の存在証明　第二部　純粋に思索からなる証明と無限自体の観念から導きだされた、神の存在証明』[25]）。「第一部」は一七一三年には、『自然の認識から導きだされ、最も単純素朴な人の脆弱な理解能力に釣り合う神の存在証明』[26]という、まったく異なる題名で出版されていたものだが、これら二つの護教論的小

(19) この二通の手紙は以下の書で引用、検討されている。Henri Bremond, *Apologie pour Fénelon*, Paris, Perrin, 1910, respectivement, pp. 452 et 170-171. さらに立ち入った分析は、前註の拙論を参照されたい。« Réduire une équivoque... », *art. cit.*

(20) Bossuet, *Relation sur le quiétisme*, dans *Œuvres*, éd. par l'abbé Bernard Velat et Yvonne Champailler, Paris, Gallimard, 1961, p. 1153（最初の表現）、p. 1176（二つの表現すべて）。さらに「無益な哲学」という表現に「抽象化」、「世間の人の目を眩ます無益で煩瑣な委細」という注釈がつけられている（p. 1177）。

(21) Bossuet, *Relation sur le quiétisme*, *op. cit.*, p. 1147.

(22) Henri Gouhier, *Fénelon philosophe*, Paris, Vrin, 1977. 近世における作家の評判の政治的な側面についての考察としては、以下の書を参照のこと。Schapira : 2003, pp. 205-224.

(23) *Réfutation des Erreurs de Benoît de Spinoza par M. de Fénelon Archevêque de Cambrai, par le P. Lamy Bénédictin et par M. le comte de Boulainvilliers*, Bruxelles, François Foppens, 1731. このテクストに関しては、拙著を参照されたい。*Raconter Vivre Penser*, *op. cit.*, pp. 214-215.

(24) 『故フランソワ・ド・サリニャック－ド－ラ－モット・フェヌロン氏著　哲学作品集。第二部　純粋に思索からなる証明と無限自体の観念から導きだされた、神の存在証明』。*Œuvres philosophiques. Seconde partie : Démonstration de l'existence de Dieu, tirée des preuves purement intellectuelles et de l'idée de l'Infini même*, par feu Messire François de Salignac de la Motte Fénelon, Paris, Jacques Estienne, 1718.

品は、こうして哲学作品の選集となったのである。一七二三年、出版編集の操作に、伝記記述による操作がつけ加わる。フェヌロンの生涯は、それまでにも哲学的と呼び慣らわされてきた。ラムゼイは、その哲学的生涯を記述することで、フェヌロンの護教論的著作の哲学的性格に裏づけを与えようとしただけではない。彼のもう一つの狙いは、「キリスト教哲学者」という以前から存在する形象に、霊的な権威の政治という、極めて現代的な意味を持たせることであった。

この操作の結果、一つの哲学史が創り出された。『フランソワ・ド・サリニャック・ド・ラ・モット・フェヌロンの生涯の歴史』の中程、ラムゼイとフェヌロンの間で交わされた対話の長々とした記述において、この哲学が明瞭にその姿を現す。〔スコットランド人、すなわち新教徒である〕伝記記述者〔ラムゼイ〕の回心を引き起こした対話であるため、フェヌロンのキリスト教哲学者としての資格を証明する意味で紹介されたのである。しかし、この哲学がより総合的な仕方で定式化されるのは、「神の愛に関する哲学的論考」という、フェヌロンの理論を含むと見なされた補遺においてである。その補遺の中でラムゼイは、哲学の真に統一的な歴史を開陳する。一人の「ペルシア人哲学者」から始まり、「皇帝マルクス・アウレリウス・アントニウス〔一二一－一八〇。第一六代ローマ皇帝。ローマ帝政期のストア哲学の代表〕とゼノン〔前三三五－前二六三。キュプロスのゼノンを指す〕の真正なる弟子たちすべて〔ストア派を指す〕」、次いで「プラトンとヒエロクレス〔二世紀前半のギリシア哲学者。後期ストア派〕」まで網羅している。[27]その締めくくりはこうだ。

> 最後に、異教徒の立法者と哲学者は悉く、社会の、そして道徳の基本原理として、自己よりも公共善を優先せねばならぬと考えました〔……〕。
>
> 迷信と不信仰から遠く隔たった、至高の道徳の残存物なら、あらゆる国、あらゆる時代、あらゆる宗教の哲学者の中にも、インド人、中国人、アラブ人、ペルー人の哲学者の中にも見いだせるのです。普遍的な理性は、

誰でも例外無く啓蒙するものですし、それに照らして注意深く考えるすべての人に、同じ不動の真理を教え諭すのです（……）。

至高の諸原理を基盤に据えたこの哲学こそ、異教を奉じた賢人がこぞって尊重した、この上なく気高い感情の源泉であり、カンブレ氏〔フェヌロン〕はこの哲学をこそ展開し、洗練させ、伝統の力で証明したのです。絶えず連綿と続くこの普遍的な伝統には、旧約の族長、預言者、新約の使徒、殉教者、列聖された隠士や観想者、聖なる教父、れっきとした神学博士、修道会の創設者といった人々が名を連ねています。繰り返しますが、教会は誤謬を含む表現や聖者による誇張した表現の使用を禁じたのに、この純粋な神学は決して断罪したことがないのです[28]。

論の第一段階で、愛の哲学は唯一の教義体と同一視される。ラムゼイによると、古代の哲学がこの教義体を形成したことになる。第二段階では、愛の哲学あるいは無私の道徳〔利己心の無い道徳、の意〕という教義内容が宗教の形をとって再び姿を現し、「純粋な神学」を名乗る。「純粋な神学」とは、『諸聖人の格率』での「諸聖人の教義」

(25)『故フランソワ・ド・サリニャック－ド－ラ－モット・フェヌロン氏著　哲学作品集。第一部　自然の所作から導きだされた神の存在証明　第二部　純粋に思索からなる証明と無限自体の観念から導きだされた、神の存在証明』。*Œuvres philosophiques. première partie : Démonstration de l'existence de Dieu, tirée de l'art de la Nature : Seconde partie : Démonstration de l'existence de Dieu, tirée des preuves purement intellectuelles et de l'idée de l'Infini même*, par feu Messire François de Salignac de la Motte Fénelon, Paris, Florentin Delaulne, 1718.

(26) *Démonstration de l'existence de Dieu, tirée de la connaissance de la Nature et proportionnée à la faible intelligence des plus simples*, Paris, Jacques Estienne, 1713.

(27) André Michel Ramsay, *Histoire de la Vie de Messire François de Salignac de la Motte-Fénelon, Archevêque Duc de Cambrai*, La Haye, Vaillant frères et N. Prévost, 1723, « Discours philosophique sur l'amour de Dieu », p. 10.

(28) « Discours philosophique sur l'amour de Dieu », idem, pp. 12-14.

に相当するとされる。フェヌロンは著書〔『諸聖人の格率』〕の中で、幾人かの「聖人」に言及し、その「表現」を断罪したが、そこで非難を免れたのが、この「純粋な神学」なのである。全体としての論の運び方から、カトリックの伝統はフェヌロンに至るまで諸段階を経て構成されたのであり、それに伴い愛の哲学はキリスト教において充実してきたことがうかがえる。フェヌロンは、ラムゼイという伝記記述者が付与した、哲学者にして純粋な愛の神学者という二重の資格のおかげで、その時代にあって二つの伝統が合流する瞬間を体現できる。実際、ラムゼイによれば、フェヌロンはキリスト教の伝統により哲学の証明をした最初の人物である。なぜなら、フェヌロンこそが初めて、無私の愛という、二つの伝統に共通した教義の核心を発見したからであり、また、その核心を定式化したか、あるいは少なくとも、自分の伝記を記述する者〔ラムゼイを指す〕に対して現にあるように定式化する方法を最初に提供したからである。その人物の思考全体が一つの哲学史の表現する愛とその執筆に向かい、愛と執筆は絶えず一方から他方へと注がれる。ラムゼイの伝記記述で描かれるのは、そのようなフェヌロンの肖像である。そのときラムゼイは、フェヌロンの分身と化す。聖職には携わらないフェヌロンというわけだ。換言すれば、霊的権威を備えた哲学者を自称し、それにより別の行為を導くことができる。フェヌロンがブルゴーニュ公の師傅であったように、ラムゼイはまずローマにおいて、イギリスの王位継承を要求するカトリックのジェームズ・スチュアートの子息の師傅を勤めた後、ブイヨン公子息の師傅となった。彼は実際フランスにおいて、哲学とキリスト教の古びた形式の両方の超越を名目に、フリーメーソンと、フェヌロンの教義色を帯びたカトリック教会の結合を目指す推進者を自認するようになるだろう。また彼は、大学を引き継ぐ、フリーメーソンの集会所を設置しようとする。集会所こそが、愛の哲学を伝達する場となるよう、定められているのだ(29)。

哲学者フェヌロンの事例では、司牧活動において脱規律化の運動を捉え、仕組みを再編しようとする努力がうかがえる。司牧での生産活動が、聖職のあり方を定義し直すのである。フェヌロンにとっても政治権力の改革が問題であり、フェヌロンのシンパが、何時たりとも注意深く目を光らせていた時期、まさにその政治権力に最も近い場所で、少なくとも一定の期間、以上のような事態が生じていた。しかしこの事例からうかがえるのは、それだけではない。フェヌロンとそのシンパ、すなわち当事者にとっては再編と統制が問題であったのに、彼らの努力は実際には、眼前の現象を後押しする結果にしかならなかったのに対し、ラムゼイのような当事者でない人々にしてみれば、同じ努力が、制度を通して行動し、それが過熱して、最終的には制度に対抗する方法を提供することになるのである。

上記のような分析を通じて、哲学者についての伝記記述から、今日のわれわれが理解しているような哲学史へと連なる道を把握できよう。今日でいう哲学史の誕生は、通常、一七世紀と一八世紀の転換点に位置づけられ、哲学を語る際の、それまでの伝記記述的かつ教義記述的な方法が有効性を失ったのだと見なされている。[30] 外的な要因で変更を被るかもしれない、日付のついた思想史の概念と歴史記述よりも、伝記記述者による記述は、激しい対立に晒されていた現在時の証言をもたらしてくれる。ラムゼイやアドリアン・バイエのような作家は、行為に利用する

(29) ラムゼイは一七三六年から三八年までの間、(当初は写本で、次いで印刷された)『神の愛に関する哲学的論考』を回覧した。既述の命題を発展させる目的で書かれたこの著作は、すぐに評判を呼んだ。Gérard Gayot, *La Franc-maçonnerie française. Textes et pratiques* (*XVIIIe-XIXe siècles*), Paris, Gallimard/Julliard, col. ‹ Archives ›, 1980, pp. 65-75. 同様に、ピエール－イヴ・ボールペールの幾つかの仕事、とりわけ以下のものを参照のこと。Pierre-Yves Beaurepaire, *L'Autre et le Frère. L'Étranger et la franc-maçonnerie en France au XVIIIe siècle*, Paris, Honoré Champion, 2002 ; *L'Espace des francs-maçons. Une sociabilité européenne au XVIIe siècle*, P.U. Rennes, 2003. アンドレ・ケルヴェラの書は異論の余地がなくはないが、ラムゼイのジャコバン派としての活動が扱われている。André Kervella, *La Maçonnerie écossaise dans la France de l'Ancien Régime. Les années obscures 1720-1755*, Paris, Éd. du Rocher, 1999.

(30) Lucien Braun, *Histoire de l'histoire de la philosophie*, Paris, Ophrys, 1973 ; Martial Gueroult, *Dianoématique*, t. I-III, *Histoire de l'histoire de la philosophie*, Paris, Aubier, 1984-1988. 以下も参照のこと。Richard Rorty, « Quatre manières d'écrire l'histoire de la philosophie », dans G. Vattimo (dir.), *Que peut faire la philosophie de son histoire?*, Paris, Seuil, 1989, pp. 58-94 ; Pierre Macherey, « Entre la philosophie et l'histoire : l'histoire de la philosophie », dans G. Boss (éd.), *La philosophie et son histoire*, Zurich, Éditions du Grand Midi, 1994, pp. 11-45 ; *Les Etudes philosophiques*, n°4 : « La philosophie et ses histoires », 1993.

目的で、そうした現在時を思考し描いたのである。あるいはさらに遡れば、シャルル・ソレルもそうだ。ソレルの『普遍学』なる作品には、一連の伝記記述で構成された、「哲学における近代革新者論」という論考が収録されている。[31]「学問」であれば（実際に修めようが、修めたものと見なされようが）、人は制度により資格を与えられていた。それに対し、哲学作家の著作物があり、そしていわば哲学作家の仲間内の効果もあって、伝記記述は哲学を「学問」とは別のものとするのに貢献した。そうした記述は無数のやり方で、哲学作家の著作と、とりあえずは古代の哲学者の伝統をつなぎあわせようともした。哲学史を縫い目のない織物に仕立て直したのである。このような作業を経て、「世俗的」あるいは「書斎の」哲学者の生のスタイルは、哲学の発話からなる同じ一つの歴史の中で、学校に所属した哲学者のスタイルと合流した。一六五〇年から一七五〇年までの期間に書かれた哲学者の伝記記述とは、そうした歴史を形成する場所だったのである。

結論　哲学とその外部

哲学の外部を考察するうえで、文学の存在感は際立っている。文学は（哲学的に（philosophiquement）扱えるとしても）非哲学（non-philosophie）として、多寡はあれ多くを語らない別の哲学として、あるいは哲学する（philosopher）別のやり方として存在する。哲学者もそうしたやり方なら、時に採用しないでもないが。[32]古典主義時代の哲学が文学において産み出される、その生成の場に立ち返りつつ、そこでの思考実践に一つの過去を与えてやること、本稿ではそのような作業を通して、この思考実践に関した、従来の含意から外へ踏み出ようとしたのである。こうした思考実践は外部を把握しようとしているのに、外部についての注釈という含意が存在するからである。

本稿では、ある一つの問いの構築、哲学の外部の構築に接近することを目的とした。近世において哲学者の伝記記述が増加した事実に着目し、伝記記述が創り出した、哲学者としての資格という問題設定に再び光を当てたいと考えたのである。哲学者の資格創出が、哲学的経験という問題設定と表裏一体の関係にあるというのは、本稿で示したところである。とはいえ、この哲学にまつわる問いが、まさに何らかの歴史、あるいは何らかの外的要因により規定されていたのだと指摘することに関心はなかった。むしろ、哲学者にこうした問いを向けた場合、その哲学者が参与するのはいかなる歴史であり、また問いを発する哲学が、どのような歴史の内部で、問いを規定するような仕方で作用するのか、これをこそ問いたかったのである。

古典主義時代の作家を考察すれば、自ずから、生あるいは人間の生という経路から、哲学の外部への問いへと入り込むことになろう。こうした概念によれば「前哲学」のほうへ、すなわち知の歴史（histoire intellectuelle）、人文科学の歴史、哲学史とそれらの歴史の関係のほうへと導かれる。とりわけ、経験へとたぐり寄せられる。経験なるものについて、（身体の問題へと進む）生きられた経験として、あるいは歴史的経験、言い換えるなら、現在時における歴史の経験として考えてみるよう促されるというわけだ。本稿で見てきた議論の示唆するところでは、生が人間のものである限りにおいて、人間の生を構成する仕事を出発点として、これまでとは異なるやり方で問題をたて

(31)　*La Science Universelle de Sorel, divisée en IV tomes [...] Dernière Édition, revue & augmentée de plusieurs Traités de l'ancienne Philosophie & de la nouvelle & des Méthodes d'instruction*, Paris, Nicolas Le Gras, 1668. 新旧の哲学に関する論考は、すでに一六五五年には初版がでている。*De la Perfection de l'Homme*, par M. Ch. Sorel, Conseiller du Roy en ses Conseils, premier Historiographe de France & de sa Majesté, Paris, Robert de Nain, 1655.

(32)　この意味でなら、ピエール・マシュレの仕事に連なりつつ、とりわけ以下のフィリップ・サボの仕事に触れながら、註（2）で素描した議論を継続することが可能である。Philippe Sabot, *Philosophie et littérature. Approches et enjeux*, Paris, PUF, 2002 ; « La littérature aux confins du savoir. Sur quelques "dits et écrits" de Michel Foucault », dans Pierre-François Moreau (dir.), *Lectures de Michel Foucault, 3 : Sur les Dits et écrits*, Lyon, ENS Éditions, 2003, pp. 17-33 ; « L'expérience, le savoir et l'histoire dans les premiers écrits de Michel Foucault », *Archives de philosophie*, t.69, cahier 2, été 2006, pp. 285-303. 同様に以下も参照のこと。Anne Simon, Nicolas Castin (dir.), *Merleau-Ponty et le littéraire*, Paris, Éditions Rue d'Ulm, 1998.

ねばならないのである。

近世において、実際、哲学者は人間の経験を対象に仕事をする。哲学者は著作を用いて、そして書物の執筆行為を通じて、伝統に固有な意味を創作するための方法の中に身を置きつつ、一つの専門科目〔規律＝訓練〕から離反したり、またそこに回帰しながら、伝統との距離で自己の位置を定める。自分の身の回りの人間の生について省察し、それを豊かにし、より良いものとするやり方を生み出す。だがそればかりではない。哲学者は人間の生を可能にする。より正確にいえば、人間の生がその時点でとることのできる形を現実可能なものとするのに一役買う。それならば、前‐哲学、観念、経験など、哲学の外部の考察が纏った多様な形態がむしろ引き剥がしてしまう前の姿、そして哲学者のおかげで考察への一歩を踏み出せるようになったもの、そのようなものではないだろうか、哲学の生とは。

【解説】

原註（5）に言及されているとおり、本論は著者の博士論文を基に刊行された『語ること、生きること、思考すること――哲学者の歴史（一六五〇年から一七六六年まで）』（Ribard：2003）の論点を再考したものである。リバールの書の上梓後、文学生産に関する考察で知られる哲学者ピエール・マシュレがゼミナールで取り上げ、そこでの議論と反論も前提として書かれているため、本稿では問題が一層明瞭に提示されているという印象を受けた。

現在、われわれが手にする、「哲学史」の名の下に書かれた研究書や教科書では、特定の「哲学者」とその体系的思想が提示されるのが常である。西洋哲学の系譜としては、古代ギリシアの哲学者から始まり、ソクラテス、プラトン、アリストテレスを経て、中世のスコラ哲学以降、近世に入ってデカルト、ライプニッツ、スピノザが語られ、カント、ヘーゲル、ニーチェ……と連綿と続く「哲学史」が前提とされる（門外漢による粗雑な「伝統」の素描には眼を瞑られたい）。ここには二つの問題がある。一つには、この「伝統」から外れるか、必ずしも伝統に受け入れられていない「哲学作家」がいることである。例えば、フランスの哲学史に限れば、モンテーニュやフェヌロン、ルソーが現代の「哲学史」に登場するのは稀である。この特定の作家の排除は如何にして可能となったのか。一体「伝統」はどのように形成されてきたのか。二つ目の問題とは、現代でいう、そうした「哲学史」が成立する以前、「哲学」とは一体何を指していたのか。特定の作家を「哲学者」として扱う習慣はいつ、どこで形成されたのか。以上のような二つの問いに答えようとしたのが、リバールの書であり、本論考である。

著者によれば、現在の哲学史が成立するのは一七世紀から一八世紀にかけての時期である。それ以前に「哲学」といえば「スコラ哲学」を指し、修道院付属の学校や大学などの教育機関で教えられていた。ところが一七世紀初頭、とりわけデカルト以降、「哲学」はそのような教育機関の外で哲学する「哲学作家」の生産物となる。それも、「哲学作家」が学校の外にでるからには、「哲学」をめぐる資格の所在が、必然的に曖昧になる。当時、一体誰が哲学者で、何が哲学とされたのか。こうした当時の「現在時」の問いに対して、哲学者の伝記記述者の果たした役割には、これまで注意が向けられてこなかった。リバールは、伝記記述者の記述による操作と行為に着目し、現代でいう「哲学」と「哲学史」に登場する作家が分節される状況を析出する。ある作家が哲学者であるのは、部分的には、その哲学者について語った伝記作家が対象である作家を「哲学者」として扱ったことに由来し、かつそうして語られた伝記記述としての人間の生が「哲学」として固定された。例えば、最初のデカルトの伝記記述を試みたアドリアン・バイエがデカルトについて「語り」、その生（生きること）の営みを記述、実践し、「思考する」ことで、デカルトは哲学者となったし、ラムゼイがフェヌロンの伝記記述をしたことで、フェヌロンは独自の教義を展開した、「キリスト教哲学」あるいは「愛の神学」の系譜に連なる「哲学者」となったという。まさに「哲学の外部」である「人間の生」が、哲学の成立要件であったといえるだろう。

リバールの論考は、哲学と呼ばれる思考の営みと、それを産み出すとされる哲学者の生、そして哲学者の伝記を執筆することで対象である哲学者を哲学の「伝統」に参与させる伝記記述者、これら三者を結びつけたメタ哲学として、あるいは哲学者のメタ記述の意味を考察したものとして、独創的かつ優れた論考である。さらにつけ加えるなら、伝記記述者が、ある作家を「哲学者」として取り上げ、伝記記述を執筆することで、単なる伝記の作成に留まらず、記述による「行為」を行っていたという視点も注目に値しよう。エクリチュールとアクシオンを一つの方法概念として哲学史に適用した事例研究なのである。そうした方法概念の有効性と問題設定の妥当性は、リバールの本稿とそのもととなった著書、あるいは本論集所収の他の事例研究と比較・検討しつつ判断されたい。

（訳と解説　野呂 康）

5 書物の中の世界、世界の中の書物　パラテクストを超えて

——一七世紀における書籍商の出版允許について

ニコラ・シャピラ

Nicolas SCHAPIRA, « Le monde dans le livre, le livre dans le monde : au-delà du paratexte. Sur le privilège de librairie au XVIIe siècle », *Histoire et civilisation du livre.* Revue internationale (annuel) VI, Genève, Droz, 2010, pp. 79-96.

本論考の構成は二つの提案からなる。第一に、「パラテクスト」なる概念のおかげで、書籍商の出版允許《いんきょ》を理解するための重要な一歩を踏み出すことができる。出版允許とは王の公開状の一種であり、国王がある著作に関して、一定の期間、著者あるいは書籍商に独占的印刷の許可を与えるもので、当該書籍の冒頭または巻末で公にされる。パラテクストの概念により、出版允許は実際に読まれ、テクストと見なすよう促される。出版允許が内包する、驚くほど多様な言説に眼を開かせてくれるのだ。第二に、書籍やテクストと比べ、出版允許は自律した対象であるが、書籍の物質的かつテクストとしてのシステムに完全に統合されている。出版允許を読み、その異種混交的な性質を徹底的に勘案するなら、出版允許の定義をするのに、パラテクストという概念を放棄しないまでも、考察の結果を十分に考慮しなければならない。以下ではテクスト／パラテクストの二項対立よりも、書物史でいうところのアンシアン・レジームにおける書籍商が問題となる。

ジェラール・ジュネットは著書『スイユ』において、特に一九世紀、二〇世紀文学に関わる道筋を辿った。それ

にしても、である。書籍商の出版允許に関しては、主として註の一つでその存在に言及しただけで、それに続く箇所ではもはや話題にものぼらない。これは示唆的である。その唯一の註の結論では「歴史的興味をまったく喚び起さないわけではない」とされている。「歴史的興味」は、暗に文学的興味との対比で用いられているわけだ(1)。したがってジェラール・ジュネットによるアプローチは、書籍商の出版允許でとまってしまう。出版允許とは純粋に経済的な重要性を担った公文書ということになり、おそらくはそうした評判の犠牲者なのだ。ジュネットにしてみれば要するに、出版允許はテクスト本文ではなく文脈に属し、出版允許が貼りつけられたテクストの考証に役立つ程度なのである。事実、書誌学者や批評家は作品や著者の情報を得ようと、ずいぶん昔から書籍商の出版允許に親しんできた。法制史の分野では、書籍商の出版允許制度の記述に数多くの博士論文が費やされてきた。この分野の知識は一九六〇年代以降、書物史によってその根本から一新された。アンリ-ジャン・マルタンが提出した極めて重要な博士論文の数章が出版允許制度にあてられ、さらに二〇年後には『フランス出版史』の中でえり抜きの場を占めることになるし、またアメリカの歴史研究者が、一五、一六世紀の転換期における出版允許の発明について研究をしている(2)。こうして出版允許は、象徴的に書物史を担う対象となった。出版允許は、作品の生産と商品化の条件に焦点をあてた書物史の問題系に完璧に応えてくれるだけでなく、近代国家形成をめぐる大きな物語に、そうした問題系をしっかりと固定してくれるからである。近代国家は出版允許を、日々増大する印刷物の流通を制限する道具として用いたのであった。

書籍商の出版允許制度を再構成するのに、少なくとも一七世紀の領域においては、書物の歴史家は王令と大法官府の発行する允許登記簿をよりどころとしてきた。さらには、王の行為の微細な方向転換を探ろうと、書物に収録された公開状もよく調査対象となった。アンリ-ジャン・マルタンは後者の方法を用いて、リシュリウ治下、王権に忠実な有数の大書籍商が異様に長い継続期間のついた出版允許を発行させて、私腹を肥やしていた事実を明らかにした。継続期間の付与こそ、この時代、パリの書籍商という潜在的に危険視された業界を統制しようとした、王権による主たる試みである。[3] 出版允許の研究はまた、文学の社会学と同様に書物史にとっても、著作権の誕生についての理解を深める手段となった。[4] 書物史もまた出版事象を再構成するのに、確かに出版允許をその道具の一つに加えたのである。その模範的な例としては、一七世紀のベストセラーである『アストレ』を扱った雑誌の特集号で、『アストレ』の出版允許に関するジャン＝ドミニック・メロの最近の論考が示すとおりである。[5] しかしながら以上の諸研究では、允許状がパラテクストの要素の位置にまで高められているとはいいがたい。允許状がテクスト本文と関連づけられることはなく、一七世紀の読者が通過した敷居《スイユ》として考察されてはいないのである。文学研究の領域では、パラテクストという概念の使用は急速に通俗化し、書籍商の出版允許を呑み込んでしまった。それにしても、出版允許に含まれる言説が問題とされるときには（とはいえ、まず滅多に問題とはならないのだが）、国王の権威を纏うこの文書の特異性が考慮されることはない。この文書は、作家、書籍商、権力という三者間の歴史的関係の産

（1）「アンシアン・レジームでは、扉に続く数ページ（ときには最後の数ページ）は、原則として、出版允許の交付に宛てられていたことを忘れてはならない。出版允許とは、国王が、作品販売の独占権を著者及び書肆に認めるという許可のことだ。現代の校訂版の中には、歴史的興味をまったく喚び起さないわけではないこの出版允許のテクストを収録したものもある。」Gérard Genette, *Seuils*, [Éditions du Seuil, col. ‹ Poétique ›, 1987], Points-Essais, p. 37, note 2.〔ジェラール・ジュネット『スイユ――テクストから書物へ』、和泉涼一訳、水声社、二〇〇一年、四六六頁、註15。ただし、本稿訳者は以下の旧版を参照し該当箇所の確認を行った。Gérard Genette, *Seuils*, Éditions du Seuil, col. ‹ Poétique ›, 1987, p. 35, note 2. 基本的には既訳に従うが、統一の必要から若干の字句を変更した。〕

（2）Henri Falk, *Les Privilèges de librairie sous l'Ancien Régime*, Paris, Arthur Rousseau éditeur, 1906 ; Henri-Jean Martin, *Livres, pouvoirs et société à Paris au XVIIe siècle*, Paris, Droz, 1999 [1969] ; Bernard Barbiche, « Le régime de l'édition », dans Roger Chartier et Henri-Jean Martin (dir.), *Histoire de l'édition française*, Paris, Fayard/Promodis, 1989 [1982], tome 1, pp. 457-471 ; Elizabeth Armstrong, *Before Copyright. The French Book-Privilege System 1498-1526*, Cambridge, Cambridge University Press, 1990.

（3）Henri-Jean Martin, *Livres, pouvoirs et société…*, *op. cit.*, pp. 451-454.

（4）Viala : 1985.〔『作家の誕生』〕

（5）Jean-Dominique Mellot, « Le régime des privilèges et les libraires de *l'Astrée* », *XVIIe siècle*, n° 235, avril-juin 2007, pp. 199-224.

物であり、また書物という精神の産物に王権が向ける、それ自体歴史的な眼差しの産物でもある[6]。

ところで、パラテクスト概念が目指すのは、「世界におけるテクストの存在を保証[7]」しようとするものすべてと、テクスト本文との分節を把握することである。したがって以下では、書籍商の出版允許が歴史に登録されているものとして、一七世紀におけるその政治的社会的な次元を理解するための道具に用いたい。ところで、出版允許状とは著者の言説が捧げられた空間である〔以下で語られるが、允許状には著者が書いた文がそのまま用いられることがあった〕。したがって、著者の言説空間としての出版允許状が獲得した成功と、一七世紀における著作物の文芸化現象が結びつくことになる。クリスチアン・ジュオーが提出した文芸化とは、「文字に関わる生産物」の増加現象であり、「そうした生産物は、ある固定された場所、〔例えば大学などの〕団体、あるいは法的に保証された社会身分に体現される、知の規律＝規範とは同一視できない[8]」現象である。作用子でありながら文芸化の対象でもあった作家に対して、書籍商の出版允許は一つの場を提供していた。それは、作家が自らの仕事と社会的なアイデンティティについて高らかに宣言をする場であり、かつ作家の宣言が王権によって保証を与えられる場でもあったのである。

書籍商の出版允許状は誰が執筆したのか

『スイユ』のアプローチからすれば、これは基本的な問いである。『スイユ』において、パラテクストが部分的には出版者の責任におかれる場合があるにせよ〔「出版者によるペリテクスト」〔ジュネット、前掲書一九頁。邦訳では「刊行者」〕〕、それはまずもって作者に関わる事柄である[9]。パラテクストの諸要素が読者に作用して、ある書物が首尾よく受け入れられるとすれば――ジュネットはおおよそのところ、このようにパラテクストの機能を定義する――先ほどの表現をより正確に言い換えるなら、それを望むのは常に作者の意志であり、例えば出版者はいつでも、パラテクストでの戦略を展開する作者の同盟者として提示される。そもそもおそらくはこの理由から、ジェラール・ジユネットは自らの研究で書籍商の出版允許を取り上げなかったのである。一見したところ出版允許はテクスト外の決定機関により法的に強制されたもので、出版者／作家というペアが生み出す書物とは本質的に相容れないように見えるからである。ところで現実には、出版允許状は作家か書籍商の、どちらかの申請者が作成する言説にすり替わる。これに関しては、一つ例をあげればわかりやすい。

ルイ、神の恩寵による、フランスとナヴァールの王。国王に属す、愛すべき忠実なる評定官、高等法院法官、宮内常任訴願審査官、バイイ、セネシャル、プレヴォ、その代官およびその他すべての司法官と役人に挨拶す。給仕係の侍従の一人わが親愛なるマルヴィル氏が奏上させしところによると、氏の成せし韻文および散文の手

（6）スペイン黄金世紀の小説におけるパラテクストに関するアンヌ・カユエラの研究は、このような視点からすれば、まさに象徴的である。著者は出版允許に近い対象、検閲人の出す承認（approbation）に紙幅を費やし、次のような事実を踏まえて、「文学ジャンル」にまで昇格させている。すなわち、「承認は、行政文書としての前書きに分類されるが、時に、後続のテクスト本文から『影響を受ける』という点で驚くべきものである。承認は真の文学批評の場にもなるし、検閲人が自らの任務を超え、言葉と戯れ、エクリチュールに身を任せようと検閲の場を用いるときには、場合によっては承認のほうが文学テクストになることもある」。Anne Cayuela, *Le paratexte au siècle d'or. Prose romanesque, livres et lecteurs en Espagne au XVIIe siècle*, Genève, Droz, 1996, p. 208. しかしながら、この「文学ジャンル」には内容が盛られていない。分析に際して、この「文学ジャンル」がペリテクストの他の要素と区別されることはない。〔ペリテクストとはやはりジュネットの用語で、「タイトルや序文のように、同じ書物の空間内にあってテクストの周囲にあるもの、そしてときには章題やある種の注のように、テクストの隙間に挿入されているもの」（ジュネット、前掲書、一五頁）〕

（7）Gérard Genette, *Seuils*, *op. cit.* p. 7.〔ジュネット、前掲書、一一頁（*op. cit.* p. 7）〕

（8）Jouhaud : 2000, p. 20.

（9）「常に作者の注釈を、あるいは程度に差はあれ作者によって正当化された注釈を含むこの房飾り〔＝パラテクスト〕……」「定義上、パラテクストは、作者もしくはその協力者の一人が常に責任を担うことを必要としている……」。Gérard Genette, *Seuils*, *op. cit.*, p. 8 et 15.〔ジュネット、前掲書、一二頁および二〇頁（*op. cit.*, p. 8 et 14)〕。挿入は引用者による〕

書き原稿を取り戻した二、三の書籍商が、氏の同意を得ずして印刷させることを画策しかつ不法にも秘密裏に印刷されし折りには、印刷工が誤植を見逃し、上記作品が歪められること必定なりとて、氏自らが全著作を公に提供せんこと決意す。今後印刷がなされ、氏がより正確な印刷に配慮せんため、これに要するわが公開状を氏に与えんことを懇願す。これゆえ、またその他われを動かしし事由により、本状により申請者に対し、わが法に服す全地域において、氏が選びし印刷業者あるいは書籍商により、韻文および散文にて『氏の成せり全著作』を、一巻本あるいは複数巻にて、指定の余白と活字を用いて、氏の望む刷数だけ、満十年の期間、印刷、販売、小売りをさせることを許可し、また今後も許可せん(10)。

この書籍商の出版允許は、一六三九年にクロード・マルヴィルの詩集に対して、著者本人に発行された。実際に詩集が現れるのは、一六四九年になってのことである。允許はその他多数の公開状と同じ様式で執筆されている。すなわち王が名乗り、宛先を示し（「愛すべき忠実なる……に」）、次いで依頼人あるいは「申請者」（マルヴィル）の求めを採録した形で恩恵の動機を開陳する。したがって申請文は公開状に統合されている。さらに王は、提出された申請に対して価値を認める由の、独自の事由を追加してから（「これゆえ、またその他われを動かしし事由により」）、実際に出版允許を発行する（「……を許可し、また今後も許可せん」）。

おわかりのように、公開状にみられる作家性の規定は極めて特殊である。王令が申請者の言説の有効性を認めるのだ。王令は、該当する言説により求められた文言を発行しつつ、当該文書の適法性に認可を与える。この二人の文書作成者〔マルヴィルと王権〕に、第三の著者が加わる。それこそが国王秘書官である。王令を作成し、自らの署名を挿入することで、文書の認証を行うのがその任務である。出版允許が書籍商に対して発行され、書籍商が申請時に著作者について言及する場合には、状況はさらに複雑となる。それが、ジャン・オジエ・ド・ゴンボー〔ゴンボーと呼び慣らわされる〕著『エンデュミオーン』〔ギリシャ神話に登場する、月の女神セレーネーに愛された美しい羊飼いの少年」を対象とした公開状の例である。パリの書籍商ニコラ・ビュオンから一六二四年に刊行された書である。

パリ市の親愛なる書籍商ニコラ・ビュオンが奏上させしところによると、同氏はゴンボー氏が成せし『エンデュミオーン』なる著作を、わが誉れにして伴侶なる王妃の所望を叶えんがために麗しく装幀し、銅版にて絢爛たる挿絵を裁断させ、それゆえに多額の出費をしたる由。書籍商は出版に要するわが公開状が得られれば、かの書を公にし印刷させることを望むなり。これゆえ、……を許可し、また今後も許可せん[11]。

小説書の冒頭におかれ、ゴンボーによる署名の入った書簡体の献辞はアンヌ・ドートリッシュに宛てられており、この人物が作品の注文主であることを仄めかしている。出版允許が書簡体献辞の直後に置かれているから、その言説で確認できる仕組みである。間接的とはいえ、著作家であるゴンボーの声が出版者の申請書にこだましているのである。

以上のように、書籍商の出版允許の中に置かれた言説に関して言えば、作家の文責をめぐる不確定要素がつきまとう。つまるところ、王の公開状という名の人工的な装置、出版允許の向こう側では、一体誰が語っているのか。王だろうか。作家だろうか。秘書官であろうか。以下では、こうした曖昧さが一七世紀の読者の心にも、はやとり憑いていたのがわかるだろう。いずれにせよ、出版允許がこの当時、文芸者の関係した言説によって充当されていたというのは、まさに作家の身分が曖昧であったことに由来しているのである。

(10)『マルヴィル氏詩集』。*Poesies du sieur de Malleville*, Paris, Augustin Courbé, 1649. 出版允許は巻末に二頁にわたり印刷されている。
(11) *L'Endimion de Gombauld*, Paris, Nicolas Buon, 1624. 出版允許は該当書の冒頭に掲載されている。

一七世紀における書籍商の出版允許の言説とその機能

一七世紀における出版允許状の言説は決して長いものではないが（王はさほどおしゃべりではない）、極めて重要である。僅かな一説明文、幾つかの語、定型文を用いて、君主は真理の言葉を発する。あまり注目されないとはいえ、文芸者にしてみれば、そこに重要な賭け金が込められているのである。それは社会的アイデンティティや資格を確立してくれたり、権利要求を可能にし、別のパラテクストの要素で言及された出版の文言を裏づけてもくれる[12]。

したがって先述のマルヴィルの出版允許は、宮廷詩人の抱くイメージを二重に浮き出させている。すなわちこの出版允許は文芸者マルヴィルと王の親近感を告げつつ（「給仕係の侍従の一人」）、テクストを印刷させることに対してのためらいの気持ちを仄めかす。ためらいに打ち勝ったのは、ひたすら海賊版を恐れていたからにすぎない。マルヴィルは学識ある貴族の顰《ひそ》みに倣っていた。学識ある貴族たるもの、友人づきあいの単なる暇つぶしでこの手の詩作なる活動に専念するわけで、むなしい社会の成功を求めたり、もっとひどい場合には筆で一儲けしようなどというのは自分の地位に見合わない。『エンデュミオーン』の出版允許では、ゴンボーと王妃のつながりに注意が向けられているが、出版允許以外の方法でも大体同じような効果が生み出される。ただしこの例の場合には、さらに具体的な目論みがあったというのもありえないではない。というのもマルヴィルはこの時期まで、王妃マリ・ド・メディシスに御仕えしていることで知られていたから、このたびの出版を機に、新たな統治者（アンヌ・ドートリッシュ）の愛顧を受けたかったのかもしれない。現王の母親の政治的な運勢にはやや翳りが現れていたか、それとももっと単純に、新たな保護の関係を結ぶことで、司祭としての基盤をより確実にしたかったという理由によるかもしれない。

ルイ・ヴィデル（一五九八－一六七五。レディギエール公の秘書の一人）が著書『レディギエール元帥の生涯』のために入手した出版允許は、允許状の文言が時に、書物全体の言説と緊密に合致していることを示す顕著な例である。

わが親愛なるヴィデル氏が奏上させしところによると、わが親しき従兄弟にしてフランス元帥なりし故レディギエール公に秘書として仕えしこと幾年にも及ぶ名誉に与り、公の数々たる事績を入念にいそいそと調べ集めた由、またその一部は氏自らが証人をもって任ずるとのことである。わが従兄弟の失せし後、氏はそれらを用いて歴史を作成し、公衆のためにもこれを印刷させんと欲す。この偉人なる人物をかくも高き名誉の域にまで高め、世紀の名将の一人なりとの名声を得さしめた偉業を後世に知らしめんがためなり。これを氏は必要不可欠の認可状なくして企図せず、非常に恭しく与えたまえと求めるなり。それゆえ、かつわが従兄弟の勇ましき事績が記憶されんがため、わが貴族らが公の例に鼓舞され、君主と祖国に対する忠誠と愛情に倣うよう促され、また、申請者が公の事績を探し求め歴史を作成せし労にいわば報いんがため、……を許可し、また今後も許可せん。[13]

入念に版の組まれた大部の四折版で、れっきとしたパリの書籍商から出版されたこの書は、レディギエール公への賞賛に満ちた伝記である。一五四三年に生まれ、一六二六年に死んだレディギエール公は、アンリ四世とルイ一三世治下におけるドーフィネ地方の大侍従で、死の直前には改宗を条件にフランス大元帥にまでなった新教徒の名将である。[14] ところで出版允許では幾つかの点で、ルイ・ヴィデルが自ら崇拝する人物について抱く見解を受け継

(12)　Nicolas Schapira, « Quand le privilège de librairie publie l'auteur », dans GRIHL : 2002, pp. 121-138.

(13)　*Histoire de la vie du connestable de Lesdiguières Contenant toutes ses actions, depuis sa naissance, jusques à sa Mort. Avec plusieurs choses memorables, servant à l'intelligence de l'Histoire Generale. Le tout fidellement recueilli par Louis Videl, secretaire dudit Connestable*, Paris, Pierre Rocolet, 1638, « Privilège du roi », n. p. 王の出版允許は前書きと章立ての間に置かれている。〔以下、本書の題名は引用ごとに若干の相違があるが、同一書を指しているのが明らかであるため、翻訳では『レディギエール元帥の生涯』という題名に統一する〕

(14)　Stéphane Gal, *Lesdiguières. Prince des alpes et connétable de France*, Grenoble, PUG, 2007.

いでいる。すなわち、公はたゆむことなく戦い続けた軍人であり、君主に仕えるためなら、どんな状況においても努力を惜しまなかったというものである。そもそも、王が語り、王を中心として文中に登場する人物を位置づける（「わが親しき従兄弟」）という公開状固有の装置により、大元帥と君主の親密さが印象づけられる。しかしながらとりわけ王は、この書物が王自身の利益となることを強調しつつ（「貴族らが公の例に鼓舞され、……促され」）、自らの発意で本書の企図を採録しているようにみえる。ヴィデルの執筆の動機は王に仕えるためであったかのようだし、王は出版允許〔＝特権〕を授けることでヴィデルに感謝の意を示す。

それにしても、ヴィデル氏が君主に対して申し分のない奉仕をするには、どうすれば良いのだろうか。出版允許状は秘書の権限を明らかにすることで、この問いに答えている。秘書とは主人の輝かしき数々の事績を直に観察した証人であり、また、その他の見聞きした事績を収集するのに、誰よりも好都合な場所にいた人物である。したがって主人の書類の管理こそが秘書の任務というわけだ。ここにおいて出版允許は書物の緒言と連動する。ヴィデルは緒言において、まったく個人的な発意から、記録しておかねばならないという義務感にかられ、かつての主人について調べ始めたのだと説明している。さらに彼は言う、

死んだご主人様の栄光に対して、私は情熱を抱いていました。それゆえ、ご主人様の生涯について来る日も来る日も、さらに正確な情報の取得に努めたのです。これほどの情熱はそうそうあるものでもなく、単に召使いゆえの感嘆の念であるはずがないと考えたのです。さらに私は、誰もかれもがあやかるべき利益を独り占めしておくような不当なことをしたくはなかったのです[15]。

〔「緒言」ではありながら〕公開状の特異性が利用され、ヴィデルの著作に価値を与えるのに役立っているわけだ。なるほど書籍商が申請する場合、海賊版が横行することで印刷に用いた労力と成果が奪われてはならないというの

が、最もありふれた動機である。これこそが独占付与の正当な理由である。ところで、こうした動機はケース・バイ・ケースで出版允許に挿入されるのだが（「申請者が公の事績を探し求め歴史を作成せし労にいわば報いんがため」）、この動機こそが、主人の書類に埋もれて仕事をする秘書というものについて、一つの見方を提供してくれる。主人は秘書の伝記記述者としての正当性を補強し、同じ動作で書物自体にも強い正当性を与えてくれるのだ。

一五九八年生まれで、一六七五年に死去したルイ・ヴィデルは一〇冊ほどの著作を残したが、任務としてこなした仕事や文芸者として輝かしき経歴を残したわけではない。そうではなく、後世にはレディギエールの秘書として知られた。それも『レディギエール元帥の生涯』が成功を博し、一七世紀を通じて版を重ね、その後もそれに代わる書がなかったためである[16]。そもそもヴィデル自身その後の著作において、こうして得た成功の秘訣を何度も取り戻そうとしていた。どの著作でも、レディギエール公の元秘書という肩書きを決して手放そうとはしなかったのである[17]。レディギエール公は、その長い生涯の間に多くの秘書を雇った。そのうちの幾人かには遺言状で遺贈を残しているが[18]、ヴィデルについては何ら言及がない。とはいえ、ヴィデルは一六一七年から二六年にかけて確かに公に仕えており、その後、レディギエール公の甥で新たにドーフィネ地方の地方総督となったクレキ公お抱えの秘書の

(15) *Histoire de la vie..., op. cit.*, « avant-propos », n. p.

(16) ヴィデルについては以下の論考を参照のこと。Stéphane Gal, *Lesdiguières..., op. cit.* ; Nicolas Schapira, « Les secrétaires particuliers sous l'Ancien Régime : les usages d'une dépendance », dans *Dépendance(s)*, Actes des journées du CRH, 3-4 avril 2006, Cahiers du CRH, octobre 2007, pp. 111-125.

(17) 例えば以下の書。*Histoire du chevalier Bayard et de plusieurs choses mémorables advenues sous le règne de Charles VIII, Louis XII & François Ier, avec son supplément par* Mre Claude Expilly, président au parlement de Dauphiné, *et les annotations de* Théodore Godefroy, *augmentées par* Louis Videl, *nouvelle édition*. Grenoble, Jean Nicolas, 1650.

(18) *Actes et correspondance du connétable de Lesdiguières publiés sur les manuscrits originaux par le Cte Douglas et J. Roman*, tome III, Grenoble, Édouard Allier, imprimeur, 1881, pp. 393-402 et 443-460.

一人となった。レディギエールの正式な秘書としてまんまと姿を現すことは、ヴィデルにしてみれば世を渡るのに必要不可欠なパスポートであり、根気を要する試みであった。ヴィデルはレディギエール公が未だ健在であった頃の初期の著作群でこうした試みを開始し、漸くのこと『レディギエール元帥の生涯』で報いられたのである。[19]したがって一六三八年の出版允許を、ヴィデルが著作活動を通じて遂行した諸行為全体の中に置き直してみると、この允許がレディギエールの秘書という社会的身分にお墨付きを与えてくれると同時に、この肩書きで実現された著作〔『レディギエール元帥の生涯』〕にも価値を与えているのがわかる。さらには、著作を注文し、すでに見たごとく入念に執筆に協力した人物にとっても（この点、後に舞い戻ることにしよう）、おそらくは意味のない允許ではなかったであろう。

書籍商の出版允許と文芸化現象

そもそも、一七世紀においてどれほどの文芸者が、ヴィデルと同じほどの執筆資格を有した作家といえるのだろうか。執筆活動が如何なる権力機関にも、如何なる制度的な場にも、そして如何なる地位にも保証されておらず、それでいて公衆を求めている作家というものがどれほどいるのだろうか。ここでいう公衆とは、書物あるいは文芸者について話題にするような小さな集団を指す。または書籍商の儲けを保証してくれる、もう少し広い公衆の層か、あるいは出資可能な保護者が厳選して形成した公衆のことである。司法官、その他の上級役人、知的生産に長けた聖職者、一七世紀においてれっきとした身分を保証された宮廷詩人などは、数十年後には有象無象の作家群に埋没してしまう。そもそも官職についたり禄にありつける作家もいるし、大貴族の邸宅において召使いの身分で、それも大抵、むしろやすやすと生活を維持する作家もいる（大貴族の邸宅で図書室付き司書や家庭教師、秘書の任務に就いた）。しかしながら、そうした作家たちの社会的アイデンティティは、または新たな門戸を開いてくれる（あるいは閉ざしてしまう）自己の体裁（自己紹介）は、この時以降、そのおおかたが、出版という不安定な空間で危険にさらされた名声なるものに依存するようになる。[20]

著者は、有利なアイデンティティを確立するのに複数の方法を用いた。書籍商の出版允許は、決定的というのでも、またとるに足らないというほどのものでもなかったが、国王の名前を利用した一つの方法ではあった。そして書籍商の出版允許の普及したこの時代にあって、すでに成功を絶対視された手段であった。書簡体の献辞、前書き、緒言、「読者へ」などは、書物あるいはそれを書いた著者による冒険の一環をなす。現実には、ことごとく作家のアイデンティティを危うくする物語も多数存在する。偶然手稿が書籍商の手に入ったなどという、無数のお話を思い浮かべてみるだけでわかるだろう。そうしたお話を用いれば、マルヴィルのように、自作が印刷に委ねられるのを見たくないという作家の作り話を守ってやれるのだ。書籍商の出版允許は王の公式の決定からなる言語の中に物語を採録することで、それに確証を与えるのである。

しかしながら出版允許は、作家であれば広く共有しているように思われる欲望を具現化してもいる。作家であれば、執筆活動と世界への働きかけの両方をつなぐ試金石として、著作それ自体を王権に認知してほしいと考えているのだ。極端な事例をあげよう。ルイ・マションはパリで図書室の司書をする傍ら、出版不可能な著作を物していた。例えば、マキアヴェッリ擁護とか、非常に強烈なガリカニスムの著作である。マションは自作への出版允許を

（19）*La Palme à Monseigneur le duc de Lesdiguières, pair et mareschal de France, mareschal général des camps et armées royalles et lieutenant général pour le Roy au gouvernement du Dauphiné, pour n'avoir voulu accepter la charge de connestable de France à condition de se faire catholique romain*, Paris, s. n., 1621 ; *Le Melante du Sr Videl, Secrétaire de Monseigneur le Connestable. Amoureuse aventure du temps*, Paris, Samuel Thiboust, 1624 ; *Lettres du Sr Videl, cy-devant secrétaire de feu Monseigneur le Connestable de Lesdiguières, & à présent de Monseigneur le duc de Créquy. Dediées à Monseigneur le comte de Moret*. Paris, Impr. de I. Dedin, 1631.

（20）Jouhaud : 2000. 出版という語の概念については、GRIHL : 2002の「導入」を参照のこと。

最初はリシュリウ、次いで大法官セギエから絶えず引き出そうとしていたが、すべて失敗に終わった[21]。セギエに仕えたいとも考えていたようである。一七世紀における書籍商の出版允許と関係して生じた出来事を理解すれば、したがって、当時の政治が出版、それに国内における著作物の無統制な頒布を禁止しようとして、総じて失敗したことがわかる。地下出版物や海賊版の出版機関は、例えばルアンのように、王国内ですら無数に存在していたのである。また、王権が作家を認知するための装置としてなら、出版允許は成功を収めたことも理解できる。作家がみな一様に出版允許を利用したわけではないとしても、検閲とは別の形で印刷物の統制を実現することになったからである。

そもそも文芸のプロたちは、すでに大法官府内に浸透していた。出版允許の中で作家あるいは作品を称賛する行為は、一六三〇年代には（比較的）一般化していた[22]。俗化した主な理由としては、大法官府と誕生間際のアカデミ・フランセーズ、そして書籍商のネットワークの間に、少数の作家による仲介のおかげで諸々の関係が確立されたからである。アカデミ・フランセーズはリシュリウに仕えた文芸者たちで成り立っていた。王権は印刷物の効用に細心の注意を払っていたし、知の世界において文芸が急速に増殖し自律化してゆくのを目の当たりにして、その政治的な利用にも関心を抱いていた。書籍商はといえば、そのような政治情勢にひどく敏感であったのである[23]。国王秘書官であったヴァランタン・コンラールは、もともと、書籍商の出版允許の発行を専門としており、一六三〇年から六〇年の間に、称賛入り出版允許を数多く執筆した。彼はアカデミ・フランセーズの創設時の秘書（通常は「終身書記」と訳される）であった。この人物が出版允許をめぐる政策を体現していたのであり、コンラールと密接に交流していた多くの作家に対して、允許状が大いに用いられた[24]。しかしながら、書籍商の出版允許が王権による認知を意味するなら、それはおそらく、出版允許が容易には取得できなかったからでもある。作家が出版允許を入手するには、大法官府の煩雑な手順をおさえねばならなかったし、秘書官に知り合いをもつか、いずれかの秘書官に推薦してもらわねばならなかった。権力世界は文芸者で溢れかえっていた。おそらく出版允許は、その世界に統合されているかどうかを示す、ある程度の指標でもあったろう。

ここに一つの景色が描かれる。文芸者と交流し、書籍商の出版允許に署名する一部の国王秘書官がおり、やはり一握りの作家と組んで出版允許状の言説が生み出す可能性を利用する。允許状を執筆するのは、おそらくは時に作家であり時に国王秘書官であり、場合によっては両者が協力しつつ作成する。著作の印刷手続きを、あえて全面的に書籍商に委ねてしまう作家もいて、その場合、書籍商自身が出版允許を申請する。自分の名前で出版允許を申請する作家もいるが、彼らは多分、大法官府の最終手続きは踏まえておらず、それを踏まえていたとしても、秘書官と通じていなければならなかった。そうでなければ、秘書官が称賛入りの公開状に署名などしてくれないからである。以上に加えて、出版允許など自らの言説に相応しくないと判断していた作家もいた。ゆえに、一七世紀の書籍商の出版允許は多彩を極めたのである。作家に対する手放しの称賛を含む、入念に作成された公開状があるかと思えば、もっとありふれた出版允許が軒を競う。とはいえ、こうした多様性は、「標準的な」出版允許と「格別の」出版允許の対比では説明しきれない。むしろ観察してみれば、二つの類似した出版允許など存在しないと言わざるをえない。それも公開状の中には、作家の言説が潜り込める場所が無数にあるからで、加えて書式の細部に驚くほどのヴァリエーションがある。王令文書という模範を提供する、大法官府の書式が存在した時代である。どんな執筆者であれ、公開状に組み込まれる申請書を考慮せざるをえなかっただろう。それなら、出版允許の残りの部分を

（21）Jean-Pierre Cavaillé, « Autopsie d'une non-publication : Louis Machon（1603-après 1672）», dans GRIHL : 2002, pp. 93-109.

（22）一六世紀には称賛を含む出版允許が確認されるが、この現象は未ださほどには普及しておらず、社会的に目立つというほどのことはなかったようである。称賛入り允許状の普及は作家の賭け金、こうした実践の制度化の度合い、この手の実践に対してコメントが書かれる場所、これらの問題すべてと関わる（本稿における以下の「出版允許を読む者」を参照のこと）。

（23）Jouhaud : 2000.

（24）Schapira : 2003.

申請書に適合させたのではないだろうか。

以下で、一七世紀における允許状の読み方について扱えば、また別の角度から、作家によって出版允許の用い方が異なるという問題に接近することができるだろう。

出版允許を読む者

一七世紀において、書籍商の出版允許は読まれたのだろうか。パラテクストの側面から出版允許という資料を捉えるのに、これはまたこれまでとは異なる重要な問いである。まず第一の返答は、書物内に出版允許を組み込む仕方にあると言える。これらのやり方を検討すれば、時に書籍商が著者から依頼を受けて、公開状を読ませようと配慮する様が見てとれる[25]。この主題に関して、統計を用いて結論を導くことは難しい。それは、公開状という観察対象が書物を編集するうえでわざわざ選択された場所におかれているのか、それとも（作品内部での編成上、どうしてもその場所に、そのように）置かれざるをえないのか、判断が難しいからである。だが次の三つの要素から、出版允許がペリテクストの仲間入りを果たしたのは一七世紀であると考えられる。一六一八年以来、書物内に出版允許を掲示することが書籍商に義務づけられた。全文を印刷するか、それとも（出版允許原文を短く書き換えて）部分的に印刷するかは書籍商の選択に委ねられた。ところで大概の場合、とりわけ出版允許状が明白に演説形式を持つときには、たとえ紙を余分に用いることになったとしても、允許状の全文が印刷された。さらに経験にもとづく観察で言えば、全文が出版される出版允許は、一般に戦略上必然的な位置に印刷される。それはむしろ書物の巻頭であり、本文の直前であって、タイトルページの次に置かれるのはまず稀と言って良い。最後に、出版允許状をパラテクスト全体に組み込む場合には（冒頭が飾り文字であったり、色付き、装飾文字を用いて）序文や書簡体献辞などと同じような視覚的記号が採用されて、しばしば強調されていた。とはいえここでも表示の仕方は多種多様である。また目立たせようなどとは露も考えず、著作の末尾に置かれるのは明白にただの出版允許であり、一般に書籍商に対して発行され、部分的にしか収録されていない。その反対に、当の書物から独立した生命を獲得するに至った出版允許状もある。ジェラール・ジュネットの分類でいえばエピテクストを構成するもので、允許状本文自体が保存され一般の眼に晒された。一六三七年にデカルトに対して発行され、称賛を多く含んでいた出版允許の例がそれである。おそらくは皮肉も込めているのだろうが、デカルトはこの公開状を「騎士の手紙（lettres）」〔lettres には「公開状」、「文芸」の意もあるから掛詞〕になぞらえている。[26] こうしてみるとわれわれはすでに、一七世紀における出版允許の読者の問題に足を踏み込んでいる。すなわち、読解を促すような著作物がここで問題となるのだ。

まずもって確認しておこう。出版允許の読解に関する証言を集めてみれば、それが比較的広範に見いだされるために、まったく突拍子もなく二義的な意味合いしかもたないような習慣ではなかったといえる。それどころか証言のほとんどは、皮肉に満ちているか論争的な色合いを帯びている。まず初めに逸話集とか、タルマン・デ・レオーの『歴史小話集』[27]のような、作家の品行の風刺に多くの頁を割いた著作の中に、そうした証言が見いだされる。そこで強調されるのが、根拠に乏しい称賛を鏤めた出版允許を発行させる、自惚れた作家の滑稽な様子である。こうした逸話を記述するくらいだから、まずもって出版允許を読んでいたのは、おそらくは作家自身であったろう。作家はプロの眼で作品を検討していたのである。とはいえその他の読み手が、出版允許やそれ以外のペリテクストに注意を払わなかったというのではない。というのも書物史でいえばこの時代、書物はありふれたものではなかったし、それゆえ、印刷物を手にした人々の多くが念入りにじっくりと観察したはずである。また逸話として記述され

(25) Claire Lévy-Lelouch, « Quand le privilège de librairie publie le roi », dans GRIHL : 2002, pp. 139-159.
(26) Nicolas Schapira, « Quand le privilège de librairie publie l'auteur », dans GRIHL : 2002, pp. 126-127.
(27) Tallemant des Réaux, *Historiettes*, édition établie et annotée par Antoine Adam, Paris, Gallimard, Bibl. de la Pléiade, 1960.

るからには、出版允許に収録される言説の身分が、結局のところ不安定であったのだともいえる。出版允許の言説が面白おかしくからかいの対象となるのは、出版允許の言説に称賛が含まれていると、当の言説が必ずしも正当とは見なされないからで、この事実には明らかに誰も彼もが難なく同意を示した。称賛の言葉があれば、允許状の文面と、允許状が支える正当化のための操作に注意が促されるのである。とはいえ、わざわざ出版允許状を物笑いの種にするのは、潜在的に権威が備わっているからである。この世界では、価値基準を創るものなら何でも、文芸活動の認知度をあげてくれるからと羨望されたり、私利私欲から利用されてしまうのではないかと疑いの眼差しで眺められたわけである。

価値の羨望と私的流用への疑いというこの点もまた、出版允許状が用いられる第二の資料体、すなわち論争作品から導きだせる。ラシーヌが書いたとされる一例のみあげておこう。

> 実際のところ、ジャンセニストは自分たちが書いたものでなければ、自分たちのために何かを印刷させるという習慣はないのです。完璧に仕上がった承認の文章をジャンセニストが神学博士に渡しに行く姿なら、何度も目にしました。自分たちの書物を褒め称えてくれるものなら、後生大事にします。ジャンセニストはソルボンヌの発行する賛辞など当てにはしていません。印刷者の意見というのは、通常、ジャンセニストが自画自賛した称賛の言葉なのです。彼らの書物が出版允許付きで印刷されるなら、大法官府では雄弁この上ない出版允許に印璽を押すことになるでしょう[28]。

ラシーヌはペリテクストの諸要素が捏造する作り事を非難しているのである。そもそもペリテクストの諸要素というものは、その成立起源からしても機能からみても、理論的に当のテクストとつながりがない。しかるに、そのペリテクストがたった一人の著者に属し、ポール・ロワイアルの著作の導入に用いられ、まさに著作を褒めそやす目的に奉仕させられているというのである。ニコル〔ピエール・ニコル（一六二五－九五）ジャンセニスト、ポール・ロワイアルの「小さな学校」でラシーヌを教えていた〕が攻撃したのはデマレ・ド・サン－ソルラン〔一五九五－一六七六〕という別の劇作家であったが、ことのついでにかつてのポール・ロワイアルの弟子であるラシーヌを皮肉ったというわけである。ラシーヌは、ニコルの論争文書への返答として書かれたこの序文を、最終的には出版しないことにした。ラシーヌはまず、宗教書でしか公にされることのない検閲者の承認を参照している。検閲者による承認が総じて印刷されるようになり、それが一七〇一年に法的に義務づけられると、言説を収録するのに出版允許状を用いるという習慣そのものがおおかた廃れてしまい、允許状は検閲者による指摘で代替されることになる。明らかにラシーヌは、書籍商による署名入りのペリテクストはもちろんのこと、出版允許と承認も結びつけている。ジャンセニストが王権による許可を求めないまま執筆することを非難し、返す刀で大法官府が私的な目的で動くことがある点に狙いをつけているのである。野呂康が示したように、ポール・ロワイアルの論争家たち〔ジャンセニストを指す〕は書籍の許可とその許可状の出版について、権力側の押し付ける手続きの展開を追いながら、かなり早い時期からそれも持続的に注意を向けていた[29]。したがってラシーヌによる「『想像上の異端』の著者〔ニコル〕への第一の手紙」のこの箇所は、先述の皮肉に満ちた逸話群と同じ仕方で作用する。すなわち、出版允許は著作物とその著者の名声のためのものであるという考えを広めつつ、出版允許の正当性に疑いを抱かせているのである。

（28） Jean Racine, Préface à la « Première lettre à l'auteur des *Hérésies imaginaires* », *Œuvres complètes*, éd. R. Picard, t. II, Paris, Gallimard, 1952, ‹ Bibliothèque de la Pléiade ›, p. 18.〔傍点強調は引用者による〕

（29） Yasushi Noro, *Un littérateur face aux événements du XVII*^{e} *siècle : Amable Bourzeis et les événements dans sa biographie*, thèse de lettres (inédite), Université Blaise Pascal, Clermont-Ferrand II, 2006.

出版允許の経済的な役割と象徴的な力能

本稿では出版允許の言説に焦点を合わせて分析を進めているが、このような公開状において、まずもって誰がみても明らかな経済的な事由には、如何なる位置づけができるだろうか。ルイ・ヴィデルに発行された公開状で明らかなように、書籍商の出版允許のような宣伝パンフレットは、著作物に関して著者や書籍商の権利を確立するという狙いを大幅に超えるものである。それならば、出版允許状のさまざまな機能の分節をどのように理解したら良いのか。

第一の機能とは、海賊版に備えて著作の利用権を出版允許の保持者に保証する点にある。それこそが出版允許の根本的な存在理由であり、これは常に繰り返し確認されている。出版者にしてみれば経済的な結果が伴うために明らかであり、時には著者のためにもなる。著者が出版允許を保持する場合、出版契約ではまず滅多に儲からないとしても、允許の譲渡先である書籍商との交渉に際して有利な立場に立つからである。それに、著者と書籍商の関係で重要なのは、単に金銭面のことではない。著者にしてみれば、出版允許を所有していれば、遅々としてことを進めようとしないような書籍商を急かすことができるし、著作が望みどおりに仕上がるかを工房で幅をきかせて監視できるというわけである。こうして、かつて出版允許は書籍商に与えられていたのに対して、一七世紀を通じて次第に著者に割り当てられる允許が増えてゆくという事実と、知的所有権、あるいはより一般的に言えば、作家像の認知を関連づけることができるのである(30)。

とはいえ出版允許を読めば、なぜ著者が自作を出版するよう促されたのかという理由説明と、その著作物の値打ちに関係した言説が好んで取り上げられることに気づく。作家というものが創りだされる過程もやはり、書籍商の出版允許に書き込まれている。したがって出版允許を何らかの経済的な機能に還元してしまうことはできないだろうし、書物への権利と経済的な事由に関わる機能と、社会的象徴的な秩序に属する機能、このまったく異なる二つの機能を果たしていると考えることも不可能だろう。なぜならば各々の出版允許状は、しばしば幾つもの目論見が混ざりあっている独自な文書だからである。一六七二年九月二〇日にジャン＝バチスト・リュリが取得した出版允許はその適応範囲が広く、非常に有利なものであった。楽曲の印刷と、作曲の出発点となった著作の印刷の両方に関係するもので、われわれに格好の例を提供してくれる。ついでながら、書籍商の出版允許が作家にばかり関係するわけではないこともわかるだろう。

わが親愛なる王室音楽長ジャン＝バチスト・リュリが奏上させしところによると、リュリがかつて作曲せし歌曲、わが命に従い日々作曲する歌曲、ならびに、パリ市に建設を許可せし王立音楽アカデミによるか、あるいはリュリが適切なりと判断せし場所にて上演予定の作品のために今後作曲せねばならぬ歌曲、これらは純粋にリュリの創作になるものにして、たとえ僅かなる改変も省略もその自然なる優美さを損なう性質のものなり。したがって作品に相応しいと見なす主題に適合させるために、リュリだけがこれを制作しうるからには、此の者以外には完璧かつ持ち前の正確さをもって作品を公にできる者はおらぬ。加えて、作品の印刷が利益をもたらすものであるなら、仕事に報いるためにも、そしてアカデミに上演させる計画の実行のために用いた先行投資分に報いるためにも、利益がむしろ著者の手元に戻るのが正当である。なぜなら、単に楽曲を模写するだけの者が、巧みにだますかあるいは別のやり方で取得することのできた、一般あるいは特別の認可を楯に印刷することもありうるからである。それゆえリュリはこれに必要なわが允許状に頼るを余儀なくされた。ゆえにこれなる申請者に有利にはからんと欲し、リュリの望む書籍商あるいは印刷業者に印刷させせんことを本允許状に

(30)　Viala : 1985.〔『作家の誕生』〕

より、許可し認可してきたし、また現に許可し認可す。指定の巻にて、余白、フォントを用い、リュリの望むだけの版数にて、図版と絵を挿入し、全巻、各巻ごとにリュリの作曲せし歌曲を付させん。作曲の源泉となりし詩歌、文章、主題、構想、作品と同様、如何なる例外も無しに、以後三〇年の間、（……）たとえ歌曲やバレーの印刷に関してわが出版允許を取得したと主張する者による妨害も含め、如何なる侵害も何らかの妨害もリュリになされてはならない。このために、現在あるいは将来において必要が生ずる場合には、本状によりさような出版允許を無効とし、また無効とせん[31]（……）。

この出版允許は金銭上の目論見に関係するもので、オペラの上演時か上演後に出版されるすべての印刷物に及んでいる[32]。実際、この出版允許は歌曲はおろか（とりわけリブレット〔オペラなどの台本〕のような）作曲に用いられる全著作の印刷独占の権利をリュリに与えている。しかしここで注目したいのは、本公開状では冒頭からリュリが音楽アカデミを取り戻した事実に言及されている点である。それを実現するためリュリはまず音楽アカデミの出版允許をピエール・ペランから買い戻し、次いで一六七二年三月に、この取引を確認しつつ、新たに出版允許を入手したのであった。したがって上記の公開状は、オペラ界でリュリの支配が未だ脆弱であったため、そこに盤石の基礎を築くために行った補助的な行為であり、さらには、この公開状により台本作家、（モリエールのような）劇団の監督、そして作曲家の間で、作曲家だけに有利になるように、明瞭にヒエラルキーを確立しているのである。したがってこの公開状の法的な射程は広く、そしてまた象徴的な力が備わっているのだ。それほどリュリの企図は王権の恩恵、そして書類に連署するコルベールの恩恵に後押しされているように思われる。ゆえに、書籍商の出版允許とは特権（「出版允許」と「特権」は同じ privilege という語）である。それは権利へと道を開いてくれるばかりか、允許状を受ける者を称えた、王による恩寵の表現であり、出版允許もそのように受け取られることで利益を得ている。君主の恩寵を正当化する言説が桁外れにリュリを称え、さらには個人を超えて、作曲家活動への並外れた称賛となる。作曲家の活動はまずもって天与の産物とされ、そのような性質上、作曲家の芸術家としての身分を確立するのに役立つ。これについていえば、論が音楽から印刷物への言及に移行する箇所で、最も明晰な形で作曲家の創造の才に触れた定型句が姿を現す点に注意されたい。おそらくこの資料は、リュリでも統制できないようなリブレットが印刷されてしまうのに備えるか、あるいは将来的に同業者か書籍商との間で訴訟が生じる可能性があれば、その際に役立てることも目的としていただろう。しかし、法的な用途が如何なるものであれ、それ以外での使用価値がないなどとは一言も書かれていない。ここでは、リュリの偉大さと権力を確立しながら名声を強化するという、文書の効用が公にされているのである。

最後の例では、出版允許の金銭に関わる条項と象徴的な側面が結びついた、複雑な商取引が観察されよう。一六五六年刊の『聖処女』（*Pucelle*）に対して発行された出版允許では、著者に関した言説は見られない。これはジャン・シャプランの筆による、ジャンヌ・ダルクを主題とした長大な英雄詩である[33]。シャプランは当時の著名な批評家であり、とりわけ作家に向けた王権による政策の担い手の一人である。彼はヴァランタン・コンラールとごく親しい間柄にあり、コンラールはかなり前から（一六四三年）この著作の出版允許に署名をしていた。そのようなわけで、シャプランが出版允許の言説の纏うさまざまな性能を利用することは想像されよう。いわんやこの著作において

（31）この出版允許は、例えば一六七二年刊の以下の書に見られる。*Les Festes de i'amour et de Bacchus, Pastorale, représentée par l'Académie Royale de musique.* A Paris, à l'entrée de la Porte de l'Academie royale de Musique, prés Luxembourg, vis-à-vis Bel air 1672. Avec privilège du Roy. 出版允許は表題紙のすぐ後、署名の入らない緒言の前に配置された（しかしながら緒言の作者は明らかにリュリである。まさに出版允許を読めば一目瞭然である）。フランソワ・ミュゲという印刷業者の名前が、冊子の末尾にしか現れないことにも注意すべきである。

（32）Jérome de La Gorce, *Jean-Baptiste Lully*, Paris, Fayard, 2002, pp. 180-189.

（33）*La Pucelle ou la France délivrée. Poème héroïque par M. Chapelain*, Paris, Courbé, 1656.

は、公開状が非常に眼につくからである。著作冒頭におかれた幾つかのペリテクストの間ではなく末尾に印刷されているとはいえ、二頁に跨がり全文が採録されているし、イラスト入りの飾り罫、太字で記された題名（「王の出版允許」）、そして文頭の一文字には飾りまでついて強調されている。繰り返しになるが、称賛の言葉がなくとも、シャプランが享受している類稀な庇護を通して、王権の配慮がやはり表れているのである。出版允許の持続は二〇年であり、すでに極めて長い期間なのだが、さらに一条項では、続編が現れるごとに同じだけの期間、それも著作の全体に対して延長されると明言されている[34]。当時の数年の間に、友人たちはこぞってコンラールに称賛付き出版允許を発行してもらっていたわけで、ここにシャプランによる差異化の戦略が働いているのをみてもあながち間違いとは言えまい。シャプランはあえて抑止したのだ。しかしそうであるからこそ、文芸者によるありふれた主張の様式の一つとなったのである。しかしながら、この出版允許が権力を故意に言い落としているために、実際には正反対に受け取られてしまうという危険性は、この書を庇護する条項の存在により緩和されている。条項の賭け金とは、もちろん、シャプランが自分の著作に対して、将来的に最大限の支配権を行使できるようになることである。この例から単なる条項が実は言説であり、テクストであることが理解される。条項は出版允許状の体系全体の中で意味を担うのであり、一方に言説（動機説明の文）があって、他方に位置する法的な決まり事（条項）がその言説により正当化されるというようなものではないのである。

パラテクストの彼方へ

「パラテクストとは、いかなる形式を取ろうと明らかに――以下、本書（『スイユ』）の随所で出会うことになる孤立した例外はあるにせよ――、みずからの存在理由を構成する自分以外のもの、すなわちテクストに仕えるように定められた、根本的に他律的で補助的な言説（……）である[35]」。

この提言がジェラール・ジュネットによるアプローチ全体の基礎にあり、彼の最終的な目的とは、文芸活動の沈殿物としてのテクストを理解することにちがいない。本稿においては、書籍商の出版允許はパラテクストの一つと見なせることを示そうとしたし、そしてパラテクストと見なすことで得られる意義を提示しようとしたわけだが、「パラテクスト」という概念はしかし、書物の中に存在するすべてがテクストのほうへ向かうという考えをもたらしてしまう。それこそ、パラテクストとして書籍商の出版允許を分析した場合に、議論の余地が生ずる点である。

なぜなら出版允許は、パラテクストだけに属するわけではないからである。出版允許は容易にテクストと呼びうるものになる。テクストとは、作家でも出版者でもない、ある種の制度により生産される自律した著作であり、それが書物の外部でも流通しうるというのは、これまでに確認したところである。また出版允許状の言説は、いつでも直接的にテクスト本文に関わるわけではないこともやはり確認した。例えば、動機を説明する文が著者の貴族身分、大人物との親交、執筆資格などの強調を目的とする場合である。さらには、そのような場合に、まさに同じ言説がペリテクストに属する、その他の要素の中に見いだされることも確認した。というのも、表題紙、書簡体詩、

（34）「わが親愛なるシャプラン氏が奏上させしところによると、氏は『聖処女　解き放たれたフランス。韻文と散文で書かれたその他の作品』と題した英雄詩を執筆し、公にするよう請われているが、それに必要なわが公開状を取得せずには叶わないため、どうか賜わんと極めて丁重に願い出た。それゆえ、恩恵を与えんことを欲し、シャプラン氏を好意的に遇さんがため、本公開状にてわれに服する全領土において、数巻に渡るか、あるいはその一部であろうとも、これを含む上記英雄詩も、氏の筆になるその他の著作同様、韻文、散文に拘らず、氏が選びし印刷業者あるいは書籍商により、一巻あるいは複数の巻、合本あるいは別々に、指定の余白とフォントにより、かつ氏の好きなだけ何版でも、満二〇年の期間、印刷、販売、小売りさせることを過去にも許可し、また現在も許可せん。各作品あるいは各巻が最初に印刷が完了する日から数えて満二〇年の期間持続することとし、また本状の効力で更新されん。『聖処女』なる当詩篇につき、申請者が当初一部分しか公にしない場合には、申請者がその全体を提示せん時、すなわち上記二〇年の持続期間が開始されるのは、それ以前にはまるで何も印刷されなかったかのごとく、初めて全体が公にされた日に他ならん」。*La Pucelle*, *op. cit.* Privilège du roi.

（35）Gérard Genette. *Seuils*, *op. cit.* p. 17.〔ジュネット、前掲書、二二頁（*op. cit.* p. 16）〕

前書きあるいは緒言などと出版允許を一貫したものとして扱えば、厳密にはテクスト本文に依存していない言説の優位が確認される。テクスト本文と比較して、言説にはある種の自律性、自由さがあるといえるのだ。それならどうしてこの手の言説が敷居《スイユ》しか構成しないと断言することなどできようか。この手の言説こそが他の何にもまして、書物が首尾よく読者に受け入れてもらえるよう目指しているというのに。ペリテクストの中で作家が社会的アイデンティティを振りかざし、テクスト本文がそのようなアイデンティティを独自の価値で保証し、しかもテクスト本文を読めばその価値も検証できるというのなら、反対にテクスト本文のほうこそが、ペリテクストではないだろうか。例えば、ある詩においてリシュリウが称賛されるとする。その詩の前にリシュリウに捧げられた書簡詩が置かれ、後には作者を称賛する出版允許が続くとすれば、一体どうして、そのような詩が実際に贈物ではなく一篇の詩であると断言できるというのか。したがって多くの作品において、テクストの諸要素がどのように合図を出しているのか、そしてそうした要素が如何にして言説へと転化されるのか分析することもできよう。一般にペリテクストならどれもこれもが同じものとして扱われる傾向があるが、その均一化の努力がなされる、まさにそのペリテクストの中に、言説が姿を現すのである。

書籍商の出版允許が以上のような問いを生み出すのは、『スイユ』での分類の試みで暗黙の前提とされた範疇に出版允許が当てはまらないからである。『スイユ』での分類は大概、著者と出版者の組み合わせという、とりわけ書物生産の場ですでに神聖視され誰も疑わない当事者‐作用子〔ここでは「作家」あるいは「出版者」を指す〕間の区分で成立している。出版允許状は王権の形象を招き寄せる。出版允許状は、著者、国王秘書官そして大法官を誘い込む書物生産の過程に依存する。大法官は、検閲業務の有効性を自分の眼で検証できない場合に、允許状に印璽を押すわけだから忘れてはならない。この王権の形象と三者が介入するために、著者と出版者に由来する区分が曖昧になるし、それゆえ書籍商の出版允許は、テクストとパラテクストの間で分割されえない書物の性質を見事に明らかにしてくれる。[36] 書籍商の出版允許は作家の権利を確立し、作家の質と特徴を声高に叫ぶことで、非常にわかりやすい形で、書物という空間の中に作家の関心事を確かに導入する。作家の関心事が、作家の苗床である社会世界に関係するというのも確かである。しかし、出版允許が余りにも強固に書物に統合されているため、允許について調べれば、作家の関心事がどの程度書物の全体に浸透しているのか、そして、やはり作家の関心事によって書物というものがその社会世界で行為＝作用となることが明らかになる。現代文学ではペリテクストが減少し、またその反対にエピテクストが氾濫しているという。確かにパラテクストの概念は文学に囚われている。だがおそらくは、逆説的ながら、この現象そのものに文学というまさに同じイデオロギーの勝利の刻印をみることもできるのである。

【解説】

著者の関心は二つある。第一に、文学の批評家ジェラール・ジュネットが提出した「パラテクスト」なる概念を、著者の主な研究フィールドである一七世紀フランス史、より限定して言えば書物史に登場する「出版允許」に適応して分析することであり、第二に分析を進める中で明らかになった「出版允許」の定義が本質的にジュネットの含意する「パラテクスト」の機能に合致せず、それゆえに「出版允許」から現代の「文学」、あるいは「文学批評」の定義と概念を問い直すこと、この二点である。

著者は、本稿にも登場するヴァランタン・コンラールという国王秘書官についての博士論文を執筆刊行している。国王秘書官という官職、その仕事および当時の文芸空間におけるその機能については、すでに紹介したことがあるので詳細は省くが、その任務の主なものに本稿で焦点となった「出版允許」の執筆と発行があった（拙論「フランス近世出版統制と文芸の成立　文芸を創る国王秘書官」、『関西大学西洋史論叢』第九号、二〇〇六年）。当時のフランス社会では、書物の出版前に王権に許可を求める事前検閲制度が成立しており、著者あるいは書籍商が大法官府に勤める国王秘書官を通して王権に申請

（36）この主題に関しては以下の書の基本的な考察を参照のこと。Yannick Seité , *Du livre au lire. La* Nouvelle Héloïse *roman des Lumières*, Paris, Honoré Champion, 2002. また次の論考にも参照を促したい。Dinah Ribard, Nicolas Schapira, « Histoire du livre, histoire par le livre », introduction au numéro spécial de la *Revue de Synthèse* (2007, 1-2) consacré à « L'Histoire par le livre », pp. 19-25.

を出し、やはり国王秘書官が執筆し、大法官が署名をした公開状が発行されて初めて書物の出版が可能となる。この公開状が出版允許［状］である。しかもこの出版允許は書物の中への掲載が義務づけられていた。ゆえに理論的には当時出版された書物の数だけ出版允許が存在するわけで、書物の流通、統制、規制や王権の動向を知るうえで貴重な資料の一つとされてきた。

したがって本稿著者の研究は、アンリ＝ジャン・マルタン以来の書物史の方法と着眼点を受け継ぎその流れに沿うものであるが、訳者には二つの点で学への貴重な貢献がなされていると思われる。まず、博士論文以来著者が押し進めているように、いわゆる現代の「文学」史に登場する、すでに「聖典化された」作品や作家が創造される過程を、当時の歴史の文脈に立ち返りつつ、国王秘書官の任務それ自体や、その産物であるテクスト（出版允許）の生成を追い記述している点である。こうして、現代のわれわれがその存在意義と価値を自明視している、「大」作家や作品の価値そのものを問い直すきっかけが示されている。大作家のテクストから得られる感動や衝撃そのものを否定するのではなく、またその価値に疑いを差し挟むのではなく、当時の文芸空間の成立過程と存立構造を、「パラテクスト」を切り口に記述し直すことが可能になるわけである。

二つ目の貢献とは、国王秘書官を含めた「秘書」の役割と機能への眼差しである。本稿では十分に焦点が当てられているわけではないが、レディギエールの秘書であったルイ・ヴィデルの事例を通して、「秘書」の定義に迫る視点は豊饒な成果をもたらす可能性がある。国王秘書官が当時の文芸空間の成立に果たした役割の大きさを考えれば、俸給付きの正式な官職ではないとはいえ、同じ語で表される秘書の機能に着目するのは正当な視点であろう。秘書とは主人の秘密に通じ文書管理をする者であり、自分こそが文学および歴史へアクセスする「資格」を持つと自分自身を表象する。そのような人物が生み出すのが、伝記や歴史だとすれば、まさに伝記記述、歴史記述は彼らの視点や表象と切り離せないものであろうし、彼らの紡ぐ文学の説得力とは、本質的に秘書の役割と機能に左右されることになるだろう。当時の政府の中枢に位置する「国務卿」(secrétaire d'État)という役職も、もとはと言えば「秘書」である。本書には、当時の国務秘書官ブリエンヌのエクリチュールの分析を通じて、この職務と文芸の関係に迫った別の論考を収録しているので参照されたい（第Ⅰ部6）。

文芸批評の一概念として提出された「パラテクスト」を、文学研究者間でしか流通しない特殊な用語（ジャルゴン）として切り捨ててしまうのではなく、その有効性を認め射程を計りつつ、自らの研究対象に重ねあわせて思考し、不都合を剔抉して学（文学や歴史学）と問題意識のさらなる展開を望む。本稿は、そうした丁寧で誠実な手続きを経て書かれた、意欲的な好論文と言えるだろう。

なお本訳稿では文意を鮮明にするため、必要と思われる箇所では「テクスト」の訳語を「テクスト本文」としたが、原文にテクストとテクスト本文を区別する表現があるわけではない。また「言説」という語はすべて、discours という語の訳語である。この語は通常、「文言、演説、文章」等の意味に用いられるが、木稿では出版允許に組み込まれた、意味を有する文章の連なりくらいの意で用いられているため、やや読みづらいのを承知のうえで、あえてすべて「言説」という訳語で統一した。

（訳と解説　野呂 康）

6 ある国務秘書官のさまざまな歴史

——機密顧問会議の作家ロメニ・ド・ブリエンヌ（一六三六-九八）

ニコラ・シャピラ

Nicolas SCHAPIRA, « Les histoires d'un secrétaire d'État. Loménie de Brienne (1636-1698), un écrivain au conseil secret », *Histoire et Civilisation du livre*. Revue internationale VII, Genève, Droz, 2011, pp. 117-138, ‹Numéro d'hommage à Daniel Roche›.
『GRIHL』（二〇一三）に収録されたものに修正を加えた。

「私の武器と詩句、
私はそれをほとんど考慮せず
鉄の枷を負う羽目に[(1)]」

ブリエンヌ伯ルイ-アンリ・ド・ロメニの『メモワール』の冒頭に置かれた右の詩句は、文筆活動が彼の失墜に重大な役割を果たしたという考えを信用あるものとする。彼の父は一六四〇年以来外務卿〔外交担当の国務秘書官〕の地位にあったが、一六五一年、彼は一五歳のときにその職務の襲職権を得た。そして、一六五八年以降、病の父と共同でその職務に従事し、一六六三年、親子揃って王寵を失った。この年、息子のブリエンヌはいかさま賭博に

（1） BNF, Mss. F. Fr. 6450, p. 3. ここにあげているのは、ブリエンヌ伯の『メモワール』冒頭にある自筆の草稿である。

関わり、ルイ一四世はこの機会を捉えてブリエンヌ親子を辞職させ、その職をリオンヌに与えたのだった。ここからルイ－アンリの苦難が始まり、一六七四年からは一八年の間、サン－ラザールの牢獄に幽閉されることになる(2)。しかし、ブリエンヌは大臣でありながら破廉恥な作品をものする作家として密かに活動したような人物ではない。彼を非難すべきつまらないみだらな詩句があるわけでもないし、彼が何らかの作品を出版したために、国家の秘密が暴かれたということもない。それゆえ、彼が（短いものではあったが）自分の経歴と作品とを結びつけたそのやり方こそ、まさに国務秘書官の活動それ自体を作家の活動として探索する糸口となる。このような角度からルイ一四世治世初頭の大臣の職務を検討することで、権力装置の問題の中に実際の行政手続きの問題を再び組み込むことができるだろう。

きらめく知性、学者ぶった著述家

医師であり学識のあるギ・パタンは、ブリエンヌの失寵について次のように述べている。「ああ、ひとりの若者が破滅しました。神がお救いにならなければ、おしまいでしょう。賭博といかさま師たちのせいです。もっとましな終わり方もあったでしょうに。誠実な紳士《オネットム》でしたし、学識もあったのですから(3)」。実際ブリエンヌはずいぶんと若い頃からラテン語の詩の作者として知られていた。また彼の名を世に知らしめたのは、一六五三年から五五年にかけて行われたヨーロッパ周遊の旅で、ラップランドまで足を伸ばしたその旅の記録《レシ》が一六六〇年に出版されていた(4)。一六六二年にはまたしてもラテン語で、彼の絵画コレクションの目録と、ラテン語の詩人ガブリエル・マドルネの遺作集を刊行している(5)。

ブリエンヌは『メモワール』の中で、良きにつけ悪しきにつけ雄弁と文芸の能力が彼の政治的な運命において重大な役割を果たしたと繰り返し述べている。〈グランド・ツアー〉によって彼は栄光に包まれた。それは修行の旅というより、未来の国務秘書官の華々しい旅行であり、ヨーロッパ中の宮廷をうっとりとさせた。帰国後彼はマザランから歓迎され、以後マザランは、折り合いの悪かった父親のほうよりも息子のほうを好んで用いたようである(6)。ところが、その後彼は決定的な過ちを犯す。旅の記録《レシ》を出版するのだ。これが彼の名声を荒々しく変えたという。

もしラテン語がそんなに好きではなかったら、あるいは少なくとも、ラテン語に堪能であることを隠す術を

（2）ブリエンヌ親子の失寵については、次の文献を参照。Jérôme Cras, « La charge de secrétaire d'État des affaires étrangères de 1661 à 1663. Histoire d'une démission », *Études sur l'ancienne France offertes en hommage à Michel Antoine*, textes réunis par Bernard Barbiche et Yves-Marie Bercé, Paris, École des chartes, 2003, pp. 115-127. ブリエンヌについては、次を見よ。Géraud Poumarède, « note Brienne », dans Lucien Bély et alii (dir.), *Dictionnaire des ministres des affaires étrangères*, Paris, Fayard, 2005.

（3）アンドレ・ファルコネ（リヨンの医師）に宛てた手紙。一六六四年一月二九日。*Lettres de Guy Patin*, J.-H. Reveillé-Parise（éd.), Paris, J.-H. Baillière, 1846, tome 3, p. 455.

（4）*Ludovici Henrici Lomenii, Briennae comitis... Itinerarium*, Paris, Cramoisy, 1660.

（5）*Gabrielis Madeleneti Carminum libellus*, Paris, Cramoisy, 1662 ; Ludovicus Henricus Lomenius, Briennae comes... de Pinacotheca sua, ad Constantinum Hugenium... Auriaci principis ad Regem oratorem, Paris, Le Petit, 1662.

（6）この名声がブリエンヌのでっちあげでないことは、特に二つの文書に残る痕跡からわかる。ブリエンヌの婚約の際に書かれた、ロレの『ミューズ・イストリック』（一六五五年一二月一八日）の記述は次のように述べる。「傑出した名声」をブリエンヌが獲得したのは「その素晴らしい知性／その才気、その良識のゆえである」（Jean Loret, *La Muze historique, ou Recueil des lettres en vers contenant les nouvelles du temps*, Jules Ravenel éd., Paris, P. Jeannet, P. Daffis, 1877, tome 2, p. 133）。サン－シモンがブリエンヌに割いた頁によって、この名声が長く続いたことがわかる。「その少し後、ブリエンヌ殿が亡くなった。当時その分野では希望の星だった人物で、きわめて学識豊か、ヨーロッパのあらゆる難解な言語を完全に身に着けていた。かなり早い段階で、父親から職を引き継ぐ権利を得てもいた。（……）ロメニ〔父親〕は息子がしっかりと職務を遂行できるようにしたいと考え、まだ一六歳か一七歳のときに、イタリア、ドイツ、ポーランド、北欧諸国、それもラップランドまで旅させた。人一倍輝いていた彼は、これら国々でさらに成長した。大臣たちやそこで出会った要人たちと交わり、ラテン語で見事な報告を送った。宮廷に戻ってからは、素晴らしい成功を治め、一六六四年までその大臣職で……」（Saint-Simon, *Mémoires*..., éd. Yves Coirault, Paris, Gallimard, 1983, col. ‹ Bibl. de la Pléiade ›, tome 1, p. 471）。

知っていたなら良かったのに！　ラテン語ができてもかまわない。しかし、それを誇示すべきではなかったのだ。著述家をもって自ら任じて以来、宮廷では皆が私を学者ぶった奴《ペダン》と見なした。宮廷で言われるような意味では、学者ぶってなどいないのに。私の保護者であり同僚であるル・テリエ殿もそのことについて何がしか表さずにはいられなかった。覆水盆に返らず。もはや手遅れだった。私の『旅行記』はルーヴルで印刷され、あちこちに出回っていた。さらに友人のひとりに勧められるまま二刷目を出したことが追い打ちをかけた。もはやこの災いに手の施しようはなかった。自分が思い違いをしていたのだ。この苦杯をゆっくりと飲み干すしかなかった。この日以来、私は自身の運命の凋落に気づいた(7)。

コルベールの下で著述家の世界の見張り役を務めた批評家のジャン・シャプランは、オランダの学者ハインシウスに国務秘書官の失墜を知らせる書簡の中で、ブリエンヌの文人としての選択を、もっと全体に関わる乱脈の兆しと見なした。

ブリエンヌ殿の振舞いがそれほど品行方正だったわけではありません。それに彼は〈学芸《ミューズ》〉に対して情熱をもっていましたが、そのような称賛すべき事柄においてさえ、慎重を欠いた振舞いをしなかったわけではないのです。実際のところ、キケロの文体を軽んじ、タキトゥスのそればかりを良しとする人物、他のどんな作家よりもプリオロを高く評価する人物、そしてマドルネの伝記を書くことを誇りとし、彼の詩作品を出版した人物、このような人物の見識をどう評価すべきでしょう(8)。

ここでブリエンヌは、ラテン語の著述家を好む、時代遅れで、政治的感覚に乏しい人物であると同時に、自分の地位を維持できない人物として描かれている。歴代皇帝の破廉恥な振舞いを暴露したタキトゥスへの愛着は、普通の国務秘書官ならば悩みの種となろうし、彼ほどの地位にある者なら、ただの一作家の伝記の計画など公言すべきではないだろう。文芸への情熱が高じて正道を踏み外した人物、シャプランの手紙に描かれるブリエンヌのこうした姿は、結局のところ、ブリエンヌが自分自身を見つめる眼差しを強化するように見える。しかしながら、この一致はうわべだけのことであり、分析してみるだけの価値がある。ジャン・シャプランは文人であると同時にしたたかな政治家であり、その経歴を通じ、同時代の文人たちを位置づけることで自分自身を社会的に位置づけ、この方法でプロの著述家というアイデンティティから必要な距離を保つよう細心の注意を払っていた。名声を維持するためには、プロの著述家というアイデンティティに自己を閉じ込めないようにすることが特に肝要だったのだ[9]。ここでラテン語の問題は意味深長である。ラテン語の著述家たちに対するシャプランの辛口の評価は、彼が長年にわたって追い求めてきた文学の形と関連させることで意味をもつ。彼は学者の世界から一番離れたところで、そして宮廷のすぐそばで、新しい文学を求めていたのだった[10]。それとは逆に、ブリエンヌ（息子）にとってラテン語の運用能力を誇示することは、ラテン語が特にドイツ諸国と交わす外交文書で正式に用いられる言語であっただけに、その職務を遂行し始めるにあたって有利に働いただろう[11]。

（7）*Mémoires de Louis-Henri de Loménie comte de Brienne*..., Paul Bonnefon（éd.）, Paris, Société de l'histoire de France, 1916-1919, tome 1, p. 45. このブリエンヌの『メモワール』の別の一節では、彼を陥れようとする敵の行為に言及する。その行為とは、彼が部局の法令をラテン語に訳すにまかせるというものだった。さらに別の個所では、王がある条約をラテン語に翻訳させるためコサール神父のもとにもって行かせたのは、彼ではなくル・テリエ神父ということになっている。彼はこの事実を、数週間後に現実のものとなった失寵の前触れとなるしるしとして思い返している。

（8）*Lettres de Jean Chapelain*, publiées par Philippe Tamizey de Larroque, Paris, Imprimerie nationale, tome 2, 1883, p. 292.

（9）Jouhaud : 2000, pp. 97-150.

（10）Viala : 1985, pp. 24-40.〔『作家の誕生』、二九〜四八頁〕

（11）Françoise Waquet, *Le latin ou l'empire d'un signe XVIe-XXe siècle*, Paris, Albin Michel, 1998, p. 121.

しかし『メモワール』を執筆しているとき、ブリエンヌはひとりの文人の状態に戻っていた。『メモワール』を書き始めた一六八〇年、彼はすでに六年間をサン＝ラザールの牢獄で過ごしていた。御し難くなっていた彼を幽閉するよう、家族が要請したのである。失寵のあと身を寄せていたオラトワール会は一六七〇年に追い出され、あちこちに借金をこしらえ、あまつさえドイツへ突拍子もない旅に出て、そこで無分別な振舞いに及んだのだった[12]。その後、一六九二年にサン＝ラザールを出て、ある修道院で生涯を終えることになるが、そこで死の直前、彼は『メモワール』の補遺を書く。権力も、縁者も、財産もないメモワール作者のブリエンヌにとって〔財産の大半は一六六〇年代末に子供たちに贈与していた〕、することと言えば音楽か書きもの《エクリチュール》ぐらいだった。作品の大部分は失われてしまったが、彼が作成した長い著作一覧がその事実を伝えている。何はともあれ彼は作家となった。それゆえ彼は、政治家としての運命に対して文学的才能が果たす役割を過大評価するのだし、この場合について言えば、災いの原因と見なすのだ。

実を言えば、ルイ＝アンリが職務につけたのは、母后アンヌ・ドートリッシュの腹心と目されていた彼の母親の尽力による。彼女が息子のために母后から外務卿の襲職権を得たのだった。一六五一年八月、母后の摂政期が終わる直前のことである〔九月七日にルイ一四世は成人宣言を行う〕。それはちょうど、リオンヌが手強い競争相手として姿を現し始めた時期でもある。リオンヌはおじのアベル・セルヴィアンの部局である陸軍省で働き始め、一六三九年以来、マザランの忠実な召使いとなっていた。リオンヌはマザランの秘書であったが、一六四〇年代以降、主人から外交上の任務を任されていた。マザランも、アンリ＝オーギュスト・ド・ロメニ〔父ブリエンヌ〕を遠ざけて、自ら外交問題の細部に関わっていた[13]。フロンド〔一六四八－五三年〕の後、相変わらず枢機卿マザランの指導を受け続けたリオンヌは、フランスの外交活動における真の中心人物として認められ、ブリエンヌ父子の担当部分を減らし続ける。その背景には、母后の政治的影響力が徐々に失われていたこともある。例のヨーロッパ旅行に際してルイ＝アンリがローマを通ったとき、リオンヌもマザランに派遣されてそこにいたが、一六五五年にルイ＝アンリ、アンリ＝オーギュスト〔父ブリエンヌ〕、そしてリオンヌの三者が交わした書簡は、リオンヌとブリエンヌ父子の間に水面下で競争が起こっていることを示している[14]。その後の年月の間に、ユーグ・ド・リオンヌは権限をより一層確固たるものにする。スペインとの交渉を主導したのも彼だし、マザランに付き従いサン-ジャン・ド・リュズに行き、交渉の仕上げをしたのも彼である。息子のブリエンヌは、『メモワール』の中で、どのようにマザランが彼を遠ざけたのか、次のように語っている。曰く、「実を言えば、マザランは、もし健康が許すならば私の父を連れて行くはずだった。しかし、私について言えば、スペイン人の口髭に対抗するには、まだ顎鬚が十分に生えそろっていなかった（これはマザラン殿自身の言い回しである）」。さらにブリエンヌは、どうして内容を確認することなくピレネー条約に署名しなくてはならなかったかについても語る。国務秘書官として彼の署名は不可欠だった。しかしマザランは、いくつかの条項について、彼が内容を知ることを望まなかったのだ[15]。マザランの死〔一六六一年〕も、こうした状況に何の変化ももたらさなかった。ブリエンヌがルイ一四世の愛顧を賜った様子はほとんどないし、逆にリオンヌは大臣として上階顧問会議〔＝御前会議〕入りを果たす。ブリエンヌ父子、特に息子ルイ-アンリは、事実上リオンヌに従属する立場にあることを痛感させられる[16]。当時、彼ら父子の転落は、変則的状況の正常化として受け止められた。つまりリオンヌは、権力装置の中で彼が実際に占めていた地位に合致する職務、すなわち国務

---

(12)　この記述は、ブリエンヌの『メモワール』に添えられたポール・ボヌフォンの序文に拠る。*Op. cit.*, tome 3, pp. xx-xxxviii.

(13)　Géraud Poumarède, « notice Brienne », *op. cit.*, pp. 55-56. 同じ事典のジェロム・クラス（Jérôme Cras）によるユーグ・ド・リオンヌに関する箇所（pp. 636-66）も参照せよ。

(14)　*Mémoires de Brienne*, *op. cit.*, tome 3, appendice, pp. 271-288.

(15)　*Ibid.*, tome 2, pp. 14-16.

(16)　息子ブリエンヌはルイ一四世に宛てた一六六二年一月二〇日付の仰々しい手紙でこの状況に不満を述べている。「陛下が私にいかなる寵愛をお示しになり、いかなる恩恵を与えて下さったとしても、私が職務をまっとうするほどには利益をもたらすとは思えません。なぜなら、御寵愛と御恩恵は陛下の御稜威の結果にすぎませんが、私が懇願いたしております職務は陛下に対する尊敬のしるしだからでございます」（Jérôme Cras, *art. cit.*, p. 121からの引用）。

秘書官という職をようやく獲得することができたのだった。彼がブリエンヌ父子に国務秘書官の職を買い取ると最初に申し出たのは一六五七年のことで、その後数年にわたり何度も申し出を繰り返していた。その際、マザランも、のちには王も、同意していたようである[17]。

したがって、息子のブリエンヌは国務秘書官にはそぐわない作家としての活動ゆえに立場を危うくしたのだ、と考えるのは難しい。それとは逆に、以下のような仮説を立てることができるだろう。彼は父親がマザランの寵を失い、リオンヌが台頭してきたために、自分の地位が極めて危うい状況にあることを理解していた。彼は地位を守るため、文学的名声に賭けたのだ。つまりブリエンヌにとって、作家であることが国務秘書官であるための彼なりのやり方だったのである。

息子のブリエンヌは、ルイ一四世の政府の名簿にほとんど姿を現さない。彼が職務を遂行したのは治世のごく初め、わずか五年にすぎない。そのうえ、リオンヌに従属し、依然父親が脇についていたのだから、その職務も不完全なものだった。それに同時代の批評家たちから文学的評価を得ることもなかった。おそらくその理由は、彼の作家活動が精神錯乱と結びついたままだったからだろう[18]。いずれにせよ、彼の『メモワール』は有名な何カ所かがたびたび引用されることはあるけれども（例えば、マザラン死去後の最初の国王顧問会議の記述《レシ》など）、その特殊性を考慮に入れて分析されたり用いられたりしていない。しかしながらこの『メモワール』は、メモワール作者とは少しずれた政治上の位置の現実について、まさしくたくさんのことを教えてくれる。彼が権力闘争におけるエクリチュールの役割を強調するのは、失寵の大臣にして作家としてである。彼の観察を「行政における実践《プラチック》」の歴史研究に用いることは容易だろうし、実際そのように利用されている。しかしこの「行政における実践」という概念は、官僚世界の発展を描写するのに重宝であるとしても、観察された慣習《ユザージュ》を政治的選択の問題からしばしば切り離してしまう。それればかりか、政治抜きの権力行使という見方へと誘いかねない。つまり、権力行使は単なる配置換えの問題であるとか、政治的手続きの永続化や変形の問題であるといった、政治を抜きにした見方に還元されかねないのである[19]。それに対し、ブリエンヌの証言の利点は、さまざまな出来事の中で賭けられたエクリチュールの実践を、勢力争いの問題に絶えず連関させることにある。こうしてブリエンヌの証言は、権力の中枢におけるエクリチュールの社会－政治的な用途の歴史研究に道を開くのである。

国務秘書官、それでも秘書に変わりない

事実、枢機卿猊下〔マザラン〕は私をとても親切に扱ってくれた。猊下と二人きりになっても窮屈な思いをすることはなかった。私と猊下は打ち解けて話をした。私はいつも猊下の口述筆記を行った。私は敏捷な手と

（17）ドーフィネ会計法院部長評定官を務めるおじ、アンベール・ド・リオンヌに宛てた手紙を参照せよ。一六五七年一月二六日、リオンヌは彼に内密で以下のように伝えている。「私はブリエンヌ殿と彼の外務卿の職について交渉中です。彼は抱えきれないほどの借金を背負い、辞職したがっており、かつ辞職せねばならないのです。彼はそのための莫大な金額を必要としていますが、私はそれに応じることに決めました。ですから、もう難しいことはないでしょう。それに関して、襲職権を持ち、すでに宣誓を済ませた彼の息子が、辞職するくらいなら身を引き裂かれたほうがましだと申しております。そのうえ、この息子はシャヴィニ殿の娘と結婚しました。この姻戚関係が変に働いて、彼はこの計画にしがみつき、この職が一族の手から離れないようにしています。〔ですが〕私は母親であるブリエンヌ夫人に一〇万リーヴルを約束し、役職の代金とは別に受け取らせることにしています。そのことは誰も知りません。両親は売却に同意し、売りたがっています。ただ息子が、金額で頑なに抵抗しているのです。（……）枢機卿猊下〔マザラン〕は、王が一〇万エキュ援助してくださるだろうと、ありがたくも約束してくださいました」（*Lettres inédites de Hugues de Lionne, ministre des Affaires étrangères sous Louis XIV, précédées d'une notice historique sur la famille de Lionne*, annotées et publiées par le Dr Ulysee Chevalier, Valence, Imprimerie de chenvier, 1877, pp. 91-92）。

（18）ロメニ・ド・ブリエンヌの「病気一覧」の諸要素（浪費癖、被害者意識）は、彼にのしかかっていた社会－政治的な圧力という文脈の中に置き直してみる価値はある。いずれにせよ、彼のエクリチュールの鋭さは一目瞭然である。

（19）Michel Antoine, *Le Cœur de l'État. Surintendance, contrôle général et intendances des finances*（*1552-1791*）, Paris, Fayard, 2003 ; Thierry Sarmant et Mathieu Stoll, *Régner et gouverner. Louis XIV et ses ministres*, Paris, Perrin, 2010.

鋭い耳をもっているので、猊下に言葉を繰り返させることは決してなかった。私は猊下が話すのと同じ速度で書くことができた。猊下はそれをたいそう喜んでおられた。ただ、猊下には私が書いたものが読めなかった。というのも、省略記号がたくさんあったからだ。ある日、猊下はそのことについて不満を述べられた。それで私はゆっくり書くことにしたが、そのため猊下をずいぶん待たせることになった。猊下はこうおっしゃった。『私が間違っていたよ。いつものように拍車をかけなさい。そのほうがずっと気が楽だ』。そこで私は言われたとおりにした。それが理由で国王はまだ残っていた三年を書面で免除してくださったのだった[20]。

一六五八年、アンリ－オーギュスト〔父ブリエンヌ〕が病に倒れた。当時息子はまだ二三歳にしかなっておらず、この免除状がなければ父の職務を遂行するのにあと三年待たねばならず、そのときから免除状は懸案事項となっていた。ブリエンヌ父子にとって、この免除状は国事の中枢に居続けるための手段だったのである。リオンヌがライバルとして登場していたため、父子にとって中枢に留まり続けられるか、とても厳しい状況にあった。だからこそ、ルイ－アンリは宰相マザランの目に不可欠な存在として映らねばならない。彼の記述《レシ》によれば、「敏捷な手」と「鋭い耳」のおかげで、彼はそれに成功する。

国務秘書官は省の公文書の写し《デペッシュ》を交付するのが職務である。しかし実際には、この仕事は一連の行為のすべてを含む。すなわち、まず公文書の草稿を提示する。これは公文書が完全に彼の手になるということを意味する。あるいは、事前の指示に従うか、顧問会議での議論の後で、最初の報告書を作成する。次いで交付用の写しを清書させる。最後に書簡に副署する。国務秘書官はこれらの作業の全体ないしその一部を実行することができる。このうち、署名だけは絶対に国務秘書官が負わねばならぬ手続きだった。もちろん、公文書の執筆過程には、国務秘書官が関与する部分を統制する手続きがいくつも存在する。しかし、それらの手続きは、純粋に行政上の変更によって頻繁に変化しやすい。そうした変更は国家事業の適用への配慮、最終的には国家事業の合理化への配慮に結びつけることができるだろう。さらに手続きの変化は、さまざまな決定を下す作業に関与可能な人々、すなわち、王、宰相がいれば宰相、大臣たち、そして私設事務官《コミ》の人間関係が変わったために起こることもある。この人間関係は、特に大臣たちの間においては、たいていの場合、力の関係である。

『メモワール』の中で息子のブリエンヌが行っていることは、まさに国務秘書官の職務に属している。すなわち、彼が口述筆記を行っているのは、おそらく彼の所属する省の公文書の草稿で、その後、清書させる仕事が待っている（このことは文書作成時点における関与をうかがわせる）。それでも、相変わらず彼ははっきりしない立場にあったようだ。彼は見習いの国務秘書官である。しかしそれと同時に、彼はこの記述《レシ》で、マザランとの間に維持する関係の奉公人としての側面（それはまた彼の若さにも起因する）を強調している。そうした記述の特徴全体からして、彼は私設秘書でもある。彼が書いている内容は正確にはわからない（彼は自分の職務に属する公文書を作成しているだけだろうか、あるいはマザランに頼まれたものすべてだろうか）。ブリエンヌは自分に対する宰相の親しげな態度を喜んでいる。その一方で、ブリエンヌが言うには、マザランは奉公人に対するような感謝と不信の双方をブリエンヌに感じている（マザランはブリエンヌの仕事で「気が楽」になる。が、ブリエンヌの書くことを統制したがる。それはマザランが省略記号の使用を好ましく思っていないことからわかる）。

一六五八年にブリエンヌが置かれていた危うい立場を鑑みれば、『メモワール』で語られていることを無視するわけにはいかない。そのうえ、国務秘書官であることには、上記のような従属的な執筆活動《エクリチュール》が含まれていたこともわかっている。彼の記述《レシ》の利点は、こうした記述行為の総体と純粋に政治的な行動との結びつきをはっきりと見せてくれることである。ここでは彼の政治的な行動は、父アンリ‐オーギュストの跡目を予定より早く引き継ぐという出来事を通じて脚色されている。よい秘書であるための技能、それは主人を喜ばせる技能であり、書く技能と渾

（20）*Memoires de Brienne, op. cit.*, tome 3, pp. 79-80.

然一体となっている。そうした技能があればこそ、一六五八年に宮廷がリヨンに旅した際、ブリエンヌは例の免除状を得て実際に国務秘書官として国王のお伴ができたのだ。国王の許可という形をとったこの免除状は、ブリエンヌ家の貴重文書の記録簿に保管された。この免除状を読めば、国務秘書官就任という成功の中で、ヨーロッパ旅行からの帰還以来、きらめきと学識と雄弁さを兼ね備えた当時のブリエンヌ伯を包んでいたオーラが、いかほどのものであったかがわかる。息子ブリエンヌの要求を正当化する論拠は三つある。父アンリ＝オーギュストの有能かつ忠実な奉仕、この職務におけるブリエンヌ家の勤続年数の長さ、そして息子アンリ＝ルイの早熟な才能。実際、免除状では以下のように説明がなされている。

国王陛下に対し、ブリエンヌ伯殿から、息子ブリエンヌ伯殿が今からすぐに国務秘書官の職を遂行できるようお許しいただきたいとの願い出があった。後者はまだ二三歳ではあるが、前者が留守ないし病の場合に陛下にお仕え申し上げることができるようにするためである。そのための十分な教育も施されていると信じ（……）、また息子ブリエンヌ伯殿が国務秘書官の職で陛下にお仕え申し上げる力も身につけていると確信する。なんとなれば、父ブリエンヌ伯殿は息子が年若い頃から並々ならぬ入念さで教育を施し、ここ九二年来、自らの命令の下で国務秘書官の職に属するあらゆる事柄を彼に取り扱わせていたからである。しかしそれだけでなく、息子ブリエンヌ伯は、国務秘書官職の省庁にとって最も重要な外事について通暁しているからである。それは彼がヨーロッパのほとんどすべての王国と領邦を見、国王陛下の主だった同盟者である君主方の宮廷のひとつひとつに長く滞在したためである。さらにそこで、外事で必要不可欠な諸言語も完璧に身につけた。それゆえ国王陛下には、規定年齢に達していないとしても、能力で埋め合わせられると、期待するに十分な理由があった……。(21)

ブリエンヌ父子がこの文書の作成に関わったことは十分にありうる。ルイ一四世がこのような宣伝文に同意していたと結論づけるわけにはいかない。それはマザランとて同じだ。しかし、彼らがその宣伝文に無関心だったことにもならない。その一方で、父からしっかりと教育をほどこされ外国語にも堪能といった形で、ルイ-アンリ・ド・ロメニの文芸をめぐる名声が入念に構築されていたからこそ、王寵が正当化されねばならないこうした状況において、その名声が有効利用されるのだということがわかる。

王のエクリチュールと文学

王の名のもとに作成される文書において、王に相応しい形式で話させることは、国務秘書官の典型的な技術である。ブリエンヌは『メモワール』の中で、この点についていくつも意見を述べている。ありきたりの表現も見られるが（「要点は偉大な事物について威厳をもって話すことである」）、思いもよらぬ指摘も見出される。例えば、彼が同僚たちを比較対照するとき、素早く書く能力の重要性が強調される（「リオンヌ殿は易々と書いたが、品に欠けた。ポンポンヌ殿は、逆に、完璧に書いたが、文書を作成するのに途方もなく呻吟した。それゆえ彼は失寵したのである」）。つまりは、国務秘書官の能力はたんに思慮深い顧問官のそれなのではなく、時間と格闘しつつ大急ぎで文書を作成せねばならない秘書のそれでもあるのだ。

ブリエンヌに一貫する思考のひとつは、どんな種類の文書《エクリ》にもそれぞれ専門家がいるという考えである。外務卿〔外交担当の国務秘書官〕の職に就く者は、多種多様な文書を作成できなければならない。例えば、公開状、国王宣言、さらには急送文書《デペッシュ》、そして大使に宛てた訓令など。ブリエンヌはそのような職務の難しさを強調しようとする。こうして彼の考察は行政用語の自律化の方向へと進むように思われるかもしれない。その場合、行政用語を自

(21)　BNF. Mss. NAF 23620, pièce 33, dispense d'âge.

家薬籠中のものとすることは、国務秘書官およびその私設事務官《コミ》などの専門家の専有物ということになろう。例えば、ブリエンヌは人生の暮れ方に作成した『メモワール』のある一節で、彼自身やその他の大臣の下で働いた何人かの私設事務官の能力について、全体的に称賛の色合いの濃い、長い注釈を書いている。例えば彼は、アベル・セルヴィアンとポール・アルディエ（一五九五－一六七一）を比較する。セルヴィアンは急送文書の作成に長けていたが、「勅令では王に上手く話させることが苦手だった」。他方、アルディエはと言えば「国務秘書官の筆頭事務官《プルミエ・コミ》の中で、我らが王を最も上手に話させることができる人物だった。つまり、君主の威厳、そして君主の言葉ならびに人格と切り離すことのできない尊厳に相応しい話し方をさせることができた[22]」。

一六八〇年に出版されたルイ・オーブリ・デュ・モーリエの『ホラント州ならびに他のオランダ諸州の歴史のためのメモワール[23]』の一節を、今引用した箇所と比較すると、得るところが多い。オーブリ・デュ・モーリエは、オランダ駐在フランス大使の息子で、この作品において、オランダの政治家たちの伝記という形式をかりてオランダの歴史を語りながら、父親の名声を擁護している。作品の冒頭、彼は雄弁さの欠如を、若いころの長い外国暮らしと結びつけて弁解し、そのうえで「慢心で膨れ上がったくだらない批評家たち」を激しく非難する。彼らには「歴史について判断する」資格などない、というのだ。そうした批評家たちに対置されるのが、「こうしたメモワールの尊敬すべき有能な」判定者たちで、部長評定官ド・トゥ、デュピュイ兄弟、そして「部長評定官アルディエ殿」が該当するという。この最後の人物（アルディエ）は、一六二〇年代にフェリポー・デルボの筆頭事務官《プルミエ・コミ》を務め、リシュリウの信任厚く、一六三四年にはパリ会計法院の部長評定官となった人物であるが[24]、デュ・モーリエはこの人物について以下のように言葉を続ける。

彼の急送文書《デペッシュ》も、彼の手になる公式声明と同様、きわめて自然で力強かったものだから、三〇年以上前のことだが、物事の価値を知り皆から尊敬されていたコンラール殿が、私にこんなことを何度も言ったものだ。アルディエ殿の筆に頼らなくなってからというもの、フランス王たちはその支配力《アンピール》に相応しい尊厳をもって語らなくなってしまった、と(25)。

このテクストの揺れは注目に値する。オーブリ・デュ・モーリエは文芸に携わる著述家を、（ド・トゥやデュピュイ兄弟といった）著名人たちと対置する。後者はいずれも、学識を身につけた歴史家の仕事を体現し、その職掌柄国家文書にアクセスできる人物たちである。しかし、ここでアルディエの能力を保証しているのは、アカデミ・フランセーズ第一秘書のヴァランタン・コンラールである。確かに彼は、国王秘書官として公開状の作成にたずさわっている。しかしその一方で、彼はデュ・モーリエが酷評する著述家たちの世界を統括する立場にもあるのだ(26)。デュ・モーリエが強く主張するのとは反対に、文芸の著述家たちがあらゆるエクリチュールの価値を保証するようになったのである。

たくさんのメモワールを読んだブリエンヌは(27)、ある詩の中でコンラールの人物像に言及しているが(28)、アルディエ

---

(22)　*Mémoires de Brienne, op. cit.*, tome 3, pp. 187-198.

(23)　*Mémoires pour servir à l'histoire de Hollande et des autres Provinces Unies, Où l'on verra les véritables causes des divisions qui sont depuis soixante ans dans cette République, & qui la menacent de ruine*, Paris, Jean Villette, 1680.

(24)　ポール・アルディエについては以下を参照。Camille Piccioni, *Les premiers commis des affaires étrangères au XVIIe et XVIIIe siècles*, Paris, E. de Boccard, 1928, pp. 77-91 ; Agnès Chablat-Beylot, *Une famille de financiers au XVIIe siècle. Les Ardier, seigneur de Beauregard*, Thèse des chartes, 1994.

(25)　Aubery du Maurier, *Mémoires*…, *op. cit.*, préface n. p.

(26)　Schapira : 2003.

(27)　ブリエンヌは自身の『メモワール』の中で、いくつもの同時代のメモワールに言及している。

(28)　BNF, Mss. F. Fr 6450, p. 355.

に関するオーブリ・デュ・モーリエの見解を明らかに踏襲している。そこから、その大使の息子〔デュ・モーリエ〕の作品で機能している価値生産の仕組みを、彼が自発的に採用しているということがわかる。ここでもう一度、ブリエンヌが『メモワール』で同僚たちを対比している箇所に戻れば、ブリエンヌの思考の歯車がルイ・オーブリ・デュ・モーリエのそれと極めて近いことがはっきりとわかる。

セルヴィアン殿には、私が力説しているような、あの自在な能力があった。さまざまな用件について彼以上に巧みに書ける者は一人もいなかった。しかし、彼はいくぶん突飛なところがあって、本体と影を取り違えることがあった。彼の同僚のダヴォー殿は、より多くの判断力を備えていた。彼の手からは、最終的に完成したものの他は一切何も出てこなかった。彼が書くラテン語の手紙は、キケロの手紙のように入念だった。フランス語の書簡《デペッシュ》は、ヴォワチュールとバルザックの最も見事で推敲された書簡と同じくらい洗練され雄弁だった。これら二人の大臣が応酬した作品を集めて刊行したものがあるけれど、それらを細かく分析してみれば、セルヴィアン殿が彼のライバル〔ダヴォー殿〕とはまったく違った形の鋭敏な精神の持ち主であると判断しない者はない。ダヴォー殿の返答はセルヴィアン殿に比べてあまりに劣っているように見えるため、あのような返答には、偉大なるダヴォー殿を見出すことができない。それほどに、論争や弁明においては、易々と書き、広範な知識を備えた者の発言のほうに、常に耳が傾けられるわけである。(29)

失寵した大臣ブリエンヌは、ミュンスター条約の交渉においてライバル関係にあった二人で人物比較を試みている。この二人の比較は当時しばしば行われていた。彼らの衝突は、論争調の色濃い往復書簡が刊行されたことで有名になった。(30) ブリエンヌにしてみれば、書く技術で二人の甲乙をつけることが重要であり、そうすることで、特殊な能力を要するこの執筆活動という点で、国務秘書官の価値を維持しておきたいのである。ところで、外交文書を評価するのに、ブリエンヌの筆は、書簡集で有名な同時代の二人の作家（ジャン＝ルイ・ゲーズ・ド・バルザックとヴァンサン・ヴォワチュール）への参照が重きをなす。しかし、それだけではない。職務にあたって「ラテン語の手紙」も「フランス語の書簡」もあれほど見事に書く同じダヴォー伯が、刊行されたセルヴィアンとの往復書簡の中では、ライバルであるセルヴィアンよりもずっと劣った存在のように見えることを、ブリエンヌは嘆く。実はそのとき、書簡《デペッシュ》〔急送文書の意味もある〕の価値は印刷された小冊子《パンフレ》と比較してほとんど重みをもたないと、彼はそれとなくほのめかしているのである。

ここで大事なのは、例えば大臣たちの文芸嗜好のような文化モデルの拡散を識別することではなく、文書《エクリ》による行為《アクシオン》の可能性を理解することである。すなわち、私たちがブリエンヌの視点や、オーブリ・デュ・モーリエおよびコンラールの証言をもとに、国務秘書官の活動の文芸的側面を強調してきたのは、大臣たちの経歴が、彼らのエクリチュールが表に現れる場所とは異なる舞台の上でも繰り広げられているということを理解せねばならないからである。大使に対する訓令は、実際いくつもの手を必ず通り、注釈がつけられるし、そのような訓令であれば、仲間内の限られた範囲内ではあるが、訓令作成の中心人物の名声を養うわけである。小冊子《パンフレ》ないしラテン語の旅行記として印刷出版される際には、名声に作用するとはいえ、その作用の仕方は同じではない。ところで、公文書《デペッシュ》を巧みに書くことが重要に違いないというその発想は、印刷物という舞台、そしてその当時文学的成功という現象がもたらす魅惑とも関連づけられる。

（29）*Memoires de Brienne, op. cit.*, tome 1, pp. 43-44.

（30）*Lettres de messieurs d'Avaux et Servien, ambassadeurs pour le Roy de France en Allemegne, concernant leurs differens et leurs responses de part et d'autre en l'année 1644*, s. l., 1650.

王にジャンセニストのような話し方をさせる

王のエクリチュールと文芸の関係もまた、別の次元に位置づけられる。すなわち、ルイ一四世の行政文書作成に関わる人びとは、読者に対する文書《エクリ》の効果という問題を抱え続けたのである。例えば、王の決定を伝える文書では、念入りに動機が述べられ、（勅令、王令、国王宣言のような文書は）刊行されることも多い。あるいは、行政書簡では、政府から出されるものと、王国内の諸地方や外国の大使から送られてくるものとがあるが、この書簡について言えば、情報を伝えたり命令を下したりすることだけが問題なのではない。名宛人に対して報告し、説明し、弁明して、説得しなくてはならないし、そうすれば、受け手が別の行為者《アクトゥール》への中継となる可能性もある。したがって、これらの文書《エクリチュール》には、いくつもの選択が認められ、行政文書をひとまとまりのテクストとして眺めることで、それらの選択が見えてくる。[31] ただ、この選択には危険が伴うこともある。一六五八年にブリエンヌに降りかかった災難の話がその一例だ。その出来事が起こったのは、ブリエンヌが〔国務秘書官の〕職務を遂行する権利を得た数週間後のことである。

ある日、宮廷がリヨンにいたときのことである。プロヴァンスへの旅行が話題になっていた。私は母后〔アンヌ・ドートリッシュ〕の居室で、彼女が身支度をする間、聖女マドレーヌの聖遺物の移送に関する公開状の草稿を読み上げていた。私はそれらの勅書を他ならぬダンディイ殿に作成させたのだった。そうするよう頼んできたのは、私の筆頭事務官《プルミエ・コミ》のフレーヌ殿で、彼はチオンヴィルの戦いで亡くなった故フキエール殿に仕えていたときからダンディイ殿と深い面識があった。そうこうしている間に、国王が入ってこられ、私に最初から読むよう命じられた。王はこれらの勅書がお気に召さなかった。そして、私が王に聖人のごとく語らせているが、自分は聖人ではない、とおっしゃられた。私は次のように答えた。これを作成したのは私の筆頭事務官であり、文体においても雄弁においてもフランスで最も才能ある人物の一人に手直ししてもらったのだ、と。「その才能ある間抜けは誰だ」。いつになく興奮して王は応じられた。「陛下、アルノー・ダンディイ殿でございます」。「それなら結構。しかし、あれでは余にまったく相応しくない」。王はそれらの勅書を取り上げて破き、私に投げつけてこうおっしゃった。「別様に作り直せ。勅書で余は王として語る。ジャンセニストとしてではない」(32)。

この挿話は、王による決定が執筆されるまでの、一連の利害関係を示している点で興味深い。まずは、ロベール・アルノー・ダンディイ。彼はポール・ロワイアルの中心人物であるだけでなく、国務評定官でもあり、過去にはある財務監察官の筆頭事務官《プルミエ・コミ》を務め、国務秘書官の地位を何度か約束され、一六四三年の決闘を禁じた勅令の作成にも参与したとされる。次いで、アンヌ・ドートリッシュ。ここでは彼女の宗教的情熱が、聖女マドレーヌの聖遺物をプロヴァンス地方の町サン＝マクシマンへ移送するための儀式に寄せる関心に具現されている。そして若きルイ一四世。母后の機嫌をとる国務秘書官と、その筆頭事務官で母后同様篤信派に近しい立場にある人物を介しながらも、王の職務に打ち込んでいる様子がうかがえる。そして何よりこの挿話が明らかにしているのは、公開状の文体《エクリチュール》には、まさしくいくつか選択の余地があるということである。ここに現れる選択の賭け金は二重に政治的である。まず、この文体には、聖遺物移送の決定を正当化する言葉を通じて、王のイメージが賭けられている。そしてもうひとつ、この文体は、その当時盛んだったジャンセニスム論争における立ち位置の選択をも意味していたように思われる。この記述《レシ》のおかげで、ルイ一四世時代の行政文書の中に合理性の進展を見ようとする誘惑を挫くことができる。一般にルイ一四世時代の行政文書の特徴として、厳密な情報と結びついた明晰な表現の追求、そして、

（31）一六六二年の飢饉の災禍をコルベールに伝える、ある地方長官の手紙の分析を見よ。Jouhaud : 2009, pp. 272-275.
（32）*Mémoires de Brienne, op. cit.*, tome 3, pp. 154-155.

芸術や文学に対する王権の関心を背景とした美しい文体への配慮が指摘されてきた。しかし、言葉遣い《スチル》は政治的な関心事から切り離すことができないし、政治的な関心事はただ単にしっかりとした行政への配慮だけに還元できるものではないということが、この記述からわかるのである。

国務秘書官の秘書たち

聖遺物の逸話は、こうしたエクリチュールの政治に対する私設事務官《コミ》の関与をも示している。これは、事務方の職員集団が徐々に組織されていったという安易な見解に再検討を迫るものである。これまで事務方職員の増加は、社会的観点から見ても専門技術的観点から見ても、行政の近代化の要因とされてきたのだった。こうした見解とは逆に、ブリエンヌの『メモワール』は、事務局の業務における家臣団《ドメスチク》モデルの効用へと注意を促す。すでに見たように、ブリエンヌは躊躇《ためら》うことなく自分の私設事務官たちの仕事を描写し、それらを同僚の国務秘書官の仕事と比較することで、家臣団モデルを称賛しているのだ。これに限らず、彼や他の大臣たちの私設事務官は、『メモワール』の中でいくつかのエピソードに顔を出す。ルヴォワとブリエンヌは、それぞれの私設事務官たちと一緒にトランプやジュ・ド・ポム〔=テニスの前身〕に興じている。あるいは、マザランの死後、ルイ一四世が最初に開く顧問会議に出席するため、ブリエンヌが馬車に乗ってヴァンセンヌに行こうとすると、彼の私設事務官たちはどうしても一緒に行きたいとせがんだ。はたまた、小船に乗って私設事務官二人とナントに向かっているとき、私設事務官のひとりが財政長官フケの未来を予言し、それを聞いた筆頭事務官のパリが恐慌にかられたため、ブリエンヌは彼を落ち着かせねばならなかった。実際フケは、そのナントで逮捕されることになる[33]。国家要人の『メモワール』には珍しい、現実に向かって開かれたこれらの小さな窓は、官僚主義体制の確立過程に関する一般的な図式に多少の修正をせまる。普通、官僚主義体制の進展と言えば、地位の隔たりの強調、そして階層序列の明確化が含意されてきたのだった。彼ら私設事務官たちは、とても有能で、雇い主ともうまくやっているが、主人と家臣《ドメスチク》の関係という秩序はしっかりと守っている（ただし、彼らが主人と衝突したときは別だ）。私設事務官たちは、現代的行政を予示するものというより、アンシアン・レジームに根を下ろした、実際に機能する社会関係の現実なのである。一八世紀になって、彼らの置かれた条件が根底から変化したかどうか確実なことはわからない。ただ、ブリエンヌが私設事務官と結んだ絆の固さには証拠がある。一六九二年、ブリエンヌがサン＝ラザール修道院から釈放された際、かつて彼に仕えた私設事務官のうち四人が、彼に有利な証言をしているのである(34)。

政治行為としての行為の注釈

ここからはロメニ・ド・ブリエンヌの記述活動の別の側面について考えてみたい。その記述活動とは、彼が国務秘書官として関わった出来事について、その出来事の直後に作成した歴史記述のことである。

マザランの死の翌日に開かれた一六六一年三月九日、一〇日の顧問会議の有名な再編は、直ちにルイ＝アンリ・ロメニ・ド・ブリエンヌに不利に作用したわけではない。彼は機密顧問会議に列席するという大きな特権を得ている。その顧問会議には王によって選ばれた三人の大臣（ル・テリエ、フケ、リオンヌ）だけが集められていた。なるほど、その会議の中心議題は外交問題だった。しかし、そこにリオンヌが参加していたため、本来ならブリエンヌはいる必要がなかった。この事実が、ブリエンヌに与えられた特別なはからいを間接的に説明してくれる。つまり、同僚に代わって、ブリエンヌが顧問会議であれこれ長めの文書を読み上げるようルイ一四世によって頻繁に指名さ

（33）それぞれ以下のとおり。*Ibid.*, tome 3, pp. 195-196, tome 2, p. 58, tome 3, p. 56-58.
（34）*Ibid.*, tome 3, p. lii.

れたのは、彼の朗読能力、すなわち心地よい声、そして特に素早く読み上げる能力のためだったらしい。彼の同僚はと言えば、公文書《デペッシュ》を読むのがなんともたどたどしく、王をうんざりさせていたのだ。(35) しかし、ブリエンヌにはそれ以外に機密顧問会議で特別な役割があった。「目下の案件について採択された決定や王の下した命令の日誌」をつける役目を仰せつかっていたのである。この文書は、一九〇五年、「顧問会議覚書」という表題でジャン・ド・ボワリルによって刊行されている。(36) これは各会合で採択された決定の摘要であり、それらの決定の実行に関する注記が（後から）付されている。このメモ書き《カイエ》は一六六一年三月九日から始まり、フケ逮捕（一六六一年九月五日）の前々日で終わっている。半年しか書かれなかったが、何物にも代え難い。

息子のブリエンヌは、三週間後に機密顧問会議から排除された。その後、メモ書き《カイエ》（「顧問会議覚書」）はル・テリエによって引き継がれたが、最初の作成者ブリエンヌの手によって、決定の実行に関しての注記が続けられた。ブリエンヌの排除は、正式な肩書をもつ国務秘書官ブリエンヌに対してリオンヌが仕掛けた闘いの新しいエピソードと見なすことができるだろう。だとすれば、それは一六六一年三月の機密顧問会議におけるブリエンヌの目ざましい活躍を際立たせるだけである。この若者の文筆《エクリチュール》の才と趣味の良さは広く知られていた。だからこそ、彼は現場での歴史記述者の役割を任されたのではないか。

その分野で彼にはすでに長い経験がある。例えば、彼はルイ一四世の結婚式に関する報告を残した。独創的な行いというわけではない。厖大な数の記述《レシ》を生み出したことは、結婚式のために行われた一六六〇年の旅行のよく知られた特徴のひとつである。それらの記述は、この出来事への反響であり、若き王の栄光に貢献する。(37) とはいえ、国務秘書官がこの大合唱に加わったことは、どうでもよいことではない。ブリエンヌの報告は、出来事の翌日、父親に宛てて書いた手紙という形式をとっている。しかし、父親がその手紙を回覧させたことはまず間違いない。これは広く行われた慣行であるが、この場合、ブリエンヌ父子の他の手紙とは切り離された同時代の手書きの複写が残されているのが証拠だ。(38) この手紙という装置は読者を権力の中枢へといざなう。パリに残った父親に報告をするのは息子ブリエンヌの義務のひとつである。そして記述が言及するのは、彼らの部局である外務省に関わる進行中の出来事であり、そしてまた、結婚式で息子ブリエンヌが職務として遂行したはずのさまざまな行為《アクト》である。この意味では、この出来事で活発に活動する息子ブリエンヌを描くこの記述は、『メモワール』での光景とは逆に、大臣としての形象の宣伝《プロモーション》となっている。しかし、それだけではない。というのも、（息子が父親に互いの職務の一環として情報を送るという）この装置は、読者にこの記述を必要なものと思わせ、それにより真正なものと思わせるのに一役買う。それゆえその装置は、ピレネー条約の成功、すなわち偉大な治世の夜明けを告げる君主制の華々しさという、ブリエンヌの暗黙の前提に読者を同意させるための方法なのである。もっとも、この報告は、もっと大きな全体からの漂流物にすぎない。息子ブリエンヌは『メモワール』序文の長い一節を割いて、作品の構想を提示しているが、その中で次のような説明をしている。彼が職務についていた時期を扱った（現在は失われた）第三部は、その大部分が「一六五八年最後の三カ月に書かれ」、同じ一六五八年に行われた「リヨン旅行と、マルセイユおよびサヴォワでの出来事」を記した「秘密の覚書」をもとにしているというのである。彼によれば、この覚書の存在を知らされたマザランは、それを見せるよう求め、ブリエンヌに次のような賛辞を呈したという。「私の内閣の歴史もこれくらい上手く書けていたらよいのに[39]」。

（35）*Ibid.*, tome 3, pp. 99-100.

（36）*Mémoriaux du Conseil de 1661*, publiés pour la Société de l'Histoire de France par Jean de Boislisle, Paris, Renouard, 1905.

（37）Daniel Nordman, *Frontières de France*, Paris, Gallimard, 1998, p. 163.

（38）BNF, Fonds français 5884. この報告はデュフォ神父（l'Abbé Fr. Duffo）の手により以下の形で刊行されている。*Après le traité des Pyrénés. Mariage de Louis XIV avec l'infante d'Espagne, Marie-Thérèse, à Fontarabie et à St Jean de Luz. Son entrevue avec Philippe IV, roi d'Espagne, dans l'ils des Faisans, sur la Bidassoa* (*juin 1660*), Paris, P. Lethielleux, 1935.

（39）*Mémoires de Brienne, op. cit.*, tome 1, pp. 9-10.

とはいえ、そのような歴史が評価される未来の時間だけが、権力の中枢から生み出されるこの種のエクリチュールの賭け金だろうか。ブリエンヌの事例のおかげで、国務秘書官全員に関わるひとつの現実が誇張され、そのように拡大されたことで、われわれに見えるようになる。国務秘書官の職務は、否応なく、王権の行為《アクシオン》を言述化すること〔＝記述として残すこと〕でもある。なぜなら、権力を行使するということ、それはまた、権力の行為について絶えず注釈をつけることでもあるからだ。ブリエンヌが送る大半の公文書《デペッシュ》では、王令が伝達されると同時に、しっかり精査推敲を経た最新の宮廷ニュースが付随している。このときブリエンヌは先の例とは別の形式で同じように注釈をつけているわけだ[40]。このような観点から見て、大使に宛てて書かれたルイ一四世の結婚を知らせる公文書と、同じ出来事を語る『ガゼット』の記述《レシ》（この年に関して言えば、大半がリオンヌによって書かれた[41]）、そしてひとりの国務秘書官による私的な報告の間には、不可侵の境界などないことになる。これら三つの事例では、情報を伝えるための配慮と、記述内容《レシ》に同意させるための配慮、そしてこれらの文書の効果の受益者と想定されている主人を喜ばせるための配慮とが、分かちがたく結びついている。つまりブリエンヌはここで、あっという間に王の取り巻きたちの間に漏洩されてしまう「秘密の覚書」を用いてマザランの御機嫌を伺っているのだ。外国の新聞《ガゼット》を賑わし、スパイたちに生活の糧を与える宮廷の噂においては、大臣たちによって情報の漏洩が管理されている点を考慮しなくてはならないのである[42]。それゆえブリエンヌは、たんにラテン語作者を兼ねた国務秘書官であるのではない。彼は職務の遂行という枠の中で文筆の才を振るい、政治行為と現在史《イストワール・イメディアット》の境界で文書を生み出しているのである。

それゆえ、「顧問会議覚書」にこうした活動の延長を見たい誘惑にかられる。「顧問会議覚書」では、顧問会議における太陽王の決定についての年代記をつけているのだ。ジャン・ド・ボワリルはこの文書をルイ一四世による『メモワール』という歴史記述の試みと関連させている。彼によれば、「顧問会議覚書」には王の歴史記述という息の長い計画の最初の痕跡があるという。さらにルイ一四世の『メモワール』の一六六一年に関する部分を作成するに当たり、「顧問会議覚書」がその拠り所として役立っただろうというのだ。この仮説は、これまで一度も再検討されてこなかった。この仮説の証拠として、ボワリルは次のように記す。曰く、『メモワール』のために書かれたコルベールの手になる断片が「顧問会議覚書」に挟み込まれており、その断片は『メモワール』同様、ブリエンヌによって書きとめられた一六六一年のきわめて些細な出来事に言及している、と(43)。

しかし、おそらくこのメモ書き《カイエ》〔「顧問会議覚書」〕には、より直接的な使用法があった。その覚書が短い期間しかつけられなかったという事実から、そう考えられる。それゆえこの「顧問会議覚書」は、相変わらず一六六一年最初の数カ月に結びついている。マザラン死去後のこの時期、明らかに王は自己の「権力掌握」という出来事を演出しようとした。メモをつけさせることは、その当時においては政治的な振舞い《ジェスト》ではなかろうか。なぜなら、その覚書の存在それ自体、王が確かに仕事を行い、自らがなした決定を記録し、ゆえに王命の実施を監視しうることの証言となるからである。実際、こうした行為《アクト》は一六六一年以降、その方向で解釈された。例えば、駐仏ヴェネツィア大使は、五月の初めに「帳簿《リヴル》」について述べている。王は官房の秘書官に命じて、その帳簿に「あらゆる問題について、あらゆる顧問会議で、日々王によってなされた決定を、そして枢機卿が亡くなった後に引き継がれた決定を」書き記させていたというのである(44)。おそらく、フケの逮捕という形で行われた陛下の一撃のあとは、このよう

(40)　一六五八年から六一年までの彼の手紙の原本は、外務省史料館 archives des affaires étrangères〔以下 Archives A.E.〕に保管されている。本稿下記参照。

(41)　*Mémoriaux du Conseil de 1661*, *op. cit.*, p. xxv.

(42)　Lucien Bély, *Espions et ambassadeurs au temps de Louis XIV*, Paris, Fayard, 1990, pp. 243-245.

(43)　*Mémoriaux du Conseil de 1661*, *op. cit.*, p. xxix. ルイ一四世の『メモワール』という歴史記述の試みについては、ピエール・グベール（Pierre Goubert）の編集になる刊本（*Mémoires pour l'instruction du dauphin*, Paris, Imprimerie nationale, 1992）と以下の文献を参照。Christian Jouhaud, *Pouvoirs de la littérature*, *op. cit.*, pp. 151-161 ; Stanis Pérez, « Les brouillons de l'absolutisme : les « mémoires » de Louis XIV en question », *XVIIe siècle*, n° 222, janvier-mars 2004, pp. 25-50.

(44)　*Mémoriaux du Conseil de 1661*, *op. cit.*, p. xxviii.

に君主として権力を掌握したことを証明する必要はないと思われただろう。そしてそれ以降、そうした行為《アクシオン》の考案者であるブリエンヌは、もはや顧問会議に居場所がなくなった。ここから、いかにして行政文書が当初の機能の外で、政治の動作《シーニュ》としての価値をまとうことができたのかがわかる。

ブリエンヌがこのメモ書き〔「顧問会議覚書」〕作成を主導したかどうかはわからない。逆に、一六六一年三月の出来事は少なくとも三回言及されており、彼のエクリチュールをかなり必要としたことは確実である。最近になってジェローム・ヤンチュキエヴィチが明らかにしたことだが、もっともよく引用されるブリエンヌの記述《レシ》、出来事からだいぶ経った一六九四年頃に作成されたメモワールの一節は、実際には一六六一年三月九日から一一日にかけて起こった出来事を三月九日の一日に凝縮している。その結果、毅然とした態度で自己の権威をまばゆいばかりに断言するルイ一四世の表象が生み出されているのだ〔さらにこの記述は、『ルイ一四世のメモワール』の記述とも共鳴している〕[45]。また別の文書は、一六六一年のブリエンヌの記述活動が、王の親政開始のいわば感光板だったことを示唆する。やはりその文書もメモ書きなのだが、「顧問会議覚書」と同じく三月九日から書き始められ、ブリエンヌにとっては、顧問会議での決定に基づいて取り組むべき問題に関する参考メモに使われたものである[46]。そのメモ書きは「マザラン枢機卿殿の死後、国家を統治するために創設された陛下の機密顧問会議での決議ならびに王令」と題され、三月九日に起こったことの記述で始まり、その前には以下のような注記《ノート》が置かれている。「ここから、まさに、今年が始まる。新タナル体制ノ新タナル年〔原文ラテン語〕」。ブリエンヌのエクリチュールには、彼自身と彼の私設事務官しか使用しないかに見える文書に至るまで、「一六六一年三月九日」の出来事のイデオロギーと呼び得るものが浸透しているようである。それが適切な仕方で王に仕えるために必要な条件なのだろうか[47]。

象徴的な記念碑としてのブリエンヌ家の書類

ブリエンヌ家が職務を遂行するために集めた厖大な手稿コレクションと、その相続のために払われた配慮は、ルイ一四世の治世ならびに「行政的君主政」の世紀における官僚体制の発展という理解を相対化する。この手稿コレクションはルイ-アンリの祖父アントワーヌ・ド・ロメニ（一五六〇-一六三八）まで遡る。彼はアンリ四世とルイ一三世の時代に国務秘書官を務め、そのコレクションを息子のアンリ-オーギュストに遺した。アンリ-オーギュストがリシュリウの命によって最初の辞職を余儀なくされたとき、リシュリウ枢機卿はそのコレクションを売り渡すよう強制した。その後ブリエンヌ家は写しを作らせ、自家に伝わる古文書で部分的に立て直したコレクションを豊かにしつつ、この家産を再建すべく試みた。現在、ブリエンヌ家コレクションの巨大な山が二つ残されている。ひとつは一七世紀にリシュリウによって王の図書室に入れられた書類からなり、もうひとつはそれらの書類の写しに、アンリ-オーギュストとルイ-アンリの書類が加わったものである。写しを作ったのは一八世紀にルイ一六世の大臣を務めたブリエンヌ枢機卿（ルイ-アンリの兄弟の子孫）で、彼は第一巻の冒頭にルイ-アンリがブリエンヌ

（45）この記述については、以下を参照。Jérôme Janczukiewicz, « La prise de pouvoir par Louis XIV : la construction du mythe », *XVIIe siècle*, n° 227, avril-juin, 2005, pp. 243-264.

（46）*Memoriaux du Conseil de 1661, op. cit.*, p. xxxi-xxxv.

（47）新しいメモ書きに着手するようブリエンヌに提案したのがルイ一四世ではないと考えるのが妥当なようだが、この注記はいくつもの問題を内包した領域を切り開く。なぜならこの注記は、新しい王に相応しいイデオロギーへの同意を明らかにしているからである。そのイデオロギーは、王が親政を始めたその日にはすでにできあがっていた。これは一六六一年以前におけるルイ一四世の製造という問題であり、この新しい秩序への熱烈な同意（それはこの秩序の本質的特質である）という問題でもある。おそらく、ルイ一四世の権力については、ナチス・ドイツにおける意思決定の機能の仕方という考察領域が参考になるだろう。それはイアン・カーショー（Ian Kershaw）によって明らかにされた、次の表現に要約される。すなわち、「総統に向かって働く」。次の文献を見よ。Florent Brayard, « La longue fréquentation des morts. À propos de Browning, Kershaw, Friedländer-et Hiberg », *Annales H.S.S.*, n° 5, septembre-octobre 2009, pp. 1053-1090.

家コレクションのたどった運命を物語った注記《ノート》を差し挟んだ。その注記の中で息子ブリエンヌ〔ルイ＝アンリ〕は、アントワーヌ・ド・ロメニのコレクションがデュピュイ兄弟の監修の下で作られたことを長々と述べている。それによれば、デュピュイ兄弟は計画段階からアントワーヌを励まし、息子であるアンリ＝オーギュストがよりしっかりと職務を遂行するのに最適な文書を集めるよう励ました。デュピュイ兄弟は王室文書保管庫その他の古文書保管庫の文書を選別し、多額のカンパを募った。こうして赤いモロッコ革装丁の三百巻から成るコレクションが出来上がった。そのコレクションは「フランス王国および諸外国で大評判となった。わが祖父アントワーヌ・ド・ロメニが亡くなったため、デュ《マ》・ピュ《マ》イ兄弟殿がそれら諸外国から郵便できわめて重要な書類をたくさん送らせてもいた。（……）わが父〔アンリ＝オーギュスト〕は、役職、土地、家、その他の財産と一緒に祖父の手稿保管庫の所有者となり、さらには彼の美徳と友人も受け継いだ」。

『メモワール』の中でブリエンヌは、国務秘書官の職務を遂行するためには適切な文書を所有することが大事だと繰り返し強調する。例えば、ルヴォワは父親ル・テリエの役職である陸軍卿を引き継ぐには素質もやる気も欠いていたが、父親の有能な私設事務官チモレオン・ル・ロワが作成した文書集の恩恵を受けた、とブリエンヌは説明している。実際、ル・ロワ文書集は、ルヴォワのために、彼がお手本にできるようわざわざ作られたのだという[48]。しかし、先ほど引用した注記《ノート》の中で、息子ブリエンヌが自家のコレクションについて何より重視するのは、「フランス王国および諸外国で大評判」になったことである。その評判が通用したのは自律した価値観を有する文芸世界だけだったと考えるのは間違いだろう。ブリエンヌは、父親の手稿「保管庫《トレゾール》」が家族の相伝財産の一部だったことを強調する〔「トレゾール」には「宝物」の意味もある〕。それは財産である。いやただの財産というより、〔役職、土地、家といった〕ブリエンヌ家の力を示すその他の標識と同じく、象徴財なのである。

息子ブリエンヌは、国務秘書官だった時期に、リシュリウに売却された書類を複写させていたが、職務の一環として送った手紙の念の入った選集も作った。その作り方というのが古文書をまとめるときのやり方で、おそらく手間はかかるがあまりぱっとしない行政上の仕事が見えてくる[49]。そしてまた、それは行政の合理化という観点からなされた省察の純粋な生産物に見えるし、実際そうであるのだが、それと同時に、社会－政治的な関心事にも立ち戻らせてくれる。

外交問題に関する資料の編纂活動は、彼の失寵によっても終わらない。一六五〇年代末から七〇年代初めまでの文書を含んだ、ブリエンヌの手になる選集がいくつか残されているのだ[50]。職を奪われ、ますます作家になろうとしていたまさにその時期（その頃、彼はジャンセニストの主張とクレメンス九世の和平〔一六六九年〕に首を突っ込んでいた[51]）、彼の執筆活動は、一家の堂々たるコレクションを構成するものと同系統の文書（公文書《デペッシュ》、条約、同意書、さまざまな主題の覚書）の複写、分類、抜粋というあらゆる作業を含んでいる。いずれにせよ、失寵以後、この仕事を行っているのは、ブリエンヌ自身であって、私設事務官でもなければ、お金で雇った作家でもないのである。とりわけ、もはやブリエンヌは国家文書を直接閲覧することはない。実際、必要な情報は、かつて筆頭事務官を務めたデュ・フレーヌ卿レオナール・ド・ムソーに頼っている。アルノー・ダンディイに公開状の作成を委ねた、あの人物である。彼は主人が失寵した後も、リオンヌとコルベールに雇われ続けていた。ブリエンヌは彼にすっかり頼りっきりである。実際、この時期の選集から何より見えてくるのは、デュ・フレーヌの活動である。以前の立場はすっかり逆転

(48) *Mémoires de Brienne, op. cit.*, tome 3, pp. 195-196.

(49) 外務省史料館にはこれらの選集のうち四つが保存されている。ひとつはマザラン文書の一部を成し、おそらくブリエンヌが彼に献呈したものと思われる。残り三つはブリエンヌ文書に由来するようだ。Archives A.E., Mémoires et documents, France, 278, lettres de Brienne le fils pendant le voyage de Lyon（octobre 1658-janvier 1659）, 293（janvier-septembre 1659）, 292（septembre-décembre 1659）, 295（juillet-décembre 1661）. これらのうち、最後の選集のコピーが、フランス国立図書館の Mélanges Colbert（n°26）に存在する。

(50) BNF, Mss, NAF 23600, 23610, 23611.

(51) P. Dieudonné, « Aux origines de la paix de l'Église : de la crise de 1665 à l'intervention du comte de Brienne », *Revue d'histoire ecclésiastique*, vol 89, n°2, 1994, pp. 345-389.

した……仕事から遠ざけられ、かつての私設事務官が作成するか集めるかした文書の編纂者になり下がった、大臣の悲惨。

結　論

一六五九年七月七日、ブリエンヌは宮廷とともに滞在中のフォンテヌブローから、パリに残る父親に手紙を書く。その中で彼は自身のメランコリーに言及したあと、王のメランコリーを伝える。おそらくつい最近起こった、マリ・マンシニとの離別をほのめかしているのだろう。

厚かましくも王のメランコリーについて口にする者がいるとすれば、社交界とそこでの噂話からこうして離れていることが却って王の夢想を掻き立て、愛する人の不在という苦しみを癒すどころか、むしろ持続させていると言うことでしょう。ですが王はお仕事に没頭されておいでです。もしお父様がここにいらっしゃったら、アンリ四世陛下の御代が再来したとお考えになるでしょう。王はきわめて勇ましい御気質でいらっしゃいますから、要塞の建設に楽しみを見出しておいでです。現場ではスイス人衛兵とフランス人衛兵が競って働き、主君のご臨席ゆえに絶えず活気づいております。王は御自ら線引き用の紐を張ろうとさえなさりました。もしお父様の利害が私と同じ程度でしかないなら、その手紙を誰の目にも触れないようお願いするところです。尊敬の念と職務上の責務から私がお父様だけに届ける報告は、正確ですが、おそらく大胆すぎます。この報告は、息子の盲目的な服従を非難する目的で、絶対に公にされるべきではありません。感謝の念に満ちた息子というものは、世界一立派な父親に話しかけるときには、自分自身に話しているだけだと思っているものなのです。(52)

どんな文書《エクリ》も賭けみたいなものだ。つまり、誰も完全なる支配を主張できない領野で勝負が行われているのだ。多くの利害によって賭けにかかわる父親に宛てた手紙でさえ、当の名宛人である父親には不適切に映るかもしれないし、場合によっては、悪意をもった他の読者の手に渡るかもしれない。それゆえ末尾の用心は、（優秀な観察者のしるしとなる）大胆さが、つまりは、王の「きわめて勇ましい御気質」からはおそらくやや距離をとっていることを示しつつ、君主の気力に関する宮廷の噂を生み出そうとする大胆さが、あいにくの効果を発揮してしまわないよう試みているのだ。

文書《エクリ》とは選択である。その選択（のいくつか）が、現在の私たちのもとに届いたのである。確かに、文書を生み出す意識的要素と無意識的要素の側から長々と議論することもできよう。しかし、もう一度強調しておこう。現在も存在している過去の文書は、過去の行為者《アクトゥール》ないし行為者たちが行った選択について推測するための媒体とはならない。文書それ自体が選択の織物であり、文字で表された、つまりある意味では出版された物体の形をとる行為となっている。この意味で、権力の周辺で生み出された文書は、政治的選択について私たちに情報を与えてくれるだけではない。文書それ自体が政治的選択であり、観察対象なのである。これこそが、権力の歴史に対し、文書がその代金を支払うということなのだ。公的書類は、制度ないし制度の出現と発展を厳密に規制する機能に組み込まれたものとしばしば見なされているのだが、以上の理由から、私たちはその公的書類に対し、書かれたものという側面を復元してやろうと試みたのだった。つまり、行政上の慣行《プラチック》という観点で捉えられた公的書類からは、その出来事性が奪われているのである。

ブリエンヌが私たちの興味を引くのはここだ。彼の『メモワール』は、慣行《プラチック》の中に突如生じた行為を明らかにする。したがって、公開状の作成を、たんなる書式集の応用とか、あれやこれやの行為者《アクトゥール》を介入させる型どおりの手

（52） Archives A.E., Mémoires et documents, France, 293, f° 191 r-v.

続きとしてのみ描くことはもはやできない。公開状のひとつがルイ一四世の怒りを引き起こした以上、その怒りの暈の中に、一連の選択が現れているのである。その選択は、事件に介入した者たちの社会参加・政治参加を指し示す。また、本論を通じて、メモワール作者としてのブリエンヌの視線を、若き国務秘書官としてのブリエンヌやその周辺が生み出した文書と突き合わせることで、知ろうと努めた。その文書とは、彼の襲職権を認めたルイ一四世の手紙、王の結婚に関する彼の記述《レシ》、機密顧問会議のメモ書き《カイエ》、急送文書《デペッシュ》の選集、そしてフォンテヌブローからの手紙などである。フォンテヌブローからの手紙の場合、おそらくブリエンヌにとって行為とは、有用な情報、ともかくパリの噂市場でお金になる情報を父親に伝えることにある。父子の間でとだえることなく続く手紙の遣り取りを読めばわかることだが、ブリエンヌはこれらの年月、父親の信頼を得ようと努めている。その当時、国務秘書官の父親は、年老い、病に冒され、おそらくその職をリオンヌに売り渡すつもりだったのだ。ゆえに、ルイ一四世にまつわる記述は、王とブリエンヌの関係からも、ブリエンヌとその父の間にある社会的な関係からも切り離すことができないのである。

さて、文書《エクリ》が選択であり、その限りにおいて、人が行政にかかわるものしか見ようとしない場で、政治事象を暴露するものならば、ブリエンヌの書類からも、どれほど政治がエクリチュールを通過するかがわかる。いわば、文書の力や価値が論じられる文芸空間が飛躍的に発展したことで、政治における効果に関しても、文書のもつ可能性への関心が研ぎ澄まされていったのだ。国務秘書官たる者、その職務が課す適切なエクリチュールの選択に長けていると認めてもらわねばならない。そのように認知してもらうためには、職務上必要な文書とは異なる種類の文書を作成できねばならないというわけだ。しかし、どの大臣たちもブリエンヌと同じように著述家になったわけではない。そしてリオンヌはといえば、『ガゼット』の供給で重要な役割を果たし、当然広報担当《ピュブリシスト》として認められていたに違いないけれども、自ら著述家になることは決してなかった。彼は自分の名を冠した書物を一冊も刊行しなかったのである。ここにもまた選択を見て取ることができる。それはエクリチュールの政治というより、文学の政治を指し示す。シャプランがブリエンヌの著作に見てとり告発したのは、まさに、おそらくは節度を欠いたエクリチュールの政治のほうである。しかし、告発することを通じ、シャプランはエクリチュールの政治が行為《アクシオン》の様式としてありうるということを暴露していたのである。

【解説】

著者ニコラ・シャピラの専門とする一七世紀、特にルイ一四世の「偉大なる世紀」は、しばしば「行政的君主政 monarchie administrative」の時代と呼ばれ、中央集権的な官僚体制が発展し、合理的な行政機構が着実に整備されていった時期とされる。本稿の目的は、「ルイ一四世時代の行政文書の中に合理性の進展を見ようとする誘惑」から逃れ、そうした通説的な理解を相対化することにある。

通説的理解において、「行政的君主政」の中核にあって、大法官、国事尚書、財政長官（廃止後は財務総監）とともに、事実上の「大臣 ministres」として官僚組織を統率していたとされるのが « secrétaire d'État » である。我が国では、この « secrétaire d'État » という用語は、「国務卿」と訳すのが慣例となっているが、本訳稿ではこの用語に含まれる « secrétaire » 本来の意味である「書記」ないし「秘書」としての役割を重視し、敢えて「国務秘書官」の訳語をあてることにした。それはまた、「王権の行為を言述化する」こと、つまりは王の行為を文字で書き表すことに国務秘書官の職務の本質を見出す本稿の趣旨にも合致しよう。秘書に対する関心は、本論集に収められた別の論考でも示されている。その論考「書物の中の世界、世界の中の書物」では、レディギエール公に仕え、その主人の伝記をものした秘書ルイ・ヴィデルに触れて、次のように語られる。曰く、「秘書とは主人の輝かしき数々の事績を直に観察した証人であり、また、その他の見聞きした事績を収集するのに、誰よりも好都合な場所にいた人物である。したがって主人の書類の管理こそが秘書の任務というわけだ」と。主人の事績を観察し、それに関連する書類を収集・管理し、最終的に文章として表現するという仕事は、国務秘書官とて（主人が貴族ではなく王であるという点以外は）変わらない。いうなれば、国務秘書官とは王の歴史にまつわるさまざまな文書の管理者にして作成者ということになろう。

さて、その国務秘書官であるが、一六世紀後半以降、担当部門の分化によって四名を数えるに至る。すなわち、陸軍担当、宮内担当（コルベール以降は海軍も担当）、プロテスタント対策担当、そして外交担当である。そして本稿の主人公が、外交担当の国務秘書官（いわゆる「外務卿」）アンリ－オーギュスト・ド・ロメニの息子で、一六五八年以降、父と共同でその職を務めたブリエンヌ伯ルイ－アンリ・ド・ロメニ（一六三六－九八）である。シャピラはこの外務卿の息子が書き残した複数の証言（『メモワール』、「顧問会議覚書」その他のメモ書き、父親に宛てた書簡）を突き合わせることで、「文書による行為の可能性を理解」しようと努める。

ルイ－アンリ・ド・ロメニは、晩年に記した『メモワール』で、自らの文筆の才、特にラテン語で著書を出版したこと、つまりは作家としての活動が国務秘書官の職を失う原因になったと回想する。しかし、果たしてそれが失寵の本当の理由だろうか。実際には後ろ盾であった母后アンヌ・ドートリッシュの政治的影響力が後退し始めていたこと、そして何より宰相マザランの秘書ユーグ・ド・リオンヌが外交の専門家として台頭し始めていたことこそが、失寵の要因としては大きかっただろう。だからこそ、そうした危機的な状況の中で、ルイ－アンリ・ド・ロメニは自らの地位を、ラテン語に堪能な作家としての「文学的名声に賭けた」のだ。結果としてその賭けに負けたにすぎない。むしろ『メモワール』の記述からは、ブリエンヌ伯ルイ－アンリが、国務秘書官の価値をエクリチュールと結びつけようとする姿が浮かび上がってこないだろうか。

シャピラによれば、ブリエンヌ伯の記述は、「記述行為の総体と純粋に政治的な行動との結びつきをはっきりと見せてくれること」に利点があるという。それが如実に表れているのが、「顧問会議覚書」である。この文書は一六六一年三月のルイ一四世の親政宣言について記した貴重な証言として名高いが、すでにリオンヌによって国務秘書官としての地位を実質上奪われていたブリエンヌがこの文書を作成することになったのは、彼の文筆の才に目をつけたルイ一四世が覚書を作成させることそれ自体によって「自己の『権力掌握』という出来事を演出しようとした」からに他ならない。文書が書かれたこと自体が、王権が確かに機能した証言となるのだ。逆に言えば、王が権力掌握をエクリチュールによって演出する必要がなくなれば、ブリエンヌもまた必要とされなくなってしまうだろう。ここにシャピラは「行政文書が当初の機能の外で、政治の動作としての価値をまとう」瞬間を見出す。

他にもシャピラの論考からは、国務秘書官に仕える秘書、私設事務官 commis の役割への言及など、これまでの歴史研究であまり取り上げられてことなかった論点もあり興味は尽きない。いずれにせよ、本訳稿によってシャピラの言う「エクリチュールの社会－政治的な用途の歴史研究」への関心が少しでも広がり、新たな行為者（作用子）が現れれば、訳者としてこれ以上嬉しいことはない。

（訳と解説　嶋中博章）

第Ⅱ部　文学と証言

1　一七世紀における悲惨のエクリチュール〔1〕

——文学と証言

クリスチアン・ジュオー

Christian JOUHAUD, « Écritures de la misère au XVIIe siècle : littérature et témoignage »
二〇一一年一一月二三日に武蔵大学にて行われた講演の記録である。当日は通訳はつかず質疑応答も含め、すべてフランス語で行われた。

証言をめぐる問題は、それが過去の知識として担う有効性や、その固有の力とは何かという問いの形で、ここ二〇年来歴史家の関心を惹きつけてきました。戦争、強制収容所、監獄や拷問で苦痛を受けた証人の言葉は、現代史において尊敬や批判、論争の対象としてますます重要性を帯びてきています。とはいえ大概対象とされるのは口頭による証言か、口述と見なされた証言のどちらかです。それならば、証言をめぐるアプローチにおいて、書かれたものを考慮してみたらどうでしょうか。文書とその執筆行為《エクリチュール》を、歴史に差し込まれた実践と捉えてみればどうでしょうか。

二〇世紀よりも前の時代を研究対象とする歴史家は、もちろんこの問題と向きあってきました。証言といえば、文書《エクリ》しかないからです。ところでそうした文書は、同時代の文学と密接に関わっています。というのも証言の文書

〔1〕フランス語の「エクリチュール」という語は、「執筆行為、記述すること」と、その結果としての「文書、記述、書かれたもの」の両方の意味を持つ。本訳稿では場合に応じて、多くはカナ表記あるいは「文書と執筆行為」という表現を用いた。

は、文学の提供する型《モデル》に囲まれていますし、現実は文学の外部にあり、それをこそ文学は記述しようとするわけですから、現実と同時代文学が持つ関係を、証言の文書が変形してしまうこともあるのです。したがって、記述された証言を分析するには、証言の文学的側面を考慮しなくてはなりません。しかし本発表では向きを逆転させて、文学と見なされるか、あるいは文学として継承され教育現場で教えられてきたテクストが、どのような意味で、その時代の現実についての、言葉として発せられた証言と考えられるのか問いたいと思います。記述を何かの証言と見なして分析するのは、実は、過去のテクストに対する史料としてのアプローチと、文学としてのアプローチを対立させた二者択一から抜け出る方法なのです。事実、記述された証言という概念それ自体に、分析においてまとめて考慮すべき事がらのすべてが含まれています。すなわち、現実を口にする証人の能力と、エクリチュールそれ自体が担う強力な現実の両方です。エクリチュールの担う現実こそが、分類し形式化し伝達するのです。証人は証言する。すなわち、証人は自らに権利があるものと考え、自身を演出し、証人として振る舞い、自分が正しいと考えます。しかし、記述された文書《エクリ》も同じように証言するのです。ただし文書がもたらすのは記述《エクリチュール》実践の証言です。文学の現前を表現する諸形式の歴史の中に、記述実践の証言を文脈化する必要があります。そうはいっても、文書を記録の保管者のようなものと考え、過去の現実が登録・再現されているというのではありません。それどころか、文書という場においてこそ、過去の現実が構築されるのです。それゆえ、口頭で伝えられた経験と、それを読みものとして提供する記述の経験を切り離さないほうがよいでしょう。そのような視点から、時代を経験した生産物としてテクストを検討したいと思います。テクストは時代の産物として、まずもって同時代の読者に真実を示し、暗示し、さらには押し付けたりしました。そして、現代のわれわれの手に届くときには、現実の事象に対する立ち位置と、文書と執筆行為を通じて現実の事象を構築するという経験、この両方を見分けがつかないような形でわれわれに伝え続けているのです。それではこれから、一七世紀の作品に言及しつつ、以上のような主張と仮説を実際に作動させてみたいと思います。本発表で扱う作品とは、ボシュエによる一連の説教です。

一六六二年の復活祭は四月九日でした。[2] 復活祭に先立つ数週間に、改悛と断食[3]の期間である四旬節[4]があり、王国の至るところで、荘厳な説教が連続して行われていました。その当時、ルーヴル宮に設置されていた宮廷では、若き説教師がこの任務に選ばれました。後には極めて輝かしい経歴を誇ることになる、この若き説教師の未だ駆け出しの頃のことです。その名はジャック＝ベニーニュ・ボシュエ。王を前にして説教をするのは初めてです。ボシュエはこの日のために説教文を作成し、一八の説教を読み上げたといわれています。そのうち、現存するのは一二の説教です。問題となる一二の説教がそのまま読み上げられたかどうか、その確証はありません。もしかしたら草稿かもしれませんし、事後的に手を入れている可能性もあります。それはともかく専門家によれば、残された写本はボシュエの直筆で、ボシュエ関係書類と一緒に保管され、明白に『ルーヴルの四旬節説教』向けとされています。

一二のテクストが印刷されたのは、作者の死後七〇年以上を経た後のことでした。そのうちの二つでは明らかに、苦しみに満ちたその年の春における飢餓と悲惨に言及しています。実際、一六六一年夏から六二年の夏にかけて、フランスは、その後何年にもわたり人口数に影響を及ぼした、極めて重大な生存をめぐる危機に晒されました。惨憺たる気候状況と連動した不作、飢饉、局所的な飢餓、それらに伴う病が、すでに弱った身体器官に追い打ちをかけます。それでなくとも、栄養失調が病人を死に至らしめ、回復しかけている人の命も奪いつつあるのです。歴史家はこれまでにも、しばしば当時の状況を叙述してきました。おおよそのところ、ブルターニュを除く国の北半分の地域を襲ったこの危機は、三年間で約一〇〇万人の高死亡率をひきおこし、（伴侶を失った人も多く、結婚の数も

〔2〕　復活祭（Pâques）は、キリストが死んで三日目に復活したことを記念する日で、春分（三月二一日）後の最初の満月後の日曜日であるため、毎年一定しない「移動祝日」となる。
〔3〕　「大斎」ともいう。
〔4〕　灰の水曜日から復活祭までの四六日間の苦行と洗礼志願者の最終準備期間を指す。四旬節説教については、後出望月論文の原註（14）も参照。

減るなど）その結果を加味すれば、王国は一六六四年には一五〇万人もの住民を失っていたと見積もられています。したがって、一七世紀におけるフランス史上の重大事件であったといえるのです。

『ルーヴルの四旬節説教』の掉尾を飾るのは、「主の受難」を主題とした聖金曜日[5]の説教で、その締めくくりは力強く荘厳な瞬間です。瀕死のキリストの像《イメージ》が、まるで聴衆の眼前に横たわっているかのように喚起された後（「キリスト教徒よ、イエスは今にも死なんとす。頭を垂れ、眼差しは一点を注視する。イエスは去り、イエスは息を引きとる。こと切れたイエスは、神に魂を返された」）、説教師ボシュエは別の像を示しながら、後を続けます（幾つもの像を束の間衝突させるのです。ド・ゴール将軍を想い浮かべてください。ド・ゴールは次の引用部分を読みながら、自分の著作と演説において、絶えずボシュエを模倣していました）。

キリスト教徒よ、誰が私に認めてくれようか。神を汚した悔恨の念を、汝らの心に刻みつけることができるように。私の言葉にその力がないなら、イエスに視線を注がれよ。その聖痕を見て心を動かされよ。とはいえ、キリスト教徒よ、十字に磔にされたイエスの見事な絵姿《パンチュール》を念入りに眺めてほしいというのではない。私は、またそれとは別の絵姿を諸氏に示そう。瀕死のイエスの自然な表現をもたらす、雄弁で生き生きとした絵姿を。それこそが貧者である。兄弟よ、貧者のうちに、今日、イエスの受難を想い浮かべていただきたい。かほど自然な像《イメージ》には、どこにおいてもお目にかかれまい。イエスは貧者のうちで苦しんでおられる。数えきれないほどの貧乏な家庭で、イエスは衰弱し、餓えて死にかけている。このとおり、貧者のうちに、イエスはもだえ苦しんでおられる。さらなる不幸かな、われわれは眼にしている、打ち捨てられたイエス、見捨てられたイエス、蔑まれたイエスを。すべての金持ちは駆け寄り、そんな悲惨な人々を救わねばなるまい。かくも多くのキリスト教徒が苦悩と絶望に追い込まれているというのに、そんなことには思いも馳せずに、楽に生きることばかり考えているとは[1]。

聴衆の心に真の改悛を「刻みつけ」ようと、ボシュエは死に瀕したイエスの像に訴えます。ボシュエは実に華麗な口調で、その像を生き生きと描いたところです。ボシュエには、霊的真理を些かも失わず歪めずに、言葉を用いて像《イメージ》を変形する力があります。各々の聴衆は、磔にされたイエスの「見事な絵姿」を実際に見ていなくとも、想い描くことができるのです。その絵姿が喘ぎ苦しむ貧者の像に重ねられて《オーヴァーラップ》います。しかしその時、言葉による像がイエスの実際の絵姿と入れ替わります。説教師は信者の（あるいは読者の）注意や想像力をイエスの実際の絵姿から逸らすのです。次いで、今度は死に瀕したイエスの像が、生気ある像に付着します。というのも、貧者とはイエスの「自然な表現」だからです。

比喩を用い、像の入れ替わりを示すこの営みでは、奇妙な現象が生じています。これを解く鍵はおそらく、「絵姿」から「像」への移行にあります。すでに存在するイエスの「見事な絵姿」の代わりに貧者を描き、言葉を用いて描写行為を仕上げつつ、自分の行為を口にだし（「私は、またそれとは別の絵姿を諸君に示そう」）、説教師はイエスの像を招き入れるのです。こうして貧者の表象は、イエスの真理に賛同しつつ、見事にイエスの表象を取り囲みます。しかしながら、貧者は完璧なまでに視界から隠されたままです。それというのも、貧者の表象に形を与えるのは、打ち捨てられ、見捨てられ、蔑まれたイエスなのですから。貧者の現前が強く喚起され、瀕死のイエスのうちに貧者を見つつ、言葉で告げられた像に精神を集中すれば、喘ぎ苦しむイエスに出会うのです。現前と不在をめぐるこの現象を分析するなら、まずもって、ボシュエがまるで迫真法のように、声で告げた悲惨の像を、喘ぎ苦しむイエスの像に転換していると考えられます。迫真法〔6〕とは修辞学でいう文彩で、聴衆や読者の目の前に事物が喚起さ

〔5〕復活祭の日曜の前々日で、イエスが十字架にかけられた日を記念する。

（1）« Sermon sur la passion de Notre-Seigneur », dans Bossuet, *Sermons. Le Carême du Louvre*, édition de Constance Cagnat-Debœuf, Paris, Gallimard, col. « Folio classique », 2001, pp. 270-271.

れるかのごとく、生き生きと描写することを指します。しかしながら、貧者の苦しみについては、実際には何も示されず、言葉によって知らされるにすぎないわけですから（「私は、またそれとは別の絵姿を諸君に示そう。（……）を想い浮かべてもらいたい」）、名人技ともいえる修辞技巧を目にしているのだと認めざるをえません。すなわち迫真法を駆使して、像の潜在的な力を強調するのですが、そうはいっても、実際に貧者の形象を産み出して、迫真法という仕掛けを危うくするわけではありません（数行前にこの技巧は、十字架上で死にかけたイエスを喚起するのに利用されていました）。人類史において餓えた貧者はイエスの受難を表象するとされているので、貧者のうちに悲惨の像が具現化され、悲惨を表すキリストのアレゴリーへと変形されて、いわば脱歴史化されるのです。イエスが苦しむ姿を示すために苦しみの表現は鮮烈ですが、とはいえ、ありふれた現実のほうはまったく明かされません。「イエスは貧者のうちで苦しんでおられる。数えきれないほどの貧乏な家庭で、イエスは衰弱し、餓えて死にかけている」という表現は、餓えで死にかけている貧者ではなく、貧困を具現化した生気ある像と見なされるのです。

終盤の展開点で、説教師は声高に叫びます。「あぁ、イエスよ、これら貧民のうちに、あなた様の苦痛と苦悩をうつした、あまりにも生々しい像を、われわれは眼にするのです」。「あまりにも生々しい」という表現は、修辞を駆使した力業が成功したことをうかがわせてくれます。修辞を駆使することで、言葉も用いた描写の行為のうちに、（イエスの）ひとつの像を浮き出させたのです。とはいえ、それは実際に描かれた対象（貧者のことです）の像ではなく、（観想に値するような）[7]崇拝すべき形象であり、その対象は「自然な表現」なのです。

ボシュエが説教をしていたちょうど同じ時期に、パリでは幾つかの小冊子が現れました。印刷され、教会の中や入口の扉に貼られて広く出回った小冊子の題名は、『重要な意見』と『続重要な意見、ブロワ《ブレゾワ》地方とその他の地方における貧者の悲惨な状態について』でした。飢餓の犠牲者に対して慈善を施すよう訴えかけた印刷物です。[8]四頁ほどで構成された小冊子には、印刷の日付も記されておらず、保存されたのもまったくの偶然でした。フロンド期に、まずは篤信家集団（おそらくは聖体会でしょう）が率先して組織したカトリックの戦闘的態度の産物です。「慈善を勧める意見」はフロンドの当時、大量のマザリナードに呑み込まれていましたが、一六六二年には、この手の意見が、教区司祭や慈善に賛同する婦人の元に寄せられた施し物を用いて貧者の救済をするよう、直接促すのです。『重要な意見』とその続編は、信頼できる情報源を基にした証明書の類いの短い文書集成です。情報源としては、ブロワのカルメル会の上長者、宣教説教師、「ブロワ地方の大きな教区に属する」領主、ブロワとヴァンドムの騎馬警邏隊隊長[9]の名があげられています。さらに特筆すべきは、一連の司祭と助祭の存在です。「かの地から、まだまだ書いてよこしているし、司祭の方々や信頼に値するその他の人士の手紙と証明書により、確実であることがわかる。われわれの手元には原文がある」。短いながら、段落ごとに恐ろしい現状に触れられています。

田舎の貧者は、さながら墓から掘り出された骸骨のようだ。今日では、狼の餌がキリスト教徒の食物である。というのも、キリスト教徒が馬や驢馬、それ以外の絞め殺されたり死んだ動物を手に入れるや、その腐敗した屍肉を喰らうからで、そんなものを口にすれば、生き延びるどころか死に至る。町に住む貧者は、ただの水に浸した、ほんの少しの混ぜ物を豚のように喰らい、そんなものでも腹一杯になれば、幸せと思うにちがいない。どぶや泥の中から腐りかけたキャベツの切れ端を拾い集め、それを麩《ふすま》と焼いてもらおうと、撒いて捨ててしまうような塩鱈の漬け汁を拝んで貰い受けようとするが、拒否されてしまう[2]。

（6）「活写法」ともいう。
（7）「観想」（contemplation）は原註（1）の引用文中の「念入りに眺める」、「想い浮かべる」（共に contempler の訳語）を念頭に置いた表現。
（8）ロワール・エ・シェール県の都市ブロワとその周辺の地域を指す。
（9）prévôt de la maréchaussée
（2）*Avis important.*

段落ごとに、次から次へと引用される証明書では、前代未聞の苦痛と絶望で構成された、おぞましいばかりの悲惨の絵図が描かれています。親が子を殺し、男女が無理心中を謀り、赤子が飢えて死んだ母の乳を吸い続ける。貧者は「飢えた狼のように、夜ごと通りを駆けまわり」、悪臭芬々たる食物、屍肉、腐敗した木の根っこを貪り、墓地では死者の骨をしゃぶり、野原では草木を食む。恐れと憐憫の情からくるこうした証言は、キリスト教徒に不幸をつきつけ、それを軸に結集することを目的としているのです。「あなたと私、そして神を父に戴く望みを抱いた人すべてが、一踏ん張りして施し物を蓄え、餓えた地域全体に行き渡るようにしなければならない。しばらくの間、出来る限りわれらが同胞を餓死させないためにも」。「あなたと私」といわれていますが、「私」の正体は明かされず、そこにはそれぞれの読者が含まれるのです。

ボシュエの雄弁と、この印刷に付された慈善を勧める意見での雄弁はかけ離れています。直前で見たように、いくら悲惨が誇示されているとはいえ、信徒における神への愛に促された悔恨などは、『重要な意見』ではまったく問題とされていません。「われらが悲惨なる同胞の叫びとうめき声」に耳を傾ける場合さえ同様なのです。しかし、ボシュエによる『邪悪な金持ちの説教』〔「金持ちとラザロ」とも言う〕と題された三月五日の説教では、これとは反対に、信者の悔恨と悲惨の現状が、はっきり関連づけられているように思われます。説教者は、権勢ある人々に呼びかけます。

遠く離れた地方どころか、この町においてさえ、かくも享楽と放蕩がはびこるなか、無数の家族が餓えと絶望から死にかけている。これは、不易、公然、間違いない真実である。あぁ、現代の災いなるかな。われわれは如何なる喜びが得られるというのか。かくも大きな不幸の数々を目にせねばならないのか。かくも残酷なる苦境の数々をわれわれが知り、そこかしこで耳にするたびに、われわれは神の御前で、人類を前にして、官能に、好奇に、奢侈に情熱を傾けていることを非難されるのではなかろうか。貧者の救済義務に、もはや際限も疑問の余地もない。飢餓がそんな疑いを断ち切り、絶望が自問を終わらせた。われわれは極限状態に追い込まれている。この状態に至れば、あらゆる教父、あらゆる神学者が一様に教え諭している。自己の力に応じて隣人を救おうとしなければ、隣人の死の責任は汝にあり、と。隣人の血と、隣人の魂と、飢餓の猛威と絶望が隣人を陥れる、ありとあらゆる放蕩を神に報告されるがよい(3)。

ここに至って突如、『重要な意見』の末尾における、次のような宣言と極めて類似しているように思われます。

キリスト教徒よ、汝らキリスト教徒という名にし負う隣人への慈善は何処にあるのか。金持ちよ。勇気を持ちたまえ。天国への道が開ける良い機会である。イエス・キリストの餓えた徒を見殺しにするよりも、教会の聖具を売らねばならぬというなら、その者たちの命を守るのに、汝らは虚栄心を満たそうと揃えた無益な銀器や調度をどれほど売り払わねばならないことか。神は万人に対して、必要なだけの財を与えているのだから、誰かに欠けているなら、誰かが余分に所有していることになろう。ゆえに余剰は、究極の困窮状態にある貧者のものである。紳士淑女諸氏よ、疑うことなかれ。汝らが貧者を見捨てるなら、神は汝らを泥棒、人殺しとして罰するだろう。かくも多くの貧者の命を奪い、残酷にも死に至らしめた者として(4)。

二つの『意見』を編纂し、出版し、流通させた篤信家集団と、聖体会の会員であったボシュエの間に、おそらく関係があったことは明記しておいてください。しかしながら、ここでは文体の偉大なるものを強調するにとどめ

（3） [Bossuet] « Sermon du mauvais riche », dans Bossuet, *op. cit.*, pp. 109-110.
（4） *Avis important.*

ず、さらに先まで分析を進めたいと思います。フランス文学史において天才作家として扱われるようになった、この説教師の文体と、もっとずっと洗練度の低い証言の文体を区別するとされる文体の偉大さなるものはともかく、「カトリックの行為」の戦闘的態度という視点からすれば、結局のところ同じものといえるのです。

ボシュエは説教において、貧者と金持ちを共に舞台にのせるよう、多くの部分を割いています。この演出こそが、ボシュエが慈善を強く訴えかけ、「邪悪な金持ち」のエゴイズムを糾弾する状況の真の文脈であり、演出による上演と、そのやり方を理解するためにも、演出を観察せねばなりません。実際、すべては、この演出から産み出される逸楽と情念の糾弾から出発するのです。飽くことなき逸楽を自由に満たすことができるのは金持ちのみで、そのせいで貧者の苦しみが見えなくなっています（「金持ちは毎日のように、貧者や悲惨な者たちというより、悲惨そのものと、扉にすがりついて呻きすすり泣く、人の姿をした貧困を目にしているというのに」）[10]。というのも、金持ちは別の意味での貧者の餌食であり、金持ちの情念とは内なる貧者だというのです。すなわち、要求し、抵抗し、餓死しかけた外の貧者を見るのを妨げる、貪欲な貧者というわけです。飽くことを知らぬ内なる貧者と、憔悴した外の貧者の対比は、秩序と無秩序をめぐる、道徳的政治的対立を修辞上の像として描き出すことで編成されます。

　哀れなラザロよ、汝が扉にすがり震えていようと無駄なのだ。その者ら[11]はすでに心の中にいる。そこに現前するわけではない。そうではなく、心を包囲している。お伺いをたてるどころか、ひったくる連中だ。神よ。何という暴挙でしょう。キリスト教徒よ、想い描きたまえ。暴動での怒り狂った民のことを。傲岸に要求するだけ要求し、断られようものなら、いつでも奪い取ってやろうとする民のことを。邪悪な金持ちの心のうちとはかくなるものである。そんなものを聖書の譬え話に求めることはない。多くの者が良心にお伺いをたてればわかるだろう。邪悪な金持ちとその残酷な模倣者たちの心のうちでは、理性はすでに支配力を失い、もはや法律も効力を持たず、野心、吝嗇、執着、その他すべての情念は、反抗的ですぐにかっとなる群衆で、至るところから、憤慨の雄叫びを鳴り響かせる。（……）そうした思慮なく飽くことなき貧者の怒りの叫びのうちに、汝らは喘ぐような貧者の声を聞くことがあるだろうか。汝らの前で震え、自らの悲惨を恥じ、勤勉に働いて悲惨を乗り越えようと日々励んでいる貧者の声を。(5)

こうした壮大な雄弁の劇場に、社会における無秩序が登場するのは注目してもよいでしょう。社会の無秩序がモデルとなり、そこを出発点として、道徳上の無秩序が思考され、思い描かれるのです。暴動、怒り狂った民、反抗的ですぐにかっとなる群衆、憤慨の雄叫びなど、これらは通常、民衆の蜂起を描いて、（感情、怒り、激高にすぎない）政治の抗議行動であるとして、民衆蜂起の信用を貶めるのに用いられる語彙です。ここではその語彙が、邪悪な金持ちの心のうちで生じている事がらを表現するのに利用されています。暴動を起こす群衆は理性の法をひっくり返し、自己に対する支配力を失わせる。これらの言葉を通して、無秩序の政治的解釈を提出することが問題なのです。心は情念による転覆に屈し、その暴力に従います。しかし、今度は心が理性の法と支配に対する転覆の力となるのです。言い方を変えるなら、情念という民の勝利が、その勝利を受け入れた権力者を民衆化する、ともいえるでしょう。

これは一種の道徳による性格づけです。邪悪な金持ちは民の欠陥に汚染されるのですが、そのずっと背後に、政治的な舞台奥がないわけではないのです。根っからの罪人である金持ちは、実際のところ、こうした信用失墜において、最終的に貪欲で飽くことをしらない反徒という、軽蔑に値する形象に変形される恐れがあります。この反徒

〔10〕Bossuet, *op. cit.*, p.105.
〔11〕「飽くことを知らぬ、内なる貧者」、つまり「情念と貪欲」を指す。
（5）« Sermon du mauvais riche », *op. cit.*, p. 106.

の形象は、「恥じ入る貧者」という、苦しみを受けることで高貴となる形象と、あらゆる点で対立しています（キリスト教は伝統として、「恥じ入る貧者」の価値を認め、賛美しています）。「恥じ入る貧者」とは勤勉、従順かつ忍従する者です。これに関して、フュルチエールは辞書で豊富な用例をあげ、次のように説明しています。[12]「慈善とは、恥じ入る貧者に用いられるものである。そうした貧者は自分に必要なものを敢えて口にしたりしないからである」。社会における無秩序は、道徳の無秩序がもたらす荒廃について思考するのに適したモデルであり、したがって道徳の乱れから生じる最終的な結果として、権勢ある人々による法の規定へと舞い戻ってきます。情念の暴動は、理性の法を押し流し、神が「貴顕へと託した」権力を社会的に失墜させてしまうのです。享楽を貪る人々の心に向けた脅しは、その死に際して実現されるわけですが、それはまた、法の正しい支配に重くのしかかる脅威でもあるのです。

こうした脅威は個人レベルでは、改悛と貧者に対する慈善の実践によって、また社会のレベルでは、より上位の秩序原理の行為によって払いのけることが可能です。というのも、上位の秩序原理はより大きい〔より偉大である〕ため、[13]情念の反抗あるいは、少なくとも公における、そうした反抗の結果を押さえ込むのに適しているからです。本講演で言及している二つの説教は、神の思し召しに合流する、そのような秩序原理を褒め称える方向へと向けられています。この方向づけは、すでに、権勢ある人々への呼びかけが最高潮に達した瞬間に観察されるものです。説教壇上から、説教師は熱弁をふるいます。「それゆえ、貧者は餓えて死ぬ。そうです、聴衆諸氏、貧者はあなたがたの土地で、あなたがたの城で、町で、田舎で、あなたがたの邸宅の扉にすがり、その周辺で飢え死にするのだ。貧者を助けに駆けつける者などいない」。[14]悲惨に囲まれた金持ちの生活圏が、はっとするような仕方で列挙されているのですが、一カ所だけ欠けています。ボシュエが説教をしている場です。ここ《・・》であり、ルーヴル宮の出入り口であり、王の居宅の扉なのです。このような欠如を指摘しても、情念の無秩序と貧者に対する慈善の欠如の関係に関する論の展開上、その冒頭でなされていた最初の指摘とすりあわせるのでない限り、おそらくは牽強付会の感を免れないでしょう。「聴衆諸氏よ、おそらく、自分はそのような放蕩とは無関係だとおっしゃるかもしれない。私は容易に信ずるものである。この集まり、かくも正義感強き王の眼前では、そのような非人間的な振る舞いは、よもや現れないであろうことを」[15]。モラリストによって、腐敗のはびこる場として頻繁に糾弾される宮廷が、ここでは反対に、礼節の場とされています。そこでは情念が抑制され溜めおかれ、王の前でその姿を現すことがないのです。王という形象だけが、「義人と貧者を虐げようとする」「逸楽の権化」[16]を規制する力として、刀のように振りかざされているのです。

説教の末尾の言葉は王に向けられています。もし大多数のキリスト教徒が説教師と共に自問すべきだとしたら、どうでしょう。「誰が認めてくれるのか、命を救う喜びをわれわれが理解していることを。誰が認めてくれるのか、キリスト教徒よ、われらの心が聖霊の心の和らぎで満たされていることを。貧者の苦痛を和らげ、貧者のうちで喘ぎ苦しむイエスを慰める至高の喜びを享受するがゆえに」[17]。「この喜びは神聖」であり、「真に王に相応しい喜び」であることは疑いようもありません。神の偉大さと王の偉大さは、真なる慈善の至高の喜びを経験する際に、こうして結びつくのです。「陛下、陛下はこの喜びを好まれます。陛下がその目に見えるしるしを授けられたからには、今後は、さらに大きな効果が続くことでしょう」[18]。

四旬節における改悛〔罪の償い〕の高まりの中で参集した信者の中にあって、キリスト教徒である王は、それで

〔12〕Antoine Furetière, *Dictionnaire universel*, art. « honteux ».
〔13〕フランス語の「大きい」という語とその派生語は、大きさ、広さだけでなく偉大さも表すため、以下の段落では多く掛詞として用いられている。
〔14〕Bossuet, *op. cit.*, p.106.
〔15〕*Id.*, p.105.
〔16〕*Id.*, pp.104-105.
〔17〕*Id.*, p.110.
〔18〕*Id.*

も自分を取り囲む貴顕とは比較を絶する巨大な位置を占めています。地上における神の権能の像《イメージ》として、そして些かでも王の偉大さと義務を自覚するならば、王だけが「臣民を幸せにする、真に王に相応しい」喜びを手に入れるのです。『主の受難に関する説教』〔前出、四月七日の説教〕では、さらに強く、その点が強調されています。

陛下、陛下の気が挫かれませんことを。といいますのも、貧者は増加の一途をたどり、慈悲の行いを拡大せねばならないからです。神が災禍を一層激しくされたのですから、救済も倍増し、あらん限りの力をつくして、病に対する対処も同じ数だけ増やさねばなりません。神は望みたまう、高邁な慈善の努力により、神御自身の行う裁きが抑えられることを。極端な欠乏ゆえに、寛大な心が特別の仕方で溢れ出ることが求められているのです。陛下、死に瀕したイエスが、あなた様を励ましておられます。あなた様に貧しい民の保護を求めておられるのです。かくも多くの災禍を用いて、いわば世界を打ちひしぐというのが神意（conseil de Dieu）でないと、誰にわかるでしょうか。神の目的は、陛下が早急に多くの貧者の救済に手を差し伸べ、御領地全体に大いなる繁栄を招くことにあり、それを天は陛下に公然と御約束しているのではないでしょうか。陛下が、臣民を幸福にするという、真にキリスト教徒に相応しく、真に王に相応しい喜びで、その寛大な御心を満たされる方法を間もなく見いだされますよう(6)。

災禍を用いて人類を打ちひしぐという神の企図を、『邪悪な金持ちの説教』では次のように説明しています。「天はわれわれの罪悪に対して、未だ宥められてはいない。神は民に平和を与え、御静まりになったかに見えたが、われわれの罪悪が留まるところを知らなかったため、再び正当な怒りをかき立てられたのである。神はわれわれに平和を与えられたが、御自身、われわれに対して戦争をおこされているのだ。恩知らずなわれわれを罰しようと、病、死すべき運命、極度の飢饉、驚愕すべき天候不順をわれわれに送られた。われわれが神の怒りを宥めないものだから、さらなる不吉な結果でわれわれを脅すかのような、自然全体を見渡しても何かよくわからない異常な事態を差し向けられたのだ」[7]。こうして神の企図では、君主の持つ慈善の能力が予見され、いわば先取りされているわけで、そのようにして、こういって良ければ威厳を分ち持つパートナーとして、王とキリスト教の偉大さに対して、威厳に満ちた姿を示す機会を提供しているのです[19]。このような視点から最も興味深い語は、〔「……を打ちひしぐというのが神意でないと、誰にわかるでしょうか」という引用部分で用いられた〕「決意、思慮」（conseil）という語です。説教集の編者は註において、「決定」（décision）の意でとらねばならないとしています。ここで表明されているのは、それならむしろ軍事や戦争の響きを伴う、「決意、決断」（résolution）という概念であるといえるかもしれません。しかし、一七世紀の辞書類で確認されるように、神学の専門用語でもあるのです。神意〔神の「決意」〕とは、神学の語彙では神の摂理[20]の秘密を意味します。神学という、極めて形式化された知に属する専門用語をずらして、修辞技巧の枠組みの中で用いているのです。そうした修辞の枠組みは適切とはいえませんが、神学の語彙が概念として形成する神の偉大さの表現と、間違いなく無関係ではありません。ボシュエは『ルーヴルの四旬節説教』において、何度もこの手法を用いています。この手法を駆使することで、ある知の力がよその場所で洗練されたとしても、その知を受け継いだほうの教訓の基礎として役立つことを示すと同時に、言語行為として、明白に異なる言説空間の間での関連づけはおろか、両義的な重ね合わせまで創りだすことができるのです。ここでは、人類全体の不幸に関した、神の行為の秘儀が構想される空間と、固有の能力と手段で行動する王権の空間が重ね合わされています。もし

（6）« Sermon sur la Passion de Notre-Seigneur », p. 271.

（7）« Sermon du mauvais riche », *op. cit.*, p. 109.

〔19〕フランス語で「陛下」（votre majesté）と「威厳」（majesté）は同じ語だから、「威厳を分ち持つパートナー」（comme une majesté partenaire）は直訳すれば、「パートナーとしての威厳＝陛下」という掛詞となっている。

〔20〕「神慮」（Providence divine）ともいう。

神の決意（conseil）が、その全能の裁きにより、この世を災禍で打ちひしぐことであるなら、王のほうは神聖な決断を下し、「真にキリスト教徒に相応しく、真に王に相応しい」決意により、「早急に多くの貧者の救済に手を差し伸べ」、臣民のために戦争を遂行するのです。この引用部分の言葉は確かに慈善を表しているのですが、戦争に対する王の感情の高揚に慣れた宮廷内の公衆にしてみれば、強く軍事的響きを備えた語彙で表明されてもいるのです。ここでボシュエは、（これまでに幾人かの批評家が主張したように）政治社会秩序を批判しているどころか、悲惨と慈善に関して、神の全能を担う「絶対者」（Absolu）を、善を行う、極めてキリスト教的な王の絶対（absolu）権力へと見事に変換する演説をしていることがわかります。この善を行う絶対権力は、全能ではありません。この権力は能力があるというにすぎず、際限なしに慈善を施すことを欲するというものではないのです。これこそが、フランスにおける篤信家版王の絶対権力理論なのです。法学者間に固有の理論があるように、王の絶対権力にはその理論があります。しかし、神という「絶対者」の天球の内部で、王の絶対権力は行使されるのです。

「早急に多くの貧者の救済に手を」差し伸べるという王の選択は、一六六二年の飢饉の一〇年ほど後に編集された文の中で、長々と書かれ注解が付されています。それは『王太子の教育のための覚書《メモワール》』、あるいは不正確にも、『ルイ一四世の覚書』と呼ばれている文書です。一六六二年の飢饉に関する節の書き出しには、語りから極めて自然に迸《ほとばし》るかのような、率直な事実確認がおかれています。「その後しばらくしてある事態が生じた。それ自体は厄介ではあったが、首尾をみれば、有益であったといえよう。人民の利害と利得に他ならないことに、朕が如何に細部に至るまで配慮を施しているか、十分に意識させることができたからである」。以上の引用部分を語るのは王です。「ある事態」（occasion）とは、不測の出来事を意味し、「首尾」（événement）という語は、ここでは古い用法で「ある事がらの良い結果、あるいは悪い結果」という意味で理解する必要があります。「首尾」という語により、記述自体に行為の解釈が導入されます。この語が示しているのは、重大事とは飢饉そのものではなく、怪我の功名で、王の配慮により飢饉が緩和されたこと、かつ飢饉の影響が完全に克服されたという事実のほうなのです。以上の導入部には、実際の出来事の描写が続きます。描写の詳細さ、明晰さ、過程の展開には目を見張るばかりです。続いて一連の措置が列挙され、次の言葉で出来事の記述は幕を閉じます。「朕は全臣民の目に、まさしく一家の父と映った。すなわち、一家の食糧を蓄え、子供や召使いたちに公平に食物を分け与える父である」。

このような言及の仕方で、まずもって生死に関わる無秩序の規模を想起させることになります。この点は、強調しておいたほうがよいでしょう。なぜなら、瀕死の民、折り重なる屍体、路上に彷徨う餓死寸前の人々など、最終的な結果には黙して語らないのに、王が発話する朕＝私の行為は、眩いばかりに描かれているからです。ここでいう出来事とは、王国の半分にあたる村や町が大量に殺されたという事実ではなく、不幸と格闘する君主の介入を指しているのです。同じ手法で、王の行為を補助した人々も姿を消してしまいます。王と臣民の間には、もはや仲介者など存在しないのです。「常勤の司法官」など、事態を混乱させるか悪化させる障害にすぎず、地元の行政官も消えてしまったかのようです。「朕は自ら、個々の事象に関わる極めて正確な知識を得、（……）朕は早急に四方八方に命令を送った」。続いて、行為の主体である朕＝私は、解釈する朕＝私となります。

この機会ほど、朕が有効に用いた支出はない。というのも、息子よ、朕の臣民は真の財産であり、財を守るためにこそ保護している唯一の財産だからである。その他の財などは、われわれが使い方を踏まえていなければ、つまりは適切に処分するのでなければ、何の役にも立たないのだから。

このように王位継承者に与えられた教訓の情報源は、まなざしの力が産み出す知識（「個々の事象に関わる極めて正確な知識」）に求められます。そして、まなざしの力が行為を可能にしたのです。行為の後では、唯一無二で、突出した上位の知が語られることになります。とはいえ、行為が成功したかどうかは、疑問に付されていません。行為の成功は分析の基礎とはならず、暗黙の前提に数えられているのです。王太子に向けた教訓はそのとき、テクストそれ自体が、箴言が拡大解釈されるかのように、人民への教訓、いわば普遍的な教訓になります。それも、有益さ（*utilité*）という名の糸、すなわち記述という横糸の中にそっと織り込まれた糸を経由して行われるのです。有益さを表す語は、すでに冒頭から現れています。「その後しばらくしてある事態が生じた。それ自体は厄介ではあったが、首尾をみれば、有益（utile）であったといえよう」。続いてこの語は、対義語を隠れ蓑に、行為へと連絡する主軸となります。「息子よ、もし朕が無益に（inutilement）思い悩んだりしていただけならば、事態はより広範に広がり、前代未聞の惨事となっていただろう」。さらに有益の語のおかげで、歴史から政治上の道徳概念を引き出すことができるようになるのです。

> 国において何もかもが繁栄している限りは、王国が生産する無尽蔵の財についてはすでに所有している財のみを望んでいてもよかろう。人間というものは生来野心的で傲慢であり、なぜ他者が自分に命令を下さねばならないのか、自分自身の必要が生じ、命令の必要が感じられるようになるまで、その理由を自分に求めたりは決してしない。しかし、その必要そのものにしても、恒常的で正規の対応策を見つけるや否や、それに慣れてしまい、無感覚になってしまうものである。尋常ならざる災害こそが省察のきっかけとなる。通常災害から引き出せる有益な教訓（utilité）を考えるようになるし、命令を受けなければ強者の餌食となってしまうことも、この世の中では正義も理性も安心した所有も、すでに忘れて久しい抜け道も見いだすことはないだろうことも、思い直すのである。こうして、人間は自分の人生と平安を愛するように、喜んで服従に甘んじるようになる。

したがって、尋常ならざる不幸から得られる有益さこそが、通常の政治的支配の根本となる有益さを明らかにしてくれます。王の人格において、正当な権力の通常の状態と、至高者による行為の臨時の状態を連結し、その仲介を経て初めて明らかとなるのです。至高者による行為の基礎をなすのが、有益を無益から区別する資質と能力です。したがって「厄介な事態」という側面から見れば、不作をめぐる残酷かつ不慮の出来事なのですが、それが文書と執筆行為《エクリチュール》を通じて、権力としての王権の有益さを試練にかけた、明白な記念へと変換されていることがわかります。この権力は行為において、父の形象で具現されます。「朕は全臣民の目に、まさしく一家の父と映った。すなわち、一家の食糧を蓄え、子供や召使いたちに公平に食物を分け与える父である」。国家権力はこうして、それを隠しつつ描き出す像《イメージ》の中に現れるのです。このような像は、一六六〇年代には確かに新しいものとはいえません。ジャン・ボダンはほぼ一世紀も前に、モデルであり公的権力の発散物でもある父権に、『共和国をめぐる六つの書』（『国家論』を指す）の一章を割いています。一家の父としての王の表象は王国の政治的身体をぼやかし、君主と臣民の間の仲介すべてを消し去ります。ここで再びボシュエに出会うのです。『聖書の言葉それ自体から引き出された政治』というボシュエの著作は、『王太子の教育のための覚書《メモワール》』が準備されていたのとまったく同時期の産物で、かつ、数多の著作物の中でもとりわけ、王位継承者の教育のために構想されたものです。その当時、継承者の教育は王の統治期間の重大事でした（一六七〇年にボシュエは、王太子の養育掛であったモントージエ公の権威の下、王太子の師傅となりました）。この著作においても、飢餓への言及を通して、父としての王の形象が前面に押し出されています。

> 民の必要とするものを提供するのは、王の権利である。君主の利に反してこれを企てるものは、王国に対して危害を企てることになろう。これこそが、王国が成り立つ所以である。人民の世話をする義務は、君主が臣下に対して持つ、あらゆる権利の基礎である。
>
> それゆえに、非常に困窮している折りには、民には君主に頼る権利がある。「極度の飢饉に際し、エジプト全土が王のもとに来て叫び、王にパンを求めた。」（「創世記」第四一章五五節[21]）。飢えた民はまるで羊飼いか、いやむしろ父親に対してするように、王にパンを求めるのである。[8]

「民の必要とするもの」を提供することは、ボシュエによって至高者の権利、ゆえに王権の専売特許として提示されています。この確信から、羊飼いと父の像《イメージ》を導き出す語が導入されます。羊飼いは自分の飼う羊の群れを熟知し、その世話をします。ミシェル・フーコーは一九七八年のコレージュ・ド・フランスの講義で、統治の形象化として、そして統治性と名づけた事がらを思考する手段として、司牧の分析を展開しています。ところでここでは、父というより正確な語に言い換えることで、羊飼いの像が消されてしまうのです（「いやむしろ父親に対して……」）。ボシュエの文では、この手続きはほとんど悔恨を思わせます。これは、政治的身体と、家族と父権からなる社会的身体を類比でつないだ、伝統的な形式化表現です。ボシュエと『王太子の教育のための覚書《メモワール》』では同じ像が共有されていますから、こうして政治権力の固有の力に関した共通の見解が、二つの異なる表現空間に伝達されているといえるのです。

　ボシュエによる『ルーヴルの四旬節説教』は、生存をめぐる一六六二年の大危機の証言と見なせるのでしょうか。田舎での苦悩と悲惨が反響していることは疑いようもありませんし、そのような出来事を出発点として、王と宮廷の貴顕を前に説教すること自体、事態の深刻さの証言といえるでしょう。そうした証言をしつつ、ボシュエの説教は、篤信家の書いた二つの『意見』、『王太子の教育のための覚書《メモワール》』、その他当時なら喚起することのできたテクストなどと出会うのです。そのとき、互いに似通った愁訴の彼方で、一本の境界線が二種類のテクストを分つことがわかります。一方に悲惨を描くテクストがあり、他方にその他のテクストがあるわけですが、特に後者の文書《エクリチュール》と執筆行為では、とりわけ隠喩化はおろか寓意化の手続きさえも動員して、地方での観察を修辞技巧へと変換することに見事に成功しています。修辞技巧は脱文脈化を促し、大いなる災禍の前に君主の偉大さを対置するのに適しているのです。[22]このようなエクリチュールを選択すること自体、固有の仕方で、修辞行為に関する証言をもたらしているともいえます。この奇妙な修辞行為により、（悲惨という）依然変わらぬ問題は隠されてしまいます。また、そのような隠蔽が行われることからすれば、宮廷での説教とは政治的行為であるという事実を証言しているともいえるでしょう。王に向けて説教することが、常に政治的行為であるからというばかりではなく、言葉を用いて現実を教訓的像《イメージ》に仕立て上げることは、そのとき、この発話状況においては、権力の自己言及に同意することになるからです。明白にあるいは暗黙の了解として示されている規定と表象が、演説によってすでに完成しているかのように提示されるために、積極的な同意となるのです。そのような規定と表象は知の枠組みであり、より広くは、表現をめぐる表象の枠組みであるといえます。このような操作において、知的専門科目である神学が動員されることはすでに見てきたところです。それも、明白な支配の構築を目指す権力それ自体が、力能に関わる神学の見解に依存することが条件です。このような文書《エクリチュール》と執筆行為をめぐる実践を通じて、ボシュエのテクストは古典主義という概念の周囲に構築された文学の聖典に数えられるようになったのです。非常に強烈な像の喚起力は、それが書かれてから七〇年後に、雄弁における申し分のない文彩表現であると考えられました。両義的な表現の犠牲の上に、テクストの存続と伝達が保証されたのです。すなわち、偉大さを顕揚する場所で、偉大な人々〔貴顕〕に向けて発せられていたからこそ、この雄弁は偉大であり、かつ偉大であることを自称できました〔23〕。しかし偉大さを模倣するこうした正当性は、実際になされた奉仕の性質を基礎としていたのです。神の偉大さと君主の偉大さは互いに不可分であり、互いの顕揚を目指していました。それが文学に受け入れられたとたん、ボシュエの文書は、口頭による演説時には聴衆としていた人々を邪険に扱っていたかのように見えてしまったのです。権勢ある人々の自己中心的

〔21〕「やがて、エジプト全国にも飢饉が広がり、民がファラオに食物を叫び求めた。」（新共同訳一九八七年版）
（8）Bossuet, *Politique tirée des propres paroles de l'Écriture sainte*, édition consultée, Paris, Dalloz, 2003, pp. 65-66.
〔22〕「大いなる災禍」（grandeur du fléau）と「君主の偉大さ」（grandeur du monarque）は共に「大きさ」をめぐる一語を含んでいる。
〔23〕原文は以下のとおりで、grand とその派生語の多義性を念頭に置いた表現である（強調は訳者による）。含意については、訳註〔13〕および〔22〕を参照のこと。« c'est bien parce qu'elle s'adressait à des *grands* dans les lieux de *la grandeur* que cette éloquence était *grande*, pouvait se permettre d'être *grande*. »

な態度と貧困の糾弾は、しかしながら、宮廷の扉の手前で歩みを止めてしまいました。とはいえこの文書は、宮廷で読み上げられ、そして後には、宮廷になど足を踏み入れない人々によって読み継がれたのですから、その道徳をめぐる要請は普遍的な射程を見いだしたといえますし、政治行為を覆い隠すことができたわけです。これこそが、文学の持つ力の証言に他ならないのです。

【解説】

京都大学主催のシンポジウムで発表した後、ジュオーは武蔵大学でも講演を行った。望月（同大教授）は自ら司会をすると同時に、講演後には質疑応答の土台となる詳細なコメントを発表した。次章がその日本語訳である（望月ゆか「ボシュエ『ルーヴルの四旬節説教』をめぐる解釈の相克」）。翻訳に際し、ボシュエのテクストに関しては、本稿で用いられた版を随時参照したが、フュルチエールの辞書を除くその他の一七世紀のテクストについては原文を確認することができなかった。

本稿でジュオーは、一六六二年の飢饉に関する記述やルイ一四世周辺で用意されていた歴史記述のための「覚書」を用いながら、特にボシュエのテクストの政治性と文学史における価値形成についての考察を展開している。同議論は以下の共著での分析が基になっている。

Jouhaud, Ribard, Schapira : 2009, chap.V « Écrire l'événement : la famine de 1661-1662 », pp. 243-293.

また、これに関連した主題で典拠も共有しつつ、王の飢饉に対する対応と、全能であるはずの王の無力さに焦点を合わせた、以下の既訳論文も参照されたい。「『太陽王』時代における政治権力の無力さと全能の力」（『歴史とエクリチュール』所収）。

（訳と解説　野呂　康）

2　ボシュエ『ルーヴルの四旬節説教』をめぐる解釈の相克

望月ゆか

本稿は、前章（第Ⅱ部1）に収録されたジュオーの講演に対し、フランス語で行ったコメントを翻訳したものである。今回、邦訳を準備するに当たり、注を加えたほか、発言の趣旨は変えずに本文を少々修正した。

ジュオー教授は『ルーヴルの四旬節説教』の中から、一六六一年夏から六二年夏にかけてフランスを襲った悲惨な飢饉に明示的に言及しているボシュエ（一六二七－一七〇四）の二説教、「金持ちとラザロ」[1]（一六六二年三月五日・日曜日）と「キリストの受難」（一六六二年四月七日・聖金曜日）を特に取り上げ、「不可分である神の偉大さと君主の偉大さを同時に顕彰（co-célébration de la grandeur divine et de la grandeur monarchique）」するボシュエの「奉仕（service）」を浮き彫りになさいました。ボシュエの説教を王権神授説的観点から読むというのは、一見平板に響くかもしれませんが、ジュオー教授が指摘なさったように、本日の講演は、『ルーヴルの四旬節説教』を説教師ボシュエが聖体秘蹟協会[2]の一員として若きルイ一四世に向けた「社会政治秩序の批判」とする解釈に異を唱えるものです。「悲惨と慈善に関して、神の全能を担う〈絶対者（Absolu）〉を、善を行う、極めてキリスト教的な王の絶対

（1）　ルカ一六、一九～三一による。直訳は「邪悪な金持ち」。

（2）　秘密結社である聖体秘蹟協会は、マザランによって一六六〇年に活動が禁止されたが、非合法的活動は一六六七年まで続いた。

(absolu) 権力へと見事に変換する」言説的実践であるとの位置づけです。ここではまず、フォリオ版『ルーヴルの四旬節説教』(二〇〇一) の編者であるコンスタンス・カニャードブフの前書き、及び同年に出版された『ボシュエ「ルーヴルの四旬節説教」を読む』に収録された同じくカニャードブフの論文に主として沿いながら、ジュオー教授と対立する解釈を紹介し、[3] 初めて触れる者にはその操作概念が必ずしも容易とは言えないご講演の射程を私なりに明らかにしてみたいと思います。[4]

『ルーヴルの四旬節説教』が行われた一六六二年は、ルイ一四世 (一六三八–一七一五) の親政二年目に当たります。一六六一年九月の親政開始以来、篤信家 dévot である総監フケの突然の逮捕 (一六六一年九月) と訴訟開始 (一六六二年三月)、ルイーズ・ラ・ヴァリエール嬢 (一六四四–一七一〇) との新たな愛人関係[5]など、若き王の振る舞いは篤信家たちの目に余る物でした。『四旬節説教』解釈の伝統的一潮流に与するカニャードブフは、聖体秘蹟協会を中心とする篤信家集団によるルイ一四世の政治的・道徳的批判に自らの説教を重ね合わせる、若干三五歳のボシュエの大胆さと巧みなレトリックを強調します。

第一説教「聖母マリア御浄めの祝日の説教」(一六六二年二月二日・木曜日) から早速、ボシュエは四旬節を迎えるにふさわしく官能的快楽を断罪しますが、そこにはラ・ヴァリエール嬢との関係を念頭に置いていたのではないかと推察される箇所があります。[6] 説教が特定の人物——ここでは国王——に暗に言及していると詮索されないよう、列席したすべての宮廷人に向けて語りかけると同時に、沈黙された個人的訓戒に国王が気づくだけの余地も残すこと、これこそがボシュエが自らに課した困難な任務だとカニャードブフは論じます。[7] そして、『ルーヴルの四旬節説教』をまず第一に、絶対王政の儀礼的賛美の衣をまとった訓告 (不貞の戒め、フケの恩赦可能性) という、密かでかつ大胆な政治的行為として読み、[8] そのレトリックの特徴は暗示とほのめかしを孕む称賛術にあると結論するのです。[9] 以下、四旬節第三週「兄弟愛についての説教」で唯一保存されている結論部から一節を引用します。

おお、神よ、あなたが我々に与え賜うたこの王を祝福したまえ。この偉大な君主のために我々はあなたに何を請うべきか。何ですと？　あらゆる繁栄を？　然り、主よ。しかし、更に、王とキリスト教徒にふさわしいあらゆる美徳をも請おう。そう、我々はいかなる美徳も、その一つたりとも王に欠けることを肯えない。俗世が何と言おうと、王にはこれらすべての美徳が必要なのだ、［神よ］あなたがそのすべてを命じ給うたのですから。我々は、まったき完全な王の姿を仰ぎ見たい、我々はすべてにおいて王を賞賛したい。これこそが王の栄光、我々の模範たるべき王の偉大さである。光り輝くべきその生に仮にわずかでも影が落ちれば、それは国家の不幸と見なされるであろう。陛下、左様です、陛下の敬虔、正義、純潔こそが、国家の至福の最良の部分

（3）Bossuet, *Sermons : Le Carême du Louvre*, éd. Constance Cagnat-Deboeuf, Paris, Gallimard, col. ‹ Folio classique ›, 2001 ; Constance Cagnat-Debœf, « Un sermon en anamorphose : le discours au roi dans *Le Carême du Louvre* », *Lectures de Bossuet : Le Carême du Louvre*, sous la direction de Guillaume Peureux, Presses Universitaires de Rennes, 2001, pp. 111-128. コンスタンス・カニャードブフには、一九九五年度一七世紀賞 Prix XVIIe を受賞した『古典主義時代の死』（Consεtnce Cagnat-Debœuf, *La Mort classique : Écrire la mort dans la littérature française en prose de la seconde moitié du XVIIe siècle*, Paris, Honoré Champion, col. ‹ Lumière classique ›, 1995）などの著作がある。

（4）ジュオーの操作概念の訳語は同『歴史とエクリチュール』に拠った。特に、野呂康「より高度な方法意識の覚醒に向けて　クリスチアン・ジュオーの認識と方法」の「（二）方法と概念」が詳しい。

（5）ルイ一四世は一六六〇年六月九日にマリーテレーズ・ドートリッシュと結婚した。

（6）「もし我々に、女預言者アンナ（ルカ、二、三六～三八）とともに永遠の死に至る快楽を大本から根絶する勇気がないとすれば、せめて劫罰に値する過度な行為を抑制しようではないか。（……）危険な罪の機会を避けようではないか。」（Bossuet, « Sermon pour la Purification de la Vierge », *op. cit.*, p. 66）、「この［官能の欲望を蔑視する］快楽は何と礼節をわきまえていることか！　大いなる勇気に何と相応しく、とりわけ命じるためにこの世に生を受けた方々に何と相応しいことか！」（*Ibid.*, p. 67）、cf. *Ibid.*, Préface, p. 18.

（7）Cagnat-Debœf, art. cit., p. 112.

（8）Bossuet, *op. cit.*, Préface, pp. 18-19. フケについては、pp. 23-28を参照。

（9）*Ibid.*, Préface, p. 27.

をなすのです。神が我々に送り給うすべての災禍の中で我々を唯一慰めうるこの幸福を、どうか我々のうちに保持したまわんことを、どうかキリスト者たる王として生きたまわんことを。[10]

ここには、カニャードブフが「アナモルフォーズ」、「二枚舌（duplicité）」、「隠蔽された術」、「両義的礼讃」と呼ぶレトリックが見られます[11]。よく注意すると、敬虔、正義、純潔の三理想は「これから実現されるべきもの」として述べられており（「光り輝くべきその生（une vie qui *doit* être toute lumineuse）」）、「賞賛の裏に、それとは矛盾する勧告が察せられる」仕組みになっています[12]。カニャードブフはその解釈の証左として、ボシュエが『世界史叙説』（*Discours sur l'Histoire Universelle*）で一〇年後に記すことになる一節を参照します[13]。

王の前での初の連続説教は、しかしながら、輝かしい成功を収めたとは言えませんでした。記録に残っている説教についてのみ見ると、王は、初回からこの四旬節第二週第一回の「金持ちとラザロの説教」まで欠かさず出席していますが、これ以降は欠席が目立つようになります[14]。そしてこの後ボシュエが再び宮廷で説教する機会を得るのは、一六六五年を待たねばなりませんでした。カニャードブフは、この相対的失寵の要因として、第一にボシュエと聖体秘蹟協会との関係をあげますが、説教で用いたいくつかの暗示の透明性が王を深く傷つけた可能性も完全には否定せず、少なくとも、第一回説教の後、ラ・ヴァリエール嬢が修道院に逃げ込もうとした事実がボシュエに不利に働いたのは確実だと指摘します[15]。実際、「金持ちとラザロの説教」では、一般論としてですがボシュエは「姦通（adultères）」という語すら口にしました[16]。カニャードブフは特に次の一節

そこから、人が許容し、大目に見てくれるだけでは満足せず、拍手喝采すら求める、かの支配的罪が生まれるのだ。そこでは人は、あらゆる法を軽蔑し、人間の羞恥心を公然と侮辱しながら、偉大ぶって楽しむ[17]。

（10）*Ibid.*, « Sermon sur la charité fraternelle », Péroraison, p. 130.

（11）Cagnat-Deboef, art. cit., p. 112. 115-117.

（12）*Ibid.*, p. 118.

（13）「以上が、古代エジプトにおける王の教育方法である。彼らは信じていたのである、非難は王たちの精神を苛立たせるだけだということを、また、彼らに美徳を抱かせる最も有効な手段は、法に則って神々の前で厳かに弁じられる賛美のうちに王の義務を示すことであるということを。」（*Ibid.* : Bossuet, *Discours sur l'histoire universelle*, dans *Œuvres*, Paris, Gallimard, col. ‹ Bibliothèque de la Pléiade ›, 1961, pp. 959-960）

（14）四旬節とは灰の水曜日から復活祭前日の聖土曜日までの悔悛の期間に相当し、日曜日を数えないで四〇日間となる。四旬節説教は、序にあたる「聖母マリア御浄めの祝日の説教」を含め、計一八回に及ぶ長丁場である。四旬節の第一週から第五週は、日曜日、水曜日、金曜日と週三回、説教が行われ、第六週の日曜日（枝の主日）と聖金曜日の説教が掉尾を飾る（Bossuet, *Sermons*, *op. cit.*, pp. 290-291）。記録に残っているもののうち、国王が出席したのは第一説教（一六六二年二月二日）、四旬節第一週日曜日「福音説教について」（同年二月二六日）、「金持ちとラザロに関する」第二週の日曜日「死の間際の非痛悔について」（別名「金持ちとラザロの説教」、同年三月五日）、第四週の土曜日「聖母マリアお告げの祝日について」（同年三月二五日）、第六週の日曜日「国王の義務について」（同年四月二日）と聖金曜日「主の御受難について」（同年四月七日）である。欠席したのは第二週の水曜日「地獄について」（同年三月八日）と金曜日「摂理について」（同年三月一〇日）、第四週の日曜日「野心について」（同年三月一九日）と水曜日「死について」（同年三月二二日）、「悔悛に関する」第五週すべてである。カニャードブフによるエディションの各説教の冒頭注を参照。

（15）Bossuet, *op. cit.*, Préface, p. 28. ラ・ヴァリエールは王との間に四人の子を儲けるが、一六七四年に宮廷を去り、カルメル会修道女となる。

（16）「金持ちとラザロの説教」では、小罪への執心が度を超すと、遂には大罪をも恐れなくなるという、アルノーの『頻繁なる聖体拝領について』（一六四三）に想を得た道徳神学的テーマが、宮廷人向けの表現で展開されている。「譬え話の邪悪な金持ちは、彼ら［禁じられていない世俗の事柄に全身全霊入れあげる人々］を魂の奥底まで震え上がらせるにちがいない。神の子は我々に邪悪な金持ちの姦通や強奪、暴力を語ってはいないという指摘を何度となく聞かされているであろう。贅沢な洗練や美食こそがその罪の非常に重要な部分を占めているために、それらがこの譬え話が伝える殆ど唯一の放蕩となっているのだ」（*Ibid.*, « Sermon du mauvais Riche », p. 95：強調引用者）。しかし、「許された事柄において自制するよう留意しないと、間もなく確実に、公然と禁止された事柄を行うのを恐れぬほど、情欲に駆られようになる。キリスト教徒よ、以下のことを知らぬ者があるだろうか。経験から感じない者があるだろうか。我々の精神は容易に自らに限界を設けられるようにはできていないということを」（*Ibid.*, pp. 96-97）。

（17）*Ibid.*, pp. 97-98.

に注目し、「その偉大さがかくも公然とやり玉にあげられる」ことを国王は容認できなかっただろうと述べます(18)。上記の「兄弟愛についての説教」の一節の解釈でとりわけ明らかなように、カニャードブフにおいては、絶対君主制称揚は、美徳についての教訓をすべり混ませるための単なる手段とほとんど化しており、ジュオー教授の講演とは対照的です(19)。

ジュオー教授の分析では、君主の称賛が二説教のエクリチュールの中核として全面的に肯定されているように思われます。ご講演の結論部では、絶対権力の言説への「積極的な同意／参与（adhésion active）」という表現が用いられていました。ここで、ジュオー教授の著作の一つである『文学の力――ある逆説の歴史』を想起することは許されるでしょうか。この著書は、一七世紀前半におけるエクリチュールの実践を主題としており、特に、アラン・ヴィアラ『作家の誕生』(20)との対峙から生まれた第4章「称賛と奉仕――参与の曖昧さ」では、保護－被保護関係（clientélisme）を強いられた著作家たちによる納得ずくの二枚舌が論じられています(21)。本章の最後に登場するゴーフルトー神父は、ラ・ロシェルの戦いの勝利者リシュリウの御用作家（thuriféraire）で、リシュリウを神の秩序の体現者と見なしています。

> 御覧のとおり、ゴーフルトーは、参与するがゆえに礼讃し、また、表象内容の実現に自らが寄与しうると考えるエクリチュールによって参与する、権力の御用作家像を呈示している。結局のところ、政治的弁明という狙いで説得するために遂行された、参与の政治的行為－作用（action politique d'adhésion）としてのエクリチュールなのだ(22)。

ボシュエは、ルイ一四世に対して同様の保護－被保護関係に身を置いているのでしょうか。確かに彼は王の臣下ですが、ゴーフルトーのように単なる主任司祭ではなくソルボンヌ神学博士兼説教師として、福音の戒めに従って王国に神の秩序を実現する義務を国王と宮廷人に説く任務を担っており、より自律的立場にはいないでしょうか。そうだとすれば、カニャードブフたちが強調するように、太鼓持ちではなく内面からの全面的悔悛を迫る道徳家としてのボシュエの姿[23]が際立ってきます。

他方、御用作家ゴーフルトー神父が小さな一連の逸話によって示される秩序にリシュリウの顕彰を重ね合わせていく論理は、隠れた神慮の秩序に対するボシュエの思想と無縁ではないようにも思われます。つまり、四旬節説教のフィナーレである聖金曜日の「主の受難についての説教」で明快に述べられた、神がこの世を厄災で打ちひしぐのは、民の救済というキリスト教徒たる君主に真に相応しい善業を行う機会を国王に与えるためだという主張です。実際、ルイ一四世は一六六二年の二月〜三月にかけて貧民の救援を指示しています[24]。日付は不明ですが、その開始は、前年末から惨状を増した飢饉を傍目に、宮廷で謝肉祭（一六六二年は二月二一日まで）の祝祭が三週間にわたり

(18) *Ibid.*, Préface, p. 27.

(19) さらに、先の「兄弟愛についての説教」の引用では「国家の不幸」が反実仮想の文で述べられている（« et nous estimerions un malheur public, si jamais il nous paraissait quelque ombre dans une vie qui doit être toute lumineuse. »）が、最終的には現在フランスが直面している「災禍」（« tous les fléaux que Dieu nous envoie »）が想起されており、国王の美徳により保証されるはずの「国家の至福」は現実味を欠く。この矛盾は意図的で、現在の「災禍」の原因が国王の私生活の「影」だとボシュエは暗示しているのではないか、とカニャードブフは示唆する（Cagnat-Debœf, art. cit., pp. 117-118）。この解釈もジュオーの講演の趣旨と対立する。

(20) Viala : 1985（『作家の誕生』）. Cagnat-Debœf, art. cit., pp. 118-119.

(21) 同書については、ともに『歴史とエクリチュール』所収の、ジュオー「歴史と文学史の出会い――アラン・ヴィアラ著『作家の誕生』（注釈と批評）」、野呂康「より高度な方法意識の覚醒に向けて――クリスチアン・ジュオーの認識と方法」、二三七〜二四二頁を参照。

(22) Christian Jouhaud, *Les pouvoirs de la littérature : Histoire d'un paradoxe*, Paris, Gallimard, 2000, pp. 318-319.

(23) Cagnat-Debœf, art. cit., pp. 118-119.

(24) カニャードブフによれば、ルイ一四世は一六六二年二月〜三月に外国と飢饉を免れた地方から救援物資として小麦を送らせた。Bossuet, *op. cit.*, p. 333, n. 4.

前代未聞の規模で開かれていた時期の前後となります。ジュオー教授が引用された「金持ちとラザロの説教」（三月五日）の末尾、「貧者の苦痛を和らげ、貧者のうちで喘ぎ苦しむイエスを慰める……神聖かつ真に王たるに相応しい喜び」という部分はしたがって誇張ではありません。また二〜三月ですから、「金持ちとラザロの説教」以降の連続説教への欠席が目立つ時期にも引き続き救援活動にあたっていた可能性があります。カニャードブフが言うように聖なる王の理想はまだ実現されていませんが、しかし、大がかりな慈善行為の実践という点では少なくとも（それが畢竟自己愛から発していたとしても）、なんら悔悛行為を行わず贅沢な祝祭にうつつを抜かす宮廷人と異なり、キリスト教的完徳の第一歩をすでに踏み出したとも見なしえます。「金持ちとラザロの説教」の後半を、このように飢饉の救済という観点からごく簡単にですが実証的に検証すると、カニャードブフの解釈とは対照的なルイ一四世の姿が浮かび上がります[25]。

ジュオー教授によれば、ボシュエにおける高度に文学的な手法を要請するのは、道徳的配慮ではなく、神学的・政治的二重の偉大さの言説への参与にほかなりません。二タイプの貧者（「飽くことを知らぬ内なる貧者と、憔悴した外の貧者の対比」）によって示された、社会的無秩序の道徳的・政治的無秩序への隠喩的転換、キリストの苦悩との重ね合わせによる人々の悲惨の寓意化などが本講演では見事に分析されました。そして、『重要な意見』とその続編にも、『王太子の教育のための覚書』にも見いだされない『ルーヴルの四旬節説教』のこうした文学性こそが、時代を経るうちに普遍性がその当初の政治的行為 - 作用 action を隠蔽するに寄与したのだと教授は締めくくられました。

最後に、個人的にやはり気になってならない点を質問させていただきます。「金持ちとラザロの説教」の後半はともかく前半は、私にはやはり王への隠れた道徳的批判・訓告と読めてしまうのですが、ボシュエの参与のエクリチュールにおいて、王への道徳的批判・訓告が許容される余地はないのでしょうか。また、「金持ちとラザロの説教」の後、王の欠席が目立つようになったという事実は、その後の『ルーヴルの四旬節説教』のエクリチュールを何らかの形で規定することはなかったのでしょうか。

【解説】

以下、本コメントについてのジュオー教授の返答をかいつまんで紹介する。ゴーフルトーとボシュエの関連について、王の前で説教するボシュエはゴーフルトー以上に保護－被保護関係に置かれていたことは、四旬節説教の任命を受けるためにボシュエが盛んに事前工作をした事実からも明らかである。Cf. Cinthia Meli, *Le Livre et la Chaire. Les pratiques d'écriture et de publication de Bossuet*, thèse présentée à l'Université de Genève, 2012, publiée sous le même titre en 2014 chez Honoré Champion. 逆にゴーフルトーのような教区の主任司祭は言論の自律性が保持されており、リシュリウへの奉仕も自由な選択としての参与の結果である、またカニャードブフの解釈については、ラ・ヴァリエール嬢との関係へのいかなる暗示もテクストからは読み取ることはできないし、ルイ一四世の説教欠席をそれと関連づける根拠もない、道徳・エゴイスム批判はあくまでも貴族に向けられたもので、王の罪悪感に訴えようとしたものではない、とのことであった。その他、二枚舌、「神意（Conseil）」という神学的・軍事的用語の使用などについて補足的解説があった。

『ルーヴルの四旬節説教』については、伝統的に、ジャンセニスムとも共通点の多い道徳厳格主義の観点から解釈する立場と、若き説教師ボシュエの野心と絶対王政称賛の観点から解釈する二派が存在する。その論争史については、以下

---

(25)　「主の御受難についての説教」においてボシュエは、王の偉大な慈悲深さを飢饉を通じて顕現させる神の隠れた摂理を説きつつ、困窮した民への救済の手を休めないようにと王に嘆願しているが、この聖金曜日は四月七日であり、前記の注によればこの月にはもはや王の介入は行われない。野呂康が「訳者付記」で参照している『「太陽王」時代における政治権力の無力さと全能の力』（嶋中博章訳『歴史とエクリチュール』所収、四七～六一頁）は、この点について非常に示唆的である。ジュオーが紹介する「王の小麦」が直面したさまざまな問題を思い起こすとき、ボシュエの最後の言葉「陛下、陛下の気が挫かれませんことを。貧者は増加の一途をたどっている以上、慈悲の行いを拡大せねばなりません。神が災禍を一層激しくされている以上、救済も倍増し、また、あらん限りの力をつくして、病に対する対処も同じ数だけ増やさねばなりません。（……）陛下が、臣民を幸福にするという、真にキリスト教徒に相応しく、真に王に相応しい喜びで、その寛大な御心を満たされる方法を間もなく見出されますよう」もまた、王の全能を称えつつ、同時にその無力さを暴露する「ひび割れ」の入ったテクストとみなせるのではないかと思われるからである。

に詳しい。Henri Busson, *Littérature et Théologie : Montaigne, Bossuet, La Fontaine, Prévost*, Paris, PUF., 1962, chapitre V « Le roman de Bossuet ». ビュッソンは後者の立場に立ったうえで、J. Lair, *La Vallière et la jeunesse de Louis XIV* (1881) を嚆矢とし、P. Stapfer, 1898 ; A. Gazier, 1914 ; A. Rébelliau, 1927 ; J. Calvet, 1956 へと受け継がれてきた『四旬節説教』を王個人への訓戒とみなす解釈を批判している。対するカニャードブフは自身が前者の立場に与すると明言している。Bossuet, *op. cit.*, Préface, p. 17 ; Cagnat-Debœf, art. cit., p. 117, n. 21. これら二つの解釈が交錯しえないことはジュオー教授の返答からもはっきりとうかがわれた。なお教授は最後に、王太子をひどく折檻する養育掛モントージエ公を容認する師傅ボシュエの姿（一六七一年）が、侍従マリ・デュ・ボワの回想録〔覚書〕で述べられていることを紹介され（Cf. Jouhaud : 2007, pp. 176-187)、ボシュエには親近感が湧かないという率直な感想をもらされたのも印象深い。なお、今回の講演のテーマは、何か一七世紀の宗教に関するものをとの当方の希望から選ばれたものである。

説教の内容とルイ一四世の欠席を関連づけるのは憶測にすぎないとしても、『ルーヴルの四旬節説教』に色濃く現れる道徳厳格主義とアルノー『頻繁なる聖体拝領について』（一六四三年）の影響は、王に対するメッセージにまったく影を落としていないのか。カニャードブフも含め、従来の解釈はボシュエをジャンセニスト（ポール・ロワイアル）と同一視しすぎる嫌いがあるように思われる。ボシュエはトミストとして、やや穏健な厳格主義の立場を取っており、その悔悛論を厳密に定義することで、ジュオー教授とカニャードブフの解釈を総合することはできないか、非常に興味をかき立てられる講演であった。

（訳と解説　望月ゆか）

3 「バロック」概念をめぐって

クリスチアン・ジュオー

Christian JOUHAUD, « Autour de la notion de ‹ baroque ›, enjeux polémiques, enjeux politiques ».
二〇一三年九月二七日に岡山大学で行われた講演原稿の全訳である。なお当日の司会は萩原直幸（岡山大学文学部准教授）、通訳は野呂康が担当した。

一九五七／一九八〇　『バロックと古典主義』

一九五七年のことです。ソルボンヌ（パリ第四大学の通称）の教授であったヴィクトール－リュシアン・タピエ（一九〇〇－七四。歴史家）は『バロックと古典主義』という題名の本を出版しました。その本の導入部でタピエは、「秋のある晴れた午後に」ヴェルサイユ宮殿のテラスに腰掛ける読者を想像しています。見えているのは、フランス人（それも男性です……）、教養あるカトリックで、ヴェルサイユ宮殿が漂わせる古典主義の調和に満ちた美と、何ら違和感もなく溶け込んでいます。そんな読者に対して、タピエはバロックについての解説をしようとしているのです。イタリアにおけるバロックとルネサンスに関する、ハインリヒ・ヴェルフリン（一八六四－一九四五。美術史家）の有名な著書が現れてから七〇年が経っています（『ルネサンスとバロック――イタリアにおけるバロック様式の成立と本質に関する研究』）（上松佑二訳、中央公論美術出版、一九九三年。初版は一八八八年に刊行された）。『ルネサンスとバロック』の中で、美術史家ヴェルフリンは、バロック芸術の特徴を示す、相当数の形式的な特質をすでに判別していました。

　スイス出身の高名な批評家であるヴェルフリン、フランス人教師であるタピエ（そして二人の間に、イタリア人の歴史家にして哲学者のベネデット・クローチェ（一八六六－一九五二）がいますが）、それぞれのアプローチの違いは別として、彼らは三人とも、「バロック」という概念を「古典主義」とのセットでしか捉えていない点に注意してください。彼らの眼には、「バロック」と「古典主義」はペアをなし、イタリアにおけるルネサンスのように、古典主義がバロックに先行するか、あるいはフランスでのように、古典主義がバロックの後に来るわけです。

　タピエの本は広く読者を獲得し、教材としてもかなり出回りました。まず一九七二年、次いで一九八〇年と、何度も再刊が出ています。一九八〇年の文庫版には、マルク・フュマロリ（一九三二－　）の序文がついています。その当時、フュマロリ自身、ソルボンヌで教鞭をとっていました。フュマロリの序文は、長い引用から始まります。この引用では、バロックについての考察の端緒として、タピエが想像した教養あるカトリックのフランス人男性とはまったく異なる人物が設定されています。まったく異なると言うのは、それが、ゴンクール兄弟（エドモン（一八二二－九六）、ジュール（一八三〇－七〇）。兄弟で小説家）の小説に登場する、ジェルヴェゼ夫人という女性だからです（『ジェルヴェゼ夫人』は一八六九年に刊行された小説の題名）。ローマのジェズ教会[1]で、溢れんばかりの装飾に囲まれたジェルヴェゼ夫人が、「御婦人のサロン（閨房《けいぼう》）での秘密と至聖所（契約の櫃が安置された場所）の秘儀を混ぜ合わせて（「秘密」と「秘儀」はmystèreで同語）」、敬虔な信仰心と官能の入り混じる激しい感情を感じます。要するに、ニーチェがヴァグナーについて書いたように、芸術は神経に触るというわけで、それもここでは、女性の神経に訴えかける芸術、「いわば女性による、怪しげな暗黙の了解」に焦点があてられているのです。ひとたび、この心理的な枠組みが設定されると、フュマロリは批評概念としてのバロック（*Barockbegriff*）のドイツ起源とドイツ的な側面を激しく批判します。フュマロリはおおまかに、ドイツのバロック概念の歴史を再構成してみせます。フュマロリによれば、その歴史は、ゲルマンの国民的ロマン主義と結びついていて、シュペングラー〔オズヴァルト・シュペングラー（一八八〇－一九三六）。ドイツの歴史哲学者〕と西洋の没落〔一九一八年～二二年に刊行されたシュペングラーによる著書の題名でもある〕、そして保守的な革命に通じるだけでなく、この見取り図の延長上で、ナチズムに受け継がれるわけです。幸いにも、とフュマロリはつけ加えています、ドイツのバロック概念（Barockbegriff）の攻撃性は、かくも多くの「偉大なる諸世紀」に恵まれたフランスの国民的天才と知的エリート層によって抑えられました。したがって、一九六〇年代、七〇年代のバロック趣味の流行は、悪趣味、そして政治の病として解釈されるのです。それは、「『六八年に参加した』世代に特徴的な現象であり、大学での教育科目と小説の想像力、哲学文学と夢想、アナール学派とセンチメンタル・ジャーニー、これらの甘美な結びつきのおかげで、若者の間でもてはやされた現象」ということになります。タピエがバロックという語をフランスに紹介し、我が国に流行を導入したという点に関しては、疑いの余地はありません。それなのに、フュマロリはさらに、この間に死んだタピエを捉えて、遠慮がちな批評家のように描き出すのです〔2〕。

〔1〕 正式名称は Chiesa del Santissimo Nome di Gesù all'Argentina「〔ローマの地区の〕アルジェンティーナ塔にある、イエスの最も聖なる御名の教会」。かつてのイエズス会の本拠地。Argentina はストラスブールの古名のイタリア語化（形容詞女性単数形）であることを、岡山大学の岡本源太先生にご教示いただいた。

〔2〕 「タピエはプラハで教鞭をとっていた時期にバロックに魅了された。フランスに帰ってからは、バロックへの賛嘆の念を教壇で伝えた。彼の『バロックと古典主義』は、バロック的ヨーロッパと古典主義のフランスを、相互に対置しようとした書である。他方、タピエは保守主義の権化であるソルボンヌを代表する、右派寄りの人物であった。タピエの書に序文を書いたフュマロリは、タピエのバロックへの嗜好が『穏健派』のそれであるように見せかけ、かつ当時流行していたバロックとタピエの嗜好を対立したものとして描きだした結果、現実を歪めたばかりか、まるでタピエが「バロックの」とでも呼べそうな思想に嫌悪感を示しているかのごとく仕立て上げてしまう。そうした一切合切は、（当時駆け出しだった）フュマロリにとって問題の序文とは、職業上の一つの好機であり、古典主義を称揚する手段であったことによる。フュマロリは、絶えず矛盾を犯すすれすれなのである」（二〇一三年九月一二日、私信による説明）。

私の同僚であるハルトムト・シュテンツェルは最近、フュマロリによる論争的な議論への反論を執筆しました。シュテンツェルはまず、ドイツにおけるバロックの概念をめぐる議論は、第二帝国〔一八七一－一九一八。ビスマルクによるドイツ統一を嚆矢とする〕や第三帝国〔一九三三－四五。ヒトラーのナチズムを奉じた国家〕でよりも、ヴァイマール共和政〔一九一九－三三。ヴァイマール憲法に基づく、戦間期ドイツの政治体制〕の知的に熱狂した時代と結びつきが深いことを示します。歴史的なことがらを証明するだけで、マルク・フュマロリの断言の一部が崩れてしまうわけです。続いてシュテンツェルは、バロックに関する論争を、ドイツの文芸批評史の中に位置づけます。とりわけ、「ゲルマニスチーク（« Germanistik »）〔「ゲルマン文献学」「ドイツ文学」〕」の内部に論争を置き直すのです。その結果、実際には、バロックの概念が古典主義に対抗する知的武器であったことがわかります。イタリアやフランスの文学史や美術史といった、知の歴史の一時期としての古典主義ではありません。そうではなく、美と善をめぐる調和と超歴史的な概念を出発点として構築された批評的価値としての古典主義です。批評におけるバロックの概念は、明白に確立された文化の序列（ヒエラルキー）と対立し、歴史相対主義を掲げるため、作品を歴史的対象とすることが可能となります。さらに、この概念の理論的な賭け金は、ヴァルター・ベンヤミン〔一八九二－一九四〇〕の作品では、たいへん強調されていました。とりわけ、『ドイツ・バロック劇の根源』〔仏訳題名、邦訳は『ドイツ悲劇の根源』、浅井健二郎訳、筑摩書房、一九九九年刊他〕〕においてです。シュテンツェルは書いています。

「バロック」概念のアンチ古典主義の機能は、亀裂のはいった様式を指す言葉、そして危機の時代を指す言葉として、研究領域においても、未だに存在する。その最も有名な例とは、一九二〇年代に、ヴァルター・ベンヤミンが「バロック」悲劇を分析したさいに素描した、この概念の定義である。その分析の中心には、「断片」という美学概念が位置している。ベンヤミンは「断片」を「バロック」の根本的な特徴と見なしているのである。こうしてベンヤミンは、バロックを「古典主義の崇高なる対蹠物」（« souveränes Gegenspiel der

Klassik »）と呼ぶことになる。その輪郭を多少ともねじ曲げることなく、ベンヤミンを脱構築主義者と呼んでも差し支えなかろう。ベンヤミンには、「バロック」概念を通じて、テクストに関する一つの了解があった。それによれば、テクストとは「廃墟」であり、イデオロギー的あるいは美学的な一貫性には到達できないゆえに、その不可能性を表す表現の集積なのである。

こうして、このバロックをめぐる批評の論議において、イデオロギー的な帰結がどれほどの重みを持っていたか、推量ることができるのです。一方に、時代を超えるような、永遠の美的価値への信仰があります。すなわち、全体主義的で、超歴史的な階層秩序を正当化してくれる、暗黙の価値理論の根拠を築くことができると信じるわけです。他方に、歴史の相対主義があります。それによれば、（芸術、建築、文学の）作品を産み出すのは思考と実践であり、したがって作品とは、思考と実践の遺物ということになります。過去と現在を分離して捉える文脈化（mises en contextes）の作業によって初めて、作品が理解できるようになるのです。もちろん、過去の生産物は現在においても、効果を産み出し続けることができるわけですが、それは過ぎ去ったものとしてであって、汲めども尽きぬ泉のように、まったく手つかずのまま残る伝統を想定するのではありません。ベンヤミンの跡づけた道をたどると、そこには方法論上の帰結も含まれています。要するに、もはや過去の対象だけがバロックなのではありません。調和に満ちた完全無欠の全体性の外側で、過去の対象を「廃墟」として、断片として捉えるような批判的な態度をも、バロックと呼ぶことができるのです。

アンチ・バロックを標榜する新古典主義に対する政治闘争

一九四〇年七月一九日、ヴァルター・ベンヤミンはナチに追われ、亡命地に向けて逃走中でした。未だ到達できると希望を抱いていたのです。ベンヤミンはグレーテル・アドルノ〔一九〇二―九三。思想家テオドル・アドルノの妻〕宛の最後の手紙で、次のように書いています。「私は本を一冊だけ持ってきました。レ枢機卿の『覚書』です。こうして、部屋でひとり、私は『偉大なる世紀』に助けを求めています」。一九四〇年の夏、その不幸な数週間のあいだに「偉大なる世紀」に助けを求めるとは、一体何を意味するのでしょうか。「偉大なる世紀」に関わる、数限りなく連綿と続く構築物が、学問の歴史、文芸批評史、そして教育史や政治史に深く刻印を押しているのは確かです。しかし、そうした構築物は「危機の瞬間に」、どのような意味をもつのでしょうか。そんなものを呼び求めるには、風変わりな状況〔文脈〕ではないでしょうか。一九四〇年の初頭に、ベンヤミンはすでに、次のように書いていました。「歴史家としてふるまうとは、『事態が現実にどのようにして起こったのか』を知ることを意味しない。それは、危機の瞬間に不意に生じるような、一つの想い出を素早く捉えることを意味する。危機の瞬間に、予期せぬ形で歴史の主体に提供された過去の像を記憶にとどめることである」。それはスペイン国境を通過するのに失敗する、ほんの数週間前のことでした。その失敗の結果、それは周知のとおり、自殺だったのです〔九月二六日にベンヤミンは自殺した〕。

同じ頃、やはり同様の危機に瀕していたポール・ベニシュは、その代表作である『偉大な世紀のモラル』を書き終えるところでした〔ポール・ベニシュー《ママ》著、朝倉剛・羽賀賢二訳『偉大な世紀のモラル　フランス古典主義文学における英雄的世界像とその解体』、法政大学出版局、〈叢書・ウニベルシタス　三九七〉、一九九三年〕。彼はあえて巻末に、記録として、「ベルジュラック、一九四〇年八月」〔邦訳三〇一頁〕と記しました。ベニシュは一九〇八年に、アルジェリアで生まれました。高等師範学校を卒業後、一九三〇年に文学の教授資格試験に通り、高校の教師となります。一九三五年からは、『偉大な世紀のモラル』の執筆に取り組みました。彼がこの処女作を書き終えるのは、フランス軍が敗退して動員が解除された後、ヴィシ政権の反ユダヤ法の結果、教職を罷免されるまでの期間のことでした。書物としては、漸く一九四八年に出版されました。したがって「ベルジュラック、一九四〇年八月」という記述は、特定の時期、特定の場所を明白に強調したしるしということになります。このしるしを考慮して、次の、結論の冒頭部分を理解する必要があります。「過去の思想の検討に当たって、現在、未来に関連づけない限り、真正の意味も真価も窺い知れないものである」〔邦訳二九一頁（元の訳文に若干の変更を加えた）〕。現在は暗雲立ちこめ、未来はまったく予測が立たないわけですが、結論部末尾の数行では、本文での断固たるテーゼを基礎とした、楽観的な注によって、そうした現在と未来を問いただしています。「偉大なる世紀は、それが内包する強制力ゆえに、ひっきりなしに称賛されるか、もしくは逆にその強制力をあげつらって攻撃の的となるが、人間が文明化されていることを証明するには、有利な証言である。人間が文明化されたという考え方は、その後も絶えず強化され拡大されてきた。たとえわれわれの時代がこの考えを放棄しようとしても無駄であろうし、このような考えを救い、さらに深めるのは、多分、想像以上に近い未来の仕事である」〔邦訳三〇一頁〕。

ベニシュにしてみれば、人類の長い歴史の特徴とは、人間の欲望がもたらす矛盾した力と、悲惨〔野蛮の意か〕に向けて規範が退行する時期の対立なのです。ベニシュの筆のもと、人類の歴史は、危機に直面した彼自身の思考の経験に連なる広い文脈となるのです。「偉大なる世紀」としてのフランス一七世紀は、こうした対立の歴史における特異な時期に当たり、さらに長期の歴史においてこそ意味をもつ時代なのです。ベニシュに固有な思考と語彙を用い、文学研究を通して蘇った道徳《モラル》とは、イデオロギーの対立、政治の対立、社会の対立を最も鮮明に表現した領域です。一連の結論全体が、こうした歴史観に由来し、文学研究への訴えから導きだされるのです。一九四〇年という時代状況においてなによりも衝撃的なのは、現状と長期に渡る歴史とを関連づけている点です。長期の歴史が現状を説明しているわけではありませんが、現状に深みを与えてくれるわけで、翻って、長期の歴史自体、現状との突き合わせの作業を通して把握されることになります。過去を現働化することで歴史が持つ数世紀来の救済の力が捉えられ、明らかとなるのです。長期の歴史により、歴史の向きと潜在的な力が強調されます。こうして一九四〇年と「偉大なる世紀」は、出会いの場面をレトリックで飾り立てなくとも、最終的には互いに向き合うことになります。そもそもベニシュの註をみれば、この二つが関連づけられているのは、誰の眼にも明らかです。例えば、モリエールに関する章〔同書第七章〕、「宮廷風精神」の存在がずっと以前に遡ること、そして君主制による「宮廷風精神」の再解釈とその奨励〔君主制は宮廷風精神を廃止したのではなく、変形を加えた〕、この二点に言及した箇所で、ベニシュは註に以下のように記しています。

この点で、古い君主制は、悲惨〔野蛮〕への退行の結果誕生した近代の独裁と根本的に異なる。往年の建築にせよ、技芸にせよ、絵画にせよ、開花の理想を表現している。〔この理想が少数の者のためにのみ発想されたものだけに、いっそう自由に表現されている〕。一般的な福祉の拡大よりも、どちらかというと引き締めからはじまった近代の独裁は、大衆の動向に神経を尖らせ、嫌なことでも必要とあらば進んで引き受け、スパルタ式を装い、時代に逆行して快楽を断罪し、あらゆる悲惨を反映した戦争の壮大な様子以外には、豪華さなどというものを持たないのである〔同書三二四頁〕。

引用箇所からは、道徳がどれほど政治を呑み込んでいるか、そして、「偉大なる世紀」の偉大さといわれるものが、どれほど強く人類のエネルギーの力と結びついているのかがうかがえます。人類のエネルギーは次の世紀には別の形態を纏うでしょうし、悲惨さの近代版である独裁政治が軍事的な装いを施した「偉大さ」とは、決して混じりあうことができないでしょう。確かに、「偉大なる世紀」を賛美する立場をとっても、道徳分析における政治的側面を回避できるわけではありません。また、一七世紀とその文学が当時の権力体制への賛美に育まれていたのも事実で、ベニシュの立場がまた別の見方に対応していたのも確かなのです。ここで、アクシオン・フランセズ〔一八九四年のドレフュス事件を契機として組織された国粋主義団体〕の王党派の首領であったシャルル・モラス〔一八六八―一九五二。作家。アクシオン・フランセーズを主宰した人物〕の推奨する新古典主義、そして〔一九四五年に銃殺された）ロベール・ブラジアックのようなファシストで、モラスのライバルであった人々を想い浮かべてください。このような見方からすれば、文芸批評には政治的な責任があるといえます。したがってベニシュは、フランス一七世紀のユマニスト的なものの見方を救い出そうとしているのです。ベニシュ以外の者は、フランス一七世紀の内に権威と規範の趣味を確保しつつ、議論の前提として、危険極まりない曖昧な表現を生産していたのです。権威と秩序と力が独裁体制の主要な価値として肯定されるに及んで、この曖昧さはとりわけ猛威を振るうことになったのです。

『偉大な世紀のモラル』の結論部には「古典主義時代のユマニスム」〔邦訳では「クラシック時代のユマニスム」〕という題名がついています。そこでは、こうしたベニシュの位置を明確にする努力がみられます。ベニシュは、〔一六、一七、一八世紀という〕「三つの偉大なる世紀」〔邦訳二九六頁〕が連続しているという考えを強く擁護しています。三つの世紀は、「近代的ユマニスムの展開」〔二九四頁〕と「人間の欲望の根本的な復権」〔二九七頁〕を特徴とします。「秩序と規範」の一七世紀と、「転覆とユートピア」〔二九五頁〕の一八世紀の間に断絶をみようとするのは、「君主制下の文明とは不可分であるユマニスムの伝統を、十把ひとからげに否定してしまわないまでも、大革命に息吹を与えたものならなんでも嫌悪する」〔二九四－二九五頁〕やからの仕業でした。ルネサンスから大革命にいたる、進歩の連続性を認めることの賭け金とは、退行的なイデオロギーの中に一七世紀を軍隊式に編入しようと目論む連中の企みに抵抗し、歴史と道徳の潜在的な力を提供することなのです。退行的なイデオロギーは、野蛮な力を賛美し、規範の内に込められた価値を褒め、欲望を抑圧してしまうイデオロギーの内在的な価値を称えます。「ベルジュラック、一九四〇年夏」〔原文では上記のとおり「八月」〕という記述は、ベニシュの目論見の厳しさと偉大さを想い起こさせてくれるのです。

二七年後の一九六七年、『バロックの幻影』という題の、軽快な小著が出版されます。美術史家にして建築史家であったピエール・シャルパントラ〔一九二二－七七〕の作品です。シャルパントラは、バロックの流行をやや風刺したような人類学を提案することになります。ところで第二次世界大戦中は、バロックの流行など、まるで考えられませんでした。ジュネーヴで刊行された『カイエ・デュ・ローヌ（*Cahiers du Rhône*）』という雑誌がバロックに関する一連の論考を掲載するのは、フランスの知識人の抵抗精神を支えるためであり、対独協力者（コラボ）のインテリが提唱していた新古典主義に対抗する題材と議論を提供することを目的としたものだったのです。

豊饒な歴史記述論争　ピエール・シャルパントラの功績

ピエール・シャルパントラはバロックを専門とする美術史家で、それまでの美術史の知的資源に疑いの眼を向けていました。シャルパントラのアプローチは次のようなものです。シャルパントラはまず、バロック建築の生産者と利用者の視点を再構築します。そうした専門的知識と、その建築物にたいする現在の経験、個別の経験を結びつけるのです。このような逆説的な道筋をへて、歴史的な知を生産するのです。これは、ひとつの拒否に由来するアプローチです。シャルパントラは、大学の教育課程では主流であった美術史に対して、激しく対立する立場をとります。彼が「ヘーゲル式」の美術史と呼ぶものです。「ヘーゲル式」の美術史という表現を用いて、シャルパントラは様式の歴史、すなわち対象を実体化することで、それら対象が弁証法的に連続して生ずるありさまを巧みに組織してしまう、そんな様式史のありようを暴くのです。そのような様式史では、複数の様式を包括的に扱うために、作品が脱歴史化されてしまいます。バロックの場合、この動きは、ひとつの知の専門分野からもうひとつの知の専門分野へと、様式概念を使い回すという狡猾な現象を伴いました。こうして、まずは建築分野で用いられた、解釈よりも描写をメインとするカテゴリーが、比喩的に使用されるかたちで「文学上のバロック」でとりあげられ、文章表現《エクリチュール》の実践を特徴づけるものとなったのです。ついで、比喩的に使用された概念は、もとの専門分野に戻ってきます。より広がるかたちで、美術史へと回帰したのです。その際比喩的に使用された概念には、さまざまなイメージと、それらのイメージが整然として一貫性のある身元証明のように捉え表現していた「時代精神」がたっぷり重く詰め込まれたというわけです。

ピエール・シャルパントラは、以上のような批判的分析を提出しました。この分析を、タピエや他の歴史家の仕事のほうへ向けることもできるでしょう。例えば、美術史家あるいは文学史の研究者が考えられます。美術史家や文学史家はあらかじめ「バロックの心性」が存在するものと考え、それが形態の表現を説明してくれると考えます。形態はそれ自体、バロック心性の特徴を表す標識と見なされるわけです。人が世界について同じ見方を共有し、「変身」、「動き」、「誇張（見せびらかし）」といった代表的なカテゴリーを通じて理解された想像の産物を共有する。そんな時代が、バロック心性の特徴とされるのです。

心性の歴史では、社会的な差異や分裂だけでなく、特異性や対立までも遠のけてしまう、強い傾向がありました。なぜなら、ある時代に、ある場所で生きる人はすべて、同じ「バロックの心性」を共有しているから、というわけです。マルクス主義者の美術史家ピエール・フランカステルは、『アナールＥＳＣ』誌（一九四三－九三年。九四年以降は *Histoire Sciences sociales* に名称変更）に発表した幾つもの論文で、タピエと激しく論争を繰り広げました。二人の論争が目指したのは、タピエが突き合わせ、対立させ、関連させた（バロックと古典主義という）二つの基本概念に対して、実質に見合った定義を確立し、安定した境界線を設定することでした。しかし論争の過程で二人の大学知識人は、互いの（根深い）相違点を超えて、さまざまなフォルム（形態）あるいは文章表現《エクリチュール》の実践を時代の精神と全体的に関連づけようとしました。タピエは「ある社会の一般的な特色」から「社会の好みを反映した様式」への移行を試みました（これに対し、フランカステルは、人が洋服や馬の品定めをするように、まるで一国民が一つの様式を選べるみたいな言い方ではないかと反論しています）（この部分はシャルパントラ自身、著書（（坂本満訳）『バロック　イタリアと中部ヨーロッパ』、美術出版社、一九六五年）の中で引用している）。タピエはさらに、ヨーロッパのど田舎で封建主義の遺制が残る地域でさえ、バロックは勝利を得たという結論に達していました。フランカステルは、「思考様式と行動様式」の点では自分の解釈に執着していましたが、バロックと古典主義の対立は補強したのです。フランカステルにとっての古典主義とは、一七世紀に近代的思考がとった革命的な形態を指し、古典主義は激しい社会的階層移動（流動性）が存在した国で発展したとされます。これに対して、社会が安定しまとまっている国と環境で、バロックが幅をきかせたのです。したがってバロックへの関心は、国民国家的な古典主義をどんどん持ち上げてゆくことにつながっていったのです。理屈のうえでは、古典主義の優位に制限をあたえることが問題だったのに、逆にその持ち上げがエスカレートしていったのです。

タピエの実践した心性史に対抗してピエール・シャルパントラは、過去の内に突き止めた現象の証人となる立場を引き受けます。シャルパントラは、その深い学識を用いて、（かつての知的資源の中に書き込まれたプランと機能という）過去を再構成し、それを受容の経験と結びつけます。そうして、バロックの場の特徴を示す一連の諸効果を、認識の対象として復元しようとします。その際、バロックの場のプランおよびその現在の機能に着目するのです。時代を生き延びた事柄を主体が経験するわけですから、そこで、歴史的な知と主体的経験が出会うことになります。こうしてピエール・シャルパントラは、さりげなく、学問知と経験との境界線を水のように自由に相互侵入する歴史家の位置に身を置きます。それでも、シャルパントラにとって「バロック」という言葉は「バロック空間」を喚起し分析するのでなければ、歴史的な意味を獲得することはありません。「バロック空間」とはプランやその実現としての構築の結果であり、さらには受容の経験を可能にしてくれるものと考えられます。それも、現在と過去が結びついて、一つのものの見方が現実に完成する空間なのです。そんなわけで、中世とルネサンスの教会は、それぞれ異なる立体で構成されているために「解体可能」であるのに対して、バロック教会の空間は「均質で不可分」ということになるのです。このような事実を確認したからといって、当時の「思想」や「心性」の特徴との間に類比（アナロジー）を打ち立てようというのではありません。そうではなく、神学と司牧神学の表現と実現のためにこそ、バロック空間は構想されたのだということがわかるのです。それは、神学と司牧神学の歴史における、明確な一時期の出来事だったのです〔聖職者が信者を導くことが「司牧」で、「司牧神学」とはその仕方を研究する学問を指す〕。

バロックの統一空間は、運動で「満たされています」。その空間内で絶えず表象される動きです。「仕切りのない空間には空虚というものがない」のです。建築家と装飾者が忘却した空虚の感情は建築物の機能全体を脅かし、〔精神分析でいうところの〕否認あるいは重大な言い間違いと同じものになります。したがって、バロック空間が「潜在的な軌道の筋」の周囲に寄せ集まるよう、装飾を配置することで「空虚の泡」を追い払い、「大天使の振りかざした剣によって、左右対称でない『光輪《グロワール》』〔（美術用語）宗教画などでキリストや聖者を包む光〕の光によって、迫り台〔（建築用語）アーチを支える台〕か告解室の上におかれた異国情緒漂う植物の思いもよらない成長によって、司教座から垂れ下がる熾天使（セラフィム）〔天使の九階級のうちの第一番目で、三対の羽を持つ〕の腿によって」、それら「空虚の泡」を一つずつ破裂させねばなりませんでした。バロック空間に眼をさまよわせれば、目線のたどる経路それ自体の力で、「カトリック公認教義が欲した、神秘に満ちた統一」を作り出します。その意味で、「瞑想〔神の観想〕それ自体が動きであり、空間の結合をさらに強固にする」のです。こうした効果に操作される観客は、否応なく一つのカトリック公認教義に従うことになり、それを演じる者《アクトゥール》となります。舞台装置が俳優に割り当てた役柄を演ずるというわけです。これこそがバロックにおける演劇的仕組み〔演劇性〕の真の意味なのです。バロックの演劇的仕組みとは、「人生とは劇場である」として知られるしるしではなく、説得行為の結果です。説得行為によって、演劇の効果の受け手は観客とみなされ、この観客が、自らの同意に基づいて、正真正銘の演じ手〔俳優〕になるわけです。動きを生じさせるには、「だまし絵で描かれたフレスコ画」が道具として欠かせません。建物の構造上、だまし絵のフレスコ画には、建築家による最も重要な選択が伴うわけですが、時に選択は隠され、また場合によっては選択を超越してしまうこともあります。中でも、最も華々しく高貴この上ないだまし絵といえば、バロック様式の宮廷や教会の天井に描かれただまし絵です。教会に入れば、だまし絵は無限の天上〔天空〕に向かう入り口を表象し、眼も眩まんばかりに、天国〔天空〕へと視線を導きます。〔天井が本当に空《そら》に向けて開かれているなどと、誰も想像しません）。それでも見せかけ《シミュラクル》の力で、神学と司牧神学の本質的な使命が達成されます。すなわち、言語を絶するものと、図像では表現できないものが表現されることになるのです。

［天頂のだまし絵は］トレント公会議以降のカトリックを助けて、大いなる矛盾から救い出してくれる。カトリックが、超越的存在のために、可視化（眼に見えるものにすること）の執拗にして綿密な戦略を使おうとする限り、〔超越的なものが人間の感覚的な眼に見えるという〕大いなる矛盾がそこにあるわけだが、そんな矛盾から救い出してくれるのである。というのもだまし絵は、〔超越性（神）という〕不在のものであると同時に現前するものを予感させ、誰にも表現できない彼岸の世界を否応なく指し示すことによって、対抗宗教改革のいちばんの敵である抽象表現と、偶像崇拝となる表現とをともに避けることができるのだ。だまし絵の最終的な力業は、神学のために、眼に見えないものを視線の世界に引き入れることにある。

＊

ヴィクトール＝リュシアン・タピエの『バロックと古典主義』をめぐる議論は、一見したところ学術論争の一例で、ややむなしいのも確かですし、特に、大学の枠を超えることはほとんどありませんでした。しかし、タピエの書の初版が出て二〇年以上を経て、フュマロリによるアンチ・バロックの立場が急進化していた事実を振り返り、より長期の歴史の中に、学術上の位置づけをしつつ、その文脈を跡づけること〔文脈化すること〕ができます。より長期の歴史では、過去の解釈に関した知的論争は、異なる調子を獲得するからです。歴史記述をする際の立ち位置を歴史として眺める場合、さまざまな知の専門領域の歴史でもそうですが、当初の目論見〔賭け金〕は、投入されていても、気づかれることはありません。それほどに、バロックと古典主義の時代とされるフランス一七世紀は、同時代の歴史の戦いが展開されているのとは、異なる世界のように見えてしまうのです。しかし、ヴァルター・ベンヤミンやポール・ベニシュの名前があがり、彼らの「偉大なる世紀」への呼びかけが巻き込まれている現在の状況、学術上のポジシオンが担う政治的効果に対抗して、ベンヤミンやベニシュが思考した分析のもつ理論的潜勢力、それらこそが、イデオロギー上の断絶を明らかにしてくれます。美術批評や文芸批評は、よもやそんなことがあろうとは考えずに、学問上の概念を操作しているわけですが、一定の悲劇的な状況においては、その学問上の対立の中で、イデオロギーの断絶が深く穿たれることもあるのです。歴史には、このような重みがあるのですから、われわれとしてはピエール・シャルパントラが創るような、歴史記述の断絶に込められた賭け金〔目論見〕の重要性を判断するよう促されるのです。シャルパントラは、カテゴリーから出発して個別の事実を打ち立てながら、同じ個別の事実から出発してカテゴリーを構築するという、同語反復の論理とは縁を切りました。さらには、過去を統一し、より安易に現在から引き離そうとする心性史からも距離をとり、過去が残した痕跡を繊細に文脈化し、現在の経験の中に生き延びている痕跡を試練にかけ、そして感じなければならないと主張します〔3〕。こうした手続きを経て、眼には見ることのできないものが姿を現します。それこそ、過去の人間が展開した戦いです。図像では表現できないものを見せ、伝え、持論を提示し、そうして知覚経験の中に、過去が現前する様態を認めさせようとする戦いです。そのときバロックは、バロックそれ自体とは異なるものを認識する道具となります。過去の人間が思考する行為の断固たる特異性、そして、行為から導かれる効果の長い持続性、バロックとは、この両方を合わせて思考するのに都合の良い道具となるのです。

〔3〕 原文 la mise à l'épreuve は「～を試す、試練にかける」の意だが、ここでは動詞 éprouver「〔感情を〕感じる」「〔試練を〕受ける」との掛詞になっている。Voir Ch. Jouhaud, *Sauver le Grand-Siècle ?*, p. 231.

【解説】

本稿はジュオーが二〇〇七年に上梓した著書『偉大なる世紀を救う？　過去の現前と伝承』のうち、主に「序言（プロローグ）」（ベンヤミンについて）、「第三章」（ベニシュについて）、「第六章」（シャルパントラについて）の三章から、歴史記述に関わる問題意識と方法論についての記述を抜粋しまとめた論考である（著書全体の構成と紹介については、『歴史とエクリチュール』所収の拙論「より高度な方法意識の覚醒に向けて」（二四二〜二五五頁）を、ベンヤミンに関する部分は、同書所収「ベンヤミン、『偉大なる世紀』そして歴史家」（中畑による訳と解説）を参照されたい）。中でも美術史家ピエール・シャルパントラの「バロック」論とその手法から得たインスピレーションを歴史記述の方法に応用し、歴史記述をする者（＝歴史家、文学史家）の位置と「倫理」の関係を問うことを中心課題としている。ただし『偉大なる世紀を救う？』では長大かつ重厚な「伝統」を持つ「偉大なる世紀」の研究史を前にして、その「伝統」の小さな「裂け目」ともいうべき、マリ・デュ・ボワというルイ一三世、ルイ一四世に仕えた「王の寝室付侍従」の『覚書』を用いて、一歴史家として今更ながらに「偉大なる世紀」を表象する試みであったのに対し、本稿ではその問題意識と方法論を純化させて提示し、歴史表象を試みる歴史家の「倫理」と政治性を問題としている。したがって、マリ・デュ・ボワは登場しないし、著者による「偉大なる世紀」の解釈が示されるわけでもない。そうではなく、歴史記述という行為から突き詰め、考え抜いた歴史家の手続きが提示されているため、まるで読者への喚びかけのように聞こえる。「デュ・ボワの代わりに自分の関心を投入し、あなた自身で「偉大なる世紀」の表象を試みなさい」、と。それを実践した読者は歴史家となり、歴史記述の「倫理」を問われる「位置」につくことになろう。

＊

ベンヤミンは自死の直前、亡命先にたった一冊の書物（レ枢機卿の『覚書』）を携行し、「偉大なる世紀」に救いを求めていた。同じ頃ベニシュは『偉大なる世紀のモラル』（邦訳は『偉大な世紀のモラル』）の執筆を通じて、ベンヤミンと共通の敵であった全体主義に対して、「偉大さ」の解釈と質の違いを突きつけていた。最後に、外交官にして美術史家であったシャルパントラは、バロックの定義と歴史で一躍名を馳せた歴史家タピエとはまったく異なる問題意識と手法を採用し、独自のバロック論を展開した。そのバロック論の「賭け金」は、一九八〇年代にタピエの著書に序文を付したフュマロリによるバロック論の目論見を明らかにするのにも役立つ。

先述のように、本稿は既刊書の三章を基にし、ベンヤミン、ベニシュ、シャルパントラはもともと別々の章で登場するだけに、相互の関係は必ずしも明瞭ではない。しかし、一見してバラバラな三つの事例を突き合わせたところに、本稿の著者の問題意識が鮮明に現れた。それは、過去を表象し記述する際の、歴史家の「位置」、「倫理」的スタンス（位置づけ）、そしてより一般的には、歴史記述と「政治」の関係性をどのように見るかという問題設定である。

歴史家は過去を表象し、独自の解釈を提出する。しかしそれは無色透明かつ中立の記述ではありえない。歴史家が意識するかどうかにかかわらず、歴史記述は常に既に政治に組み込まれており、記述には、これもまた意図に関わらない「企図」や「賭け金」が含まれている。その意味では意図の有無を彷彿とさせる「目論見」という訳語は不適切であるが、講演において論旨を明確に伝えるため何度か用いざるをえなかった。また歴史家は、今という現在に記述をする。つまり、記述には必然的に、歴史家自身の立ち位置や政治的立場が組み込まれる。「偉大なる世紀」に精通し、その知的権威を楯に優越性を主張しても、歴史家は自分の位置する現在時からは逃れられない。この二つの限界を認めたうえで、歴史家には二つのことが可能である。まずは、過去を表象すること。歴史家は「伝統」を鵜呑みにするのではなく、過去を眺めねばならない。もう一つ、歴史家は記述の操作性を意識しつつ、解釈を提示すること。講演の末尾で著者は言う。歴史家は、「図像では表現できないものを見せ、伝え、持論を提示し、そうして知覚経験の中に、過去が現前する様態を認めさせようと」闘争する。この部分を講演という文脈を無視して訳し直すなら、「（……）～を見せ、伝え、それに関した独自の解釈を押しつけ、（……）過去が現前する様態を強制する」となる。知的権威を前提とした、普遍的な歴史を僭称する「伝統」に対して、自己の解釈を試み、押しつけ、「強制する」ことで、「イデオロギーの断絶」を創出せねばならない。歴史家の任務とはそのようなものだろう。

ベンヤミンとベニシュの事例と並べたとき、シャルパントラによる「バロック」の「賭け金」が理解できる。バロック様式あるいは時代を設定した後に個々の事象を解釈する方法（心性史）、あるいは個別事象を寄せ集める、いわば帰納法に由来するバロック解釈を拒否し、「過去が残した痕跡を繊細に文脈化し、現在の経験の中に生き延びている痕跡を試練にかけ、そして感じなければならない」。聴衆のためにも、講演当日の通訳では「文脈化《コンテクスチュアリザシオン》」と「現働化《アクチュアリザシオン》」という訳語は避けたが、本稿の核心を表す専門用語であり、注意が必要である。現在に経験できる過去の痕跡を文脈化し、現在の歴史家の「位置」から記述する。それこそが歴史家としての闘争であり、まさに眼に見えないはずの闘争は、歴史家ジュオーによる文脈化の作業を経て、文章化、可視化される。

本稿は、ジュオーに馴染みの手続きに従い、認識の極限を証し、それを基盤としつつ（歴史家は現在の状況からは逃れられないし、記述は現在を免れない）、歴史記述の意味と倫理を問い、過去を見ることへ誘う。その意味で、いつものジュオーによる自問に対する、一つの簡潔な回答であるといえよう。

（訳と解説　野呂　康）

［付記］ジュオーの招聘は科研費プロジェクト（基盤研究Ｃ「マザリナードと論争研究――歴史社会学と文学社会学の境界領域研究」（ＪＳＰＳ科研費２３５２０９１１００１））の助成を受けたものである。講演会は岡山大学（旧）言語教育センターの共催を得て行われた。講演原稿の翻訳に関して同センター上田和弘教授、文学部萩原直幸准教授から貴重な御指摘をいただいた。

第Ⅲ部

「書物の歴史」から「書物による歴史」へ

序――世界は書物によって織りなされていく

中畑寛之

第Ⅲ部には、二〇一三年九月二三日に神戸大学で開催された国際シンポジウム「書物による歴史」において発表された四本の論考を翻訳して載せている。秋分のこの日、第一部は「書物による歴史」の方法論を提案するダイナ・リバールとニコラ・シャピラの共同発表に始まり、嶋中博章がGRIHLの薫陶を受けた気鋭の歴史家としてシャルル・ド・グリマルディの『メモワール』の事例を分析してみせた。司会は、彼らの考察を文学研究者の立場から捉え返すべく、京都大学の永盛克也にお願いした。ラシーヌの優れた専門家であるだけでなく、一七世紀当時の観客や読者の教養、特に悲劇を理解するための歴史知識にも関心を持つ彼からは的確な指摘と問いが提出され、野呂の質問も加わり、大いに議論が交わされた。次いで第二部、ジュディト・リオン－カンの発表が時代を一九世紀に移す。やむをえない事情から急遽来日が叶わなくなった彼女に代わり、クリスチアン・ジュオーが自分の発表であるかのように真剣に、身振りさえ交えながら、原稿を代読してくれた。中畑が応答する場に座ってはいたが、心もとない発表者ゆえ、バルザックの草稿研究で多くの素晴らしい業績をあげている信州大学の鎌田隆行に司会として助力を仰いだ。前半は中畑が発表と質疑応答の通訳を任されたが、ほとんどの質問者が自ら通訳も兼ねてくれた。後半は、ジュオー初来日時（二〇〇九年）の神戸講演と同様、杉浦順子が引き受けてくれ、見事に場を仕切ってみせた。

さて、気鋭の歴史学者である彼らと神戸の地で討論できるこの絶好の機会になぜ、日本でもすでによく知られ、研究の蓄積も豊富な書物史に関するテーマを選んだのか？　そう訝《いぶか》る読者も多いだろう。GRIHLのメンバーはそれぞれが専門領域（時代やジャンル）を持つと同時に、これまでにも「出版＝公にすること」、「過去を見ること」、

「局地性、局地化」、「エクリチュールとアクシオン」といった問題意識を共有し、最近では証言や記憶を巡るセミネールを展開するなど、実に多彩な共同研究を精力的に実施し、興味深い成果を幾つもあげている。そのような、日本ではまだ十分に知られているとは言えない彼らの独創的な仕事の一端を参加者が心ゆくまで味うことのできるテーマにどうしてしなかったのか？

書物史に関する著作・翻訳書は確かに、概説書から浩瀚な専門書まで、日本でも数多く出版されている。例えば、二〇一五年はアルド・マヌーツィオの五百年忌に当たり、一六世紀初めのヴェネチアで印刷出版業を営んでいたこの男と後継者たちを巡る関連書の記念出版が日本でも書物史の一頁に華を添えていたように、この種の研究、伝記や歴史書などはこれからも、その時々に必ず、大きな本屋の棚を彩るだろう。[1] その一方で、すでに定番の（つまり古典となっている）ロジェ・シャルチエ科の花々[2]を欠かすわけにはいかないとはいえ、値段も高く、それゆえ売れなさそうな類花を幾つも揃える余裕はないのが日本出版業界の現状である。ＧＲＩＨＬメンバーの招聘を企図したときすでに、野呂は彼らと日本人研究者たちとの対話をなんらかの形で公にすること（publication）を考えていたはずだ（こう想像するのは容易だし、私だってもちろんそれを望む）。ならば、出版に向くテーマをこそ予め選ぶべきなのだろう。しかしながら、「書物史」という枠で捉えうるこの第Ⅲ部は、その実現を不可能にすることはないにせよ、危うくし、困難にしかねない。然らば、あえてなぜ？

国際シンポジウム開催を引き受けた側の個人的な好みと問題意識が働いていることはもちろん否定しない。だが、それだけではない。テーマが有する射程とその可能性に比べれば、世話人の思惑など些細なものである。リバールとシャピラによる提案を読めばすぐにもわかるとおり、「書物による歴史」は、広い意味で書物史という学のうちに分類されるだろうが、従来の「書物の歴史」とはその着想も方法論も大きく異にしている。そこには他では得難い何か、新しい領域を開拓していく知的な魅力がある。そう確信したからこそ、迷わずこのテーマに決めた。その選択が本当に正しかったかどうかは、これからページを繰る読者諸氏の判断を仰ぐしかない。

物質＝オブジェとして書物を扱う研究を筆頭に、読者・読書論が続き、書物市場についての社会学的分析なども活況を呈する従来の「書物の歴史」が見落とし、あるいはあえて言落してきた問いがある。そのため書物史にひとつの重大な空隙が生じただけでなく、この「知の歴史、思想史、文学史が接する境界」は手つかずのまま放置されている。本の製造・発行、流通、消費を主な対象とする「書物の歴史」は、これまで、エクリチュールの問いを慎重に回避してきた。GRIHLがテーマ化しようとする「書物による歴史」はこの点に着目することで、書物が形成する社会的現実としての歴史に視点を移すことを強く促していると言えよう。従来の書物史を否定しようというわけではない。その広範な研究蓄積にも助けを借りて、アクシオンの側面、つまり書物によって人が為す＝成すこ

（1）このヴェネチアの出版人については、日本でも次の二書が刊行された。雪嶋宏一『アルド・マヌーツィオとルネサンス文芸復興』、東京製本倶楽部、二〇一四年。雪嶋宏一・白井敬尚『アルド・マヌーツィオの魅力』、印刷博物館、二〇一六年。書物史を扱う最近の出版としては、以下のものがある。アレッサンドロ・マルツォ・マーニョ『そのとき、本が生まれた』、清水由貴子訳、柏書房、二〇一三年。フレデリック・ルヴィロワ『ベストセラーの歴史』、大原宣久・三枝大修訳、太田出版、二〇一三年。ラウラ・レプリ『書物の夢、印刷の旅――ルネサンス期出版文化の富と虚栄』、柱本元彦訳、青土社、二〇一四年。アンドルー・ペティグリー『印刷という革命――ルネサンスの本と日常生活』、桑木野幸司訳、白水社、二〇一五年。また、思想的側面から興味深い一書として、ジャン-リュック・ナンシー『思考の取引――書物と書店と』（西宮かおり訳、岩波書店、二〇一四年）をここに加えておこう。

（2）読書案内代わりに、日本語で読めるものを幾つか記しておく。ロジェ・シャルチエの著作では、『読書の文化史――テクスト・書物・読解』（福井憲彦訳、新曜社、一九九二年）、『読書と読者――アンシャン・レジーム期フランスにおける』（長谷川輝夫・宮下志朗訳、みすず書房、一九九四年）、『書物の秩序』（長谷川輝夫訳、文化科学高等研究院出版局、一九九三年：ちくま学芸文庫、一九九六年）、『フランス革命の文化的起源』（松浦義弘訳、岩波書店、一九九四年：岩波モダンクラシックス、一九九九年）がある他、編集に関わったものでは、『書物から読書へ』（水林章・泉利明・露崎俊和訳、みすず書房、一九九二年）と『読むことの歴史：ヨーロッパ読書史』（田村毅ほか訳、大修館書店、二〇〇〇年）の二冊が訳されている。シャルチエ科に属するかどうかは別として、日本人によるこの種の著作の中から、清水徹『書物について――その形而下学と形而上学』、岩波書店、二〇〇一年、および宮下志朗の次の仕事をあげておきたい。『本の都市リヨン』、晶文社、一九八九年。『読書の首都パリ』、みすず書房、一九九八年。『書物史のために』、晶文社、二〇〇二年。

と、書物によってしか人がなしえなかったことを明らかにしようとするのだ。

この企図において、嶋中はプロヴァンスの高等法院官僚レギュス侯の『メモワール』(一六六五年頃)を巧みに読み解き分析したが、その考察は思いがけない広がりと厚みを獲得することになる。レギュス侯の文書《エクリチュール》とその執筆行為が「家名」の問題を巡って為されていることを指摘した嶋中は、この切実なアクシオンが、一八三五年に手稿に加えられたパラテクストを経て、およそ三世紀半ののち、二〇〇八年にあらためて『メモワール』が出版された際についに成就されたこと、つまり彼が願ったグリマルディの名を公に認められることになった歴史を描き出してみせた。一冊の本が、過去に遡って、南仏のひとつの名家の誕生を言祝ぎ、記念しているのである。このような刺激的な事例が、あらゆる歴史の場において、まだまだ見いだせるはずである。

「書物による歴史」は、それを考察しようとする研究者の専門や問題設定、学問的手法によって多様な形を取って現れてくるにちがいない(リバールとシャピラが中心となって「書物による歴史」の特集を組み、二〇〇九年に刊行された『綜合評論』*Revue de synthèse* 誌第一二八号がその一例である)。したがって、この概念と方法の有効性は今後も実践によって絶えず見直され問い直されなければならないし、そうすべきである。ならば、そして歴史と文学を通底させる興味深い仕事をしているGRIHLがその成果を遠く日本にまで届けてくれるのだから、文学の側からもなにか応答できないか? この思いはずっと心のうちにある。野呂のおかげで、ジュオー、リバール、シャピラ、リオン-カンと出会い、歓待だけでなく学問的刺激も受けてきた私個人の願いは、もちろん、専門とするステファヌ・マラルメを素材に自らの分析を彼らに示し、わずかでも恩返しをすることだ。「すべては、この世界において、一冊の書物に帰着するために存在する」。このような一文を書きつける詩人の作品を、画家マネと共同製作した豪華本に代表される本の物質性からだけでなく、厖大な註釈を必要とするテクストの側からだけでもなく、両者を統合する「書物」の視点でいつか読み解いてみたいと思う。しかしそれ以上に、本書を読んだ日本の読者が、「書物による歴史」という問いや他の豊饒な問いをも自らのものと引き受け領有し、歴史、文学、そして文化史など、それぞれの研究の糧とすることで、ＧＲＩＨＬのメンバーたちと直接の、あるいは書かれたものによる熱い対話を交わしてくれるなら、これに勝る喜びはない。国際シンポジウム「書物による歴史」のテーマはその未来の対話への一助として選ばれたのだから。

1 書物による歴史

——方法論の提案

ダイナ・リバール／ニコラ・シャピラ

Dinah RIBARD / Nicolas SCHAPIRA, « Histoire par le livre : propositions de méthode ».
本稿は『綜合評論』誌上で組まれた特集「書物による歴史」の「趣旨説明と概要」（Présentation）をもとにして、二〇一三年九月二三日に神戸大学で行われたシンポジウムのために書き下ろされた原稿を訳出したものである。Cf. *Revue de synthèse*, n° 207 : « L'histoire par le livre (XVIe-XXe siècle) », Paris, Éditions Springer Verlag, 2007.

本日この場の議論のために私たちが提起したいと思う幾つかの考察はひとつの不満、時を経て書物史となった領野に関わる不満から出発しています。書物の歴史、それは歴史の下位分野のようなもので、雑誌やコロックによって、そしてとりわけその領域の豊かさゆえに、とても目立ち、また非常に制度化されたものなのです。

ところで、そのような制度化、つまり学問化は書物史の主要な野望を形づくっていたものとは矛盾しているように思います。書物史の野望とは知の作業と物質的過程とを一括りに理解する、すなわち作者（auteurs）、そして本という文化財の産出に携わり関係する他のあらゆる者たち＝作用子（acteurs）の側からと同様に、読者の側からも理解することにありました。けれども書物の歴史は、製品としての本、ここではその製造、発行、消費の様式を指しますが、これらを専門的に研究する分野となっているのです。エクリチュールの問いに取り組むことを拒否し、書物史は事後の領域と呼びうるようなもの、つまり流通、発行、領有だけに対象を限り、それで満足しています。知の歴史を革新しようと、当初は書物を物質的な対象＝オブジェとして考察する野心を抱いていた研究は、確かにある領域を描き出すに至りました。しかしそれは、知の歴史、思想史、文学史が接する境界を手つかずのままに残しています。さて、「物体＝オブジェとしての書物」という定型表現は、書物史の黎明期において、本の物質面に注意を促すために有用でした。しかしながら、時を追うにつれ、肝要な点を理解しなければならない際の障害となってしまいました。「物体としての書物」、こう言った途端にその概念は、「物体ではない」書物であるような何か、内部のもの、物質に対する精神的なものを明示し、規定することになるのです。

実際、書物史の発展は、さまざまな研究、知の歴史に、文学史に、科学史に、あるいはまた宗教史に帰属することで己れの領域を限定し続けている諸研究と書物の歴史の諸研究とを並置することを妨げはしませんでした。この分野において新たな認識の重要さが認められないからではありません。その逆です。ただ、物質としての本の冒険は、冒険がそのようなものであるとき、別のセクションで扱われることになりますので、テクストの冒険とは区別されたままになります。つまり書物の歴史は、エクリチュールの問いから慎重に距離を置くことで、その分有を強化しているわけです。エクリチュールとはまさしく、そこに存する理解すべきものの中心要素としてテクストを産出するやり方のことです。

それでは、今日、書物史、つまり単に物体＝オブジェとしての本の歴史ではなく、書物の歴史とはいかなるものなのでしょうか？　この問いは多くの研究を導いてきたアプローチをひっくり返すことになると思います。社会的現実がどのように書物を産出するのかを理解するためにその社会的現実から出発するのではもはやなく、書物によって作られたしかじかの社会的現実を捉えるために、書物から出発するのです。すなわち、書物の存在を可能にしている条件を考えるのではなく、書物によって人が何を為したか、そして書物によってしか成しえなかったことは何かを捉えるわけです。このアプローチはまず、書物史と知の歴史との対面状態を、そしてその産出物である抽象的な複合体（一方に物質性、他方にテクストといった〔概念〕）を二つ共に放棄することを前提としています。というのも、この世界で本が為し、かつ成すことは、その物質性やテクスト性に拠るのではなく、それが書物であるという事実に拠っているからなのです。

私たちの計画は、これから詳しく説明することにしたいと思いますが、第一に、知の歴史と書物史のあいだの不自然な断層のうちに潜み、この断層を大きくする原因となっている幾つかの概念に立ち返ることを可能にします。例えば、書物市場という概念、つまり書物市場の出現は、書物の供給と需要が一度に多様化することで、作者の条件を深いところで変更したであろうという考えです。書物市場というものは、制約枠として引合いに出される外的要因のひとつとして、頻繁に介入してきます。ところで、私たちの考察を具体化し、その参考資料ともなった『綜合評論』誌第一二八号の特集において、〔1〕ジェフリー・トゥルノフスキが、作者という条件に作用する書物市場とい

〔1〕 Cf. *Revue de synthèse*, n°207 : « L'histoire par le livre（XVIe-XXe siècle）», Paris, Éditions Springer Verlag, 2007. この特集の「趣旨説明」となる「書物の歴史、書物による歴史」Dinah Ribard et Nicolas Schapira, « Histoire du Livre, Histoire parle Livre » と題されたテクストの日本語訳は、『GRIHL』（二〇一三、五一～六二頁）で読むことができる。ちなみに、『綜合評論』誌の特集には次の八本の論考が掲載されている。

· Philippe Olivera, Qu'est-ce que la « littérature générale » ? La culture lettrée au prisme du marché du livre de la première moitié du XXe siècle, pp. 27-50.
· Geoffrey Turnovsky, « Vivre de sa plume ». Réflexions sur un topos de l'auctorialité moderne, pp. 51-70.
· Jean-Luc Chappey, Sociabilités intellectuelles et librairie révolutionnaire, pp. 71-96.
· Dinah Ribard, Livres, pouvoir et théorie. Comptabilité et noblesse en France à la fin du XVIIe siècle, pp. 97-122.
· Mathilde Bombart, Entre littérature et religion. Les pratiques d'auteur de Jean Goulu, pp. 123-140.
· Nicolas Schapira, Le poète évêque, le moine, le financier et l'académicien. Les usages de l'épistolarité au XVIIe siècle, pp. 141-164.
· Judith Lyon-Caen, Une histoire de l'imaginaire social par le livre en France au premier XIXe siècle, pp. 165-180.
· Xenia von Tippelskirch, Histoire de lectrices en Italie au début de l'époque moderne : lecture et genre, pp. 181-208.

う考え方は、大局的に見て、作者という彼ら自身の人物像についての、作家たちの仕事による成果なのだということを明らかにしています。「自らのペンで生きる」べきなのに、実際にはそうすることができないので、ディドロからヴィクトール・ユゴ、そしてその後に至るまで、加護を求める祈りが長期間に渡って観察されるでしょう。とはいえ、この祈願の言葉が明示しているのは、そこでわれわれが取組むものは作者の社会的権威を作り上げるための本質的なレトリックであるということなのです。作家たちは市場という名のレトリックを用いて、己れの仕事は自分にもたらされる報酬よりも甚だ優れており、自らが耐えている労苦はそれゆえ必然的に犠牲として、芸術と社会への献身として見なされねばならないと強調します。書物市場とは作者によって様式化された概念であり、この様式化は彼らの現実の社会的‐経済的条件とそれほど関係づける必要はありません。そこに見出すべきは、書物史によって伝統的に研究されてきた諸力〔＝費用、需要など〕だけでなく、作家もまた市場を作っているという事実なのです。そうすることで、彼らは社会的現実の枠として市場の構築に、市場というエコノミー、つまりその構造＝経済の構築に参入するわけです。

他の例を示しましょう。出版允許のような書物史の象徴的な対象は、書物によって社会に介入するひとつの手段と見なされるに値するものです。出版允許とは公開状（国王が発する王令で、高等法院の登録を要するものですが）、著作が合法的に印刷されうるために不可欠な国王の証書のことです。これが作者に、あるいは出版人に、許されたある一定の期間、書籍を印刷し販売する独占権を与えます。一七世紀以降、書物の内にこの公的な書状を掲げることが義務づけられましたので、著作の冒頭、もしくは巻末にそれを見つけることができます。允許はとりわけ書物史家たちによって大いに活用されている、正確に言うなら、まさにひとつの源、出版に関わる冒険を裏づける可能性を有する情報源として用いられています。そこから、出版人と作家の関係についての情報、著作を対象とした検閲作業を含む書籍の出版過程についての情報を汲み取ることができるのでは、というわけです。この意味で出版允許とは、書物というこの対象＝オブジェに語らせるための貴重な道具なのだと言えるでしょう。

しかしながら、われわれが提起するとおり、書物の歴史を作ること、それは出版允許をただ単に情報源としてではなく、エクリチュールの一部としても見ることを要求します[2]。允許から情報を掘り出すだけで満足せず、允許を実際に読むことを受諾するならすぐ、允許という証書にはしばしば本に関する、そして作者に関する言説が書き込まれていること、またその言説はとても念入りに書かれたものであることに気づくでしょう。それは著作の書き手の名誉（例えば作者が気高き人物であること）をはっきり示すこともあれば、あるいはその本が生まれた状況についての物語《レシ》を供することもあります。その物語が序文にも改めて見出される以上、話題になっている著作の全般的な目的に関連して賭け金なしとは言えません。要するに允許は〔ジュネットの用語でいう〕ペリテクストの要素として分類すべきなのですが、ある特異性を伴っているのも確かです。つまり、允許の中に置かれている言説は国王の言説なのだと見なされます。公開状には国王が署名するからです。この特異性から、本の内に存在するこの允許という場はさまざまに使用されることになるでしょう。というのもそこは、社会世界（monde social）への介入手段とすべく、允許の作成を公的に任された国王秘書官たちの合意のもと、作家が投資を行った場だからです。出版允許を基にして、大きな公開性を有し、法的になにがしかの力を発揮する言説を本に含めることができます。出版允許は、分析当初、書物宇宙の中に付け加えられたひとつのピースとして姿を現してくるかもしれません。なぜなら、允許はそれを交付する王の権力に由来するものだからです。しかし現実には、それを作成する人々によって即座に、允許というものは本の中で公にされるオフィシャルなテクスト、またそれゆえに著作の他の部分と関連づけて書くことが可能なテクストとして理解されます。このような事実は重要な結果をもたらすでしょう。出版允許は、作家の権利を確立し、作家の美点と地位を言明しますが、かなり可視的なやり方で、書物空間のただ中に、己れが活動している社会関係の世界への作家の相対的な関心＝配慮を持ち込むことになるのです。とはいえ、書籍にとても強く

〔2〕本書第Ⅰ部収録の論考ニコラ・シャピラ「書物の中の世界、世界の中の書物」を参照。

組み込まれてもいるので、允許は、作家の関心＝配慮がいかにして書物の総体に血を送り込み、またこの同じ社会世界における行為＝アクションの手段としてその本をどのように提示するのかを教えてくれることになります。かくして私たちはパラテクストという概念を批判するに至るでしょう。この概念は書物のただなかで「テクストに＋《プラス》されているのか」、それとも「テクストから－《マイナス》されているのか」を区別しているからです。さて、相変わらずこの同じ区分、テクストとそれ以外とを分ける領域区分が、書物によってその全体のうちに与えられたアクションのさまざまな可能性に眼を瞑らせる原因となっていることがわかります。

　さらに遠くへと行きましょう。もし書物から生じてくるものが文学だったとすれば？　本があるから、その力によって文学が成立するのでしょうか？　作家たちがなしたこと、それは〔なにかを伝える、あるいは文学を書くことではなく、物質＝オブジェとしての〕本を書くことであったなら？　このように言いながらも、ロジャー・ストッダードの例の警句、ロジェ・シャルチエによって「表象としての世界」という論文で繰り返されたあの警句をもちろん忘れてはいません[3]。すなわち、「作者は本を書くのではない。書物とは単に書かれたものではまったくない。それは写字生や植字工、あるいは機械工といった他の職人たち、印刷機等の技術などによって作られるのだ」。今度はロジェ・シャルチエが次のように書くことでこの警句に註釈を加えます。「作者は本を書きはしない。彼らはテクストを書き、それを他の者たちが印刷された物体＝オブジェに変える」、と。

　これは正しいと思います、とはいえ、書物史が、本の製造過程に介入するさまざまな作用子（acteurs）を、そしてまたエクリチュールの時間の外で働き、テクストの意味＝方向にとって決定的な操作に介入する多様な作用子を強調するその地点で、〔まさに同じことを観察しながら〕、私たちとしては別の領地に身を置くことにしましょう。すなわち、私たちに言わせれば、作家は本を書きます。彼らを作家にする〔彼らが執筆する書物によって、そんなふうに呼ばれる〕のは、彼らが本を書くからです。別の言い方をするなら、読まれることを目的に流通させられるからこそ、作家が書くものはその正当性を認められるという意味で、作家たちは本を書いています。書物市場が、あるいはもっと語弊のない言い方をすると、ますます緻密になる印刷物の世界が存在したがゆえに、作家たちは本という物体＝オブジェによってさまざまな操作を行うことができたのです。その操作は、例えば知というものを制度化したような場において、知識を用いた操作、あるいはある地位を手に入れるといった操作には還元・縮減できません。これらの操作は公衆、現実であれ仮定されたものであれ、公衆というものとの関係に立脚しており、ある機関、大学、教会、宮廷、もしくはなんらかの社団との関係に立脚するものではないのです。かくしてクリスチアン・ジュオーは『文学の力』において文芸化をこう定義づけます。[4]すなわち文芸化とは、テクストと作者を同時に、慣習的にそれらを受容する場の外へと移動させることである、と。

例をあげるなら、私たちが編集した『綜合評論』誌の特集号に収録された別の研究では、一七世紀初頭のひとりの修道士の生産活動のうちに文学へと向かう動きをマチルド・ボンバールが捉えています。己れの修道会で碩学として知られ広く認知されたその男は、異端やリベルタンに対する戦い、つまり自らが行う布教活動としての闘いを、一見したところ宗教的な算段などない、ペンによる論戦のうちに投入＝投資することを選ぶでしょう。ところで論争の焦点は、その中心人物であるジャン＝ルイ・ゲーズ・ド・バルザックが、我こそ、雄弁を記述する際に認められた形式とはまったく異なる、新たな書き方の最上のモデルだと自画自讃したことにありました。これはつまり自分自身の執筆能力以外の権威をバルザックは持たないということを意味します。このリベルタンの実力行使と闘うため、グリュ神父は己れの本に文芸書の体裁＝威厳を与えます。敵のものである形式、公衆に呼びかけ、作家という身分を前面に押し出すというスタイルを採用することで、グリュ自身、宗教者から作家へとその姿を変えるわけ

〔3〕ロジェ・シャルチエ「表象としての世界」、ジャック・ルゴフ他『歴史・文化・表象――アナール派と歴史人類学』、二宮宏之編訳、岩波書店、一九九二年、一九〇頁。
〔4〕Cf. Jouhaud : 2000.

です。この神父の方策はそれゆえ書物の方策であり、自らの著作を検討し布教活動のうちに新たな領域を認めることで、彼自身もまた文学を現実として、制度として生じさせることに寄与しています。

一七世紀の書簡をめぐる事象（épistolarité）は文芸化の社会的浸透の重要性、すなわち書物によって人ができることの重要性を測るもうひとつの現象です。普通、épistolarité とは社交性＝ソシアビリテの関係と文学的洗練とのあいだの架け橋と見なされています。しかしここではただ、ひとつの資料を提起することで、この事象にはその多様な社会的実践のうちに最初から文芸事象の動員という概念が含まれており、しかもこの書簡をめぐる事象は書物との接触＝軋轢から産み出されてくることを簡潔に示したいと思います。

その史料は一七世紀パリの知識人グループによって書かれた手紙の、四つの小さな束から成っています。最初の一揃いはパリのアカデミ会員によって保管されていた二〇通ほどの手紙です。これは彼に友人の修道士が宛てたもので、件の修道士はパリの社交界に出入りする詩人宅に身を寄せていました。詩人は、南仏グラスの司教となった人ですが、このアカデミ会員の従兄でした。修道士の名はエルキュール・オーディフレ神父、アカデミ会員はヴァランタン・コンラール、そして彼の従兄の司教〔詩人〕はアントワーヌ・ゴドーと言います。宗教詩とパリの文学的現状に関する論評を交錯させたそれらの手紙は、ヴァランタン・コンラールによって作成された文集の中に、手書き本のような形でまとめて保管されていました。史料の二つ目の束は、有望な若者、のちの美術批評家、当時はローマのフランス大使秘書であったアンドレ・フェリビアンに宛てたヴァランタン・コンラールの手紙です。コンラールはそこで、若者に対する助言者の役を演じ、詳細なアドバイスを秘書官フェリビアンに与えていますが、それはエルキュール神父のためになされたローマのフランス人当局者たちへの仲介行為なのです。この神父は、教皇庁付で進行中の重要な公務を担う修道会の総会長となる人物です。これらの手紙は、コンラールのうちに、文芸の趣味によって固く結束した多くの友人たちをエルキュール神父のために動員することのできる、ひとりの実務家の姿を顕現させます。書簡の三つ目の束を介して、手紙による霊的指導の専門家としてのエルキュール神父と私たちは再会することになるでしょう。彼の名で上梓され、修道女たちに宛てた手紙と書簡による霊的指導の理論的洗練とを混ぜ合わせている二冊の本には、そうした〔霊的指導という〕専門知識が伺えます。霊的指導者、文芸の作者がそこに姿を見せているのです。最後に、小さな四つ目の書簡の束です。ヴァランタン・コンラールの友人、数週間の敬虔な隠遁を実行しているあるフィナンシエ〔国家に税収を前貸しし、その額に利潤を上乗せして徴税を請け負った金融業者〕が、宗教上の助言という形で、ひとりの若い女性に書き送る何通かの手紙。これらはエルキュール神父の指導の書簡をひき写した結果なのです。つまり南仏に隠遁したゴドーを訪れたとき、エルキュール神父によって認められた手紙を模範に書かれています。

私たちはここで、一見かなり異なる社会実践への参照を促す四つの書簡グループを相手にしていることになります。しかしながら、手紙が流通する社会ネットワークによってだけでなく、言ってみれば作者たちは相互に知合いであり、友人なのですから、手紙の書き手がそれぞれ互いのモデルを参照し流通させることによっても、さらには手紙を活用しようと配慮している点でも、これら四つの束は統一のとれた資料体となっています。書簡文作者各人にとって賭けられているもの、それは文学の手前でなされる、社会世界におけるエクリチュールの賭けなのです。けれどもこの賭けはまた、手紙を用いた、文学制度への賭けでもあります。というのも、これらの書簡は明記された宛名人をつねに超える選ばれた読者層に宛てられており、文芸の美学的な世界と輻合し、まさしく互接しているからです。エルキュール神父の霊的指導の書翰を除けば、手書き原稿のままのこれらの手紙は、したがって、それが書物をモデルとしている限り、社会的現実化の可能性を持ちうるものとして作者たちに考えられているわけです。

書物によってしかなしえないタイプの操作は、新しい知の形成に達するかもしれません。その知は制度に由来するものではなく、新たな制度の形成にも至らないでしょう。このことがまた別の例によって観察できます。会計の「学」と貴族の「学」に関わる事例で、この二つの「学」は、学者を自称し、自らの著作を科学書と呼ぶ諸個人によって、一七世紀末に、二つ同時に推進された操作の成果です。彼らがそのような著作を出版するのは、一般読者向けの本と称して政治権力に贈呈するためであり、権力側はそれにお墨付きを与えることができます。なぜ〔政治権力に贈るのかといえば、それは〕、当時、政治権力が商業的な操作の統率に、そして二流品の監視統制に関心を寄せていたからです。会計学と貴族学の考案者たちにとって、彼らが書物のうちでなしえたこと、書物によってしかなしえなかったこと、それは学説を立てること、すなわち理論に結びつく対象を新たに創出して、自らを理論家に仕立て上げることでした。もはや商人、仲買人、代理人によるさまざまな操作ではなく、いわば会計学というものを作り上げ、貴族であることの多種多様な手段の背後に隠された本質、つまり高貴さというものを発明したわけです。

ここで重要になってくるのは、ひとつの学科として確立された学、すなわち哲学に対して書物空間が与えた効果について、ダイナ・リバールが博士論文で先鞭をつけた考察を延長することでしょう[5]。文芸化は、この場合、哲学の脱学問化の形式を採ります。哲学は大学の外へと出てゆき、本で読むものになります。デカルトからルソーまで、少なくともこの領域の新しい生産者たちに拠って、そしてまた哲学の進展に関する知の新たな産出者たちに倣って、哲学という学問は書物のうちに読まれるべく与えられるのです。〔哲学が〕大学に戻ってくるのは、そのあとのことなのです。

文字に係わる対象としての「市場」、出版允許、社会現象としての文学や理論といった、かなり多様な規模と性質の諸対象に方向づけられ印づけられた道行きを私たちは提示しました。書物による歴史はこれら異なった対象を連動させることを可能にします。本というものの存在の重要さと歴史的賭金とを測ることをそれ自体が可能にする行為のうちにそれらの対象が動員されている事態を注意深く観察すれば、ですが。

【解説】

「書物による歴史」とは、いわゆる書物史が陥っている停滞、もしくは一種の歪みを打開したいという論者たちによって導出されたきわめて魅力的で、ある意味、脱構築的な視座ではないだろうか。それは、あらためて強調しておけば、「書物から出発し、しかも書物によって作られる社会的現実を捉える——すなわち、世界において書物が何を為すのかを見定める」ことを目指している。本発表でも、そのための布石が幾つか提示されたわけだが、方法論それ自体はさまざまな事例に拠っていまだ練りあげの最中であることもまた事実だろう。ここで解説として発表の論旨を描く繰り返すよりも、他にどのような研究が、いかなる「道行き」が考えうるのかを実例によってさらにあげたほうが、読者諸氏にとってははるかに知的要求が充たされるにちがいない。そこで、『綜合評論』誌第一二八号の特集の際にリバールとシャピラが書いた序をコラージュし引用することによって、発表では取りあげられなかった論考が提起している視点を更なる布石として追加することで、解説に代えたいと思う。

まずは、書物史が生み出した抽象的複合体（一方にオブジェ、他方にテクストとしての本）を問い直すために、書物市場について考えてみよう。例えば、現在その場に見出せる「文学一般」や「教養ある一般大衆」という分類（これは、さまざまな分野の書籍を商うフランスの出版社によって、二〇世紀初頭に案出された分類である）を検討するフィリップ・オリヴェラは、出版社は本というもの（文学一般とそれ以外の本）を、ジャンルや学科よりはむしろ、叢書と判型で理解していること、そして著述家もまたこのような理解を折込み済であるということを証明してみせた。したがって、出版社が書物をどのように理解するかということは、教養ある文化の出現において、ひとつの決定的な要素となる。つまり文化の現われは、上級の文学だけでなく歴史や政治にも興味関心を持つその時代の精神にも、受容に関わる教育効果にも、単純には還元できないのだ。まさにひとつの製品としての書物、しかしながら、版元だけでなく作者によっても、本がそのようなものと見なされていたこと、作家もまた本という観点から考えていることを示すオリヴェラは、書物＝オブジェの抽象化を解体し、書物市場、公衆、そして文化の共同制作というメカニズムを考察するための扉をわれわれに開いてくれたのである。

製品としての書物と出版社を、諸科学の歴史を組織する問い、専門分野の再編についての問いのうちに置き直すジャン＝リュック・シャペイは、フランス革命期の学者たちが、本、新聞、辞書や百科事典のような集団的企てである出版（édition）という手段をいかに使って社会的な行為＝作用子として参与し、彼らが学者として直面させられていた政治状況を利用するのか、あるいはどのようにしてそこから己れの身を守るかを解き明かす。また逆に、当時は完全な権利・資格を

〔5〕 Cf. Ribard : 2003.

有する知識人として行動する出版人もいたことを想起させつつ、知の再編において彼らが制度化のための役割を演じている、つまり出版人は己れが好む、もしくは自分たちが選定した学者たちを繰り返し結集させてきたこともシャペイは例証している。このとき書物は、知の秩序やそれを産出する者たちの社会的地位の変容を表明するものとはなり得まい。したがって、本というものは秩序と地位を創出し、かつ解体する場なのであり、だからこそ革命的な場ともなりうるのだ。

作家は、テクストではなく、本を（印刷されたものであれ、手書き原稿のものであれ）、そう、本を書く——この言明は書物とエクリチュールをあらためて緊密に結びつけ、それゆえ「書物による歴史」は文学のほうへとあらためて回帰することになる。作家の書くものが正当性を獲得するには、読まれるためには、流通する必要がある。これこそが文学的事実なのだ。書物を介したそのようなアプローチは、なにが文学制度を可能としているのかを解明してみせる。すなわち、書かれたものの世界の只中で文学との差異によって制度を生み出す連続運動（ＧＲＩＨＬが文芸化（littérarisation）と呼ぶもの）を明らかにする。オリヴェラが論じる「文学一般」の事例にはこの運動が観察され、また逆のかたちではあれ、シャペイが分析するメカニスム、あまりにも「文学的な」学者たちが革命期末に再構成された科学的諸制度からは排除されたそのメカニスムのうちにも見出すことができるだろう。発表でも触れられたマチルド・ボンバール、シャピラ、そして以下で紹介するリオン－カンの研究もやはり、多かれ少なかれ、この文芸化を問うている。

オブジェとしての書物を介して文学を社会政治的な領域として捉え返すことで、書かれたものの社会史と文学の制度化に関する知見をわれわれは書物史のうちに持ち帰ることができる。文学制度はもはや、近代におけるあり方以上に、書物によって、書物をめぐって導かれる諸々の操作の唯一の結果ではなくなっている。文学制度は、書かれたものの世界の中心に、ひとつの参照域を、そこに著者たちがすぐさま位置づけられうる地帯を形成しているのである。もちろん近代についても、作者と出版人の選択、物質的形態、そして著作の分類を関係づけて考えてみる価値はあるはずだ。

ところで、書物史はこれまで読書の地平で文学と出会ってきた。つまり、書物の社会参入、そして領有の側から議論されてきた。とはいえ、このようなアプローチもまた、文学と社会的現実とのあいだの、かつてよりは安定していると考えられてきた諸関係を揺るがす可能性を持つことを、リオン－カンとクセニア・フォン・ティッペルスキルヒが教えてくれる。

一八三〇年代になされた社会調査において作動している文学モデルの資料体を問い直すリオン－カンは、小説と社会調査の恒常的なやり取りが社会的なものの共同生産を剔抉することを明らかにした。調査に使用され、現実への忠実さを問い、もしくはその有効性を認めるのは、もはや小説ではなく、ひとつの同じまなざしなのだ。このまなざしは、読者に、彼・彼女自身しばしば小説同様に調査報告を読み消費する者でもある読者にショックを与えることを目的とした情景を共に相互使用することによって、作り出される。社会調査はそれゆえ、小説の学問的な双子としてではなく、小説と同じく、社会的な想像物の流通を媒介するものとして現れてくる。社会調査とは、一読者でもある学者によって、不特定の読者に共有されるべく与えられる一冊の本なのだ。現代の歴史家にとっては一九世紀社会の幾らか正確なイマージュを得させるものではないとはいえ、かなり多様な立場にある行為‐作用子が当時その社会的現実について抱いていた自分自身のヴィジョンを公にするに至った経路をわれわれに理解させてくれるだろう。

一六世紀イタリアの教育者や裁判官は、女性の読書実践を規制するために、毅然とした態度で懸命にその実態を知ろうと努めていた。ティッペルスキルヒは、文官および教会当局が示すこの過剰な関心を問い質すことで、そこに性差によって異なる役割が産出されているという事実を突き止める。彼女はまた、女性に関する、女性のための書物を、基準を探知するための手段ではなく、使用されたオブジェとして取り上げる。その作者たちは女性に対する支配的なイデオロギーの単なる媒介者ではない。そうではなく、性差によって異なる（しかも社会的な）規範の産出を自らの領域とした行為―作用子なのだ。女性の行為者、女性読者も同様である。女性の手になる裁判の原資料や副次的な覚書から明らかになったことは、書物の多元的な領有であった。われわれはそこに、ある場合は規定に対する拒否を探知し、別の場合には賛同する行為への知的な参加を推定することもできるかもしれない。

以上のように、読書の歴史は、表象と策謀とを支配し、精神それ自体の最も精錬された産物に作用するような知的モデルに関する考察にも貢献しうるのである。

書物を介した考察は、資史料の社会的かつ政治的機能と争点あるいは賭金を調べることによって、また表象と実践の差向いには巻き込まれないようなやり方で、規範、モデル、想像的なもの、そして表象の問いを提示する文化史関連資料をあらためて繙くことを許すだろう。一例をあげるなら、作者と編集に携わる別の行為‐作用子とによって導かれた一七世紀の事例は、トゥルノフスキが検証したように、書物市場それ自体での活動ではなく、市場との関係によって完全には規定され得ない社会世界における活動であった。したがって、このような行為‐作用子の言説は、書かれたものや書物の取引条件についての彼らの認識に関する情報以上に、社会的現実の枠組みとしての市場構造の産出に文字によって参入することの社会的利益に関する情報を与えてくれる。

書物から歴史を作ることはまた、ボンバール、ティッペルスキルヒ、そしてシャピラが示すとおり、必然的に異なった歴史記述相互の出会いを組織することでもある。シャピラが扱った事例では、行為‐作用子たちが、己れの利益に最も好都合なように、エクリチュールによって接触しようと企てている社会空間の交差路で揺れ動き作動している。同様に、シャペイが分析した学者、作家、そして出版人は充分に科学史の行為‐作用子であり、そのことによってまた彼らが政治的な行為‐作用子でもあることが理解できよう。リオン‐カンの場合は社会の害悪についての科学的な知と小説の関連づけを掘り下げていく。これは多くの歴史家を驚かせることになった。というのも、読書の歴史によって補強された社会史だけが、社会的なものを見る共通の方法によって識別できることの彼方へと達しうると彼女が示したからである。

「書物による歴史」のためのこれら多彩な布石は行為の領域、つまり書物によって人がなすこと、書物によってしか人がなしえなかったことを明確にするにちがいない。しかし、「書物による歴史」とは、書かれたもの、手書き原稿、そして印刷物という基底材の研究、出版人や出版に関わる他の行為‐作用子の研究、書物市場、コレクション、あるいはまた用途と読者の研究にも助けを求めることで、ようやく成されうるものなのだ。書物史の土壌と対象にしっかりと根を下ろすことで、知の歴史は社会政治史、つまり書物によって作用しえた個々の、不均一で社会的な行為‐作用子の政策史へと戻ってきた。それゆえ、機関、制度、学問、そして他のあらゆる権力装置といった、これらの政策によって構築され、動員され、あるいは変容させられた場の歴史へと今やもう一度立ち返ることができるのである。

読者諸氏が、自らの興味関心に従って、「書物による歴史」を実り豊かに実践してくださることを切に願う。

（訳と解説　中畑寛之）

2 シャルル・ド・グリマルディの『メモワール』

――フロンドの証言から家門の記念碑へ

嶋中博章

Hiroaki SHIMANAKA « *Mémoires* de Charles de Grimaldi : du témoignage de la Fronde au monument de la famille ».
二〇一三年九月二三日に神戸大学で行われたシンポジウムにおけるフランス語での報告。本報告は、その後加筆・修正のうえ、拙著『太陽王時代のメモワール作者たち――政治・文学・歴史記述』（吉田書店、二〇一四年）の第7章「家名の偉力――レギュス侯の『メモワール』」として発表された。ここに再録したテクストも拙著がもとになっている。なお、再録にあたって本書全体の構成と字句の統一を考慮し若干の修正を施した。

フロンドの乱をめぐって

のちの太陽王ルイ一四世の幼少期に起こった紛争« la Fronde »は、わが国では「フロンドの乱」と訳され、高等学校の教科書にも記載されている。例えば『詳説世界史　改訂版』（山川出版社、二〇一一年）では、以下のように記述される。「アンリ四世にはじまるブルボン朝のもとで、フランスは絶対王政の全盛期をむかえた。〔……〕幼少のルイ一四世の即位後、一六四八年には高等法院や貴族が反乱（フロンドの乱）をおこしたが、宰相マザランによる王権強化の政策は継続された」。そして、これも高等学校の副教材としてしばしば利用されている『世界史B

用語集　改訂版』（山川出版社、二〇〇八年）では、「フロンドの乱」を次のように解説している。「一六四八～五三パリで起こった、王権の伸長に対する高等法院や貴族の反乱。マザランが分裂を利用してようやく鎮圧した。フランス最後の貴族反乱となった」（傍点引用者）。つまり、わが国の高等学校では「フロンドの乱」を、絶対王政の確立に抵抗する貴族が起こしたパリでの反乱として説明しているといえよう。

もちろん、教科書等の記述が歴史研究の蓄積のうえに成り立っていることはいうまでもない。これまでの歴史記述の伝統では、「フロンドの乱」を反乱の担い手に着目して分節化し、ほぼ時系列的に説明してきた。日本における伝統的分類では、(1)高等法院のフロンド la Fronde parlementaire（一六四八－四九）、(2)貴族のフロンド la Fronde des princes（一六五〇－五二）、(3)民衆のフロンド la Fronde populaire の三つに分けて説明されることが多い。[1] まず、三十年戦争介入後の財政難を理由に、マザランの政府が官職保有者の俸給を停止したことから、パリ高等法院の司法官を中心とする官職保有者が反乱を起こす（高等法院のフロンド）。政府と高等法院の間に妥協が成立すると、今度は旧貴族、いわゆる帯剣貴族が、絶対王政の成立によって奪われた政治的特権の回復を目論み、反乱を継続する（貴族のフロンド）。これらの反乱を底辺で支えたのが、重税にあえぐ民衆の暴動である（民衆のフロンド）。しかし民衆の動きは、独自の組織や政治目標をもつには至らず、上記ふたつの政治勢力に利用されるにとどまった。例外は「楡の木党」と呼ばれるボルドーの民衆組織で、「貴族のフロンド」が王権に屈したあとも戦いを続け、この「楡の木党」の鎮圧をもってフロンドは終結したとされる。

他方、本国フランスの歴史記述では、日本とはやや異なる分類がされてきたようである。例えば、ジャン－マリ・コンスタンは、これまでの研究を整理したうえで、フロンドを四つに分類する。[2] フロンドの始まりを高等法院官僚の反抗と見る点は、特に変わりがない。その後、「高等法院のフロンド」平定に貢献した王族のコンデ親王が宮廷内で勢力を拡大すると、地位を脅かされた宰相マザランは親王を、その弟のコンチ親王、義兄のロングヴィル公ともども逮捕する。この事件をきっかけにコンデ親王の家臣たちが起こす反乱をコンスタンは « la Fronde des princes » と呼ぶ。日本ではこれを「貴族のフロンド」と訳してきたが、反乱の担い手が王族の家臣であることから、ここでは « princes » の意味をより厳密に勘案して「殿下たちのフロンド」と呼んでおく。この訳語を当てた理由はもうひとつあって、「殿下たちのフロンド」によってコンデ親王らが釈放された一六五一年二月、「殿下たちのフロンド」の動きとは別に、地方貴族約四百人がパリに結集し、全国三部会の開催を政府に要求するが、これをコンスタンは « la Fronde des gentilshommes » と名づけ、あと一歩で「政治革命」を実現した第三のフロンドとして高く評価しているのである。「貴族のフロンド」という訳語は、むしろこの動きに当てはめるべきだろう。そして四つめが、釈放されたコンデ親王とその支持者が、パリとボルドーを拠点に王軍と武力衝突を繰り返す « la Fronde condéenne »、すなわち「コンデ派のフロンド」である。このように日本とフランスでは、フロンドの説明の仕方ないし解釈に若干の相違がある。とはいえ、反乱の主体《シュジェ》に着目し、その主体《シュジェ》を主語にフロンドを語る点では違いはない。重要なのは、あくまで反乱の担い手なのである。

　ところが近年、こうした伝統的な視点から脱却する動きが見られるようになった。特に「フロンドの乱」そ

（1）日本における「フロンドの乱」研究としては、千葉治男による一連の研究をまずあげねばならない（「フロンドの乱研究の一動向」『西洋史研究』第五号、東北大学、一九五九年。「フロンドの乱をめぐる諸問題」『歴史学研究』第二四八号、一九六〇年。「フランスの民衆運動」『岩波講座世界歴史』第一四巻、一九六九年）。中木康夫は絶対王政の成立過程と関連させつつ、「高等法院のフロンド」「貴族のフロンド」「民衆のフロンド」のそれぞれについて詳しい分析を行っている（『フランス絶対王制の構造』、未來社、一九六三年）。フランス史の概説書では、井上幸治編『フランス史〔新版〕』（山川出版社、一九六八年）が、三つのフロンドについて順を追って要点をおさえた解説を提供してくれる。地方のフロンドについては、阿河雄二郎がノルマンディ地方の動向を、リシュリウ期の農民反乱（いわゆる「裸足の乱」）とも比較・対照させながら分析している（「裸足の乱とフロンドの乱――フランス絶対王政確立期ノルマンディにおける騒乱の一形態」『*études françaises*』第一三号、大阪外国語大学、一九七五年、一～三八頁）。

（2）Jean-Marie Constant, « Les Frondes », dans *La France de la monarchie absolue 1610-1715*, Introduction et bibliographie commentée par Joël Cornette, Paris, Éditions du Seuil, 1997, pp. 185-201.

のものの解釈に関わる点において注目されるのが、クリスチアン・ジュオーの研究である。[3] ジュオーによれば、一六四八年－四九年の高等法院を中心とした動乱のあと、フロンドは有力貴族を首領とする「党派」間の闘争にのみ込まれていく。ここで党派首領として名指しされるのは、コンデ親王、レ枢機卿、オルレアン公などの面々だが、ここに宰相マザランも含まれている点に注意しておきたい。そしてもうひとつ重要な点は、これら党派首領の間にある「合意」が存在していたこと、つまり「彼らの行為指針と打算には、絶対不可侵の思想として、リシュリウ方式の国家、すなわち強固で中央集権的な国家の存在が組み込まれている」ことである。[4] したがってジュオーの考えでは、フロンドは「中世封建社会への郷愁」にかられた貴族が起こした、絶対主義国家に対する反乱ではありえない。むしろ絶対王政内部の権力争いとみなしうるのであって、「フロンドの乱」という危機を乗り越えて成立する絶対王政という物語《イストワール》は、きっぱりと否定される。これは反乱の主体に応じて事件を分節化してきた歴史記述の伝統に対するアンチ・テーゼであり、ひいては「フロンドの乱」という訳語の可否が問われているともいえよう。[5]

以下本稿では、こうした新しい研究動向を踏まえつつ、あらためて「フロンド」という紛争について検討を加えていく。その際、舞台はパリを離れて南フランス・プロヴァンス地方の都市エクス（Aix）に据えようと思う。そして、紛争の特質、解決の方法、そして紛争の帰結としてもたらされた秩序について、パリ中心の従来の歴史記述とは異なる論点を提示してみたい。

プロヴァンス地方におけるフロンド

プロヴァンス地方のフロンドについては、一九世紀にポール・ガファレルの研究が現れたあと、プロヴァンス史の概説を除けば専門研究が行われず、およそ百年間研究の空白期が続いた。[6] プロヴァンスのフロンド研究を再興したのが、一九七五年に公刊されたルネ・ピヨルジェの国家博士論文『プロヴァンスの反乱運動』[7] で、これ以後、この地方を舞台としたいくつもの個別研究が生まれることとなった。(8) ここではこれら先行研究を参照し、プロヴァンス地方のフロンドについて概略を示したい。

---

(3) Robert Descimon et Christian Jouhaud, *La France du premier XVIIe siècle 1594-1661*, Paris, Édition Belin, 1996 ; Jouhaud : 1985（『マザリナード――言葉のフロンド』）。

(4) Jouhaud : 1985, p. 253.（訳書、二六五頁。）

(5) それゆえ、本稿では以下「フロンドの乱」という言葉は用いず、単に「フロンド」と呼ぶことにする。最近では日本でも、佐藤彰一・中野隆生編『フランス史研究入門』（山川出版社、二〇一一年）が、「フロンドの乱」を概括して、「乱の本質は、支配秩序の転換か否かではなく、諸勢力のヘゲモニー争いだったと考えるのが適当であろう」（一一八～一一九頁）と指摘し、絶対主義的な秩序に対する反乱という見方に含みをもたせるようになってきた。

(6) Paul Gaffarel, « La Fronde en Provence. La guerre du semestre », *Revue historique*, 1er année, tome second, 1876, pp. 60-103, 436-459 ; Édouard Baratier (dir.), *Histoire de la Provence*, Toulouse, Édouard Privat, 1969.

(7) René Pillorget, *Les mouvements insurrectionnels de Provence entre 1596 et 1715*, Paris, Édition A. Pedone, 1975.

(8) 主な研究としては以下がある。Monique Cubells, *La noblesse provençale du milieu du XVIIe siècle à la Révolution*, Aix-en-Provence, Publications de l'Université de Provence, col. ‹ Le temps de l'histoire ›, 2002 ; id., « Offices et pouvoirs : la société des parlementaires aixois aux XVIIe et XVIIIe siècles », *Le Parlement de Provence 1501-1790*, Actes du colloque d'Aix-en-Provence, Aix-en-Provence, Publications de l'Université de Provence, col. ‹ Le temps de l'histoire ›, 2002. pp. 71-81 ; François-Xavier Emmanuelli, « Le Parlement de Provence et la politique（XVIIe-XVIIIe siècles）. Réflexions sur un parcours en zigzag », *Le Parlement de Provence 1501-1790*, *op. cit.*, pp. 118-129 ; Sharon Kettering, *Judicial Politics and Urban Revolt in Seventeenth Century France : Parlement of Aix, 1629-1659*, Princeton, Princeton University Press, 1978 ; id., « A Provincial Parlement during the Fronde : The Reform Proposals of the Aix Magistrates », *European Studies Review*, vol. 11, 1981, pp. 151-169 ; Maurice Pezet, *La Provence des rebelles. Révoltes populaires du XVIIe siècle à nos jours*, Paris, Seghers, col. ‹ Mémoire Vive ›. 1980, ピヨルジェの研究以降刊行されたプロヴァンス史の概説書としては、Maurice Agulhon et Nöel Coulet, *Histoire de la Provence*, Paris, PUF., 1987 がある。また都市エクスについては、観光パンフレットに属するものではあるが、*Aix-en-Provence. Histoire et Découverte de la Ville*, Monaco, s.n., 2008 がフロンドを含む歴史の流れを要領よくまとめてある。

プロヴァンス地方のフロンドは、一六四七年に宰相マザランの政府が、フォンテーヌブロー勅令を発し、エクス高等法院に半期交替制 Semestre を導入したこと、すなわち、高等法院の官僚を倍増し、半期交替で勤務することを求めたことが直接の引き金となった。(9) マザランの目的は新しい官職を売却して国庫に収入をもたらすことにあったが、その一方で旧官僚は半年分しか俸給を得られなくなるため、当然、この勅令に反対した。しかし結局、この勅令は翌一六四八年一月、地方総督アレ伯によって実行に移される。旧官僚たちは宮廷に代表を派遣し、身の破滅を訴えたが聞き入れてもらえなかった。彼らに残された道は実力行使しかなかった。こうしてプロヴァンス地方におけるフロンドの第一幕、「半期交替制戦争」la guerre de Semestre が始まる。

まずエクスでは、新たな官職の購入希望者を脅すビラがばら撒かれ、実際、一六四八年三月、官職を購入するためエクスにやってきたマルセイユの弁護士が襲撃され殺害された。この事件を口実にマザランの政府は同年七月、半期交替制反対派の官僚一二名を他地方への追放処分にするが、パリで「高等法院のフロンド」が激しさを増すと、(10) パリとエクスの高等法院が同盟を結ぶのを恐れて、一一月、追放されていた旧官僚の復帰を許した。再び勢いを取り戻した旧官僚は、翌一六四九年の一月二〇日、サン-セバスチアンの日の宗教行列を利用し、民衆を煽り、暴動を起こす。半期交替制官僚の邸が襲撃され、地方総督アレ伯は法院内に軟禁された。その後、二月に教皇特使代理ビキ枢機卿の仲介で和解が成立し、半期交替制の廃止とアレ伯の釈放が取り決められたが、それも束の間、今度はアレ伯がマルセイユやトゥーロンなどのプロヴァンス諸都市の支持を得て軍隊を組織し、六月からエクスを包囲することになった。

危地に立たされたエクス高等法院の旧官僚たちは、ここで重大な決断を下す。敵の敵を味方につけるのだ。当時パリでは、宰相マザランとコンデ親王の不和が表面化していた。アレ伯もまた、一六四六年にトゥーロン総督の地位を拒否されて以来、宰相マザランと不仲だった。その一方で、アレ伯はコンデ親王と互いの母親を通じて従兄弟の関係にあり、宮廷では親王の党派に属していた。エクス高等法院は、こうした中央政界におけるコンデ派とマザラン派の対立を利用し、マザランに支援を要請したのである。[11] マザランの使者、サン＝テニャン伯がエクスに到着したのが八月、アレ伯も中央政府の使者を前に不承不承矛を収め、和平が成立した。高等法院の旧官僚たちが求めた半期交替制の廃止も、このとき正式に確認された。

ところが、今度は中央政界の動きがプロヴァンスに新たな紛争をもたらす。一六四九年の春以降、悪化の一途をたどっていたマザランとコンデ親王の対立は、一六五〇年一月に親王の逮捕という形で新たな段階に入った。いわゆる「殿下たちのフロンド」の始まりである。プロヴァンス地方では、総督アレ伯[12]を中心にコンデ派・反マザラン派が結集し、「サーベル派 Sabreurs」と呼ばれる一派を形成する。プロヴァンス地方におけるフロンドの第二幕、「サーベル派のフロンド」の始まりである。他方、マザランの政府に味方する一派は「小刀派 Canivets」と呼ばれたが、そこには高等法院官僚の大半が、つまりかつての半期交替制反対派が顔をそろえていた。[13] そのため、高等法院が置かれたエクスでは小刀派がサーベル派を追放する（一六五一年一〇月）。またマザランも、一六五二年四月以降、プロヴァンスの新総督としてメルクール公を派遣してサーベル派諸都市の制圧に乗り出し、九月にサーベル派最後の拠点トゥーロンを陥落させる。翌一六五三年三月には、メルクール公が正式なプロヴァンス総督としてエクスに入り、プロヴァンス地方のフロンドは幕を閉じた。

（9）ノルマンディ地方のフロンドも半期交替制の導入が引き金となった。阿河「裸足の乱とフロンドの乱」。

（10）七月には最高諸院の代表が集まり「サン＝ルイの間の宣言」を発してマザランの政府に対する対決姿勢を明確にした。八月には反マザラン派の高等法院評定官ブルセルの逮捕に抗議して、パリの住民がバリケードを築いた（バリケードの日）。

（11）Kettering, « A Provincial Parlement during the Fronde », *op. cit.*, p. 155, p. 167 note 27.

（12）一六五〇年九月四日にアレ伯の父アングレーム公が死去してからは、アングレーム公と呼ばれることになる。

（13）「サーベル派」の呼称は、立腹したコンデ派のある貴族が言った台詞「サーベルを突きつけてわからせてやる」に由来するという。他方、「小刀派」は羽ペンを削る小刀（Canif）にちなむ。

ここで確認しておきたいのは、エクス高等法院の官僚たちが「半期交替制戦争」で半期交替制廃止を勝ち取ったあとは、マザランの政府に忠実となり、「フロンド派」（サーベル派）に対し共闘したことである。ここから彼らの政治目標が体制の変革にはなく、あくまで彼らに直接関わる利害問題に限定されていたと考えることができるだろう。[14] 実際フロンド後のプロヴァンス地方では、エクス高等法院部長評定官（一六五五年からは法院長）のオペード男爵アンリ・ド・フォルバン＝メニエを介して王権が浸透していくことになる。

レギュス侯の『メモワール』を読む

ところで、プロヴァンス地方のフロンドを語る同時代史料のひとつに、『レギュス侯シャルル・ド・グリマルディのメモワール』（二〇〇八年刊行）がある。[15] その編者モニク・キュベルは「序文」の中で、著者レギュス侯とその作品について、以下のように説明する。

部長評定官レギュス侯兼ルムル男爵シャルル一世・ド・グリマルディは、一六一二年から八七年まで生きた。一六三三年から四三年までプロヴァンス〔エクス〕高等法院の評定官として、その後、一六四三年から七五年までは部長評定官として勤務した。晩年の一六六五年、本書が載録する『メモワール』を書いた。その陳述では、彼の私生活はごくわずかな部分を占めるにすぎない。子供時代も青年時代も、夫や父親としての立場も、キリスト教徒としての立場でさえも、彼を長くひきとめることはない。それとは逆に、大半は公人としての活動にあてられる。高等法院官僚としての活動、それも政治行為に身を投じた高等法院官僚としての活動である。〔……〕彼が私たちに描く光景はいずれも興味深く、彼の証言はプロヴァンス地方におけるフロンドの歴史に欠かせない貢献である。[16]

実際レギュス侯は、「半期交替制戦争」では反半期交替制・反総督の立場につき、「サーベル派のフロンド」では「小刀派」に属して活動した。つまり、エクス高等法院官僚の典型的な行動パターンを示したといえよう。その彼が一六六五年頃書き記した『メモワール』には、プロヴァンス地方のフロンドの様相だけでなく、先述のオペード男爵に関する記述もたくさん含まれている。もちろん、他のメモワールと同様、レギュス侯のそれも決して中立公正な記述ではない。オペード男爵に対する敵意が行間から滲み出ているのだ。その最大の理由は、レギュス侯がフロンド後にオペード男爵とエクス高等法院の法院長の座を争い、敗れたことにある。その点に留意したうえでオペード男爵に関する記述に着目しながら、改めてプロヴァンスのフロンドについて考えてみたい。

「半期交替制戦争」の幕開けとなったマルセイユの弁護士殺害事件が起こったとき、オペードは追放処分を受けた半期交替制反対派官僚の一人だった。[17] 追放処分が解かれエクスに戻ったあと、今度はサン-セバスチアンの日の暴動で総督アレ伯の監禁に関与する。レギュス侯によれば

> このときの主だった指導者は、部長評定官オペード殿と次席検事コルミ殿だった。〔……〕私はアングレーム公殿〔＝アレ伯[18]〕の身柄に対するこのような卑劣な行為に同意できなかった。〔……〕このような身分の人物[19]

（14）Kettering, « A Provincial Parlement during the Fronde », *op. cit.*, p. 160, 162.「このように、エクス高等法院官僚の改革は、司法エリートとしての彼らだけの特権を守ることが狙いだった」。「いったん要求が容れられるや、エクスの高等法院官僚は改革に関心を失い、一六五一年一二月以降、彼らの大半はマザラン派になった」。

（15）*Memoires de Charles de Grimaldi. Marquis de Régusse. Président au Parlement d'Aix*, édités par Monique Cubells, Pessac, Presses Universitaires de Bordeaux, 2008.

（16）*Ibid.*, p. 7.

（17）*Ibid.*, p. 58.

に対する無益かつ無礼な行為はとうていできなかったのだ。[20]

続く「サーベル派のフロンド」では、オペード男爵はレギュス侯とは異なり、サーベル派に身を投ずる。レギュス侯の『メモワール』の編者モニク・キュベルも、エクスのサーベル派はオペード男爵、ラ・ロック、サン－マルク男爵による「三頭政治」だったと指摘している。[21] レギュス侯は、オペードがサーベル派に与した理由をこう説明する。

とりわけオペード殿は〔……〕親王殿下の陰謀〔コンデ親王とその一派のフロンドを指す〕によって、法院長の職を得ようとしていた。[22]

高等法院の評定官を始め、アンシアン・レジーム期の官職は売官制の対象であったが、高等法院長には王権による任命制が採用されていた。したがって、法院長の職を得るためには、宮廷の有力者の後押しが不可欠だったのである。「サーベル派のフロンド」が挫折したあとも、オペードは野心を捨てることはなかった。今度は新総督のメルクール公にとりいって、宮廷の寵愛を回復しようと試みる。

オペード殿の野心は、彼らの陰謀〔「サーベル派のフロンド」を指す〕の失敗に耐えられなかった。〔……〕彼らはメルクール公の心をとらえようとして、自分たちは彼に服属しているのだと、そして思いつく限り熱心に宮廷に仕えるつもりだと説得したのだった。[23]

すでに述べたように、レギュス侯もまた法院長の地位を狙っていた。「サーベル派のフロンド」に際してマザラン派だったことが自信にもなっていた。ところが、新総督のメルクール公はオペードの露骨な追従を前に「私〔レギュス〕が彼にした奉仕と、彼ら〔オペードたち〕が彼になした侮辱を簡単に忘れて」しまった(24)。そのうえ現職の法院長も、オペードを後任として認めてしまう。というのも、法院長の職は任命制であったにもかかわらず、実際は前任者との間での金銭の授受が慣例となっていたからである。

メグリニ殿〔法院長〕は、六万エキュを要求していた。私は五万五〇〇〇エキュまで提示していた。オペード殿は決して値切ることなく、メグリニ殿が提示した額をすべて支払ったので、彼らは密かに契約を交わし、署名もなされた(25)。

決定的だったのは、プロヴァンス諸都市の代表が集まり、王への貢納金（事実上の税）の額を話し合う議会（共同体議会 assemblée des communautés）がマノスクで開かれた際（一六五三年八月二六日－九月二二日）、議長を任されたレギュスが都市代表の同意を取りつけることに失敗し、「プロヴァンス地方の貢納金がごくわずかになってしまっ

---

(18) 半期交替制戦争期、アレ伯はまだアングレーム公とは呼ばれていない。しかしレギュス侯は時代に関係なく、アレ伯に対し一貫してアングレーム公の呼称を用いている。註（12）参照。
(19) アレ伯の父アングレーム公シャルル・ド・ヴァロワは、国王シャルル九世の庶子であった。
(20) *Mémoires de Charles de Grimaldi, op. cit.*, p. 65.
(21) *Ibid.*, pp. 82-83. 編者による註と補足。
(22) *Ibid.*, p. 81.
(23) *Ibid.*, p. 101.
(24) *Ibid.*
(25) *Ibid.*, p. 103.

た」[26]ことだった。あまつさえ、

そのとき部長評定官オペード殿は、法院長の職を求めて宮廷にいた。そして私が彼の野心にとって最大の障害だったので、彼はマノスクの議会の不成功から利益を得ようとした。[27]

レギュス侯を信じるならば、オペード男爵はすでに「サーベル派のフロンド」のころから、レギュス侯を野心達成の障害とみなし、彼の排除を狙っていたという。そのころの出来事にこんな話がある。

この党派〔サーベル派〕の者たちの企ての大半が失敗に帰したので、彼らは別の手段に訴えることにした。そのひとつが、プロヴァンス地方全土に声明文を印刷してばらまき、高等法院とエクスの町を非難することだった。しかし実際は、そこで主に弾劾されているのは私だった。〔……〕そしてついに毒殺も企てられた。毒を盛った二通の手紙がトゥーロンから通常の郵便係の手によって運ばれ、そのうち一通は私に手渡された。私は脳に多少の損害を受けたが、数時間後におさまった。[28]

このエピソードはプロヴァンス地方におけるマザリナードについて語っている点で貴重であるだけでなく〔パリに比べて地方のマザリナードについてはあまり知られていない〕、エクリチュールによる政敵攻撃に関する証言としても興味深い〔レギュス侯の「脳に多少の損害を」与えたという「毒」は、果たして本物の毒物のことだろうか。文章に込められた「毒」もまた脳に打撃を与えるのではないか〕[29]。しかしここでは、オペードの奔走の結果だけに着目しよう。

三年にわたる追求と、そのためにばら撒いた贈り物によって、最後はオペード殿のために叙任状が出された。[30]

つまりプロヴァンス地方では、フロンドのあいだ一貫して動乱の中心にいた人物、反政府派の中核を担った人物が高等法院長に就任したのだった。レギュス侯はさぞ悔しかっただろう。その悔しさがこの『メモワール』執筆の動機となったのかもしれない。だが、レギュスはあたかもオペード個人の野心と猟官運動が法院長の職をもたらしたかのように語っているが、政府がオペードを法院長に選んだ理由について、レギュス侯が語らずにいること、あるいは隠していることがある。それは、家名の重要性についてである。ピヨルジェはオペードとレギュスの違いに触れて、次のように指摘する。「結局のところ、これら二人の官職保有者の間に横たわる大きな相違のひとつは、次の事実の中にある。すなわち前者〔オペード〕は、莫大な財産、特に不動産と高貴な名前 grand nom をともに有している。後者〔レギュス〕もまた莫大な財産、殊に動産を有している。しかし、間違いなく高貴な名前を欠いている。たとえ彼が自分をモナコ公の従兄弟と思わせようと、いくら努力していたとしても[31]」。

(26) *Ibid.*, p. 107.
(27) *Ibid.*, p. 109.
(28) *Ibid.*, p. 94.
(29) 二〇一三年九月二三日、神戸大学で開催された国際シンポジウム「書物による歴史」（文芸事象の歴史研究会主催）での私の報告に対する、クリスチアン・ジュオーのコメント。
(30) *Mémoires de Charles de Grimaldi*, *op. cit.*, p. 114.
(31) Pillorget, *op. cit.*, pp. 711-712. 高貴な名前が力をもつのは、それが信用と影響力を意味したからである。ドナ・ボハナンはこうした事情を踏まえたうえで、フロンド後にオペード男爵が法院長の地位を得た理由をこう説明する。「早くから忠誠を尽くしていたにもかかわらず、好意はレギュスを通り越してオペードに向いた。この地方におけるオペードの影響力と信用のほうがより強大であると、マザランとメルクールによって認められたのだった」。Donna Bohanan, *Old and New Nobility in Aix-en-Provence, 1600-1695 : Portrait of an Urban Elite*, London, Baton Rouge, 1992, p. 108.

『メモワール』の題名をめぐって

実際、オペード男爵が属するフォルバン－メニエ家は一五世紀から続く名門家系であり、父のヴァンサン－アンヌもまたエクス高等法院長を務めていた。それに対しレギュス侯はどうか。名前に騙されてはいけない。グリマルディ家といえば、伝説ではカール－マルテルの兄弟を祖とし、遅くとも一〇世紀にはさかのぼることのできる名門中の名門であるが(32)、実は私たちが今まで読んできた『レギュス侯シャルル・ド・グリマルディのメモワール』の作者の名前は「シャルル・ド・グリマルディ」ではないのだ！　レギュス侯自身、自身の父祖の名については次のように述べている。

私の父、サン－マルタン領主ピエール・ド・グリモーも、母が亡くなったその三年後に死去した。〔……〕こうして私は父方の祖父ガスパール・ド・グリモーの後見と監督のもとにとどまった。当時、祖父は五〇歳くらいだったろう。曾祖父のレギュス領主ミシェル・ド・グリモーもまだ存命だった(33)。

レギュス侯の本来の家名はグリマルディではなくグリモー Grimaud で、一六一五年に亡くなった曾祖父の代までは商人の家柄であった。シャルル・ド・グリモーがグリマルディを名乗るようになるのは、娘のフランソワーズを、クルボン侯ジャン－アンリ・ド・グリマルディ・ダンチーブの息子カーニュ男爵オノレ・ド・グリマルディ・ダンチーブに嫁がせた一六四六年からのことである(34)。グリマルディ・ダンチブ家は、モナコ公の「従兄弟」にあたる有力家門だが、この名門グリマルディ家との結びつきこそ、レギュス侯が『メモワール』で最も描きたかった事柄であるとさえ考えられるのだ。レギュス侯は『メモワール』の中で娘フランソワーズの結婚について二度触れているが[35]、他の子供（彼は一八人の子供をもうけ、そのうち八人が成人している）の結婚については長男を除いて言及していない。さらに法院長の地位をめぐる争いのあとの記述では、同じグリマルディ一門に属するエクス大司教ジェローム・ド・グリマルディとの親密な交際が繰り返し語られる[36]。法院長職をめぐる競争に負けた原因として家名の問題に触れていないのは、家名に対するレギュス侯のコンプレックスを表しているのではないか。さもなくば、グリマルディ家とのつながりをことさら強調すまい。家名の重要性を認識しているからこそ、オペード男爵が家名の力によって院長になったことは、レギュス侯にとって触れたくない事実なのである。

『レギュス侯シャルル・ド・グリマルディのメモワール』（二〇〇八年刊行）の編者モニク・キュベルも、レギュス侯の名がグリマルディではないことを認識している。実際、キュベルは『メモワール』の「序文」で、その事実をしっかりと指摘してもいる。

フロンドの間、部長評定官シャルルは重要な役割を演じるが、彼はいつもグリモーと呼ばれている。彼自身、『メモワール』では祖先をグリモーとしか名指ししていない[37]。

（32）*Dictionnaire universel de la noblesse de France*, par M. de Courcelles, tome 3, Paris, Au Bureau général de la noblesse de France, 1821, pp. 262-265.

（33）*Mémoires de Charles de Grimaldi*, *op. cit.*, pp. 15-16.

（34）*Ibid.*, p. 27, note 31. ピヨルジェはグリモーからグリマルディへの変身を「ぺてん」（supercherie）とさえ呼んでいる。Pillorget, *op. cit.*, p. 88.

（35）*Mémoires de Charles de Grimaldi*, *op. cit.*, p. 27, 68.

（36）例えば、*ibid.*, pp. 115-118を見よ。

（37）*Ibid.*, p. 10.

一八七〇年にレギュス侯のメモワールが初めて刊行されたとき、そのタイトルは『プロヴァンス地方におけるフロンドの歴史のためのメモワール。シャルル・ド・レギュスとジャック・ド・ゴーフリディ』[38]であって、「シャルル・ド・グリマルディ」の名は冠されていなかった。にもかかわらず、モニク・キュベルはレギュス侯のメモワールを再刊するにあたって、『レギュス侯シャルル・ド・グリマルディのメモワール』と題し、その「序文」で著者を「シャルル一世・ド・グリマルディ」と呼んでいるのである（本節冒頭の引用参照）。この変更ないし操作は何に由来するのだろう。ここで、レギュス侯の手稿までさかのぼって考えてみることにしよう。

レギュス侯のメモワールの手稿は、現在、エクスのメジャヌ図書館に所蔵されている[39]。実は『レギュス侯シャルル・ド・グリマルディのメモワール』という題名は、この手稿の第一葉、表題頁を飾っている（図1）。ただ問題は、この題名を書いた人物は誰か、ということである。その答えは、続く第二葉にある。ここに置かれているのは、レギュス侯の手稿がメジャヌ図書館に収蔵されるまでの経緯を書き記した「パラテクスト」である（図2）。上段四分の三は、一八三五年一二月二九日にル－アルフェランが書いた文章で、この手稿が彼の手にわたるまでのいきさつが述べられている。それによれば、「この手稿は、本日、著者の子孫であられるレギュス－グリマルディ侯閣下によって、私に委ねられた」もので、その場には「ご尊母でロンバール・デュ・カストゥレ家ご出身の前レギュス侯夫人ならびに、奥方でバリグ・ド・ファンテーニュ家ご出身の現レギュス侯夫人」が臨席していたという。下四分の一は書き手が変わり、メジャヌ図書館司書のルアールが語り手となり、「ル－アルフェラン氏によって破棄院院長ポルタリス伯閣下に贈られた、この貴重な手稿が」、「彼の義理の娘であるポルタリス子爵夫人」によって、一八六三年二月にメジャヌ図書館に寄贈されるまでを説明する。これら記述の目的のひとつが、手稿の真正性を保証し、かつその価値を高めることにあることは疑いない。ここに名前のあがる人物が、エクスにゆかりの名士である点に注意しよう。ル－アルフェランは、エクスの国王裁判所の書記を務め、のち都市エクスに関する歴史書を著したことでも知られる人物で、現在、エクスの通りにその名を残している[40]。一方、ポルタリス伯はエクス出身のまさに大物政治家で、大革命後の政治の荒波を乗り切り、復古王政から第二共和政まで右の記述にあるとおり破棄院（フランスの最高裁判所）院長という要職に留まり、第二帝政期には元老院議員を務めた[41]。つまり在地の著名な歴史家、手稿の著者の子孫、そして同郷出身の中央政界の大物が一丸となって、レギュス侯の手稿の身元を保証しているのである。

この点を確認したうえで、表題頁の書き手の問題に戻ろう。謎解きは決して難しくない。答えは「ルーアルフェラン Roux-Alpheran [*sic.*]」の署名と表題頁を対比すれば一目瞭然である。例えば、« Roux » と « Regusse » の « R »、あるいは « Alpheran » と « Aix » の « A » など特徴的な筆跡を見比べてみれば、これが同一の人物によって書かれたことは明らかだろう。ささやかな発見だが、名前の問題を考えるにあたって、その発見の意味は決して小さくない。レギュス侯本人の手になる文章は、第三葉から始まる（図3）。ここには几帳面な文字で日付や聖アウグスティヌスからの引用が記されてはいるが、「メモワール」という言葉を含めて、題名にあたる文字は一切見当たらな

（38）*Mémoires pour servir à l'histoire de la Fronde en Provence. Charles de Regusse. Jacques de Gaufridi*, publiés par J.-L. Mouan. Aix, Achille Makaire/Société historique de Provence. 1870.

（39）Bibliothèque Méjanes, Aix, cote : Ms 798（R.A.73). 現在、レギュス侯のメモワールの手稿は、以下のウェブ・サイトで閲覧できる。Bibliothèque virtuelle de la Méditerrannée.

（40）フランス国立図書館の蔵書検索システムにあるルーアルフェランの肩書は、「エクス-アン-プロヴァンスの国王裁判所書記 Greffier à la cour royale d'Aix-en-Provence」、「エクス-アン-プロヴァンスの市議会議員 Conseiller municipal d'Aix-en-Provence」そして「歴史家 Historien」とある。「歴史家」としての仕事としては、『エクスの通り、プロヴァンス地方の旧都エクスに関する歴史的研究』（Roux-Alphéran, *Les Rues d'Aix, ou Recherches historiques sur l'ancienne capitale de la Provence*, 2 vols., Aix, Typographie Aubin, 1846-1848）や、『マレルブとその家族に関する伝記的研究』（*id.*, *Recherches biographiques sur Malherbe et sur sa famille*, Aix, Nicot et Aubin, 1840）などがある。

（41）ポルタリス伯の経歴については、以下を参照。Hoefer（dir.）, *Nouvelle biographie générale depuis les temps les plus reculés jusqu'à nos jours*, tome XXIX, Paris, Firmin Didot frères, 1863, réimp. Copenhague, Rosenkilde et Bagger, 1966 pp. 854-858.

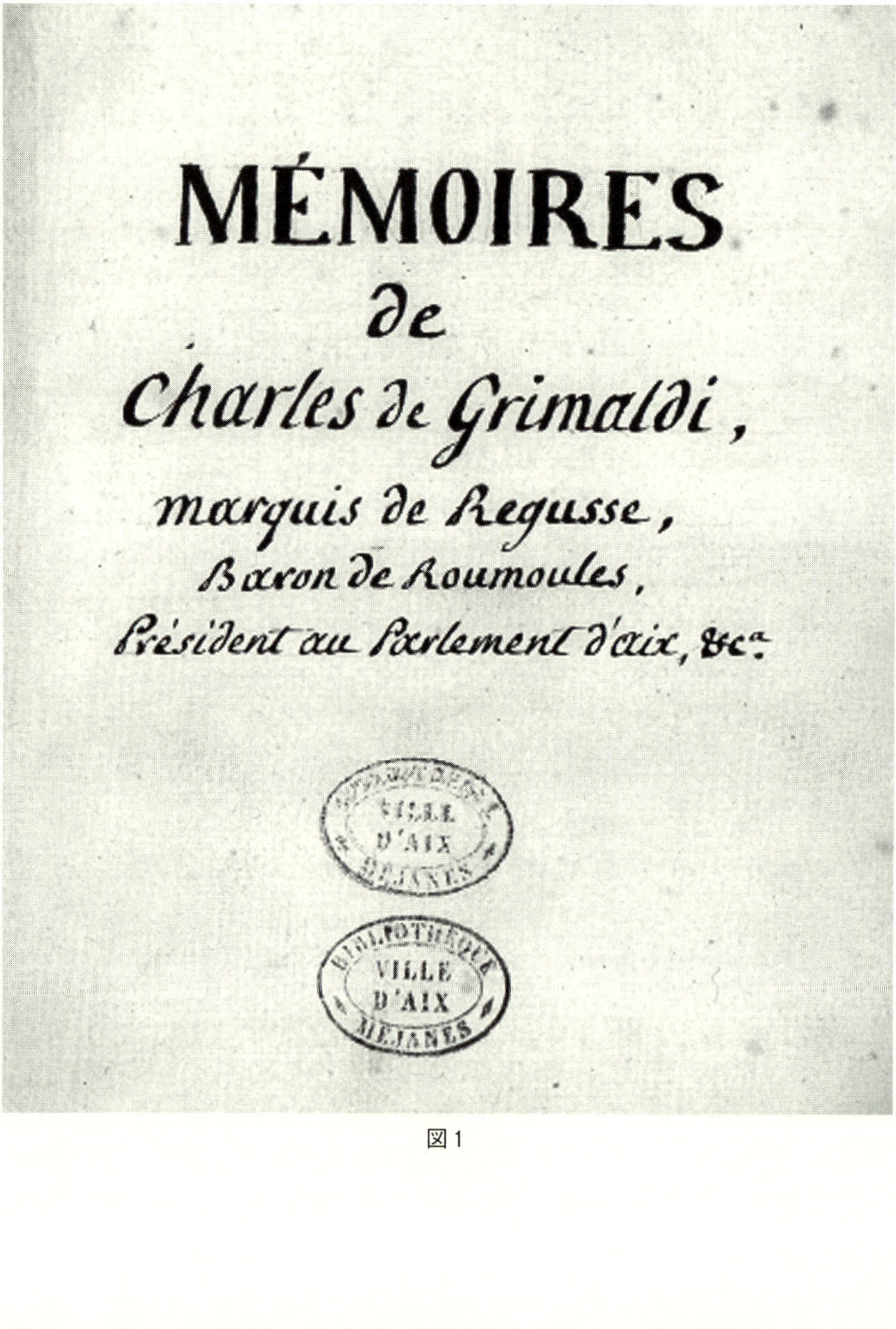
MÉMOIRES
de
Charles de Grimaldi,
marquis de Regusse,
Baron de Roumoules,
Président au Parlement d'aix, &c.a
VILLE
D'AIX
BIBLIOTHÈQUE
VILLE
D'AIX
MÉJANES

図1

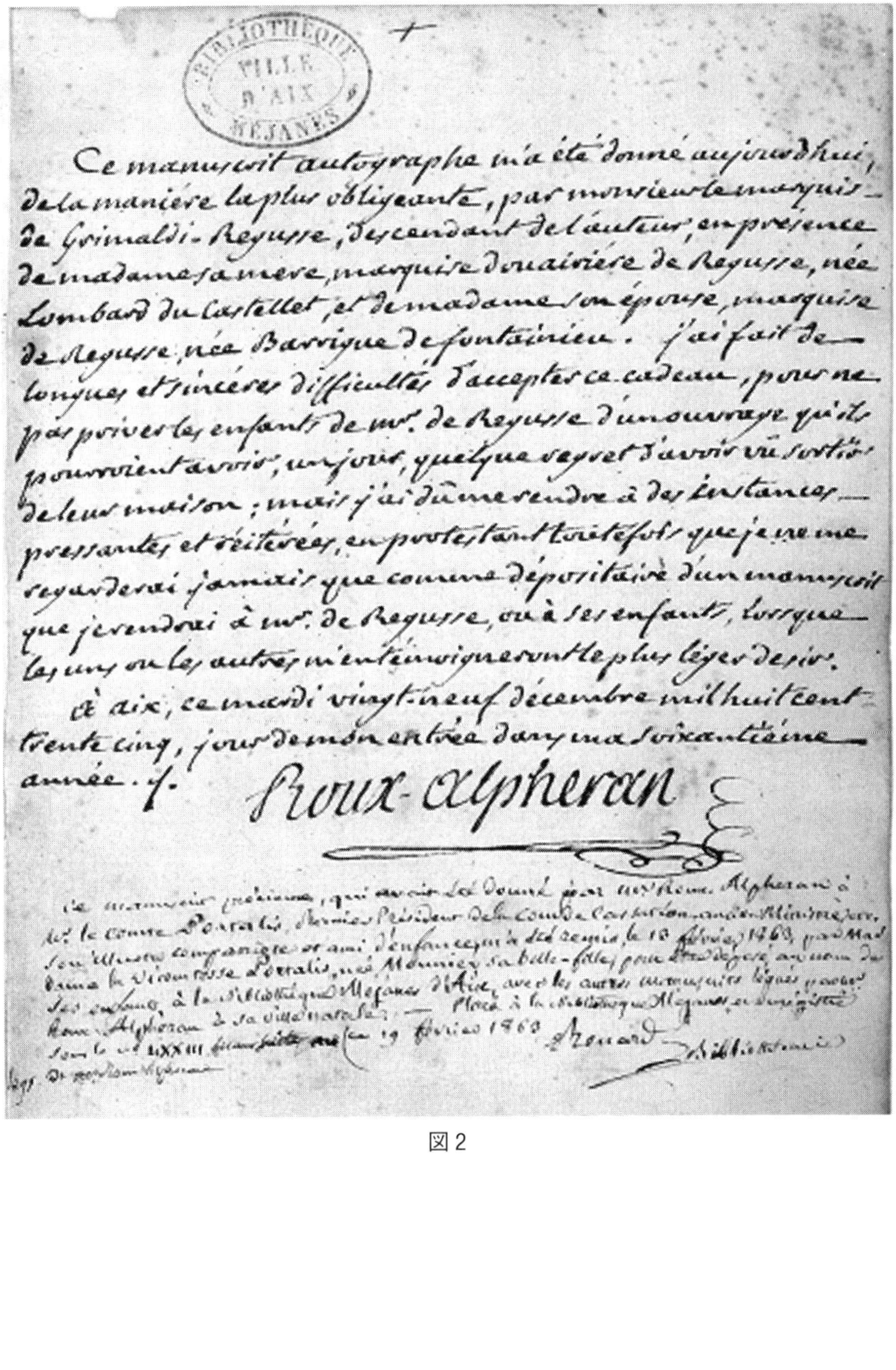

Ce manuscrit autographe m'a été donné aujourd'hui, de la manière la plus obligeante, par monsieur le marquis de Grimaldi-Regusse, descendant de l'auteur, en présence de madame sa mère, marquise douairière de Regusse, née Lombard du Castellet, et de madame son épouse, marquise de Regusse, née Barrigue de Fontainieu. J'ai fait de longues et sincères difficultés d'accepter ce cadeau, pour ne pas priver les enfants de mr. de Regusse d'un ouvrage qu'ils pourroient avoir, un jour, quelque regret d'avoir vu sortir de leur maison; mais j'ai dû me rendre à des instances pressantes et réitérées, en protestant toutefois que je ne me regarderai jamais que comme dépositaire d'un manuscrit que je rendrai à mr. de Regusse, ou à ses enfants, lorsque les uns ou les autres m'en témoigneront le plus léger desir.

A Aix, ce mardi vingt-neuf décembre mil huit cent trente cinq, jour de mon entrée dans ma soixantième année.

Roux-Alpheran

Ce manuscrit précieux, qui avait été donné par Mr Roux-Alpheran à Mr le comte Portalis, premier Président de la Cour de Cassation, ancien Ministre, son illustre compatriote et ami d'enfance, m'a été remis, le 13 février 1863, par Madame la Vicomtesse Portalis, née Mounier, sa belle-fille, pour être déposé, au nom de ses enfants, à la Bibliothèque Méjanes d'Aix, avec les autres manuscrits légués par Mr Roux-Alpheran à sa ville natale. — Placé à la Bibliothèque Méjanes et enregistré sous le n° LXXIII le 19 février 1863

Rouard bibliothécaire

図2

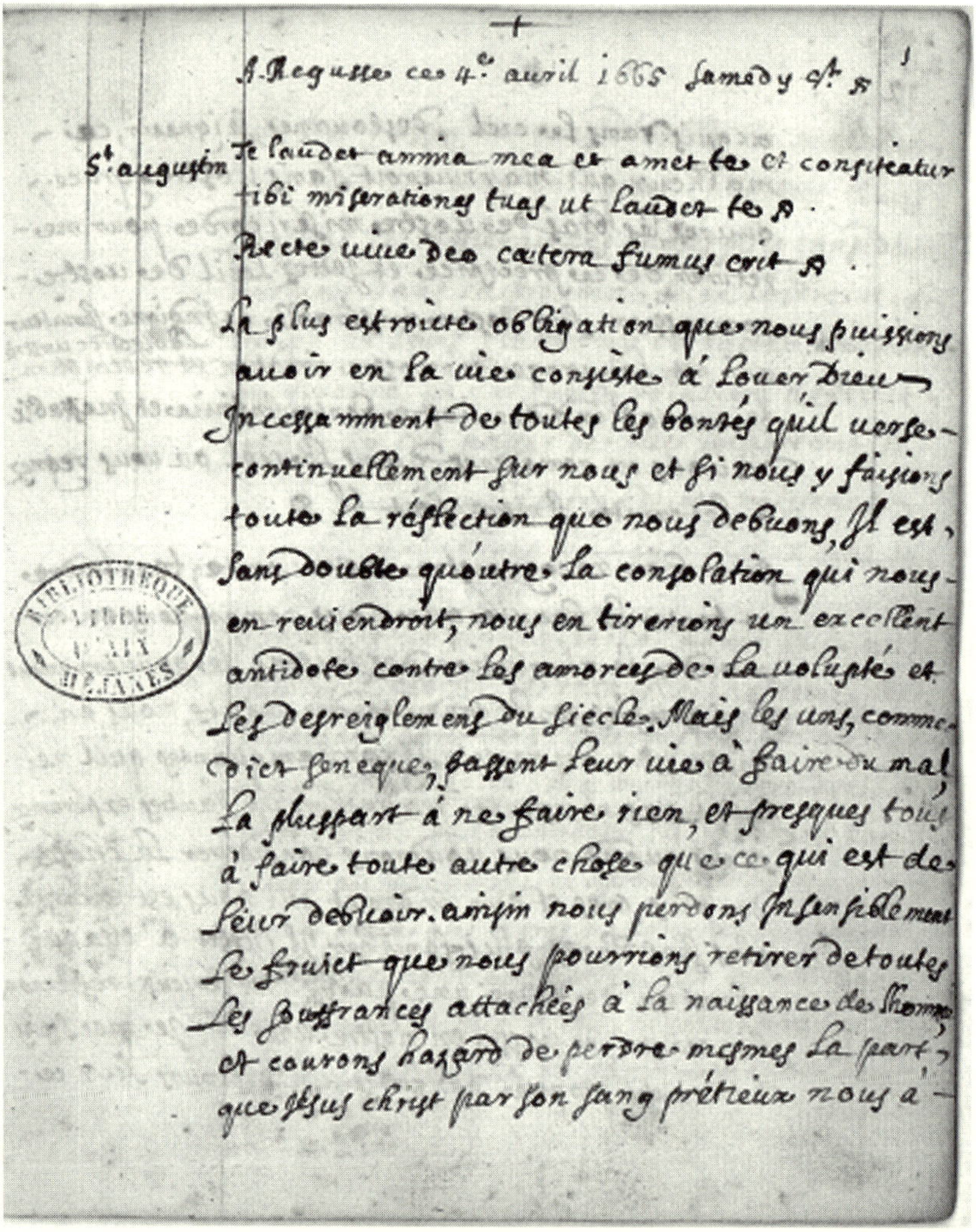

+

A Regusse ce 4e avril 1665 samedy st.

St augustin Te laudet anima mea et amet te et confiteatur
tibi miserationes tuas ut laudet te.
Recte viue deo caetera fumus erit.

La plus estroicte obligation que nous puissions
auoir en la vie consiste à louer Dieu
incessamment de toutes les bontés quil verse
continuellement sur nous et si nous y faisions
toute la réflection que nous debuons, Il est,
sans doubte quoutre la consolation qui nous
en reuiendroit, nous en tirerions un excellent
antidote contre les amorces de la volupté et
les desreiglemens du siecle. Mais les uns, comme
dict seneque, passent leur vie à faire du mal
la plus part à ne faire rien, et presques tous
à faire toute autre chose que ce qui est de
leur debuoir. ainsin nous perdons insensiblement
le fruict que nous pourrions retirer de toutes
les souffrances attachées à la naissance de lhomme
et courons hazard de perdre mesmes la part,
que Jesus christ par son sang prétieux nous a

図3

いことを確認しておこう。つまり、この『メモワール』に「シャルル・ド・グリマルディ」の名を冠したのは、著者本人ではなく、後世の同郷の歴史家であり、郷党の大物がそれにお墨付きを与えているわけである。レギュス侯が企図したグリマルディ家との一体化は、こうして『メモワール』の伝達を通じて、後世の同郷の名士たちによって同意された。モニク・キュベルによる題名の決定と出版も、この同郷人たちによる同意の流れの中にある。キュベルがエクスにあるプロヴァンス大学の名誉教授であることを言い添えておいても無駄ではあるまい。

フロンドの証言から家門の記念碑へ——むすびに代えて

プロヴァンス地方のフロンドは、少なくとも都市エクスに関する限り、一六四九年に半期交替制が廃止されて以降、地方総督アレ伯に対する、高等法院とマザランの共同戦線として推移する。「サーベル派のフロンド」も、マザラン派とコンデ派の対立という中央政界における党派争いが、地方に飛び火したものであった。したがって、近年の研究動向が示すように、ここでもフロンドを反絶対王政を掲げる反乱と見なすことはできない。地方固有の利害、特にエクス高等法院という地方の社団の利益が問題視されたのであって、王国の統治体制は問題にされなかった。ここにエクスのフロンドの特質がある。地方の特権が確認されれば、紛争を解決するため王権の力を借りることに躊躇《ためら》いはない。地方特権の維持と中央集権化は、必ずしも矛盾するものとは考えられていなかった。

他方、フロンドのあとのエクスでは、フロンド以前からの名門フォルバン－メニエ（オペード男爵）家の影響力を利用して、秩序の再建、王権支配の浸透が図られた。オペード男爵自身はフロンドに際し、一貫して反政府・反マザランの立場を維持し続けたにもかかわらず、法院長の地位を得て、さらなる栄耀を手に入れた。かりにエクスのフロンドが反絶対王政の反乱ではないという仮説が正しいとするならば、鎮圧や平定について語ることも不可能だろう。エクスのフロンドは新しい秩序をもたらす断絶とはならず、むしろ既存の秩序を強化する方向で作用したのである。

王権は過去の忠誠よりも家名がもつ影響力を選んだ。この事実の重みは、レギュス侯の『メモワール』に語られることなく示されている。レギュス侯がグリマルディ家との絆を強調しているのも、この事実から得た教訓を踏まえてのことだろう。そしてレギュス侯に始まるグリマルディ家との縁組（家門戦略）は、その後、見事に奏効する。この先、彼の一族はつねにグリマルディの名で呼ばれることになるのだ。それから三世紀後、二〇〇八年に出版された『レギュス侯シャルル・ド・グリマルディのメモワール』は、著者レギュス侯の行為を正当化する作用を果たす。一七〇〇年前にエクスの歴史家が使用した呼び名をそのまま題名に採用することによって、グリモー家からグリマルディ家への変身を（意図せず？）承認しているのだ。そのうえ、序文の中で著者を「部長評定官レギュス侯兼ルムル男爵シャルル一世・ド・グリマルディ」と呼ぶことで、実際には娘の結婚によって始まるこの変身を、その父親へと一代早めてさえいる。つまり『レギュス侯シャルル・ド・グリマルディのメモワール』は、フロンドの歴史を証言するだけでなく、グリモー－グリマルディ家というエクスの新しい名家の誕生を記念する機能も帯びているのである。

3 文学の真実
――社会的想像物、読書体験、文学的知

ジュディト・リオン－カン

Judith LYON-CAEN, « La vérité de la littérature : imaginaires sociaux, expériences de lecture, savoirs littéraires ».
二〇一三年九月二三日に神戸大学にて行われたシンポジウムのために書き下ろされた講演原稿の全訳である。

「書物による歴史」というこのシンポジウムのテーマに関連して私がお話する考察は、一九世紀を中心にした研究の一端から来ていますが、一九世紀とともに、ここではその当時の文学や文学的生産物も真実との関わりにおいて中心的な位置を占めています。私たちの多くにとって、いくつかの一九世紀小説は過去との初めての接点を与えてくれたもののひとつだと思います。今現在、一九世紀というものが私たちの中に残り続けているのは、私たちが『レ・ミゼラブル』や『ルーゴン－マッカール叢書』、『人間喜劇』を読み続けているからであり、またこれらの書物が、時代を超えて、生き生きとした過去のイメージを私たちに与えてくれるからだと思います。それはどこかの場所のイメージであったり、当時の（多くはパリの）情景であったり、また社会状況や社会的構成（ブルジョワ家庭、労働者家庭、大都会での孤独など）や典型的な人物（名士、労働者、三十路女など）、社会的関係性であったりするわけですが、私たちはそれらのイメージをこの過去と同定し、それらをこの過去に結びつけています。ここでひとつ指摘しておきますと、これら一九世紀の文学テクストは、この過去から何よりもまず社会のイメージを伝えているわけですが、社会史の側からすれば、これらはすでにおあつらえ向きのイメージなのです。一九世紀の文学テクストは、歴史記述

（historiographie）で承認された言葉でいうところの戦史（histoire-bataille）よりも、一九世紀の言葉でいう「社会風俗」（mœurs）の歴史というものをよくあらわしています。戦争を描く場合でも、個人や集団による体験というプリズムを通して描かれます。（スタンダールのように）ある一人の視点を通して、また（ユゴやバルザック、バルベ・ドールヴィイなどの場合は）大革命や帝政時代の戦争に端を発する社会関係に射す闇を通して、戦争が描かれるのです。

この一九世紀文学の社会的感覚、あるいは社会学化した感覚については、しばしば歴史家たちが書き記していますが、彼らは、年月を隔ててこの時代の社会史研究に従事してきました。歴史家の多くはこれらの文学テクストを〔歴史の〕資料として使おうとしてきました。文学として書かれたものから歴史家にとって資料となる部分を取りだして使うのですから、言ってみればこれも書物から、それも文学から、歴史をしたためる方法のひとつでしょう。さて、これらのテクストが社会的真実をあらわしているのかという問いは、仕事場にこもって執筆する歴史家だけが気を揉む問題ではありません。何らかの形でこれらの小説が一九世紀社会の真の姿を伝えていると信じているすべての読者に関わってくる問題です。またこれは男女を問わず、作家や編集人や読者であった一九世紀の人々にとっても気がかりな問題でした。そう、私が興味を惹かれるのは、まさにその点なのです。何が読書の体験（一九世紀、二〇世紀、あるいは二一世紀の読者の体験）と、一九世紀の歴史家たちの文学を用いた仕事を結びつけているかなのです。つまり、この文学的著作物との〔いつの時代の読者にも〕共通の出会いというものに興味があるのです。文学テクストは他のいかなる記録文書よりも手っ取り早く入手できますが（記録文書というのは、いわば私たちから切り離された文書で、あらかじめ隔離された場所に保管されるものと決まっています）、次のような疑問を伴ってきます。文学テクストの中の何が真実なのでしょうか。読書から生じる「真実であるという印象」、それは私たちが抱いている真実というものの印象でもありえます（というか、確実にそうなのです。というのも、それこそこうした小説の伝達力の強さを物語っているわけですから）。しかし、それは同時に多くの一九世紀読者も感じた真実の印象でもありました（その意味で、これは単に書かれたものが伝達されたのではなく、これらのテクストの読み方も後世に伝わっているということです）。私はこのような読書から生じた「真実の印象」と、「典拠」や「資料」として文学を使って歴史を構成する歴史家の仕事との間にある関係について、文学理論の視点からではなく、まさしく歴史という視点から問いたいのです。歴史家というのは、読後の印象に属する事柄はすべて、原則、排除して著述に取り組み、過去の書物を学問的かつ批判的に制御して使用する方法を築き上げていくものです。私は学者に学がないなどと言うつもりはありません！　あるいは歴史家が過去に書かれたものを、実際のところコントロールできないまま、使用していると言うのでもありません。私がとりわけここで示したいのは、これらのテクストが提示する「社会的真実」――あるいは真実の印象でもいいのですが――という問題は、テクストが出版された時代にすぐにも提起されたということであり、またそれがどのように提起されたのかということです。それは歴史家の学問的実践と読者の主観的な領有（appropriation）の間にある対立をずらすような形で提起されました。しかも結果的に、それは同時代の歴史記述が文学作品に対して問うたふたつの問題をもずらしているのです。そのふたつとは、社会的想像物（あるいは〈社会的〉「表象」）と「文学による知」に関する問題です。さらに、そのような問題提起のあり方は、文学抜きで一九世紀社会史をつくり上げることを認めないような動きを招いたのです。なぜなら、そのような「社会的なもの」は、これから見ていくように、文学の生産物のひとつと位置づけうるからです。

　一九世紀社会史の古典中の古典、ルイ・シュヴァリエ（一九一一－二〇〇一）の『労働階級と危険な階級』から始めましょう(1)。シュヴァリエは自分の研究にじつに豊富な「文学的資料」を取り入れ、それで統計学的な数量描写を補填したり、より明確にあらわすために使用しましたが、同時にその文学的資料から、一九世紀パリ社会の表象に関するひとつの歴史に道筋をつけました。ルイ・シュヴァリエによれば、文学の棚は「イメージであふれた世界(2)」

（1）Louis Chevalier, *Classes laborieuses et classes dangereuses à Paris dans la première moitié du XIXe siècle*, Paris, Pluriel, 1984 [1958].〔ルイ・シュヴァリエ『労働階級と危険な階級――一九世紀前半のパリ』、喜安朗・相良匡俊・木下賢一訳、みすず書房、一九九三年〕

であるゆえに歴史家泣かせではあるものの、それでも、例えば忘却に埋もれてしまったある一時期のパリで「目に見えるもの」を見出そうとするときなど、文学は「かけがえのない」資料で、「統計だけの裸になった構築物」ではじゅうぶんに理解できないのだと言います。また同様に、事件があった当時の人々が感じていた「出来事に対する意識」に到達しようと思ったときにも、文学はやはり「かけがえのない」資料であり、これがなければ「計量」も意味を欠いたものになってしまいます。[3] 結果的に、事実を立て直し、「表象」という領域に達しようとすれば、文学は必要不可欠なものになると言うのです。

数量歴史学が隆盛を極めていた一九五八年にこの本が出版されるや、文学典拠を大量に用いたシュヴァリエの方法論は壁にぶつかります。「なんと奇妙な出だしだ！」と叫びをあげたフェルナン・ブローデル〔一九〇二－八五〕は、この大量の文学利用を厳しく批判し、それを一種の独立宣言とみなしました。「私は一瞬こう考えた、ルイ・シュヴァリエは誰の手も借りたくないがゆえに、何のうしろめたさもなしに、文学に手を出したのではないかと。そもそも文学は社会科学ではない、少なくとも、そのようには見なされていない」[4]。このようないささか攻撃的な反応に及ぶほど、『労働階級と危険な階級』はじつに鋭いやり方で、それもまったく特異な形で、一九世紀フランス社会に関する歴史的知の構築において文学が占める位置について問題を提起したのです。ルイ・シュヴァリエにとっては、文学だけが欠くことのできない過去の「経験」を歴史家に与えることができるものでした。[5]

文学の魅力は、シュヴァリエにとって致命的ともいえる磁力となったのでしょうか。フェルナン・ブローデルが示した文学と「社会科学」との間の攻撃的なまでの対立関係はどのような意味を持ちえたのでしょうか。シュヴァリエの仕事は、とにもかくにも、この対立関係を複雑にしているある要素を非常に明確に浮かび上がらせていました。すなわち、すでに一八三〇年代から、社会を描きだすあらゆる種類の文書が大量に生産されていたということです。これらの文書のおかげで、「習俗」に関係した文学作品を別の文脈におき直すことができるようになり、またそうした文学作品をフィクションではない著述（とはいえ、文学に瓜二つの著述）と突き合わせることができるのです。このフィクションではない文書には行政文書や公衆衛生への配慮から書かれた文書まで含まれますが、これらはポール・ド・コック〔一七九三－一八七一。小説家〕の小説ほどには歴史家に軽視されることはありませんでした。本講演では、まず最初にこの文学的生産物に回帰してゆきます。次に文学というものの社会的な「真実」と、一九世紀の読書体験から生まれた社会的想像物の形成に関する問題について述べ、最後に文学における特殊な「知」について再度考えてみたいと思います。

社会的類型の壮大なギャラリー

書物と書店の歴史という観点から、一八三〇年代と四〇年代——これは文学史的には「現実を描いた小説」（roman du réel）が飛躍する時期でもありますが——は三つの現象で特徴づけられます。まずはジャンルとしての小説の飛躍で、出版点数と発行部数からして、小説はパリの書店でもっとも圧倒的なジャンルとなりました。次にあげられるのはイラスト付きという新しい出版形式の出現で、テクストの間に、また印刷されたページの上に、挿絵が入れられるようになりました。最後に、イラストのある、なしを問わず、パリの社会情景を描くのが大流行したほか、「〔ある社会階層の〕生理学」を売り物にしたシリーズというのも大流行しました。なかでも風刺新聞『シャリヴァリ』の発行元であるオーベール書店から挿絵付きで出版されていた、社会類型別のちょっとした人物像があげられるでし

（2）*Idem.*, p. 71（前掲書三〇頁）。〔なお、本論中のシュヴァリエからの引用は、文脈に合うように、必要に応じて訳文に改変を加えている。〕
（3）*Idem.*, pp. 71-74（前掲書三〇～三二頁）。
（4）Fernand Braudel, « La démographie et les dimensions des sciences de l'homme », *Annales. Économie, sociétés, civilisations*, vol. 15, n° 3, 1960, pp. 494-523, p. 519.
（5）Chevalier, *op. cit.*, p. 69 et 73（シュヴァリエ、前掲書二九頁、三一～三二頁）。

よう。これら冒険的な出版事業の中でも、もっとも内容豊かで野心的だったのは編集人レオン・キュルメールによって一八三九年に出版された大シリーズ『フランス人自身によるフランス人像』で、パリ人の類型に三巻本にわたる地方人の類型シリーズも加えた唯一の試みでした[6]。当時、多くの流行作家がこの企画に参加しましたが、その筆頭がバルザックで、作家はこの雑誌を自分の小説類型の実験室としました。バルザックの文学的企図、より一般的に、一九世紀専門の歴史家にとって貴重なレアリスム文学の企図の隆盛は、この「パノラマ的文学[7]」の爆発的流行を無視しては理解できないのです。

この文学生産はさまざまな出版媒体に力を注ぎ、明らかに購読者層の社会体験に照準を合わせています。風俗小説、生理学シリーズ、週一回配本という小分け式にした挿絵付き社会類型パノラマ、風刺新聞掲載の挿絵付き風俗研究などがあり、小説は一八三六年以降は日刊紙上で連載という形をとることが多くなりました。バルザックの小説、エミール・スヴェストル（一八〇六－五四。ブルターニュ出身の、弁護士、ジャーナリスト、小説家）の「実生活小説群[8]」、フレデリック・スリエ（一八〇〇－四七。シュやバルザックとならび一世を風靡した新聞連載小説家）の『悪魔の覚書』（一八三七－三八）、ポール・ド・コックの大量の風俗小説、ルイ・レイボー（一七九九－一八七九。小説家、政治家）の『ジェロム・パチュロ』（一八四二）、ジョルジュ・サンド（一八〇四－七二）の社会小説（『オラース』、『アントワーヌ氏の罪』など）、ウジェーヌ・シュ（一八〇四－五七）の『パリの秘密』（一八四二－四三）、これらの作品が、まさに描写し、解明すべき対象である同時代の社会を「小説化」したものとして、さまざまなスタイルで出版されました。

社会の生理学とパノラマが流行し、この社会という土壌で小説家たちが競争するおかげで、大々的に伝播されるテクストという形となって「同時代の社会」が構築されていきます。これらのテクストはその難解さ、複雑で途方もなく混沌としているところが特徴としてあげられます。したがって、まず問題となるのはそれを読める、いいものにすることです。書店および編集人の説明によれば、なんとしてもテクストを読めるものとして提示するために、

『百一人の書』や『フランス人自身によるフランス人像』のような大きな企画を立て、それに作家を集団で使うことが許されたというのです。(9) 革命後の社会の複雑さは、当然ながら「社会種」を分類したり、類型化する試みを非常に盛んなものにしました。ところが、その旺盛さゆえに、突如、それを生み出した人々自身がこの分類学に皮肉な眼差しを向けるようになりました。文書であれ挿し絵であれ、この「社会的類型」の表象と切っても切り離せないものとなったこのイロニーは、社会事象についてすべてを合理的に把握しえたというううぬぼれから来ているというよりは、ジャーナリストや文士、イラストレーターといった、筆の力で生きていくために、やむなく習俗絵画や小説からなる社会そのものの描写に身を投じた人々からなるコミュニティーの署名のようなものなのです。(10)「社会」は、ジャーナリストや文士といった文筆業者の生産物となったのです。

（6）Andrée Lhéritier, Claude Pichois, Jean Prinet, Antoinette Huon, Dimitri Stremoukhoff, *Les Physiologies—Études de Presse*, volume IX, n° 17, 1985 ; Richard Sieburth, « Une idéologie du lisible : le phénomène des "Physiologies" », *Romantisme*, n° 47, 1985, pp. 39-60 ; Ségolène Le Men (dir.), *Les Français peints par eux-mêmes. Panorama social du XIXe siècle*, Paris, Éditions de la Réunion des musées nationaux, 1993.『フランス人自身によるフランス人像』の地方人類型シリーズについては以下を参照のこと。Anne-Emmanuelle Demartini, « Le type et le niveau. Écriture pittoresque et construction de la nation dans la série provinciale des *Français peints par eux-mêmes* », *Imaginaires et sensibilités au XIXe siècle. Études pour Alain Corbin*, Paris, Créaphis, 2005, pp. 85-97.

（7）「パノラマ的文学」とはヴァルター・ベンヤミンが「パリ―19世紀の首都」で使用した用語〔ヴァルター・ベンヤミン『ベンヤミン・コレクションI　近代の意味』浅井健二郎編訳、久保哲司訳、ちくま学芸文庫、一九九五年、三三三頁〕。以下も参照のこと。Karlheinz Stierle, *La Capitale des signes. Paris et son discours*, traduit de l'allemand par Marianne-Roger Jacquin, Paris, Éditions de la Maison des sciences de l'homme, 2002, p. 119-155 en particulier.

（8）*Riche et pauvre*, 1836 ; *L'homme et l'argent*, 1837 ; *La Goutte d'eau*, 1842 ; *Le Mât de cocagne*, 1843 ; *Deux misères*, 1843.

（9）*Paris ou le Livre des Cent-et-un*, Paris, Ladvocat, 1831-1834, 15 tomes, ici tome I, 1831, p. VI-VII.

（10）Marie-Eve Thérenty, *Mosaïques. Être écrivain entre presse et roman (1829-1836)*, Paris, Honoré Champion, 2003. ここでテランチは詩人を目指しながらも、ジャーナリスティックな、あるいは小説的な散文書きに「堕して」しまうというモチーフが繰り返し現れる点を強調している。

これら社会描写の「真実」について、あるいはその社会歴史学的な適性というものについて、はなからその是非を問うこと、それもこれらの社会描写の外に位置し、その善し悪しを決めることができるという顔つきで、いわゆる歴史の知を用いて上から問いを発するのでは、これら書かれた対象物が、内部からどれほど歴史の知に働きかけているのかが見えなくなってしまいます。というのも、このような文学と歴史家が文学の外で、まじめな「典拠」として構成しうるものとの間にある境界線は、常に、こうした文学やジャーナリズムの生産物そのものによって、裏切られているからではないでしょうか。例えば、バルザック、サンド、挿絵画家ポール・ガヴァルニ〔一八〇四－六六〕らも参加した、書肆ジュール・エッツェル〔一八一四－八六。作家、編集・発行人。ジュール・ヴェルヌを世に出したことで知られる〕のシリーズ物『パリの悪魔』（一八四四－四五）ですが、これは、『フランス人自身によるフランス人像』（一八四二－四四）同様、内務省の印刷物から長々と取り出してきた統計の抜粋や都会の貧困や監獄に関する社会的な調査の抜粋を取り入れています。複雑な社会事象を理解するための知は、七月王政期の文芸ジャーナリスムの活動を中心に構築されているのです。

社会世界の体験のモデル

これらのテクストはどのように受容されたのでしょうか？　文学の「社会的真実」という問題は、読書の歴史という視点も対象に含みうるものです。私は数年前に、ウジェーヌ・シュが一八四二年から四三年にかけて日刊の『デバ』紙に新聞連載小説『パリの秘密』を連載中に、読者から受け取った手紙について研究しました。このシュの小説は、社会記述を目指した文学の典型で、ストーリーそのものの中に社会的不平等に関するかなりの量の考察を含んでいます。シュの読者のうち、ここではひとりを取り上げるに留めますが、それはおそらくもっとも衝撃的な一例であろうと思います。一八四三年七月、エルネスチン・デュモンなる人物がシュに手紙を書いていますが、彼女はここで自分を『パリの秘密』に出てくるお針子リゴレットの実在版だと紹介しています。すなわち、彼女自身は「働けば必要なものを手に入れられる階級」に属していますが、庶民の貧困に対しては打つ手もないまま、それと隣り合わせに生きています。彼女は、小説家を『パリの秘密』の登場人物である博愛主義者の君主ロドルフに見立て、シュに対して正直でありながらも不当に貧しい人々の例を報告しています。彼女の目的はおそらく、小説に登場するクレマンス・ダルヴィルにならって、貧困で今にも押しつぶされそうな不幸な一家を救いだせる慈悲深い女性を見つけることでしょう。小説家にこう提案します、「しばしの間、あなたがロドルフだと想定してみましょう。そこにはリゴレットもいますが、彼女は庶民を貧困から助けなくてはならないとわかってはいても、それができないのです。早々にもひとり、いえ、むしろ何人ものクレマンスを見つけてくださいませんか？　事情さえわかれば、貧しい人々を貧困から助けることができる、そうしたいとのぞむクレマンスたちをです[11]」。『パリの秘密』では、宝石細工職人モレル一家がその極貧ぶりから大いに読者の心を打っていましたが、これと同一視された問題の貧しい一家というのは、レ・アール付近のサン・ソヴール通りに住む、半身不随になってしまった刃物職人ルイ・バタールの一家でした。

　エルネスチン・デュモンの手紙は、シュの小説が読者の内にある三層構造の図式にのっとって貧困を見つめるような視線を生み出せることを示しています。この三層構造は、次のように描き出せるでしょう。最下位に小説描写の対象であり、かつ慈善を施されるべき対象でもある貧困に喘ぐ庶民が来ます。真ん中に、これらの貧困を間近で「目にする」ものの、自分自身は必ずしも貧困にまみれてはいない、『パリの秘密』の大衆的読者層がきます。そして一番上に、庶民の生活とあまりにかけ離れているがゆえに、彼らの根深い貧困についての知識がない「金持ち」が来ます。ウジェーヌ・シュの小説はこの女性読者〔エルネスチン・デュモン〕に、貧困に目を向け、それを告発す

（11）この書簡、ならびにその書き手については、以下を参照のこと。Lyon-Caen : 2006, chapitre IV en particulier.

る枠組みを与えただけでなく、公衆衛生の用語で刷新された慈善の枠組みに沿った救済手段に目を向けさせました。ですから、エルネスチン・デュモンはとにかく早急にこの貧困状態にあるルイ・バタール一家に、子供たちを別の寝室で、それもできれば兄弟と姉妹で別々の寝室で寝かせられる住居を見つけねばならないと強く訴えています。

　このように『パリの秘密』のおかげで、この女性読者は自分自身の社会的地位を「金持ち」と貧困層との間に位置づけることができたわけです。いや、むしろバタール一家の問題に自分が介入することで際立った、あの金持ちと貧者という構造的な対立関係から、彼女自身は距離を置けるようになったわけです。

　このエルネスチン・デュモンのケースはほかにも、貧困に対して衛生的な角度から見直された道徳的視点がひろまりつつあることを伝えていますが、『パリの秘密』はこれにも一役買っています。別の例からは、描写的文学や小説が、社会世界における命名機能や特徴の付与に貢献していることを示すこともできるでしょう。しかし、ここではそれは割愛して、今度は批評家による受容という側面から見た文学の社会的真実に関する問題について、足早に見ていきたいと思います。

　「正当な」文芸批評、すなわち『両世界評論』のような大きな雑誌で文学の価値をまもっているような文芸批評が、増殖を続ける大安売りの文学にしばしば激しく敵対していたことは周知のとおりです。大安売りの文学とはすなわち、雑誌と書店の間にあり、最大数の大衆が好む最も卑俗な趣味に合わせた「大量生産文学」のことです。このような構図の中で、次のふたつの非難が発せられました。ひとつ目はこのような文学による社会表象の空虚さ（良くて奇想天外、最悪の場合は偽り）という点です。ふたつ目は文学による社会表象の社会的な害悪に関するものです。小説によっていくつかの「社会の傷口」が「出版〔で公に〕されてしまった」ことに対して、社会問題に関しては沈黙こそが最良の政治政策という考えにすっかり納得していた批評家たちが恐れをなしたのです。中でもパリにおける売春の文学的表象に議論の焦点が向けられましたが、こうした表象が一八三六年に出版されたアレクサンドル・パラン゠デュシャトレ医師の非常に堅実だと定評のある調査結果を踏まえたものであっても同じことでした。

一八四四年、『両世界評論』のある批評家はこう強調しています。もし「パラン－デュシャトレ〔氏の報告〕を小説化す」れば、その効果はまったく違うものになるだろうと。つまり、売春を批判するどころか、（バルザックやシュのように）小説がパラン－デュシャトレを使用すれば、ただそれが小説であるというだけで、放蕩への誘いとなってしまうというのです。小説の読者は、パラン－デュシャトレの調査の読者とは違う。フィクションという誘惑のために、小説の読者はそのような「ぐっと好奇心をそそる数々の悪徳」の魅惑に抗うことができなくなってしまうと主張するのです(12)。この世界最古の職業、売春は七月王政下、大都市に特有の問題であると受け取られていたこともあり、この問題をめぐって文学が悪徳を教唆するという古くからある思い込みが、とりわけ社会的な様相を帯びてくることになりました。

売春（あるいは不貞や殺人）を表象することからさらに、社会を出版する＝公にするという行動原理それ自体、つまり社会的区分や差異を文学で表現するという行動原理は、一八四〇年末には、治安問題という側面に抵触するものだったのです。それこそソーヌ・エ・ロワール県議員シャピュイ－モンラヴィル男爵が、一八四三年以降、下院で連載小説を公的に禁止させようとした論拠でした。小説は社会的差異という危険な知識を広く公衆に知らしめ、もっとも慎ましい地位にある人々に、自分たちが受け継いだ社会状況に嫌悪を抱かせるであろう。そのようにして、小説は「労働者階級の若者」に「自分たちの父親の生活状態を軽蔑し、己れの出自を恥じること」を教えるであろうし(13)、また小説のせいで、「自分の将来にありもしない希望を抱いて、国民はそれぞれ彼らがいる状況から道を踏みはず」し、あげく「階級脱落(14)」することにもなり、つまるところ社会的地位とあこがれとの落差から、不幸を味

(12)　Paulin Limayrac, « Simples essais d'histoire littéraire. IV. – Le roman philanthropique et moraliste. *Les Mystères de Paris* de M. Eugène Sue », *Revue des Deux Mondes*, 1er janvier 1844. なお、ジュール・ジャナンがバルザックに関して同様のことを一八九三年七月の『ルビュ・ドゥ・パリ』で展開している。

わうことになるだろうというのです。

ここでこそ、文学の「社会的真実」の問題を文脈化しなくてはならないのです。シャピュイ－モンラヴィルは、小説には社会学でいうところの狭い意味での社会的想像物を生産し、伝播する行為《アクション》があると見なしています。つまり社会的地位の表象全体が小説に起因しているというのです。このことはまさしくシュの読者たちが、そして他の読者も同じように、文学を用いて彼らの社会的な体験に取り組んだやり方へと、再び私たちを差し向けます。

七月王政期のこの「現実を描いた文学」における社会的真実という問題は、単にこの時期の社会史にだけ問いかけられたものではありません。これらのテクストを対象として多様な形で行われる読者の自己への領有＝我有化に注目することで、これらのフィクションに向けられた社会的真実に関する問いがどれほど議論されてきたか、またレアリスム文学が個別の、あるいは集団の社会体験の表象形成にどれほど寄与してきたかが見えてくるように思えます。レアリスム文学を、良くも悪くも、文学の外部に位置するといわれる「社会的現実」を伝える情報源としてしか捉えないとすれば、文学がどれほどこの一九世紀前半を通じて作り上げられてきた「社会事象」やその社会イメージ生産の主要な構成要素となっているかを、見落とす危険もあるでしょう。

「文学がもたらす知」

ルイ・シュヴァリエは自分の研究に際して大いに文学に注意を払っていましたが、それは彼の調査対象、すなわち一九世紀前半のパリにおける労働、貧困、不健全さ、犯罪などの関係が、当時の文学によって考えだされたとまでは言わないにしても、少なくとも文学によって造形されてきたからでしょう。非常にラディカルな物言いが許されるなら、ルイ・シュヴァリエの研究対象は、文学が生み出したものであるとさえ言えるでしょう。ただしそれは、文学には社会の真実を言葉にする力があると大いに認められていた文化領域において、文学作品が社会の表象を構成するのに重要な役割を果たしていた限りにおいてではありますが。

私が思うに、このような経緯は一九世紀の「文学」に関して近年歴史家が特に力を注いできた事象のうち、次のふたつに関してその観点をずらすことになるでしょう。まず、文学テクストの分析は、過去の社会的現実ではないにしろ、少なくとも集団的な表象への道筋になるという考えですが、文学はそれら集団的表象を記録すると同時に、形成することにも一役買っている可能性があります。この一八三〇年から四〇年代の「社会派文学」とともに見えてくるのは、文学の、つまり文学の当事者《アクトゥール》〔文書の生産者、編集・出版人、そして読者〕の働きかけによって、ある種の表象が生み出されるという事象です。社会事象の表象であったり、「社会的なもの」としての同時代の表象であったり切り口によって変わりますが、今度はその切り口が、あらゆる種類の文書の中で踏襲され、社会というものの描写において「自然な」カテゴリーを形成するまでになります。このある社会的「想像物《イマジネール》」を描いた、文章と物質とで構成された生産物＝書物は、「イマジエ」というアルバムタイプの書物もそうですが、議論の的になり、それがまた〔「社会想像物」の表象が形成されるまでの〕過程の反復によって〔例えば、小説を読んだ読者が、そこから「社会的体験」をつくり出す場合など〕、あるいはそこから起こりうる政治危機に対する警告を発することによって、さらなる文書の生産を促しました。ある意味、社会的想像物は一八三〇年代初めの文学・出版界の産物であり、それを自然なものとして伝えてきた文学テクストとともに、私たちはこの社会想像物を一九世紀から受け継いでいるのです。このように、一九世紀の社会世界の想像物の歴史を書くのであれば、おそらく、このような歴史を執筆するのに役立つ情報源としての文学を、〔それが真実であるか否か〕「歴史」的に批判すること以上に、その当時、文学記述の中にも認められるような社会的真実の屈折した姿を問いつつ、そうした反省的アプローチにおいて、社会世界の個人

(13) Discours à la Chambre des Députés du 14 mars 1845, dans *Le Moniteur Universel*, 15 mars 1845.

(14) Discours à la Chambre des Députés du 6 avril 1847, dans *Le Moniteur Universel*, 7 avril 1847.

的、あるいは集団的体験の定式化において文学が演じた役割を明確に見極めていくことが要求されるでしょう。

「文学がもたらす知」についても同様で、これも近年の歴史記述をめぐる議論の中で再び中心を占めるようになりました。『アナール』誌の比較的最近出版された号のひとつは、「自身に固有のエクリチュールの諸形式によって、道徳的、科学的、哲学的、社会的、そして歴史的知識の総体(15)」を生み出せる文学の能力に立ち戻ることを強く提案しています。読者にダイレクトに働きかけ、言葉にならない知を生み出してしまう文学の非歴史的な能力を理想化することはないにしても、文学がその形式や語りの技法、描写や発話の文学的装置によって、「認知操作」を生み出し、「知の共有」を引き受け、さらに時間との関係において、人間の体験の歴史性そのものについて語り思考される場であり続けることができたあり方というものを、歴史において把握できるようにしなくてはならないでしょう。しかし、歴史家が身をおく俯瞰的な位置からは、この問題について述べることはできません。文学における「社会歴史的」な真実という問題は、それ自体「文学的事象」の歴史にも、文学を対象とする調査にも属していますが、そこでは文学的真実に対する信用や、文学がもたらす「知」がおよぶ重大な影響範囲の問題、経験世界についての知識、文学的に高名な作品の「現実との関係」など、〔これらの社会学的テーマ〕がそれ自身で調査の土壌を構成しています。この発表の中で一九世紀の「現実を描いた文学」について指摘したように、この文学は潜在的に有している社会学的、認識論的な価値から歴史家に非常に高く評価されうるものですが、その描写の妥当性や歴史証言としての価値は直ちに疑問に付されました。それは文学作品そのものや、またそれがテクストの形にまとめられ、出版されるときの様態においても、また文学作品が出版され、流通する際に伴う、批評的、美学的、道徳的、また政治的議論においても同じように文学の社会的真実の問題は提起されます。一九世紀に生産され、未だに私たちの過去の表象だけでなく、過去に問いかけ、過去を知るやり方にまで非常に力強く作用し続ける現実を描く文学、そこにおける社会的真実とは何なのでしょうか。ここで明らかにしようと思ったのは、文学作品の研究——つまり、それらの生産、出版、その領有の過程において社会的、文学的、出版状況、政治的状況といった文脈への位置づけがなされる文学的著作の研究――によって、いかにある社会的想像物の歴史の輪郭を浮かび上がらせることができるかとか、あるいは歴史的な知から、かくかくしかじかの時代の文学に固有の知を把握できる、といったことではありません。私がお見せしようと思ったのは、文学作品研究からいかにエクリチュール〔執筆行為と著作物〕に伴うさまざまな行為－作用を把握することが可能かという点なのです。なぜなら、エクリチュールから生じる種々の行為－作用は、歴史上のある時期に知を構築し、世界の組織者としての、つまり社会的世界の真実を形成し、その真実のイメージを生産する場としての文学の権威を明確にあらわしたからなのです。

【解説】

本稿は、本書の冒頭を飾っているリオン－カンの二つの論文「フランス一九世紀前半の読書経験と社会経験」（第I部1）、「文学史と読書の歴史」（第I部2）と同じ問題意識を持つ、一九世紀七月工政期の一種の小説・文学作品受容論である。しかし、著者も強調するように、これは文学者の視点ではなく、歴史家の視点から考察された受容論であり、そこでまず問題に付されるのは、文学とそれを当時の社会を知るための「資料」としてのみ扱ってきた歴史学との関係である。さらに言えば、歴史家たちの間で長々と議論されてきた文学知の科学性の問題、すなわち一般に虚構を前提とする小説作品が描くものの真理を問い、そしてそれゆえに歴史の資料として扱うことの是非を問う二元論的問いのあり方に疑問を呈しているのであり、リオン－カンはこの古典的でありながら、現在でもフィクション論という形でしばしば受け継がれている文学作品に対する真偽の問いを見事にずらしてゆく。

歴史家の眼差しを通して読み解かれる小説受容論は、まず往々にして文学的価値が低いという理由から文学者が研究対象から外してしまいがちなテクストや、その出版形式などに注意が傾けられる。より具体的に言えば、当時の社会情景をパノラミックに描いたものから、イラストを施した人物類型図鑑のような、しばしば作家が生活の糧を得るために創作に加わった流行作品や亜流文学、また読者が作家に書き送ったファンレターなどが、分析対象として取り上げられる。リオン－カン

(15) « Savoirs de la littérature », présentation par Étienne Anheim et Antoine Lilti. *Annales HSS*, n° 2, 2010.

はそこから社会的想像物の生産と伝播という文学独自の歴史への効用を指摘するわけだが、それを裏づけているのが、文学が描き出す社会を読者として体験する当時の人々であり、またわれわれのような現代の読者である。文学は、そこにある社会的世界とそこで生きる人間の関係性を描き出すだけでなく、読書を通じてその世界を体験した者に、自らが生きる社会を構造化し、その体系を把握する知をもたらし、時にはそこにある現象を命名することにも加担させるだろう。こうして文学はある時期の集団的表象の記録だけでなく、読書を通じて当時も、そして現在でさえも、その作品が書かれた時代の集団的表象形成に一役買っているのだ。

リオン＝カンの歴史と文学との関係を問う一連の考察が追求しているのは、文学、すなわちその生産・出版過程、そして作品の受容＝領有の過程までをも含めた文学の効用、つまりその行為《アクション》＝作用の射程の広がりと、その可能性であろう。一九世紀後半、そして二〇世紀を経て多様性を極めてきた文学が、社会表象の形態そのものでさえ格段に多様化している現代社会においても、一九世紀初頭のような特権的な位置を占めているとは言いがたい。しかし、リオン＝カンの考察がそれでもわれわれに示唆的であるのは、文学的記述における真偽に拘泥せず、歴史、さらには他の表象形式との間にとり結ばれている知の構築作業に目を向けることで、文学が社会に発し続けている行為《アクション》＝作用へと注意を促してくれるからであろう。

（訳と解説　杉浦順子）

4 〈詩の危機〉は起こらないだろう

——一九世紀末「文芸共和国」史

中畑寛之

Hiroyuki NAKAHATA « La crise de vers n'aura pas lieu : Parnassiens et Symbolistes ».
二〇一三年九月二三日に神戸大学で行われたシンポジウムでのフランス語による報告をもとに日本語訳を作り、さらに修正・加筆を施したものをここに収録する。[*]

「書物による歴史」をテーマとする国際シンポジウムというこの機会を利用して、私は、ひとりの文学研究者として、書物史によって開拓されてきた多種多様な領野の中でも最も革新的かつ野心的な問題提起とＧＲＩＨＬのメンバーが創出する方法論に十全には応えられないとしても（それは今後の課題となるでしょう）、せめて今日はその問いを可能なかぎり自らのものとして引き受け、考察を試みたいと思います。「書物による歴史」、これは視座の変更を迫る刺激的な提議であり、書物に関する、書物を巡るさまざまな学問領域を精力的に横断することを私たちに課すと同時に、思いがけない出会いや発見をもたらすかもしれない自由な散策をも許すのではないでしょう

＊ 本論で引用したジュール・ユレ『文学の進化についてのアンケート』のテクストは、Jules Huret, *Enquête sur l'évolution littéraire*, Paris, Bibliothèque Charpentier, 1891 に拠り、略号 *E* と頁数のみを記す。また、マラルメのテクストについては、Stéphane Mallarmé, *Œuvres complètes*, II, édition présentée, établie et annotée par Bertrand Marchal, Paris, Gallimard, col. « Bibli. de la Pléiade », 2003を用い、略号 *Œ*, II のあとにやはり頁数のみを記す。

か。その場は、したがって、きわめて学際的な領域であり、文学者や歴史家だけでなく、文化史家、社会学者、哲学者、そして書物に、ということは「書く」という行為に興味関心を抱く誰もが活用可能な沃地を形成しています。掘り進める勘所を外さなければ（つまり、リバールとシャピラが戒めるとおり、エクリチュールの問いを手放さないように心がければ）、なにか掘出し物を得られるかもしれません。少なくとも普段研究している対象の別の側面は発見できるはずです。

　さて、「書物の」ではなく、「書物による」歴史について考えようとするとき、文学研究者は何を語り出せるのか？　もし能力が許すなら、ここでステファヌ・マラルメについて話をすることができたかもしれません。芸術家本の歴史に名を残す『大鴉』翻訳や『半獣神の午後』を画家マネと共に制作した詩人、あるいは〈書物〉神話を自己の周りに紡ぎ出していくマラルメではなく、おそらく一八六〇年代初め、彼の神であったユゴ、ボードレール、そしてエドガー・ポーの著作同様に、『人間喜劇』を読み耽っていたマラルメについてです[1]。当時、短いロンドン滞在を除けば、未来の詩人は地方都市で流謫《るたく》の身を託《かこ》っていました。サンスでは官吏見習いとして、次いでトゥルノン、ブザンソン、アヴィニョンで英語教師として微かな日々の糧を稼ぎ、あの光輝くパリ、戴冠が待たれる都市に「純粋な文学者」として帰還することを夢みながら、家族とともに倹しい生活を送っていたのです。当時の書翰は、彼がしきりに地方生活を嘆き、愚痴を零していたことを教えてくれます。ブルジョワの田舎者たち、気候風土、教職という苦役など、それは文字どおり文芸（lettres）とは無関係な「祖国追放」でした。若きマラルメもまた、地方に暮らす読者の多くがそうであったように、バルザックの小説を通して、例えば『ウジェニ・グランデ』や『従兄ポンス』の頁を繰りながら、社会世界（monde social）における自分自身の身分規定（statut）を見定めようとしていたかもしれません。しかも、この若き哲学詩人は『幻滅』リュシアンの運命に、そしてルイ・ランベールの宿命のうちに、己れの似姿を映し出していたとも思われるのです。バルザックが青年たちに植えつけたブルジョワ社会におけるその詩人像は、二〇年後、ヴェルレーヌによって「呪われた詩人」と名づけられることになるでしょう。

あるいは、また別のマラルメ、第三共和制下の「不安定な社会」を暗示を駆使して婉曲的に批判する彼について語ることができたかもしれません。頻発する爆弾テロ、パナマ事件、あるいはカトリシスムなどの雑報についてお喋りをする詩人、それはしかし書物を、あるいは唯一の〈書物〉をこそ言《こと》祝《ほ》ぐためなのですが、その余談〔つまり、彼の『ディヴァガシオン』〕は避けえない不成功をあらかじめ予測しながら為されていきます。例えば、イギリスでの講演において、「（……）私の花火は、この場には無用の譲歩によって点火されたためか、失敗しました」（*Œ.* II. 73）と自嘲するように。それでも詩人は、ひとりの若者、アナーキストに共感し、（非合法）活動への熱狂を打ち明けにローマ街の自宅を訪ねて来た友人を面前に次のような己れの信念を擁護してみせたとおり、夜、ランプに照らされた机に独り向い続けました。すなわち、行動とは、「つねに紙に対して適用される」（*Œ.* II. 215）行為である、と。簡潔ですが秘儀の匂いも漂うこの警句によってマラルメが主張していることは、一見すると「制限された」ものにしかみえない書くという行為、しかしながら、これだけが、その活動こそが都市の群衆に決定的な影響を及ぼしうるという紛れもない確信です。当事者（acteur）となる人物が書くことを知っている＝書くことができる限り、一個の爆弾にも匹敵する、いやそれ以上の威力さえ一冊の本は持ちうるでしょう。

とはいえ、「書物による歴史」というテーマと方法論を吟味検討するにあたって、マラルメという詩人をその俎上に乗せるのは容易ではなく、準備もまだ整っていません。

私の発表では、そういったわけで、一九世紀末に勃発したある文学論争を取り上げることにしたいと思います。

（1）書簡においてもバルザック作品への言及はほぼ皆無なマラルメだが、詩人の書斎にはこの小説家の本が数多く並んでいたことがわかっている。なかでも、『ルイ・ランベール』に残されたわずかな書込みは非常に興味深いものである。中畑寛之『ステファヌ・マラルメの書斎』、Éditions Tiré-à-Part、二〇一四年参照。

文学史ではしばしば小画布の題材に選ばれるひとつの対立、フランス詩法を巡る高踏派と象徴派の葛藤について論じてみましょう。韻律法を放棄する（それゆえ定型詩を破壊する）に至る自由詩による詩的冒険、詩のあり方を賭したその実験的試みは、マラルメが喝破したように、「ヴェルレーヌによって思いがけず秘かに前以て準備されていた」（*Œ.* II. 205）とはいえ、ヴィクトール・ユゴが亡くなった時点から、つまり一八八五年に始まります。我らの詩人が定式化した表現を借りるなら、「詩の危機」と呼ばれる出来事です。実際、金のリンゴを奪い合う対決がなければ、危機もまた生じえなかったか？　詩の危機は起こらないだろう……　しかしながら発表のタイトルそれ自体のせいで、ジャン・ジロドゥーの芝居がそうであったように、詩句を巡る争いは避け得なかったということになるでしょう。

一八九一年、一冊の本がパリのシャルパンチエ書店、廉価なその叢書で商業的成功を収めた大手出版社から上梓され、巷の話題を攫いました。作者、というかむしろそのプロモーターは、ジュール・ユレという若い文壇ジャーナリストです。彼は初めて世に問うその著作を『文学の進化についてのアンケート』と題し、流行のダーウィニズムもどきの観点から己れが生きる同時代の文学現象を活写してみせるとあまねく標榜しました。ユレは作家たちの自宅に足を運び、「インタヴュー」という新しい取材形式で彼らに質問を重ね、その会談の様子をまずは『エコ・ド・パリ』紙三月三日号から七月五日号まで順次掲載（この間、四〇回で、手紙による回答も含む六四人の相手と対話が交わされました）、次いで序文を附して一巻にまとめたのです。この調査に応じた文学者たちの返答を読むと、高踏派と象徴派のあいだには現実に激しい対立が存在し、フランス詩史のこの転換期に「コレガアレヲ殺スダロウ」（*Ceci tuera cela*）という幾度となく繰り返されてきた生存競争を確かに彼らは戦っているのだと同時代の読者は難なく想像できたでしょう。もちろん現在でも諍いの様子を彷彿させるだけでなく、そう信じさせる魅力的な本です。一八七五年のパルナス事件を境に、象徴派の首領のひとりと見なされていくステファヌ・マラルメ、彼もまた、一八九三年の講演『音楽と文芸』では、イギリスの聴衆に向けてこう告白し、確言してさえいます。「詩句に手をつけた」のち、フランスでは詩人たちのあいだに「分離」と「不和」がある、と（Œ, II, 64）。けれども、高踏派と象徴派は本当に敵対し争っていたのか？

　ひとつの仮説から出発しましょう。すなわち、この両派（括弧付きの「流派」（école）ですが……）の文学史上の対立はきわめてジャーナリスティックな操作によって、つまりユレの訪問記事連載と単行本化、およびその結果（思いがけない帰結であれ、故意の成果であれ）から生じたのではないか？　さらに言えば、抗争はエクリチュールが醸成したイマージュだったのでは？　この仮説を実証するためには、それぞれの旗を揚々と振るあれら詩人たちのあいだで為された（公にされた）発言を掲載順に読む、つまり記事の反響をも考慮に入れて読み解く必要があるだけでなく、他の新聞紙上でも展開された彼らの論争の実体を注意深く観察しなければなりません（もちろん小説家たちについても同様です。残念ながらここでは割愛せざるをえませんが、自然主義作家や心理派もやはり同じ舞台で別の闘いを演じていました）。そして、万全を期すためには、記事を本にする際にユレが施した編集作業にも留意すべきでしょう。(2)

　ところで、定評ある、もしくは新進の作家たちにインタヴューして、彼らの意見や理論を直に開陳させようというこの興味深いアイディアをジュール・ユレはどこで見出し、いかに実行していったのか？　彼に着想を与え、探訪記事執筆へと彼を誘ったのは、若手詩人たちが企画し大いに耳目を集めることになったひとつの祝宴でした。一八九一年二月二日、前年末に出版された『情熱的な巡礼者』の著者を讃え売り出すそのイベントには、八〇名

（2）『文学の進化についてのアンケート』を分析の俎上に乗せるのは、二〇〇九年に神戸大学人文学研究科若手共同研究会で発表して以来、二度目となる。前回は、研究会のテーマに合わせて、〈詩の危機〉を超えていかなる「創造的共生」がありえたかについて思考を重ねた。ところで、ユレのこの著作に関しては、倉方健作「「高踏派」の擁護と顕揚——『文学の進展に関するアンケート』をめぐって」『日本フランス語フランス文学会関東支部論集』第一九号、二〇一〇年、一五七～一七〇頁、および同論集一四三～一五五頁に掲載されている田中琢三「ジュール・ユレの『アンケート』における世代の問題——19世紀末の小説の状況に関する一考察」の二論文が鋭い分析を展開している。併せて参照して欲しい。

程の同僚と友人たちが出席し、加えて多くのジャーナリストが押し寄せました。セルパント通りの学術会館を会場とした晴れ舞台、二人の演出家を起用し（というのも、宴の準備を整えたレニエとバレスは当の本人に頼まれたからです）、脇役にも大物を揃え、颯爽と登場したこの晩の主役はイアニス・パパディアマントポウロス、アテネ生まれの詩人で、ジャン・モレアスと名乗っていました。その筆名はすでに、『フィガロ』紙の日曜版文芸附録一八八六年九月一八日号に掲載したマニフェスト、野心家であるこの男の要求から作成され、新聞の購読者に宛てて書かれた「文学宣言」によって、世間というよりも、文壇を騒がせていました。

彼の手になるその象徴主義宣言は、次の一文から始まります。

あらゆる芸術同様、文学も進化する。厳密に定められた回帰を伴う周期的な進化、それは時の歩みと環境変動によって引き起こされるさまざまな変更修正によって複雑化していく。(3)

この尊大な口調は、高踏派からの離脱を狙ったというよりもむしろ、実は、『リュテス』誌や『黒猫』誌といった衰退と凋落の傾向を伺わせるデカダン派との縁切りを表明することで、新たな活気溢れる文学運動を説明し、自らがそれを率い、その存在を社会的にアピールし定着させようとするためのものでした。とはいえ、「回帰」は決して否定されてないことをここでは忘れないようにしましょう。

「宣言」に次いですぐさま、モレアスは、友人ポール・アダンとギュスタヴ・カンとともに、その名もずばり『象徴派』誌を創刊し、自ら活動拠点を作り出します。一九世紀末の他の群小文芸雑誌と同じく儚く四号を出しただけで消えてしまいますが、この雑誌はアナトール・バジュが責任編集する『デカダン』誌に抗して詩に関する論争を戦わせるための場、そして確かに象徴派の力ともなりました。

五年後、運動は見事に開花し、モレアスは若い詩人たちの中の第一人者と認められるでしょう。だからこそ、前述の祝宴、マラルメが座長を務め、その脇をマンデスとアナトール・フランスが固め、またその場にはオクタヴ・ミルボー、ヴィエレ‐グリファン、レニエら文学者だけでなく、画家などの芸術家たちもこぞって顔をみせていたわけで、この盛大な集まりはモレアスと彼の第三詩集の刊行を祝うと同時に、象徴派の大いなる伸展を世に知らしめることになったのです（残念ながら、主催者の願った形ではありませんでしたが……）。このような出版記念パーティはもちろん文学的な一大行事《イベント》にすぎませんが、新聞によって大々的に報じられ、それが世間に与えたインパクトを考慮するなら、ひとつの社会的かつ政治的な行為としても機能したと言えるでしょう。ジュール・ユレ、この野心的なジャーナリストは鋭い嗅覚を発揮して、教養ある、したがって文芸に通じた公衆が関心を抱き始めている文学的動向のひとつを発見し、巧みに捉えました。しかも文学にはさして興味のない大衆にも、勢力を持ち始めたグループのゴシップ、文壇の内部抗争など彼らの大好きな噂話をじっくり味わわせ、「あとは野となれの特権を用いて」（*Œ*. II, 214）野次馬連中が群がる論争へと展開してみせたというわけです。

　ここでユレの『文学の進化についてのアンケート』を読んでみましょう。

　インタヴューを始めるに先立ち、この新進ジャーナリストは詩人と小説家たちを幾つかの類型に分類し、予め質問を用意していたことを明かしています（対話者が多い場合、必要なことを要領よく聞き出すためには当然でしょう）。例えば、

> 象徴派‐デカダン派に私は次のことを訊いた。彼らの分類定義、彼らの系譜、高踏派との関係、運動における個々人の影響、とりわけ彼らの試みの独創性の証拠と美的方法論の妥当性について（……）。
> 高踏派には、（……）自然主義の終焉と時を同じくして高踏派は否応なく凋落するのではないか、と。――

（3）Jean Moréas. « Un manifeste littéraire », *Le Figaro*, supplément littéraire, 18 septembre 1886, p. 2.

象徴主義はあなた方から出来したと考えているか、それともあなた方への反発と見なすのか?――また、新たな技法の進展についても訊ねた。(*E*, xii)

進化論的な視点はもちろん、当時の文学界の勢力地図を彼の流儀で描写しながら、ユレには両派の力関係について先入観があったことは否めません。すなわち、老いた高踏派は若き象徴派を敵視し、逆もまた然り。彼はしかも己れの意図を隠しはしない。ここからなにが生じることになったのか?『文学の進化についてのアンケート』の序文でこの探訪記者は、目論見が上手く運ばなかったことを歎き、起こった騒ぎやその結末を遺憾に思ってさえいます。

私の計画について言うと、実のところ、インタヴューを手はずどおり進めることが、ああ! 常にではないけれども、ほとんど出来なかった。私は諸流派を礼儀を弁えた闘いの場に招いたが、その代わりに、屠殺業者共と剣客連中のあの殴り合いや切り合いを目にしたときの、私の驚きといったら如何! というのも、私は肘掛け椅子の鷹揚さに浸りながらのぴりっとしたお喋りを、最悪でも勿体振った長広舌を夢みていたのだから。(*E*, x-xi)

ユレによるアンケートは、これまでは隠され、表立ってなかった確執を可視化してみせただけなのかもしれません。しかし、質問者がつねに紳士的面会の席を、騎士的決闘の舞台を入念に用意したかというと疑わしく、作家たちが抱える自尊心やライヴァル意識に触れるような問いかけがあったのも確かです。さて、この本の頁を繰るなかで、私たちの興味を惹くのは、高踏派も象徴派も自らの詩の理論を皮相なやり方でしか話題にせず、相手を中傷し貶し、ほとんどの場合、韻律法自体とは別の話題について、時に政治的な用語を使いながら、滔々と意見を述べ立てている点です。ここからはある疑いが生じてきます。ユレの紙面で為されているのは純粋に詩的な論争ではなく、文壇政治的なロールプレイ、そして一種の自己喧伝なのでは？　一八九〇年代、新聞雑誌はあらゆる機会を捉え、さまざまなアンケートやインタヴューなどを介して、己れの店先に作家たちを動員していました。山高帽について、春について、猫について、自転車に跨った女性の服装について……　文学者は己れの意見を披露してみせます。『「知識人」の誕生』においてクリストフ・シャルルが示すとおり、

作家、もしくは著者見習いは、文学がもはや知的領野の一要素でしかないこの新たな対話空間の中へ入り込むために、一般的な考えを表明し、時事問題（社会的、政治的、哲学的な話題）に関心を持たざるを得ない。要するにアンケートは、（……）作家と政治の関係だけでなく、著者と自らの職業との関係をも一度に変えてしまう。(4)

インタビュー形式によるユレの調査はフランスで実施されたほぼ初めての試みでした。その成功によってこの種の取材方法は通俗化しますが、同時に社会に対するなにかしらの力を獲得し、世間全般をイデオロギー的に刺激するものとなるでしょう。〈知識人〉はそれを利用してさまざまな活動を行うわけですが、その際、自らの信念というよりも、歴史情勢、作家としての立場、周囲との関係から決まる位置取り、あるいは読者の期待が回答者の発言を左右することになるのです。

閑話休題。

例えば、連続対談の第五回目（三月一九日号）、ユレは同じ紙面上にポール・ヴェルレーヌとジャン・モレアスの二人を揃って登場させます。そこには、悪意とまでは言いませんが、いかなる意図も狙いもなかったでしょう

（4）　Christophe Charles, *Naissance des « intellectuels » (1880-1900)*, Paris, Éditions de Minuit, col. ‹le sens commun›, 1990, p. 119（クリストフ・シャルル『「知識人」の誕生　一八八〇－一九〇〇』、白鳥義彦訳、藤原書店、二〇〇六年、一三六頁）。

か？　おそらく、そんなことはありえません。祝宴に『叡智』の詩人の姿はありませんでしたし、両者の関係の噂ぐらいは耳にしたはずです。インタヴュアーはヴェルレーヌとの長い対話について、彼の口からまとまった芸術論を抽き出すのは不可能だからという口実で、特に自分のアンケートに関連するやり取りを選択的に紹介していきます。それが最良のやり方だと主張して。しかし、己れの目的にぴったり合った言葉、都合のよい話だけを選んではいないか？　酔いどれ詩人が放言するように仕向けはしなかったか？　象徴派に対するヴェルレーヌの発言、その厄介な点を高踏派はのちに何度も繰り返し指摘するわけですが、元々はただ単に彼の偏愛、彼の嗜好、彼の文学的交友を背景にした発言、皮肉と憤激が純情さと綯い交ぜになった友愛的・兄貴分的な言葉でしかありません。象徴主義の定義あるいは自由詩の新しさを問われて、詩人はこんなことを叫んだらしいのです。

> ぼくはそうフランス人、ご覧のとおり、なによりも愛国主義的なフランス人なんだ。（*E*, 67）
>
> それ〔＝千脚の詩句〕はもう韻文じゃない、散文だ、ときには散文ですらない、まさに戯言《シャラビア》なのさ……　殊にあれはフランス語とはいえない、ちがう。フランス語じゃあない！（*E*, 69）

諍いの種を見つけた新聞記者はこの点に拘泥し、注意深く、そして念入りに強調していくでしょう。続くインタビューでモレアスを紹介する際には、あの『情熱的な巡礼者』の作者が無音のe［ə］をé［e］のように発音する癖を指摘してみせます。すなわちユレは、読者だけでなく、他の作家たちにも、次のメッセージを目配せで知らせているのです。フランス詩を刷新しようとしている者たち、彼らは外国人なのだ！　詩人たちの議論が熱を帯びるように選ばれたこの争点は、本来なら、二つの流派の対立図式を曖昧にするはずのものでした。というのは、高踏派にもエレディアやルコント・ド・リールなどの〈外国人〉がいたからです。しかしながら、後続の記事の中では、フランス人／外国人という対立項が確かに頻出するようになります。愛国主義と伝統とが易々と結びつくことに説明はいらないでしょう。

音綴の問題を含む作詩法については、ヴェルレーヌもモレアスも二人共、互いに互いを非難し合います。一方は遠回しに、他方は名指しで。あとから登場する対話者たちは、状況次第で、もしくは自身の文学的信条に従いつつ、己れの立ち位置を探ることができたと思われます。応酬の様子を見ながら、自らの主張を出し入れできましたし、匙加減も選べたのです。

ユレという抜け目ない記者は、アンケートやインタビューにおいて、期待どおりの反駁、少なくとも面白い応答を得ようとして、相手に質問を撃つけます。つまり読者の関心を惹くような話を引き出そうと工夫しているのです。そして、回答する当の詩人や小説家のほうもまた、割り振られた役廻りを演じることで、新聞雑誌《プレス》が求める気の効いた科白を発し、それによって読者＝公衆の興味を、また己れの自尊心をも満足させようとします。ジャーナリスムの世界ではそのような能力が必要で、要求されもしたわけです。文学界を忙しく泳ぎ廻る小魚たちは自分を大きくみせようと見事この餌、愛国心、あるいは排外主義という疑似餌に喰らいついてみせました。そしてまた、詩句の理論ではなく、この絶好の機会を捉えて、己れの野心を臆面もなく吐露するのです。大魚のほうは波立ち始めた海面を泰然と、とはいえ自らが棲まう海の変化の重大さに気づくことなく、眺めています。

それでは、世代間対立という側面はどうでしょう？　ユレは無邪気な直観からそれを勘定に入れていたわけですが、軋みはほとんど明らかになりません。生き残りを賭けた父殺し子殺しは起こってなどいませんでした。それも当然で、実のところ、高踏派と象徴派の多くは良好な交友関係を結び維持していただけでなく、彼らのほとんどが師弟の間柄だったのです。火曜会で名高いマラルメは言うに及ばず、ルコント・ド・リールであれ、エレディアであれ、マンデスであれ、彼らは自宅のサロンに若い人々を迎え入れ、歓待しました。またこの先輩詩人たちは、作品を送られたり、直接手渡されたりすれば必ず、後輩に対して一言二言感想を述べ、自分の意見を忌憚なく伝え、ちょっとしたアドヴァイスなども与えてくれたのです。ときには厳しい評言もあったでしょうが、先達はむしろ後進の無作法な言動に対しても寛容な態度を保ち、余裕を示すことになります。象徴派は高踏派の後継なのか、それとも高踏派に対する反発なのか？　七〇歳を超えて元気な老アカデミー詩人の答えが象徴派についての高踏派の大方の見方を代表すると思われます。後継か？　反発か？

　そのどちらでもないでしょう。いやむしろそうなのかもしれませんね。まさしく、あなた〔＝ユレ〕に言ったとおり、それは到達するのが難しい大人の芸術に対する、子どもっぽい無力な反発なのでしょう。（*E*, 283）

　両派のあいだで詩学に関する突っ込んだ論争が始まることはほとんどない。理論的には一度もありません。個人的な見解や主張に固執するばかりで、あるいは鷹揚に構えてみせるだけで、伝統的詩句も新鋭の試みも真面目な考察の対象とはならないのです。敏腕とはいえ駆け出しのジャーナリストには、彼らに的を得た話をさせるための手慣れたやり口も才覚もまだなかった。いや、そもそも彼の関心は別のところにあったということなのでしょう。

　ところで、ロマン主義者たちのセナークルとは違い、高踏派といってもそれはひとつの流派ではなく、友人同士の単なる集まりでした。宣言もなく、彼ら自身の方針も特にはありません。高踏派とは、『現代高踏詩集』の旗印の下、ルメール書店に集まっていた詩人グループを一括りに指すにすぎず、その名称は一八六九年に刊行された三七名の詩人たちによる合同詩集に負うものです。続いて七一年に第二次、七六年には第三次の書冊が出ますが、三度目で最後となったこの編纂の折、つまり一八七五年には、周知のとおり、「パルナス事件」が起こっています。マンデス、コペ、そしてフランスの三名で構成された審査委員会は、彼らが、そして版元の主人が「難解だ」と見なす幾人かの同僚に対して、作品の掲載を拒否したのです。この処遇に怒って自作の取下げを訴える者も出ました。けれどもその事件自体は仲間の集合地変更を意味するだけでしょう。少なくともマラルメにとっては、そうだったと思われます。詩人間の反目ではなく、出版人による詩集の私的占有だと彼は考えたにちがいありません。パルナス山から『文芸共和国』誌へ、詩人たちは活動の場を移すことになるでしょう。さて、この出来事におけるアルフォンス・ルメールの役割を考えるのは興味深い仕事になると思われます。この出版人の歴史はまた高踏派の歴史でもあるからです。「彼がいなければ、このグループはおそらく存在しなかった」[5]とさえ言う批評家もいます。しかし結局のところ、のちに象徴派と呼ばれることになる若者たちや一八九〇年代の自由詩派と同じく、高踏派は「流派」ではなく、そればかりかユレが採用した進化論的図式に当てはまるような衰退する種でもなかったのです。新旧交代どころか、象徴派台頭の基因にも見えるこの事件から二〇年近く経てなお、社会的にはむしろ当時こそ、栄光の輝きに包まれていたわけですから。

　高踏派の詩の原理については、同時代の別の批評家が例えばこのように説明しています。それは「イマージュ、あるいは魂の個々の状態を、音綴の出会いによって、喚起する力である。音綴は非常に緊密にそれらのイマージュや魂の状態に結びついているので、それらの知覚可能な外形のようなものとなる」、と[6]。要するに、高踏派の原理もまた広い意味では暗示なのです。例の詩作理論はそれゆえ、マラルメの独創は認めるとしても、彼と象徴派たちの専有物ではなかったとさえ言えるかもしれません。

　以上のように、ジャーナリスティックな要求を満足させるため、ユレのアンケートは取るに足りない不協和音をかき立て、些細な不和を煽り、二つのグループ間の小さな亀裂を拡大してゆきます。それがある諍いのイマージュを作りだしたのでしょうか、詩的世界の調査者はそれゆえフランス詩を進化論的に、つまりその語源的な意味で綜

（5）[Paul Bourde], « Les poètes et leur éditeur », *Le Temps*, 15 novembre 1884, p. 2. Cf. Catulle Mendès, *La Légende du Parnasse contemporain*, Bruxelles, Auguste Brancart, 1884, p. 240.

（6）Paul Bourget, « L'esthétique du Parnasse », *Journal des débats*, 9 décembre 1884, p. 3.

合できるとは一考だにしえないのです。

しかし、本当にそうでしょうか?　マラルメはアンケートの中でユレにこう断言していました。

それゆえ相互の無自覚による分裂があります。〔それぞれの〕努力とその所産は、対立し害し合うよりも、合流し同じ意見を持ち得るというのに。(*E*, 59 : *Œ*, II, 699)

進化とは新たなものが出現することだけを指すのではありません。それは古くからあるものを保持する動きと新生の勢いとが絡み合ってなされていく複合的な歴史プロセスなのです。言語使用の個人化ばかりが進んでしまっているが、フランス語という言語に奉仕しているのだという矜持を忘れるべきではない。そしてまた、無数の異なる見解があったとしても、「皆が研究し合い、篤と話し合ったあとでは、もはや相異などなくなります(7)」。これは一八七三年に友人のマンデスとともに熱中した「国際詩人協会」設立準備中にマラルメが綴った一文で、高揚した楽観さが滲み出ているとはいえ、アルファベの二四文字を作品化する術を知り、それへの崇敬を忘れない詩人たちは、流派や国籍や時代さえも関係なく、みな等しく、同じひとつの「共同体」を担う成員と位置づけられます。『情熱的な巡礼者』を送ってくれたモレアスへの礼状でも、ローマ街の師は「詩人たちの共同体が古来から、いかなる時代や場所にも拘束されない世襲財産として、自分たちに固有の永遠的なひとつの言語を所有しているという観念(8)」について語っていました。結局のところ、これがローマ街の師の変わることのない意見なのだと考えられます。すなわち、詩人という種属はその財産を自由に使うことができるが、またそれに寄与する義務を負うという一点で変わることなく協働しているのです。

詩の危機は起こらないだろう……　もし、自覚的なマラルメが見抜いていたように、フランス詩の根本的な問題をなおざりにせず、それぞれの作品を真摯に読み合い、高踏派と象徴派とがお互いに補完し合うことができていたなら。しかしながら、それでも〈詩の危機〉は起こるのです。流派の対立などによってではなく、もっと本質的な、詩それ自体の問題として。ユレはその兆しを敏感に感じ取り、進化論モデルによって、理解しようとしたのかもしれません。ですが、そのような図式的かつ新聞雑誌的な説明は問題を矮小化し、この危機が実は第三共和制を揺るがす社会的危機の原因ともなっている事実を覆い隠してしまったように思います[9]。

私はここで、社会的実践としての文学、その歴史性について、わずかに輪郭を描くことしかできませんでしたが、ジュール・ユレの本を読み直すことは文学史の記述を再考するきっかけになるはずです。ジャーナリスティックな言説のうちにひき込まれた詩句の論争は実りのないままに、その後も、アンケートという同じ形式を利用して、一八九五年にオースタン・ド・クローズによって、一九〇五年にはマリネッティによって繰り返されることになるでしょう[10]。『文学の進化についてのアンケート』刊行はそれ自体がすでに予め社会的な行為であり、ひとつの解釈の地平を私たちに示しました。とはいえ、ただ、それだけでなく、一九世紀末の多様な作家たちによるそれぞれの行動が混ざり、衝突し、ある意味＝方向を与えられていく過程、すなわち交わされる言説によって、エクリチュールの生成によってひとつの歴史が紡がれる現場をかいま見せもするのです。

（7）Lettre à Frédéric Mistral, 1er novembre 1873, Stéphane Mallarmé, *Correspondance*, II : 1871-1885, recueillie, classée et annotée par Henri Mondor et Lloyd James Austin, Paris, Gallimard, 1965, p. 41.

（8）Lettre à Jean Moréas, 5 janvier 1891, Stéphane Mallarmé, *Correspondance*, IV : 1890-1891, recueillie, classée et annotée par Henri Mondor et Lloyd James Austin, Paris, Gallimard, 1973, p. 178.

（9）この点に関してはすでに、拙著『世紀末の白い爆弾――ステファヌ・マラルメの書物と演劇、そして行動』（水声社、二〇〇九年）、特に第七章以降において、幾つかの事例を取りあげて論じたことがある。

（10）Cf. Austin de Croze, « Les Confessions littéraires. Le vers libre et les poètes », *Le Figaro*, supplément littéraire, 29 juin-12 octobre 1895 ; Filippo T. Marinetti, *Enquête internationale sur le vers libre*, précédé de *Manifeste du futurisme*, Milano, Editions de "Poesia", 1909.

第Ⅳ部　文学・証言・生表象

序――文学研究と歴史記述研究の対話のために

森本淳生

以下にお読みいただくのは、二〇一三年九月二八日に一橋大学大学院言語社会研究科において行われたシンポジウム「文学・証言・生表象――文学研究と歴史記述研究の対話」の記録である。タイトルには「生表象」という見慣れぬタームが含まれているが、これは二〇一〇年度から科学研究費補助金の助成を受けて行われた共同研究「生表象の動態構造――自伝、オートフィクション、ライフ・ヒストリー」に由来する。出版メディアの発達、活字印刷から写真・映像にいたる表現技術の革新、教育制度の整備による識字率の向上、文学をはじめとする種々の芸術ジャンルやさまざまな学知の発展といったものによって特徴づけられる近代社会の変貌の中で、人間の「生」を表象するありようを可能なかぎり横断的に考察することがこの共同研究の狙いであった。その成果は二〇一五年一〇月に水声社より『〈生表象〉の近代――自伝・フィクション・学知』と題して公刊されている。

こうした「生表象」の代表的ジャンルであるのはもちろん自伝であるが、その自伝を再考する中で、ルソーの傍らで意外にも大きな意味をもつように思われてきたのがレチフ・ド・ラ・ブルトンヌだった。桑瀬章二郎も「2 レチフ――啓蒙の『マイナー文学』再考のために」で指摘しているように、レチフは同時代の正統な言説場においてはマージナルな存在であり、ラ・アルプからは、彼の父のような無名な人間の伝記をあたかも書くに値するものであるかのように書いたことを揶揄された作家であったし、その膨大な著作を埋めるのも、その多くがルソーのような名声をもたなかったマイナー作家が生きた些細な出来事であった。レチフがセーヌ河畔の石に自分の日記を書きつけたことは有名だが、古代の偉人たちの石碑に身をなぞらえながらも、他方で現代のＳＮＳを思わせるようなこの公開された日記のあり方は、現在にまでいたる「生表象」のあり方の端緒に位置するようにも思われた。また、辻川慶子が指摘してきたように、レチフはネルヴァルを通して一九世紀の文学にも少なからぬ影響を与えている。私自身を含め、今回の共同研究においてレチフについて改めて考えてみる必要性は強く感じられていたのである。

本書の編者の一人である野呂康から、シャピラとリバールの講演会を共同で開催しないかと誘いを受けたのはそのような時であった。ジュオーと三者連名による著作『歴史、文学、証言――時代の不幸を書くこと』（Jouhaud, Ribard, Schapira : 2009）にレチフ論を書いている二人の話を直接聞くことができたのは幸運だった。ジュオーが打ち出したテクストの「行為（アクシオン）」性をレチフの『わが父の生涯』に応用し、同書を作家の自己確立の一環をなすものというよりも、おそらくは権力に対して発信された家父長制的統治論として読む視点はとても新鮮だった。もちろん、桑瀬が指摘するように、そのように断定したときにこぼれ落ちるものはあるだろうし、私自身、『ムッシュ・ニコラ』をも含むレチフの（虚構的）自伝の企て総体の中で『わが父の生涯』がもっている意味について質問もした。しかし、こうした議論そのものが、まさにシンポジウムの趣旨である「文学研究と歴史記述研究の対話」に合致したものであったのは言うまでもない。当日はさらにコメンテーターであるジュオーによってリオンーカンとの共同執筆の原稿「『フランス組曲』――レチフからネミロフスキへ、農村におけるフランス」が読みあげられ、シンポジウムは盛会のうちに閉会した。

1　農村における政治と文学
——レチフ・ド・ラ・ブルトンヌ

ダイナ・リバール／ニコラ・シャピラ

Dinah RIBARD / Nicolas SCHAPIRA, « Politique et littérature au village. Rétif de la Bretonne ».
本稿の初出は以下の著作であるが、二〇一三年九月二八日に一橋大学で行われたシンポジウムに際して大幅な加筆修正が行われている。Jouhaud, Ribard, Schapira : 2009, chapitre II : « La littérature au village. Écrire le malheur et le bonheur du peuple (XVIIIe siècle) », pp. 89-144.

小説家レチフ・ド・ラ・ブルトンヌ（一七三四－一八〇六）は、一八世紀歴史研究の中で非常に頻繁に言及される人物です。この多作な作家は、農民の息子として誕生し、生まれ故郷であるブルゴーニュを舞台として数多くの作品を執筆しました。その出自である農村社会にアプローチする際に、レチフは理想的な証言者だと考えられないでしょうか。例えば、『フランス農村史』という古典的概論において、レチフ・ド・ラ・ブルトンヌの作品『わが父の生涯』の分析は一章全体を占めています[1]。

「社会的なものから心性へ——民族誌学的分析」と題されたこの章は、農村地帯における社会文化史を専門とす

（1）『わが父の生涯』（*La Vie de mon père. Par l'Auteur du Paysan perverti. A Neufchâtel, et se trouve à Paris, Chés la Veuve Duchesne, libraire, rue Saintjacques, au Temple-du-Goût* [1778]）.

るエマニュエル・ル・ロワ・ラデュリによって執筆されました。この「民族誌学的分析」はひときわ目を引く研究で、加えて、この研究が一八世紀の歴史家であるラデュリと文学研究者間の論争の発端となったため、さらに興味深いものとなりました。私たちはこの論考に向けられた批判を出発点として、証言に関する考察をここでお話しし、さらにレチフ・ド・ラ・ブルトンヌのエクリチュールを分析するために、いかなる解釈が抽出できるかを示したいと思います。この論争で示された批判は、歴史家がテクストを資料として用いることに対して、文学者が見せる主要な反駁を強力かつ明確に表明しています。しかし、この批判を既定の事実として本講演の出発点にするからといって、私たちは、エマニュエル・ル・ロワ・ラデュリの批判者と同じ立場を取ろうとするのではありません。私たちは、過去の文書を、記述されたものとして、歴史の対象として厳密に考察した場合、（今回の場合は、農村生活に関する）過去の文書の利用が歴史に対していかに豊かな結果をもたらすかをお話ししたいと思います。対象となる作品が、記述されたもの、あるいは文学的性質をもつものだとしても、この研究対象が実際に〔歴史的〕知見をもたらしうる、と述べるだけでは不十分なのです。歴史家がしばしばこのような立場を取り、例えば本論で扱う書物『わが父の生涯』に対してもそういう解説がたびたび加えられてきました。真の学識をもたらすためには、この〔記述されたもの、あるいは文学的〕「性質」自体が問われるべきであり、これを問うことは可能なのです。レチフの事例に関して私たちが目指しているのは、作家の父である農民エドム・レチフの伝記である『わが父の生涯』を政治的著作として読むことであり、この読解から得られる成果を検討することなのです。こうして文学研究者も含めたこの論争において、『わが父の生涯』が現在にまで伝えているレチフ・ド・ラ・ブルトンヌのエクリチュール、エクリチュールという行為《アクシオン》――これは歴史上、ある時点に位置づけられた行為です――が、この論争では考慮から除外されており、さらに、この論争において、（歴史家および文学研究者という）過去を対象とした専門家が、研究に用いるテクストに対峙する際の、自らの著述《エクリチュール》の問題を看過していたことを示したいと思います。

『わが父の生涯』に関してエマニュエル・ル・ロワ・ラデュリが執筆した論考は当初、一九七二年に『フランス民族学誌』掲載論文という形で発表されました。野心溢れるこの理論的問題提起を行った歴史家ラデュリは、過去における農村社会の全体像を捉える、歴史人類学という才能ある試みで知られる人物でした。このラデュリの問題提起は一九七三年には早くも議論を引き起こしており、『一八世紀』という学術誌に、「歴史と文学――方法論の問題」という示唆的な題の、理論的論調の強い論考で反論が唱えられています。この論争は、歴史家と文学研究者の間で交わされる一種の模範的議論となり、ラデュリの論考が『フランス農村史』(2)という著作に再録された後、さらに論争が展開しています。この論争を機にさまざまな論考が発表されましたが、ここでは中でも、独学者ヴァランタン・ジャムレ-デュヴァル（この人物も農村社会出身者です）の覚書に序文を付したジャン-マリ・グルモの抜粋、および一八世紀文学を専門とするジョルジュ・ベンレカッサが『人文学研究誌』に発表した論文のみをあげておきたいと思います。(3) ベンレカッサの論考では、主に以下の四点に関して批判が行われています。

第一に、エマニュエル・ル・ロワ・ラデュリが用いたテクスト全般に関する批判が向けられます。この歴史家が依拠する『わが父の生涯』の批評校訂版は問題のある版だというのです。この校訂版編者（ジルベール・ルジェ）は

（2）　最初の公刊時におけるこの論考のタイトルは「一八世紀の農村民族誌――ラ・ブルトンヌにおけるレチフ」であった：« Ethnographie rurale du XVIIIe siècle : Rétif, à la Bretonne », dans *Ethnologie française*, nouvelle série, tome 2, n°s 3-4, 1972, pp. 215-252. この研究は、「社会的なものから心性へ――民族誌学的分析」という新たな表題で『フランス農村史』の第二巻（「農民の古典主義時代――一三四〇年－一七八九年」）の一章を占めている：« Du social au mental, une analyse ethnographique », dans Georges Duby et Armand Wallon (dir.), *Histoire de la France rurale*, tone 2 : L'Âge classique des paysans 1340-1789, Paris, Seuil, 1975, pp. 443-503, repris en édition de poche（Seuil, coll. « Points-Histoire »）en 1992, pp. 431-497.（本論における引用はこの最後の版に準拠している）。エマニュエル・ル・ロワ・ラデュリは一九七八年、彼自身の論文集である著作『歴史家の領域Ⅱ』に同じ論考を「レチフ流の民族学」と題して刊行：« L'ethnographie à la Rétif », *Le Territoire de l'historien II*, Paris, Gallimard, pp. 337-397. さらに二〇〇二年にはこれを『フランス農民史』に発表している：*L'Histoire des paysans français*（Paris, Seuil, pp. 551-614）. 表題は修正されているが、導入の数行を除いては本文に変更は見られない。

『わが父の生涯』の第一版のみを参照するという方針を選択をしていますが、この作品には特に第三版に顕著な異同が見られるのです。他方で、この編纂者は、本文の附属資料として、作品の選択を明記しないまま、農村生活に関係するレチフの他の作品の抜粋集を刊行しています。E・ル・ロワ・ラデュリも〔論文の中で〕これらの抜粋を多く使用していますが、ラデュリはこの抜粋集を使用したとは明記していません。

第二に、資料の言語的性質および記述物としての性質に関する考察が欠如していると指摘されています。「レチフの体系」〔作家としてのあり方、想像世界、イデオロギー〕が考慮されておらず、テクストの断片的な要素だけが取り上げられ、再構成されているというのです。この批判は必ずしも当を得たものではないのですが、この点は後述したいと思います。

第三に、レチフの記述の妥当性を示すために、論文内で援用される歴史的知識とレチフの原典との関係が説明されていない、と批判が向けられています。G・ベンレカッサの引用を見てみましょう。「資料としてのテクストの価値はどこから生じるのだろうか。〔……〕その価値の大部分は、他の資料から抽出されたデータと交差させ、付き合わせることから生じる〔……〕。しかし、そのためにレチフのテクストが価値を失うと考えてはならない。反対に、問題となるのは、文学テクストに与えられた特権という、〔情報源として〕例外的かつ今なお未解明な特権こそを問うことなのである」。

第四に、ラデュリが論考の中で、レチフのテクストの発話行為《エノンシアシオン》と受容の条件とを考慮に入れていないことが最後に批判にさらされます。「テクストが独自の効力をもちうるのは、エマニュエル・ル・ロワ・ラデュリによると、そこに見出されるとは予測もされなかった平凡な事象においてであり、これほど並外れて平凡な事象を集めた功績がこのテクストにあると認められているが、(a)文化史のある特定の時代において〔……〕文化的記号体系の中で、なぜ、どのように、こうした平凡な事象が突如姿を現したのか、(b)これらの平凡な事象が歴史の中に姿を残し、レチフのテクストのもつ文学作品としての地位によって、いわば今なお今日的なものとなり、かつては平凡ではあった事象が、いまや平凡どころか、過去の生きた痕跡としておそらく唯一無二の存在となっているのは、なぜ、どのようにしてか、という二点について、問いかけが欠如しているのだ」。

以上四点の批判を要約すると次のように言えるでしょう。ジョルジュ・ベンレカッサはエマニュエル・ル・ロワ・ラデュリが——そしてより一般的に歴史家が——、「文学の現実」と彼が名づけるものを考慮していないと批判します。ここでは、歴史学の方法論批判が歴史家ラデュリのイデオロギー批判と重なり合います。なぜなら、ジョルジュ・ベンレカッサによれば、エマニュエル・ル・ロワ・ラデュリは不動の農村社会の真正な表象しか見ようとしていないのですが、作家が一介の証言者として描き出す、永遠の相に固定された幸福な農村社会をラデュリが見るところに、実際には、文化世界への参入の力学こそを解読しなければならないというのです。農民の息子として生まれながら、啓蒙の知識人となった作家レチフという人物が、自らの社会上昇の軌跡に対して、切り結ぶ関係に決着をつけ、——創りだし、幻想し、思索する——テクストの一つが『わが父の生涯』という作品なのです。次の点を明確にしておきましょう。ジョルジュ・ベンレカッサが行おうとしているのは、テクストを作家の社会的地

(3) ミシェル・デュシェ、エマニュエル・ル・ロワ・ラデュリ「文学と歴史——方法論の問題」: Michèle Duchet et Emmanuel Le Roy Ladurie, « Histoire et littérature. Questions de méthode », *Dix-huitième siècle*, n°5, 1973, pp. 49-58 ; Georges Benrekassa, « Le typique et le fabuleux : histoire et roman dans la *Vie de mon père* », *Revue des sciences humaines*, tome XLIV, n°172, oct-déc. 1978, pp. 31-56 ; Jean-Marie Goulemot, introduction aux *Mémoires de Valentin Jamerey-Duval*, Paris, Le Sycomore, 1981 ; Pierre Testud, « Culture et création littéraire. Le cas de Rétif de la Bretonne », *Dix-huitième siècle*, n°18, 1986, pp. 85-97 ; Antoine Follain, « Lorsque les paysans parlent et qu'on les fait parler ... Des *journaux* privés exhumés par les historiens à la *littérature aligot-saucisson* en passant par les monographies villageoises », Actes de la première journée d'étude *Mémoire et identité rurale*, Angers, 15 mars 2002（ヴィラネル協会のインターネットサイトに掲載されている：Villanelle, http://www.chez.com/lpcornu/).

この議論は定期的に活発に言及されている：la revue *Europe* consacrée à Rétif de la Bretonne（*Europe*, n°732, avril 1990).

位へと還元することではありません。テクスト固有の動きは当の社会の歴史的変遷に組み込まれているのだから、テクストはこの変遷を映し出すだけではなく、変遷の当事者であると捉えようというわけです。彼はこれを「現実として捉えられた文学」と呼んでいます。彼は文学研究者がこの点を考慮していないと批判し、他方で歴史家が「文学の現実」をないがしろにしていると嘆いているのです。

エマニュエル・ル・ロワ・ラデュリ、および『わが父の生涯』に関する当研究に反論する一八世紀文学研究者たちとの間で論争が生じたことから、文学テクストの透明性と不透明性についての方法論的問題が注目を集めることになりました。この問題はまた、イデオロギー的次元を有するものでもあるため、このイデオロギーの点を最初に再検討することが重要であると思われます。というのも、ジョルジュ・ベンレカッサの主張に反して、ラデュリの著述は結果的に、不動の伝統的社会を称揚するどころか、反対に近代化と文化世界への参入とを確かに示唆するものであるからです。実際、エマニュエル・ル・ロワ・ラデュリは、フランス革命の原因に関する歴史叙述上の論争という明確な議論の枠内でレチフの読解を行っており、彼の読解はマルクス主義的歴史叙述批判の一部をなしています。エマニュエル・ル・ロワ・ラデュリは『フランス農村史』執筆の全体を通じて、フランス革命が偶発的な出来事であり、かつ農村社会が被った二つの近代化の力学――つまり、領主制から（資本主義へと向かう）近代化と、農民の意識における近代化という二つの近代化の力学――は、アプリオリに解決不能な矛盾ではいささかもなかったことを示そうとします。なぜなら、［農民の意識における近代化の］動きが産み出されたのは、物質的豊かさの拡大と文化の発展の両方によって成し遂げられたからです。レチフのテクストはここでかなり有力な証拠を示してくれます。レチフの分析に割かれた章以外にも、『フランス農村史』の当該部分の多くの箇所において、特に反抗と紛争に関する章で『わが父の生涯』が参照されています。この作品は、一八世紀における農民の幸福という概念を構築するために使用されています。革命前の農村史を研究する専門家において、社会的・イデオロギー的紛争が強く重視されていたところに、農民の幸福というものが真に新しい概念として昇格し、一八世紀の本質的特徴を示すものとなります。「富裕農民」の幸福という「新しく、かつ現実を反映した概念」によって、「一八世紀の《ベル・エポック》」を語ることが可能となるのです[4]。

しかし、『わが父の生涯』の中で幸福が描かれているのは確かですが、作品内で描かれている幸福とは、何よりもまず父であることの幸福であり、それは家庭の父であり、農村の庇護者という、君主の縮小版としての幸福なのです。この点については後で再び触れたいと思います。エマニュエル・ル・ロワ・ラデュリは父としてのこの幸福を捉えて、農民の幸福へと読み替えをし、『わが父の生涯』を、先程述べた抜粋集に集められたレチフの一連の諸作品と暗黙裡に混同することで、より容易にこの読み替えを成し遂げました。レチフの他作品では、農村での生活、特に貧しい農民の生活がさらに大きく問題として描かれているからです。ここでラデュリの著述において、ある重要な操作が行われたことが見て取れます。レチフが農民の幸福を称えており、またこの農民の幸福が貧困を背景にして生じた点にレチフが鋭敏な意識を見せている、という印象を与えているのです。E・ル・ロワ・ラデュリの引用を見てみましょう。「しかし、テクストが示すとおり、農民の大半がいまだ貧困の中にあるとはいえ、貧しい環境の中で、幸福が少しずつ花開いていることを、レチフは見逃しはしていない[5]」。『わが父の生涯』には不幸も描かれていますが、これも貧しい農民の不幸ではなく、主人公である父エドム・レチフが、パリを離れる際に覚える不幸であり、これが村に戻ることへの愛とともに描かれています。実際のところ、貧者の不幸というテーマはこのテクストの中でほとんど見あたらないのです。

しかし、証言者レチフの眼差しの焦点が、少数の特権者にばかり向いているじゃないか、と退けられてしまわないためにも、ラデュリにしてみれば、レチフが農村社会の構成要素全体の観察者となるように構築することが不可

（4） *Histoire de la France rurale*, *op. cit.* p. 448.
（5） *Histoire de la France rurale*, *op. cit.* pp. 430-431.

欠であったのです。レチフは不幸を内部において、少なくとも身近に知っているからこそ、農民の幸福について語る資格がある、とE・ル・ロワ・ラデュリは主張します。富裕農民である彼の父は、農村社会を上からと同時に、内部からも見るという視線を体現しているからこそ、レチフは特権的な観察者である、というラデュリにとっての決定的なテーマがここに認められます。レチフの父親は農村社会の頂点に立つと同時に、今なお農民に属しているのです。「エドム・レチフがいかに自信溢れる人物であっても、彼は真のブルジョワではない［……］。彼は、村社会の頂点に立ちながらも、農民でもあることをやめていない。息子が強調しているように、彼は他の自営農耕者、労働者、馬、犬、雄牛と話すことができる。エドムは他の田舎者と滞りなく言葉を交わし合う、常に開かれたネットワークの中にあり、特権的立場を占めることによって、ムッシュ・ニコラもまた農村社会という緑豊かな煉獄の中で好位置を占めており、そのためにこそ周知のあの見事な証言を残すことができたのだ」[6]。父の発言の立ち位置と息子の発言の立ち位置との取り違えが生じていることに注意したいと思います。[1] こうした取り違えによって、幸福の特権的証言者という視線が構築されてゆきます。

この理想的証言者は、農民の発言が自律性をもっていたという、それ自体進歩の成果とみなされることが成立していたかのような幻想を与えます。農民社会が「民族学者」の視線を漂わせることができるという事実自体、この社会が比較的に繁栄していたことの証拠になります。したがって、歴史家ラデュリは『わが父の生涯』を利用することで、無味乾燥な社会・経済的分析に生き生きとした身体性を付与するだけでなく、それ以上に、一八世紀の農民社会が十分に堅固で進歩した社会であり、農民社会自体の知識人を生むことが可能であったことを示します。その結果、私たちは民衆について内部から知識をえることにとどまらず、農民社会の外部でレチフがキャリアを成し遂げたという事実を視野から消し去る羽目になるのです。

文化世界への参入を遂げた作家が、かつて農民であった頃の過去といかなる距離によって隔てられているか、という点に関しては、すでに見たように、この問題の考察がエマニュエル・ル・ロワ・ラデュリの研究を批判する文学史側の攻撃材料となりました。ジャン＝マリ・グルモもまた、ヴァランタン・ジャムレ＝デュヴァルの『覚書』の序文で、ジャムレ＝デュヴァルもレチフと同様、言説および知的規範を獲得したことで、民衆という出自との間に距離が生じたと強調しています。「この距離を通過したことで、元農民が、もはや農民ではなくなった者として［……］自らの過去について書くことが可能となる。――ブルゴーニュの富裕農民の息子であるレチフ・ド・ラ・ブルトンヌが、パリで職人および文人でありながら、農民の生活について書く場合も、車大工の息子であるジャムレ＝デュヴァルが、貧窮を極めた放浪生活の中で幼年時代を過ごし、長じてから読み書きを覚え、リュネヴィルのアカデミー教授およびウィーンのメダル収集室管理者にまでなりおおせた場合でも、同じことが生じているのである。出自と到達点との間の距離によって、この人物は自分が描く空間自体から排除されており、あるいはむしろ、証言として読者に示す空間とは異質のエクリチュールの場から過去を構築せざるをえなくなる」(7)。ここから、ジャン＝マリ・グルモもまた、エマニュエル・ル・ロワ・ラデュリと同様、農村出身の作家は、農民の境遇を描写しようとするものだという考えを抱いていることがわかります。ただ、歴史家ラデュリの目には、農村世界はいつ何時でも再現可能なものに映るのに対し、文学史家グルモの目には、農村世界とはレチフにも現代の読者にも永久に失われた世界として映ります。一方が透明で幸福な証言を主張するのに対して、他方がこれに応じて示すのは、自己疎外の不幸とやむなき裏切り行為なのです。いずれにせよ、レチフ（およびジャムレ＝デュヴァル）が、（農民社会という）一つの社会的場を正しく忠実に表象することを企図していたという考えが、論争によって実際に強化されてゆきます。このため、今日の研究者は、過去における民衆の境遇について、目にした証言が真正であるか否かには

（6）*Histoire de la France rurale, op. cit.*, p. 436.
〔1〕文中のムッシュ・ニコラとは作家レチフを指し，父エドム・レチフを示すものではない。
（7）*Mémoires* de Valentin Jamerey-Duval. *op. cit.* Introduction. p. 18.

注意を払いますが、そのために、作家がいかなる仕事をなしているのかという問いが背後にかき消されてしまうのです。(書くことによって社会的軌道を描き出すという作家の仕事、言説を用いて証言を提供するという)作家の仕事は確かに、民族学者がするような仕事とは異なるものです。さらには、ジャン＝マリ・グルモもまた、「かつての農民の幸福[8]」に言及するわけですが、そのような作家がなしている仕事が、失われた幸福を描くという郷愁と喪失感に浸された絵を描く画家の仕事にあるのではないことは確かなのです。

私たちはこの問題について次のように述べることができるでしょう。文学が歴史的事実とは別次元の真実を示すものである、というイデオロギーは、歴史家も文学研究者の双方が現実に共有しているものです。そして、このイデオロギーのために、文学を用いて歴史を語ろうと躍起になっているときにさえ、レチフ・ド・ラ・ブルトンヌをただ描き直すだけで、歴史を用いて文学を作るような羽目に陥るわけです。すでに述べたように、『フランス農村史』の中で『わが父の生涯』を読んでも、かつての農民の古き良き時代は見あたらず、正反対に、農民の幸福と文化世界への参入という新時代の到来こそが示されています。したがって、『わが父の生涯』という一つの文学作品をめぐって構築された歴史分析には、レチフ・ド・ラ・ブルトンヌの物語がなす「作り話《ファーブル》」が再録されていると言えるのです。ところが、文学批評家が歴史家に対して行う、次の批判を思い起こす必要があるでしょう。つまり、歴史家は『わが父の生涯』から過去を懐古する記述の資料となる細部をかき集めてはいるが、(実際には)そのような諸々の細部をまとめ、それに動きを与えているのは、社会の変化を描き出す作り話《ファーブル》であるという事実を無視している、と。先ほど示したように、テクストが、テクストが生まれた時代と切り結ぶ関係については、専門分野が異なっていても、文学とは世紀の声となるものであり、いわば世紀の神話を生み出すものだ、という共通のヴィジョンがここに見られます。この点について、ジョルジュ・ベンレカッサは次のように述べています。「エドムは何を行っているのだろうか？　結局、エドムは安定を取り戻した社会で、和解ムードにのって伝統的な秩序を実現するに至る。エドムは伝統的秩序を外枠においても内実においても支配するわけだが、従来とはまるで異なる新しい方法で支配力を行使する。この方法は、物事は段階的に進み、幾度も修正され、変化はゆっくりともたらされるという、一八世紀の成果全般に合致するもので、こうした経済的使命が向かう方向性自体と見事なまでに一致している。硬直し、厳粛で、明らかに抑圧的な秩序に代わり、効率や家父長的な温和さが登場する。［……］ピエールとニコラの間に生きたエドムは、媒介の場であり、ひとつの変化の手段を体現する者となる」[9]。このようにして、レチフの物語は一八世紀の発展そのものを総括する力をもつものとなり、特に強い行動力を備えた主体者が、新たな価値観に向かって文化世界への参入を果たしたという神話を受け入れさせるものとなるのです。

ところで、『わが父の生涯』が何を証言しうるものかを捉えるためには、この見解にも距離を置かなければなりません。そのために、エマニュエル・ル・ロワ・ラデュリとジョルジュ・ベンレカッサとの見解が一致する点を出発点とすることにしましょう。両者とも各々の分析の中で、夫婦および母が占める位置を強調し、圧倒的なまでに多様に描かれる父親像という、肯定的な形象に捧げられたテクストに均衡を取り戻そうとしています。この作品には、エドムのみならず、ピエール・レチフ［エドムの父］も登場しますが、実際のところ、ピエールもいくつかの場面ではエドムとさほど変わらない姿を見せています。善良な父という人物群には、村の父である幾人かの司祭（なお、司祭は家庭を築くことも許されるべきだ、というのはレチフの好む主題の一つです）、教師ベルチエという自身が家庭の父であり、生徒たちの父でもある人物、そしてパリにおけるモレやポンブランが含まれます。ポンブランは、エドムにとってのまさに第二の父であり、二度目のパリ旅行の際には、暖かく見守る亡霊という形でエドムの前に登場します。つまり、『わが父の生涯』とは、農民について書かれた書物である前に、父の形象について書かれた書物でもあるのです。タイトルを考えるとこれはさほど驚くべきことではなく、『序文』でも次のような説明が単

（8）*Ibidem*, p. 18.
（9）Georges Benrekassa, « Le typique et le fabuleux [...] », art. cit., p. 51.

刀直入に行われています。

武器をもって勝利をもたらす戦士たちを称賛する人々がいる。過去の大臣たち、卓越した文人たちの栄光に作家が新たな輝きを添えることにアカデミは賞を授けようとする。私は、一人の実直な人間の墓に花を投げ入れようと思う。この人物の美徳は、言うならばありきたりで何の変哲もないものであり、……ただ公正で働き者であるというだけのものだった。この美点はあらゆる社会の基盤であり、この美徳がなければ英雄たちも餓えで死ぬはめになるだろう。息子が父に捧げる敬愛に、私は新たな道を開きたいと思う。しかるべき地位に達した人の息子は誰しもが自らの父の生涯を書く義務があったなら、この定めは何にも増して有益なものの一つとなるだろう(10)。

この序文では、父に関する弁論が道徳的であるだけではなく、明らかに政治的でもあるということが明確に示されています。この著作の中に登場する父はさらに全員が教育者、後見人、支配者であり、そして支配者という役割について全員が饒舌に一家言を述べています。例えば、レチフは教師が「家庭の善良な父」を養成し、「国家の繁栄」さえもたらす者、と定義していることに注意しなければなりません。この野心的な定義によって、個人の教育はすぐにも範囲を拡大し、家族制度および国家の問題へと移行します。本書の独創性とは結局、家父長的な権力モデルを農村共同体にまで拡大することにあり、第四巻の冒頭ではこれが次のように示されます。「ここに見られるのは、いわば私の父の家父長的な生涯である。私は家庭の父であり、裁判官であり、小教区の支配者である父を見てゆくが、父の統治下では、多くの点で古代の共和国との類似が認められるのである(11)」。

ここで提示される共同体観がいかに奇矯なものであるかは強調しておく必要があるでしょう。共和国という言葉を使いながらも、レチフのエクリチュールではまさにアンシアン・レジームにおける農村組織の共同体的次元が欠落しており、君主制と見紛うばかりのモデルが提示されているからです。古代ローマへの言及によって、家の主人である戦士＝農民、かつ法に従う市民の持つ家父長的権力と力強さとが示唆されます。そして、このようなイメージ喚起に武装されて、君主制という想像物が農村に移植されるのです。この書物で描かれる父親たちとは、歴史的意義によって正当化される、社会的支配者としての富農層ではありません。彼らはひとまとまりに政治的実体として思索され、王国の組織全体についての考察へと開かれる農村の中核を形成しています。さらに正確に言うなら、レチフが描き直す君主制のヴィジョンと、農村という枠に組み込まれた家父長的権力との二者とを、レチフがつなぎ合わせるところにこの考察は位置づけられます。つまり、『わが父の生涯』の著者が行うのは、自らが離れた農村という世界の回想を書き連ねることなどでは一切なく、虚構化の作業を経て、エクリチュールによる入念な作業によって、父の支配する家父長的権力行使の領域として小教区を仕立て上げることにあるのです。そうして農村政治のあり方ではなく、農村それ自体を政治的な場として思索することが可能になるのです。

　レチフはこのように物語を通して農村と父とを繋ぎ合わせます。農村とは父の国なのです。このため、父親像の称賛は同時に、その称賛が実際に実現する場の称賛にもなります。レチフは農村における権力を描写しようとするよりもむしろ、これに威信、とりわけ政治的威信を与えようとします。物語に数多くの社会的、政治的、時には（稀なことですが）農業的な実践が書き込まれますが、これらの実践、およびこれらを通して農村が肯定的な政治的アイデンティティをもつ場として構築されていく手法も、レチフが意図した狙いと関連づける必要があります。農村という場の威信が確立されるのは結局、農村共同体が自ら生んだエリートによって、王権の代理人と調和する形

（10）*La Vie de mon père*, éd. G. Rouger, Paris, Garnier frères, 1970, Avertissement, n.p. 一八世紀における父の形象については、次の著作を参照のこと。Jean-Claude Bonnet, *Naissance du Panthéon. Essai sur le culte des grands hommes*, Paris, Fayard, 1998, pp. 17-27.

（11）*La Vie de mon père*, éd. G. Rouger, *op. cit.*, p. 123.

で、巧みに統治されうるという可能性を強調し、また農村共同体をパリの象徴的対等物にする、という操作によって成し遂げられます。事実レチフは、パリと農村とを同一の次元に並べて捉える仕掛けを作り出しています。例えば、驚くべきことに、『わが父の生涯』の中では地方都市は一度も登場していません。物語全体を通して、パリへの往来は何度も描かれているのに、地方都市はエドムの軽蔑の対象として言及されるだけなのです。さらに、田舎での生活とパリでの生活には、交差する形で何度も称賛が行われます。ここで特に想起されるのは、パリジャンであるポンブランが、若いブルジョワ女性と頑健な真の農民とを結婚させることで都市を再生させる、という見解を述べている部分です。この長い弁論と対をなすのが、郷愁に溢れ、預言的でもあるエドムの次の説教です。「子供たちよ、パリか、あるいは私たちの村か。しかし、私たちの村よりはむしろパリを〔選ばなければならないのです〕[12]」。

したがって、『わが父の生涯』とは、都市によって田舎が文化世界への参入を果たす過程に、啓蒙の作家レチフが参画したことを示す小説ではなく、政治的言説の真の場として農村を確立することを目的とした、エクリチュールによる行為《アクシオン》を実現する作品なのです。言い換えると、この作品は言説を述べるための場であり、権力の注意を向けさせようとする場なのです。王国という組織において重要な価値を担う細胞である農村は、外部の介入を受けるただ受容的な容器などではまったくなく、社会改革の原型または実験室となります。ここで行われているのは、農村出身作家によるささやかな証言行為などではなく、この行為によって、自らを明らかに政治的作家の側へと位置づけようとすることなのです。

この種の操作は、レチフのエクリチュールの身振りの中に文学者が好んで見ようとする次のような見解と同一視することはできません。つまり、民衆はそれまで沈黙を強いられてきたのに、貴族的な想像物〔政治文化や活字文化を指す〕に基づく形で発言力を獲得したことは、レチフにおいてこれは「長期にわたる作用」の結果として捉えられるのであり、そのため「活版印刷工となった農民」というアイデンティティの問題が前面に押し出される、という見解です。この点について注意したいのは、レチフはこの本を出版した時点で、新人作家などではなく、さらにこの作品は（『ムッシュ・ニコラ』のような）自伝でもないということです。しかし、一八世紀文学研究者は、民衆のアイデンティティおよび発言権という問題と、――レチフが代表者の一人でしかない――「都会における文化世界参入のイデオロギー」の問題とを切り離してしまうため、最終的に自伝のほうへと分析の視線を向けようとします。さらに、『わが父の生涯』は『父親学校』というもう一つの作品の続編、ほとんど代替物として書かれており、前作の幾部分かをそのまま再録しています。この『父親学校』という作品は、教育論であると同時に政治論でもあり、このことは冒頭で次のように非常に明確に示されています。「市民たちよ、〈父〉という名を身にまとうことになれば、幸福または不幸の原因はもはやあなた方自身の中ではなく、あなた方の〈子供たち〉次第となる。幸も不幸も〈子供たち〉の中に探す必要がある。国民の牧者たる国王たちよ、ああ、最下層の身分から最高位の身分まで、あなたが支配する〈民衆〉が自然の命じる義務を知らず、愛することもなければ、あなたの玉座も危ういものとなるだろう。邪な息子は忠実な臣民にはなりえないからだ[13]。」

レチフによると、この論考への反応は芳しくなく、『わが父の生涯』で作者は繰返しこれに不満をもらしていますが、それはともあれ、この教育論が出版時に検閲処分を受けているという事実を考えると、『わが父の生涯』の中にもオブラートに包んでの権力論の発信、おそらくは権力そのものに向けて発することを望んだ権力論、を読み込んでみたい気にかられます。というのも、この作品は自伝ではなく、伝記というすぐれてアカデミックなジャンルである当時の規範的ジャンルで書かれているからです。さらに、ここで行われている父の権力の賛美、および農村における君主制の称賛は、単なるへつらいの鏡として、レチフが国王に差し伸べようとするものではありません。

（12）*La Vie de mon père*, éd. G. Rouger, *op. cit.*, p. 154.

（13）*L'École des Pères*, Genève-Paris, Slatkine Reprints, 1988 (reprint de l'éd. de 1776, Paris, Veuve Duchêne, Humblot, Le Jay & Dorez, Delalain, Esprit, Mérigot jeune), Introduction, p. 1.

君主制を投影した想像物によって父たちの農村が幸福になるのであれば、この想像物が逆転して王権に向かったときには、そこに生まれるのは家父長的な絶対主義ではないからです。王国の構成要素である細胞の数々が公共善へと向かうと、これは王権の必然的対話者であるばかりか、中央権力のモデルにすらなる、そんな体制を生むものとなります。こうした中央権力〔体制〕ができあがるなら、権威筋の発する推進力などは不要となるに違いないのです。レチフにおいて、改革は下から到来します。ただし、この「下にあるもの」は奇妙なまでに「上にあるもの」を理想化したものに見えるのですが。

最後に、歴史家がレチフ〔作品〕を用いていた動機——つまり、農民であり、かつ農民以外のものになりおおせたという資格——と『わが父の生涯』の間に見られる関係について、通説とは異なる解釈を提示したいと思います。レチフは農村から都市への移動を果たした作家であり、農村を王国の政治の場のレベルにまで引き上げました。そして、彼にとって政治的言説を述べる可能性は、農村を通してのみ成立します。ここから確認できるように、『わが父の生涯』はこの意味で一つの空白を可視化するものでもあります。啓蒙の世紀において、この種の言説は存在しておらず、存在したとしても非常に稀なものでした。この空白を可視化すること自体が、証言行為となるものなのです。

【解説】

一八世紀フランスの作家レチフ・ド・ラ・ブルトンヌ（一七三四—一八〇六）は、啓蒙の世紀のパリ風俗を活写した『当世女』や『パリの夜』、農村生活を描いた『わが父の生涯』や自伝小説『ムッシュ・ニコラ』などによってセンセーショナルな人気を集め、一時はゲーテなどにも言及される全ヨーロッパ的な流行作家となった人物である。一九世紀半ばには「民衆作家」への関心の高まりを背景に一種のレチフ・リバイバルが生じ、ネルヴァルによる伝記物語『ニコラの告白』（一八五〇）も発表されたが、こうした例を除いては、作品に見られる放埒な描写、思想的作品に見られる荒唐無稽な空想のためか、フランス文学史上、周縁的作家としての位置づけを超えることはあまりなかったと言えるだろう。

しかし、本稿で論じられているとおり、一九七〇年代以降、文学研究の枠を越えて、一八世紀における農村生活の証言者としてレチフ作品は新たな注目を集めるものとなる。歴史家エマニュエル・ル・ロワ・ラデュリと一八世紀文学研究者ベンレカッサらの間で始まった論争を、著者ダイナ・リバールとニコラ・シャピラは手際よく紹介し、さらに非常に刺激的な考察を提示する。つまり、この小説はレチフが出身となる農村を描いた懐古的かつ個人的な証言ではなく、この作品は「農村」を政治的言説の場として構築するレチフの統治論であるというのだ。こうして二人は、農村出身の作家が農村への郷愁や回想を描くものだという暗黙の前提、さらに文学作品とは時代の変化を映し出す真実の鏡であるという前提の存在を指摘し、これらを覆そうとする。そして、レチフがエクリチュールによっていかなる操作を行おうとしているかをリバールとシャピラは鮮やかに指摘していく。そして二人は当の作品が何よりもまず文学作品であることに注意を払い、作家がいかなる仕事をなそうとしているのかを真摯に見ようとする。文学作品を歴史的証言として扱うこと、特に虚構の物語がいかなる証言行為をなしえるのかをめぐる問いにおいて、この論考は非常に先鋭的な問いを投げかけるものだと言えるだろう。

（訳と解説　辻川慶子）

2　レチフ
——啓蒙の「マイナー文学」再考のために

桑瀬章二郎

« Peuple (ou paysan) comme concept politique »（「政治的概念としての『人民（あるいは農民）』」）
本稿は、前章（第Ⅳ部1）に収録されたダイナ・リバール、ニコラ・シャピラの講演に対する「コメント」、さらに「対話」の「記録」をもとに書き下ろしたものである。

ダイナ・リバールさんとニコラ・シャピラさんのお二人による、レチフ・ド・ラ・ブルトンヌ（一七三四－一八〇六）の『わが父の生涯』の極めて精緻な分析をきいて、二つの意味で大きな刺激を受けました。「二つの意味で」というのは、森本さん主催の研究グループでわれわれは絶えず、歴史的産出物としての過去のテクストといかに向き合うかという困難な問いに直面しているからでして、そして個人的には、お二人が取りあげられた論争の主人公のひとり、ジョルジュ・ベンレカッサは、偶然にも私の博士論文指導教授であって、彼の指導のもとで論文を準備している際、この議論に関する論稿をむさぼるように読んだ体験が蘇ってきたからです。

ダイナ・リバールさんとニコラ・シャピラさんが講演で力点を置かれたこの論争の再構成については、その見事な手さばきに感嘆いたしましたし、私としては付け加えることはほとんどありません。思想史研究の領域では、「農村」の表象をめぐるこの論争ののち、一八世紀研究者の関心の中心はいわゆる「商業」の問題、あるいは「商業」の時代の「農村」の問題へと移行していきましたので、日本の聴衆のかたがたは少し違和感を覚えられたかもしれません。また、レチフの作家活動や作品（というよりテクスト）は一時期、「書物の歴史」や「私生活の歴史」、「家族の歴史」といった研究領域でも頻繁に、それも集中的に取りあげられましたので、流行り廃りの激しい日本では、今なおどうしてこの論争なのかと疑問を抱かれたかたもいらっしゃるかもしれません。ですが、お二人があつかわれたこの論争は、「文学と歴史」や「証言と虚構」という壮大な問題にかかわるものですので、その今日的意義を少しも失っていないと思います。実際、欧米圏の一八世紀研究者たちは近年も、もちろん精緻化されたかたちを取りながらですが、「文学と歴史」や「証言と虚構」について問い続けており、次々と重要な研究成果が公表されています。

「疎外された精神」

さて、先に「論争の再構成」と述べましたが、お二人はエマニュエル・ル・ロワ・ラデュリ、ジャン＝マリ・グルモ、ジョルジュ・ベンレカッサという三人の人物に焦点を当てつつ、三人から同じように距離を取りながら作業を進めていかれたわけですが、それでもお二人のお話しからは明らかにベンレカッサに対する最も強い共感が感じ取れました。その証拠に、二人は、エマニュエル・ル・ロワ・ラデュリに対するベンレカッサの批判をほぼそのまま受け入れておられましたし、また、レチフの物語の中に、一八世紀フランス社会の変容を、その変容に少なからぬ役割を果たした文化的社会的存在への「自己変容」の神話・物語と「ともに」読み取るべしというベンレカッサの見解を批判なさったうえで独自の解釈を提示された際、ベンレカッサの仕事をいささか矮小化なさっていることに無自覚でいらしたはずがありません。そもそもベンレカッサの論稿は、エマニュエル・ル・ロワ・ラデュリの仕事の批判的検討に重点が置かれており、レチフ作品の解釈を主眼としていませんでした。

ところで、われわれ一八世紀研究者にとって、とりわけ、お二人の言葉をかりれば啓蒙の世紀を専門とする「歴史家と文学研究者」にとって、――確かにこの論稿(1)では不十分なものとも映るわけですが――ベンレカッサのいう一八世紀社会の変容と文化社会、さらにはその産出物としてのテクストとの関係は、今なお本質的問題であり続けているのではないでしょうか。

一九八〇年代に流行した「文学場」や「書物の歴史」研究では、書物市場の急速な拡大と、商品としての書物の急激な多様化が、レチフ「世代」の文壇（いわゆる啓蒙世代論）や文学制度における「あぶれる者」の増大という現象に好んで関連づけて論じられました。また、それまで想像することすらできなかった「文化世界」への参入形態と、その参入者たちの残した稀有な文書に光が当てられもしました[2]。そうした観点からすれば、レチフ・ド・ラ・ブルトンヌの作品もまた、文化社会への特異な参入の軌跡を辿る虚構＝物語、文化社会（文化・教養の世界）の「外部」を出自とする、まさに時代を（ある意味で）「象徴する」新参者の残した貴重な「記録」ということになります。

この点にかんして、――仮にそのようなものがあるとしてですが――「正統な・公認の」道を通って文化社会への参入を遂げた作家とは異なる軌跡を辿った作家たち、独自の経路でエクリチュールの世界へと到達したひとびとの残した「証言」あるいは「マイナー・テクスト」がかくも注目を集めたのは、やはり啓蒙期の代表作品と、どこかで注目すべき照応関係を成しているからではないでしょうか。ジャン＝ジャック・ルソー（一七一二―七八）の『告白』はその驚嘆すべき代表例でしょうし、『エミール』はその精緻な理論的考察として読むことができるでしょう。誤解を恐れず暴力的に図式化してみれば、（とりわけ「自己の」）エクリチュールの主体として自己を立ちあげるには、（多分に空想的な）始原的共同体を抜け出るという（ときに痛ましい）経験を経て、「いかなる身分にも属さず[3]」、

（1）Georges Benrekassa, « Le typique et le fabuleux : histoire et roman dans la *Vie de mon père* », *Revue des sciences humaines*, tome XLIV, n°172, oct-déc. 1978, pp. 31-56.

（2）Cf. *Mémoires de Valentin Jamerey-Duval*, Paris, Le Sycomore, 1981 ; *Journal de ma vie : Jacques-Louis Ménétra, compagnon vitrier au 18e siècle*, présenté par Daniel Roche, Paris, Montalba, 1982. ちなみに後者をめぐってこれまた「歴史家」と「文学研究者」の間で激しい議論が起こった。

当時「文学」と呼ばれていた「身分なき身分」に到達するという軌跡を辿らなければなりません。時代と視点をずらせば、ある少しのちの時期の代表作品・主要作品として、その回想録だけではなく『ルネ』や『アタラ』をも含めたシャトーブリアン（一七六八－一八四八）の著作、『若きウェルテルの悩み』や『ヴィルヘルム・マイスターの修行時代』といったゲーテ（一七四九－一八三二）作品のことがすぐさま想起されるでしょう。それらもまた、彼らの生きた社会の変容と「自己変容」の諸関係についての見事な物語として読むことができるはずなのです。お気づきでしょうが、これらはすべてベンレカッサが集中的に論じてきた作品ばかりです……。そして、こうした多様な作品すべてに綜合的視座を与えてくれるものとして、例えば、はたしてそれが今日有効であるのかどうかという問いをひとまず括弧に入れるならば、ヘーゲルが精神の形成過程と「教養」の運動について『精神現象学』で展開してみせた強烈な「理論」をあげることができるのかもしれません。

ダイナ・リバールさんとニコラ・シャピラさんのお二人は、文学研究者たちが「歴史的真実」とは異なる「真実」を「証言」するものとして、文学テクストを特権化していると批判なさいました。確かにそうかもしれません。そもそもレチフとルソーとゲーテといったまったく異なる個性を、彼らが置かれていたある特定の歴史的状況から、あるいは彼らのテクストが彼らの生きた時代と取り持つ関係から、説明することにはまちがいなく大きな困難が伴います。しかしそれでも、社会の変容とエクリチュールの主体への自己の変容との関係は、より深く掘りさげてみる価値のある主題であると、個人的には考えています。ひとつだけ具体例をあげてみると、レチフの生きた時代の文学場の支配者のひとりであったジャン－フランソワ・ド・ラ・アルプ（一七三九－一八〇三）は、一七八二年に自身の『文芸通信』に載せたルソーの『告白』の書評で、この作品とレチフの『わが父の生涯』との実に興味深い比較検討を行っています。ラ・アルプによれば革命前夜のこの時期のフランス知的空間では、極めて嘆かわしい現象が認められるというのです。ジャン－アントワーヌ・ルシェ（一七四五－九四）やシモン－ニコラ－アンリ・ランゲ（一七三九－九四）、ルイ－セバスチアン・メルシエ（一七四〇－一八一四）といった「文学場」への参入の「資格」さえ持たぬ「三文文士たち」の群れが、文化的規範もじゅうぶんに獲得せぬまま（できぬまま）、あるいはそうした規範を破壊しつつ、次々と書物を刊行し、「公表」されるに値せぬ「自己」や「自己変容」についてそろって語り始めたというのです。そしてレチフの『わが父の生涯』とルソーの『告白』も、もちろん特性、完成度、射程の広さの明確な差こそあれ、同じようにこうした現象を象徴する書物だと指摘し、それらを断罪しているのです。[4]『わが父の生涯』が、これから見るように、お二人の指摘なさったような「政治的著作」であるとしても、やはり、社会の変容とエクリチュールの主体への自己の変容との関係についてもまた、たとえ付随的にではあれ、何かしら重要なことを語っていると考えられないでしょうか。

「父」の権力

以上の点を確認したうえで、お二人が示されたレチフ作品の新たな読解について私見を述べさせていただくことにしましょう。これまた暴力的に図式化してみれば、お二人は、まさにその作品の標題が示すように、『わが父の生涯』は、何よりもまず「父」――家族の父、農村の庇護者をめぐる父についての物語であって、そこでは「君主」をモデルに思考された家父長的権力と、その権力が行使される政治的な場としての農村が問題になっているのだという魅力的かつ説得的な読解を示されました。『わが父の生涯』は、農村出身者による社会の変容と、作家という文化・教養の世界の住人への自己変容についての証言などではなく、[5]農村における、あるいは農村という空想

（3）ジャン＝ジャック・ルソー「『告白』ヌーシャテ《ママ》ル草稿序文」、桑瀬章二郎訳・解題、『思想』、岩波書店、二〇〇九年一一月号、二三五頁。この表現はディドロの『ラモーの甥』を代表例とする別種の作品群へとさらにわれわれの視座を広げることを要求するだろう。

（4）*Correspondance littéraire* de La Harpe, *Correspondance complète de Jean-Jacques Rousseau*, édition critique établie et annotée par R. A. Leigh. 52 vol., Institut et Musée Voltaire, Voltaire Foundation, 1965-1998, t.XLV, pp.95-96.

的な場をかりた、新たな君主制、来るべき権力構造についての政治的思考実験だというわけですね。実に興味深い読解だと思います。

しかし、まさに一八世紀フランス思想・文学における「父」と「家父長制的権力」（お二人が用いられた表現です）ほど複雑で多様な――つまり単純な図式化を拒む主題はないともいえるのではないでしょうか。お二人はレチフ作品における「父」の形象、あるいは「父」の役割を果たしうる登場人物の形象について論じられました。例えば「教師」がその典型例ですね。その例をもとに考えてみると、フランス啓蒙に決定的影響を与えたジョン・ロック（一六三二―一七〇四）の『教育に関する考察』において、すでにその権威の一部を譲渡（「信託」）してしまった「父」にかわり、しかしその「父」の圧倒的視線のもと、奇妙な「権威」を行使し続ける「教師」、あるいはルソーの『エミール』において、「孤児である」エミールを育てるため、「父母のすべての権利」を受け継ぎ、「私こそエミールの真の父」であると述べることになる「教師」と、レチフのいう「教師」はいかなる関係を取り持つことになるのでしょうか。

お二人が言及されたジャン＝クロード・ボネは確かに、一八世紀文学・哲学における「父」の形象の変質を見事に描き出しましたが、その政治的意味についての詳細に立ち入ることは回避しました(6)。したがって、個人的には、レチフ作品における「父」の政治性に注目されたお二人の読解を完全に正当なものと認めつつも、その政治性が何を意味するのか、「父」をめぐる膨大な言説の中でレチフのそれがどのような位置を占めるのか、これを問う作業が残されているように思われるのです。

「専制」をめぐるモンテスキウの決定的といえる思考の中で重要な役割を果たす「父」、ルソーの『社会契約論』において真っ先に否定された「父権」（あるいは「家父長制的権力」）、エルヴェシウスからドルバックにいたるフランス啓蒙の代表者とみなされもするひとびとの政治理論における「父」、ヴォルテールや、まさにレチフの時代に圧倒的な影響力を持った重農主義者たちのいう「専制」（「合法的専制」）の理論における「父」、フランス革命の初期段階においてはまだ「市民」から圧倒的な支持を得ていた国王、すなわち「国民の父」……。こうした多様でときに対立し合う政治的意味を持つ「父」の形象と、レチフのいう「父」はどのような関係を取り持つのでしょうか。お二人が指摘されたように、レチフが「下からの」改革を（ほとんど無意識的に）構想しえたのだとしても、その際「上にあるもの」としての君主制モデルを用いざるをえなかったのはどうしてなのでしょうか。

こうした問いについて考えるためには、――まるでお二人の読解を反転させることになってしまうかもしれませんが――もしかしたら、やはりそこにレチフが生きた文化社会（文化・教養の世界）固有の特異な歴史的状況を重ね合わせてみることが有効なのかもしれません。『わが父の生涯』のレチフは、お二人が指摘なさったように、確かにもはや「新人作家」などではありませんでしたが、それでも啓蒙の文化社会の「周縁」に生きていたのは紛れもない事実です。彼は、彼のひとつ前の世代に属する数人の作家たちが手にしていたような象徴権力から限りなく遠いところにいました。つまり彼はいかなる「運動体」においても、いかなる知のネットワークにおいても、中心的役割を果たすことがなかったのです。例えばヴォルテールからケネやチュルゴにいたるまで、多くの啓蒙の哲学者たちが（モンテスキウやマブリ、ルソーにいたる無数の反対者についてはここでは触れずにおきます）、知識人階級を構成する国家エリートを通じての、「上からの」改革という統治モデルに魅了され続けていたわけですが[7]、それに対し、

(5) マリヴォー（一六八八―一七六三）が『成り上がり百姓（農民）』（一七三四―三五）で「声」を与えたとされる（およそ農民の形象を持たぬ）「農民」とレチフが描き出した「農民」までの表象史は興味深い主題になりうると思われる。

(6) Jean-Claude Bonnet, *Naissance du Panthéon : essai sur le culte des grands hommes*, Paris, Fayard, 1998.

(7) まさにこの点について、ベンレカッサは見事な論稿を書いている。Georges Benrekassa, « Le rêve d'une élite : quelques avatars du mythe mandarinal aux XVIIe et XVIIIe siècles », *Le concentrique et l'excentrique : marges des Lumières*, Paris, Payot, 1980, pp. 53-90. また次の拙論も参照のこと。「フィジオクラットとマンダランの神話――ある論争空間における『一つの世界』の成立」、中川久定編『「一つの世界」の成立とその条件』、国際高等研究所、二〇〇七年、五三―七二頁。

レチフがそうした統治論に少しも心動かされず、「家父長的権力」モデルに基づく、それも「農村」における、「下からの」改革しか構想できなかったのだとすれば、そこには、連携と社交性、共闘と相互扶助、連帯と組織化、党派的対立と同化、排除と自己権威づけによって特徴づけられるであろうフランス啓蒙の文化社会の「現実」が反映されていはしないでしょうか。レチフという一個の特異な個人が辿った自己の変容の軌跡と、彼がその「周縁」あるいはほとんどその「外部」に生きた、これまた特異な啓蒙の文化社会における彼の立ち位置が、お二人が指摘されたレチフ作品の政治性の持つ意味を正確に理解するための、唯一とまではいわないまでも、極めて有効な手段となるのではないでしょうか。

【解説】

ダイナ・リバール氏、ニコラ・シャピラ氏の見事な報告は、改めて、啓蒙の文学・哲学の多様性と、こういってよければ、不透明性に目を向けさせてくれた。いったい、レチフのテクストのような、「われわれ」の文化的美学的規範から完全に逸脱してしまったテクストをどのように読めばよいのか。レチフを「異物」として周縁に置き去ってしまうことは正当化されるのか。この四半世紀で、フランス啓蒙思想・文学の新たな「正史」が書かれ始め、新たな「模範作家リスト《カノン》」が作成され始めたが、啓蒙を眼差す「われわれ」の先には常に深い霧が立ち込めている。党派的称揚の対象から再び唾棄すべき「悪」そのものへと姿を変えたサドの破壊的でときに破滅的でさえあるテクストについて、あるいは、皺ひとつなく滑らかに体系化されたルソーのテクストについて、「われわれ」の啓蒙のテクスト理解はどれほど精度を増したといえるのだろうか。本稿は、あくまで時間的制約から「すべて」を語ることのできなかった両氏の報告への一補足にすぎず、両氏とは、フランス啓蒙期のテクスト読解をめぐる（ほとんど解釈学的といってもよい）根本的諸問題についての認識を共有することができた。

（解説　桑瀬章二郎）

3 『フランス組曲』
——レチフからネミロフスキへ、農村におけるフランス

ジュディト・リオン－カン／クリスチアン・ジュオー

Judith LYON-CAEN / Christian JOUHAUD, « *Suites françaises* : de Rétif à Némirovsky, la France au village ».
二〇一三年九月二八日に一橋大学で行われたシンポジウムのために、ジュディト・リオン－カンとクリスチアン・ジュオーによって書き下ろされた論考の翻訳である。

いかにして歴史家は、ある時代や複数の文脈や各々の伝記的行程の中に位置づけられる、エクリチュールの行為としての文学の厚みについて、つまり文学の現実について考察することができるのでしょうか。いかにして、暗黙裡に歴史を用いながら文学を語るのではなく、文学を用いることによって歴史を語ることができるのでしょうか。公刊時に文学だと見なされていたテクストを、文学という固有の伝達手段を通して、歴史家は、どのようにこれを証言として用いることができるのでしょうか。「レチフの事例」が投げかけるのはこうした問いであり、私たちは、一見正反対に位置しているように思われるかもしれませんが、イレーヌ・ネミロフスキの小説『フランス組曲』を取り上げて、こうした問題を再検討したいと思います。この作品は一九四一－四二年の冬にソーヌ－エ－ロワール県のイッシ－レヴェックで書き始められたもので、一九四二年七月一三日に著者がフランス警察によって逮捕される数日前に中断されています。同年七月一六日にピチヴィエの収容所に収容されたネミロフスキは、翌日アウシュヴィッツに送られ、八月一七日にこの地で没しています。このテクストは、イレーヌ・Nの二人の娘であるドニズ

とエリザベトとともに生き延び、彼女たちの手で守られました。こうして二〇〇四年に刊行された小説はフランスと外国で大成功を博したのです。

一九四〇年六月の集団脱出の時期、およびドイツ占領期の最初の数ヶ月におけるフランス農村の辛辣な描写ほど、E・ル・ロワ・ラデュリが見た農民の幸福とかけ離れたものはないでしょう。レチフの著作と、ある種のフランス農村を物語ったこのネミロフスキの小説を隣り合わせにして見ることには、次のような意味があると思われます。明らかに文学的であるこの二つのテクストは両者とも証言として、つまり特異かつ固有の歴史的経験について証言を行う著作《エクリ》として見なすことができます。そして、その両者ともが「目撃したこと」についての真の証言であるためには、文学的現実というそれ自体が厚みを持つもの、つまり、これらが文学として書かれたものであるという――歴史的――事実を考慮する必要があるのです。ただ、レチフの場合、文学というエクリチュールの行為《アクシオン》が、政治的行為《アクシオン》でもあるということは、彼が言うなれば、外部にあると想定される現実の「中立的な」証人であるというような、従来の無数に見られる注釈からレチフを解放したうえで示す必要があったのですが、ネミロフスキの場合は、同じ事実が直接に読者に突きつけられます。彼女のエクリチュールは、文学による証言、文学の内部での証言、「文学的に」書き続けられること自体によってなされる証言という、非常に驚くべき事例の一つとなっているのです。

『フランス組曲』がこれほどの大成功をおさめたのは、おそらく次の理由によるものでしょう。数十年も前から証言物が大量に刊行され、飽和状態に達していた中、証言の時代の後になおも「フィクションを書く」ことが可能であるのか否か、という問いが支配的になっていました。そこにこの小説が登場し、期待の地平を揺るがせたのです。第二次世界大戦における破壊的な諸事件について小説を書くことははたして可能であるのか、書くべきであるのか。証言録や歴史の著作によって伝えられる歴史的真実においては、フィクションを避けることが道徳的要請として求められているようだというのに。ところが、まさにその時に、事件と同時期に書かれ、証人でありかつ犠牲者でもある人物が執筆した小説が登場したのでした。この小説は、まさにこの事実ゆえに誰もが拒絶できないものであり、（誰もかつて読んだことがないという意味で）新しい小説であり、かつ古めかしく、また良い小説でもあったのです。というのもこの作品は、戦前、イレーヌ・ネミロフスキに成功をもたらした小説群と非常に近い言語と手法で書かれたもので、作家自身の生涯と出会いから着想を得た人物たちの鮮やかな肖像、場所、情事、感情または道徳上の問いかけをともなう作品でした。そのため、『フランス組曲』は作者が経験した歴史的事件の特異性を問うことなしに、文学作品として読むことも問題なく可能な小説なのです。また、作者の「私」は物語の中に一切姿を現さず、ただ一九四〇年夏という転換期に巻き込まれた個人と家族、パリ在住者と地方在住者の一群が、互いに交差しながら辿りゆく行程が描かれています。これらの道筋は――一九世紀から継承され、一九三〇年代に非常に流行していた写実主義小説のエクリチュールという意味で――「類型を描く」ものであり、勇敢な者、抜け目のない者、卑怯な者、不運な者、裕福な者、貧しい者、感傷的な者など、多種多様な人間、精神、社会の類型が描き出されています。

作品技法上、まさにあらゆる点で証言のエクリチュールを逸脱する場合、歴史家はどのような道筋を辿って、このような作品を証言として構築することができるのでしょうか。出発点となる証言者は一人も存在せず、ただ、小説を書く小説家がいるだけです。彼女は確実に目撃したことをもとに小説を書くのであり、作品とともに残された覚書ノートにもそのことが示されています。そこには、彼女の状況に関する考察（「なんてことだ！　いったいこの国は私をどうするつもりだろう？」（四七九）[1]）あるいは、フランスに関する考察（「この階級の人々、即ちフランスの現在の指導者たちと、その他大勢の人々との間には、ひとつの深淵が横たわっている」（四八一））が見られます。これは職業作家の

〔1〕　なお、文中の引用は、『フランス組曲』（野崎歓・平岡敦訳、白水社、二〇一二年）を用いており、数字はこの版のページ数を示している。本稿の翻訳の確認では野呂康氏に多大なご協力をいただいた。

ノートであり、彼女は脳裏をよぎったことすべてではなく、執筆中の作品の背景を書き記そうとします。彼女は自分の意図を記録し（「［この国が］私を拒絶するなら、こちらは国を平然と観察し、その名誉と生命が失われていくのを眺めていよう」（四七九））、そして構想、登場人物、成功した点、失敗した点、執筆済みの箇所、執筆予定の箇所などについて、数多くの作業メモを残します。「目撃したこと」を調査する歴史家にとって、この小説の準備から証言の抽出を許すものは何もありません。というのも小説家の一番の関心は、登場人物や状況が多岐にわたる状態で、小説全体が「持ちこたえる」ことができるかどうか、ということだからです。時に彼女は、執筆のために必要な資料を指示しています（「非常に詳細なフランスの地図、あるいはミシュランのガイド〔…〕、磁器の概説書」（四八四））。しかし、これはまさに小説家の作業方法であり、証言者の方法ではありません。あえて言うなら、こうした資料は、今日、占領期についての小説を書こうとする小説家が必要とするものと同一だと言えるでしょう。さらに頻繁に見られるのは、リズム、小説的興味、統一性、「個人の感情」と「世界の歴史」の組み合わせ、さらに「個人の運命と共同体の運命」（四九八－四九九）の組み合わせをどう書くかについての考察です。ネミロフスキは、例えば内的焦点化を行う物語のような「間接的手法」を採用することで、こうした問題を技術的に解決しようとします。

このように、『フランス組曲』から農村で「目撃されたこと」の証言を構築することは不可能であり、さらに彼女がメモで強調するように、ネミロフスキの登場人物たちは原型としての性格を持っています。「五〇万フランもの大金を稼いだこの村の肉屋も、外国でのフランの交換比率（まさしくゼロ）をよく承知しているので、ペリカンやコルバンのような人物が自分の家屋敷や銀行などにこだわるほどには金に執着しない」（四八一－四八四）。しかしながら、『フランス組曲』は何かしらの意味での証言なのであり、その証言とは、この作品をあるがままの姿でとらえない限り成立しないものなのです。つまりこれは、まさに大惨事《カタストロフ》（彼女自身もこのカタストロフを経験し、自分の身に降り掛かる事態を恐れていました）の淵にあっても、小説というエクリチュールを放棄せずに、文学を守り、文学が文学である限りにおいて証言し、伝達する力を手放そうとしない、そうした作家の作品なのです。

一九四二年六月二日――決して忘れてはならないのは、いつか戦争は終わり、歴史的な箇所のすべてが色あせる、ということだ。一九五二年の読者も二〇五二年の読者も同じように惹きつけることのできる出来事や争点を、なるだけふんだんに盛り込まないといけない。トルストイを読み返すこと。その描写は他の追随を許さない。歴史的ではない描写。私が特に力を入れるべきなのもそこだ。例えば、小説の第二部「ドルチェ」では、村のドイツ人たち。「捕囚」〔2〕では、ジャクリーヌの初聖体拝領、アルレット・コライユ家の晩餐会。（四九二）

ネミロフスキがこの数行を書いたとき、ある意味で彼女が思い違いをしていたと言うことができるでしょう。「歴史的な箇所」はその後も色褪せることなく、むしろ精彩を増すばかりだったからです。しかしながら、『フランス組曲』が証言となるのは、一九四〇年にフランスが経験した何かしらの災厄という「歴史的な箇所」を「冷静さ」とともに物語っているためではありません。――なお、ネミロフスキは覚書ノートの冒頭で「冷静さ」を保つ決意を示しています（四七九）。〔『フランス組曲』が証言であるのは〕彼女が最後まで徹底して文学を書くという実践を維持しているからなのです。その最後には――決して執筆されることのなかった第三部の――「捕囚」（五〇〇）という名前が付けられており、作家ネミロフスキは自ら捕囚となってこれに飲み込まれることになりました。

それでは、「文学の現実」は証言として私たちに何を示すのでしょうか。レチフは、自らの出身地であり、その後離れることになった農村を、未来を考えるための政治的場として構築しました。ネミロフスキは、さまざまな資格でよそ者として足を踏み入れた農村を、歴史的場として構築します。そして、類型的なものを描くエクリチュールによって――その力を真に受けるならば――、歴史のただ中にある一つの場所や幾人もの個人を可視化するように浮かび上がらせるのであり、そこにこそエクリチュールは証言としての力を持つのです。しかし、類型的なもの

〔2〕「捕囚」とは、第三部に予定されていたが、執筆の中断のために書かずに残された部分のタイトルである。

を描くというエクリチュールはまさに、経験と密接な繋がりを保ちながら、作用を及ぼし続ける文学なのです。

【解説】

歴史と証言、あるいは証言と文学という問題は、歴史研究と文学研究の双方の分野において、近年また新たに注目を集めている。『集合的記憶』（モーリス・アルヴァックス）、『記憶の場』（ピエール・ノラ）、『証言の時代』（アネット・ヴィエヴィオルカ）以降も、歴史と証言と記憶をめぐる論考は後を絶たないが、その中でも本書の著者であるクリスチアン・ジュオー、ダイナ・リバール、ニコラ・シャピラは『歴史、文学、証言』（Jouhaud, Ribard, Schapira : 2009）において、証言としての文学作品に着目することで新たな視座を切り拓いている。一方で、第二次世界大戦下での占領期やショアーをめぐる証言や文学作品の刊行も近年相次いでおり、イレーヌ・ネミロフスキの『フランス組曲』（二〇〇四年、一四年に映画化）以外にも、ジョナサン・リテルの『慈しみの女神たち』（二〇〇六年）やロラン・ビネの『HHhH』（二〇一〇年）など、膨大な資料を駆使し、または新たな語りを試みる文学作品が、時に賛否両論を引き起こしながらも大きな話題となったことは記憶に新しい。

歴史のカタストロフを前に、すでに膨大な証言が刊行されている中で、あえて文学作品を書くことにどのような意味があるのか。占領期に関して、史実ではない虚構の文学作品を書くことは可能なのか。書くことは許されるのか。カタストロフの淵で文学作品が書き続けられるという行為に、読者はどのような証言を読み取ることができるのか。リオン－カンとジュオーによる論考は、短い頁の中で直裁に本質的問いかけを突きつけてくる。

一九四二年にアウシュヴィッツに果てたイレーヌ・ネミロフスキの原稿が、六〇年以上の時を経て、娘たちの鞄の中から発見され、刊行されたというドラマティックな実話は『フランス組曲』にたえずつきまとうものである。しかし、一九世紀的とも言えるこの虚構の小説は、まさに文学作品として書かれたという事実自体によって証言の価値をまとうのであり、リオン－カンとジュオーはまさにその価値をここで問おうとしている。虚構作品は、歴史の中に残された空白を可視化するものであり、その空白自体を歴史的場として構築するがゆえに歴史の証言たりえる。厳密な意味での「証言」ではない文学作品が、なぜ証言としての力を持ちうるのか、文学作品が歴史の前で何をなすことができるのか、文学と証言についてのこうした問いかけに本論考は多くの示唆を与えてくれるものである。

（訳と解説　辻川慶子）

あとがき
――ある情熱の証言として

　ひとつの情熱が、とはいえ闇雲なものではなく、批判意識をしっかり備えたひとつの情熱が、多くの時間をかけ、どれほどの苦労を重ねて、この一冊の本を生み出したか。すでに本書をお読みくださった読者諸氏はひしと感じとっていることだろう。「あとがき」で内容をざっくり摑む習慣の方も、今回に限ってはぜひ、冒頭の論考「文学の効用　文芸事象の歴史研究序説」から頁を繰ってくださるようお願いしたい。『ＧＲＩＨＬ　文学の使い方をめぐる日仏の対話』の解説はそこで予めすでになされているからだ。

　私にもあらためて応答せよとこの場が与えられたのだろう。しかしながら、その任を果たすことはやはりできそうもない。本書や他の場所に載せた翻訳の解説、そして自らの発表が今できる応答のすべてである。出版や市場という視点が加わった私自身の文学研究がどのようなものとして新たな実を付けることになるのか、いま暫くの猶予をいただければと思う。

　では本書の終わりに何を書き添えようというのか。

　ここにぜひとも記しておきたいのは、この本の出発点となっている野呂康の情熱についてである。クリスチアンが初来日しようという頃だから、二〇〇九年、もう八年程前になるが、そのときにはもう野呂は、クリスチアンはもちろん、ダイナ、ニコラ、ジュディトら、ＧＲＩＨＬの若手メンバーをなんとしても日本に招きたいと熱く語っていたものだ。いや、思い返せばもう少し古く、パリ留学中の彼に顔を出さないかと誘われたセミネールがおそらくクリスチアンのものだったはずである。仕上げにかかっていた博士論文 *Un littérateur face aux événements du 17e siècle : Amable Bourzeis et les événements dans sa biographie* はＧＲＩＨＬの薫陶をたっぷり受けた研究になったことだろう。二〇〇六年に口頭審査を終えたのち、長らく機会を待っていたこの仕事はまもなくパリの Classiques Garnier から出版の運びとなる。一方、私は他のことに感けていて、社会科学高等研究院に足を運ばずに終わってしまったし、いつまでも〝足許の定まらない〟研究ともいえない研究を続けていくわけだが、彼のほうはその後も辛抱強く出会いを準備してくれていたということになる。日本への招聘は言うまでもなく彼ら四人とのあいだに培われた深い友情（amitiés）に発するものであろう。とはいえ、なによりも彼らのセミネールに漲る熱気、若い研究者たちの旺盛な探究心、そしてＧＲＩＨＬの尖鋭な問題意識、多彩な、しかも目下まさに模索され練り上げられている方法論を日本に紹介したい、いや、彼らと実際に言葉をやり取りする場を作ることによって日本の研究者にぶつけてみたいと野呂が強く思ったからにちがいない。その道行きは当然ながら楽ではなかったはずだが、少しずつ着実に彼が歩みを進めていったことを私たちは知っている。

野呂の願いがほぼ十全な形で実現したのは、二〇一三年の秋である。その際、神戸、岡山、東京を旅して催された講演やシンポジウムへの参加者たちと、クリスチアン、ダイナ、ニコラ、そして残念ながら来日が叶わなかったが確かにその声を届けてくれたジュディトとの対話が本書の中心部分を形成している。どの会場でもたくさんの聴衆が発表者の言葉に耳を傾け、問いを発し、批評がなされ、互いに議論を戦わせることができた。予想以上に大勢の参加者に恵まれた私たちは、ＧＲＩＨＬの問題意識や方法論の魅力を広く認められたようで、とても嬉しかったことをよく覚えている。そして今年、彼らの研究のエッセンスをたっぷり詰め込んだ一冊の書物を世に問うことができた。

しかし、それはゴールではなく、まさしくここからがスタートなのだと野呂は、また「文芸事象の歴史研究会」のメンバーたちも口を揃えて言うにちがいない。現在の「文芸事象の歴史研究会」は発足の経緯から専らフランスの文学や歴史を専門とする者の集まりではあるが、この本を読まれた（領有された）方々、特にさまざまな言語、さまざまな学域で活躍する日本の研究者からの有益な応答を、刺激的な議論を、そして積極的な参加を私たちは期待している。本書が問うテーマ、例えば歴史、証言、エクリチュール、出版、生表象などの問題は現代の日本において今こそ再考し問い直すべき課題であろう。そして、これら多様な視座を貫く「歴史記述（historiographie）」に関する尖鋭な思考は、私たちが抱える社会的かつ政治的な問題にも新たな光を投げかけることになると信じている。本書はその重要なきっかけとなるはずだ。ここで提起され検討に付されている問題意識を読者諸氏もまた私たちと共有し、批判をも加えつつ、あれこれ考えを巡らせていただければ幸甚である。

書かれたものが一冊の本として出版されることの社会的意味を本書が確と担ってくれることを切に願っている。著者・発表者として、訳者・通訳として、講演やシンポジウムの開催者として、あるいは司会やコメンテーターとしてここに名を連ねる私たちはみな、野呂の情熱に打たれ動かされたわけだが、さまざまな形で係わってくださった方々もまた同じ思いであったろう。お名前をひとりひとりあげることはしないが、ご協力やご助力に対し、この場を借りて、感謝の気持ちをお伝えしておきたい。

本書の人名索引は杉浦順子の、歴史用語原語訳語対照表は嶋中博章の手を煩わせた。事項索引と表記の統一ほか、煩雑な編集作業のほとんどを野呂が引き受けてくれた。学術書としては無視できないこれら重要な細部をきちんと整えることができたのは彼らのおかげである。

『GRIHL　文学の使い方をめぐる日仏の対話』は日本学術振興会科学研究費補助金による基盤研究（C）「マザリナードと論争研究――歴史社会学と文学社会学の境界領域研究」（課題番号23520911：研究代表者　野呂康、二〇一一-二〇一三年度）の成果の一部であるが、今回の出版に際しては平成二八年度の研究成果公開促進費・学術図書（課題番号16HP5056）の支援も受けることができた。

最後になってしまったけれども、吉田書店代表の吉田真也氏には心よりお礼を申し上げる。まだ助成が受けられるかどうかもわからない段階で、なんとか出版の可能性を探り、相談に乗り、私たちを力づけてくださった。そして日本とフランスの研究者が共同で紡ぎだした言葉の織物を世に送り出すにあたり、その一語一語を丁寧に読み、正し整えたうえ、最後にはこのような瀟洒な装いを誂えてくださった。

平成二九年一月一日

ＧＲＩＨＬのメンバーがあらためて日本を訪れる、遠くないその日を心待ちにしながら

中畑　寛之

GRIHL《グリール》　文学の使い方をめぐる日仏の対話

2017年2月15日　初版第1刷発行

編　者　文芸事象の歴史研究会
野呂　康・中畑　寛之
嶋中　博章・杉浦　順子
辻川　慶子・森本　淳生

発行者　吉　田　真　也
発行所　合同会社 吉　田　書　店

102-0072　東京都千代田区飯田橋2-9-6 東西館ビル本館32
Tel：03-6272-9172　Fax：03-6272-9173
http://www.yoshidapublishing.com

装丁　奥定泰之　　印刷・製本　モリモト印刷株式会社
DTP　アベル社
定価はカバーに表示してあります。

ISBN978-4-905497-48-6

GRIHL Dialogue entre Français et Japonais autour de l'usage de la littérature

TABLE DES MATIÈRES

編者・執筆者・訳者紹介 （担当章順）

野呂 康（のろ・やすし）【編者、序章、Ⅰ-1(訳)、Ⅰ-4(訳)、Ⅰ-5(訳)、Ⅱ-1(訳)、Ⅱ-3(訳)】
1970年生まれ．岡山大学全学教育・学生支援機構准教授．
著書に *Une Vie à la trace : Amable Bourzeis, écrivain 1606-1672*, Paris, Classiques Garnier（近刊）などがある．

ジュディト・リオン－カン（Judith Lyon-Caen）【Ⅰ-1、Ⅰ-2、Ⅰ-3、Ⅲ-3、Ⅳ-3】
1972年生まれ．社会科学高等研究院（EHESS）准教授．
本書序章8頁参照．

中畑 寛之（なかはた・ひろゆき）【編者、Ⅰ-2(訳)、Ⅲ-序、Ⅲ-1(訳)、Ⅲ-4】
1968年生まれ．神戸大学大学院人文学研究科准教授．
著書に『世紀末の白い爆弾――ステファヌ・マラルメにおける書物と演劇，そして行動』（水声社，2009年）などがある．

小溝 佳代子（こみぞ・かよこ）【Ⅰ-3(訳)】
1974年生まれ．青山学院大学非常勤講師．
論文に「バルベー・ドールヴィイの『オニックスの印章』――青年期の作品における情熱」（『関西フランス語フランス文学研究』第8号，2002年）などがある．

ダイナ・リバール（Dinah Ribard）【Ⅰ-4、Ⅲ-1、Ⅳ-1】
1970年生まれ．社会科学高等研究院（EHESS）研究指導官．
本書序章9頁参照．

ニコラ・シャピラ（Nicolas Schapira）【Ⅰ-5、Ⅰ-6、Ⅲ-1、Ⅳ-1】
1969年生まれ．パリ西・ナンテール・ラ・デファンス大学教授．
本書序章10頁参照．

嶋中 博章（しまなか・ひろあき）【編者、Ⅰ-6(訳)、Ⅲ-2】
1976年生まれ．関西大学文学部助教．
著書に『太陽王時代のメモワール作者たち――政治・文学・歴史記述』（吉田書店，2014年）などがある．

クリスチアン・ジュオー（Christian Jouhaud）【Ⅱ－1、Ⅱ－3、Ⅳ－3】
1951年生まれ．社会科学高等研究院（EHESS）研究指導官．
本書序章6頁参照．

望月 ゆか（もちづき・ゆか）**【Ⅱ－2】**
1964年生まれ．武蔵大学人文学部教授．
論文に « *Les Provinciales* et le style janséniste », *Chroniques de Port-Royal*, n° 58, 2008, p. 137-151 他，訳書にパスカル『メナール版パスカル全集第二巻』（白水社，1994年）収録の『恩寵文書』がある．

杉浦 順子（すぎうら・よりこ）**【編者、Ⅲ－3(訳)】**
1971年生まれ．広島修道大学商学部教授．
論文に « Perte et deuil dans *Mort à crédit* », *Céline à l'épreuve — Réceptions, critiques, influences*, Honoré Champion, 2016, p. 199-213他，訳書にフィリップ・ソレルス『セリーヌ』（現代思潮社，2011年）などがある．

森本 淳生（もりもと・あつお）**【編者、Ⅳ－序】**
1970年生まれ. 京都大学人文科学研究所准教授.
著書に *Paul Valéry. L'Imaginaire et la genèse du sujet. De la psychologie à la poïétique*, Paris, Lettres Modernes Minard, 2009 などがある.

辻川 慶子（つじかわ・けいこ）**【編者、Ⅳ－1(訳)、Ⅳ－3(訳)】**
1973年生まれ．白百合女子大学文学部准教授．
共著書に *Comment la fiction fait histoire, Emprunts, échanges, croisements*, Paris, Honoré Champion, 2015，共訳書にポール・ベニシュー『作家の聖別』（水声社，2015年）などがある．

桑瀬 章二郎（くわせ・しょうじろう）**【Ⅳ－2】**
1968年生まれ．立教大学文学部教授．
著書に『嘘の思想家ルソー』（岩波書店，2015年），Les Confessions *de Jean-Jacques Rousseau en France (1770-1794): les aménagements et les censures, les usages, les appropriations de l'ouvrage*, Honoré Champion, 2003 などがある。

初出一覧

序章　文学の効用——文芸事象の歴史研究序説　〔書き下ろし〕

第Ⅰ部
1　フランス19世紀前半の読書経験と社会経験　〔『GRIHL（文芸事象の歴史研究グループ）』（私家版小冊子），Éditions Tiré-à-Part，2013年．以下、『GRIHL』（2013）〕
2　文学史と読書の歴史　〔神戸大学仏語仏文学研究会編『EBOK』第24号，2012年〕
3　「時の故郷へ」　ジュール・バルベ・ドールヴィル　〔初出〕
4　経験という仕事　〔『GRIHL』（2013）〕
5　書物の中の世界，世界の中の書物　パラテクストを超えて　〔『GRIHL』（2013）〕
6　ある国務秘書官のさまざまな歴史　〔『GRIHL』（2013）〕

第Ⅱ部
1　17世紀における悲惨のエクリチュール　〔武蔵大学『人文学会雑誌』第46巻第1号〈平林和幸教授追悼号〉，2014年〕
2　ボシュエ『ルーヴルの四旬節説教』をめぐる解釈の相克　〔武蔵大学『人文学会雑誌』第46巻第1号〈平林和幸教授追悼号〉，2014年〕
3　「バロック」概念をめぐって　〔初出〕

第Ⅲ部
序　〔書き下ろし〕
1　書物による歴史　〔初出〕
2　シャルル・ド・グリマルディの『メモワール』〔嶋中博章『太陽王時代のメモワール作者たち——政治・文学・歴史記述』，吉田書店，2014年，第7章「家名の偉力　レギュス侯の『メモリール』」〕
3　文学の真実　〔初出〕
4　〈詩の危機〉は起こらないだろう　〔初出〕

第Ⅳ部
序　〔書き下ろし〕
1　農村における政治と文学　〔初出〕
2　レチフ　〔初出〕
3　『フランス組曲』〔初出〕

※なお，各章の冒頭でも当該論考の来歴を紹介している。あわせて参照されたい。

事項索引

・『　』は書名.（　）内は著者名.
・《　》映画題名
・作品名は引用時のフランス語題名を記す.（　）内は原題.

【ア行】

アカデミ・フランセーズ　Académie française　55, 115, 148, 179, 266
アクシオン　→行為
『悪魔の覚書』（スリエ）　*Les Mémoires du Diable*　59-61, 66, 71, 90, 300
『アストレ』（オノレ・デュルフェ）　*Astrée*　121, 137
『アタラ』（シャトーブリアン）　*Atala*　352
『アナール』，アナール学派　*Annales, Annales HSS, Annale ESC*　50, 79, 235, 243, 265, 308
アンシアン・レジーム　Ancien Régime　7, 16, 28-29, 42-43, 104, 135, 137, 185, 282, 342
イエズス会，イエズス会士　Compagnie(Société) de Jésus, Jésuite(s)　25, 117, 235
『偉大な世紀のモラル』（ベニシュ）　*Morales du Grand Siècle*　38-241, 248
『従兄ポンス』（バルザック）　*Le Cousin Pons*　312
ヴァイマール共和制　la République de Weimar　236
ヴァローニュ　Valognes　96, 104
『ヴィルヘルム・マイスターの修業時代』（ゲーテ）　*Wilhelm Meisters Lehrjahre*　352
『ウジェニ・グランデ』（バルザック）　*Eugénie Grandet*　312
『叡智』（ヴェルレーヌ）　*Sagesse*　320
エクリチュール（書きもの，執筆，文書，文体，文筆）　écriture　4, 6, 16, 28, 31-37, 39-40, 42, 80, 82, 87, 90, 94, 97, 133, 139, 162, 170, 172-173, 175, 177, 181-184, 186, 188, 190, 196-198, 201-202, 219-221, 228, 230, 242, 254-256, 259-260, 263-264, 267, 270, 272, 284, 308-309, 312, 315, 325, 332, 339, 342-344, 347, 351-353, 357-362, 365
　文書　écrit　177, 181-182, 195-196, 201-202, 358
エピテクスト　épitexte　151, 161
『エンデュミオーン』（ゴンボー）　*Endymion*　140-142
『老いたる情婦』（バルベ・ドールヴィィ）　*Une vieille maîtresse*　96, 98, 108-109
『王太子の教育のための覚書（ルイ14世の覚書)』　*Mémoires pour l'instruction du dauphin*　216, 219-220, 230
『大鴉』（ポー）　*Le Corbeau (The Raven)*　312
『オデュッセイア』（ホメロス）　2
覚書，回想録，メモワール　mémoires　15, 28, 72, 179, 190, 196, 222, 232, 248
　『覚書』（レ枢機卿）　238, 248
　『メモワール』（ブリエンヌ）　28, 165-166, 169-172, 175, 177-180, 184, 187, 192, 195, 198
オラトワール会　Oratoire　170
『音楽と文芸』（マラルメ）　*La Musique et les Lettres*　314

【カ行】

回想録　→覚書
外務卿　secrétaire d'État des affaires étrangères　165, 170, 173, 177, 198
可視化（する），可視的にすること　visualiser, visualisation　13, 33, 37, 41-42, 46, 246, 249, 263, 318, 346, 361-362
家臣団，家臣　domestique　29, 184-185
家父長的，家父長制的　patriarcal　16, 38-39, 43, 330, 341-343, 346, 353-354, 356
『神の存在証明』（フェヌロン）　*Démonstration de*

l'existence de Dieu 125, 127
『彼ら自身によって描かれたフランス人』 *Les Français peints par eux-mêmes* 88
慣行 →実践
官職保有者 officier 274, 285
キエチスム quiétisme 124
『騎士デ・トゥーシュ』(バルベ・ドールヴィイ) *Le Chevalier Des Touches* 97, 101, 109
記述，記録，記述内容，物語 récit 167, 175, 183, 186, 188, 196, 263
機密顧問会議 conseil secret 165, 185-186, 190,
行政的君主制 monarchie administrative 191, 197
『共和国をめぐる六つの書（国家論）』(ボダン) *Six livres de la République* 219
虚構（フィクション，虚構性），虚構化，脱フィクション化 fiction, fictionnalisation, défictionnalisation 2, 16, 18-21, 39-41, 44-45, 52, 68, 72, 80-82, 86-88, 89, 93, 298-299, 305-306, 309, 329-330, 343, 347, 350-351, 358, 362
規律，専門科目，規律化，脱規律化 discipline, disciplinarisation, dé-disciplinarisation 6, 120, 122, 128, 132, 138
グリール GRIHL 3-19, 46, 92, 270, 363
啓蒙 10, 16, 40, 114, 116, 329, 335, 344, 346, 349-351, 354-356
決定不可能性 18, 20, 44
言説 discours 3, 22-23, 26, 38-39, 45, 52-53, 70, 78, 84-85, 90, 92-93, 115, 123-124, 135, 137-142, 149, 151-154, 156-160, 163, 215, 224, 228, 230, 263, 271, 325, 329, 339-340, 344, 346-347, 354
現前効果 effet de présence 33
『現代高踏詩集』 *Le Parnasse contemporain* 322
『幻滅』(バルザック) *Illusions perdues* 63, 89, 312
行為，作用，物語の筋，アクシオン action 4, 12-13, 16, 24-31, 34-38, 40, 43, 45, 71, 77, 112-113, 120, 124, 128-129, 132-133, 136, 146, 148, 156, 161, 174-175, 181, 185, 188, 190, 195-198, 210, 212, 215-222, 228, 230, 247-248, 264, 268-269, 271-272, 280, 294, 309-310, 330, 332, 344
　行為 acte 189
　行為者－作用子，当事者，役者 acteur 160, 182, 189, 195, 245, 264, 272, 307
公開状（王の） lettre patente 135-136, 140-141, 143-144, 149, 150-151, 154, 156, 158-159, 162, 177, 179, 182-183, 194-195, 262-263
公衆 public 21-23, 25, 52, 76, 80-84, 115, 118-119, 123, 146, 265, 269, 321
高踏派 Parnassiens 38, 314-318, 320-324
公文書，急送文書，写し dépêche 174-181, 186, 188, 193, 196
高等法院 Parlement 139, 256, 262, 273-276, 278-282, 284-286, 293
国王顧問会議 conseil du roi 170
国王秘書官 secrétaire du roi 11, 26, 28, 140-141, 148-149, 160-162, 179, 263
『告白』(ルソー) *Les Confessions* 112, 351-353
国務秘書官 secrétaire d'État 28-29, 162, 165-198
コタンタン半島 le Cotentin 24, 95-98, 100, 102-106, 108
『国家論』(スピノザ) *Traité Politique* 112
『国家論』(ボダン) →『共和国をめぐる六つの書（国家論）』
古典主義 classicisme 20, 23, 26, 32, 54, 130-131, 221, 225, 233-236, 238, 241, 243-244, 246, 333

【サ行】

『歳月』(エルノー) *Les Années* 93
『妻帯司祭』 *Un prêtre marié* 97, 109
『作家の誕生』(ヴィアラ) *Naissance de l'écrivain* 137, 155, 169, 228-229
『三銃士』(デュマ) *Les Trois Mousquetaires* 2, 77
『私生活史』(デュビ，アリエス) *Histoire de la*

vie privée　52-53
『私生活情景』（バルザック）　*Scènes de la vie privée*　90
私設事務官　commis　175, 178, 184-185, 190, 192-194, 198
七月王政　monarchie de Juillet　21-22, 58-62, 67-68, 70, 75-76, 78, 81, 84-85, 88, 90, 92, 94, 302, 305-306, 309
実践，慣行　pratique　19, 77-79, 172, 201, 212, 237, 242-243
自伝　autobiographie　38, 40, 112, 329-330, 345-346
社会世界，社会関係の世界　monde social　21, 44-46, 53, 62, 67, 69-70, 73, 85, 87, 90, 161, 263-264, 267, 271, 302, 304, 307, 312
ジャンセニスム，ジャンセニスト　jansénisme, jansénistes　11, 27, 117, 122-123, 152, 182-183, 193, 231, 232
『十九世紀風俗研究』（バルザック）　*Études de mœurs au XIXe siècle*　90
出版，公にすること，出版する　publication, publier　4, 28, 79, 113, 253, 304-305
出版允許，允許，特権　privilège　26-28, 135-163, 263-264, 268
『呪縛された女』（バルベ・ドールヴィイ）　*L'Ensorcelée*　95, 97-98, 101, 103, 108-109
《SHOAH ショア》　*Shoah*　30
上階顧問会議　conseil d'en haut　171
証言，証言者　témoignage, témoin　14, 16-17, 21, 25-26, 29-33, 38, 42, 44, 52, 61, 66, 73, 129, 151, 173, 181, 185, 189, 198, 201-202, 208, 210, 220, 222, 239, 254, 273, 284, 293-294, 308, 329, 331-332, 335, 337-341, 344, 346-347, 350-353, 357-363, 365
小冊子　pamphlet　69, 206
承認　approbation　27, 139, 152-153
『情熱的な巡礼者』（モレアス）　*Le Pélerin passionné*　315, 320, 324
『諸聖人の確率』（フェヌロン）　*Maximes des saints*　123, 127, 128
『ジョゼフ・バルサモ　王妃の首飾り』（デュマ）　*Joseph Balsamo*　8
新聞連載小説　feuilleton　57-61, 66, 71, 76, 81-83, 90, 300, 302
『スイユ』（ジュネット）　*Seuils*　79, 135, 137-138, 158, 160
スコラ哲学，スコラ学（の）　scolastique　25, 111-112, 114, 116-118, 124, 132-133
『省察』（デカルト）　*Méditations métaphysiques*　112-113
『聖処女』（シャプラン）　*Pucelle*　157, 159
生表象　représentation de la vie　328-330, 365
総督（地方）　gouverneur　145, 278-279, 281-283, 293

【タ行】

第二帝国　le 2ème Reich　236
第三帝国　le 3ème Reich　236
大法官，大法官府　chancelier, chancellerie　26, 136, 148-149, 152-153, 160-162, 197
『太陽王時代のメモワール作家たち』（嶋中）　15, 29, 273
脱落者，脱落，階級脱落　déclassé(s), déclassement　62, 66-67, 305
『「知識人」の誕生』（シャルル）　*Naissance des « intellectuels »*　319
『知性改善論』（スピノザ）　*Traité de la réforme de l'entendement*　112
忠誠　fidélité　29, 294
『罪の中の幸福』（バルベ・ドールヴィイ）　*Bonheur dans le crime*　105
『ディヴァガシオン』（マラルメ）　*Divagations*　313
『哲学作品集』（フェヌロン）　*Œuvres philosophiques*　125, 127
『デバ』紙（『ジュルナル・デ・デバ』）　*Journal des débats*　78, 80, 82, 302
伝記　biographie　12, 22--26, 28, 84, 111-112, 115, 118-119, 122-126, 128-130, 133, 143, 145, 162,

168-169, 178, 197, 254, 289, 329, 332, 345-346, 357
『ドイツ占領下における死刑囚たちによって書かれたもの（1939-1945）』（ボルヴィッチ） *Les Écrits des condamnés à mort sous l'occupation allemande (1939-1945)* 92-93
『ドイツ・バロック劇の根源』（ベンヤミン） *Origines du drame baroque allemand (Ursprung des deutschen Trauerspiegels)* 236
『時の故郷へ』（バルベ・ドールヴィイ） *Le Pays du Temps* 12-13, 24, 95-110
読書クラブ，貸本屋 cabinet de lecture 59, 61, 71, 75, 86
篤信派 dévots 183

【ナ行】

『人間喜劇』（バルザック） *Comédie humaine* 51, 57, 90, 295, 312
農村 village 39-44, 69, 330, 331-340, 342-347, 349, 353, 356, 357-358, 360-361
「農民」 paysan(s) 16, 38, 331-333, 335-341, 343-344, 346, 349, 355, 358
ノルマンディ Normandie 13, 95-97, 99-100, 102-103, 106, 108-109, 275, 279

【ハ行】

パラテクスト paratexte 12, 27, 79, 135, 137-139, 142, 150, 158-159, 160-162, 256, 264, 288
『パリあるいは百一人の書』 *Paris ou le livre des cent-et-un* 88-89
『パリの秘密』（シュ） *Les Mystères de Paris* 8, 51, 58-59, 62, 65, 71, 77-82, 87-88, 90, 93-94, 300-304
『「パリの秘密」の社会史　ウージェーヌ・シューと新聞小説の時代』（小倉） 71, 94
パルナス事件 Affaire du Parnasse 314, 322
バロック baroque 14, 32, 233-250
『バロックの幻影』（シャルパントラ） *Le Mirage baroque* 241
『半獣神の午後』（マラルメ） *L'Après-midi d'un faune* 312
『パンセ』（パスカル） *Pensées* 10, 35
『パンテオンの誕生』（ボネ） *Naissance du Panthéon* 114
『備忘録』（バルベ・ドールヴィイ） *Memoranda* 95-97
『第三備忘録』 95
『第五備忘録』 95
表象 représentation 16, 19-22, 24, 26-27, 29, 37, 43-46, 52-53, 56-60, 68-70, 72-73, 76-79, 84-85, 87, 92-93, 114, 162, 190, 205-206, 219, 221, 228, 245, 248-249, 264-265, 271, 297-298, 301, 304-308, 310, 335, 339, 349, 355
『頻繁なる聖体拝領について』（アルノー） *De la Fréquente communion* 32, 227, 232
『フランス組曲』（ネミロフスキ） *Suite française* 41, 330, 357-362
『フランス出版史』 *Histoire de l'édition française* 33, 136
『フランス農村史』 *Histoire de la France rurale* 331, 333, 336, 340
『フランソワ・ル・シャンピ（棄子のフランソワ）』（サンド） *François Le Champi* 51
フリーメーソン（の） franc-maçon 123, 124, 128
フロンド（の乱） Fronde 7, 170, 206-207, 273-294
『文学とは何か』（イーグルトン） *Literary Theory* 1
『文学の進化に関するアンケート』（ユレ） *Enquête sur l'évolution littéraire* 311, 315, 317-318, 325
文芸化 littérarisation 6, 120, 138, 146, 265-266, 268, 270
ペリテクスト péritexte 138-139, 150-153, 158-161, 263
『方法序説』（デカルト） *Discours de la Méthode* 112
ポール・ロワイアル Port-Royal 72, 152-153,

183, 232

【マ行】

マザリナード　Mazarinade(s)　7-8, 14, 92, 207, 250, 277, 284, 365
『魔女』(ミシュレ)　*La Sorcière*　2
『魔性の女たち』(バルベ・ドールヴィイ)　*Diaboliques*　96-97
『マノン・レスコー』(アベ・プレヴォ)　*Histoire du chevalier des Grieux et de Manon Lescaut*　55-56
メモワール　→覚書

【ラ行】

ラファエル・ド・ヴァランタン　Raphaël de Valentin　63
リュシアン・ド・リュバンプレ　Lucien de Rubempré　63, 89, 312
『両世界評論』　*Revue des deux mondes*　76, 83, 86, 304-305
領有　appropriation　4, 21-22, 34, 55-56, 58, 66, 68, 73, 76-78, 84-85, 93, 256, 260, 270-271, 297, 306, 308, 310, 364
『ルーヴルの四旬節説教』(ボシュエ)　*Le Carême du Louvre*　32, 203-205, 215, 220, 222-224, 230-232
『ルーゴン－マッカール叢書』(ゾラ)　*Rougon-Macquart*　295
『ルネ』(シャトーブリアン)　*René*　352
『ルネサンスとバロック』(ヴェルフリン)　*Renaissance und Barock*　233
『歴史とエクリチュール』(ジュオー)　*Histoires d'écriture*　7-8, 13, 29, 222, 225, 229, 231, 248
『歴史とは何か』(E. H. カー)　*What is History?*　1
『歴史の一ページ』(バルベ・ドールヴィイ)　*Une Page d'histoire*　97
『歴史のための弁明』(ブロック)　*Apologie pour l'histoire*　1
『歴史，文学，証言』(ジュオー，リバール，シャピラ)　*Histoire, Littérature, Témoignage* (Jouhaud, Ribard, Schapira: 2009)　8-10, 38, 330, 362
『レディギエール元帥の歴史』　*Histoire de la vie du connestable de Lesdiguières*　142-143, 145-146
『レ・ミゼラブル』(ユゴ)　*Les Misérables*　295
連載小説　→新聞連載小説
『労働階級と危険な階級』(シュヴァリエ)　*Classes laborieuses, classes dangereuses*　297-298
ロマン主義　romantisme　20, 22, 53-54, 56, 59, 62, 103, 108, 235, 322

【ワ行】

『わが父の生涯』(レチフ)　*La Vie de mon père*　38-39, 42-43, 330-338, 340-341, 343-346, 349, 352-353, 355
『若きウェルテルの悩み』(ゲーテ)　*Werther* (*Die Leiden des jungen Werthers*)　59, 352

人名索引

【ア行】

アヴォー伯　AVAUX, comte d'　→ダヴォー伯

アダン，ポール　ADAM, Paul（1862-1920）　316,

アドルノ，グレーテル　ADORNO, Gretel（1902-1993）　238

アドルノ，テオドル　ADORNO, Theodor（1903-1969）　238

アリエス，フィリップ　ARIES, Philippe（1914-1984）　53,

アルディエ，ポール　ARDIER, Paul（1595-1671）　178-179

アルド，マヌーツィオ　ALDO, Manuzio（1449-1515）　254-255

アルノー，アントワーヌ　ARNAULD, Antoine, dit LE GRAND ARNAULD（1612-1694）　32, 227, 232

アルノー・ダンディイ，ロベール　ARNAULD D'ANDILLY, Robert（1589-1674）　182-183, 193

アレ伯　ALAIS, Louis-Emmanuel de Valois, comte d'（1596-1653）　278-279, ,281, 283, 293,

アングレーム公　ANGOULÊME, duc de　→アレ伯

アントニウス，マルクス－アウレリウス　AURÈLE, Marc, ANTONINUS, Marcus Aurelius（121-180）　126

アンヌ・ドートリッシュ　ANNE D'AUTRICHE（1601-1666）　141-142, 170, 182-183, 198

アンリ4世　HENRI IV（1553-1610, 在位 1589-1610）　143, 191, 194, 273

イーグルトン，テリー　EAGLETON, Terry（1943- ）　1

ヴァグナー，リヒャルト　WAGNER, Richard（1813-1883）　234

ヴィアラ，アラン　VIALA, Alain（1947- ）　4, 9, 15, 228-229

ヴィエレーグリファン，フランシス　VIELÉ-GRIFFIN, Francis（1864-1937）　317

ヴィデル，ルイ　VIDEL, Louis（1598-1675）　142-146, 154, 162, 197

ヴィニ，アルフレッド・ド　VIGNY, Alfred de（1797-1863）　89

ヴィルマン，アベル－フランソワ　VILLEMAIN, Abel-François（1790-1870）　56

ヴィレルメ，ルイ－ルネ　VILLERMÉ, Louis-René（1782-1863）　91

ウェルデ，エドモン　WERDET, Edmond（1793-1870）　76-77

ヴェルヌ，ジュール　VERNE, Jules（1828-1905）　302

ヴェルフリン，ハインリヒ　WÖLFFLIN, Heinrich（1864-1945）　233-234

ヴェルレーヌ，ポール　VERLAINE, Paul（1844-1896）　312, 314, 319-321

ヴォルテール　AROUET, François-Marie, dit VOLTAIRE（1694-1778）　354-355

ヴォワチュール，ヴァンサン　VOITURE, Vincent（1597-1648）　180-181

エッツェル，ピエール－ジュール　HETZEL, Pierre-Jules（1814-1886）　302

エルヴェシウス，クロード－アドリアン　HÉLVETIUS, Claude-Adrien（1715-1771）　354

エルノー，アニ　ERNAUX, Annie（1940- ）　93

エレディア，ジョゼ－マリア・ド　HEREDIA, José-Maria de（1842-1905）　320-321

小倉孝誠　OGURA, Kousei（1956- ）　71, 94

オジエ・ド・ゴンボー，ジャン　OGIER DE GOMBAULD, Jean　→ゴンボー

オーディフレ，エルキュール　AUDIFRET, Hercule（1603-1659）　266-267

オーブリ・デュ・モーリエ，ルイ　AUBERY DU MAURIER, Louis（1609-1687）178-181
オペード男爵　OPPÈDE, Henri de Forbin-Maynier, baron d'（1620-1671）280-287, 293
オルレアン公　ORLEANS, Gaston de France（1608-1660）276

【カ行】

カー，エドワード・ハレット　CARR, Edward Hallett（1892-1982）1
戒能通孝　KAINO, Michitaka（1908-75）42-43
ガヴァルニ，ポール　GAVARNI, Sulpice Guillaume Chevalier dit Paul（1804-1866）89, 302
ガッサンディ、ピエール　GASSANDI, Pierre（1592-1655）119
カニャードブフ，コンスタンス　CAGNAT-DEBŒUF, Constance（?-?）31-32, 224-232
カーニュ男爵　CAGNES, baron de　→グリマルディ・ダンチーブ，オノレ・ド
ガファレル，ポール　GAFFAREL, Paul（1843-1920）276
カン，ギュスターヴ　KAHN, Gustave（1859-1936）316
キケロ　CICÉRON, CICERO, Marcus Tullius（前106-前43）168, 180
ギゾ，フランソワ GUIZOT, François（1787-1874）68, 103
キュルメール，（アンリ-）レオン　CURMER, (Henri-) Léon（1801-70）88, 300
ギルヴェール，イヴェット　GUILBERT, Yvette（1865-1944）89
ギンズブルク，カルロ　GINZBURG, Carlo（1939- ）57
グリマルディ，シャルル・ド　GRIMALDI, Charles de（1612-1687）36, 253, 256, 273-294
グリマルディ・ダンチーブ，オノレ・ド　GRIMALDI D'ANTIBE, Honoré de（?-?）286
グリマルディ・ダンチーブ，ジャン-アンリ・ド　GRIMALDI D'ANTIBE, Jean-Henri de（?-?）286
グリュ，ジャン　GOULU, Jean（1574-1629）265
クルボン侯　COURBON, marquis de　→グリマルディ・ダンチーブ，ジャン・アンリ・ド
グルモ，ジャン-マリ　GOULEMOT, Jean-Marie（1937- ）333, 339-340, 350
グルモン，レミ・ド　GOURMONT, Rémy de（1858-1915）95, 108-110
クレメンス9世　CLÉMENT IX（1600-1669, 在位1667-1669）193
クローズ，オースタン・ド　CROZE, Austin de（1866-1937）325
クローチェ，ベネデット　CROCE, Benedetto（1866-1952）234
ゲーズ・ド・バルザック，ジャン-ルイ　GUEZ DE BALZAC, Jeau-Louis（1597-1654）10, 181, 265
ゲーテ，ヨハン・ヴォルフガング・フォン　GOETHE, Johann Wolfgang von（1749-1832）59, 346, 352
ケネ，フランソワ　QUESNAY, François（1694-1774）355
ゴーチエ，テオフィル　GAUTHIER, Théophile（1811-1872）88
コック，ポール・ド　KOCK, Paul de（1793-1871）66, 88, 299-300
ゴドー，アントワヌ　GODEAU, Antoine（1605-1672）266-267
ゴーフルトー，ジャン・ド　GAUFRETEAU, Jean de（1572-1639）228-229, 231
コルバン，アラン　COLBIN, Alain（1936- ）8, 51-53, 56, 71, 75, 87
コルベール，ジャン-バチスト　COLBERT, Jean-Baptiste（1619-1683）115, 156, 168, 183, 189, 193, 197
ゴンクール兄弟　GONCOURT, Edmond（1822-1896）, Jules（1830-1870）234
コンスタン，ジャン-マリ　CONSTANT, Jean-Marie（1939- ）274-275
コンチ親王　CONTI, Armand de Bourbon, prince

de（1629–1666） 274
コンディアック，エチエンヌ・ボノ・ド CONDILLAC, Étienne Bonnot de（1715–1780） 116, 119
コンデ親王 CONDÉ, Louis II de Bourbon, prince de（1621–1686） 274–276, 278–279, 282, 293
ゴンボー，ジャン・オジエ・ド GOMBAULD, Jean Ogier de（1588–1666） 140–142
コンラール，ヴァランタン CONRART, Valentin（1603–1675） 10, 26, 28, 115, 148, 157–158, 161, 178–179, 181, 266–267

【サ行】

サルトル，ジャン－ポール SARTRE, Jean-Paul Charles Aymard（1905–1980） 1
サン－テニャン伯 SAINT-AIGNAN, François-Honorat de Beauvillier, comte de（1607–1687） 279
サンド，ジョルジュ Sand, George（1804–1876） 51, 88, 300, 302
サント－ブーヴ，シャルル－オーギュスタン SAINTE-BEUVE, Charles-Augustin（1804–1869） 83
サン－マルク男爵 SAINT-MARC, Jean-Henri de Puget, baron de（?–?） 282
シェイクスピア，ウィリアム SHAKESPEARE, William（1564–1616） 89
シモンド・ド・シスモンディ，ジャン－シャルル－レオナール SIMONDE DE SISMONDI, Jean-Charles-Léonard（1773–1842） 91
シャトーブリアン，フランソワ－ルネ・ド CHATEAUBRIAND, François-René de（1768–1848） 89, 352
ジャナン，ジュール JANIN, Jules（1804–1874） 83, 89, 305
シャピュイ－モンラヴィル男爵 CHAPUYS-MONTLAVILLE, Benoît Marie Louis Alceste（1800–1868） 66–67, 305–306
シャプラン，ジャン CHAPELAIN, Jean（1594–1674） 157–159, 168–169, 197
ジャムレ－デュヴァル，ヴァランタン JAMEREY-DUVAL, Valentin （1695–1775） 333, 339
シャルチエ，ロジェ CHARTIER, Roger（1945–） 33–35, 73, 77–79, 93, 254–255, 264–265
シャルパントラ，ピエール CHARPENTRAT, Pierre（1922–1977） 32, 241–244, 247–249
シャルル，クリストフ CHARLE, Christophe（1951–） 319
シャンフルリ HUSSON, Jules-François-Félix, dit CHAMPFLEURY（1821–1889） 92
シュ，ウジェーヌ SUE, Eugène（1804–1857） 8, 21, 37, 52, 58, 61–62, 64–68, 71–72, 76–77, 79–82, 84–86, 89–90, 94, 300, 302–303, 306
シュヴァリエ，ルイ CHEVALIER, Louis（1911–2001） 36–37, 297–299, 306
シュテンツェル，ハルトムト STENZEL, Hartmut（1949– ） 236
ジュネット，ジェラール GENETTE, Gérard（1930– ） 33–34, 79, 135–139, 151, 159, 161, 263
シュペングラー，オズヴァルト SPENGLER, Oswald（1880–1936） 235
ジョアノ，トニー JOHANNOT, Tony（1803–1852） 89
シラー，ヨハン・クリストフ・フリードリヒ・フォン SCHILLER, Johann Christoph Friedrich von（1759–1805） 89
ジラルダン，エミール・ド GIRARDIN, Émile de（1802–1881） 81
ジロドゥー，ジャン GIRAUDOUX, Jean（1882–1944） 314
スヴェストル，エミール SOUVESTRE, Émile（1806–1854） 66, 85, 88, 90, 300
スコット，ウォルター SCOTT, Walter（1771–1832） 100, 103
スタール夫人 STAËL, Anne-Louise Germaine de（1766–1817） 20, 55

スタンダール　BEYLE, Henri dit STENDHAL（1783-1842）　19, 70, 296

スチュアート，ジェームズ　STUART, James Francis Edward（1688-1766）　128

ストッダード，ロジャー　STODDARD, Roger Eliot（1957- ）264

スピノザ，バルーフ・デ　SPINOZA, Baruch De（1632-1677）　111-113, 119, 124, 132

スリエ，フレデリック　SOULIÉ, Frédéric（1800-1847）　59-61, 66, 71, 88, 90, 300

セギエ，ピエール　SÉGUIER, Pierre（1588-1672）　148

ゼノン　Zénon de Citium（前335頃－前263頃）　126

セルヴィアン，アベル　SERVIEN, Abel（1593-1659）　170, 178, 180-181

セルトー，ミシェル・ド　CERTEAU, Michel de（1925-1986）　7-8, 79

ソレル，シャルル　SOREL, Charles（1582頃-1674）　130

【タ行】

ダヴォー伯　D'AVAUX, Claude de Mesmes, comte（1595-1650）　180-181

タキトゥス，コルネリウス　TACITUS, Cornelius（55頃-120頃）　168

タピエ，ヴィクトール－リュシアン　TAPIÉ, Victor-Lucien（1900-1974）　233-235, 243-244, 246, 248

タルマン・デ・レオー，ジェデオン　TALLEMANT DES RÉAUX, Gédéon（1619-1692）　151

チエリ，オーギュスタン　THIERRY, Augustin（1795-1856）　103

チュルゴ，アンヌ－ロベール－ジャック　TURGOT, Anne-Robert-Jacques, baron de l'Aulne, souvent appelé Turgot（1727-1781）　355

ディドロ，ドゥニ　DIDEROT, Denis（1713-1784）　262, 353

デカルト，ルネ　DESCARTES, René（1596-1650）　24-25, 111-113, 117, 119-123, 132-133, 151, 268

デボルド－ヴァルモール，マルスリーヌ　DESBORDES-VALMORE, Marceline（1786-1859）　89

デマレ・ド・サン－ソルラン，ジャン　DES MARETS DE SAINT-SORLIN, Jean（1595-1676）　153

デュタック，アルマン　DUTACQ, Armand（1810-1856）　81

デュビ，ジョルジュ　DUBY, Georges（1919-1996）　53

デュピュイ兄弟　DUPUY, Pierre（1582-1651）et Jacques（1591-1656）　178-179, 192

デュ・フレーヌ卿，レオナール・ド・ムソー　DU FRESNE, Léonard de Mousseaux, sieur（?-1673頃）　193

デュ・ボワ，マリ　DU BOIS, Marie（1601-1679）　232, 248

デュマ，アレクサンドル　DUMAS, Alexandre（1802-1870）　2, 8, 70, 76-77, 92

デュマ・フィス，アレクサンドル　DUMAS, fils Alexandre（1824-1895）　56

デュ・モーリエ　→オーブリ・デュ・モーリエ

テランチ，マリ－エヴ　THÉRENTY, Marie-Ève（1967- ）　301

トゥルノフスキ，ジェフリー　TURNOVSKY, Geoffrey（1969- ）　261, 271

ドストエフスキー，フョードル・ミハイロヴィチ　DOSTOÏEVSKI, Fiodor Mikhaïlovitch（1821-1881）　89

ド・トゥ，フランソワ－オギュスト　De THOU, François-Auguste（1607-1642）　178-179

ドービニ，シャルル－フランソワ　DAUBIGNY, Charles-François（1817-1878）　89

ドーミエ，オノレ　DAUMIER, Honoré（1808-1879）　89

ドラロッシュ，ポール　DELAROCHE, Paul（1797-1856）　81,

ドールヴィイ　→バルベ・ドールヴィイ，ジ

ユール
ドルバック　THIRY (ou DIETRICH), Paul-Henri, baron d'Holbach (1723-1789)　354

【ナ行】

ナポレオン１世　NAPOLÉON Ier (1769-1821)　81
ニコル，ピエール　NICOLE, Pierre (1625-1695)　153
ニーチェ，フリードリヒ　NIETZSCHE, Friedrich (1844-1900)　132, 234
二宮宏之　(1932-2006)　16, 42, 79, 265
ネミロフスキ，イレーヌ　NÉMIROVSKY, Irène (1903-1942)　16, 42, 44, 330, 357-362, 361
ネルヴァル，ジェラール・ド　NERVAL, Gérard de (1808-1855)　330
ノディエ，シャルル　NODIER, Charles (1780-1844)　89

【ハ行】

バイロン，ジョージ・ゴードン　BYRON, George Gordon (1788-1824)　89
ハインシウス，ニコラウス　HEINSIUS, Nicolaus (1620-1681)　168
バイエ，アドリアン　BAILLET, Adrien (1649-1706)　25, 122-123, 129, 133
バジュ，アナトール　BAJU, Anatole (1861-1903)　316
パスカル，ブレーズ　PASCAL, Blaise (1623-1662)　10, 35, 123
パタン，ギ　PATIN, Guy (ou Gui) (1601-1672)　166
バトゥ師　BATTEUX, Charles (1713-1780)　54
パラン－デュシャトレ，アレクサンドル　PARENT-DUCHÂTELET, Alexandre (1790-1836)　86-87, 304-305
バルザック，オノレ・ド　BALZAC, Honoré de (1799-1850)　2, 8, 17, 19, 21, 51, 56-58, 61-66, 68-70, 72, 76, 84-86, 88-90, 94, 253, 296, 300, 302, 305, 312-313
バルト，ロラン　BARTHES, Roland (1915-1980)　7, 34-35
バルベ・ドールヴィイ，ジュール　BARBEY D'AUREVILLY, Jules (1808-1889)　8, 12-13, 23-24, 92, 95-109, 296
バレス，モーリス　BARRÈS, Maurice (1862-1923)　316
ビネ，ロラン　BINET, Laurent (1972-)　362
ビュレ，ウジェーヌ　BURET, Eugène (1810-42)　90-91
フェヴル，リュシアン　FEBVRE, Lucien (1878-1956)　7, 33, 52-53
フェヌロン，フランソワ・ド　FÉNELON, François de (1651-1715)　24-25, 123-129, 132-133
フェリビアン，アンドレ　FÉLIBIEN, André (1619-1695)　266
フェリポ・デルボ，レモン　PHÉLYPEAUX D'HERBAULT, Raymond (1560-1629)　178
フケ，ニコラ　Fouquet, Nicolas (1615-1680)　184-186, 189, 224-225.
フーコー，ミシェル　Foucault, Michel (1926-1984)　113, 220
フュマロリ，マルク　FUMAROLI, Marc (1932-)　234-236, 246, 248
フュルチエール，アントワヌ　FURETIÈRE, Antoine (1619-1688)　10, 212, 222
フュンク－ブレンタノ，フランツ　FUNCK-BRENTANO, Frantz (1862-1947)　43
ブラジアック，ロベール　BRASILLACH, Robert (1909-1945)　241
フランカステル，ピエール　FRANCASTEL, Pierre (1900-1970)　243-244
フランス，アナトール　FRANCE, Anatole (1844-1924)　89, 317, 322
ブリエンヌ枢機卿エチエンヌ－シャルル・ド・ロメニ　BRIENNE, Étienne-Charles de LOMÉNIE, cardinal de (1727-1794)　191
ブリエンヌ伯，アンリ－オギュスト・ド・ロメニ（父）　BRIENNE, Henri-Auguste de LOMÉNIE,

comte de (1595-1666)　165, 170, 172, 174-176, 186, 191-192, 198
ブリエンヌ伯, ルイ－アンリ・ド・ロメニ (子)　BRIENNE, Louis-Henri de LOMÉNIE, comte de (1635-1698)　28, 162, 165-198
プレヴォ, アベ　PREVOST, abbé (1697-1763)　55
フレジエ, オノレ－アントワヌ　FRÉGIER, Honoré-Antoine (1789-1860)　89, 91
ブローデル, フェルナン　BRAUDEL, Fernand (1902-1985)　7, 298
ブロック, マルク　BLOCH, Marc (1886-1944)　1, 52
ヘーゲル, ゲオルク－ヴィルヘルム－フリードリヒ　HEGEL, Georg Wilhelm Friedrich (1770-1831)　132, 242, 352
ベニシュ, ポール　BENICHOU, Paul (1908-2001)　238-241, 247-249
ペラン, ピエール　PERRIN, Pierre (1620頃-1675)　156
ベランジェ, ピエール－ジャン・ド　BÉRANGER, Pierre-Jean de (1780-1857)　89
ベルナルダン・ド・サン－ピエール, ジャック－アンリ　BERNARDIN DE SAINT-PIERRE, Jacques-Henri (1737-1814)　89
ヘロドトス　HÉRODOTE　(前484頃－前420頃)　2
ベンヤミン, ヴァルター　BENJAMIN, Walter (1892-1940)　42, 236-238, 246-248, 301
ベンレカッサ, ジョルジュ　BENREKASSA, Georges (?-?)　38-40, 333-336, 340-341, 347, 349-350, 352, 355
ポー, エドガー－アラン　POE, Edgar Allan (1809-1849)　312
ボサンジュ, アドルフ　BOSSANGE, Adolphe (1797-1862)　88
ボシュエ, ジャック－ベニーニュ　BOSSUET, Jacques-Bénigne (1627-1704)　14, 17, 30-31, 46, 124, 202-232
ボダン, ジャン　BODIN, Jean (1530-1596)　219
ボードレール, シャルル　BAUDELAIRE, Charles (1821-1867)　312
ボネ, ジャン－クロード　BONNET, Jean-Claude (1946-)　114, 354
ホメロス　HOMÈRE (前8世紀頃)　2
ボルヴィッチ, ミシェル　BORWICZ, Michel (1911-1987)　92
ポルタリス伯　PORTALIS, Joseph-Marie, comte de (1778-1858)　288-289
ボレル, ペトリュス　BOREL, Petrus (1809-1859)　89
ボンバール, マチルド　BOMBART, Mathilde (?-?)　10, 265, 270-271
ポンポンヌ侯　POMPONNE, Simon Arnauld, marquis de (1618-1699)　177

【マ行】

マキアヴェッリ　MACHIAVELLI, Niccolò di Bernardo dei (1469-1527)　147
マザラン, ジュール　MAZARIN, Jules (1602-1661)　167, 170-175, 177, 184-185, 187-190, 193, 198, 223, 273-274, 276, 278-281, 285, 293
マシュレ, ピエール　MACHEREY, Pierre (1938-)　113, 115, 131-132
マション, ルイ　MACHON, Louis (1603-1672)　147
マドルネ, ガブリエル　MADELENET, Gabriel (1587-1661)　166, 168
マネ, エドゥアール　MANET, Édouard (1832-1883)　256, 312
マブリ, ガブリエル・ボノ・ド　MABLY, Gabriel Bonnot de, l'abbé de (1709-1785)　355
マラルメ, ステファヌ　MALLARÉ, Stéphane (1842-1898)　256, 311-314, 317, 321-325
マラン, ルイ　MARIN, Louis (1932-1992)　7, 10, 17, 32, 72
マリアック, ミシェル・ド　MARILLAC, Michel

de（1560-1632） 7
マリヴォー MARIVAUX, Pierre Carlet de Chamblain de（1688-1763） 355
マリ・ド・メディシス MARIE DE MÉDICIS（1573-1642） 142
マリネッティ，フィリッポ・トンマーゾ MARINETTI, Filippo Tommaso（1876-1944） 325
マルヴィル，クロード MALLEVILLE, Claude（1597-1647） 139-142, 147
マルクス，カール－ハインリヒ MARX, Karl Heinrich（1818-1883） 91, 113, 243, 336
マルタン，アンリ－ジャン MARTIN, Henri-Jean（1924-2007） 33, 121, 136, 162
マルブランシュ，ニコラ MALEBRANCHE, Nicolas（1638-1715） 116-117, 119
マンシニ，マリ MANCINI, Marie（1639-1715） 194
マンデス，カチュール MENDÈS, Catulle（1841-1909） 317, 321-322, 324
ミシュレ，ジュール MICHELET, Jules（1798-1874） 2
ミルボー，オクタヴ MIRBAUD, Octave（1848-1917） 317
メソニエ，ジャン－ルイ－エルネスト MEISSONIER, Jean-Louis-Ernest（1815-1891） 89
メルシエ，ルイ－セバスチアン MERCIER, Louis-Sébastien（1740-1814） 352
メルクール公 MERCŒUR, Louis de Bourbon-Vendôme, duc de（1612-1669） 279, 282-283, 285
モーパサン，ギ・ド MAUPASSANT, Guy de（1850-1893） 89
モラス，シャルル MAURRAS, Charles（1868-1952） 240-241
モルネ，ダニエル MORNET, Daniel（1878-1954） 43-44
モレアス，ジャン MORÉAS, Jean（1856-1910） 316-317, 319-321, 324
モンテスキウ，シャルル－ルイ・ド・スゴンダ MONTESQUIEU, Charles-Louis de Secondat（1689-1755） 354-355
モンテーニュ，ミシェル・ド MONTAIGNE, Michel de（1533-1592） 35, 132
モントージエ公 MONTAUSIER, Charles de Sainte-Maure, duc de（1610-1690） 219, 232

【ヤ行】

ヤンチュキエヴィチ，ジェロム JANCZUKIEWICZ, Jérôme（?-?） 190
ユゴ，ヴィクトール HUGO, Victor（1802-1885） 89, 103, 105, 262, 296, 312, 314
ユレ，ジュール HURET, Jules（1863-1915） 37, 311, 314-315, 317-319, 321-325

【ラ行】

ラ・アルプ，ジャン－フランソワ・ド LA HARPE, Jean-François de（1739-1803） 329, 352
ラ・ヴァリエール，ルイーズ LA VALLIÈRE, Louise Françoise de la Baume le Blanc, duchesse de（1644-1710） 224, 226-227, 231
ラシーヌ，ジャン RACINE, Jean（1639-1699） 27, 152-153, 253
ラドヴォカ，ピエール－フランソワ LADVOCAT, Pierre-François（1791-1854） 88-89
ラマルチーヌ，アルフォンス・ド LAMARTINE, Alphonse de（1790-1869） 89
ラムゼイ，アンドルー－マイケル RAMSAY, Andrew Michael（1686-1743） 25, 124-129, 133
ラ・ロック LA ROCQUE, Jean-Baptiste de Forbin, seigneur de（?-?） 282
ラングレ－デュ・フレノワ，ニコラ LEMGLET DU FRESNOY, Nicolas（1674-1755） 124
ランゲ，シモン－ニコラ－アンリ LINGUET,

Simon-Nicolas-Henri（1736–1794） 352

リオン，マルタン LYONS, Martyn（1946– ） 76

リオンヌ，ユーグ・ド LIONNE, Hugues de（1611–1671） 166, 170–174, 177, 185–186, 188, 191, 196–198

リシェ，ドニ RICHET, Denis（1927–1989） 7

リシュリウ RICHELIEU, Armand-Jean du Plessis, cardinal de（1585–1642） 7, 136, 148, 160, 178, 191–192, 228–229, 231, 275–276

リテル，ジョナサン LITTELL, Jonathan（1967–） 362

リメラック，ポーラン LIMAYRAC, Paulin（1816–1868） 86

リュリ，ジャン–バチスト LULLY, Jean-Baptiste（1632–1687） 27–28, 155–157

ルーアルフェラン，アンブロワーズ–トマ ROUX-ALPHÉRAN, Ambroise-Thomas（1776–1858） 288–289

ルイ13世 LOUIS XIII（1601–1643，在位1610–1643） 81, 143, 191, 248

ルイ14世 LOUIS XIV（1638–1715，在位1643–1715） 166, 170–172, 176, 182–183, 184–186, 188–191, 196–198, 216, 223–225, 228–229, 230–232, 248, 273

ルコント・ド・リル，シャルル–マリ–ルネ LECONTE DE LISLE, Charles-Marie-René（1818–1894） 320–321

ルシェ，ジャン–アントワヌ ROUCHER, Jean-Antoine（1745–1794） 352

ルソー，ジャン–ジャック ROUSSEAU, Jean-Jacques（1712–1778） 111–112, 132, 268, 329, 351–356

ル・テリエ，ミシェル LE TELLIER, Michel（1603–1685） 168, 185–186, 192

ルメール，アルフォンス LEMERRE, Alphonse（1838–1912） 322–323

ル・ロワ，チモレオン LE ROY, Thimoléon（?–?） 192

ル・ロワ・ラデュリ，エマニュエル LE ROY LADURIE, Emmanuel（1929– ） 16, 38–39, 42–43, 332–339, 341, 347, 350, 358

レイボー，ルイ RAYBAUD, Louis（1799–1879） 300

レギュス侯 RÉGUSSE, Charles de Grimaldi (Grimaud), marquis de（1612–1687） 256, 273, 280–289, 293–294

レ枢機卿 RETZ, Jean-François-Paul de Condi, cardinal de（1613–1679） 238, 248, 276

レチフ・ド・ラ・ブルトンヌ RESTIF, Nicolas Edme, dit RESTIF DE LA BRETONNE（1734–1806） 16, 38–44, 329–358

レチフ，ピエール（祖父） RESTIF, Pierre（?–?） 341

レチフ，エドム（父） RESTIF, Edme（?–?） 332, 337–341, 344

レディギエール公 LESDIGUIÈRES, François de Bonne de, duc de（1543–1626） 142–146, 162, 197

レニエ，アンリ・ド RÉGNIER, Henri de（1864–1936） 317

ロヴァンジュル（シャルル・ド・スポールベルク・ド） LOVENJOUL, Charles de Spoelberch de（1836–1907） 88

ロザンヴァロン，ピエール ROSANVALLON, Pierre（1948–） 91

ロック，ジョン LOCKE, John（1632–1704） 354

ロッシュ，ダニエル ROCHE, Daniel（1935–） 10

ロングヴィル公 LONGUEVILLE, Henri II d'Orléan-Longueville, duc de（1595–1663） 274

GRIHL 関連文献一覧（2017年現在）

なお，本文内で略記のうえ引用している文献については，各文献の末尾に（　）で略称を掲げた。

GRIHL

ジュディト・リオン－カン，ダイナ・リバール，ニコラ・シャピラ（嶋中博章，中畑寛之，野呂康訳）『GRIHL（文芸事象の歴史研究グループ）』（私家版小冊子），Éditions Tiré-à-Part，2013年（『GRIHL』（二〇一三））．

GRIHL, *De la publication. Entre Renaissance et Lumières, études réunies* par Ch. Jouhaud et A. Viala, Paris, Fayard, 2002.（GRIHL : 2002）

——, *Écriture et Action XVIIe-XIXe siècle, une enquête collective*, Paris, Éditions EHESS, 2016, col. ‹ En temps et lieux ›（GRIHL : 2016）．

Christian Jouhaud

嶋中博章，中畑寛之，野呂康編訳『論考　クリスチャン・ジュオー』（私家版小冊子），Éditions Tiré-à-Part，2009年．

クリスチアン・ジュオー『歴史とエクリチュール――過去の記述』，水声社，2011年（日本独自編集の論集）．

Christian Jouhaud, *Mazarinades : la Fronde des mots*, Paris, Aubier, 1985, col. ‹ historique ›（la 2e édition revue et corrigée avec la nouvelle préface intitulée « Vingt ans après », 2009（Jouhaud : 1985）．〔『マザリナード――言葉のフロンド』，水声社，2013年〕

——, *La Main de Richelieu ou le pouvoir cardinal*, Paris, Gallimard, 1991, col. ‹ l'un et l'autre ›.

——, "Miroirs de la raison d'Etat", *Cahiers du CRH*, n° 20, avril 1998.

——, *Les Pouvoirs de la littérature. Histoire d'un paradoxe*, Paris, Gallimard, 2000, ‹ nfr essais ›（Jouhaud : 2000）．

——, *Sauver le Grand-Siècle? Présence et transmission du passé*, Paris, Seuil, 2007.（Jouhaud : 2007）

——, *Richelieu et l'écriture du pouvoir. Autour de la journée des Dupes*, Paris, Gallimard, 2015.

——, *La Folie Dartigaud*, Éditions de l'Olivier, 2015.

Robert Descimon et Ch. Jouhaud, *La France du premier XVIIe siècle 1594-1661*, Paris, Belin, 1996, col. ‹ Histoire Belin Sup ›.

Philippe Büttgen et Ch. Jouhaud éd., *Lire Michel de Certeau. Michel de Certeau Lesen, Zeitsprünge*, Forschungen zur Frühen Neuzeit, Frankfurt am Main, Vittorio Klostermann, 2008.

Ch. Jouhaud, Dinah Ribard et Nicolas Schapira, *Histoire Littérature Témoignage. Écrire les malheurs du temps*, Paris, Gallimard, 2009, col. ‹Folio Histoire›.（Jouhaud, Ribard,

Schapira : 2009）

Judith Lyon-Caen

Judith Lyon-Caen, *Lexique d'histoire sociale*, Paris, Armand Colin, 2000, col. ‹ Synthèse ›.

——, *La Lecture et la vie. Les usages du roman au temps de Balzac*, Paris, Tallandier, 2006.（Lyon-Caen : 2006）

J. Lyon-Caen et Dinah Ribard, *L'Historien et la littérature*, Paris, La Découverte, 2010, col. ‹Repères›.（Lyon-Caen, Ribard : 2010）

Dinah Ribard

Dinah Ribard et Alain Viala, *Le Tragique*, Paris, Gallimard, 2002, col. ‹ La Bibliothèque Gallimard ›.

D. Ribard, *Raconter Vivre Penser. Histoire de philosophes 1650-1766*, Paris, Éditions Vrin-EHESS, 2003.（Ribard : 2003）

D. Ribard et Nicolas Schapira éd., *On ne peut pas tout réduire à des stratégies*, Presses Universitaires de France, 2013.

Nicolas Schapira

Nicolas Schapira, *Un professionnel des lettres au XVIIe siècle. Valentin Conrart : une histoire sociale*, Seyssel, Champ Vallon, 2003.（Schapira : 2003）

N. Schapira, Jean-Pierre Dedieu et Stéphane Jettot, *Les sociétés anglaise, espagnole et française au XVIIe siècle. Recueil pour les concours de Capes et d'agrégation*, Paris, Hachette Supérieur, 2006.

Alain Viala

Alain Viala, *Naissance de l'écrivain*, Paris, Minuit, 1985（Viala : 1985）.〔アラン・ヴィアラ『作家の誕生』，塩川徹也監訳，藤原書店，2005年〕

歴史用語原語訳語対照表（フランス語－日本語）

acculturation
文化世界への参入
actes royaux
王令
acteur(s)
行為者，演じるもの，当事者，作用子
action
行為，作用
Ancien régime
アンシアン・レジーム
approbation
承認
appropriation(s)
領有，我有化
assemblée des communautés
共同体議会
auteur
作者

bailli(s)
バイイ
bien public
公共善

censure
検閲
censeurs
検閲者
chancellerie
大法官府
chancelier
大法官
chouan
ふくろう党員
classique
古典主義
clientélisme
保護－被保護関係
commis
私設事務官
connétable
大元帥
conseil d'en haut
上階顧問会議
conseil du roi
国王顧問会議
conseil secret
機密顧問会議
contextes (mise en)
文脈化
contextualiser
文脈化する
corps
社団
Cour de cassation
破棄院
Cour royale
国王裁判所

dauphin
王太子
dé-disciplinarisation
脱規律化
dépêche
写し，公文書，急送文書，書簡
despotisme légal
合法的専制
dévots
篤信派

domestique
家臣団，家臣
duplicité
二枚舌

financier
フィナンシエ
Fronde
フロンド（の乱）

gentilshommes servants
給仕係の侍従
gouverneur
地方総督
Grand-Siècle
偉大なる世紀

lettres
文芸
lettres patentes
公開状
libraires-imprimeurs
書籍商・出版業者
lieutenant
代官
littérarisation
文芸化
Lumières
啓蒙

magistère
教導権
magistrat
司法官

maîtres des requêtes ordinaires de notre hôtel
宮内常任訴願審査官
maréchaussée
騎馬警邏隊
　prévôt de la ——
　騎馬警邏隊隊長
mémoires
メモワール，覚書，回想録
ministre(s)
大臣
monarchie de Juillet
七月王政
monarque
君主
monde social
社会関係の世界，社会世界

officier
官職保有者
ordonnances royales
王令
Ormée
楡の木党

paratexte
パラテクスト
parlement
高等法院
péritexte
ペリテクスト
physiocrates
重農主義者
pratique(s)
実践
prédicateur
説教師

premier commis
筆頭事務官
premier président
法院長（高等法院の）
président
部長評定官（高等法院の）
prévôts
プレヴォ
privilège
出版允許，允許状，特権
public
（読者）公衆

représentation
表象
(la) Restauration
王政復古
(la) Révolution
大革命，フランス革命
(la) Révolution scientifique
科学革命

sabreurs
サーベル派
scolastique
スコラ哲学
secrétaire d'État
国務卿，国務秘書官
secrétaire d'État des affaires étrangères
外務卿（外務担当の国務秘書官）
secrétaire du roi
国王秘書官
semestre
半期交代制
sénéchal (sénéchaux)
セネシャル
sensibilités
感性
surintendant de la musique
王室音楽長
survivance
襲職権